LE PRIX À PAYER

W0354212

DU MÊME AUTEUR

Morte la bête, Actes Sud, 2011 ; Babel noir n° 60.
Le Prix à payer, Actes Sud, 2012.
Le Cercle des cœurs solitaires, Actes Sud, 2013.

Titre original :
Alting har sin pris
Editeur original :
Gyldendalske Boghandel, Nordisk Forlag A/S, Copenhague
© Liselotte Hammer Jakobsen & Søren Hammer Jacobsen /
Gyldendalske Boghandel, Nordisk Forlag A/S, 2010
publié avec l'accord de Gyldendal Group Agency

© ACTES SUD, 2012
pour la traduction française
ISBN 978-2-330-01881-8

LOTTE ET SØREN HAMMER

LE PRIX À PAYER

roman traduit du danois
par Michèle Lamothe Nielsen

BABEL NOIR

PROLOGUE

Il y a toujours un prix à payer.

Et la chancelière allemande, le regard porté bien au-delà du fjord, songeait au prix que l'humanité allait devoir payer pour avoir, des décennies durant, exploité abusivement les ressources naturelles de la planète. La première facture allait sans doute devoir être payée ici, dans la baie de Disko au Groenland, et d'autres factures suivraient.

La ministre danoise de l'Environnement et le journaliste chargé de les interviewer avaient machinalement suivi son regard. La vue était impressionnante, des blocs de glace de toutes tailles se balançaient paresseusement dans l'eau bleue et en face d'eux le glacier, tel un mur blanc déchiré, reflétait le soleil d'été, obligeant les spectateurs à plisser les yeux. Par moments, un iceberg s'en détachait, et ce difficile enfantement s'accompagnait d'un craquement sourd qui fendait la limpidité de l'air et dont l'écho se répercutait à l'infini dans la large baie.

N'ayant pas obtenu de réponse à sa dernière question, le journaliste se racla la gorge. Mais comprenant que la chancelière n'était pas disposée à lui répondre, il s'adressa en anglais à la ministre danoise :

— Pourquoi faut-il venir au Groenland pour comprendre les conséquences du réchauffement climatique ?

Qu'est-ce que les décideurs de la planète peuvent apprendre lors d'un tel voyage qu'ils ne seraient pas en mesure de saisir en restant chez eux ?

Tout en réfléchissant, la ministre lui adressa un sourire bienveillant. Il était clair que l'expression *décideurs de la planète* ne s'adressait pas à elle mais uniquement à son invitée, ce qui paraissait logique mais rendait la réponse délicate. Elle connaissait bien l'argument, car après la visite qu'elle avait organisée deux mois auparavant pour un petit groupe de sénateurs américains, l'opposition de son pays l'avait aussi accusée de faire du tourisme climatique. Et d'une certaine manière, il était exact que la chancelière n'avait pas besoin de franchir les quatre mille kilomètres qui séparaient Berlin d'Ilulissat pour prendre conscience de la fonte des glaces. Il suffisait, pour comprendre le phénomène, de regarder les photos-satellite du pôle Nord, ou en l'occurrence celles du pôle Sud, qui faisait l'actualité, et de les comparer à celles prises dix ans plus tôt. La question essentielle était de savoir comment renverser la tendance – ou du moins limiter les dégâts –, mais ni l'observation du glacier ni celle des données satellitaires ne permettraient de le dire.

La chancelière tourna la tête et observa la ministre avec un sourire malicieux, visiblement aussi curieuse que le journaliste d'entendre sa réponse. Celle-ci songea un instant qu'il s'agissait peut-être d'un jeu convenu entre ses deux interlocuteurs allemands et cette idée vaguement paranoïaque lui donna des bouffées de chaleur. Elle voulut ouvrir la fermeture Eclair de son anorak. Elle avait l'impression de passer un examen devant son invitée, qui, outre le fait de représenter quatre-vingt-trois millions de citoyens, était aussi docteur en chimie quantique.

La fermeture Eclair se coinça à deux reprises, ce qui lui laissa le temps de réfléchir à sa réponse. Puis elle dit avec une grande honnêteté :

— Rien.

— Mais alors, pourquoi sommes-nous ici ?

Elle pensa un instant évoquer le sort des quatre mille pêcheurs et chasseurs groenlandais dont le mode de vie millénaire était détruit par des hausses de température deux fois plus élevées que dans le reste du monde. Mais la conférence sur le climat qu'elle allait présider était une rencontre internationale et elle jugea qu'il serait inopportun de mettre en avant un argument de cette nature. Elle opta donc pour une autre explication :

— Parce que les décideurs politiques sont aussi des êtres humains, et qu'aucun d'entre eux ne pourra oublier ce qu'il a vu ici.

Le journaliste marqua son approbation, et la chancelière fit un large sourire ; tous deux étaient visiblement satisfaits de sa réponse. La ministre se dit que leur réaction laissait présager une atmosphère plus propice aux échanges politiques et qu'elle allait enfin pouvoir engager la discussion avec sa partenaire, qui se dirigeait maintenant vers les hélicoptères qui les attendaient. Il était essentiel qu'elle puisse bénéficier de son soutien lors de la conférence internationale sur le climat qui allait se tenir dans deux ans à Copenhague. Jusqu'à présent, la chancelière avait semblé plus intéressée par l'expérience qu'elle vivait que par de classiques discussions politiques. Elle avait parlé avec le glaciologue qui faisait partie de sa délégation, laissant à la ministre danoise de l'Environnement peu d'occasions d'échanger avec elle.

L'espoir qu'elle nourrissait fut cependant déçu par les faits, car une fois dans l'hélicoptère, la chancelière choisit de poursuivre le dialogue avec le scientifique et, lorsque l'appareil se mit à survoler l'inlandsis, tous deux s'engagèrent dans une conversation scientifique des plus animées que la ministre danoise, peu aidée par une connaissance scolaire de la langue allemande, eut du mal à suivre. Sentant la fatigue arriver, cette dernière dut se pincer le bras pour ne pas s'endormir. La vue des étendues glacées qui se déroulaient sous ses yeux était d'une désespérante uniformité et son voisin sommeillait déjà, émettant par moments de légers grognements. Elle songea un instant à le pousser du coude pour le faire taire, mais y renonça et plongea la main dans son sac pour y prendre un magazine qu'elle se mit à lire sans enthousiasme particulier, avant de s'assoupir elle aussi.

Une heure plus tard environ, elle fut brusquement sortie de son sommeil par les cris du glaciologue qui s'agitait en faisant de grands gestes. La chancelière s'était levée de son siège et montrait d'un signe énergique l'immensité glacée qui se profilait derrière la vitre, puis elle demanda que l'hélicoptère fasse demitour. Quelques instants s'écoulèrent, et son souhait fut exaucé.

1

Clignant des yeux, le commissaire divisionnaire Konrad Simonsen leva son regard vers le soleil bas, tout proche de la ligne d'horizon qui traversait l'immensité polaire. Là-bas, tout là-bas, là où le ciel et les glaces semblaient ne plus faire qu'un, l'univers prenait des nuances de vert et de bleu pastel, comme si la nature voulait suggérer que loin, très loin d'ici, existaient des lieux plus cléments. Ce n'était pas un lieu pour finir sa vie ! Ça n'avait pas de sens de se faire assassiner dans un endroit pareil. Il essaya de refouler cette idée, tant elle était absurde. De toute façon, ça ne pouvait plus changer grand-chose pour elle. Il resta un instant à contempler l'ombre étirée devant lui, puis se tourna de nouveau vers le soleil brumeux, dont les rayons semblaient plus refroidir l'atmosphère que la réchauffer, et se sentit soudain mal à l'aise. Au lieu de le voir errer dans la voûte céleste d'un mouvement si monotone qu'il était impossible de distinguer le jour de la nuit, on devrait pouvoir compter sur un soleil qui se lève le matin et se couche le soir. Faisant une vaine tentative pour chasser la fatigue qui s'était emparée de lui, il écarquilla les yeux et se tourna face au vent. Il n'avait pas dû dormir beaucoup plus de trois heures depuis la veille, et il lui semblait irréel qu'un nouveau jour ait déjà commencé. Il passa les paumes de ses mains sur son visage et savoura un instant la douceur de l'obscurité. Avant que tout soit fini, avait-elle pensé aux fleurs printanières, à la douceur des plages de sable blanc ou aux feux de la Saint-Jean ? Sans doute pas. Et pourtant il y avait quelque chose de blessant dans le fait de devoir ainsi mourir au milieu de nulle part, dans l'immensité de l'univers, en ces lieux où les êtres vivants n'avaient pas leur place. D'une certaine manière, son assassin l'avait tuée deux fois.

Il regarda sa montre et constata que, selon l'heure danoise, il était sept heures et demie, mais il n'avait aucune idée de l'heure qu'il pouvait être ici, au Groenland. Il bâilla à gorge déployée et sentit qu'il était au bord de l'épuisement. Ce matin, il avait oublié de prendre ses comprimés, ou plutôt, inutile de se le cacher, il avait *une fois encore* oublié de les prendre, et les conséquences commençaient à se faire sentir. L'envie de fumer cette cigarette interdite le rongeait. Fumer juste une petite clope, ou même une simple bouffée, histoire de chasser un instant cette satanée fatigue. D'un geste familier, il passa la main sur sa poitrine pour s'assurer que les cigarettes étaient bien dans sa poche intérieure, et décida stoïquement d'attendre quelques minutes avant de réaliser son projet, afin de pouvoir apprécier pleinement ce moment privilégié. L'année précédente, à moins que ça ne fasse déjà deux ans, il avait appris qu'il était diabétique. La maladie, ainsi qu'un entourage inquiet, l'avaient contraint à modifier ses habitudes.

En proie à une angoisse inconnue, il regarda à nouveau sa montre. Elle indiquait toujours la même heure et ne lui était donc d'aucune aide. Il se tourna vers l'homme qui l'accompagnait et lui demanda :

— Vous avez l'heure ?

Le policier groenlandais jeta un coup d'œil rapide en direction du soleil et répondit d'un ton bref :

— Il est 3 heures passées.

L'homme ne s'embarrassait pas de mots superflus, mais l'attente de ses réponses n'en était que plus pénible. Il s'appelait Trond Egede, c'était à peu près tout ce que Konrad Simonsen savait de lui. Il envisagea d'aller s'asseoir dans l'avion pour essayer de dormir un peu pendant que les techniciens terminaient leur travail. A l'aller, en provenance de Nuuk, il avait maudit le siège dur et inconfortable de l'avion. A présent, il lui semblait presque accueillant. Dormir un peu, ce serait mieux que rien, et puis ça n'avait pas de sens de rester là aux côtés d'un collègue muet à scruter quatre individus qui n'allaient sûrement pas travailler plus vite parce qu'on les observait. Evidemment, il risquait de froisser son taciturne partenaire s'il l'abandonnait ainsi et il était convaincu qu'une bonne collaboration avec la police de Nuuk revêtirait une importance cruciale pour la suite des événements. Il aurait aussi pu passer outre aux règles et rejoindre les techniciens, car il était peu probable que sa présence pollue le lieu du crime, mais il prenait tout de même le risque d'être chassé, ce qui serait humiliant et marquerait clairement son manque de professionnalisme. La conclusion s'imposait donc, aussi claire que désolante : il ne devait pas bouger.

N'ayant rien de mieux à faire, il essaya d'engager la conversation.

— Comment pouvez-vous affirmer qu'il est 3 heures simplement en regardant le soleil ? Vous n'avez, comment dire, aucun point de repère, puisque l'horizon se limite au désert de glace qui nous entoure.

L'homme retira avec difficulté un de ses gants et tira son bracelet-montre. Il remit ensuite son gant puis indiqua :

— Il est trois heures et treize minutes.

— Vous aviez donc raison.

— Oui.

— Juste en regardant le soleil, et sans avoir aucun point de référence.

— Oui.

Konrad Simonsen renonça à poursuivre la discussion et concentra ses efforts sur la mise à l'heure de sa montre. Ça faisait passer le temps. Puis soudain, un doute désagréable le saisit, un doute sournois auquel il n'aurait pas dû attacher d'importance, mais qui était pourtant bien présent. Exactement comme l'angoisse de tout à l'heure.

— Vous voulez dire 3 heures de l'après-midi ?

Il s'était efforcé de prononcer ces mots d'un ton neutre, mais il avait bien conscience que sa question traduisait une certaine agitation. Le Groenlandais se retourna et le regarda d'un air interrogatif avant de répondre :

— Oui, de l'après-midi. Est-ce que vous souffrez de troubles nycthéméraux ?

— J'ignorais qu'il y avait un terme pour ça. Mais effectivement, j'ai eu un instant d'hésitation.

— C'est vrai qu'il y a de quoi être perturbé.

Konrad Simonsen approuva de la tête et se détendit. Il plongea la main dans sa poche d'où il ressortit son paquet de cigarettes et, refoulant loin de lui tout avertissement, alluma une cigarette et inhala la fumée avec avidité. Puis il retomba dans le silence qui s'était à nouveau emparé de l'endroit. Lorsqu'il eut fini sa cigarette, il se pencha pour l'éteindre précautionneusement dans le sol glacé, puis remit le mégot dans sa poche. Le Groenlandais l'observait avec intérêt. Il essaya de reprendre la conversation :

— Dites-moi, vous venez souvent ici ?

Le visage de l'homme se plissa sous l'effet du rire, le faisant ressembler à un petit diable. Konrad Simonsen ne put s'empêcher de sourire.

— C'est aussi ce que pensait votre collègue, dont j'ai oublié le nom.

Au lieu de montrer l'avion, il fit un signe de tête dans sa direction.

— Arne Pedersen. Il s'appelle Arne Pedersen.

— Ah oui, c'est vrai. Eh bien, il s'imaginait comme vous que je venais faire un petit tour ici de temps en temps. Quatre cents kilomètres à l'aller, une bonne promenade dans les alentours et puis on rentre à la maison avec les joues fraîches et roses.

L'ironie de l'homme n'était pas méchante, il avait dit ça sur un ton joyeux.

— D'accord, j'ai compris. Vous n'êtes jamais venu ici auparavant.

— Ah, ce n'est pas tout à fait exact, puisque j'étais là hier, mais sinon, ce n'est pas un endroit où j'ai l'habitude de venir. Que viendrais-je y faire ?

Tous deux acquiescèrent d'un mouvement de tête. Konrad Simonsen craignit un instant que la conversation ne s'arrête là, mais l'homme reprit :

— Arne Pedersen m'a dit que, par principe, vous ne souhaitiez pas discuter d'une affaire avant d'avoir vu le corps.

— Par principe… c'est un bien grand mot. Il n'est pas question d'être trop rigide, mais j'avoue que je préfère attendre, si vous êtes d'accord. Il y a toutefois un ou deux points que nous pouvons aborder dès maintenant. Je ne vous cacherai pas que j'ai été mis sur l'affaire très précipitamment.

L'homme l'interrompit d'un sourire :

— Oui, c'est ce que j'ai entendu dire. Arne Pedersen m'a dit que vous étiez sur le point de partir en vacances vers une destination aux cieux plus cléments que celle où vous avez atterri.

Il rit de nouveau.

Konrad Simonsen le trouvait de plus en plus sympathique.

— Merci de me rappeler que j'étais en route pour Punta Cana – au cas où vous ne seriez pas un as en géographie, je précise que c'est en République dominicaine – où j'étais censé paresser sous les palmiers en compagnie de mon amie. Ensuite, nous devions d'ailleurs embarquer sur le *Legend of the Seas* avec Royal Carribean.

— Je vous en prie !

— Quoi qu'il en soit, personne n'a eu le temps de m'expliquer ce qui s'est passé hier, mais il est possible que mes interlocuteurs ne l'aient pas su eux-mêmes. Est-ce vraiment la chancelière allemande qui a trouvé le corps de la défunte ?

— Non, ce n'est pas elle, mais un de ses proches collaborateurs, un glaciologue. C'est lui qui a aperçu le corps en premier et qui l'a montré à la chancelière.

— Vous étiez avec eux dans l'hélicoptère à ce moment-là ?

— Non, mais un de ceux qui les accompagnaient m'a raconté l'histoire. En fait, il y avait trois hélicoptères de la compagnie Air Greenlands, des Sikorsky S-61. Vous connaissez ces avions rouges légendaires que l'on appelle Sea King ?

Konrad Simonsen ne voyait pas du tout ce qu'il voulait dire, mais jugea que la moindre des politesses était de répondre par l'affirmative, quitte à faire un petit mensonge :

— Oui, ils sont impressionnants.

— Vous avez raison, c'est aussi mon avis. Donc, la chancelière allemande et la ministre danoise de l'Environnement, accompagnées de leurs proches collaborateurs, volaient dans le premier hélicoptère, le personnel de sécurité et les autres collaborateurs allemands étaient dans le deuxième et les journalistes suivaient dans le dernier. L'itinéraire prévu devait les amener à tracer presque un cercle sur la calotte glaciaire, d'Ilulissat dans la baie de Disko jusqu'à Nuuk au sud. De là, les participants devaient terminer le voyage à bord d'un avion de ligne, les uns à destination de Copenhague et les autres de Berlin. Elle, je veux dire la chancelière, avait insisté pour survoler l'intérieur de la zone, convaincue à tort que la fonte des glaces y était plus marquée. Tel étant son souhait, personne n'avait voulu la contredire.

— Mais qu'est-ce qu'il y a à voir ?

— Rien d'intéressant. Lorsque, au bout de deux minutes de survol, vous avez vu la première nappe d'eau, et elles sont légion dans le fjord d'Ilulissat, ça n'a pas grand sens de vouloir en examiner cent. D'ailleurs, ces nappes d'eau se raréfient au fur et à mesure que l'on pénètre à l'intérieur des étendues recouvertes par les glaces, et comme vous pouvez le constater vous-même, il n'y a pas grand-chose d'autre à contempler ici.

Konrad Simonsen lui répondit avec diplomatie :

— L'endroit est fascinant, mais peut-être un peu uniforme.

— Ça, c'est sûr. La chancelière estima pourtant que le tour était des plus intéressants, et le glaciologue était bien entendu de son avis. Il était assis à côté d'elle et il lui donna des explications tout au long du voyage, ce qui eut d'ailleurs le don d'irriter la ministre de l'Environnement.

— Elle ne voulait pas voir l'inlandsis ?

— Eh bien, non ! Sans doute voulait-elle parler politique. J'ai eu l'occasion d'échanger avec l'un des deux représentants du gouvernement autonome présents, et celui-ci m'a avoué qu'ils avaient trouvé la situation assez comique et avaient même par moments ri sous cape. Personne n'avait imaginé que la chancelière prendrait son rôle d'élève à ce point au sérieux. Quelque temps auparavant, la ministre de l'Environnement avait, dans un cadre similaire, reçu une délégation américaine composée de sénateurs et d'autres personnalités politiques. La visite avait alors pris une tout autre tournure, les Américains se considérant pratiquement en voyage d'agrément. L'un d'eux avait même demandé s'il pourrait abattre un renne ! Il plaisantait sans doute, mais ça avait suscité l'indignation de la presse locale. Et comme vous pouvez l'imaginer, aucun d'entre eux n'avait souhaité prolonger le survol de la calotte glaciaire plus que nécessaire.

Konrad Simonsen le remit sur les rails :

— Mais la chancelière, elle, avait souhaité faire ce survol.

— Oui, comme je vous le disais. L'hélicoptère vola aussi bas que possible, et les passagers étaient munis d'une paire de jumelles, qu'ils avaient tous reposées au bout d'une demi-heure de vol, à l'exception de la chancelière et du glaciologue. Ma source m'a indiqué que les Danois somnolaient tandis que les Allemands travaillaient devant leur ordinateur.

Il sourit, et Konrad Simonsen lança :

— Ça ressemble à une parfaite répartition du travail ! Que s'est-il passé ensuite ?

— En fait, pas grand-chose, du moins pendant la première heure. Je ne connais pas la vitesse de vol exacte d'un tel hélicoptère, mais il a dû s'écouler entre une heure et une heure et demie. La chancelière suivait son cours sur le climat et les autres vaquaient à leurs occupations. Jusqu'au moment où le glaciologue et la chancelière, venant de découvrir le cadavre, se mirent à crier et à s'agiter en faisant de grands gestes.

Après de vagues discussions, le pilote fit demi-tour pour retrouver l'endroit qu'ils avaient identifié. C'est l'endroit où nous nous trouvons maintenant.

— Se sont-ils posés ?

— Non, le pilote avait maintenu l'hélicoptère en vol stationnaire pendant une minute ou deux pour pouvoir noter les coordonnées du lieu. Une âme prévoyante, considérant à juste titre que ça risquait de nuire à l'esprit de l'Agenda sur le climat, eut suffisamment de présence d'esprit pour éloigner par radio l'hélicoptère des journalistes, évitant ainsi que la presse internationale puisse prendre de trop bonnes photos. Comme vous savez, le crime se vend mieux que le réchauffement climatique. Mais la diversion ne réussit pas totalement ; l'histoire fuita dès que le groupe eût atteint Nuuk, et quelques photos prises par l'hélicoptère de la sécurité civile sont déjà en circulation. La nouvelle fait la une de tous les journaux du continent. Le *Bild Zeitung* titre "La chancelière Sherlock Holmes", et l'éditorial du *Times* "La chancelière trouve une jeune fille assassinée". Je ne cite ici que ceux dont je me souviens, mais les journaux danois en ont aussi fait leurs gros titres, et depuis hier soir, CNN, considérant qu'il s'agissait d'un scoop, traite l'affaire dans la rubrique *Breaking news* et y consacre des éditions spéciales. Souhaitez-vous plus de détails ?

— Non, mon Dieu, ça me suffit largement.

— Votre collègue, dont j'ai encore oublié le nom, avait raison, il m'a dit que vous risquiez de ne pas apprécier. Vous n'aimez pas la presse ?

— Si vous pensez au concept de presse et au rôle que celle-ci joue dans la société, si bien sûr. Cela étant, je ne voue pas un amour particulier aux chroniqueurs judiciaires.

— C'est pourtant grâce à la presse que vous êtes devenu célèbre.

— Célèbre ? Qu'est-ce que c'est que cette histoire ? Je ne suis pas célèbre.

— Connu en tout cas.

— Arrêtez de plaisanter ! Je ne suis ni célèbre ni connu.

Konrad Simonsen frappa légèrement la glace pour souligner ses propos, son pied glissa et il faillit tomber à la renverse.

— Bon, si vous voulez. Mais dans ce cas, vous avez dû vous rendre très impopulaire en Allemagne pour que la chancelière vous envoie au pôle Nord au lieu de vous laisser prendre vos vacances sous le soleil des Caraïbes.

— Ne remuez pas le couteau dans la plaie !

— Comme vous voulez. De toute manière, les gens célèbres ont toujours raison.

Bizarrement, Konrad Simonsen ne trouvait pas si désagréable le fait de devoir subir ses plaisanteries. C'était peut-être parce que, depuis qu'il avait délié sa langue, le petit homme était devenu extrêmement aimable. Il devait bien reconnaître qu'il en tirait une certaine fierté.

— Taisez-vous !

Ils restèrent un moment silencieux. Konrad Simonsen évitait de regarder l'homme, persuadé que celui-ci était en train de rire. De légers gloussements le trahirent.

— Si je comprends bien, vous avez vu le corps ?

— Oui, hier, comme je vous l'ai dit. Nous avons dû vérifier le lieu, mais je me suis contenté de l'observer et d'établir un périmètre de sécurité.

Il fit un signe de tête en direction de l'endroit où se trouvaient les techniciens. Des piquets en fer fixés dans la glace, reliés entre eux par la classique bande de signalisation rouge et blanche, formaient un cercle irrégulier autour du cadavre.

— Ça m'a pris une demi-heure. La glace est dure comme de la pierre, et il faut bien avouer que la démarche est superfétatoire, mais j'ai reçu des ordres clairs me demandant de circonscrire le lieu du crime.

— Est-elle groenlandaise ?

Son air enjoué le quitta soudain, et la réponse tomba, abrupte :

— Pourquoi cette question ? Cela fait-il une différence ?

— En ce qui concerne la gravité du crime, ça n'en fait aucune. Mais ça peut être très important pour désigner la juridiction compétente et définir la chaîne de compétences. Par ailleurs, j'imagine mal en quoi je pourrais être utile si la victime était née ici et appartenait à un milieu dont j'ignore tout.

— Non, elle n'est pas d'ici, elle est danoise. En ce qui concerne la juridiction, vous n'avez pas de souci à vous faire, vous pouvez vous considérer comme étant en charge de l'enquête. Toutes les parties sont d'accord sur ce point.

— Toutes les parties ? Je pensais qu'il n'y en avait que deux.

— Non, il y en a trois, et comme je vous l'ai dit, elles sont d'accord.

— Les Américains ?

— Je croyais que vous vouliez d'abord voir le corps.

— Oui, c'est exact, et avec un peu de chance, ça devrait être bientôt possible, car on dirait qu'ils ont terminé la première phase. D'un geste quasi automatique, Konrad Simonsen saisit à nouveau son paquet de cigarettes. Il se disait que sa vie ressemblait fort à ce qu'elle avait été jusqu'à présent. La seule différence, au fond, c'était qu'il devait se faire des reproches en permanence, tout en sachant que ça ne le rendait pas pour autant plus sain. Un sentiment de mauvaise conscience s'empara de lui et il remit le paquet dans sa poche. Au bout de quelques instants, une technicienne danoise s'approcha d'eux. Marchant avec grand embarras, elle paraissait faire attention à chacun de ses pas. Konrad Simonsen ne la connaissait pas.

— Nous avons pratiquement terminé. Si vous voulez réveiller Arne Pedersen, je crois que c'est le moment. Mais faites attention, c'est très glissant là-bas.

Elle montra le lieu du crime. Trond Egede fit un signe de tête poli, indiquant qu'il allait faire attention, mais Konrad Simonsen ignora sa remarque.

2

La femme ensevelie dans la glace était agenouillée, comme si elle s'était trouvée dans une baignoire. Elle était à moitié nue, seulement vêtue d'un slip et d'un tee-shirt déchiré devant et découvrant ses seins nus. Elle avait les chevilles attachées avec du Gaffer et ses poignets étaient liés à ses cuisses, également avec du ruban adhésif. Ses cheveux noirs, mi-longs, pendaient dans son dos. Un sac en plastique recouvrait sa tête et était serré autour de son cou avec un nœud. Au travers du plastique, on apercevait sa bouche béante et grotesque peinturlurée de rouge à lèvres et ses yeux écarquillés qui laissaient deviner une mort atroce. Elle avait un corps athlétique et paraissait ne pas avoir plus de vingt-cinq ans. Autour d'elle, la glace fondait lentement, et seuls ses genoux et ses pieds demeuraient pris dans la calotte glaciaire. Ses vêtements étaient posés à droite du corps : un pantalon, un anorak et un bonnet en tricot, fait avec goût dans des nuances de bleu, lilas et vert. Un sentiment de malaise envahit Konrad Simonsen.

Les trois hommes prirent leur temps. Arne Pedersen et Konrad Simonsen firent lentement le tour de la fosse pour observer le cadavre, le visage de la jeune femme se trouvant pratiquement au niveau de leurs pieds. Le policier groenlandais resta debout, comme s'il ne voulait pas rompre le silence, de peur de perturber la concentration de ses collègues. La technicienne était revenue, mais ses collègues étaient restés dans l'avion pour se réchauffer. Elle se tenait deux pas derrière eux, gelée. Elle finit par perdre patience et leur demanda :

— Puis-je vous aider en quoi que ce soit? Sinon, je vais retourner boire un café dans l'avion avant de remonter le corps.

La question s'adressait à Konrad Simonsen, qui avait l'air étrangement absent. Arne Pedersen lui répondit donc :

— Cette fosse est-elle une cavité naturelle?

— D'après mon collègue groenlandais, non.

— Vous voulez dire que quelqu'un l'a creusée dans la glace?

— D'après mon collègue groenlandais, oui.

— Pourquoi a-t-elle fondu?

La femme eut un air hésitant.

— Je ne sais pas, je pense que c'est à cause du réchauffement climatique.

— Mais pourquoi précisément là où elle se trouve?

Elle écarta les bras et haussa les épaules. Trond Egede répondit à sa place :

— Il y a un certain nombre de nappes d'eau dans la région, mais le phénomène n'est pas fréquent. Ici, en effet, la glace a tendance à gagner du terrain alors qu'elle fond près des côtes. Il n'y a donc pas de raison particulière qui permette d'expliquer pourquoi le corps se trouve dans une flaque d'eau, ce doit être le fait du hasard. En ce qui concerne le fait de savoir si la fosse a été sculptée dans la glace, vous pouvez considérer que son collègue groenlandais a raison. C'est aussi mon collègue, et je peux vous assurer qu'il est spécialiste en la matière.

La technicienne approuva d'un signe de tête et ajouta :

— Tout à fait.

Konrad Simonsen la renvoya à l'avion en ignorant le regard étonné d'Arne Pedersen et la question qui s'ensuivit :

— Pourquoi l'avoir admonestée, Simon ? Il n'y avait pas de raison, et puis je n'avais pas fini.

N'obtenant pas de réponse de son chef, Arne Pedersen essaya de trouver la raison ailleurs. Il regarda le cadavre et dit :

— Il faut dire que tout ça est horrible. De plus, j'ignore où nous devons commencer et ce que nous allons trouver. La seule question de savoir comment elle a pu arriver ici dépasse mon imagination. A des centaines de kilomètres de la première zone habitée, ou, comme on dit, au milieu de nulle part. Ça ressemble au mystère de la chambre close, mais c'est aussi tout son contraire ; je veux dire qu'il s'agit d'un espace beaucoup trop ouvert.

— Je connais son identité et je sais comment elle est arrivée ici.

Arne Pedersen se tourna d'un air étonné vers Trond Egede.

— Et c'est maintenant que vous le dites ?

— Je pensais que vous ne souhaitiez pas avoir plus d'informations avant de l'avoir vue.

— C'est mon chef qui a de telles grilles d'analyse. Personnellement, je préfère connaître les faits dès que possible, mais vous ne pouviez pas le savoir. Je vous écoute.

Konrad Simonsen leva la main pour les interrompre.

— Pas tout de suite, j'ai besoin d'un peu de temps.

Arne Pedersen n'essaya même pas de cacher son inquiétude :

— Il se passe quelque chose, Simon ?

— J'ai juste besoin d'une minute de tranquillité, dis-je. Ça ne devrait pas être difficile à comprendre.

D'autres auraient renoncé, mais ce n'était pas le genre d'Arne Pedersen.

Il ignora l'intonation de son chef et dit d'un air assuré :

— Non, ce n'est pas difficile à comprendre. Ce n'est pas non plus difficile de réaliser que je voudrais savoir si tu as un problème. Est-ce le cas ?

Konrad Simonsen devait être réaliste. Il était clair que la Comtesse ou peut-être Anna Mia, sa fille, ou bien les deux, avaient dû évoquer ses problèmes de santé derrière son dos. La Comtesse faisait partie de ses plus proches collaborateurs. Elle s'appelait Nathalie von Rosen, mais tous l'appelaient Comtesse ; tous, à l'exception de sa fille, qui insistait pour l'appeler par son vrai nom. Peut-être était-elle aussi sa compagne, mais il n'arrivait pas à en être sûr, ou plutôt tous deux avaient quelques hésitations à ce sujet.

Bien sûr, il ne devait pas se formaliser si ses proches laissaient échapper des informations sur son état de santé. Lors de ses dernières visites chez le médecin, notamment la semaine précédente, celui-ci ne s'était d'ailleurs pas montré spécialement optimiste.

— Oui, je ne vais pas bien, précisa-t-il, mais ne t'inquiète pas, ça n'a rien à voir avec ma santé.

Il se retourna, s'apprêtant à partir, mais Arne Pedersen lui barra le chemin en le regardant droit dans les yeux. Ils restèrent ainsi un moment qui parut une éternité à Konrad Simonsen, puis Arne se mit sur le côté et le laissa passer.

Lorsque Konrad Simonsen fut enfin prêt, le policier groenlandais tira un bloc de sa poche intérieure et retira le gant de sa main droite pour pouvoir feuilleter dans ses notes.

— Elle s'appelle Maryann Nygaard. Elle était infirmière et travaillait à l'époque sur la base américaine de Søndre Strømfjord, qui est aujourd'hui fermée. Elle y avait été engagée par l'intermédiaire d'une société danoise, Greenland Contractors, qui fournissait à l'armée américaine au Groenland la main-d'œuvre danoise dont elle avait besoin. D'après mes informations, il s'agissait d'un accord bilatéral entre le Danemark et les Etats-Unis spécifiant que l'ensemble du personnel civil travaillant sur les bases de Thulé et de Søndre Strømfjord devait être de nationalité danoise. Mais ne me posez pas de colles, car cet accord comporte peut-être des conditions particulières ou des exceptions que je ne connais pas. En tout cas, Maryann Nygaard fut employée comme infirmière sur la base de janvier 1982 jusqu'au jour de sa disparition, le 13 septembre 1983.

Konrad Simonsen avait repris ses esprits. Il demanda :

— En 1983 ? Cela signifie-t-il que son corps est là depuis vingt-cinq ans ?

Seul Arne Pedersen, qui le connaissait bien, sentait qu'il n'était pas encore au sommet de sa forme et que quelque chose le tourmentait. Leur collègue groenlandais répondit :

— Oui, c'est exact. Et sans le réchauffement climatique, elle aurait pu rester là encore un ou deux millénaires, jusqu'au jour où son corps, transporté par un iceberg, aurait atteint le fjord.

Konrad Simonsen continua :

— Est-ce que vous savez quel âge elle avait ?

— Elle avait vingt-trois ans au moment de son décès, mais je n'en sais pas beaucoup plus. J'ai parlé avec le colonel qui est commandant en chef de la base aérienne de Thulé, c'est un homme que je connais très bien et avec qui j'ai collaboré dans le passé. Il m'a promis de se procurer de plus amples informations, et normalement, il est très rapide. Evidemment, sa rapidité suppose qu'il réussisse à éviter la bureaucratie de l'armée américaine, dont la mauvaise réputation est bien connue ; sinon, la procédure risque de durer des années. Rien n'indique cependant que ce sera le cas dans cette affaire.

— Vous voulez dire tant que les soldats américains ne sont pas mêlés à l'affaire ?

— Exactement. Et je ne pense pas qu'ils le soient.

Arne Pedersen demanda à son tour :

— A quelle distance d'ici se trouvait la base de Søndre Strømfjord ?

— Se trouve. La base est intacte, les Américains l'ont simplement abandonnée. Elle est située à environ trois cents kilomètres d'ici, au sud-ouest.

— Pourquoi cet emplacement ?

— Il y a une bonne raison à cela. Mais peut-être voulez-vous d'abord voir quelques photos de la jeune femme ?

Sans attendre la réponse, il déplia une feuille de papier de format A4 qui se trouvait en dernière page de son carnet.

— Le colonel m'a envoyé ces photos cette nuit de Thulé, et j'ignore si elles proviennent des Etats-Unis ou de ses archives personnelles. Ils les ont conservées à des fins d'identification, dans la perspective où on la retrouverait. C'est une procédure classique en cas de disparition.

Arne Pedersen l'interrompit à nouveau :

— Cela arrive-t-il souvent que des gens disparaissent ici ?

— Oui, ce n'est malheureusement pas si exceptionnel, notamment en hiver. Le Groenland est un vaste pays, et dans certaines zones, il vaut mieux ne pas trop s'éloigner, sinon on risque de ne plus retrouver son chemin, et les chances d'être retrouvé un jour sont alors très minces.

Ils se rapprochèrent pour regarder les photos. La première était le portrait d'une jolie jeune femme souriante qui, exception faite de sa longue chevelure noire, ressemblait bien peu au visage torturé que dévoilait le sac en plastique se trouvant à leurs pieds. La deuxième photo montrait la jeune femme un jour d'été, tenant fièrement une truite de ses deux mains. La pose se voulait humoristique, car étant donné la taille du poisson, elle aurait pu bien sûr le tenir d'une seule main. Une mèche de ses cheveux flottait au vent et dansait joyeusement derrière elle, telle une légère colonne de fumée s'élevant dans le ciel.

Konrad Simonsen étudia la deuxième photo avec minutie puis il hocha la tête d'un air presque affligé et demanda :

— Qu'est-ce qui l'avait amenée ici ?

— Son travail. Avez-vous déjà entendu parler des stations DYE ?

Les deux hommes secouèrent la tête.

— Ces stations avaient une fonction de postes radars pour la base de Søndre Strømfjord. Il existait cinq stations DYE semblables, numérotées de un à cinq. Ces stations, dont trois étaient situées dans les endroits les plus isolés du monde, à des centaines de kilomètres de la première habitation, ont toutes été construites au début des années 1960, et faisaient partie du système de détection nucléaire américain. Elles constituaient un maillon de la chaîne de stations radars qui s'étendait de l'Alaska à l'Islande en passant par le Canada et étaient destinées à permettre une détection rapide d'abord des bombardiers soviétiques puis des missiles intercontinentaux. Les quatre premières stations sont situées sur une ligne qui correspond approximativement au cercle polaire. DYE 1 est située sur la côte ouest du Groenland à Sisimiut, DYE 2 et DYE 3 se trouvent au cœur de la calotte glaciaire, l'inlandsis, et DYE 4 est située sur la côte est, à Ammassalik. La station DYE 5 en revanche se distingue des autres, car nous nous trouvons ici beaucoup plus au nord, comme je l'ai indiqué, à plus de trois cents kilomètres de la base de Søndre Strømfjord. J'ignore pourquoi DYE 5 n'a pas été construite sur la même ligne que les autres. Un ingénieur spécialiste de l'instrumentation radar pourrait peut-être nous l'expliquer, à moins qu'il s'agisse d'un secret militaire. Qui sait ?

— Quelle était la dimension de la station ? demanda Konrad Simonsen.

— Sa superficie était limitée, car elle était construite tout en hauteur. Vous pourrez vous en rendre compte quand vous verrez les photos à notre retour à Nuuk. Elle n'était en tout cas pas très esthétique.

— Que signifie DYE ?

— D'après ce que je sais, ça viendrait du nom de la ville canadienne Cap Dyer sur la côte orientale de l'île de Baffin, dans le détroit de Davis – Cap Dyer faisant aussi partie du système de radars – mais je ne peux pas vous le confirmer. Quoi qu'il en soit, les cinq stations ont été fermées à la fin des années 1980. La technologie qu'elles représentaient était périmée, il était désormais plus facile de détecter les fusées russes au moyen de satellites. DYE 5, la base où nous nous trouvons, fut la première à être fermée, et contrairement aux quatre autres, elle fut complètement démontée. Ce démantèlement avait été décidé dans un bureau de la capitale, pour préserver la nature du Groenland. Les Américains devaient en somme nettoyer après leur passage, ce qu'ils firent avec une grande efficacité, comme vous pouvez le constater, ou plutôt comme vous pouvez le deviner. Par la suite, le gouvernement local annula la procédure, de telle sorte que les autres stations DYE obtinrent l'autorisation de rester plus ou moins en l'état et aujourd'hui, deux d'entre elles sont utilisées par les climatologues lorsqu'ils veulent passer la nuit sur place.

— Envoyait-on uniquement des Danois sur ces stations ?

— Certains employés étaient danois, conformément à l'accord signé à cet effet par Washington et Copenhague, mais d'une manière générale, le personnel était mixte. Le chef de la station et les opérateurs radars, eux, étaient toujours américains.

— Les Danois faisaient-ils l'objet d'une habilitation de sécurité ?

— Oui, bien sûr, mais ce n'était pas une procédure approfondie. C'est du moins ce que je suppose si je me réfère à toutes les histoires que j'ai pu entendre au fil des années sur les employés de ces stations. Il n'y a pas de doute que certains d'entre eux étaient spéciaux, pas exactement le genre que l'on aimerait voir circuler librement dans un lieu comportant des installations ultra-secrètes. Ce qu'ils ont pu colporter n'a pas dû avoir grande importance, de toute façon : on peut reprocher beaucoup de choses à l'armée américaine, mais il faut reconnaître que ses chefs ne plaisantent pas avec la sécurité nationale. D'autant moins à l'époque, en pleine guerre froide.

Konrad Simonsen marqua son accord sans savoir exactement ce dont il parlait. Puis il demanda :

— Combien d'employés y avait-il sur une telle station ?

— Le nombre variait d'une station à l'autre. Sur DYE 5, il y avait douze Danois qui recevaient en principe des ordres de mission de six mois. Ensuite, ils devaient être remplacés, mais très souvent, ils obtenaient une nouvelle affectation sur une autre station. C'est une des raisons pour lesquelles certains d'entre eux, lorsqu'ils avaient passé plusieurs années sur l'inlandsis, avaient des comportements pour le moins étranges. Le fait qu'ils gagnent très bien leur vie sans avoir l'occasion de dépenser leur argent était un facteur aggravant et quand ils retournaient au Danemark, les choses tournaient souvent mal.

— Maryann Nygaard était donc l'une d'entre eux ?

Arne Pedersen avait l'air sceptique. Il était difficile de s'imaginer qu'une jeune et jolie femme puisse cohabiter avec une dizaine d'hommes pendant une si longue période.

— Non, non, ça n'aurait pas pu marcher. Ici, il n'y avait que des hommes. Mais dans l'armée américaine, il existe une foule de règles, et je ne fais ici que citer le colonel, qui sait de quoi il parle. L'une de ces règles, qui était respectée scrupuleusement, prévoyait qu'une fois par an, tout le matériel médical devait être vérifié par un médecin ou une infirmière. C'est dans le cadre d'une de ces inspections que Maryann Nygaard est venue ici le 13 septembre 1983. Le travail lui-même prenait deux heures et ne nécessitait aucun contact avec les hommes présents ; pourtant, à un moment donné, les hommes ont réalisé qu'elle avait disparu, et en dépit des efforts qu'ils déployèrent, ils ne purent la retrouver. Au bout d'un certain temps, ils n'ont plus eu d'autre solution que de quitter les lieux. L'hélicoptère est donc reparti sans elle.

Konrad Simonsen l'interrompit :

— Savez-vous à quel moment de la journée ça s'est passé ou, plus exactement, s'il faisait nuit ?

— Je l'ignore, mais je pense que nous allons trouver un rapport complet à Nuuk où mes collaborateurs travaillent sur l'affaire. A Thulé, les Américains travaillent aussi dessus et ont promis de m'envoyer la liste des hommes qui se trouvaient sur la station DYE 5 durant cette période.

— J'aimerais bien avoir cette liste.

— Je vous la donnerai. En fait, il n'y a pas grand-chose à ajouter. Le lendemain, la base a envoyé des renforts pour fouiller la zone afin d'essayer de la retrouver, mais en vain. Maintenant, on comprend pourquoi. Elle a dû être ensevelie à des centaines de mètres de la station, ils n'avaient donc pas la moindre chance de la retrouver. Je suppose qu'à un moment donné, elle a été déclarée officiellement morte, mais je n'ai pas encore pu me le faire confirmer.

— Savez-vous précisément où se trouve le corps par rapport à la station ?

— Non, malheureusement. Hier, pendant deux heures, nous avons essayé de voir si nous pouvions retrouver des traces de la station, mais nous n'avons rien trouvé. Compte tenu de l'efficacité dont ont fait preuve les Américains, nous risquons d'avoir du mal à trouver son emplacement exact. Mais j'ai l'intention de faire une nouvelle tentative demain avec une équipe élargie… si vous en êtes d'accord ?

La question était adressée à Konrad Simonsen.

— Bien sûr que oui. Et j'ajouterai que la police de Nuuk a fait du bon travail, ce que vous avez trouvé en un laps de temps si court est admirable.

Trond Egede accepta le compliment en souriant. Puis il regarda la jeune femme et dit gravement :

— J'ai vu pas mal de crimes dans ma vie, mais celui-ci est effrayant, il me donne la chair de poule. J'imagine que c'est aussi ce que vous éprouvez. C'est sans doute pour ça que vous vous êtes mis à l'écart tout à l'heure ?

Konrad Simonsen répondit d'un air mélancolique :

— Non, il s'agissait d'autre chose, mais justement, il est temps d'aborder ce point. Arne, c'est toi le plus jeune, est-ce que tu veux bien t'approcher du corps ? J'aimerais que tu regardes ses ongles et que tu nous dises comment ils sont coupés.

Les deux autres regardèrent instinctivement les mains de la victime lorsque le sujet fut évoqué, mais de là où ils se trouvaient, ils ne pouvaient rien voir de précis. Le policier groenlandais et Konrad Simonsen tinrent Arne Pedersen par les bras pour faire contrepoids et lui permettre de s'introduire dans la fosse où se trouvait le corps. Il baissa la tête jusqu'à ses cuisses, regardant les mains, d'un côté puis de l'autre, puis il dit :

— Elle ne s'est pas fait les ongles elle-même, aucune femme ne couperait ses ongles de cette manière. On dirait qu'ils ont été coupés à la hâte et de manière irrégulière, comme avec un ciseau de couture. Comment pouvais-tu savoir ?... Oh non, Simon !

L'officier de police groenlandais avait lui aussi compris. Il regardait fixement l'étendue de glace devant lui. Konrad Simonsen répondit cependant :

— Je le sais, parce que c'est malheureusement la deuxième fois que je rencontre le cas d'une jeune femme ayant été victime d'un si odieux traitement.

3

Le temps sur Copenhague était instable. De courtes et violentes averses estivales alternaient avec des périodes ensoleillées. En un instant, les rues étaient alors rapidement séchées, invitant à nouveau les passants à la promenade, jusqu'au moment où une nouvelle ondée les forçait à rentrer chez eux, la pluie trempant par saccades les quelques malchanceux qui n'avaient pas trouvé d'abri. La saison des vacances touchait à sa fin, mais on voyait encore quelques touristes, facilement reconnaissables à leur démarche nonchalante ou à leur tenue décalée, presque trop décontractée.

A la préfecture, Konrad Simonsen était dans son bureau et regardait à la fenêtre. Il se demandait très sérieusement s'il n'était pas en train de ressentir les prémisses d'une dépression. Cela faisait deux jours qu'il était rentré du Groenland où il avait procédé à l'examen du corps de Maryann Nygaard, et depuis il n'était plus lui-même. Pour la première fois dans sa longue carrière, il était confronté à un meurtre qui l'avait complètement abattu. Il avait du mal à se concentrer et à poursuivre sa réflexion pour tenter d'éclaircir l'affaire. Et même s'il savait pertinemment que son humeur avait un lien étroit avec un autre homicide dramatique dont il allait falloir revoir les conclusions, ce fait n'était pas d'une grande aide. Il avait beau se répéter que sa réaction était le signe d'une bonne santé mentale et la preuve que ses sentiments n'étaient pas encore émoussés, il avait du mal à endiguer sa souffrance et à travailler. A cela s'ajoutait son mauvais état de santé. Ces derniers jours, il avait été pris de douleurs dans les pieds qui l'empêchaient de rester debout. Il avait donc fumé quelques cigarettes, en se refusant de penser aux conséquences, mais s'était toutefois efforcé de respecter son régime.

Dans la nuit, les contrariétés avaient culminé et l'avaient empêché de dormir. Alors que les premiers chants des oiseaux se moquaient de ses insomnies, les idées bouillaient dans sa tête et quelle que soit la position qu'il prenait, il avait du mal à détendre ses pieds. Tout au long de la matinée, il s'était promis de prendre rendez-vous avec un psychologue hospitalier, mais sa résolution était restée au stade des bonnes intentions. Comme dans bien d'autres domaines, il prenait des décisions qu'il ne mettait jamais en œuvre. Au lieu de ça, il avait pris un autre rendez-vous qui l'obligerait à exposer son sentiment de culpabilité et devait s'y rendre plus tard dans la journée. Il allait risquer le tout pour le tout.

— Veux-tu que j'appelle pour dire que tu auras du retard ?

La Comtesse, qui était assise derrière lui et le regardait d'un air inquiet, parlait d'un ton calme. Il sentait son parfum, frais, optimiste et sage, comme toute sa personne. Quant à lui, il avait l'impression de ressembler à ces flocons dont on nourrit les poissons. Voyant qu'il ne répondait pas, elle revint à la charge :

— On peut repousser la réunion d'une demi-heure. Ce n'est pas si urgent.

— Qu'ils attendent, bon sang ! s'exclama Konrad Simonsen.

— Oui, on va les laisser patienter un peu, ça ne leur fera pas de mal.

— Je me demande pourquoi cette séance se transforme en une véritable attraction, ça n'a pas de sens. Au départ, il ne devait s'agir que d'une réunion d'information interne. Comment puis-je travailler si le monde entier se précipite pour venir assister à mes briefings ?

— Exactement. C'est tout à fait impossible.

— Arrête de répéter tout ce que je dis. Tu es donc incapable de penser par toi-même ?

Un lourd silence s'ensuivit. A quoi pouvait bien servir l'attention bienveillante d'étrangers, simples échos de la compassion qu'il éprouvait lui-même ? La compréhension sans limites de son entourage et la patience perfide qu'on lui témoignait le faisaient bouillir de colère. Il ferma un instant les yeux, puis fit un énorme effort pour rassembler ses forces.

— Pardon, Comtesse, ce n'est pas ce que je voulais dire.

— Je sais bien. Ce n'est pas grave, je ne suis pas en sucre.

C'était l'une de ses qualités. Elle n'était pas du genre à s'engager dans la première dispute venue ; sinon, leur histoire aurait depuis longtemps chaviré, mais elle durait, empreinte à la fois de tendresse et de prudence. Ils étaient comme deux adolescents de treize ans qui font en permanence de petits pas, de tous petits pas pour se rapprocher peu à peu l'un de l'autre. Konrad Simonsen dit d'un air triste :

— Je finis par ne plus savoir combien de fois j'ai prononcé ce mot au cours des quatre derniers jours.

Pardon, pardon, pardon… je vais bientôt demander pardon à la terre entière. Vous devez tous trouver ça insupportable.

— Ne pense pas à ça, Simon. Concentre-toi sur toi. Je vais téléphoner pour dire que tu seras en retard.

Il la laissa faire, estimant que son conseil était judicieux et raisonnable. Quand elle eut terminé, il souhaita s'attaquer à la question des intrus qui avaient envahi les locaux pour assister à sa présentation.

— Qui au juste est présent du ministère des Affaires étrangères ?

— Un de ces notables, d'après ce que je sais, un directeur. Je ne connais pas son nom, ou plutôt je ne m'en souviens pas. Le bruit court que le bureau du chef de la police nationale suit l'affaire de près. Il considérerait que la présence de ce directeur constitue une ingérence déplacée, mais quelqu'un a dû les devancer.

— Il faut dire que c'est incroyable. Quelle est la raison de sa présence ? Est-ce encore cet épisode avec la chancelière ? Je ne pense pas qu'il s'agisse de ça, tout de même.

— Allemands, Américains, Groenlandais, tout le monde essaie de comprendre, mais personne ne sait précisément.

— Comtesse, tu pourrais peut-être aller voir ce qu'il en est ? J'aimerais bien savoir ce qui se passe dans le cadre de ma propre enquête.

— Oui, je m'en occupe.

Konrad Simonsen sourit alors pour la première fois de la journée. Puis il dit, presque gêné :

— Je te l'ai déjà demandé hier, il me semble ?

— Ce n'est pas mauvais de rappeler un ordre lorsqu'il est bon.

Ils éclatèrent de rire et l'atmosphère se détendit. Il s'affala lourdement dans son fauteuil.

— Tu sais bien à quelle conclusion on va aboutir ?

— Nous avons tous lu le dossier sur le meurtre de Stevns et nous savons bien que ce doit être une situation délicate pour tous ceux qui ont suivi l'affaire, et surtout pour toi.

— Oui, c'est horrible.

— Tout le monde peut se tromper. Nous sommes des êtres humains, pas des dieux.

— Un chien ! *Un roquet*, aurait-elle pu dire.

— Je ne comprends pas ce que tu dis, tu me fais peur. Si tu es fatigué, Arne ou moi, nous pouvons prendre la relève.

— Non, je vais essayer moi-même, c'est préférable.

— Comme tu veux.

— En vérité, j'ai peur de ce qui peut arriver si je me dérobe et jette l'éponge.

— Ta vie n'est pas un combat de boxe, Simon, et tu dois être prudent. On ne peut pas tout maîtriser. Il arrive qu'on ait besoin de l'aide d'un professionnel.

— Je sais. Dis-moi, que fais-tu cet après-midi ?

— Ça dépend de la mission que tu vas me confier.

— Est-ce que tu veux venir faire un tour avec moi ? Je dois rendre visite à une femme dont le mari s'est suicidé en 1998.

La Comtesse ne répondit pas tout de suite, mais Konrad Simonsen ne voulait pas la bousculer. Au bout d'un moment, elle dit :

— Tu veux lui annoncer que vous vous êtes trompés ?

— Que *je* me suis trompé.

— Que toi *et* d'autres ont commis une erreur.

— Elle a cru son mari jusqu'à la fin, elle n'a pas douté une seconde de son innocence et elle m'a dit que j'étais un misérable. Tu imagines, c'est l'expression la plus dure qui lui était venue aux lèvres, alors que j'allais gâcher sa vie, ou plus exactement ce qui en restait après l'assassinat de sa fille.

— Tu penses que c'est une bonne idée ?

— J'ai bien réfléchi et j'en suis convaincu. Je suis responsable de l'erreur judiciaire dont son mari a été victime, il me semble donc que c'est la moindre des choses.

— Il n'a pas été jugé.

— Il l'aurait été, les preuves étaient accablantes.

— Mais il ne l'a pas été.

— Le suicide n'était pas une meilleure solution, ça a dû être terrible pour lui.

— Je viens avec toi. Tu as rendez-vous ?

— Oui, nous devons être à Haslev à 16 heures.

— Je te préviens, si les choses ne se passent pas comme tu l'escomptais, je te sors de là, que tu le veuilles ou non. Et crois-moi, je saurai le faire si c'est nécessaire.

Il se contenta de hausser légèrement les épaules et demanda :

— Peux-tu me rendre un autre service ? J'ai un rendez-vous à Høje Taastrup avec une… femme. Puis-je te demander de l'appeler pour annuler le rendez-vous ? Pendant ce temps-là, je pourrai aller me rafraîchir le visage.

Elle acquiesça. Il nota un numéro de téléphone sur un bout de papier et lui tendit.

— Merci bien. Retrouvons-nous en bas dans cinq minutes.

Il s'en alla et la Comtesse passa le coup de fil. Elle savait parfaitement qui elle devait appeler. A la Crim, l'habitude qu'avait Konrad Simonsen de discuter de temps en temps de ses affaires avec une vieille voyante de Høje Taastrup était un secret de polichinelle, bien que ses collaborateurs aient tous suffisamment de tact pour faire semblant de ne rien savoir. Pour sa part, elle n'avait aucun *a priori* contre la voyance, mais la tournure que prit la conversation téléphonique l'effraya tout de même. *Ne lâchez pas Steen Hansen, Baronesse, ne le laissez pas s'échapper, cramponnez-vous à lui. Ne vous laissez pas émouvoir, c'est une question de vie ou de mort. Quoi qu'il arrive, quoi qu'il arrive, Baronesse, c'est essentiel.*

Elle n'avait eu aucune explication, aucune précision sur le contexte. Il n'y avait eu que cette supplique. Tel un cri de détresse, deux fois, trois fois, cinq fois, elle ne se souvenait plus, elle se rappelait seulement la voix sèche et rauque qui continuait à retentir comme un écho, même après qu'elle eut promis, décontenancée, de faire ce qu'elle lui demandait. Et puis il y avait cette manière qu'elle avait eue de lui dire *Baronesse*. Elle regarda fixement en l'air puis décida de ne rien raconter de cette conversation à Konrad Simonsen, qui avait assez de choses à gérer, et d'aller elle aussi se passer un peu d'eau sur le visage.

Dans le couloir qui les menait vers la salle de conférences, les événements se précipitèrent. Ils s'étaient peut-être retrouvés dans le couloir trop brusquement, et il y avait tant de choses dont ils n'avaient pas encore eu le temps de parler. Maintenant, l'occasion se présentait et Konrad Simonsen dit prudemment :

— J'ai peur de pleurer en évoquant son cas. Encore qu'un chef de la Crim qui pleure, ça pourrait être touchant.

— Et si tu faisais le début de la présentation et laissais Arne continuer ?

— C'est une bonne idée, faisons comme ça.

La réponse l'étonna tant qu'elle dut se racler la gorge pour ne pas donner libre cours à tous les bons arguments qu'elle avait en réserve.

Ils croisèrent une femme de ménage munie d'un plumeau multicolore fixé à un long manche en bambou et qui enlevait les toiles d'araignée du plafond. Comme s'ils s'étaient mis d'accord sur l'attitude à adopter, ils arrêtèrent de parler lorsqu'ils passèrent devant elle. La femme esquissa un léger sourire, tout en continuant d'un œil avisé de tracer de petits gestes experts à l'aide de son plumeau. Lorsqu'ils furent hors de portée de voix, la Comtesse reprit :

— Je pense aussi que tu devrais venir t'installer chez moi une petite semaine, ça te ferait du bien.

La proposition avait de quoi surprendre. Ils n'avaient pas encore atteint ce stade d'intimité, du moins c'est ce qu'ils croyaient. Mais Konrad Simonsen ne ralentit même pas l'allure pour donner sa réponse :

— Je veux bien.

Parfois, la vie était d'une simplicité rare, il suffisait de prendre les bonnes décisions. Elle le retint en posant une main indulgente sur son bras. Normalement, ils ne s'embrassaient jamais pendant le travail et rarement en privé. Mais soudain ils le firent, du bout des lèvres, en tout bien tout honneur, sans trop s'approcher l'un de l'autre. On se serait cru dans un vaudeville.

4

L'examen des premiers résultats de l'enquête eut lieu dans une des grandes salles de conférence de la préfecture, non pas en raison du nombre de participants, mais parce que la salle était équipée d'un grand écran tactile. On allait ainsi pouvoir procéder à la présentation parallèle de photos des deux victimes concernées. Le sujet relatif aux actions que la brigade criminelle devrait entreprendre à la suite de cette analyse faisait initialement partie de l'ordre du jour de la réunion, mais lorsque le ministère des Affaires étrangères puis le bureau du chef de la police nationale avaient fait part de leur souhait d'y participer, il avait été décidé de traiter la question ultérieurement dans un cercle plus restreint. La brigade criminelle était représentée par Pauline Berg et Arne Pedersen, les proches collaborateurs de Konrad Simonsen, et Malte Borup, étudiant stagiaire dans le service et expert en informatique, assurait la présentation des diapos de la cabine de projection située au premier étage.

Arrivant vingt minutes après l'heure prévue, Konrad Simonsen salua brièvement les participants d'un signe de tête. Tous s'étaient installés dans les premiers rangs, Pauline Berg et Arne Pedersen étant assis un peu à l'écart. La Comtesse s'assit à la place restée libre à côté d'Arne Pedersen, mais se leva à nouveau quand son chef, qui s'apprêtait à commencer, fut interrompu par un représentant du ministère des Affaires étrangères.

— Permettez-moi de vous dire d'emblée, monsieur le commissaire divisionnaire Simonsen, que c'est la dernière fois que vous arrivez en retard à une de nos réunions. J'espère que vous le comprenez.

L'homme, d'âge moyen, n'était pas très grand et avait l'air *a priori* inoffensif. Compte tenu de sa position, on pouvait être surpris du manque de goût que reflétait son costume et de sa coiffure approximative. Néanmoins, le ton modéré de son discours paraissait de mauvais augure et laissait penser qu'il avait l'habitude de se faire écouter sans tolérer de commentaires inutiles. Même sa voix haute et singulière, presque enfantine, ne pouvait modifier l'impression qu'il donnait d'un homme de pouvoir auquel il était difficile de s'opposer impunément. C'était peut-être dû à son calme ou à ce naturel avec lequel il proférait ses extravagances.

La Comtesse s'apprêtait à préciser qu'elle était responsable de ce retard : elle savait qu'un chef de la Crim instable et un bureaucrate suffisant constituaient un cocktail explosif. Mais contre toute attente, ce fut une secrétaire, travaillant au bureau du chef de la police nationale et connue pour son amabilité, qui sauva la situation. Sa voix agressive coupa court à toute tentative, et bien qu'elle demeurât assise, on comprit immédiatement à qui ses propos s'adressaient.

— Le chef de la police nationale m'a priée de vous adresser ses salutations et de vous dire que vous êtes ici en tant qu'invité. Par conséquent, si vous ne vous comportez pas correctement, vous pouvez vous tirer, ce sont les termes qu'il m'a demandé d'utiliser. Vous voudrez bien excuser son manque de diplomatie.

L'homme, *très digne*, se leva et quitta la salle en silence, sans se laisser impressionner par la photo d'Albert Einstein lui tirant la langue que Malte Borup, faisant preuve d'une admirable présence d'esprit, avait comme par enchantement fait apparaître sur l'écran. La secrétaire le suivit, indiquant en un mot que sa présence n'était plus nécessaire.

Lorsque la porte se referma derrière elle, Arne Pedersen s'adressa à l'auditoire :

— Comme c'est agréable ! Et en plus, nous allons peut-être pouvoir enfin travailler. Ceci dit, tout ça va faire du bruit. Ce monsieur n'est pas n'importe qui. Malte, tu risques au moins cinq ans de déportation.

Konrad Simonsen, qui était resté silencieux pendant toute la scène, revint à la réalité.

— Alors, nous devons tirer à profit le temps dont nous disposons. Malte, donne-moi les premières photos. Vous pouvez intervenir comme vous le souhaitez, si l'un d'entre vous a quelque chose de sensé à dire. Il n'y a aucune raison d'exagérer le caractère formel de cette réunion.

La projection des photos des deux victimes eut pour effet de modérer sensiblement l'usage de la liberté d'expression que les membres de l'assemblée venaient d'obtenir. Les clichés avaient soigneusement été choisis afin que les angles de vues et les distances soient si possible identiques, ce qui soulignait encore les ressemblances.

— La femme que vous voyez à gauche est Maryann Nygaard, indiqua Konrad Simonsen. Elle a été assassinée au Groenland le 13 septembre 1983 sur la station DYE 5 située sur l'inlandsis. Son corps a été retrouvé il y a un peu plus d'une semaine dans des circonstances que vous connaissez tous. La photo de droite représente Catherine Thomsen, qui a été tuée le 5 avril 1997 sur la presqu'île de Stevns, sur la plage de Nordstrand près de la falaise. Son cadavre fut découvert plus de huit mois après le crime par deux archéologues amateurs qui avaient localisé son bracelet avec leur détecteur de métaux. La liste des ressemblances existant entre ces deux assassinats est tellement longue qu'il s'agit vraisemblablement d'un seul et même assassin. Je vous demande néanmoins d'écouter cette présentation avec la plus grande attention en gardant tout votre sens critique. Chacun d'entre vous sait à quel point il serait grave d'aboutir à de fausses conclusions.

Tous l'approuvèrent. Konrad Simonsen continua :

— Les deux femmes ont, avant de mourir, subi un traitement identique : mains attachées le long des cuisses, juste au-dessus des genoux, avec du Gaffer ; chevilles également attachées avec le même type de ruban adhésif ; vêtues d'un slip et d'un tee-shirt ; poitrine dénudée ou presque, puisque leur tee-shirt a été déchiré. Nous savons que Catherine Thomsen portait un soutien-gorge, ce qui signifie que le meurtrier le lui a retiré, mais nous n'avons pas d'information à ce sujet concernant Maryann Nygaard. Le meurtrier leur a vraisemblablement coupé les ongles. Toutes deux ont été enterrées immédiatement après avoir succombé : Maryann Nygaard a été ensevelie dans la glace et Catherine Thomsen dans les galets, suffisamment près de la mer pour que son cadavre soit régulièrement recouvert d'eau et puisse partiellement se conserver. Juste avant de les tuer, l'assassin a peint la bouche des deux femmes avec un rouge à lèvres rouge vif. On a retrouvé dans leur gorge des traces de fibres textiles indiquant que l'on a dû leur enfoncer un chiffon dans la bouche. On a identifié sur le corps de Catherine Thomsen certaines fibres contenant des traces microscopiques de rouge à lèvres, ce qui a permis aux techniciens d'en déduire que le meurtrier avait maquillé ses lèvres alors qu'elle avait le chiffon dans la bouche. Nous ne serons pas en mesure de confirmer si la même méthode a été utilisée dans le cas de Maryann Nygaard avant d'avoir reçu le rapport d'autopsie définitif, qui devrait être prêt d'ici un jour ou deux. Enfin, les deux femmes ont été étouffées au moyen d'un sac en plastique que le meurtrier a mis sur leur tête et attaché autour de leur cou après avoir retiré le chiffon qu'il avait précédemment introduit dans leur bouche.

Konrad Simonsen fit une courte pause. L'atmosphère était pesante et tous les participants étaient silencieux. Malte Borup, qui avait illustré les propos de son chef à l'aide de gros plans correspondant à chaque point, revint aux deux photographies du début. L'exposé reprit :

— Il convient d'évoquer une série d'autres ressemblances qui pourront ou non, c'est à vous de juger, être considérées comme fortuites. Maryann Nygaard avait vingt-trois ans lors de son décès et Catherine Thomsen vingt-deux. Les deux jeunes femmes étaient de taille moyenne, minces, et présentaient une silhouette presque athlétique. Toutes deux avaient des cheveux bouclés mi-longs au moment où on les a retrouvées. L'analyse de leurs visages permet également de dégager de nombreuses similitudes. Elles avaient un joli visage, des traits fins, des pommettes hautes et des yeux bruns. Bien sûr, elles avaient aussi des différences, notamment au niveau du nez, mais celles-ci ne remettent pas en cause la ressemblance flagrante existant entre elles.

Arne Pedersen prit Pauline Berg par la main. Elle se méprit et le repoussa d'abord d'un air irrité en se figeant pour un instant plus tard remettre sa main dans la sienne. Konrad Simonsen poursuivit :

— Il convient de remarquer que, si on examine soigneusement les documents, on peut aussi épingler certaines différences, mais à mon avis, aucune qui puisse modifier l'idée dominante d'une frappante ressemblance. Personne dans l'auditoire, certes restreint mais composé d'experts, ne fit de commentaires ni ne tenta de contester ses conclusions.

— En ce qui concerne les parallèles existant entre les deux disparitions, on peut noter qu'aucune n'a subi de violences sexuelles, hormis le fait que leur poitrine a été dénudée. Maryann Nygaard avait dans le vagin un tampon hygiénique intact, et Catherine Thomsen était vierge. Sa virginité était sans doute liée au fait qu'elle faisait partie des témoins de Jéhovah qui, comme vous le savez, refusent toute pratique sexuelle en dehors du mariage. Par ailleurs, il est à noter que l'on n'a trouvé aucune trace de sperme sur les scènes de crime.

Konrad Simonsen se tut et attendit les réactions, qui ne tardèrent pas à venir, tous considérant en effet que l'individu qui, en 1983, avait tué Maryann Nygaard était celui qui, près de quatorze ans plus tard, avait dû également assassiner Catherine Thomsen. Il respira profondément et aborda le point qu'il avait tant redouté au cours des derniers jours. L'introduction du sujet avait été préparée avec soin.

— Le sujet que je vais évoquer à présent est délicat, et j'imagine que ceux d'entre vous qui ont participé à l'enquête concernant le meurtre de Catherine Thomsen partageront mon sentiment. Je vais résumer l'affaire à l'intention de ceux qui ne la connaissent pas, sans omettre de préciser le rôle personnel que j'y ai joué. Je le ferai de manière aussi honnête et franche que possible.

Les participants hochèrent la tête en silence. Un policier d'un certain âge sortit une paire de lunettes de soleil de sa poche intérieure et cacha son regard derrière les deux petits miroirs sans tain.

— Pour commencer, on peut à juste titre affirmer que le défunt Carl Henning Thomsen, camionneur de son état, ne pouvait se trouver au Groenland en septembre 1983, dans la mesure où il purgeait à l'époque une peine pour trafic de drogue à la prison de Vridsløselille. Il n'a par conséquent pas pu tuer Maryann Nygaard, et il n'est donc pas non plus le meurtrier de sa fille, Catherine Thomsen. Les indices que nous avons rassemblés à son encontre en 1998 ont vraisemblablement été mis en scène par une tierce personne – une idée qui était déjà dans l'air à l'époque, mais que nous n'avions malheureusement pas réussi à étayer.

Des larmes commençaient à couler doucement le long de son visage, mais sa voix était ferme, et il prit le mouchoir que lui tendait Pauline Berg sans interrompre son exposé. Mais lorsque apparut sur l'écran le portrait d'un homme d'âge mur, aux yeux maladifs et au visage stressé, marqué par les malheurs de la vie, regardant les spectateurs d'un air fatigué, il détourna la tête.

— Carl Henning et Ingrid Thomsen habitaient à Haslev, où ils géraient ensemble une petite entreprise de déménagement. Tous deux étaient témoins de Jéhovah, comme leur fille unique, Catherine, qui était venue s'installer ici à Copenhague, dans le quartier d'Østerbro, où elle faisait des études de kinésithérapie. Pendant leur temps libre, les parents et leur fille faisaient du porte à porte pour prêcher la bonne parole et contribuer à l'essor de leur religion. Catherine disparut le samedi 5 avril 1997. Le matin, elle avait pris le train de Copenhague en direction de Haslev et elle a été vue pour la dernière fois à la gare de Roskilde. Sa mère était ce jour-là en visite chez sa sœur dans le Jutland, et son père affirma que Catherine n'était jamais arrivée chez eux. Huit mois plus tard, son cadavre fut retrouvé près de Stevns.

Konrad Simonsen rendit le mouchoir à Pauline Berg en la remerciant d'un petit signe de tête. Il ne pleurait plus et sentait qu'il avait franchi l'étape la plus dure.

— Une enquête très approfondie fut menée, et plusieurs circonstances à charge désignèrent bientôt le père de Catherine comme suspect. D'abord, on trouva les empreintes digitales de ses deux mains sur le sac en plastique qui avait servi à étouffer sa fille, et à des endroits laissant penser qu'il l'avait tenue par la tête après avoir renversé le sac sur elle. Ensuite, on put démontrer que le sac provenait d'un rouleau que nous avions trouvé dans le garage des Thomsen. Enfin, il avait été vu sur la plage de Stevns en mars 1997 à proximité de l'endroit où le corps fut ensuite retrouvé. Il avait expliqué sa présence sur ces lieux en disant qu'il avait reçu un appel téléphonique d'un interlocuteur lui demandant de venir faire une offre pour ce qui s'était ensuite avéré être un faux déménagement, et que l'adresse qu'on lui avait indiquée impliquait qu'il marche le long du rivage. Enfin, il n'avait pas été capable de rendre compte des autres événements de manière convaincante.

La Comtesse interrompit son chef :

— Qu'en est-il de cette communication téléphonique ? Ne peut-on confirmer ou infirmer son existence ?

— Elle fut confirmée, mais l'appel avait été effectué à partir d'un numéro de mobile inconnu vers un émetteur qui couvrait l'habitation de Carl Henning Thomsen. On supposa qu'il avait lui-même émis cet appel, mais on ne put établir un lien direct entre lui et le téléphone ou la conversation. Vous me suivez ?

— Je comprends, mais j'ai maintenant un doute sur notre conclusion précédente. Les éléments que tu nous présentes constituent en tout cas de vrais documents à charge.

— Oui, et je le déplore. Mais selon nous, certains faits et circonstances ne collaient pas. En premier lieu, nous n'arrivions pas à comprendre pourquoi nous avions trouvé les empreintes du père sur le sac en plastique et pourquoi nous ne pouvions pas en trouver sur le ruban adhésif. Ensuite, le disque enregistreur du camion de déménagement indiquait à la date du décès de Catherine Thomsen que le véhicule ne s'était pas rendu à Stevns, et nous n'avons jamais réussi à identifier le véhicule utilisé. Enfin, nous avions du mal à comprendre pourquoi il lui avait coupé les ongles. La jeune fille n'avait pas des ongles très longs, et selon sa femme, il n'avait jamais fait de remarques à ce sujet. Il existait également d'autres irrégularités dont vous pourrez vous-même prendre connaissance.

Un officier de police assis au premier rang l'interrompit.

— Vous avez dit précédemment qu'en 1983, il se trouvait en prison pour trafic de drogue ?

— C'est exact. Pour trafic d'amphétamines et de cocaïne, si je me souviens bien.

— Avait-il un parcours de criminel ? Et quel pouvait être le lien avec les témoins de Jéhovah ? C'était un drôle de mélange.

— Dans sa jeunesse, il était chauffeur de poids lourds sur des trajets à longue distance et avait eu deux condamnations, toutes deux pour importation de stupéfiants. Puis il rencontra sa femme et, selon ses propres mots, il fut sauvé. Rien n'indique en effet qu'il ait eu des activités criminelles après son mariage en 1986.

— Quid de l'âge de Catherine ? Il ne semble pas coller avec les dates que vous venez de citer.

— Catherine était sa fille, pas celle de sa femme, mais Ingrid Thomsen l'adopta dès qu'ils furent mariés. Sa mère biologique était morte dans un accident de voiture alors que Catherine était toute petite. Mais rappelez-vous que ce n'est pas un exposé approfondi. Vous pourrez prendre vous-même connaissance de tous ces détails.

— Oui. J'étais juste curieux.

Konrad Simonsen esquissa un léger sourire.

— Ce n'est pas un défaut dans votre profession. Bien, revenons à Carl Henning Thomsen. Les deux événements décisifs qui plaidaient en faveur de son innocence n'étaient malheureusement pas factuels, et comme vous l'avez entendu, des éléments très concrets semblaient attester de son implication dans le meurtre. Mais il nous manquait un mobile, sans oublier le fait que Catherine Thomsen avait un début de relation avec une autre femme – nous connaissons son existence mais nous n'avons pas réussi à la retrouver – et qu'elle avait caché ce secret à ses parents. L'hypothèse était donc que la fille avait informé son père de cette liaison et que, pris d'un accès de frénésie religieuse, celui-ci l'avait alors tuée. Mais cet argument demeurait assez vague, pour ne pas dire spéculatif, et nous ne parvenions pas à faire coïncider les différents éléments dont nous disposions. Selon une autre théorie, les études que la fille avait entreprises heurtaient les convictions religieuses des parents, les témoins de Jéhovah ne croyant pas aux bienfaits de l'éducation, mais cette explication s'avéra, elle aussi, fausse. Le deuxième point, qui consistait à penser que le meurtrier n'était pas le père, paraissait encore plus abstrait, mais pour des professionnels, vous admettrez que de tels arguments sont de poids. Carl Henning Thomsen réussit à affirmer son innocence. J'ignore la durée exacte de son audition, mais le nombre d'heures pendant lesquelles il a été interrogé est impressionnant, et pas un seul instant il ne montra le moindre signe permettant d'indiquer qu'il avait tué sa fille, et ce en dépit de toutes les preuves solides qui étaient en notre possession. Mon chef de l'époque, Kasper Planck, pensa longtemps que nous avions mis la main sur le faux coupable, ce dont je réussis finalement à le détromper. Il pensait juste mais j'avais les bons arguments, et ce fut ma ligne qui l'emporta. Voilà la vérité. Ces derniers jours, j'ai peu à peu réalisé que j'allais devoir vivre avec ce poids pour le restant de mes jours.

Il fut surpris de réaliser qu'il avait prononcé les dernières phrases sans hésitation. Puis il devint nerveux, craignant de se prendre trop au sérieux, d'être un bouffon ridicule et égocentrique qui ne pouvait supporter de se tromper, qui pensait plus à ses propres souffrances qu'à celles des êtres qui avaient été victimes de ses faiblesses et de son incompétence.

— On fait une pause ? demanda Arne Pedersen.

Troublé, il regarda son collaborateur.

— Pardon, qu'est-ce que tu m'as demandé ?

— Si on pouvait faire une pause.

— Oui, dans un instant, j'ai presque terminé. L'inculpation de Carl Henning Thomsen pour le meurtre de sa fille fut la dernière scène de cette tragédie. Pendant le procès, il fut l'objet d'une crise nerveuse et dut être hospitalisé d'urgence au Rigshospital où, malgré une surveillance étroite, il parvint à mettre fin à ses jours en se jetant par la fenêtre du huitième étage. L'événement eut lieu en octobre 1998 puis le dossier fut classé. Deux ans plus tard, une mention complémentaire y fut ajoutée car on avait trouvé des appareils d'écoute avancés dans l'ancien appartement de Catherine Thomsen. On ignorait cependant si ça avait un lien avec son meurtre, mais ce point fut traité sans beaucoup de diligence. Y a-t-il des questions ou des commentaires ?

Son regard circulaire ne rencontra que des hochements de tête unanimes. Personne ne souhaitait poser de questions.

— Maintenant, on fait une pause. Ensuite, Arne Pedersen continuera la présentation.

Konrad Simonsen et Arne Pedersen se mirent à chuchoter sur un ton de complot.

— J'espère que ça ne pose pas de problème, la Comtesse m'a dit que c'était possible.

— C'est parfait. Je peux tout à fait continuer, surtout maintenant que nous sommes entre nous.

— Je suis fatigué, et les événements des dernières semaines m'ont appris à écouter mon corps.

— Tu n'as pas à te justifier.

— N'ai-je pas eu l'air de me prendre trop au sérieux au moment où j'ai évoqué le père et mon rôle dans cette affaire ?

— Tu avais l'air très sincère… et si tu t'imagines être le seul à être touché, tu te trompes. Je ne sais pas si tu as remarqué, mais nous aurions dû être dix-neuf, et nous ne sommes que seize. Trois de nos collègues, qui comme toi ont participé à l'enquête sur le meurtre de Stevns, ont dû rentrer chez eux, ils n'ont pas pu supporter une telle pression. Quant à Poul Troulsen, il est allé faire un tour; lui non plus n'est pas en superforme.

— Le fait de devoir faire cet aveu m'a aidé, car c'était le premier obstacle. Je dois recommencer cet après-midi, mais je pense que je pourrai faire face. En revanche, je me sens épuisé comme un centenaire.

— Ce n'est pas surprenant. Ainsi en est-il pour nous tous.

— Oui, je sais. C'est bien que tu acceptes de prendre la relève. Je connais un canapé discret où je vais pouvoir aller me reposer pendant une heure ou deux.

Arne Pedersen sourit.

— Moi aussi, je sais où trouver ce doux canapé. Nombreux sont d'ailleurs ceux qui connaissent l'endroit, alors j'espère qu'il est libre. Tu voudras que je vienne te réveiller ?

— Ce n'est pas la peine, je te remercie. Je vais régler mon mobile. Je suppose que lorsque tu auras terminé la présentation de DYE 5, tu vas répartir le travail entre nos différents collaborateurs de telle sorte que tous les employés de la station figurant sur la liste que les Américains nous ont fournie puissent être interrogés.

— Oui.

— J'aimerais bien avoir un résumé quand ça sera fait. Tu devras également t'assurer que les visites au domicile des témoins sont effectuées par deux policiers, et veiller à ce que l'un des deux au moins soit *un* policier. Tu me comprends ?

— Absolument.

— Il faudra aussi bientôt songer à établir un plan de communication pour voir comment nous allons informer le grand public, parce que tout ça va faire du bruit !

— Ça en fait déjà ! Va donc dormir, maintenant.

Arne Pedersen poussa pratiquement son chef vers la porte, un geste qui témoignait à la fois de son obligeance et de sa préoccupation pour la santé de celuici. Mais Konrad Simonsen le connaissait bien et Arne n'avait jamais été très bon dans l'art de la dissimulation. Il se détendit et demanda :

— Dis-moi, que se passe-t-il ? Pourquoi prendre les choses tant à cœur ?

Il vit alors le message de Maltc Borup apparaître en grosses lettres sur l'écran : *Arrivée d'un visiteur important pour le chef.* Arne Pedersen ne renonça pas :

— Ça peut attendre, Simon.

Mais il était trop tard. Un homme à la mise impeccable fit son entrée.

Konrad Simonsen et Arne Pedersen l'avaient déjà rencontré dans le cadre d'une autre affaire. Il s'appelait Helmer Hammer et était en poste dans les services du Premier ministre. C'était un homme charmeur. Les deux policiers l'appréciaient, ce qui n'empêcha pas Arne Pedersen de l'accueillir sur un ton acariâtre :

— Ce n'est pas nous qui avons généré cette larve des Affaires étrangères, et si vous voulez parler à Simon, il faudra attendre une heure ou deux, qu'il ait eu le temps de se reposer.

Comme de coutume, Helmer Hammer se montra conciliant :

— J'attendrai le temps qu'il faudra. Je voulais simplement vous annoncer que le petit ver des Affaires étrangères était en train d'organiser une vidéoconférence pour ce soir et aurait aimé savoir si Simon pourrait y participer.

— Est-ce Berlin qui appelle ?

Arne Pedersen venait à nouveau d'intervenir.

— Pas du tout, c'est un bateau dans les Caraïbes, mais je comprends bien que je ne peux pas faire ainsi irruption et escompter que vous laissiez sur le champ tomber tous vos dossiers. Cela étant, ce qui m'amène ne devrait pas prendre plus de dix minutes. Je suis désolé…

Konrad Simonsen eut un déclic. Quand la Comtesse et lui avaient dû annuler leur voyage, elle avait proposé à sa fille, Anna Mia, de partir gratuitement à leur place, en emmenant un ou une camarade, si ça lui faisait plaisir. Elle avait accepté, et promis d'appeler de temps en temps, mais il n'avait pas encore eu de ses nouvelles. Il se dit que ça devait être dû aux mauvaises liaisons.

— Un instant. De quelle conférence s'agit-il ?

— Ils disent qu'il s'agit d'une initiative visant au renforcement de la confiance. Ils excellent dans ce domaine au ministère.

— Et que devrais-je faire en retour ?

— Rien du tout. Considérez simplement cette invitation comme étant une manière de s'excuser de vous avoir offensé.

— Ça paraît louche.

— Mais ça ne l'est pas, vous avez ma parole. Il s'est ridiculisé et il essaie de se rattraper.

— Dans ce cas, je veux bien venir.

— Bien. Dites-moi, y a-t-il un endroit où nous pourrions parler sans être dérangés ?

Konrad Simonsen fit un geste du bras.

— Là, personne ne viendra nous interrompre.

Les deux hommes sortirent dans le couloir et Helmer Hammer expliqua à Konrad Simonsen les raisons de sa venue :

— Je suis ici pour vous demander un conseil, mais aussi un service. D'abord le conseil : certains ont noté l'existence d'un petit groupe de jeunes policiers qui avaient commencé des études de droit et fait valider une partie de leur scolarité avant de quitter l'université et d'entrer à l'école de police. L'idée serait de les aider à terminer leurs études afin qu'ils puissent obtenir un master tout en exerçant leurs fonctions de policier. La mesure aurait des effets socio-économiques positifs et permettrait d'avoir dans la police des gens compétents sans avoir à investir de grosses sommes. J'aimerais savoir ce que, en votre qualité de chef de la brigade criminelle, vous pensez d'un tel projet.

Konrad Simonsen hocha la tête d'un air incrédule. Cet homme jonglait à loisir avec les affaires d'Etat, il était virtuose en la matière comme dans l'art de se mettre dans vos bonnes grâces, ce qui rendait impossible toute indignation. Helmer Hammer savait pertinemment que la fille de Konrad Simonsen avait arrêté ses études de droit deux ans avant l'année du diplôme et allait bientôt terminer l'école de police. Il savait aussi que le projet éducatif qu'il venait d'esquisser constituait un appât que son interlocuteur ne pourrait ignorer.

— Vous êtes trop aimable. Et en quoi puis-je vous aider ?

— J'en déduis que vous approuvez le projet. En ce qui concerne le service, voilà de quoi il s'agit. Le représentant du ministère des Affaires étrangères qui est passé lors de votre présentation s'appelle Bertil Hampel-Koch. Il est vrai qu'à l'instar de nombre de ses collègues, il est capable de s'immiscer dans toutes sortes de conflits internes. Parfois, l'administration centrale ressemble à un vrai jardin d'enfants. Cela étant, Bertil est quelqu'un d'hyper compétent. De plus, c'est quelqu'un sur qui on peut compter, et cela n'a pas de prix.

— Comment puis-je faire la connaissance de cet homme de bien ?

— En lui envoyant chaque soir un court mail, juste quelques lignes, sur l'évolution de votre enquête. S'il n'y a rien de nouveau, vous l'en informez. S'il se produit un événement important, vous lui adressez aussitôt un message.

— Est-ce tout ?

— Non, pas tout à fait. Ce serait bien aussi de lui rendre régulièrement visite, du moins s'il en exprime le souhait.

— En fonction de mon calendrier, pas du sien.

— Je lui ai fait part de ce détail.

— Et il l'a approuvé ?

— Il se conforme toujours aux faits, sinon, il n'occuperait pas le poste qui est le sien aujourd'hui.

— Si je reçois que ça vienne écrit de la préfète de police de Copenhague précisant que je peux… faire sa connaissance, vous pouvez considérer que vous avez mon accord sur ce point. Mais je ne veux pas que ça vienne du directeur de la police nationale, ça doit être un message écrit de ma supérieure directe, c'est-à-dire de Gurli…

— Le message est sur votre bureau, ainsi qu'une carte de visite avec un numéro de téléphone que vous devrez appeler concernant la réunion de ce soir. Il y a aussi une adresse électronique.

L'accord était conclu, et tels deux maquignons, ils se donnèrent une poignée de mains. Mais puisque l'occasion se présentait, Konrad Simonsen avait encore une question :

— Dites-moi une chose : qui a décidé que je devais diriger cette enquête ? J'imagine que toutes ces lettres sur la chancelière ne sont pas vraies, n'est-ce pas ?

Helmer Hammer hocha la tête en souriant.

— Non, je peux vous assurer que non. C'est stupéfiant de voir toutes les bêtises que les médias peuvent faire croire aux gens.

— Qui a pris la décision alors ?

— C'est moi.

— Vous ! Pourquoi donc ?

— Parce que vous êtes compétent !

— Vous plaisantez ! Je ne suis pas le seul. Saviez-vous que j'allais prendre mes vacances ?

— Oui, je le reconnais. Mais j'ignorais que vous étiez souffrant, et j'en suis désolé.

— Bon, ce n'est pas si grave. Mais vous n'avez pas répondu à ma question. Pourquoi moi ? Et pourquoi être intervenu dans ce choix ?

— Je fais mon travail. Et je ne plaisante pas lorsque je souligne vos compétences.

— Mais n'y a-t-il pas une autre raison ?

— Si c'est le cas, ce n'est rien qui puisse avoir de l'importance pour vous ou pour votre enquête, je peux vous l'assurer.

Helmer Hammer consulta sa montre.

— Vous voyez, ça a pris tout juste huit minutes. Il ne me reste plus qu'à trouver la sortie.

Il jeta un regard perplexe autour de lui. La monotonie du bâtiment, avec son dédale d'entrées voûtées qui pour un œil non expert se ressemblaient toutes, lui avait fait perdre le sens de l'orientation.

— J'ai l'impression que ça ne va pas être si facile. Et moi qui pensais bien connaître la Préfecture.

— Oh, ça prend une bonne dizaine d'années. Je vais vous montrer le chemin. Non, en fait… je ne suis pas sûr que ce soit une bonne idée, vous n'allez tout de même pas gagner à chaque fois, ce n'est pas sain. Le fait de devoir chercher votre chemin pendant un petit quart d'heure constituera un exercice mental des plus sains.

— Nous sommes tous gagnants, c'est tout l'art de l'exercice. Eh bien soit, je me débrouillerai pour trouver mon chemin. Saluez votre fille de ma part. J'espère que nous allons nous revoir bientôt. Dormez bien, Simon !

5

Le chef dormait et dans le service, la pause décrétée à la fin de la première partie de la présentation se prolongeait. Les sujets de discussion ne manquaient pas et Arne Pedersen, qui allait devoir poursuivre l'exposé, disposait ainsi de quelques minutes supplémentaires pour peaufiner sa préparation. Il s'était installé à l'écart et étudiait chaque diapo de la présentation Power Point en se référant aux notes de Konrad Simonsen. Pauline Berg se dirigea vers lui. Il lui jeta un bref regard oblique et la repoussa :

— Quel que soit le sujet, Pauline, ça devra attendre.

Elle chipa son stylo.

— Mais bon sang, pourquoi faut-il toujours que tu dépasses les bornes avec moi ? Tu ne comprends pas que je dois étudier le dossier ? Ou tu veux prendre ma place et faire l'exposé toi-même pendant que je t'écouterai parler ?

Pauline Berg sourit de son plus beau sourire, et ce ne fut pas sans effet.

— Tout va bien se passer.

— Ton optimisme me fait chaud au cœur. Bien sûr que je peux le faire, la question est de savoir comment. Pourquoi te comportes-tu de cette façon ? Est-ce que c'est en raison de ta ressemblance avec les deux jeunes femmes assassinées ? Note que je comprends parfaitement ta réaction lorsque tu as découvert ce fait.

— C'est vraiment *awful*, effrayant, mais je te fais remarquer que j'ai les yeux bleus, et que la couleur de mes cheveux ne ressemble aucunement à la leur. Je ne me suis pas sentie très bien quand j'ai fait le rapprochement, d'autant que tout le monde me regardait sans rien dire, mais c'est tout.

— Personne ne te regardait. Qu'est-ce que tu cherches ?

— Là, en haut sur l'écran, c'est quoi ?

Arne Pedersen leva les yeux et vit que Malte Borup avait préparé la première photo : un bâtiment bizarre, qui ressemblait à une plateforme de forage en train d'engloutir un œuf géant. Il réussit à maîtriser son irritation.

— C'est la station DYE 5, comme l'indique la légende.

— Mais elle n'était pas très grande.

— Pas très grande ? Je ne dirais pas ça. Le bâtiment, qui repose sur huit piliers, comprend six étages. La coupole au sommet est le radar qui est recouvert de plastique, d'où sa couleur blanche. Si tu regardes la femme qui se tient devant le dernier pilier à gauche, ça te donne une idée de sa hauteur exacte. Sa construction a représenté un travail gigantesque, il a fallu transporter chaque tronçon par avion. Tu sais que les Américains appelaient leurs stations *Eyes of freedom*, les yeux de la liberté.

Pauline Berg voulut refouler ces informations, comme si elle chassait une mouche. Arne Pedersen poursuivit néanmoins :

— On peut surélever l'ensemble de la construction au fur et à mesure que la neige et les glaces s'accumulent. Ça la rend beaucoup plus…

Elle l'interrompit d'un ton irrité :

— Je me moque des piliers et des étages. Où est le reste ?

— Si tu peux attendre deux minutes, je vais tout t'expliquer en détail. Tu pourras aussi voir de nombreuses photos de l'intérieur du bâtiment.

— Mais Arne, il n'y en a qu'un seul ? Je veux dire : est-ce qu'il n'y avait pas plusieurs bâtiments ?

— Il n'y a qu'un bâtiment sur cette station, mais il y a quatre autres stations.

— Mais elles étaient situées à une grande distance l'une de l'autre, n'est-ce pas ?

— Oui, absolument. C'était d'ailleurs toute l'idée, puisqu'elles devaient constituer une chaîne, même si DYE 5 n'était pas sur la même ligne que les autres.

— C'est impossible. Alors, ça ne cadre pas.

— Qu'est-ce qui ne cadre pas, Pauline ?

Pauline Berg nourrissait l'espoir de pouvoir un jour élucider seule une grande affaire. Une fois, elle avait trouvé la première une chose importante que ses collègues avaient cherchée en vain, et elle se souvenait de ce jour avec plaisir. Mais en dehors de ça, il n'y avait rien dont elle pût se vanter. Elle savait bien qu'elle était naïve et qu'elle avait un esprit romantique, et gardait donc ses rêveries pour elle, à l'exception d'une fois où elle s'était laissée aller et avait dévoilé l'un de ses rêves, à Arne Pedersen précisément… et peut-être une autre fois à la Comtesse, et quelques fois encore. Mais ils avaient sûrement tout oublié, et si son hypothèse était confirmée, alors… Elle n'osait même pas imaginer la suite. Elle se sentit pleine d'entrain et ne se laissa donc pas abattre par la recommandation d'Arne Pedersen qui avait lu dans ses pensées :

— Souviens-toi qu'une enquête est un travail d'équipe.

— Bien sûr que c'est un travail d'équipe. Il y a néanmoins un élément que je dois vérifier, il faudra donc que vous vous passiez de moi pendant une heure ou deux.

Lorsqu'elle se retourna pour s'en aller, Arne Pedersen la saisit par le poignet.

— Aïe, tu me fais mal.

— Mais non !

— Vous aussi, il vous arrive de suivre une idée qui vous semble trop intéressante pour être abandonnée. Alors cette fois, c'est mon tour d'essayer. Ça fait tout de même un certain temps que je travaille ici.

— Il ne faut pas garder des informations pour soi, c'est un péché mortel dans toute enquête.

— Tu ne peux pas me donner un peu de liberté, juste aujourd'hui ? Je promets de t'appeler avant 8 heures, à moins que… Tu peux aussi venir chez moi, si tu as le temps. Tu verras ma nouvelle maison et tu pourras peut-être m'aider à accrocher mes rideaux.

— Ton fiancé ne peut pas t'aider ?

— Non, il ne peut pas m'aider, pour la bonne raison que notre histoire est du passé.

Arne Pedersen était franchement surpris. Son étonnement était surtout dû au fait qu'elle ne lui avait rien dit, même s'il devait reconnaître qu'elle n'était pas obligée de lui raconter sa vie privée.

— Vous ne veniez pas d'acheter une maison ensemble ?

— Il s'est approché d'un peu trop près de l'une de ses étudiantes et cet idiot va être père.

— Et tu as les moyens de rester dans cette maison ?

— La Comtesse va m'aider à modifier certains prêts, et je vais donner des cours de danse le soir pour faire face à ma nouvelle situation. Bon, on se voit ou quoi ?

Arne Pedersen lâcha son poignet, mais ne répondit pas. Il se leva et cria en direction de l'auditorium :

— Désolé, mais j'ai encore besoin de cinq minutes !

Puis il lui dit d'un ton autoritaire :

— Assieds-toi !

Elle obéit en prenant son temps. Il s'assit également.

— Tu as vu ces jeunes femmes sur l'écran tout à l'heure. Par conséquent, il n'est pas question que l'on te donne la permission de circuler librement si tu ne nous informes pas de ce que tu fais. Inutile de discuter. Alors soit tu me racontes ce que tu veux faire, soit tu restes ici.

— D'accord, mais n'oublie pas que c'est mon idée.

— Qui est ?

— Regarde les coordonnées qui se trouvent au bas de la photo.

— Oui, je les vois. Quel est le problème ?

— Elles ne correspondent pas à la scène du crime. Si on suppose que l'on n'a pas pu reproduire trois fois la même erreur, ça veut dire que le bâtiment de la station DYE 5 n'était pas situé là où le corps de Maryann Nygaard a été retrouvé.

Arne Pedersen la regarda avec autant d'impatience que de défiance.

— Continue.

— J'ai remarqué ce détail, parce que les coordonnées du lieu où Maryann Nygaard était enterrée correspondent pratiquement à mon numéro de portable. Donc, comme tu peux le voir, DYE 5 était située à une latitude nord de 68° 47′ 2″ et une longitude ouest de 45° 14′ 3″. Mais les coordonnées du lieu où Maryann

Nygaard a été ensevelie indiquent 68° 37′ 2′′ de latitude nord et 45° 41′ 3′′ de longitude ouest. C'est ce qui ressort du premier rapport envoyé par l'hélicoptère de la chancelière à la tour de contrôle de l'aéroport d'Ilulissat et ça correspond aux mesures GPS prises par les techniciens. J'ai d'abord cru qu'une telle installation DYE était très vaste en superficie, mais je vois que ce n'est pas le cas. Je pense donc – parce que je ne suis peut-être pas experte en géométrie sphérique, mais je ne suis pas non plus ignare – qu'une minute d'arc nord-sud est égale à deux kilomètres, et une minute est-ouest représente un kilomètre au Danemark. Tu comprends, Arne ?

— Je n'y comprends rien, tu m'as complètement brouillé l'esprit.

— Mais si, bien que la distance est-ouest diminue au fur et à mesure que l'on s'éloigne de l'équateur, la baie de Disko n'est pas située tellement au nord, et ça peut cadrer, si on utilise le théorème de Pythagore, et ce même si les courbes peuvent légèrement fausser les calculs.

Elle s'emporta un peu trop et deux de leurs collègues se retournèrent, ce qui la força à baisser le ton.

— Il y a au moins quinze kilomètres de différence, et sans doute plus. Tu dois bien le comprendre.

Arne Pedersen ne calculait rien, il avait renoncé. Au lieu de ça, il la regardait fixement.

— Tu es sûre, Pauline ?

— Oui, je suis sûre. Pourquoi ce serait faux ?

Il tourna la tête et fixa longuement l'écran tout en se remémorant les instants qu'il avait lui-même passés sur l'inlandsis. Pauline Berg se taisait.

— Quinze kilomètres, tu dis ?

— Au moins.

— Le pilote de l'hélicoptère ?

— Précisément.

Voilà une information qu'il fallait digérer. *A priori*, il était fort probable que ses calculs mathématiques soient faux d'une manière ou d'une autre, et dans ce cas l'hypothèse ne serait plus valable. D'un autre côté, ça permettrait d'expliquer pourquoi les Groenlandais n'avaient trouvé aucune trace de la station DYE 5. Bien que l'armée américaine, selon les dires de Trond Egede, puisse se montrer très efficace, il semblait peu vraisemblable qu'un aussi grand bâtiment ait pu être démantelé sans laisser la moindre trace. Par ailleurs, ce ne serait pas la première fois dans une enquête qu'une erreur se produirait à cause de ces maudits calculs. Il demanda prudemment :

— Que vas-tu faire maintenant ?

— Retourner à mon bureau et étudier ces coordonnées. Il doit exister une formule de calcul de la distance quelque part sur le Net, à moins que Google Earth puisse m'aider. Et si ça ne marche pas, je connais quelqu'un qui sait faire ce genre de calculs, même si je n'ai pas tellement envie de le recontacter.

— Passe d'abord dans mon bureau, tu trouveras la carte de visite de la police de Nuuk sur mon panneau d'affichage. Appelle le numéro qui se trouve au dos, demande à parler avec Trond Egede et explique-lui ce que tu viens de me dire. Mais il faudra que tu sois prudente dans le choix de tes mots lorsque tu évoqueras l'erreur faite dans le calcul des coordonnées, si on suppose qu'il y a une erreur. Demande-lui de te rappeler lorsqu'il aura pu vérifier le bien-fondé de ton hypothèse. Inutile de souligner l'importance de la démarche, ça va de soi. En attendant son appel, tu pourras faire tes propres calculs.

— Si mon hypothèse s'avère exacte, j'aimerais aller voir cette infirmière qui figure sur la liste de témoins de Simon.

Arne Pedersen réfléchit un instant.

— D'accord, mais sois discrète, et tiens-moi au courant en premier. Va réveiller la Comtesse et raconte-lui ce que tu as trouvé.

— Entendu, mais j'aimerais aussi parler avec l'un de ceux qui travaillaient sur la…

Il l'interrompit brutalement.

— Tu ne dois pas y aller seule ! C'est formellement interdit, un point c'est tout ; ou alors, attends un instant.

Il fouilla dans ses papiers et trouva ce qu'il cherchait.

— Donne-moi mon stylo.

Elle s'exécuta.

— Regarde ici. Lui, et uniquement lui, aucun autre. Il est en fauteuil roulant depuis 1992. Tu imagines ce que ça signifie, tu es intelligente, Pauline. Et le jour où tu seras aussi profession…

Elle mit la main sur sa bouche.

— Si je trouve son nom, j'aimerais pouvoir donner moi-même l'information, du moins au cercle des intimes.

— C'est d'accord.

— Est-ce que tu me trouves vaniteuse ?

— Oui.

— C'est aussi ce que dit la Comtesse, mais en plaisantant. Tu penses sûrement que je suis épouvantable.

— Tu sais bien que non, Pauline.

— Est-ce que tu viendras m'aider à poser mes tringles ?

Elle quitta le bureau dans un tourbillon sans même attendre la réponse.

Vingt minutes plus tard, elle était de retour, et leva son pouce en l'air avant même de refermer la porte. Arne Pedersen était plongé dans la préparation de son intervention, dont plusieurs éléments perdaient soudain toute pertinence. La Comtesse se leva et quitta la pièce. Il pensait à ce qu'il allait dire à Konrad Simonsen, mais aussi à sa femme.

Les deux femmes allèrent dans le bureau de la Comtesse. Pauline Berg engagea immédiatement la conversation, mais sans évoquer l'erreur relative aux coordonnées. Elle dit :

— Simon s'en est bien sorti.

La Comtesse lui répondit un peu brusquement :

— Oui. Qu'est-ce que tu t'imaginais ?

— Rien, enfin que tout se passerait bien, mais j'ai entendu certains dire que ça devait être dur pour lui. Je pense au père et à toute cette affaire.

— Qu'est-ce que tu as trouvé, Pauline ? Arne m'a dit que ça pouvait être important. Je suis un peu contrariée de ne pas pouvoir assister à son exposé. Explique-moi pourquoi nous sommes ici.

Pauline Berg lui raconta. Cette fois, elle était bien préparée et la Comtesse la comprit d'emblée. Sa réaction ne se fit pas attendre, elle eut la même idée qu'Arne Pedersen.

— Le pilote de l'hélicoptère ?

— Ce n'est pas une mauvaise hypothèse.

La Comtesse eut aussi besoin d'un peu de temps pour assimiler cette nouvelle information. Puis, sur la réserve, elle demanda :

— Et la police groenlandaise a confirmé que la localisation de la station radar était erronée ?

— Oui, absolument. Notre contact s'appelle Trond Egede. C'est lui qui était sur place avec Arne et Simon. Il a appelé il y a cinq minutes pour me dire que j'avais raison. Il s'est même excusé. Il enrageait de ne pas avoir trouvé l'erreur lui-même.

La Comtesse hocha la tête, comme pour montrer qu'elle comprenait la contrariété qu'éprouvait Trond Egede. Puis son visage s'illumina dans un large sourire :

— Beau travail, Pauline. On aurait pu passer plusieurs jours sur le sujet. Tu as mérité ton salaire, aujourd'hui.

Pauline Berg rougit de fierté.

— Merci. Arne n'était pas très favorable à l'idée mais il m'a tout de même donné le feu vert pour que j'aille interroger un témoin qui connaissait ces stations.

— Ne t'occupe pas de lui et pars tout de suite. En ce qui concerne la liste des témoins qui ont travaillé sur ces stations DYE, je te recommande de ne pas aller voir ces hommes toute seule. A moins que… Non, que le pilote d'hélicoptère soit impliqué dans cette affaire ou pas, tu dois éviter de les rencontrer seule. Nous sommes d'accord ?

— Oui, d'ailleurs c'est aussi ce que m'a demandé Arne.

— Alors, très bien ! Tu peux prendre ma voiture, si tu veux.

La Comtesse la suivit du regard longtemps après son départ. Elle éprouvait à l'égard de sa collègue une pointe de jalousie, non pas en raison de la découverte que celle-ci avait faite. Elle lui enviait plutôt sa démarche souple et cette coquetterie joyeuse qui la caractérisait, un don de la jeunesse certes lui aussi voué un jour à disparaître. Tôt ou tard, on était conduit à reconnaître que l'affaire si importante que l'on était en train de suivre ne revêtait en réalité pas une importance si primordiale. Une nouvelle affaire suivrait, puis une autre et encore une autre. L'expérience conduisait peu à peu à considérer chaque enquête comme un travail en soi et non plus comme un style de vie. Au fil du temps, on devenait plus efficace mais on perdait de son enthousiasme et la passion de la jeunesse s'évanouissait à jamais. Elle se dit que, quelle que soit la position que l'on occupait, on devait inévitablement passer par ces différents stades.

Une association d'idées fort déplaisante lui vint alors à l'esprit. Son ex-mari avait eu une secrétaire plutôt ambitieuse elle aussi. Au début, elle et son mari l'avaient surnommée Erna la joueuse de coudes. Elle se corrigea, elle et son *ex-mari*, et soudain elle ressentit un vide abominable envahir tout son être, un vide qui ne l'avait pas quittée les mois suivant leur divorce et qui réapparaissait de temps à autre, tout aussi intense. Erna venait de donner naissance à son deuxième enfant. C'était le deuxième enfant qu'elle avait avec son… ex-mari. Ils lui avaient caché la naissance du premier pendant des mois, jusqu'au jour où elle avait flairé un piège et engagé un détective privé pour le suivre. Leur rupture avait été violente et implacable. “Je pourrai désormais me sentir libre le matin au réveil, sans avoir à côté de moi une femme dont le seul objectif dans la vie est d'atteindre la perfection”, tels avaient été ses mots d'adieu avant de disparaître de sa vie pour aller vivre avec sa nouvelle famille. Elle soupira, essayant de chasser ces mauvaises pensées, sachant pertinemment que la rancune qu'elle éprouvait à son encontre durerait quelques jours et que sa paranoïa lui ferait craindre de les rencontrer dans la rue, car c'est ainsi qu'elle fonctionnait. Mais elle se sentit un peu soulagée en pensant que, tous les deux mois, son détective continuait de lui envoyer des photos de son ex-mari. C'était une manière de rester informée, de sentir qu'elle contrôlait toujours la situation, d'autant que, histoire de les gêner au maximum, il était censé prendre ses photos au grand jour, et le seul fait de le savoir lui faisait du bien.

6

Pauline Berg retrouva l'infirmière dans une rue du centre de Roskilde. Assise dans une petite voiture rouge appartenant au service d'aide à domicile de la ville, elle était en train de remplir un formulaire. Elle avait passé la cinquantaine et son uniforme gris bleu lui donnait une apparence soignée. Son visage paraissait pourtant fatigué et défraîchi et ses gestes semblaient obstinés, comme si elle était irritée d'elle-même. Après avoir écouté Pauline Berg expliquer la raison de sa démarche et inspecté d'un air méfiant son document d'identité, elle autorisa la jeune femme à s'asseoir à côté d'elle et continua ses travaux d'écriture sans prêter attention à la nouvelle venue. Quand elle eut terminé, prenant soin de remettre les documents dans deux dossiers distincts, elle regarda sa montre d'un regard tendu et dit :

— J'ai déjà huit minutes de retard par rapport à l'horaire. Mon prochain administré est à deux rues d'ici, mais le suivant habite à Viby, ça devrait nous laisser le temps de parler, si vous pouvez attendre.

— Oui, tout à fait.

La femme démarra et se faufila d'un air habitué dans le flux de circulation de la mi-journée. Puis elle dit sans enthousiasme :

— Oui, des administrés. C'est le mot que nous employons, et nous l'avons prononcé tellement de fois que ça nous semble naturel, mais je sais que pour des oreilles étrangères, ça fait penser à la Révolution française. Vous pouvez rester dans la voiture. C'est contraire aux règles, mais j'imagine qu'on peut faire confiance à la police judiciaire.

Elles étaient déjà arrivées devant le domicile de son nouvel administré, et la femme sortit de la voiture.

— Avec celui-là, j'en ai pour un quart d'heure, et si j'ai de la chance, je pourrai grappiller une minute ou deux. C'est juste un pansement à changer.

Elle revint dix-sept minutes plus tard et Pauline Berg commençait à s'énerver.

Sur la route qui les conduisait à Viby, elles eurent effectivement le temps de parler. Pauline Berg lui demanda :

— Lorsque vous étiez sur la base américaine de Søndre Strømfjord, en 1983, vous étiez collègue avec Maryann Nygaard, n'est-ce pas ?

D'après l'agenda de la femme, elles disposaient à présent de vingt minutes avant d'arriver à destination et il n'y avait aucune raison de forcer la conversation. Elle commença donc par le commencement.

— Oui, cette année-là, nous étions les deux infirmières affectées sur la base. Le règlement prévoyait des effectifs doublés pour chaque poste, bien que le travail à effectuer corresponde à peine à un mi-temps. Mais vous savez, l'US Air Force est un mélange surprenant de très grande efficacité et d'un incroyable gaspillage.

— Combien de temps a duré votre affectation au Groenland ?

— Quatre ans, j'y suis restée de 1980 à 1984.

— Et c'était difficile de se faire muter là-bas ?

— Pas spécialement, en tout cas si on était infirmière. Il fallait parler correctement anglais et avoir de bonnes qualités relationnelles. Le bruit courait qu'il était préférable de ne pas être trop marqué politiquement, c'est-à-dire d'être communiste ou d'appartenir à l'extrême gauche, mais je ne sais pas si c'était vrai.

— Vous savez ce qui est arrivé à Maryann Nygaard ?

— Bien sûr. C'est elle que la chancelière a trouvée sur la calotte glaciaire. J'essaie de ne pas y penser, c'est de l'histoire ancienne. C'est un peu comme si ça s'était passé dans une autre vie.

— Vous aviez quelles relations avec elle ?

— Mauvaises. Nous étions tout le temps rivales.

— Pour être la meilleure infirmière ?

— Non, pour décrocher les hommes les plus intéressants et c'est toujours elle qui l'emportait.

— Elle avait beaucoup d'amants ?

— Maryann avait les hommes qu'elle voulait, mais si vous me demandez si elle couchait avec tout le monde, je vous répondrai que non. Nous n'étions pas plus entreprenantes que les autres filles de notre âge, mais nous avions plus de temps libre. Les fêtes étaient nombreuses, et l'alcool bon marché. Alors, les relations entre hommes et femmes se trouvaient facilitées, si vous voyez ce que je veux dire.

— Oui, je crois que je comprends. Vous vous souvenez si Maryann avait des amis ? Est-ce qu'elle avait quelqu'un à qui elle pouvait se confier ?

La femme répondit sans hésiter :

— Oui, elle avait une amie, une fille d'origine groenlandaise et danoise. C'était une grande jeune femme, encore plus jolie qu'elle. Elle était étudiante à l'université d'Aarhus, mais elle avait pris une année sabbatique. Je crois que j'ai oublié son nom, mais je me souviens de son surnom. Ça peut sembler bizarre, mais nous avions tous un surnom.

— Quel était le sien ?
— Deux mètres d'amour.
— Et vous ne savez pas où je pourrais trouver Deux mètres… enfin cette amie, aujourd'hui ?
— Non, je n'en ai aucune idée. Je me souviens qu'elle passait son temps à lire, alors je me dis que sa profession pourrait avoir un lien avec les livres. Elle est peut-être bibliothécaire, libraire, traductrice, rédactrice…
Pauline Berg l'interrompit.
— Merci. J'ai compris, un lien avec les livres. Mais au fait, comment avez-vous réagi lors de sa disparition ?
— Pour moi, cet événement a été effroyable, je n'ai pas compris. La plupart pensaient qu'elle s'était volontairement aventurée sur la glace pour se suicider. Ça arrivait relativement souvent et en général, on ne retrouvait pas les corps. Mais personne ne pouvait imaginer que Maryann avait eu de telles pensées, et sa disparition a été un choc. C'est d'ailleurs pour ça que je suis rentrée ici quand mon contrat s'est terminé.
— Sa disparition a eu lieu lors d'une visite sur une station que vous appeliez DYE 5. C'est une station radar située à l'intérieur des terres gelées, sur l'inlandsis, n'est-ce pas ? Avez-vous eu l'occasion de vous y rendre ?
— Oui, deux fois. En fait, je suis allée sur les cinq stations, mais je crois que je ne me suis rendue qu'une fois sur DYE 4, qui était située sur la côte orientale du Groenland. Je dois avouer que vingt-cinq ans après, j'ai du mal à faire la distinction entre mes différentes visites et je ne me souviens pas en détail de mes passages à DYE 5. Il faut dire que ces stations se ressemblaient beaucoup.

— Pouvez-vous me décrire le déroulement d'une visite normale sur une de ces stations ? Comment y accédiez-vous ?

— Nous y allions en avion ou en hélicoptère. Pour DYE 4, nous prenions toujours l'avion. La station était située trop loin de la base pour que nous puissions y accéder en hélicoptère.

— Est-ce que vous étiez seuls dans l'avion ? Ou y avait-il d'autres passagers ?

— Non, nous étions seuls. Parfois, nous devions juste transporter divers produits et, bien sûr, le courrier.

— Vous étiez donc seule avec le pilote ?

— Oui.

— Est-ce que les pilotes étaient américains ou danois ?

— Ça dépendait, mais en général ils étaient danois. Si on s'était conformé aux prescriptions militaires, ils auraient dû être américains, mais on ignorait systématiquement les règles, on suivait simplement les usages. Certains Danois passaient leur permis sur place, y compris pour piloter un hélicoptère. Je crois que cette formation faisait partie de leur contrat, mais je n'en suis pas sûre. Il faut dire que la plupart d'entre eux avaient beaucoup de temps libre, et les Américains se montraient très accommodants avec ceux qui souhaitaient suivre une formation. Globalement, c'étaient des chics types, aimables et toujours prêts à aider les autres. Mais en matière de gestion des ressources, ils avaient un comportement insensé. Il y avait un gaspillage monstre, mais le fait que l'Etat américain jette ainsi une masse d'argent par les fenêtres les laissait totalement indifférents.

— Combien de temps durait la formation de pilote d'hélicoptère ?

— Environ huit semaines. Je me souviens qu'elle coûtait 150 000 couronnes. Le stage permettait d'obtenir une licence de pilote privé, mais ne donnait pas accès aux vols commerciaux.

— Vous me dites qu'en principe, c'étaient des Danois qui assuraient les vols à destination des stations DYE. Est-ce que vous savez pourquoi ?

— Les vols desservaient les stations DYE, mais aussi d'autres destinations. En fait, les pilotes professionnels ne souhaitaient pas prendre en charge ces vols alors que les Danois trouvaient ça amusant. Les Américains s'enregistraient donc sous leur propre nom et laissaient les Danois voler à leur place, en prenant soin de vérifier au préalable que les nouveaux pilotes étaient capables de remplir la mission. Un hélicoptère coûte les yeux de la tête, alors s'il était survenu un problème avec un faux pilote, Washington aurait perdu la tête. C'est arrivé une fois à Thulé et, à la suite de cet incident, les règles de vol furent strictement respectées… pendant au moins deux mois, le temps que l'affaire soit oubliée.

— Pouvez-vous me raconter comment se déroulait une visite sur une station DYE ?

— Eh bien, que puis-je vous dire ? Il n'y avait pas grand-chose à faire. Je devais compter les stocks de médicaments et vérifier les mallettes de premier secours et ça allait tout seul. Si on se dépêchait, ça prenait une heure maximum. Si on travaillait sans se presser, on avait terminé au bout de deux heures. En général, on choisissait la deuxième solution ! Je me souviens surtout que le stock de médicaments comprenait des comprimés contre le paludisme, car toutes les bases américaines dans le monde étaient logées à la même enseigne, quelle que soit leur situation géographique.

Un jour, nous avions commandé d'urgence un envoi de comprimés antimalaria en prétendant que ceux que nous avions étaient périmés. La commande était censée être pour notre base, c'était donc une plaisanterie, histoire de voir ce qui allait se passer.

— Et que s'est-il passé ?

— Rien, ou plus exactement nous avons reçu en réponse à notre demande un paquet en provenance des Etats-Unis !

— Mais en dehors de ces contrôles, est-ce que vous aviez d'autres tâches à remplir lors de ces visites ? Est-ce que vous ne deviez pas contrôler la santé des hommes présents sur la base ?

— Non, le contrôle portait uniquement sur les médicaments. On ne rencontrait pas les hommes, à l'exception du chef de la station. C'était toujours une drôle d'expérience, car tous les employés présents étaient prévenus de notre passage. Je me suis souvent dit que c'était un grand jour pour eux. Une occasion de rompre la monotonie, en quelque sorte. C'était aussi la seule fois où ils voyaient une femme sur une période de plusieurs mois. Tous les hommes prenaient un bain avant notre arrivée, et nous avions bien conscience qu'ils nous regardaient en cachette quand nous passions devant eux.

— Mais vous ne vous sentiez pas en insécurité ?

— Pas du tout, il n'y avait pas de raison.

Elle braqua et recula contre le trottoir. Puis, d'un geste vif, elle redressa la voiture.

— Enfin, je pensais qu'il n'y en avait pas. C'est terrible d'imaginer ce qui s'est passé. Est-ce que vous pouvez m'expliquer comment Maryann est morte ? Les journaux racontent tellement d'histoires horribles, est-ce que c'est vrai ?

— Malheureusement, oui. Elle a été étouffée dans un sac en plastique.

— Quelle horreur ! Et ça aurait pu tout aussi bien être moi ?

— Non. Le meurtrier recherchait des femmes d'un type bien précis, et vous n'entrez pas dans cette catégorie. Vous vous souvenez de la personne qui a emmené Maryann sur la base DYE 5 le jour de sa disparition ?

— Oui, très bien. C'était une journée particulière. Nous avons tous été très troublés en apprenant qu'elle avait disparu, parce que nous savions ce que ça pouvait signifier. Comme je vous l'ai dit, il y avait eu des précédents. Le pilote de l'hélicoptère avait dû raconter l'histoire plusieurs fois, bien qu'il n'y ait pas eu grand-chose à rapporter. Que pouvait-on dire ? Ils étaient à sa recherche et ne la trouvaient pas. Mais il était la seule personne que nous pouvions interroger, et nous avions donc continué pendant de longs moments à discuter avec lui de cette recherche.

— Est-ce que Maryann Nygaard était seule avec lui dans l'hélicoptère ?

— Oui, je crois qu'ils étaient seuls. Comme je vous l'ai dit, c'était la procédure normale.

— Etait-il danois ?

— Oui.

— Comment s'appelait-il ?

— Mon Dieu ! Est-ce que c'est lui qui l'a tuée ?

— Nous l'ignorons, mais j'aimerais avoir son nom. Est-ce que vous vous en souvenez ?

— Non, c'est ça le problème. Je revois son visage, je me souviens aussi qu'il était ingénieur et qu'il construisait des objets électroniques, mais son nom… Pourtant, attendez. Il avait comme tous les autres un surnom, Bundy ou Blondie, quelque chose de ce genre.

Non, attendez, ça me revient maintenant, je crois qu'on l'appelait Pronto, Pronto, oui, c'est ça. Maintenant que j'y pense, Maryann avait aussi un surnom. Nous l'appelions Polly, parce qu'elle avait l'habitude de tout répéter, comme le perroquet.

— Oui, je vois. Pouvez-vous m'en dire plus sur ce Pronto ?

— Je me souviens qu'il était très naïf. On pouvait lui raconter n'importe quelle histoire, il gobait tout ce qu'on lui disait. On le plaisantait de temps en temps, mais c'était presque trop facile.

— Vous pouvez me donner un exemple ?

La femme réfléchit un instant, puis elle répondit :

— Une fois, nous étions dans la cafétéria – nous, on disait le mess – où on trouvait des plats tout préparés, par exemple du jambon pané. C'était un peu caoutchouteux, ça faisait penser à des oreilles de cochon, mais ça avait très bon goût. Il y avait aussi une machine de glaces à l'italienne et on lui avait fait croire qu'aux Etats-Unis, on mangeait le jambon avec de la glace à Noël et que c'était délicieux. Il a voulu y goûter. Normalement, il dînait seul, mais un soir, je m'étais assise avec lui et nous avions mangé le fameux plat ensemble.

— Est-ce qu'il était bête à ce point ?

— Pas bête, simplement naïf. Il avait plutôt l'esprit vif, autant que je me souvienne. Il était ingénieux, comme je vous l'ai dit, mais c'était un garçon qui prenait pour argent comptant tout ce qu'on lui disait. Il était incapable d'imaginer que ce qu'on lui racontait n'était pas vrai.

— Quelles étaient ses fonctions sur la base ?

La femme secoua la tête, elle ne s'en souvenait pas.

— Ainsi donc, le pilote d'hélicoptère qui a conduit Maryann Nygaard de la base de Søndre Strømfjord à la station radar DYE 5 le 13 septembre 1983, le jour de sa disparition, était surnommé Pronto ?

— Oui, c'est ça.

— Quand avez-vous vu Pronto pour la dernière fois ?

— Il est rentré peu de temps avant moi, sans doute au début de 1984, car je suis rentrée à la mi-mars et depuis, je ne l'ai pas revu.

— Et vous pensez que je peux trouver quelqu'un qui connaisse son vrai nom ?

— Oh, oui, ça ne devrait pas être difficile. Ceux qui étaient sur la base à l'époque se réunissent toujours ; c'est devenu une sorte de tradition pour eux. Je n'ai pas participé à ces rencontres ces dernières années, mais je sais qu'ils ont un site Internet, verslenord.dk. Vous y trouverez sûrement son nom, car son surnom doit être inscrit entre parenthèses. Il y a aussi une photo, si ça peut vous intéresser. Ah non, pas encore cette fois-ci !

Elle s'agrippa au volant et ralentit. Devant elles, une poignée de voitures faisaient la queue et un policier à moto leur fit signe de se garer.

— Encore le paragraphe 77 ! C'est la deuxième fois que ça m'arrive en un mois !

— Ne vous garez pas, allez vous mettre à côté de lui.

La femme obéit. Pauline Berg sortit de la voiture et montra sa carte, tout en plaidant sa cause. Puis elle revint vers l'infirmière qui avait baissé sa vitre.

— Vous pouvez partir. Merci infiniment pour votre aide !

— Je vous en prie. J'espère que vous allez trouver le meurtrier de Maryann. La pauvre n'avait vraiment pas mérité un tel destin.

Elle resta longtemps à suivre la voiture de l'infirmière. Elle aurait dû lui répondre que personne ne méritait d'avoir un destin tel que celui de Maryann Nygaard…

Huit heures plus tard, Pauline Berg était dans son bain et jouait agréablement avec la mousse qui l'entourait, l'eau chaude chassant peu à peu de son corps la fatigue de la journée. Elle avait laissé la porte de la salle de bains ouverte, et un sourire éclaira son joli visage lorsqu'elle entendit le bruit de la porte d'entrée et le claquement qui s'ensuivit. Sans précipitation, elle se laissa glisser un peu plus dans l'eau pour composer un tableau vivant minutieusement étudié : sa chevelure dorée épousait la courbe de ses épaules, un bras se balançait avec indolence sur le rebord de la baignoire, une multitude de petites bulles dissimulait sa nudité, tel un voile de vertu, un joli genou laissant seul deviner le corps délicieux qui se cachait sous la mousse.

— Bonjour, Arne. Tu as vu mon petit mot, alors ! Je ne suis pas encore sortie de la salle de bains, je suis désolée, mais il s'est passé tant de choses aujourd'hui.

Elle n'obtint aucune réponse et l'appela à nouveau :

— Arne, tu es là ?

Toujours le silence. Elle se redressa, ruinant ainsi la pose qu'elle avait si bien étudiée.

— Arrête de plaisanter, ce n'est pas drôle, je n'aime pas ça du tout.

Elle cria de toutes ses forces et vit au même instant la lumière changer d'intensité dans le couloir menant à la salle de bains. La porte d'entrée claqua à nouveau. L'angoisse la saisit un instant, puis sa voix lui parvint :

— Pauline, où es-tu ? Que se passe-t-il ?

Et soudain, il apparut à la porte. La panique fit place à la colère.

— Qu'est-ce que tu faisais ? Pourquoi tu ne me répondais pas ? J'étais morte de peur.

— J'avais oublié ma boîte à outils dans la voiture. Tu prends un bain ?

Le prélude était gâché, et elle n'essaya même pas de sauver la situation.

— A ton avis ?

— J'ai eu ton message. Tu as fait du bon boulot aujourd'hui, c'est génial, et ta maison a l'air très agréable. Est-ce que je peux visiter pendant que tu finis de te préparer ?

— Ces fleurs sont pour moi ?

— Oui, un petit cadeau pour fêter ton installation.

— Elles sont très belles, merci infiniment. Tu veux bien les mettre dans le lavabo avec un peu d'eau, le temps que je trouve un vase dans tout ce désordre.

Il fit ce qu'elle lui demandait et lorsqu'elle le pria de s'asseoir sur la chaise à côté de la baignoire, il obéit. La visite de la maison pouvait attendre. Elle lui raconta son entretien avec l'infirmière de Roskilde et lui parla du site Internet où elle avait trouvé le nom du pilote d'hélicoptère.

— J'ai aussi procédé à une vérification croisée pour m'assurer que c'était bien lui qui était aux commandes ce jour-là.

— Comment as-tu procédé ?

— J'ai rendu visite à cet employé qui a travaillé sur la station DYE 5 et qui est aujourd'hui en fauteuil roulant ; il habite à Østerbro. C'est un homme bizarre, difficile de s'échapper quand on est avec lui, mais il était sûr de lui. J'étais d'abord passée à la bibliothèque de Roskilde pour faire des photocopies de douze visages d'individus pris au hasard et j'avais inséré la photo du pilote d'hélicoptère dans l'échantillon. Il l'a reconnu immédiatement.

— Génial, Pauline. Ils vont être étonnés, j'ai hâte d'être à demain. Mais il faut que tu appelles Simon ce soir, si tu ne l'as pas déjà fait.

— Pourquoi donc ?

— Parce que c'est ce qu'on doit faire quand on trouve un élément important.

— Bon, d'accord.

— J'ai aussi été en contact avec le Groenland. Ils ont trouvé les restes de la station DYE 5. Tu avais raison en ce qui concerne les coordonnées.

— Oh ! là, là ! Qu'est-ce que je suis bonne !

Il rit.

— Est-ce que tu connais la distance entre les deux endroits ?

— D'après mes calculs, 31 km.

— Et d'après leurs calculs, 31,3 km.

— Je fais don des 300 m au Groenland.

Elle lui jeta un peu de mousse sur le visage et, s'aidant de ses doigts de pieds, souleva doucement le bouchon de la baignoire.

7

Lorsque Konrad Simonsen et la Comtesse sonnèrent à la porte, Ingrid Thomsen leur ouvrit sans les saluer. Elle les toisa un instant en silence, puis pivota sur elle-même et rentra dans la maison, laissant la porte ouverte pour leur faire comprendre qu'ils pouvaient la suivre.

La pièce était exactement dans le même état que lorsque Konrad Simonsen lui avait rendu visite dix ans auparavant. Certains petits détails, qu'il avait oubliés dans l'intervalle, resurgirent aussi de sa mémoire et l'attristèrent. Le faux marbre rose des rebords de fenêtre qui n'allait pas du tout avec les rideaux à fleurs ; la traditionnelle étagère murale de forme triangulaire avec ses coquillages polis, rangés avec soin par taille et par forme ; le Christ auréolé au-dessus du canapé, vêtu d'une soutane pourpre. Il revit aussi ses mains, rouges, trapues et osseuses comme tout le reste de son corps, des mains habituées aux travaux physiques. Elle les tordait dans un mouvement lent et méthodique, comme si elle avait voulu faire ainsi disparaître toute la souffrance du monde. Il avait remarqué ces mains naguère, et le mouvement qu'elles imprimaient était toujours le même. Il s'efforça d'abord de l'ignorer mais, lorsqu'il lui expliqua la raison de sa venue, il la regarda droit dans les yeux. Elle l'écouta sans faire de commentaire.

Il s'était assis dans le canapé à côté d'elle. La Comtesse, elle, s'était installée à la table située à l'autre bout de la pièce et n'intervint pas dans leur conversation. De temps en temps, il jetait un regard oblique dans sa direction, se sentant chaque fois un brin irrité de sa présence. Il se disait qu'elle aurait dû rester dans la voiture. La situation était déjà assez difficile, et la présence de spectateurs superflus ne facilitait pas les choses. Il évoqua le Groenland et fit ensuite une comparaison entre le meurtre de Maryann Nygaard et celui de Catherine Thomsen, confondant à deux reprises les noms des victimes. Elle l'écoutait d'un air impénétrable, presque absent. Et lui avait plus que jamais mal aux jambes, ce dont pour une fois, il se réjouissait, car c'était une façon de partager les malheurs de ses semblables. Soudain, Ingrid Thomsen l'interrompit :

— Les choses sont comme elles sont.

C'étaient les premiers mots qu'elle prononçait depuis leur arrivée. Elle avait une voix ténébreuse et mélodieuse qui n'allait pas avec sa personne, une voix qui était aussi, avec le temps, sortie de sa mémoire. Elle réitéra le même constat en variant la forme :

— Les choses sont comme elles sont, on ne peut pas les changer.

Il ne savait pas s'il devait poursuivre son monologue, mais choisit de se taire tout en continuant de soutenir son regard. Après une pause longue et pénible, elle reprit finalement :

— Qu'est-ce que vous voulez exactement ? Implorer mon pardon pour ce que vous avez fait à Carl Henning ? Est-ce pour ça que vous êtes venu ? Ou bien comptez-vous sur ma compassion ?

Konrad Simonsen s'était plusieurs fois demandé, sans être parvenu à trouver une réponse valable, quelle était la raison de sa visite. De toute évidence, l'aveu consistant à lui dire que la police, et en tout premier lieu lui-même, avaient fait une erreur en portant leurs accusations contre son mari, était une démarche très personnelle. Mais souhaitait-il plus ? Peut-être, comme elle venait de le dire, son pardon, sans qu'il puisse préciser ce que ça signifiait au juste. Il n'eut pas le temps de répondre car la femme cessa de bouger les mains et posa les paumes sur la table. Le bruit de ce geste pourtant à peine perceptible le fit tressaillir.

— Carl Henning et Catherine reposent dans le cimetière de Ulse, sous le marronnier près du parking. Vous pouvez aller parler avec eux, si vous voulez.

Konrad Simonsen se leva et lui répondit calmement :

— C'est sans doute le meurtrier de Catherine qui a fabriqué de fausses preuves à l'encontre de votre mari, ce n'est pas moi. Je n'ai pas non plus tué votre mari, il s'est suicidé.

— Oui, vous avez juste fait votre travail.

Il ne se laissa pas émouvoir par son sarcasme et garda son calme :

— Oui, exactement, j'ai fait mon travail. Malheureusement, je l'ai mal fait, car je me suis trompé, et croyez bien que je le regrette profondément.

Ils sortirent sans attendre qu'elle les raccompagne.

Il s'installa sur le siège arrière, enleva ses chaussures et allongea ses jambes pour les soulager. La Comtesse sortit de la ville. Lorsqu'il n'y eut plus que quelques maisons le long de la route, elle demanda prudemment :

— Est-ce que tu veux aller au cimetière ?

— Non, faisons l'impasse sur l'église. En revanche, si on passe devant une auberge, tu peux t'arrêter. J'aimerais bien boire une bonne bière et fumer une cigarette.

Elle tourna la tête et lui sourit brièvement.

— C'est une excellente idée !

— Et ensuite, je prendrai volontiers une bonne bière et peut-être une autre cigarette !

Il avait l'air mutin, presque enfantin. Elle sourit de nouveau, mais cette fois, c'était pour célébrer la venue de l'été. Puis elle se mit en quête d'une auberge.

8

— Andreas Falkenborg !

La voix profonde de Konrad Simonsen cisela le nom dans la tête de ses auditeurs et retentit dans tout l'espace de son bureau. Pauline Berg pensait que ses efforts de la veille venaient d'être confirmés. Arne Pedersen et la Comtesse se contentèrent de hocher la tête. Poul Troulsen, lui, resta sans réaction.

— Pilote d'hélicoptère, ingénieur électricien, auteur présumé d'un double meurtre : voilà ce que nous savons sur lui pour le moment. La mission de la journée est simple, nous devons compléter son curriculum vitae. Arne et Poul, vous allez vous charger de sa vie au Danemark. Formez plusieurs groupes et confiez-leur ces recherches. Pour moi, le meurtre de Catherine Thomsen est une priorité. Je veux donc savoir quels liens il avait avec la victime. Où l'a-t-il rencontrée ? Quelles étaient leurs relations ? Il faut que vous étudiiez les fausses preuves constituées contre le père de Catherine pour pouvoir préciser quand et comment il les a établies. Procurez-vous aussi une photo récente, et si vous n'en trouvez pas, faites-le photographier à son insu. Ce matin, j'ai chargé une équipe de le suivre, il doit donc être facile de le photographier. Et enfin, si vous quittez la préfecture, je veux savoir où vous allez.

Arne Pedersen hocha la tête d'un air conciliant tandis que Poul Troulsen leva le pouce et demanda :

— Est-ce qu'il est surveillé ?

— Oui, plus ou moins. Nous suivons discrètement ce qu'il fait, mais pas de manière intensive.

— Pourquoi n'est-il pas sous surveillance intensive ? Je n'aime pas beaucoup l'idée qu'un individu de ce genre puisse échapper à toute surveillance.

— Moi non plus. On est d'ailleurs en train de mobiliser des ressources supplémentaires et celles-ci devraient être disponibles dans le courant de la journée.

Poul Troulsen fut satisfait de la réponse.

— Comtesse, tu t'occupes du Groenland, poursuivit Konrad Simonsen. La période concernée, comparée à celle que doivent couvrir Poul et Arne, est très courte, mais jusqu'à présent, le poste qu'il avait sur la base de Søndre Strømfjord correspond à la seule partie de sa vie sur laquelle nous avons des données concrètes. Ta mission principale va consister à te plonger dans l'étude du meurtre de Maryann Nygaard, afin de pouvoir rassembler le maximum de preuves susceptibles de justifier un procès. Par ailleurs, je veux savoir s'il avait été en contact avec elle au Danemark ou si leur première rencontre a eu lieu au Groenland. Tu peux solliciter l'aide de Trond Egede, car il est très professionnel ; en revanche, tu ne dois en aucun cas contacter les Américains par la voie officielle, ni ceux de la base de Thulé, ni ceux des autres bases, sauf si je te le demande expressément. Enfin, n'effectue aucun déplacement sans m'en rendre compte, c'est aussi ce que j'ai demandé à Arne et à Poul. Est-ce que tu saisis bien mes recommandations ?

La Comtesse avait tout saisi. Konrad Simonsen se tourna alors vers Pauline Berg :

— Pauline, tes investigations d'hier sont excellentes. Je vais te confier des tâches faciles, mais ce sont aussi les plus importantes. Tu devras d'abord vérifier si certains des témoins de l'affaire Stevns connaissaient Andreas Falkenborg. Ils sont nombreux, mais tu auras à ta disposition les équipes dont tu as besoin. Je veux savoir s'il était connu des témoins de Jéhovah. Ça constituerait en effet un angle d'attaque intéressant dans l'affaire du meurtre de Catherine Thomsen. Tu vérifieras également tous les cas de disparitions survenues au Danemark depuis 1968 et dans lesquels des femmes situées dans la tranche d'âge quinze-trente-cinq ans ont été impliquées. Procure-toi une photo de chacune d'entre elles et compare leur physionomie avec celles de Maryann Nygaard et de Catherine Thomsen. Si une de ces femmes leur ressemble, mets sa fiche en regard du curriculum vitae d'Andreas Falkenborg que nous sommes en train de constituer. Tu me comprends ?

Pauline Berg était contente. Les tâches les plus importantes, elle aimait ce genre d'ordres de mission.

— Je fais le nécessaire.

— La ressemblance entre les deux femmes est peut-être due au hasard, mais elle est si frappante qu'à mon avis, elle doit avoir un sens. C'est en tout cas notre hypothèse de travail.

— Je suis d'accord.

— Bien. Encore une chose : on a convoqué une conférence de presse à 2 heures. Que dirais-tu d'y participer avec Arne ?

— Mais ce serait la première fois.

— Ce ne sera pas compliqué, tu n'auras rien à dire.

Konrad Simonsen se leva et alla se mettre devant la fenêtre.

— Aucun d'entre vous ne doit contacter Andreas Falkenborg directement. Pour l'instant, je ne veux pas qu'il puisse soupçonner que nous l'avons à l'œil. Par ailleurs, il y a un élément qui, je l'espère, ne sera qu'un détail. Malte et la Comtesse m'ont convaincu qu'il était opportun de remplacer le tableau d'affichage par un ordinateur pour travailler sur la reconstitution de la vie du suspect. Malte est en train de préparer un site web, un site interne bien sûr, qui nous permettra d'enregistrer toutes les données nouvelles au fur et à mesure qu'elles arriveront. Il vous a envoyé un courriel dans lequel il vous explique la procédure à suivre pour vous y connecter. Cet intranet vous permettra aussi de suivre en permanence l'état d'avancement de l'enquête. Comme vous le savez, je suis pour ma part un peu conservateur en ce qui concerne les bienfaits des nouvelles technologies, mais dans le cas présent, je suis partant pour faire un essai.

— De toute façon, c'est la meilleure solution.

Konrad Simonsen réagit agressivement au commentaire d'Arne Pedersen et lui décocha un regard aigre, qui fit rire celui-ci. Puis il conclut :

— Malte devrait déjà être là, ce qui signifie qu'il arrivera d'ici un quart d'heure. Vous n'avez qu'à commencer, à moins que vous ayez des questions…

Il s'arrêta un instant et jeta un regard circulaire sur l'auditoire.

— Bien. Dans ce cas, bon courage ! Pauline, tu peux rester encore un instant, il y a un point ou deux que je voudrais voir avec toi.

Les hommes se levèrent et quittèrent le bureau. Pauline Berg resta assise, quelque peu embarrassée et se demandant s'il la retenait pour de bonnes ou de mauvaises raisons, mais elle fut vite fixée.

— Combien de temps s'est-il écoulé entre le moment où tu as pour la première fois vu le nom d'Andreas Falkenborg sur ton écran et le moment où tu m'en as informé ?

Elle essaya d'esquiver la question.

— Eh bien, c'est difficile à dire précisément.

— Ne tourne pas autour du pot, je n'ai pas de temps à perdre.

— Un peu plus de neuf heures.

— Oui, c'est proche de la conclusion à laquelle j'étais arrivé.

Il s'approcha d'elle et posa une main sur son épaule.

— Normalement, je devrais te réprimander, Pauline ; te dire qu'hier après-midi, une vingtaine d'hommes ont mené des recherches pour retrouver les anciens employés de la station DYE 5, ce qui est d'ailleurs faux, car Arne est plus responsable que toi. Cela dit, je n'ai ni l'envie ni le temps de te suspendre. Et puis j'ai parlé hier avec la Comtesse, qui m'a fait remarquer que le développement personnel et les entretiens du même type ne faisaient pas partie de mes points forts. J'ai donc opté pour une solution alternative et décidé de te faire une rapide introduction concernant…

Malte Borup fit irruption dans le bureau, tout essoufflé et en sueur. Il avait un ordinateur dans une main et portait une caisse de Coca-Cola de l'autre. Konrad Simonsen le fit ressortir et continua sa réprimande, d'une manière plus laconique et positive qu'il ne l'avait d'abord envisagé.

— T'est-il arrivé de penser aux raisons pour lesquelles tu as été engagée à la brigade criminelle ? Est-ce que tu as réfléchi à la raison pour laquelle tu as dès le début fait partie du petit groupe de collaborateurs que je consulte en priorité ? Tu ne penses tout de même pas que c'est uniquement dû à ton intelligence et à ton physique agréable ?

Pauline Berg rougit.

— Je ne sais pas quoi dire.

— C'est parce que tu es jeune et ambitieuse. Ton âge donne à tes points de vue une dimension particulière que le reste de l'équipe peut avoir du mal à concevoir. Par ailleurs, l'ambition est nécessaire dans la conduite de toute carrière, elle permet un apprentissage plus rapide. Moi aussi, à vingt-sept ans, je rêvais de pouvoir résoudre seul une grande affaire criminelle. Et comme j'étais persuadé d'être le seul à avoir de telles pensées, je les gardais évidemment pour moi. Plus tard, j'ai découvert que tous les collègues de mon âge nourrissaient le même rêve.

— C'est vrai… moi aussi, j'en rêve !

— Dans ce cas, il est probable que les choses n'ont pas beaucoup changé dans ce domaine. Plus tard, j'ai appris que l'on pouvait valablement prendre des initiatives personnelles si on était seul à devoir en subir les conséquences. J'ai donc pris l'habitude de rendre systématiquement compte, dans un délai de vingt minutes maximum, des résultats significatifs que j'obtenais. Pour être honnête, je dois avouer que j'ai fait cet apprentissage un peu à mes dépens. Un jour, j'ai voulu garder pour moi pendant quarante-huit heures le nom d'un meurtrier, et j'ai été découvert par mon chef. Tu sais ce qui s'est passé ?

Elle secoua la tête.

— Il m'a passé un tel savon que je n'avais pratiquement plus de cheveux sur la tête. Sur ce point, on peut considérer que les choses ont bien changé. Pauline, regarde-moi.

Elle obéit.

— La prochaine fois – car je suis sûr qu'il y aura une prochaine fois, cette conversation n'enlevant rien à tes mérites ni à ta prestation d'hier – la prochaine fois, il faudra m'informer rapidement. Nous sommes d'accord ?

— Oui. Excusez-moi, je suis désolée.

— Hum, je croyais avoir le monopole de ce mot. Va travailler et, si tu ne l'as pas encore fait, commence par rédiger le compte-rendu de l'audition des deux témoins que tu as interrogés hier.

Elle se leva et s'en alla en se disant qu'elle s'en tirait à bon compte. Sur le seuil de la porte, elle se retourna et dit :

— Merci.

— Si un collaborateur me remercie après avoir reçu un savon, c'est que je dois commencer à me faire vieux. Allez, vas-y.

Pauline Berg avait à peine quitté le bureau que la Comtesse fit son entrée.

— Tu vas être obligé de lâcher un peu la bride dans ce dossier, Simon. Il y a un jalon que je dois absolument vérifier.

— Et de quel jalon s'agit-il ?

— Jusqu'à la fin de la semaine au plus. Je t'assure que je te tiendrai informé si nécessaire.

— Ce qui n'est pas le cas pour le moment, si je comprends bien ?

— Non, c'est mieux ainsi.

Elle sourit et ajouta :

— Je n'ai pas l'habitude de demander quoi que ce soit. Je crois même que c'est la première fois.

Il maugréa d'un air mécontent pour finalement lui donner son accord. Puis il ajouta aussitôt :

— C'est une décision que l'on peut revoir si l'affaire se corse et que je ne peux me passer de toi. Par contre, je souhaite que tu sois présente aujourd'hui, lorsque nous exposerons le cas d'Andreas Falkenborg. Je te remercie par ailleurs de noter que je viens de faire des reproches à Pauline parce qu'elle avait tendance à travailler de manière trop autonome.

La Comtesse prit un air sceptique.

— Elle n'avait pourtant pas l'air trop contrariée.

— Je sais, je suis trop bon. Quand nous en aurons terminé avec le pilote d'hélicoptère, tu pourras aller faire ce que tu as à faire, et que j'ignore. Et il faudra que tu informes tes collègues. A plus tard.

— Tu me renvoies ?

— Exactement. Sors de mon bureau et laisse-moi faire le travail pour lequel je suis payé.

9

La journée fut productive et, pour la première fois depuis son retour du Groenland, Konrad Simonsen eut l'impression d'avoir la situation en main. Bien que la visite de la veille chez Ingrid Thomsen ne se soit pas particulièrement bien passée, le fait qu'elle ait eu lieu l'avait soulagé d'un grand poids. Il avait également, grâce à une liaison vidéo, pu parler avec sa fille pendant près d'une demi-heure et cette conversation l'avait aussi aidé à recharger ses batteries. Dans la soirée, il ferait ses valises et irait s'installer chez la Comtesse pour quelque temps. A sa grande surprise, cette perspective le réjouissait. Il se jeta à corps perdu dans ses dossiers.

Morceau par morceau, les pièces du puzzle composant la vie d'Andreas Falkenborg s'assemblèrent et Malte Borup put les rentrer sur l'intranet. La collaboration entre l'étudiant et le commissaire divisionnaire était parfaite. Konrad Simonsen avait eu peur d'être dépassé par les événements et craint de ne plus pouvoir tenir seul les fils de l'enquête. Son inquiétude disparut rapidement. En effet, Malte Borup lui faisait en permanence part de ses hésitations, qu'il s'agisse d'établir des priorités, de choisir les éléments à enregistrer et les documents de référence à archiver, le cas échéant en faisant un renvoi. Il devait donc prendre lui-même les décisions et évaluer l'importance des différentes données et avait par ailleurs à sa disposition, comme à l'accoutumée, tous les renseignements actualisés. En revanche, il était soulagé de toute une série de tâches pratiques et pouvait se concentrer sur les points importants, qui consistaient en premier lieu, grâce à l'intervention d'Arne Pedersen et de Poul Troulsen, à hiérarchiser l'utilisation de ses ressources et à répartir les diverses tâches entre ses collaborateurs.

Malte Borup leur communiqua les renseignements qu'il avait recueillis sur Andreas Falkenborg :

— Né en 1955 à Hillerød, il passe son enfance à Holte, au nord de Copenhague. Titulaire d'un brevet d'enseignement général, poursuit sa scolarité au lycée de Holte, passe son baccalauréat en 1972. La même année, il s'inscrit à l'Université technique du Danemark, l'actuelle DTU. En 1979, il obtient son diplôme d'ingénieur en acoustique avec de très bonnes notes. Ça vous convient ? Il y a quantité de détails sur sa spécialisation, il faut aussi les noter ?

— Non, fais juste un renvoi.

— Est-ce que je dois noter les matières qu'il a réussies chaque année et les intégrer dans sa chronologie ?

— Oui, parfait. Mais est-ce que tu peux les inscrire en caractères plus discrets ?

— D'accord, je vais les noter en gris.

Malte Borup écrivait, Konrad Simonsen réfléchissait, et cette répartition du travail déboucha bientôt sur le premier résultat de la journée.

— Malte, il y a un trou dans sa scolarité en 1977. Est-ce que c'est une erreur ?

— Non, cette année-là, il n'a eu aucun examen.

— Envoie un mail ou un SMS à Arne. Je veux savoir ce qu'il a fait cette année-là. Il a passé tous ses autres examens très régulièrement et en obtenant d'excellentes notes. Donc il doit y avoir une raison.

L'étudiant tapa sur son ordinateur sans relever la tête.

— Le mail et le SMS sont envoyés. Je vois que le récapitulatif concernant ses domiciles est prêt.

— Je t'écoute, mais donne-moi uniquement le nom des villes, je n'ai pas besoin des adresses.

— Il vit dans sa famille à Holte jusqu'en 1973 puis il habite dans la résidence universitaire de Lyngby jusqu'en 1979. Ensuite, il a eu quatre adresses à Copenhague jusqu'à aujourd'hui, habitant successivement dans les quartiers de Frederiksberg, Østerbro et Dragør, puis de nouveau à Frederiksberg. Est-ce que je dois préciser les années ?

— Non, ce n'est pas la peine, mais note-les dans la chronologie en établissant un lien vers chaque adresse.

— Et ses résidences secondaires ?

— Tu les enregistres aussi. *Ses* résidences, dis-tu ? Il en a eu plusieurs ?

— Oui. Il a depuis des années une maison de campagne près de Praestø qu'il loue. Par ailleurs, il a eu une maison à Liseleje et une autre en Suède, mais il les a revendues toutes les deux.

— Note les dates d'achat et de revente et fais une note pour indiquer les adresses.

— Très bien, chef. Et le Groenland ? A l'époque, il a encore son appartement à Frederiksberg, enfin, à la première adresse.

— Crée une page spéciale sur le Groenland, où tu noteras la date de son départ et fais aussi un renvoi.

— Je n'ai pas la date. La Comtesse ne m'a donné aucune information, mais il y a quelque chose de bizarre concernant l'une de ses maisons.

— De quoi s'agit-il ?

— En 1986, non, excusez-moi, en 1996, au mois de décembre, il achète le premier étage d'une maison à Rødovre et le revend dès le mois de janvier suivant, ce qui lui coûte plus de 40 000 couronnes. Il existe à ce sujet une foule de documents provenant de divers organismes et je les ai déjà scannés.

— Très bien. Note *achat de maison* et *vente de maison* sur la même ligne, avec un renvoi à ces documents. Tu pourrais peut-être faire une page spéciale pour les questions en suspens, où pour l'instant on aurait *interruption des études 1977* et *maison à Rødovre 1996-1997*.

— Oui, d'accord.

— Avons-nous des renseignements sur ses emplois, en dehors du Groenland ? Il a bien dû gagner sa vie quelque part.

— Il avait sa propre société, et j'ai ses déclarations d'impôts depuis 1973. Je peux vous dire ce qu'il gagnait.

— Oui, ça m'intéresse. Ensuite, quand tu auras le temps, tu pourras les insérer dans un tableur et m'envoyer un diagramme à barres pour l'ensemble de la période.

— C'est noté. L'année dernière, il a eu un revenu de près de 900 000 couronnes.

Konrad Simonsen sifflota.

— Mais une hirondelle ne fait peut-être pas le printemps ?

— Non, car ses revenus varient énormément. Certaines années, il gagne encore plus alors que d'autres, il ne gagne presque rien.

— Peux-tu voir quel genre d'entreprise il dirige ?

— Oui, dans quelques instants. Mais il y a autre chose… Poul Troulsen doit venir avec un témoin et par ailleurs, nous avons de nouveaux éléments concernant le Groenland.

Konrad Simonsen n'eut pas le temps de lui répondre car Poul Troulsen entra dans la pièce, suivi d'un grand homme mince.

— J'ai quelque chose à te dire, Simon. Ça sera rapide, mais c'est important. Est-ce que vous voulez bien vous asseoir ici…

Les dernières paroles s'adressaient à l'homme qui s'était glissé timidement dans la pièce et s'était installé à une petite table de conférence. Konrad Simonsen les rejoignit sans protester, bien que son estomac criât famine. Poul Troulsen ne perdit pas de temps :

— Est-ce que vous voulez bien raconter au commissaire divisionnaire Konrad Simonsen ce que vous m'avez décrit tout à l'heure ?

Le titre produisit visiblement son effet. L'homme regarda respectueusement Konrad Simonsen et se tassa légèrement.

— Oui, mais c'est un peu personnel. Ce n'est pas quelque chose dont je suis particulièrement fier.

Konrad Simonsen vit que l'homme dirigeait son regard vers Malte Borup qui, toujours assis devant son ordinateur, semblait complètement absorbé par son travail.

— Malte, va donc voir si tu peux charmer quelque jeune policière, c'est l'heure de ta pause.

Malte Borup s'en alla volontiers. Il était habitué à être chassé selon le bon vouloir de son chef. Poul Troulsen aida l'homme dans sa démarche.

— Il ne faut pas que vous ayez honte, vous n'avez rien fait d'illégal. Et puis, nous entendons tant de choses ici, nous n'avons pas l'habitude de juger les gens.

L'homme se mit enfin à parler et, compte tenu de son hésitation, son témoignage parut étonnamment précis.

— Il y a deux ans, j'ai soupçonné ma femme de profiter de mes déplacements pour avoir une liaison avec un autre homme. Je suis chef de projet et je voyage dans le monde entier. Il m'arrive donc souvent d'être absent pendant plusieurs mois. C'est le cas actuellement, je travaille sur le projet de construction d'un terminal intérieur à l'aéroport de Dubaï et je ne suis au Danemark que pour trois jours. Donc, à l'époque, je me suis adressé à Andreas Falkenborg, car on m'avait dit qu'il était expert en la matière. Nous avions eu une première réunion pour nous mettre d'accord sur les modalités. En fait, son travail consistait essentiellement à surveiller ma femme pendant que j'étais à l'étranger. Ses honoraires étaient de 60 000 couronnes par semaine et incluaient une avance de trois semaines non négociable et le montant devait être réglé comptant sans reçu ni autre attestation.

— C'est un sacré prix, nota Konrad Simonsen.

— Il avait une excellente réputation. Il était considéré comme l'un des meilleurs de sa profession, et il était connu pour sa discrétion et sa fiabilité. Ce type de missions est toujours cher. Par ailleurs, j'avais les moyens de payer car j'ai un bon salaire.

— Vous dites qu'Andreas Falkenborg passe pour être expert dans ce domaine. D'où tirez-vous cette information ?

L'homme ouvrit les bras et émit un petit soupir affligé.

— Je ne suis pas le seul à avoir ce genre de problèmes. Moi, je n'ai jamais été doué pour séduire les femmes, mais ce n'est pas parce que l'on n'est pas beau que l'on est bête.

— C'est un facteur qui peut jouer sans doute, mais pouvez-vous nous préciser de quelle manière vous êtes entré en contact avec Andreas Falkenborg ?

— Je suis membre d'un groupe assez fermé sur Internet, et lors de cet épisode, j'ai écrit aux membres du groupe en leur faisant part de mes interrogations. C'est ainsi que j'ai obtenu son nom et son numéro de téléphone.

— De quel groupe s'agit-il ?

— Il s'agit d'individus, surtout des hommes, qui occupent des postes élevés et exercent de hautes responsabilités. Il faut être recommandé par deux membres pour pouvoir y participer.

— Quel est leur objectif ?

— De pouvoir s'entraider lorsque c'est possible ; c'est une sorte de loge virtuelle.

— D'accord, je comprends. Où rencontriez-vous Andreas Falkenborg ?

— Dans un restaurant situé dans le centre commercial de Lyngby.

— Combien de fois l'avez-vous vu ?

— Trois fois. Nous avons eu une première rencontre de présentation, puis une deuxième où j'ai dû payer l'avance. Enfin, lors de notre dernier rendez-vous, il m'a fait part de ses résultats et nous en sommes restés là.

— Vous vous retrouviez à chaque fois au même endroit ?

— Oui.

— Quelle impression vous a-t-il fait ?

— Excellente. Peut-être un peu… enfantin, c'est le mot, mais très agréable. Comme vous le comprenez sûrement, je n'en menais pas large. Lors de notre première rencontre, j'étais plutôt nerveux, mais il avait très vite réussi à me détendre. Il s'exprimait très calmement, et tandis que je lui parlais de ma femme, j'avais l'impression que nous bavardions, d'autant qu'il ne prenait pas de notes. Il m'a aussi expliqué que lorsqu'un homme avait des soupçons de cet ordre, ceux-ci s'avéraient en général vrais, et il avait malheureusement raison. Lors de notre dernière rencontre, qui n'a pas été des plus drôles pour moi, il s'est montré aussi très… Il n'avait travaillé que seize jours sur cette mission et désirait me rembourser 14 000 couronnes, mais je n'ai pas accepté. J'ai été très satisfait de son intervention et si, Dieu m'en garde, je devais être encore une fois confronté à une telle situation, je ferais de nouveau appel à lui.

Konrad Simonsen pensa qu'il aurait intérêt à ne pas le faire, à moins de vouloir risquer de voir sa femme finir ses jours dans un sac en plastique. Il envisagea un instant de lui poser d'autres questions sur le caractère juvénile d'Andreas Falkenborg, mais décida de laisser Poul Troulsen aborder ce point. Puis il se leva lourdement et se dirigea vers la sortie :

— Je suis très heureux que vous…

— Il y a autre chose, Simon, l'interrompit Poul Troulsen. C'est d'ailleurs pour ça que nous sommes venus tout de suite. Tu devrais te rasseoir.

Konrad Simonsen se rassit, et l'homme demanda d'un air hésitant :

— C'est le point qui concerne la carte d'entrée, n'est-ce pas ?

Poul Troulsen approuva d'un signe de tête.

— Exactement. Pourriez-vous raconter cette histoire une nouvelle fois ?

— Oui, eh bien, j'ai fait installer chez moi un système de sécurité. Un des plus performants existant sur le marché, selon les experts, horriblement cher d'ailleurs. Avec des alarmes, des détecteurs, une surveillance vidéo, un contrôle d'accès hypersécurisé et bien sûr, un rattachement à la société de surveillance. On m'avait garanti que de cette manière, je serais aussi bien protégé qu'une banque. Oh, ce n'est pas que j'aie particulièrement peur des cambriolages, mais j'ai quelques tableaux de valeur, et si je ne prends pas les mesures exigées par les assurances, je ne peux les faire garantir. Ne vous imaginez donc pas que je sois paranoïaque.

— Le fait de vouloir protéger ses biens n'est pas un signe de paranoïa.

— Non, je ne le pense pas non plus. Lorsque la société de sécurité a installé tout cet attirail, elle a dû changer toutes les serrures des portes extérieures, ce qui m'a obligé à utiliser, non plus une clé classique, mais une carte. Vous devez connaître ce système.

Ses deux interlocuteurs acquiesçant, il continua :

— Lors de notre première rencontre, Andreas Falkenborg m'avait demandé de lui apporter une carte, c'est donc ce que j'ai fait lors de notre deuxième rendez-vous.

— Vous le connaissiez à peine, et malgré ça, vous lui avez fait confiance au point de lui donner accès à votre maison ? s'étonna Konrad Simonsen.

— Oui, ça peut paraître naïf. D'un autre côté, je ne pouvais imaginer qu'il prenne le risque de compromettre son affaire en me cambriolant. Il me semble que l'on n'obtient pas des recommandations d'un jour à l'autre dans ce milieu. Il a dû mettre des années à construire sa réputation et la crédibilité est une condition indispensable pour exercer ce métier.

— Vous a-t-il dit ce qu'il allait faire chez vous ?

— Je ne lui ai pas demandé, mais ce n'était pas difficile à deviner.

— Non, bien sûr. Vous lui avez donc donné une carte d'accès.

— Oui, ou du moins c'est ce que je croyais. Mais je me suis aperçu plus tard que la carte que je lui avais donnée ne fonctionnait pas, elle avait été annulée. Malheureusement, je ne l'ai découvert qu'une fois l'affaire terminée et alors qu'il m'avait restitué la carte.

— Pas de chance. Que vous a-t-il dit au moment de vous la remettre ?

— Rien du tout. Il n'a fait aucun commentaire, mais je suis certain que cette carte ne marchait pas, parce que je l'ai essayée en rentrant chez moi.

Konrad Simonsen avait du mal à saisir le problème. Il regarda Poul Troulsen, qui se contenta de dire :

— L'explication arrive.

— Ce qui m'a surpris, continua l'homme, c'est qu'il ait pu entrer sans carte, on m'avait assuré que c'était impossible. Or, lors de notre dernier rendez-vous, il m'avait montré des clips vidéo et m'avait fait écouter des entretiens qui concernaient ma femme…

Il regarda Konrad Simonsen d'un air interrogateur.

— … Je préférerais ne pas entrer dans les détails.

— Ce n'est pas nécessaire.

— J'ai compris à ce moment-là qu'il avait dû installer des caméras et des micros chez moi. Mais il avait tout retiré, j'en ai eu la confirmation grâce à la vérification faite par deux contrôleurs indépendants.

— Sur quel support vous a-t-il présenté ces enregistrements ?

— Sur un ordinateur portable. Il ne m'a montré que le début, il s'est contenté de faire allusion aux autres scènes. Ça m'avait paru très délicat de sa part.

— Vous a-t-il remis les enregistrements ?

— Oui, il m'a tout remis sur une clé USB et je crois que c'était le seul exemplaire. Il m'a fait tout un laïus pour m'expliquer que je ne pourrai pas en avoir une autre.

— Est-ce que vous avez conservé cette clé ?

— Oui, je l'ai gardée, mais j'ai effacé son contenu. Ce n'est pas le genre de traces que l'on a envie de conserver.

Ses interlocuteurs étaient d'accord avec lui. Ils n'avaient pas d'autres questions à lui poser et mirent donc fin à l'entretien.

Lorsque Poul Troulsen eut raccompagné le témoin, il revint dans le bureau de Konrad Simonsen, qui était en train de grignoter une grande assiette de légumes. Malte Borup était rentré et avait repris son travail. Tout en terminant de manger, Konrad Simonsen précisa entre deux bouchées :

— Je me suis habitué au goût et globalement, ce que je mangeais avant ne me manque pas vraiment. Par contre, je crois que je ne m'habituerai jamais au temps que ça prend… non seulement il faut mâcher lentement, mais il faut aussi se convaincre qu'on peut être rassasié en mangeant sainement… Le témoin que nous venons d'entendre est intéressant, mais les informations qu'il nous a données laissent présager de sombres développements. C'est effrayant de savoir que le travail d'Andreas Falkenborg consiste essentiellement à surveiller des femmes, mais cette caractéristique corrobore le fait que nous ayons retrouvé du matériel d'écoute dans l'appartement de Catherine Thomsen. En revanche, je m'étonne qu'il ne l'ait pas enlevé. Il va falloir que nous regardions ça de plus près. Une autre chose qui, à mon avis, ne colle pas, c'est le fait que son revenu annuel, celui qui figure dans sa déclaration fiscale, est relativement important, mais que par ailleurs il exige d'être payé comptant pour certains de ses services, ce qui ressemble fort à du travail au noir. A-t-on des informations à ce sujet ?

— Son père était industriel. Il avait une usine de fabrication de microphones à Valby. Au début des années 1970, l'entreprise a cessé toute production et s'est orientée vers des activités de distribution. Puis, en 1983, donc à l'époque où Andreas Falkenborg était au Groenland, le père est mort accidentellement, tué par une balle perdue. Mère et fils ont repris la direction de l'entreprise, en se spécialisant peu à peu dans la vente de matériel d'espionnage amateur. Ils avaient une activité de grossiste, vendant d'abord à des vépécistes, puis à des boutiques en ligne. Leurs activités donnaient donc lieu à des opérations plus ou moins suspectes, puisqu'elles permettaient l'achat d'instruments que l'on peut utiliser si on veut espionner un voisin ou lorgner à travers la fenêtre dans la chambre de sa fille. C'était une petite entreprise qui, durant cette période, avait entre trois et dix employés. Ils ont d'ailleurs tous été congédiés lorsqu'il est devenu l'unique propriétaire de l'entreprise après le décès de sa mère en 1992. Aujourd'hui, il ne possède plus qu'un numéro de TVA et sans doute une base de données clients. Je n'en sais pas plus pour l'instant, mais j'ai une petite équipe qui suit l'affaire, elle va certainement nous fournir un compte-rendu plus détaillé d'ici ce soir.

Il regarda Konrad Simonsen. Ruminant énergiquement, il était plutôt enclin à communiquer de manière non verbale. Incapable d'interpréter le signe qu'il reçut de lui, Poul poursuivit sans transition :

— J'ai aussi une mauvaise nouvelle.

Son chef fit un signe circulaire avec le doigt en l'air, et Poul Troulsen comprit sans mal ce qu'il signifiait.

— Le matériel d'écoute trouvé chez Catherine Thomsen a disparu, ou plutôt personne n'est pour l'instant capable de dire où il se trouve. Le seul document écrit dont nous disposions est une banale note qui traite du *fonds des matériels d'écoute*, et qui ne comporte aucun détail. Ils sont en train de fouiller les archives de fond en comble, mais on ignore s'ils vont trouver quelque chose.

— Ce n'est pas vrai !

— Si, malheureusement. Si nous ne parvenons pas à établir qu'il existe un lien entre le suspect et le deuxième meurtre, je crains que nous n'ayons pas assez d'éléments pour pouvoir présenter l'affaire devant un tribunal. Et compte tenu de l'ancienneté des événements qui se sont déroulés au Groenland, il est peu probable que les preuves en notre possession soient susceptibles de justifier une inculpation. Honnêtement, j'aimerais bien prouver qu'il connaissait Catherine Thomsen, ne serait-ce que pour avoir la conscience tranquille. Nous avons affaire à un seul meurtrier, j'en suis certain, mais en dépit du rapprochement qu'on peut faire entre sa profession et les matériels d'écoute trouvés dans l'appartement, j'hésite encore à affirmer qu'il s'agit d'Andreas Falkenborg. Il faut que nous mettions la main sur le vrai meurtrier. J'ai mauvaise conscience quand je pense à Carl Henning Thomsen… Mais bon, je n'ai pas besoin de te faire part de mes états d'âme.

Konrad Simonsen mâchonnait et ne semblait pas avoir envie de partager ses émotions. Il entretenait avec Poul Troulsen une relation strictement professionnelle et ne souhaitait pas changer cet état de choses. Poul Troulsen n'ayant plus rien à lui dire, il s'en alla.

Dans le courant de l'après-midi, de minuscules brèches furent peu à peu colmatées, permettant à la brigade criminelle de combler un à un les trous qui subsistaient encore dans le récapitulatif de la vie d'Andreas Falkenborg. Konrad Simonsen menait rudement Malte Borup, comme si l'étudiant n'était que le prolongement de son ordinateur.

— Malte, il y a une heure ou deux, tu as enregistré les candidatures qu'il a posées quand il cherchait du travail au Groenland. J'aimerais que tu vérifies leurs dates d'envoi.

Quelques clics et la réponse apparut.

— Tu penses aux demandes d'emploi qu'il a envoyées à Greenland Contractors ?

— Oui.

— Eh bien, je les ai ici. Est-ce que tu as besoin de toutes les dates ? Il y a sept candidatures, on dirait qu'il a cherché tous azimuts.

— Non, donne-moi juste la première.

— Il s'agit d'une candidature à un poste de réceptionniste. Elle est datée du 11 mars 1982.

— Bien. Et à quelle date Maryann Nygaard part-elle au Groenland ? Tu as ça quelque part ?

— Je ne connais pas la date exacte de son départ, mais ce que je peux dire, c'est que son contrat de travail débutait le 4 mars 1982.

— Tout de suite après son poste dans la maison de retraite *La Ville des seniors* ?

— Oui, si tu veux dire qu'elle n'a pas eu d'emploi entre les deux. Mais tous les actes la concernant sont loin d'être numérisés.

— Je comprends. Demande à Pauline de faire des recherches sur sa formation de pilote d'hélicoptère. Ça semble une période très courte pour un tel apprentissage. A-t-on du nouveau concernant les témoins de Jéhovah ?

— Non, mais il y a autre chose. Il semble que Carl Henning Thomsen… Tu vois de qui je parle ?

Konrad Simonsen déglutit nerveusement tout en s'efforçant de répondre posément :

— Très bien. Qu'avons-nous à son sujet ?

— Il a effectué un déménagement entre un entrepôt situé à Herlev et le numéro 19 de la rue Baekkevej à Rødovre. Mais cette adresse, le 19 Baekkevej, n'existe pas, la rue s'arrête au numéro 17. La maison qui se trouve dans le prolongement, et qui aurait dû porter le numéro 19, est une maison d'angle située au 45, Bakkehøjvej, dans le prolongement de Bækkevang.

— Il s'agit de cette *demi-maison* qu'Andreas Falkenborg a achetée et revendue aussitôt après ?

— Oui, c'est ça.

— Est-ce que tu peux me donner la date de l'achat de cette maison et celle de la disparition de Catherine Thomsen ?

— Sa part immobilière dans la maison a été acquise le 4 décembre 1996 et Catherine Thomsen a disparu le 5 avril 1997.

— Fais venir Arne et la Comtesse.

Konrad Simonsen profita de l'attente pour étudier la photo d'Andreas Falkenborg qui lui avait été envoyée une demi-heure plus tôt et qu'il avait aussitôt accrochée sur son tableau. Un homme aimable, autour de la cinquantaine, lui souriait. Konrad Simonsen songea qu'avec son visage neutre, il pourrait très bien représenter le Danois moyen dans un film publicitaire. Arne Pedersen arriva en premier. Il apportait de bonnes nouvelles et était au demeurant d'excellente humeur.

— Nous avons trouvé un témoin qui va nous permettre d'établir clairement l'existence d'un lien entre Andreas Falkenborg et Catherine Thomsen. Il est même doublement témoin… il fait partie des témoins de Jéhovah.

Ce mot d'esprit glissa sur Konrad Simonsen. La Comtesse, qui entra au même instant, n'avait pas non plus l'air de vouloir plaisanter. Arne Pedersen s'empressa de poursuivre son explication.

— C'est un homme qui a fait du porte-à-porte avec Catherine Thomsen dans le cadre d'une campagne lancée par le mouvement et qui est sûr d'avoir parlé avec Andreas Falkenborg. Non pas qu'il se souvienne de son visage, mais il a été avec des collègues dans l'immeuble où Andreas Falkenborg habitait à l'époque et il se rappelle très bien une photo accrochée au mur à côté de la porte d'entrée, une photo qu'il a eu le temps d'examiner pendant que sa camarade parlait avec le propriétaire de l'appartement. Malheureusement, il n'est pas sûr de l'identité de la collègue qui l'accompagnait ce jour-là. Il pense qu'il s'agissait de Catherine Thomsen, mais il ne peut le certifier.

— Qui accroche des photos dans les couloirs ? demanda la Comtesse, surprise.

— Ce n'est pas à proprement parler une photo, mais une sorte de décoration. Le but est de cacher une fenêtre de salle de bains. La décoration représente un cheval. Un des hommes, très scrupuleux, en a d'ailleurs pris une photo.

— Peut-on demander aux autres membres des témoins de Jéhovah qui pourraient avoir été des témoins de confirmer qu'ils n'ont pas été dans cette résidence ? Ça nous permettrait d'en déduire que Catherine Thomsen était la seule personne susceptible d'avoir été présente ce jour-là.

— Nous sommes dessus. Mais je te rappelle que, dans le cadre de leurs visites, les témoins de Jéhovah rencontrent un grand nombre de personnes chaque jour. Et puis, l'épisode remonte à plus de dix ans.

— Est-ce qu'on a une date ?

— Non, rien de précis. Mais il assure que ça s'est passé en 1996, dans la première quinzaine de juin.

— Donc, plus de neuf mois avant son assassinat ?

— Oui, c'est cela.

— Quelle horreur, dit la Comtesse les dents serrées.

— Tu peux le dire, et c'est pourquoi je nous ai réunis. Mais dis-moi d'abord si tu as des renseignements sur ses amis, fiancées, connaissances de sexes masculin et féminin et autres, car pour l'instant, nous n'avons rien.

Arne Pedersen hocha la tête.

— Je n'ai rien trouvé dans ce domaine. Il a toujours habité seul, officiellement en tout cas.

La Comtesse en était au même point :

— Rien non plus de mon côté. Andreas Falkenborg était apprécié de tous, il était serviable sans pour autant être très sociable, et il n'avait d'après ce que nous savons aucune petite amie. Certains le considéraient comme un original, mais il n'est pas le seul dans ce cas, et aucun de ceux avec qui j'ai parlé n'avait de grief contre lui. Je n'ai donc pas grand-chose à dire. Je ne suis cependant pas au bout de mes peines si je veux trouver quelqu'un qui le connaissait, car il y avait sur la base environ neuf cents personnes, et celles-ci étaient mutées régulièrement. En ce qui concerne Maryann Nygaard, c'est un peu plus facile, parce qu'il y avait si peu de femmes que la plupart se souviennent d'elle, surtout en raison de son physique. La question est de savoir s'il est pertinent de poursuivre dans cette voie ; ça dépend de toi, Simon.

Konrad Simonsen grommela d'un air absent, ce que la Comtesse, après un moment d'hésitation, interpréta comme une incitation à continuer. Voulant leur donner un aperçu de la situation, elle se mit à décrire la vie quotidienne sur la base de Søndre Strømfjord au début des années 1980. Pendant qu'elle lui parlait, Konrad Simonsen avait l'œil fixé sur son chemisier. Il songeait qu'elle l'avait certainement acheté dans une de ces boutiques de designers horriblement chères, où le choix de vêtements est qualifié de *collection* et les accessoires sont des *accessories*. C'était une blouse en soie, avec des motifs vert pâle et brun qui lui rappelaient les hêtres au printemps, lorsque les feuilles froissées de l'automne laissaient place aux jeunes pousses naissantes, et il avait du mal à imaginer où pouvait se trouver sa place dans un tel paysage printanier. Sa digression fut lente et peu cohérente et il dut se pincer le bras pour retrouver la concentration d'esprit nécessaire.

— Qu'en penses-tu, alors ? lui demanda la Comtesse. Est-ce qu'on doit continuer avec ces témoins demain ? Faut-il les interroger à la fois sur Andreas Falkenborg et sur Maryann Nygaard ?

— Non, on va laisser tomber la base pour le moment, il n'y a pratiquement rien à en tirer. On pourra y revenir si la situation l'exige.

— Bien, entendu.

Etait-ce l'hésitation qu'il avait perçue dans sa voix, sa longue expérience qui lui permettait de lire dans les pensées d'autrui, ou bien le fait qu'elle ait eu son autorisation pour mener son enquête seule pendant deux ou trois jours ? Quelle qu'en fût la raison, il réfléchit, prêt à changer d'avis :

— Est-ce que je dois comprendre que tu voudrais approfondir tes investigations ?

Elle fut peut-être surprise de son intuition, mais ne le montra pas.

— Je ne dispose pas d'arguments précis, mais un des témoins prétend que Maryann Nygaard aurait changé de comportement les deux ou trois dernières semaines avant sa mort. Elle ne participait plus aux fêtes et autres réunions conviviales, ce qui n'était pas dans son habitude. Ça pique ma curiosité, mais comme je viens de le dire, il est possible que ça ne mène à rien.

— Comment vas-tu enquêter sur ce point ? Tu as une source ?

— J'ai peut-être trouvé une de ses amies, mais je ne le saurai que demain.

— Bon. Dans ces conditions, continue tes recherches pendant deux jours pour voir si tu peux trouver de nouvelles pistes. Concentrons-nous aussi sur quelques dates clés. Nous avons des raisons de penser qu'Andreas Falkenborg a rencontré Maryann Nygaard pour la première fois dans cette maison de retraite où elle était infirmière et travaillait dans le service où vivait sa grand-mère. Cette rencontre n'a pu se produire qu'en janvier ou février 1982. Or, il ne la tuera que dix-huit mois plus tard, le 13 septembre 1983, après l'avoir suivie au Groenland. Le scénario est tout aussi terrifiant en ce qui concerne Catherine Thomsen. Ils se rencontrent par hasard en juin 1996, et il la tue environ huit mois plus tard. Non sans avoir fait d'énormes efforts pour recueillir les empreintes du père sur un sac en plastique, qui…

Konrad Simonsen n'eut pas le temps d'en dire plus. Il fut interrompu par Pauline Berg qui, le visage blême, entra en trombe dans son bureau, sans même avoir frappé. Elle tenait à la main la photographie d'une jeune femme. Une jeune femme qui ressemblait à Maryann Nygaard, ou bien à Catherine Thomsen…

10

En fin de journée, Konrad Simonsen offrit une bière à ses collègues. Un événement d'autant plus apprécié qu'il ne se produisait pas tous les jours.

Ils se réunirent comme d'habitude à la Bodega de Copenhague, un bar sans prétention situé face à la Glyptothèque et surtout fréquenté par des policiers. La Comtesse, Arne Pedersen et Poul Troulsen s'étaient assis à la table de leur patron. Leurs collègues s'étaient installés aux tables voisines pour ne pas les déranger, mais ne manquaient pas de lever leur verre avec eux pour trinquer. L'établissement était à moitié plein, l'ambiance était joyeuse sans être déchaînée, et de la musique passait en fond. Le garçon du bar avait les yeux sur tout et savait attirer l'attention des clients avec son sourire contagieux. Pauline Berg rejoignit le groupe un peu plus tard. Elle avait eu quelque chose à faire mais n'avait pas voulu préciser quoi. Elle arriva avec un sac du grand magasin *Illum* à la main qu'en dépit du regard curieux de la Comtesse, elle s'empressa de mettre sous sa chaise. Les convives, qui avaient tous pris une bière pression, levèrent leur verre pour porter un toast. Konrad Simonsen prononça quelques phrases de circonstance sur la qualité du travail accompli auxquelles personne ne prêta attention. Puis la conversation prit un ton enjoué. Arne Pedersen profita d'un instant où Pauline Berg dut reprendre son souffle pour mettre un terme à leur position dominante, se moquant du principe qu'elles venaient d'affirmer selon lequel il convenait de ne pas mélanger réunion conviviale et travail.

— Est-ce que vous n'êtes pas tous curieux de savoir combien de personnes il a tué ? Nous n'avons peut-être vu que le sommet de l'iceberg.

— Hélas, le nombre de ses victimes risque d'être élevé ! dit Poul Troulsen, saisissant la remarque au bond. La vérification de notre propre registre des personnes portées disparues est loin d'être suffisante. Il se peut qu'il ait commis des meurtres pendant ses vacances et tué des touristes qui ne seront jamais rentrées chez elles. Il est possible que son intérêt pour les jeunes femmes brunes ne constitue qu'une de ses préférences et qu'il s'intéresse aussi aux jeunes garçons roux. Qui sait ? J'espère que tu le surveilles de près jusqu'à ce que nous soyons en mesure de l'arrêter.

— Avec les ressources dont je dispose, répondit Konrad Simonsen brusquement.

— Ces ressources devraient être extensibles. Si c'est nécessaire, utilise une partie de notre épargne retraite ! En tout cas, fais le maximum pour qu'il ne circule pas en liberté.

— Le plus affreux dans cette histoire, c'est qu'il a l'air tellement normal. Et puis il y a les têtes de ces filles dans les sacs. Ce n'est pas une façon de mourir. La peine de mort devrait s'appliquer pour de tels psychopathes, dit Pauline Berg qui, sans rancune, s'engageait dans le nouveau sujet de discussion.

Poul Troulsen approuva de la tête, on ne pouvait qu'être d'accord avec elle sur ce point. Consciente des éventuelles conséquences d'une telle théorie, la Comtesse fit un signe négatif, puis elle dit :

— Avec une procédure de référé, j'imagine. Comme au bon vieux temps, quand des autorisations royales permettaient la torture. Histoire d'être sûrs qu'il avoue. Si je ne me trompe pas, ce genre de procédé est très en vogue en ce moment chez nos chers alliés.

C'était comme si elle avait appuyé sur un bouton, et elle le savait bien. Arne Pedersen secoua la tête et Poul Troulsen répondit âprement :

— Ce n'est tout de même pas nous qui avons fait tuer plus de trois mille de leurs compatriotes. Sincèrement, je comprends que de nombreux Américains n'aient pas envie d'avoir recours à des subtilités juridiques à l'égard des responsables d'un tel massacre.

— Ce que tu qualifies de subtilités juridiques, c'est ce que j'appelle les droits de l'homme.

Pauline Berg demanda de l'aide à la Comtesse :

— Je ne comprends pas. De quoi parlez-vous ?

— Ma chère, nous parlons de la torture. Plus exactement, nous évoquons les *programmes de restitution* des Etats-Unis, dans lesquels la torture est, conformément aux règles du bon management, externalisée et pratiquée dans le monde entier par les bourreaux professionnels à qui les gouvernements confient cette sympathique tâche. Maltraitance par procuration, bravo ! Et ne croyez pas que le Danemark échappe à cette tendance. Ce n'est peut-être pas politiquement correct de le rappeler, mais l'aéroport de Kastrup a eu à diverses reprises la visite du *Torture Jet*. Pour ton information, la torture vise en général les terroristes qu'on estime être les auteurs des crimes, mais jamais ceux qui ont fait l'objet d'une condamnation.

Poul Troulsen haussa les épaules d'un air provocateur :

— Si ça peut sauver des vies innocentes, ça ne m'empêchera pas de dormir.

Konrad Simonsen vint se joindre à cette joute oratoire :

— Je sais qu'au Danemark, environ un millier de sorcières ont été brûlées au cours des XVIe et XVIIe siècles, et notez bien qu'elles étaient presque toutes coupables, puisque la plupart ont avoué leur crime… sous la torture. Non, la torture est ignoble, mais en plus elle est contre-productive. Elle ne permet pas de prendre au sérieux les résultats issus de telles auditions.

Arne Pedersen vida son deuxième verre de bière cul sec, comme le premier. La discussion devenait un peu trop animée à son goût. Se voulant conciliant, il dit en s'adressant à la Comtesse et à Konrad Simonsen :

— A vous écouter, ça paraît simple. J'aimerais parfois avoir votre sens éthique, mais je sais que si quelqu'un menaçait ma famille, je ne reculerais devant aucun moyen.

Il regarda sa montre et ajouta :

— J'offre la prochaine tournée. Ensuite, il faudra que je rentre.

11

Il n'avait pas été facile de retrouver la trace de la femme surnommée Deux mètres d'amour qui, vingt-cinq ans plus tôt, avait travaillé sur la base militaire de Søndre Strømfjord, au Groenland. La Comtesse finit, après maints détours, par trouver le vrai nom de cette femme. Ironie du sort, il s'avéra qu'elle avait contacté la brigade criminelle deux jours plus tôt, estimant avoir sur Maryann Nygaard des informations susceptibles d'intéresser la police. Son courriel comportait donc toutes les données que la Comtesse avait mis des heures à trouver. Elle s'appelait Allinna Holmsgaard et l'infirmière que Pauline Berg avait interrogée dans sa voiture aux environs de Viby ne s'était pas trompée en supposant que celle-ci avait dû orienter sa carrière vers un domaine intellectuel. Allinna Holmsgaard était professeur de rhétorique à l'université de Copenhague.

La Comtesse répondit à son courriel et appela une ou deux fois, sans succès, le numéro de portable qu'elle y mentionnait. Elle appela sans grande conviction l'Institut des médias, de la cognition et de la communication, en se disant que le semestre d'automne n'était pas encore commencé. Contre toute attente, une aimable secrétaire lui répondit et confirma qu'elle était présente dans les locaux mais qu'elle ne savait pas où elle se trouvait. L'immeuble était situé à Njalsgade, dans le quartier d'Islands Brygge, à moins d'un kilomètre à vol d'oiseau de la Préfecture. Elle pouvait donc y aller à pied, d'autant que ça serait une occasion rêvée de s'échapper un peu et de profiter un instant de l'été. C'était également une manière de se prouver qu'elle était libre d'aller où elle le désirait, même si elle risquait de faire de mauvaises rencontres.

La ville lui souriait, et elle avançait dans ses rues le sourire aux lèvres. Puis elle vint à croiser une femme qui poussait un landau, et pour la laisser passer, elle fut contrainte de tourner le dos à la rue et se retrouva par hasard face à une vitrine. Une des roues grinça, ce qui eut le don de l'irriter. Il n'aurait pourtant pas été difficile de mettre un peu d'huile dans le moyeu. Elle aperçut alors sa silhouette dans la vitre et se trouva horrible, grosse, ridée, bientôt la cinquantaine. Ça faisait bientôt deux ans qu'elle n'était pas sortie avec un homme. Elle avait été invitée à une confirmation et n'avait pas pu refuser, tout en sachant que son ex-mari serait là avec sa concubine. Cependant, l'idée de se rendre seule à la fête lui était tellement insupportable qu'elle avait loué les services d'un acteur. Plus tard, elle avait même payé ledit acteur pour qu'il l'accompagne une semaine en vacances. Elle n'en était pas spécialement fière, mais la vérité était ce qu'elle était. Si elle avait passé avec lui des nuits sublimes, les journées s'étaient révélées catastrophiques. L'homme était aussi égocentrique que maladroit, ce qui n'était pas peu dire. A présent, elle avait de nouveau un homme, du moins elle avait un homme chez elle. Le reste viendrait peut-être avec le temps. Elle se retourna, regarda attentivement autour d'elle et repartit.

Allinna Holmsgaard portait son âge avec grâce. Elle avait quarante-cinq ans environ et était encore belle. Une femme grande, au visage légèrement ridé et aux gestes gracieux, telle était l'impression qu'elle avait eue d'elle en l'observant se déplacer sur l'estrade. La Comtesse s'était introduite en silence dans la salle de classe où son témoin donnait un cours. Bénéficiant ainsi d'une leçon gratuite pendant quelques minutes, elle avait aussi eu le temps d'examiner le professeur et les élèves. Il n'y avait que cinq personnes, toutes des femmes qui, assises au premier rang, prenaient des notes sur leur ordinateur portable. Elle reconnut deux d'entre elles ; l'une était une célèbre présentatrice de télévision, l'autre une responsable politique connue. Lorsque Allinna Holmsgaard aperçut la visiteuse, elle interrompit le cours et se dirigea vers la Comtesse, laquelle se présenta brièvement.

— Est-ce que vous avez une carte d'identification ? lui demanda-t-elle après l'avoir toisée.

La Comtesse sortit son laissez-passer et le lui présenta. Allinna Holmsgaard l'étudia attentivement et dit en guise d'excuse :

— Désolée, mais j'ai cru un instant que vous étiez reporter. J'ai eu récemment un ou deux appels de journalistes et je n'arrivais pas à m'en débarrasser.

— Je vous en prie. J'aurais dû me présenter.

La femme accepta l'argument d'un air entendu.

— Je suppose que vous voulez parler de Maryann ?

— Oui. Vous avez le temps ?

— Oui, dans un petit moment. Et vous-même, est-ce que vous êtes pressée ?

— Pas vraiment.

— Vous connaissez la Maison de la culture qui se trouve sur Islands Brygge ?

— Oui, très bien.

— Que diriez-vous de s'y retrouver quand j'aurai terminé mon cours ? Ça ne sera pas long ; avec un temps pareil, on n'a pas envie de s'éterniser à l'intérieur.

Une demi-heure plus tard, les deux femmes étaient assises sur le port de Gasværkshavnen donnant sur l'avenue de Kalvebod-Brygge, dont les immeubles massifs se reflétaient tout déformés dans l'eau du canal chaque fois qu'une façade en verre captait par hasard les rayons du soleil dans un mauvais angle. De temps en temps, une des larges péniches qui proposaient aux visiteurs des excursions le long du canal faisait son apparition. Leur conversation était alors interrompue par le guide à l'anglais approximatif ; elles se voyaient contraintes de sourire et de saluer les touristes du monde entier qui les prenaient en photo et qui, un jour prochain, les immortaliseraient en les accueillant dans leur album. D'emblée, le courant était passé entre elles, il était clair qu'elles se comprenaient, comme en témoigna leur premier geste : ayant d'abord estimé qu'il était trop tôt pour prendre une boisson alcoolisée, elles se ravisèrent et commandèrent deux verres de vin blanc. Elles parlèrent architecture, un sujet difficile à éviter dans l'endroit où elles se trouvaient, et si la situation avait été différente, elles auraient certainement pu continuer à parler de mille autres sujets. La Comtesse se ressaisit, songeant que seule l'enquête justifiait sa présence ici.

— Vous étiez amie avec Maryann Nygaard au Groenland ?

— Oui. Nous étions intimes, et sa mort, ou plutôt sa disparition, m'a abattue, car nous savions bien ce qu'elle signifiait. J'ai longtemps espéré qu'on la retrouverait vivante mais en mon for intérieur, j'étais sûre que ça n'arriverait pas.

— Vous n'avez jamais soupçonné qu'elle avait été victime d'un crime ?

— Absolument pas. Ça a été un choc pour moi, et aujourd'hui encore, ça me bouleverse toujours autant. Le simple fait d'y penser me fait mal, mais je ne peux pas m'en empêcher.

— Oui, c'est horrible. Vous écrivez dans votre courriel que vous estimez avoir des informations susceptibles de nous intéresser. Pouvez-vous me préciser lesquelles ?

Allinna Holmsgaard pianotait du bout des doigts sur la table. Elle avait des ongles courts, mais la Comtesse n'en fut pas moins irritée par le bruit.

— Quand je vous ai écrit ce courriel, c'est en effet ce que je pensais. Mais après y avoir bien réfléchi, je me demande si c'est si important.

— Laissez-moi en juger.

— Eh bien, vous savez que Maryann était enceinte lors de sa… disparition.

La Comtesse avait le matin même lu le passage concernant ce point dans le rapport d'autopsie. Cette information, qui l'avait laissée perplexe, soulevait un certain nombre de questions.

— Oui, nous le savons et ça nous étonne un peu, répondit-elle.

— Qu'est-ce que ça a de si bizarre ?

Elle aurait mieux fait de tourner sa langue deux fois dans sa bouche. Allinna Holmsgaard n'avait pas besoin de savoir qu'on avait retrouvé un tampon dans le vagin de son amie, mais il était trop tard pour éluder la question. La Comtesse tenta une manœuvre de repli :

— Ce n'est pas comme ça que les choses fonctionnent. C'est moi qui pose les questions, et vous qui répondez, pas l'inverse. Racontez-moi…

La phrase tomba à plat car le professeur avait deviné le lien. Elle arrêta de tambouriner sur la table et dit d'un air affligé :

— La grossesse de Maryann ne s'est pas déroulée normalement. Elle a eu des saignements, et elle a été transférée par avion à Holsteinsborg pour être examinée, mais on n'a rien trouvé. Elle avait ses règles au moment de sa mort, n'est-ce pas ?

— Oui. Savez-vous qui est le père de l'enfant ?

— Non, je n'en ai aucune idée. Tout s'est déroulé dans le plus grand secret, genre fausse barbe et lunettes noires, et quand Maryann a fini par connaître son nom, elle n'a rien voulu dévoiler.

— Vous devriez peut-être commencer par le début.

— Oui, bien sûr. Juste avant sa mort, Maryann était enceinte de dix semaines. Le père de l'enfant était géologue ; il avait passé quatre jours sur la base, en attendant que le beau temps revienne et qu'il puisse continuer sur Thulé. Ils sont tombés amoureux l'un de l'autre, ça a été un vrai coup de foudre, comme dans les romans à l'eau de rose. En tout cas pour Maryann, pour lui je ne sais pas. Il s'appelait Steen Hansen. Du moins c'est ce qu'il avait prétendu à l'époque, parce que c'était un mensonge…

A l'évocation du nom, la Comtesse eut l'impression de recevoir un coup de massue. Elle resta bouche bée et laissa échapper son verre. Le pied se cassa et le vin se répandit sur la table.

— Que se passe-t-il ? Vous ne vous sentez pas bien ? lui demanda Allinna Holmsgaard d'un air inquiet.

Elle se releva, s'efforçant de chasser la voix sèche qui résonnait dans sa tête. *Ne lâchez pas Steen Hansen, Baronesse, ne lâchez pas Steen Hansen, Baronesse*, des mots qui, déjà au téléphone, l'avaient ébranlée. A présent, c'était encore pire.

— Non, ce n'est rien. Continuez.

— Eh bien, je n'ai réalisé que plus tard qu'il s'agissait d'un faux nom. Mais d'autres détails le concernant semblaient ne pas coller non plus. Je me souviens qu'entre filles, nous disions que nous n'avions jamais vu un géologue si bien habillé. D'habitude, ils ont un tout autre accoutrement. Le fait que les Américains mettent un avion à sa disposition lorsque le temps était redevenu plus clément nous avait aussi paru surprenant. Ceci dit, nous n'avons pas cherché à approfondir le sujet. Nous avions toujours un tas d'histoires à raconter, ça faisait passer le temps.

Elle versa un peu d'eau dans son verre vide et but une gorgée.

— Maryann réalisa qu'elle était enceinte trois ou quatre semaines après le départ du géologue. Un avortement était exclu. Elle avait déjà avorté une fois et, psychologiquement, elle n'aurait pas été capable de supporter une nouvelle fois cette épreuve. Elle se décida donc à écrire une lettre au père. Elle n'avait pas son adresse, mais pensant connaître son nom, elle envoya sa lettre à l'IRGG, l'institut auquel il avait dit appartenir.

— L'IRGG ?

— C'est l'Institut de recherches géologiques sur le Groenland, qui à l'époque dépendait du ministère du Groenland. Ses bureaux étaient situés à Øster Voldgade, tout comme ceux des autres instituts d'études géologiques. Depuis, l'IRGG a fusionné avec l'Institut danois correspondant. Eh bien, la lettre lui a été retournée. Personne ne connaissait Steen Hansen. Pendant quelques jours, Maryann a été très déprimée, puis elle a eu l'idée d'écrire au commandant de la base de Thulé. Ce n'était pas une procédure normale, mais que pouvait-elle faire d'autre ? Elle lui exposait la situation, joignait une photo de Steen Hansen en le priant de bien vouloir lui faire suivre sa lettre. La photo n'était pas de très bonne qualité, mais son opiniâtreté a tout de même porté ses fruits. Deux semaines plus tard, il l'a appelée au téléphone. Ce goujat était marié et avait un enfant, mais il avait malgré tout trouvé le courage de la contacter.

— Pourquoi refusait-elle de vous dire son vrai nom ?

— Je l'ignore. Elle ne voulait absolument rien dire et je me souviens que ça m'avait irrité. Nous nous étions même disputées à ce sujet, mais il avait été impossible de lui faire entendre raison. C'est à ce moment-là qu'elle a disparu. Par la suite, j'ai eu très mauvaise conscience. J'ai pensé qu'elle avait peut-être décidé de partir, si vous voyez ce que je veux dire.

La Comtesse voyait très bien ce qu'elle voulait dire.

— Pourtant, j'ai longtemps espéré son retour. Les faits ne cadraient pas, elle n'était pas si déprimée. Elle s'était un peu repliée sur elle-même, mais ça ne l'avait pas empêchée, deux jours avant son départ pour l'inlandsis, de me parler de vêtements pour bébé et de discuter avec moi de tout ça. Voilà ce que j'avais à vous dire, mais je crains que ça ne vous soit pas d'une grande utilité.

— Nous verrons. Ce soi-disant Steen Hansen, à quoi ressemblait-il ?

— Très banal, les yeux clairs, les cheveux en brosse, pas très grand, la trentaine. Pour être honnête, je ne me souviens pas vraiment de lui. Il faut dire que je n'ai dû lui parler qu'une ou deux fois.

— Des signes particuliers ?

— Pas à ma connaissance, hormis les cheveux. Il était le seul Danois à avoir les cheveux si courts. Tous les autres avaient les cheveux longs, au moins jusqu'aux oreilles. Ah… et puis si, maintenant, je me souviens d'une autre caractéristique, c'était sa voix. Il avait une tessiture inhabituellement élevée, proche de celle d'une fille, une voix de fausset, comme on dit. Certains l'avaient même appelé le Castrat. C'était son surnom, et…

La Comtesse eut le sentiment que les paroles du professeur s'évanouissaient dans le lointain. C'était la première fois de sa vie qu'elle rencontrait un témoin qui, à deux reprises en l'espace de quelques instants, lui fournissait des informations si pertinentes et importantes qu'elle s'en trouvait totalement décontenancée. Cette fois, elle réussit à surmonter son émotion en se disant que l'association d'idées qu'elle venait d'avoir n'était pas fondée, qu'il faudrait de toute façon la valider et que ça risquait de s'avérer extrêmement difficile. Elle se concentra à nouveau sur leur conversation :

— Avez-vous d'autres éléments à son sujet ?

— Eh bien, il lui avait donné son bonnet, mais il s'agit là d'un détail.

— Racontez-moi tout de même.

Elle cligna des yeux un instant puis dit d'un air serein :

— Il avait un bonnet en tricot avec des lis entrelacés de diverses couleurs. Il prétendait que sa mère le lui avait tricoté, mais ce n'était sans doute pas vrai car il y avait une marque à l'intérieur. Maryann s'était entichée de ce bonnet et il lui en avait fait cadeau.

— En souvenir ?

— Peut-être. En tout cas elle était très contente de l'avoir. Elle le portait souvent et je sais qu'elle l'avait quand elle a disparu parce que les jours suivants, cette image ne m'a pas quittée. Ce détail me rendait sa disparition encore plus triste.

La Comtesse avait elle aussi avait vu ce bonnet, posé à côté du cadavre de Maryann Nygaard.

— Et vous n'avez aucune idée de la raison pour laquelle il a utilisé un faux nom ?

— Non, malheureusement. Maryann affirmait qu'il *était* réellement géologue, et qu'il était venu au Groenland négocier avec les Américains l'attribution de concessions pour faire de l'extraction de minéraux. Ça ne m'a pas semblé bizarre, ce genre de négociations exige souvent le secret. Et à l'époque, il y avait des dissensions entre les antinucléaires danois et groenlandais d'un côté, et de l'autre l'IRGG et Risø, le laboratoire national de recherche sur les énergies renouvelables. Il était question d'extraire l'uranium et peut-être le thorium de la montagne Kvane à Narsaq, et le sujet était pour le moins sensible. Mais qu'allait-il faire à Thulé ? Les forces aériennes américaines ne s'occupaient pas d'exploitation minière et la base aérienne de Thulé est située à près de deux mille kilomètres de Narsaq.

— Vous ne croyez donc pas à cette thèse ?

— Non, pas vraiment, mais je dois avouer que je n'ai pas beaucoup réfléchi à la question. L'affaire remonte à 1983, nous étions en pleine guerre froide, et j'étais tout de même employée sur une base militaire américaine. Le fait que certains événements s'y déroulent sans que le grand public en soit informé n'avait rien de très surprenant.

— Vous avez sans doute raison. Comment puis-je faire pour me procurer la photo de l'homme dont vous parlez ?

Allinna Holmsgaard réfléchit, puis la regarda d'un air désolé en écartant les bras.

— Ça ne va pas être facile. Je ne me souviens plus qui a donné cette photo à Maryann.

La Comtesse donna à son interlocutrice le temps de poursuivre.

— Vous réalisez qu'il était reparti depuis longtemps au moment de la mort de Maryann ?

— Tout à fait, mais j'aimerais voir sa photo.

— Il y a peut-être une petite chance. Vous connaissez la Maison du Groenland ?

— Non, je suis désolée.

— C'est un musée qui est situé au nord de Copenhague, dans la commune de Gribskov. L'ancien directeur du musée a constitué une collection de photos privées provenant des deux bases, c'était un de ses passe-temps. Je lui ai aussi envoyé des copies de mes photos.

— Ça va être un vrai travail de Sisyphe, et puis je ne sais pas à quoi il ressemble ! Pourrais-je vous convaincre de m'apporter votre aide ?

Allinna Holmsgaard se mit à réfléchir, laissant un moment la Comtesse dans l'expectative. Elle lui répondit enfin :

— Demain, mon mari et moi partons pour Zurich. Ces vacances sont programmées depuis longtemps et je ne voudrais pas être obligée de les annuler ou de les reporter. Mais je me sens aussi une obligation morale vis-à-vis de Maryann et de la société, donc si vous pensez que c'est important, je veux bien essayer de vous aider.

Il aurait été tentant de dire oui, mais la Comtesse parvint à se maîtriser :

— Non, ce n'est pas si important, vous pouvez partir en vacances.

— Je pourrais peut-être vous apporter une aide en ligne. Si vous voulez, je peux vous envoyer ce soir un mail pour vous préciser la période exacte pendant laquelle notre ami s'est trouvé sur la base de Søndre Strømfjord. Vous devriez ainsi n'avoir qu'un nombre réduit de photos à examiner, si tant est que vous en trouviez…

Elles se mirent d'accord sur cette collaboration virtuelle. Il ne restait ensuite à la Comtesse qu'un seul sujet à régler, mais il n'était pas des plus plaisants. Elle sortit de son sac une photo d'Andreas Falkenborg datant de 1983 et la mit devant le professeur.

— Est-ce que vous le reconnaissez ?

— Oui, c'est Pronto, l'âme simple. Que voulez-vous savoir sur… Oh non !…

Allinna Holmsgaard n'ayant pas d'autres informations susceptibles de faire progresser l'affaire, elles se séparèrent.

12

Alors que la Comtesse dégustait son verre de vin blanc sur Islands Brygge, ses collègues de la brigade criminelle avaient quitté Copenhague et roulaient sur l'autoroute en direction du sud. Konrad Simonsen et Poul Troulsen, qui conduisait, formaient l'avant-garde et Arne Pedersen et Pauline Berg les suivaient. Poul Troulsen plissa les yeux, jetant un regard méfiant sur ce temps estival qui depuis le matin était chaud et ensoleillé, puis il jeta un regard oblique vers son chef qui, assis à côté de lui, lisait une note.

— Je ne comprends pas comment tu peux supporter cette chaleur, Simon. Je sue à grosses gouttes alors que j'ai juste un tee-shirt et toi, tu es en costume comme si la chaleur ne te gênait pas le moins du monde. Est-ce que tu as eu le temps d'écouter la météo ?

Konrad Simonsen leva un œil de son papier et regarda son collègue non sans ressentir à son encontre une certaine jalousie. Malgré son âge, il n'avait pas un gramme de graisse superflu. Son tee-shirt était bien tendu sur ses biceps et une pin-up un peu défraîchie, dont le tatouage devait dater du temps où Nyhavn était un quartier chaud, se pavanait sur son avant-bras. Pour sa part, la température de son corps variait plus que de raison. Il lui arrivait de transpirer sans raison, comme actuellement, et parfois il ne suait pratiquement pas. C'était une conséquence de son diabète.

— Oui, il va faire chaud, répondit-il en plaisantant.

Poul Troulsen abandonna le sujet en soupirant et dit :

— Hier, ma femme et moi nous sommes occupés de nos petits-enfants, et je n'ai pas eu une minute à moi. Je me disais que tu pourrais peut-être me faire un petit résumé, parce que je dois t'avouer que j'ai du mal à comprendre ce que nous allons faire maintenant.

Konrad Simonsen acquiesça. La solution alternative aurait consisté à renverser les rôles, et qu'il prenne le volant pour permettre à Poul Troulsen de lire le document, mais il n'en avait aucune envie. De plus, il pouvait difficilement reprocher à son collègue qui, en temps normal, était toujours bien préparé et se plaignait rarement de ses horaires de travail, de profiter un peu de sa vie privée.

— Par où dois-je commencer ?

— Par le début.

— Bien. Annie Lindberg Hansson, originaire de Jungshoved près de Præstø, et employée de bureau dans le sud de la région, à Vordingborg, a disparu le 5 octobre 1990 à l'âge de vingt-quatre ans. Ce jour-là, après le travail, elle avait pris comme d'habitude le car jusqu'à Præstø, et était descendue à l'arrêt habituel situé à quatre kilomètres de chez elle. Elle a sans doute pris son vélo, qu'elle avait l'habitude de laisser le matin sur le bas-côté de la route, et personne ne l'a revue. C'est en raison de son aspect physique que nous nous intéressons à elle aujourd'hui. Est-ce que tu as eu le temps de jeter un œil à sa photo ?

— Oui, quand même… Elle ressemble à Maryann Nygaard et à Catherine Thomsen.

— Précisément. Cheveux bruns, yeux marron, même conformation anatomique et, comme les deux autres jeunes femmes, un joli visage aux traits fins et aux belles pommettes saillantes.

— Est-ce qu'Andreas Falkenborg habitait dans les environs au moment de sa disparition ?

— En août 1990, il avait acheté une maison de campagne dans le hameau de Tjørnehoved, situé à moins de cinq kilomètres du domicile d'Annie. La zone est très peu peuplée, ce n'est pas un lieu de villégiature et les résidences secondaires y sont rares.

— Comment a-t-elle disparu ?

— Comme je viens de te l'expliquer. Je ne peux pas en dire beaucoup plus. Elle est descendue du car vers 8 heures du soir, et depuis, elle est portée disparue.

— Est-ce qu'on a retrouvé son vélo ?

— Non, jamais. Mais si tu arrêtes de me poser des questions, je pourrai te raconter les faits.

— Désolé. Tu sais que je ne peux pas m'en empêcher. Et puis cette chaleur est… quasiment insupportable.

La compassion dont Konrad Simonsen était capable avait ses limites, il avait lui aussi ses problèmes. Ses chevilles le démangeaient horriblement, de petites taches rouges qui n'arrivaient pas à cicatriser lui donnaient l'impression d'être rongé par un mal honteux. En revanche, les suées habituelles de la matinée avaient disparu, sans doute grâce aux bienfaits nutritionnels du petit déjeuner que la Comtesse lui avait servi. Son installation à Søllerød s'était admirablement bien passée, bien mieux qu'il ne l'espérait. Presque tout le deuxième étage de la grande villa avait été mis à sa disposition. La Comtesse l'avait aidé à s'installer, avait veillé à ce qu'il se sente bien et insisté pour prendre en charge les aspects pratiques de son séjour. Surtout, les épisodes délicats qu'il appréhendait n'étaient pas survenus et leur relation s'était vite transformée en une intimité paisible ponctuée même d'éclats de rire. Il avait apprécié d'être un peu dorloté. Et cela faisait longtemps qu'il n'avait pas si bien dormi. Tandis qu'ils roulaient, il songea aux erreurs qu'il avait commises dans le dossier du meurtre de Catherine Thomsen. La tristesse l'envahit, et avec elle une terrible envie de fumer. Il se baissa pour gratter ses chevilles, puis se concentra à nouveau pour donner à Poul Troulsen les informations dont il avait besoin :

— Annie Lindberg Hansson vivait avec son père, qui m'a tout l'air d'être un cas social, mais nous allons bientôt le savoir. La petite propriété des Hansson est située dans un endroit isolé où paissent des moutons, à proximité de l'église de Jungshoved, devant la mer. Ce qui signifie que, de l'arrêt du car à chez elle, Annie devait faire le trajet à vélo. Une route obscure, isolée, où l'on peut repérer de loin les feux d'un vélo. Un lieu idéal pour attaquer une jeune fille.

— Cette affaire me plaît de moins en moins.

— L'Etat ne nous paie pas pour nous amuser. Où en étais-je ? Ah oui, donc le soir même, le père a signalé la disparition de sa fille et il est revenu confirmer son absence le lendemain matin. Des recherches ont été entreprises, mais la police n'a pas fait preuve d'un enthousiasme débordant.

— Pourquoi ? Ils ne le croyaient pas ?

— Mais tu vas te taire, oui ou non ? En fait, tout le monde pensait que la fille allait refaire surface à Copenhague. Elle venait d'avoir une sérieuse dispute avec son père, parce qu'elle souhaitait aller s'installer en ville et prendre son indépendance. Lui, au contraire, considérait qu'après la mort de sa femme l'année précédente, elle devait rester pour s'occuper de lui. Les autorités en avaient déduit qu'en le quittant, elle avait réglé leur conflit à sa manière, et qu'elle redonnerait de ses nouvelles lorsqu'elle serait installée et que son père se serait fait à l'idée. Le père avait eu beau se rendre régulièrement dans les locaux de la police de Næstved et de Præstø, on l'avait pour ainsi dire ignoré et l'affaire avait été totalement négligée.

— C'est dingue, rétrospectivement, même si on sait que la plupart des jeunes qui disparaissent refont surface à un moment ou à un autre.

— Mais Annie Lindberg Hansson, elle, n'est jamais réapparue, et quand la police a compris la situation, toutes les traces avaient disparu, à supposer qu'il y en ait eu, ce dont je doute fort. Qui plus est, personne ne croyait à un crime, on pensait qu'elle avait coupé les ponts avec la maison de son enfance ou même qu'elle était partie vivre à l'étranger.

— Espérons que ce soit le cas.

— Tu n'y crois pas ?

— Non, pas après avoir vu sa photo et en sachant qu'Andreas Falkenborg était dans les parages. Mais cette maison de campagne à Tjørnehoved, est-ce qu'on sait s'il l'a achetée avant ou après l'avoir rencontrée ?

— C'est un des points que nous devons tenter d'éclaircir aujourd'hui, mais je parierais qu'il l'a achetée après. Ça cadrerait avec les autres meurtres et ça confirmerait qu'il est prêt à changer de vie pour pouvoir accomplir ses crimes. Il y a une chose étrange. Son profil indique qu'il met en œuvre des actions ciblées à partir du moment où il rencontre ses victimes, mais qu'il ne prend aucune initiative pour essayer de trouver, comment dire, les bonnes candidates. Il va nous falloir un psychologue pour nous aider dans cette affaire.

Poul Troulsen réfléchit un instant avant de parler :

— Dans le cas où les femmes n'ont pas le physique et l'âge souhaités, il se révèle inoffensif. S'il s'agit en revanche de femmes brunes, minces et jolies et ayant une allure bien spécifique, alors il les tue ?

— Oui, indéniablement. Mais je te le redis, nous avons besoin d'un psychologue.

— Je serais vraiment ravi de pouvoir le livrer au système pénitentiaire.

— D'abord, il faudra passer devant un juge et vraisemblablement devant la cour d'assises. Ensuite, on devrait pouvoir le faire incarcérer à la prison de Nykøbing Zealand.

— Ça nous a aussi coûté deux congés ! Je sais bien que les meurtres commis sont sans commune mesure avec l'absence de deux collaborateurs, mais je ne peux m'empêcher de lui en vouloir pour ça aussi. Je n'ai pas été personnellement impliqué dans l'affaire de Stevns, mais quand la vérité est sortie, je ne me suis pas senti bien du tout et c'est pour ça, d'ailleurs, que je n'ai pas pu assister à ton exposé lundi dernier.

— Il s'en est fallu de peu que je donne ma démission, moi aussi, tu le sais, n'est-ce pas ?

— Oui, je sais bien. C'était juste une façon un peu maladroite de te demander si tu allais mieux.

— Si, après avoir éliminé Catherine Thomsen, il a tué d'autres victimes, je ne sais pas, je n'ose même pas y penser. Sinon, peut-être.

Poul Troulsen considéra son chef d'un air désapprobateur. La remarque n'incitant pas à poursuivre la conversation, il concentra son attention sur la route, tandis que Konrad Simonsen se replongeait dans sa lecture.

Une heure plus tard, ils approchaient de leur destination. Au moment de tourner à gauche en direction de Jungshoved, Poul Troulsen donna un bref coup de klaxon à l'intention d'Arne Pedersen et de Pauline Berg, dont la voiture continuait sur la route départementale. Un paysage doux et souriant se déroulait devant eux, avec les eaux de Bøge sinuant entre le Zeeland et l'île de Møn. Cinq minutes plus tard, ils atteignirent l'extrémité de cette pointe de terre, et se trouvèrent devant une petite propriété située juste à côté de l'église de Jungshoved. Ils s'arrêtèrent dans l'allée pour se dégourdir les jambes, jetant un regard circulaire autour d'eux. La maison était constituée de deux petits bâtiments blanchis à la chaux, qui contrastaient avec le noir du toit en tuiles à base de béton, taché par les algues. Le petit jardin, à l'état sauvage, comportait deux beaux arbres fruitiers déjà anciens, et une terrasse envahie par les mauvaises herbes qui reliait la maison principale à la pelouse. Au fond, une haie de grands hêtres cachait la vue sur l'église. Konrad Simonsen se souvint alors des livres de son enfance qui racontaient les guerres du XVIIe siècle et décrivaient les combats lors desquels les partisans du Danois Svend Gønge s'étaient affrontés aux forces suédoises dans ce lieu précis, sur la pointe de Jungshoved, sans qu'il ait jamais su d'ailleurs si c'était une pure fiction ou un épisode authentique de l'histoire du Danemark.

— Cette propriété a dû être constituée à l'époque du démembrement des terres de l'église, affirma Poul Troulsen d'un air prosaïque.

— Certainement. Est-ce que tu peux me rappeler le nom que tu as employé dans la voiture ?

— Une borderie. C'est le mot qu'utilisait mon père, il était du sud du Jutland.

— C'est la première fois que j'entends ce mot. Est-ce parce qu'il s'agit d'un endroit pauvre ?

— Non, le mot qualifie simplement la maison d'un petit cultivateur. Le fait qu'elle soit en ruines ou restaurée n'a aucune incidence.

En arrivant devant la maison, ils furent accueillis par un homme dans la soixantaine, qui leur ouvrit la porte sans dire un mot de bienvenue et d'un geste du bras, leur fit signe d'entrer. Il avait l'air misérable et ses yeux brillants et presque larmoyants le faisaient paraître plus que son âge. Ses vêtements étaient eux aussi dans un état piteux. La pièce où ils entrèrent était basse de plafond et sombre, malgré le soleil radieux qui brillait à l'extérieur, et il fallut un certain temps aux deux policiers pour que leurs yeux s'habituent à la pénombre. Les rares meubles de la pièce étaient délabrés sans être toutefois dépareillés et on pouvait imaginer qu'ils avaient dû à l'origine avoir une certaine valeur. L'homme les fit s'asseoir dans un canapé devant une table basse en chêne et s'installa dans un fauteuil en face d'eux. Il avait préparé du thé et leur en servit sans rien leur demander. Ils le remercièrent et burent quelques gorgées, et Konrad Simonsen trouva que ce thé avait très bon goût. A un bout de la table, il y avait deux photos qui, de toute évidence, avaient été posées là pour l'occasion. La première représentait une petite espiègle en combinaison d'aviateur assise sur une balançoire, qui se faisait pousser par son père, tout en se pavanant devant la caméra comme une prima donna. Sur l'autre photo, on voyait une fille de treize ans dégingandée, portant une robe blanche et essayant de garder l'équilibre dans des chaussures à talons auxquelles elle ne semblait pas habituée, devant une église qui n'était visiblement pas l'église voisine. Les cadres étaient dorés et très laids. L'homme, qui avait suivi le regard de Konrad Simonsen, prononça les mots suivants :

— Chaque matin, quand je me réveille, je pense à elle, et chaque soir, je m'endors en pleurant. Elle me manque horriblement, elle était la seule chose que j'aie réussie de ma vie. Oui, j'ai exposé sa photo parce que je crois qu'elle mérite d'être là.

— C'est tout à fait normal.

— Oui, c'est normal. Et puis je suis chez moi ici, et c'est moi qui décide où je dois mettre mes photos.

— Nous sommes venus pour savoir ce qui est arrivé à votre fille, lui dit Konrad Simonsen d'un ton calme.

L'homme sortit un mouchoir et se tapota légèrement les yeux.

— Vous pensez qu'elle a été assassinée, comme les deux filles dont on parle dans les journaux, n'est-ce pas?

— Pourquoi pensez-vous cela?

— Parce qu'elle leur ressemblait, bien sûr. J'ai des yeux pour voir.

— Oui, nous craignons qu'elle ait été tuée, bien que nous ne disposions à l'heure actuelle d'aucun élément concret.

— J'ai toujours su qu'elle était morte, mais j'espère qu'elle n'a pas eu la même fin que ces deux femmes.

— Nous aussi. Et puis, il ne faut pas que vous croyiez tout ce que vous lisez dans les journaux.

Une lueur d'espoir illumina les yeux du vieil homme, ils pouvaient l'entendre au son de sa voix.

— Est-ce que c'est faux tout ce qu'on raconte sur le Gaffer et le sac en plastique sur la tête?

Les deux hommes maudirent la presse à scandale qui, à longueur de page, s'était vautrée dans les détails les plus macabres, mais avait malheureusement donné sur ces meurtres des informations exactes. Le père d'Annie Lindberg Hansson payait maintenant le prix du succès des grands tirages de la journée. Lui et d'autres avec lui.

— Non, les faits sont malheureusement exacts, mais n'oubliez pas que nous n'avons aucun élément sur ce qui a pu arriver à votre fille.

Les mots glissaient sur l'homme, qui se recroquevilla un peu plus.

— Qu'attendez-vous de moi ?

— D'abord que vous nous racontiez le jour où votre fille n'est pas rentrée chez vous.

Il s'exécuta, d'une voix accablée et amère, mais sans leur apporter aucun élément nouveau. Quand il eut terminé, Poul Troulsen lui demanda avec toute la diplomatie dont il était capable :

— Vous vous étiez disputé avec votre fille durant les mois qui ont précédé sa disparition.

— Oui, c'était insensé, mais je ne pouvais pas envisager l'idée qu'elle me quitte. C'était égoïste, je m'en rends compte aujourd'hui, mais je n'en avais pas conscience à l'époque.

— Elle avait prévu de s'installer à Copenhague ?

— Oui. Elle voulait suivre une formation, et je crois qu'elle avait aussi envie de rencontrer des gens de son âge. Ici, ce n'était pas facile.

— C'était une jolie fille. Est-ce qu'elle avait des petits amis ?

— Je ne crois pas, mais ce n'était pas un sujet dont elle me parlait.

— Parce que vous étiez jaloux ?

— Sans doute.

— Est-ce qu'elle ne souhaitait pas s'installer à Copenhague avec un petit ami ?

— Non, je ne crois pas que c'était dans ses projets.
— Avait-elle des contacts à Copenhague ?
— Elle y avait une tante.
— A qui elle rendait visite ?
— Une fois de temps en temps, mais pas souvent.
— Où habitait cette tante ?
— Eh bien, à Copenhague.
— Je pensais à l'endroit précis où elle habitait dans la ville. Est-ce que vous avez son adresse ?
— Platanvej. Je ne me souviens plus du numéro de la rue, mais je peux le chercher, si c'est important pour vous.
Poul Troulsen regarda Konrad Simonsen qui fit un signe négatif de la tête. Il abandonna le sujet.
— Vous dites qu'elle voulait faire une formation. A quelle formation pensait-elle ?
— Esthéticienne. Mais elle devait d'abord gagner de l'argent pour pouvoir payer l'école, c'est pour ça qu'elle cherchait un emploi là-bas.
— Quel genre d'emploi ?
— Je crois qu'elle a cherché dans tous les secteurs d'activités. Elle a passé deux entretiens d'embauche, mais aucun n'a abouti. J'espérais à chaque fois qu'ils refuseraient sa candidature. C'est insupportable de penser à ça aujourd'hui.
— Est-ce que vous savez dans quelles entreprises elle a passé ces entretiens ?
— Elle avait eu son premier entretien au siège social du magasin *Irma*, mais je ne me souviens pas de l'autre. Il s'agissait d'une petite entreprise, mais j'ai oublié l'adresse. Cela dit, j'ai gardé ses dossiers et je crois que ce document s'y trouve. C'est important ?
— Peut-être. Ce serait bien que vous puissiez le retrouver.

Il se leva et quitta la pièce, en laissant son mouchoir sur la chaise. Un instant plus tard, ils l'entendirent marcher au premier ; Konrad Simonsen regarda la grande horloge de Bornholm adossée au mur donnant sur le jardin ; elle s'était arrêtée, comme cet homme. Tout ici paraissait figé dans le temps depuis ce soir d'octobre, dix-huit ans plus tôt, où Annie Lindberg Hansson n'était pas rentrée. Poul Troulsen regarda les photos, il était en sueur.

Au bout d'un moment, l'homme revint dans la pièce avec une lettre qu'il posa devant eux en silence. C'était une convocation pour un entretien d'embauche datée du 14 avril 1990. La lettre ne comportait que deux lignes et portait la signature d'Andreas Falkenborg en écriture calligraphique. Konrad Simonsen plia le document et le mit dans sa poche intérieure sans se soucier d'éventuelles empreintes puisque l'identité de l'auteur était patente.

— Nous aimerions pouvoir analyser cette lettre de plus près. Vous voulez bien ?

L'homme serra les poings.

— Est-ce lui qui l'a tuée ?

— Nous ne le savons pas.

— Mais c'est ce que vous pensez. Vous semblez croire que c'est lui.

Konrad Simonsen prit soin de bien peser ses mots :

— Quand on traite d'un sujet aussi sensible qu'un assassinat, on ne peut s'en remettre à des croyances. Il faut plus, beaucoup plus que cela.

13

Les deux auditions auxquelles Arne Pedersen et Pauline Berg devaient procéder se révélèrent infructueuses et ne durèrent que cinq minutes. Ils eurent donc le temps d'aller faire un tour dans la forêt. La première avait eu lieu dans la maison de campagne d'Andreas Falkenborg, une maison modeste qui, d'un côté, longeait le bois où ils se promenaient maintenant, et de l'autre, était voisine d'une ferme dont les terres entouraient la maison. Depuis 1991, l'endroit était loué à un couple de puériculteurs sans enfants. La femme était chez elle, mais elle n'avait rien pu leur dire sur leur propriétaire qu'elle n'avait d'ailleurs jamais rencontré, et les avait assurés que son mari n'en savait pas plus qu'elle. Ils payaient leur loyer, au demeurant très raisonnable puisqu'il n'avait jamais été actualisé depuis la signature du bail, à un cabinet d'avocats de Præstø. Elle n'avait pas d'autres informations à leur communiquer et les deux policiers repartirent bredouilles. La deuxième tentative d'audition déboucha sur un résultat presque aussi négatif. Ils souhaitaient interroger le propriétaire de la ferme voisine. Ils le trouvèrent dans la cour, en train de réparer son tracteur. Il dit ne pas connaître Andreas Falkenborg mais précisa qu'il était persuadé que ses parents le connaissaient, sans toutefois pouvoir expliquer comment.

Malheureusement, son père venait de se retirer pour faire sa sieste et sa mère était en ville. Pauline Berg avait courageusement tenté d'obtenir qu'il réveille son père mais en vain. L'homme leur avait cependant proposé de revenir une heure plus tard, ce qu'ils avaient accepté.

Avançant sur le sentier, Arne Pedersen donna un coup de pied dans un caillou qui ricocha entre les hêtres en formant une courbe harmonieuse. Il voulut réitérer son exploit, mais cette fois le caillou décolla à peine du sol. Quelques pas devant lui, Pauline Berg posait en s'imaginant qu'il la suivait du regard et admirait sa belle silhouette, mais elle perdit brutalement ses illusions.

— Est-ce que tu veux bien arrêter ton petit jeu ? Ça a le don de m'agacer, lui dit-elle.

En guise de réponse, il revint se mettre docilement à ses côtés et ils se dirigèrent lentement vers la ferme, gardant néanmoins, comme d'un commun accord, une distance de rigueur entre eux pour éviter de se frôler. Elle ne put néanmoins s'empêcher de lui demander :

— Et nous dans tout ça ?

Voyant qu'il se figeait, elle décida de prendre les devants :

— Oh, je sais ce que tu vas dire, du moins si tu oses. Que tes enfants comptent plus que moi.

— Exactement.

— Je le sais bien, et le plus drôle, c'est que je ne suis même pas sûre de vouloir de toi, mais ça m'énerve de me sentir repoussée. Tu comprends ?

— Oui.

Elle se sentit mise à nu et voulut vite dissimuler ses sentiments en continuant sur le ton de la plaisanterie.

— Cela dit, maintenant que j'ai une maison, il y a de la place pour deux.

— Oui, et une maison très agréable. Mais j'ai pensé à quelque chose, Pauline. Tu devrais peut-être envisager de prendre un chien.

— Pour te remplacer ? C'est une idée intéressante.

— Tu peux plaisanter, mais ta maison est isolée et située très près de la forêt. N'importe quel voyeur pourrait s'en approcher subrepticement et s'introduire chez toi.

— Ça te gêne de savoir que d'autres que toi peuvent me regarder ?

— Il ne s'agit pas de moi, mais de toi.

— J'ai un chat, ça suffira.

— C'est sérieux ce que je te dis.

Elle réfléchit un instant et finit par repousser l'idée.

— Non, Gorm ne me le pardonnerait jamais.

— Qui est Gorm ?

— C'est mon chat.

Ils rirent et marchèrent jusqu'à l'orée du bois en se tenant par la main.

Lorsque Arne Pedersen et Pauline Berg revinrent à la ferme, les deux rentiers étaient sur leur terrasse et les attendaient. L'homme était petit, rebondi, et son crâne chauve donnait l'impression d'être posé sur son buste, comme s'il n'avait pas de cou. La femme quant à elle semblait irascible. Ils étaient assis à une table de jardin où étaient posés une carafe d'eau et deux verres en cristal taillé. La femme était installée devant un amas de fraises qu'elle équeutait d'un geste expert avant de les jeter dans une bassine posée à ses pieds. Elle les salua à peine quand ils arrivèrent.

L'homme en revanche se montra plus courtois et, tendant un bras court et grassouillet, leur indiqua deux chaises libres.

— Asseyez-vous. La mère a apporté de l'eau glacée, vous voudrez peut-être vous rafraîchir, avec cette chaleur.

Ils se servirent et burent un verre d'eau pendant que l'homme leur parlait.

— Mon fils m'a dit que vous venez de Copenhague pour avoir des renseignements sur ce directeur Falkenborg, qui a habité la maison voisine à une époque. On le connaissait bien, c'était un homme extrêmement antipathique. Pas vrai ?

La question s'adressait à sa femme. Celle-ci bougea les lèvres sans répondre.

— C'était un de ces individus qui font tout pour gêner les autres, ce n'est pas du tout le genre qu'on apprécie dans le coin.

Arne Pedersen sentit que la conversation risquait de dévier et essaya de maîtriser un peu mieux le déroulement de l'entretien.

— A quelle époque Andreas Falkenborg a-t-il habité la maison voisine ?

— Je ne m'en souviens pas, mais je me rappelle qu'il nous a empoisonné la vie au moment de l'arrachage des betteraves et pendant une bonne partie de l'hiver.

Les deux policiers furent surpris de voir la femme agripper le bras de son mari.

— Ecoute donc ce que le policier te demande, il veut savoir quand Falkenborg a habité ici.

— A quelle époque c'était ? Eh bien, ça devait être au milieu des années 1980 en gros. Je crois que c'était en 1987, oui, c'est ça, maintenant je me rappelle.

La femme l'interrompit :

— Tu dis n'importe quoi. C'était en 1990, à la fin de l'été, et les deux éducateurs ont dû emménager au mois de juillet deux ans plus tard.

D'un air nigaud, il essaya de sauver la face :

— Oui, c'est plus précis comme ça.

— Est-ce qu'il habitait ici toute l'année ?

— Oui, toute l'année.

Sa femme le corrigea à nouveau :

— Au début, il était à Copenhague deux fois par semaine, le lundi et le mardi et le jeudi et le vendredi. Ensuite, il n'est presque plus jamais venu.

— Comment a-t-il trouvé la maison ?

— Eh bien, il l'a achetée.

La femme confirma la réponse d'un petit grognement, tout en rejetant une fraise pourrie dans le plant de fraisiers.

— J'ai bien compris, mais je voulais savoir si la maison était à vendre ou s'il avait pris lui-même l'initiative de contacter les propriétaires pour leur faire une offre ?

Arne Pedersen avait posé la question à la femme, mais ce fut en vain. Elle évita son regard et attendit la réponse de son mari, satisfaite de son rôle de juge suprême.

— La maison avait été mise en vente, je m'en souviens parfaitement parce que l'ancien propriétaire était un de mes camarades d'école qui souhaitait s'installer sur l'île de Lolland pour se rapprocher de son fils. Il n'est plus de ce monde, le pauvre.

La femme acquiesça de nouveau. Cette fois avec un son nasal et indifférent, indiquant sûrement que ce genre d'événements ne pouvait se produire qu'en dehors de leur paroisse.

— J'ai cru comprendre que vous étiez en désaccord avec Andreas Falkenborg. Pour quelle raison ? Y a-t-il eu un épisode particulier ?

— Dès le jour de son emménagement, on a senti les ennuis venir. Et le lendemain de son arrivée, il était déjà venu se plaindre.

Il s'arrêta et attendit la remarque de sa femme. Pauline Berg insista :

— A quel propos ?

— C'était l'époque où on épandait le fumier dans les champs, ça l'avait rendu fou de rage. Mais on était dans notre droit, du moment qu'on arrêtait les week-ends et les jours fériés. Et puis, s'il avait des problèmes avec les odeurs, il n'avait qu'à rester chez lui en ville. Ce n'était pas nous qui l'avions forcé à acheter une maison à la campagne.

— Et c'est ce que vous lui avez dit ?

— Evidemment, même s'il criait à tue-tête et prenait de grands airs. Il a juré qu'on le paierait cher et nous a lancé tout un lot d'injures à la figure.

— Vous êtes donc brouillés avec lui depuis ce jour-là ?

— Oui, d'autant qu'il y a eu l'histoire de la truie. Quinze jours plus tard, il a fait l'acquisition d'une truie. Elle n'était pas morte de sa belle mort, on nous a dit quelque temps après qu'il l'avait achetée à un fermier d'Allerslev et l'avait fait abattre. Pensez donc, il l'avait clouée au vieux peuplier qui est pratiquement situé à la limite entre nos deux propriétés. Pour ça, il avait engagé quatre hommes qui avaient dû tirer une corde et tout le bazar pour réussir à suspendre la bête. Je ne sais pas si vous réalisez la taille d'un animal comme ça.

— De quel arbre s'agissait-il ?

— Celui que vous voyez là-bas.

Il montra un vieux peuplier légèrement penché qui n'était plus très sain et aurait eu besoin d'un bon étêtage.

— Si vous allez là-bas, vous verrez que les ferrures sont toujours dans l'arbre.

— Je les vois d'ici. Mais quel était le but de cette opération ?

— Vous ne comprenez pas ? Le fait de laisser pourrir cette énorme truie dans l'arbre, en attendant qu'il n'en reste plus que le squelette, c'était pour se venger. La carcasse dégageait une puanteur inimaginable et on ne pouvait pas s'asseoir sur la terrasse. A la fin, l'odeur était si insupportable que c'était tout juste si on pouvait ouvrir une fenêtre. Et pour éviter que nos vêtements soient imprégnés, on était obligés de les sécher dans le grenier.

— Mais lui aussi a dû en souffrir, non ?

— Oui, ça sentait aussi mauvais chez lui que chez nous. Mais ça ne semblait pas le gêner, il se pavanait et il riait d'un air hautain. De temps en temps il allait même jusqu'à tapoter l'animal.

— Vous ne l'avez pas dénoncé aux autorités ? Ce genre d'agissements n'est pas permis, même ici, dans… dans cet environnement campagnard.

La femme contracta les lèvres en cul-de-poule, mais son mari remarqua le lapsus de Pauline Berg et répondit fièrement :

— Non, ce n'est pas dans nos coutumes. Mais au bout d'une quinzaine, j'en ai eu assez et je suis allé lui donner une bonne raclée.

— Tu parles ! Il s'est moqué de toi, et d'une drôle de manière !

Arne Pedersen et Pauline Berg tournèrent tous les

deux la tête vers la femme, qui cette fois raconta elle-même la suite de l'histoire :

— C'est vrai qu'il s'est laissé rosser, mais il avait tout enregistré sur une vidéo, je ne sais pas comment il s'y était pris. Il avait appelé le numéro d'urgence, en se lamentant et en noircissant encore la situation et une ambulance était venue le chercher. Deux jours plus tard, il est revenu chez nous et nous a montré la vidéo sur une petite caméra, en nous annonçant qu'il allait engager un avocat et lancer la police à nos trousses si on refusait que le cochon reste dans l'arbre et si on ne voulait pas accepter la punition qu'on méritait. Ce sont ses propres mots, vous vous rendez compte, *la punition qu'on méritait*.

Les deux policiers tentèrent quelques minutes encore de creuser un peu plus les secrets de ces querelles de voisinage. Puis Arne Pedersen posa une photographie d'Annie Lindberg Hansson sur la table.

— Est-ce que vous la connaissez ?

L'homme ne la connaissait pas et voulut répondre par la négative.

La femme en revanche jeta un regard furieux sur la photo et dit :

— C'est Annie, la gamine de l'ivrogne qui habite à côté de l'église de Jungshoved.

— Elle a disparu en 1990.

— Disparu ? Vous me faites rire avec vos histoires. Elle s'est tirée à Copenhague, voilà la vérité.

14

Le lendemain de son déplacement dans le sud du Zeeland, Arne Pedersen était de nouveau sur la route, cette fois en direction du nord. Konrad Simonsen l'avait envoyé à Hundested, où il devait rencontrer un homme qui allait peut-être pouvoir expliquer l'existence d'un trou dans la scolarité de Falkenborg. Il était arrivé de bonne heure et s'était installé dans un restaurant d'où il pouvait apprécier la vue sur le port. C'était un endroit plein de charme qui avait su très naturellement combiner les activités liées à la saison touristique à celles de la pêche locale, sans oublier le service des ferry-boats qui reliaient le port à celui de Rørvig, sur l'autre rive du fjord. Le jour s'annonçait moins chaud que la veille et au-dessus de lui, des nuages paresseux avaient envahi le ciel. Le café qu'on venait de lui servir était fort et sentait bon et, malgré la fatigue, la vie lui paraissait tout à fait agréable.

L'homme qu'il devait rencontrer arriva en retard et s'excusa mollement en disant avoir eu du mal à le trouver dans la foule des touristes, mais Arne Pedersen l'avait vu aller directement de sa voiture à la table où il était assis. Konrad Simonsen ne lui avait pas donné de détails sur ce témoin. Il lui avait seulement dit que c'était l'ancien commissaire de police de la ville, et l'avait qualifié de personnage *haut en couleur*, sans préciser davantage. L'ex-commissaire avait environ soixante ans, et il s'avéra assez vite que sa jovialité et ses dons pour les relations sociales n'avaient d'égal que sa forte corpulence. Il plut d'emblée à Arne Pedersen. C'était aussi, semblait-il, l'impression que les citoyens de la localité avaient de lui, car il constata que de nombreux promeneurs le saluaient brièvement en passant devant leur table. L'homme s'appelait Hans Svendsen, et c'est lui qui prit la parole en premier :

— Qu'est-ce que Simon vous a dit à propos de notre rendez-vous ?

— Pas grand-chose. Il est très occupé, comme nous tous d'ailleurs.

— Simon est toujours très occupé, il est né comme ça, mais il ne faut pas que vous succombiez à la même maladie.

Arne Pedersen protesta. La charge de travail actuelle de Konrad Simonsen était considérable. D'ailleurs, c'était aussi valable pour lui, ou plus exactement, c'est l'impression qu'il avait, parce qu'il n'avait pas dormi beaucoup ces dernières nuits. Cette seule idée le fit bâiller. Puis il dit :

— En 1977, vous avez rencontré un homme du nom d'Andreas Falkenborg. Nous cherchons à savoir ce qu'il faisait cette année-là. Il ne m'a pas donné d'autres précisions, hormis le fait que vous avez été commissaire de police dans cette ville.

— Oui, mais j'ai commencé comme simple policier, c'est généralement la voie normale pour y arriver !

Hans Svendsen eut un rire communicatif et Arne Pedersen rit avec lui.

— Je connais assez bien le meurtre qu'on a surnommé *le meurtre de Stevns*, mais l'histoire est beaucoup plus ancienne. Est-ce que vous étiez dans l'équipe de Planck, quand il a dirigé l'enquête sur la femme assassinée à Stevns ?

Arne Pedersen secoua la tête.

— En tout cas, en ce qui concerne l'affaire de Stevns, j'ai reçu un appel d'une femme qui vit ici, à Hundested. Elle a été victime, dans sa jeunesse, d'un incident qui, sur de nombreux points, ressemble à ce qui s'était produit à Stevns. Quel était donc le nom de cette pauvre fille ? Je crois que je l'ai oublié…

— Catherine Thomsen.

— Ça ne me dit rien, mais ce n'était pas un de mes dossiers. Quoi qu'il en soit, cette femme s'est adressée à moi. Je l'avais bien connue dans le passé et nous avons bavardé un bon moment ensemble. Ça s'est passé en 1997, je crois.

— Vous étiez commissaire à l'époque ?

— Dites-moi, vous avez un problème avec les commissaires ? Non, je n'étais pas commissaire, j'avais mon bureau à l'hôtel de ville, mais tout ça est secondaire. La femme dont je vous parle s'appelle Rikke Barbara Hvidt. Elle a rapporté avoir été victime d'une agression en 1977. Ça s'est passé à Kikhavn, une petite bourgade calme située à quelques kilomètres de la côte, et je me souvenais parfaitement de l'affaire parce qu'à l'époque, je travaillais sur ce dossier de façon plus ou moins directe, mais visiblement elle l'ignorait. Heureusement, elle a réussi à s'échapper des mains de cet homme.

— Comment s'est déroulée son agression ?

— Un soir, elle était seule dans la maison de ses parents – à l'époque, elle vivait encore chez eux – et un homme s'est introduit à l'intérieur, lui a mis un chiffon dans la bouche et attaché les mains dans le dos, puis l'a obligée à le suivre jusqu'à la plage. C'est en tout cas ce qu'elle a raconté par la suite.

— A vous entendre, on a l'impression que vous n'y croyez pas.

— J'étais loin d'être le seul à douter de ses propos. Cela dit, vingt ans plus tard, j'ai malheureusement été obligé de croire à chacun de ses mots.

— Pourquoi avez-vous douté d'elle au départ ? Y avait-il une raison particulière ?

— Oui, ses parents. Ce n'étaient pas des enfants du Bon Dieu, on peut même dire sans exagérer qu'ils avaient tous les deux été les auteurs de graves actes criminels. Leur maison servait quasiment de centre de distribution pour la contrebande et le recel de cigarettes, de bijoux et d'appareils hi-fi, mais aussi de haschich et autres drogues. Rikke, elle, s'était fait faire un rejeton très jeune et… eh bien oui, à l'époque, on n'était pas si tolérant face à ce genre de situations.

Il leva sa main pour signifier son dégoût et continua :

— Beaucoup ont estimé que son agression était une intimidation à destination de ses parents, qu'il s'agissait d'un banal règlement de compte dans le milieu et que les bons et loyaux citoyens ne devaient pas s'en mêler. D'autres pensaient qu'il n'y avait pas un mot de vrai et qu'elle avait inventé cette histoire pour se faire remarquer.

— Quel âge avait-elle lors de cette agression ?

— Environ vingt-cinq ans, je crois.

— Est-ce qu'elle aussi avait commis des délits ?

— Non, mais sachant qu'elle habitait chez ses parents, dans ce repère de brigands, certains en étaient persuadés. Vivant avec un enfant, elle n'avait pas les moyens de s'installer dans un logement indépendant.

Elle vivait gratuitement chez ses parents et comme les vieilles canailles étaient plutôt généreuses avec leurs enfants, elle ne manquait de rien. On peut mettre ça à son actif.

— Comment a-t-elle réussi à s'échapper lors de son agression ?

— Je crois qu'elle a fini par trouver un moyen de s'enfuir, mais au départ, elle était persuadée que son agresseur allait la tuer. Il avait creusé une fosse et il avait un comportement de fou.

— Et elle ne le connaissait pas ?

— Si, c'est ça qui est bizarre. C'est une des raisons pour lesquelles beaucoup ne l'ont pas crue. Elle affirmait qu'il avait un masque.

— Un masque ?

— Oui. Et aujourd'hui, je crois dur comme fer à ce qu'elle a raconté. Par la suite, elle est devenue libraire et membre du conseil paroissial, une citoyenne tout à fait respectable, et elle n'a jamais cessé d'affirmer qu'elle disait la vérité. Elle a dit que son agresseur avait un visage de fantôme, avec une cape descendant le long de la tête, comme un prince égyptien, mais sans couleur blanche. Vous pourrez la questionner tout à l'heure.

Arne Pedersen était troublé.

— Elle vit toujours ?

— Oui.

Il rit à nouveau de son rire communicatif.

— Vous vous demandez sûrement pourquoi vous êtes là en train de parler avec moi, mais il y a une raison à ça, que vous comprendrez dans un moment. En attendant, je voudrais vous parler d'autres éléments qui se sont déroulés cette année-là, en 1977, parce qu'il y a eu un épilogue. Deux semaines après son agression

– Rikke avait, à ce moment-là, eu le temps de réfléchir –, un homme étranger se mit à rôder autour d'elle. C'était une petite ville à l'époque, dans laquelle les gens avaient une fâcheuse tendance à s'observer et où les rumeurs se propageaient très vite. Cet homme était bien réel, et au bout d'un moment il ne pouvait sortir de chez lui sans que tous ses faits et gestes soient observés. Il est pourtant resté dans l'auberge pendant plus de six mois, sans qu'on sache où il pouvait bien se procurer de l'argent. Parfois, il arrivait à échapper à la surveillance générale, et à plusieurs occasions on l'a repéré dans les environs de Kikhavn, sur la plage ou à l'intérieur du pays. Rikke était persuadée que c'était l'homme qui l'avait agressée, mais elle n'avait pu donner aucun signalement à cause du masque qu'il portait, du coup on ne pouvait pas intervenir. Son père, en revanche, ne s'est pas gêné et le guetteur a dû aller faire un tour aux urgences.

— Et alors ?

— Et alors rien. Peu de temps après, on l'a revu rôder dans les parages. Il ne faisait rien de mal, mais on craignait que la fois suivante, le père lui fasse son affaire et qu'on se retrouve avec une agression beaucoup plus grave sur le dos. Et puis un beau jour les choses sont rentrées dans l'ordre, quand Rikke a décidé de se faire couper les cheveux. L'homme n'a pas pu le supporter, il est devenu furieux, il s'est introduit dans le salon de coiffure, excité, en pleurs, implorant. La propriétaire du salon nous a appelés et c'est moi qui ai été chargé de l'affaire.

— Et vous avez réussi à le maîtriser ?

— Maîtriser c'est un bien grand mot, il ressemblait plus à un enfant désemparé, mais je l'ai sorti du salon et conduit au poste. Il a réagi comme un hystérique, il pleurnichait et traitait Rikke de tous les noms. Il était clairement déséquilibré. On l'a laissé passer la nuit au poste puis on lui a formellement interdit de s'approcher à nouveau du salon de coiffure et de Rikke.

— Est-ce que vous l'avez interrogé à propos de l'agression qui avait eu lieu sur la plage ?

— Si ma mémoire est bonne, je ne crois pas.

— Et tout ça parce que Rikke Barbara Hvidt s'était fait couper les cheveux courts ?

— Oui. C'est vrai qu'elle avait une belle chevelure, mais si elle voulait se couper les cheveux, ce n'était pas son problème.

— Avez-vous eu l'impression qu'elle s'était fait couper les cheveux intentionnellement ?

Hans Svendsen fronça les sourcils et agita la tête d'un air débonnaire.

— Qu'est-ce que c'est que cette question ? En principe, les gens décident eux-mêmes s'ils veulent se faire couper les cheveux.

— Oui, bien sûr. Mais je me demandais si elle s'était fait couper les cheveux à cause de l'agression et s'il y avait un lien entre les deux.

— Pas à ma connaissance, mais c'est à elle que vous devrez poser cette question.

— Je n'y manquerai pas. Que s'est-il passé ensuite, lorsque vous l'avez remis en liberté ?

— Le jour même, il a rendu sa chambre et a quitté Hundested. J'ignore où il est allé ensuite.

— Ainsi, avec des cheveux courts, la fille ne l'intéressait plus ?

— C'est l'impression que nous avons eue.

Arne Pedersen résuma :

— Rikke Barbara Hvidt a donc affirmé de nombreuses années plus tard, en l'occurrence en 1997, qu'il existait selon elle des similitudes entre l'agression dont elle avait été victime sur la plage de Kikkehavn et le meurtre de Catherine Thomsen à Stevns ?

— C'est exact, sauf qu'il s'agit de Kikhavn. L'affaire de Stevns a fait la une des journaux, mais ce qu'elle avait lu sur Catherine Thomsen lui a fait penser à ce qu'elle avait elle-même vécu. J'ai alors contacté Planck, mais quelques jours plus tard, le père a été arrêté et inculpé et je n'ai plus entendu parler de rien. Cela étant, je pense qu'on a dû faire une note à l'époque, sinon vous n'auriez pas fait cette démarche aujourd'hui.

— Je pensais que c'était vous qui aviez contacté Simon, dit Pedersen d'un air surpris.

— Non, c'est un de vos stagiaires – j'ignorais d'ailleurs que vous faisiez appel à des étudiants – qui a croisé des informations. Mais au fait, vous ne communiquez jamais entre vous à Copenhague ?

La remarque était pertinente.

— En principe, nous échangeons bien sûr, mais un élément a dû m'échapper. Vous n'avez pas trouvé surprenant que la femme n'ait jamais été auditionnée ?

— Eh bien, non. Tout le monde était persuadé que c'était le père de la victime qui était l'auteur du crime de Stevns, essentiellement en raison des empreintes qu'il avait laissées sur le sac en plastique ; ça semblait logique. D'ailleurs, comment vous expliquez l'existence de ces empreintes ?

— Nous pensons que le meurtrier l'a mis dans une situation où il a été conduit à porter un objet entouré d'un sac plastique lors d'un déménagement, peut-être un grand vase, ou un de ces bustes que les gens ont parfois chez eux, mais c'est une pure supposition. Dites-moi, est-ce que vous accepteriez de regarder quelques photos et de me dire si vous voyez une ressemblance avec Rikke Barbara Hvidt, telle qu'elle était en 1977 ?

— Oui, bien sûr. Mais si elle avait elle-même une photo datant de cette époque, vous pourriez faire directement la comparaison. Ce serait mieux, parce que pas mal d'eau a coulé sous les ponts depuis…

— J'aimerais d'abord avoir votre sentiment, si toutefois…

Il fut interrompu par un son creux, une corne de brume qui résonna à deux reprises dans le port. Tous s'arrêtèrent pour regarder. Le ferry de Rørvig était sur le point de percuter un bateau de plaisance. Hans Svendsen se leva.

— Regardez-les, mais qu'est-ce qu'ils s'imaginent ? Un ferry de ce type ne peut pas virer en un instant. Ah, on dirait que ça va aller. On a parfois l'impression que les gens sont complètement stupides, et en plus, il y a des enfants à bord.

Il se rassit.

— Montrez-moi les photos, je vais les regarder.

Arne Pedersen étala les photos sur la table qui se trouvait devant lui. Celles de Maryann Nygaard, de Catherine Thomsen et d'Annie Lindberg Hansson, trois belles jeunes femmes souriantes dont la ressemblance était notable. Hans Svendsen jeta un rapide regard sur les clichés et dit :

— Oui, elles ressemblent à Rikke au même âge.

— Vous les avez à peine regardées.

— Rikke a une petite-fille. La gamine n'a pas encore l'âge de ces jeunes femmes, mais elle leur ressemble comme deux gouttes d'eau.

— Et la petite-fille ressemble à sa grand-mère ?

— C'est ce qu'on dit, et c'est aussi ce dont je me souviens. C'est une petite fille charmante. Elles se promènent souvent ensemble, elle et Rikke, vous allez donc sûrement la voir.

Arne Pedersen profita de l'occasion pour montrer à Hans Svendsen une photo d'Andreas Falkenborg, sans rien lui dire. Une fois encore, celui-ci, après un léger temps de réflexion, répondit sans réserve :

— Oui, c'est lui. Ça fait un bail, mais je suis convaincu que c'est bien lui que j'ai sorti du salon de coiffure. Est-ce que c'est ce type de femmes qu'il recherche, de jolies jeunes femmes aux cheveux longs bouclés ?

— C'est ce que nous supposons, mais il semble très exclusif. Elles doivent avoir précisément cette apparence physique. En revanche, il semble qu'il ne les "recherche" pas à proprement parler, comme vous le dites, et qu'il n'est pas en quête d'un modèle, mais quand ces femmes se présentent à lui, alors il passe à l'action. Nous en sommes là pour l'instant, mais il reste encore beaucoup de zones d'ombre.

Hans Svendsen approuva d'un air sérieux.

— Je suppose que cette fois, vous visez le vrai coupable.

— Espérons. Tout le problème, à présent, c'est de pouvoir le prouver. Est-ce que vous pouvez me préciser quelles informations vous avez communiqué à Konrad Simonsen quand vous l'avez eu au téléphone ?

Arne Pedersen avança les mains pour prévenir un éventuel reproche.

— Je sais bien que je devrais le savoir, mais le fait est que je n'en sais rien.

— Bon, si je comprends bien, vous êtes très occupé. En fait, je ne lui ai presque rien dit. Nous avons juste échangé quelques mots, ça a duré moins d'une minute. Pour le reste, il s'en est remis à nous.

— Je ne sais pas s'il réalise l'importance de cet entretien avec Rikke Barbara Hvidt. J'ai envie de l'appeler pour lui demander de venir y participer. Il me semble que pour lui aussi, ce devrait être une priorité.

Au grand étonnement d'Arne Pedersen, Hans Svendsen ne parut pas d'emblée ravi de la suggestion. Il se gratta la barbe et dit :

— Je ne sais pas. Ce n'est peut-être pas une bonne idée.

— Pourquoi ?

— Le fait de venir avec deux étrangers n'est peut-être pas idéal. Rikke est d'un tempérament nerveux, pour ne pas dire neurasthénique. Il y a deux ans, elle a été victime d'un terrible accident qui l'a rendue aveugle et dans lequel sa fille a été tuée. Une voiture s'est précipitée dans la vitrine de sa librairie alors qu'elles étaient en train de mettre en place les livres de la rentrée. Le chauffeur était ivre et n'a pas eu le temps de freiner ; lui aussi a été tué dans l'accident. Depuis ce jour, il est difficile de l'approcher, même pour ceux qui la connaissent. Je ne sais pas comment elle va réagir si deux policiers se pointent comme ça chez elle. Il est possible qu'elle ne soit pas en état de vous parler.

— Je comprends.

— Est-ce que je ne devrais pas contacter sa petite-fille pour savoir dans quel état elle est en ce moment ? Vous savez comme moi que certains jours sont meilleurs que d'autres.

Il se leva et entra dans le restaurant. Vingt minutes plus tard, il réapparut.

— Ça devrait être possible, mais vous devez vous attendre à ce que l'audition prenne un certain temps. Je pense qu'il serait préférable qu'un seul d'entre vous l'interroge. Sa petite-fille doit aller faire un tour avec elle sur le port dans une heure environ et Simon est sur la route.

— Vous l'avez appelé ?

— J'ai pensé que, dans la foulée, je pouvais aussi essayer de le joindre. Vous jouez au billard ?

— Vous voulez dire ce jeu qui se joue avec de longues cannes et des boules sur une table ?

— Exactement. On dirait que j'ai trouvé un bon partenaire ! Venez, on va voir si on peut trouver une table libre.

— D'accord, avec soixante points chacun au départ, et c'est vous qui faites l'avance.

— Tout compte fait, vous avez peut-être un vrai profil de requin. Voyons ça !

15

— De quelle filière lesbienne s'agissait-il, Simon ?

La porte du bureau de Konrad Simonsen était ouverte et Pauline Berg venait d'entrer. Elle constata que la Comtesse et son chef étaient sur le point de partir et réalisa qu'elle n'avait aucune idée de leur destination. Un moment plus tôt, on l'avait informée que l'examen psychologique du profil d'Andreas Falkenborg était annulé et elle en ignorait les raisons. Les deux événements l'irritaient. Elle se sentait mise à l'écart. Elle avait donc posé sa question d'entrée de jeu et sur un ton plutôt agressif. A son grand étonnement, elle n'eut pas à le regretter.

Konrad Simonsen examina d'un air curieux sa jeune collaboratrice. Il ne l'avait jamais vue ainsi auparavant. Elle avait écarté ses bras dans l'embrasure de la porte et obstruait le passage. Il dut prendre sur lui pour ne pas rire. Il ne voulait en aucun cas affaiblir l'assurance et l'énergie dont faisait preuve la jeune femme. Il se souvenait très bien de l'expression *filière lesbienne* mais ne se souvenait pas l'avoir utilisée lui-même. Dans ses souvenirs, la formule venait de son ancien chef, Planck. Il lui répondit tout en regardant sa montre avec une précision exagérée :

— Je ne suis pas sûr de comprendre de quoi tu parles. Est-ce que tu ne devrais pas être déjà partie ?

La dernière remarque s'adressait à la Comtesse, qui venait de s'asseoir. Elle sourit d'un air un peu mielleux.

— Non, je vais attendre cinq minutes, j'aimerais bien écouter ça.

Pauline Berg montra son chef du doigt et termina son propos :

— Tu connais l'affaire de Stevns comme ta poche, et tu as annoté de ta main un des rapports d'audition de Carl Henning Thomsen, où il est écrit : *Utiliser la filière lesbienne*. De plus, lundi dernier, tu as fait allusion dans ton exposé à une relation lesbienne naissante. J'ai passé le dossier au crible à deux reprises, mais je n'arrive pas à trouver les traces d'une éventuelle amie de Catherine Thomsen, du moins pas d'une compagne. Je ne comprends pas non plus comment vous avez pu savoir qu'elle était lesbienne, ou qu'elle allait le devenir, si tant est que ça ait un sens. Ça n'apparaît nulle part.

Elle comprit qu'elle avait exposé ses arguments un peu dans le désordre, mais Konrad Simonsen lui répondit d'un air conciliant :

— Tu devrais peut-être tout reprendre depuis le début.

C'est ce qu'elle fit. Le nom et la photo d'Andreas Falkenborg avaient été soumis à tous les témoins de l'affaire Stevns. Bien que ces recherches aient représenté un énorme travail, elles avaient été achevées en un temps record. Mais les résultats s'étaient avérés négatifs, aucune des personnes impliquées dans le dossier n'avait eu une réaction positive. Pendant cette enquête, elle avait découvert que la prétendue amie de Catherine Thomsen n'apparaissait à aucun endroit du dossier, ce qui avait eu le don de l'irriter, dans la mesure où cette amie aurait justement pu donner des explications sur le lien qu'elle recherchait. Plus elle lisait les rapports, et plus cette absence l'étonnait. Elle n'avait trouvé qu'une note interne et cette mention indirecte de Konrad Simonsen. Si Catherine Thomsen était lesbienne, sa partenaire devait être quelque part.

Konrad Simonsen l'avait écoutée sans l'interrompre. Lorsqu'elle eut terminé, il s'expliqua :

— Nous avons eu l'information relativement tard dans le cours de l'enquête, deux ou trois semaines avant le suicide de Carl Henning Thomsen, et nous n'avons pas eu le temps de trouver l'identité de cette amie, mais il est certain qu'elle a existé. Je dois avouer qu'elle n'a pas été recherchée avec une grande énergie. Nous étions, comme tu le sais, convaincus d'avoir trouvé le vrai meurtrier.

— Comment avez-vous appris l'existence de cette amie ?

— As-tu déjà entendu parler d'une église qui s'appelle *Les Lilas de l'étang* ?

— Non.

— Nous avions été contactés par une pasteure à qui Catherine Thomsen, déchirée entre ses convictions religieuses et ses penchants sexuels, avait rendu visite en secret et qui avait recueilli ses confidences. C'est un type de problèmes dont *Les Lilas de l'étang* avaient fait leur spécialité. Je me souviens que nous avions examiné les documents photographiques dont nous disposions sur les obsèques de Catherine Thomsen, et que nous avions plus particulièrement examiné les jeunes femmes présentes, mais nous n'avions pas réussi à les identifier. Nous avions établi un rapport…

— Il n'existe aucun rapport.

Pauline Berg avait interrompu son chef, ce qui n'était pas ordinaire.

— Tais-toi, Pauline, et écoute-moi. Nous avions établi un rapport mais à la mort de Carl Henning Thomsen, on a procédé à la clôture du dossier. Je crois que c'est à ce moment-là que mon prédécesseur a transféré ce rapport dans les archives Petersen. La pasteure avait trahi le secret professionnel, et bien que Catherine Thomsen soit décédée, elle en était extrêmement contrariée.

— Les archives Petersen ?

Il regarda la Comtesse d'un air insistant, mais celle-ci secoua vaguement la tête, indiquant qu'elle n'avait pas le temps maintenant.

Là, je dois partir mais si tu m'appelles dans un quart d'heure, je pourrai t'expliquer tout ça.

16

L'homme devait approcher l'âge de la retraite et la Comtesse l'examina sans dissimuler son intérêt. Il était replet, avait un regard chaleureux et des gestes lents. Les favoris en broussaille rejoignant sa moustache allaient parfaitement avec son costume rétro gris charbon et si on avait voulu le qualifier d'un mot, on aurait pu choisir entre pondéré, calme et réfléchi.

Une dizaine d'années plus tôt, il était chef de service au ministère des Finances. Il avait alors déjà une brillante carrière derrière lui et pouvait espérer encore une progression importante. Puis soudain, d'un jour à l'autre, la pression au travail l'avait brisé. La situation avait été particulièrement difficile pour lui, mais elle avait aussi été délicate pour ses collègues et l'ensemble du personnel. Tous étaient inquiets pour son avenir. D'autant qu'en voyant que ça pouvait arriver à quelqu'un comme lui, ils imaginaient bien que ça pouvait aussi les toucher un jour. Après sa convalescence, sa réintégration au ministère était apparue totalement impossible. On lui trouva alors, ou plus exactement on conçut pour lui, un poste au sein de la Banque du Danemark. Il y travaillait toujours, occupant des fonctions à l'Hôtel des monnaies, officiellement dénommé La Monnaie royale. Il avait un bureau dans Marskalgaarden, un palais baroque datant du

XVIIIe siècle situé sur Købmagergade. Il était installé au dernier étage et si on le souhaitait, on pouvait en profiter pour visiter en chemin le musée de la Poste et des télécommunications qui se trouvait aux étages inférieurs. Sa charge de travail n'étant pas insurmontable, il employait l'essentiel de sa journée aux activités les plus diverses. Il jouait toutefois un rôle plus utile qu'on ne pouvait *a priori* l'imaginer. Connaissant en effet l'administration centrale dans ses moindres ressorts, il savait donner à tous ceux qui venaient le consulter dans son bureau sous les toits des conseils avertis. Les fonctionnaires le surnommaient "l'Oracle de Købmagergade" et au fil du temps, nombre d'entre eux, quel que soit leur niveau dans la hiérarchie, étudiants stagiaires ou directeurs de ministères, voire ministres, étaient venus le solliciter en secret.

La Comtesse fut interrompue dans sa présentation par son portable, qu'elle avait oublié de fermer. Elle termina rapidement la conversation.

— Excusez-moi, c'était mon chef.

— Votre chef, sous-locataire, ami… le cher homme a de multiples titres.

Sa voix était rauque comme la voix de basse d'un marin, mais lente et abîmée par un phrasé décalé, comme si ses mots et ses pensées n'étaient pas coordonnés. Elle cacha sa surprise sous un bref éclat de rire et se borna à dire :

— Comme toujours, vous êtes admirablement bien renseigné. Bon, où en étais-je ?

— Vous disiez que Helmer Hammer avait rendu visite à votre locataire à la préfecture une demi-heure après que Bertil Hampel-Koch vous eut quittés en colère.

La Comtesse poursuivit son récit, précisant la manière dont Konrad Simonsen adressait maintenant chaque jour audit directeur un courriel destiné au ministère des Affaires étrangères afin de résumer les dernières évolutions de l'affaire de meurtre en cours. Quand elle eut terminé, elle marqua une pause. Son hôte remarqua son hésitation et lui dit calmement :

— Vous évoquez là des personnes d'influence. Si je dois vous aider, il faudrait me raconter toute l'histoire.

Son argument était irréfutable. Elle se lança :

— Je crois que Bertil Hampel-Koch était au Groenland en 1983 et que c'est lui qui avait mis enceinte la jeune femme dont on a retrouvé le corps sur la calotte glaciaire.

Il prit le temps de digérer l'affirmation et dit d'une voix neutre :

— Voilà une théorie qui vaut son pesant d'or, vous avez réussi à éveiller ma curiosité. Mais si vous pensez qu'il a tué cette femme, vous vous trompez.

— Non, je sais bien qu'il ne l'a pas tuée et je ne suis pas encore sûre de l'autre point. C'est, comme je vous l'ai dit, ma conviction.

— Racontez-moi tout.

La Comtesse lui relata son entretien avec Allinna Holmsgaard puis elle exposa sa théorie.

— Lorsque la professeure en est venue à évoquer la voix de Steen Hansen, ou plutôt la voix de l'amant inconnu de Maryann Nygaard, j'ai été frappée par le fait que j'avais entendu une voix semblable peu de temps auparavant. Il s'agissait de celle de Bertil Hampel-Koch. Ça peut sembler un peu tiré par les cheveux, mais si on fait le rapprochement avec l'étrange intervention du chef des services Helmer Hammer dans les affaires de la PJ, alors… oui, plus j'y pense, plus je crois que mon hypothèse est juste.

— Ne pensez-vous pas que leur étrange intervention, comme vous dites, a une raison d'être ? demanda l'homme d'un ton bref.

— D'abord, Bertil Hampel-Koch force pratiquement la porte de nos bureaux, invoquant des complications dans les relations entre Américains et Groenlandais, voire même dans celles que les deux parties entretiennent avec les Allemands. Puis, dans un accès de colère, il quitte la première réunion organisée sur le sujet au motif qu'il s'est senti offensé. Helmer Hammer apparaît alors si soudainement qu'on n'a même pas le temps de se dire que sa venue était *convenue d'avance*. J'ai de la peine à penser que le royaume du Danemark puisse avoir, au sein de son ministère des Affaires étrangères, un directeur qui se comporte de manière si impulsive, pour ne pas dire stupide.

L'homme esquissa un sourire.

— C'est ce que j'aime chez vous, les policiers, vous êtes réfléchis et il est plus difficile de vous raconter des histoires qu'à d'autres. Mais nous aussi, nous savons que deux et deux font quatre, et cette histoire de voix ne tient pas debout. Vous devez disposer d'autres éléments, ou notre rencontre n'aurait aucune raison d'être. Avez-vous examiné la personnalité de Bertil Hampel-Koch en détail ?

La Comtesse se crispa. L'homme avait raison, elle avait d'autres éléments, mais elle aurait préféré les garder pour elle.

— Bertil Hampel-Koch avait donné son bonnet à Maryann Nygaard, du moins c'est ce que je crois. Il avait prétendu que c'était sa mère qui l'avait tricoté, mais la marque à l'intérieur faisait référence à une petite boutique à Holte qui s'appelait *Le Point de chausson*. La boutique, qui n'a existé qu'un peu plus de dix-huit mois, dans les années 1982-1983, était gérée par trois amies, et l'une d'entre elles était l'épouse de Bertil Hampel-Koch.

Son interlocuteur cligna des yeux, sans pour autant commenter l'affirmation. Il dit simplement :

— Il est évident que cette affaire n'a aucun lien ni avec un sujet de politique étrangère actuel, ni avec une question qui pourrait concerner Bertil Hampel-Koch.

— Si j'ai raison, ça risque de soulever toute une série d'intéressantes questions.

— Mon Dieu ! C'est possible. Une de ces questions étant de savoir ce que vous obtiendrez en creusant lesdits problèmes. Avez-vous fait part de votre présomption à Simon ?

En entendant le prénom, elle se crut obligée de réagir :

— Connaissez-vous Simon personnellement ? Je l'ignorais.

— Oui, plus ou moins. Mais vous ne répondez pas à ma question.

— Je n'ai rien dit à Simon. Lorsque j'aurai la certitude que ma thèse, à savoir que Bertil Hampel-Koch et l'inconnu Steen Hansen sont une seule et même personne, peut être considérée comme avérée alors je lui en parlerai, mais pas avant.

— C'est justement là que votre théorie cloche. Si ma mémoire est bonne, Bertil était au début des années 1980 en poste au ministère de la Défense et sa visite à Thulé semble donc logique, mais il n'aurait jamais utilisé une fausse identité. Ce ne sont pas des pratiques auxquelles on a recours dans l'administration centrale, qu'il s'agisse de faits remontant à vingt-cinq ans ou d'un fait actuel. Bien que…

Il hésita et la Comtesse ne put s'empêcher d'insister :

— Bien que ?

— Bien qu'à l'époque, Bertil ait été une sorte de gandin, de temps en temps même un gros bêta, un bêta à l'intelligence certes fulgurante. Depuis, il a été contraint d'arrondir les angles, de sorte qu'il ne reste plus aujourd'hui que cette fulgurante intelligence. Il pourrait s'agir d'une initiative personnelle, mais il convient de mettre beaucoup de guillemets à ce "il pourrait s'agir". Mais vous êtes visiblement en train d'investiguer cette question, ce qui me ramène à mes propres interrogations : que recherchez-vous, et en quoi puis-je vous aider ?

La Comtesse sentit qu'il la devinait et n'essaya pas de se cacher.

— Je n'apprécie pas tellement que ceux-là même qui détiennent le pouvoir, comme Bertil Hampel-Koch et Helmer Hammer, se jouent de moi derrière mon dos, et que personne ne puisse savoir ce qui se passe exactement. De plus, je crains que la PJ soit prise dans un de ces jeux politiques sur lesquels nous n'avons aucune influence.

— Voulez-vous dire que Simon risque d'avoir des problèmes ?

— Oui.

— Il me semble que le risque est beaucoup plus grand si vous vous mettez à naviguer en eaux troubles et découvrez des choses qui ne vous concernent pas. Je vous conseillerais donc de laisser tomber et d'oublier tout cela.

— Si vous le dites, je vais suivre votre conseil. Mais je ne suis pas la seule à m'intéresser à la question de l'éventuelle présence de Bertil Hampel-Koch au Groenland en 1983. Quand je me suis adressée au musée Knud Rasmussen pour pouvoir consulter les photos du Groenland, deux journalistes les avaient contactés deux jours plus tôt sur le même sujet.

L'oracle eut un regard fulgurant et sa voix se fit soudain perçante :

— D'où venaient-ils ?

— Je n'en sais rien.

— J'espère que vous n'inventez pas ces deux journalistes pour l'occasion ?

Elle secoua la tête. Il dit alors d'une voix hésitante :

— Vous auriez peut-être besoin d'un complément d'informations sur les services du Premier ministre.

— Très volontiers.

— Le cabinet du Premier ministre pourrait être rebaptisé "ministère des affaires douteuses". C'est le lieu où atterrissent toutes les affaires qui n'ont pu être résolues par d'autres bureaux. Il n'existe aucune instance supérieure. Le président Truman avait sur son bureau une plaque disant : *Le patron, c'est moi.* Eh bien, on pourrait mettre une telle plaque à la porte d'entrée de l'immeuble du Premier ministre. Le ministère a certes des effectifs restreints, puisqu'il ne compte qu'une centaine de fonctionnaires, mais la plupart viennent d'autres ministères et sont triés sur le volet. Ceux qui se voient proposer un tel poste et offrir l'opportunité de faire leurs preuves considèrent ce type de nomination un peu comme une charge publique et ne la refusent évidemment jamais. Le ministère comporte quatre directions : les Affaires étrangères, les Affaires administratives, l'Economie et le Climat. Helmer Hammer est le responsable des affaires administratives. Il a été nommé il y a trois mois et visait ce poste depuis longtemps. Vous aurez donc compris qu'il est directeur et non, comme vous l'avez dit précédemment, chef de service, et qu'il négocie au plus haut niveau de l'administration centrale. Les quatre directeurs, soit reçoivent leur mandat directement du Premier ministre, soit savent précisément la manière dont celui-ci souhaite voir traiter une affaire, s'agissant notamment des cas où ledit Premier ministre ne souhaite *aucunement* être impliqué, ou de ceux dont il ne veut même pas avoir connaissance. Vous devez aussi savoir que l'emploi du temps de Helmer Hammer est extrêmement chargé et que, pour lui, les weekends sont rares.

La Comtesse voulut conclure :

— Ainsi, le nouveau directeur ne vient pas à la préfecture parce qu'il a envie de bavarder avec Simon, ou parce qu'un directeur du ministère des Affaires étrangères a un vieux compte personnel à régler ? Dans le cas, bien entendu, où mon hypothèse s'avérerait exacte.

Sans répondre directement, il poursuivit :

— Il y a deux facteurs qui permettent de mettre de l'ordre dans une bureaucratie. Le premier concerne les questions de sécurité, le second les situations où le prestige de la fonction même du Premier ministre est en danger. Et lorsque je parle de fonction, je ne pense pas seulement à celle du Premier ministre actuel, mais aussi à celle de ses prédécesseurs, toutes appartenances politiques confondues.

— C'est le genre de choses qui pourrait faire lever Helmer Hammer de son siège ?

— J'en suis certain.

— Et à votre avis, laquelle des deux hypothèses pourrait…

Il l'interrompit :

— Je n'en sais rien pour l'instant, mais ce que je sais, c'est que vous devez être extrêmement discrète dans cette affaire, j'espère que vous en êtes consciente. Si vous trouvez la photo que vous cherchez, vous n'aurez qu'à m'inviter à déjeuner dans un endroit secret un de ces prochains jours. Si au contraire vous ne pouvez pas prouver que Bertil a été au Groenland, il est probable que les journalistes ne le pourront pas non plus, et dans ce cas, il serait préférable que vous laissiez tomber l'affaire.

La Comtesse réagit presque instinctivement contre cette mise en garde :

— Et pourquoi devrais-je absolument chercher à protéger Helmer Hammer ?

Il lui répondit promptement en la regardant droit dans les yeux.

— Parce que vous perdrez plus que vous ne gagnerez en ne le faisant pas.

Soutenant son regard, elle lui répondit sur le même registre :

— Il y a une autre manière de décider si ma thèse est exacte.

— Qui est ?

— Tout anonyme qu'il soit, ce Steen Hansen a forcément laissé une trace ADN sur l'inlandsis.

La phrase resta comme suspendue en l'air. Puis l'homme se pencha au-dessus de son bureau et saisit le poignet de la Comtesse. Elle se crispa au contact de sa main, mais ne retira pas la sienne.

— N'y pensez même pas, dit-il lentement.

17

Lorsque Konrad Simonsen, une heure après sa conversation téléphonique avec Hans Svendsen, arriva au port de Hundested, il semblait détendu. Arne Pedersen savait néanmoins qu'il avait dû reporter ses rendez-vous pour pouvoir venir rapidement. Il n'était pas difficile d'imaginer quelle tête tomberait si l'entretien avec Rikke Barbara Hvidt s'avérait infructueux. Les premiers mots qu'il prononça ne firent que confirmer les craintes d'Arne Pedersen :

— Salut, Arne. Comme tu vois, j'ai dû à nouveau annuler mon rendez-vous chez la psychologue.

Hans Svendsen détendit l'atmosphère en prenant, comme il en avait l'habitude, le contrôle de la situation et dit sur un ton jovial :

— Bienvenue, Simon, mon vieil ami. C'est un vrai plaisir de te revoir ! On raconte en ville que tu es sur le point de décrocher le bon numéro !

Konrad Simonsen rougit, mais ne dit rien.

— Et dis-moi, il me semble aussi que tu as maigri ! Tu n'es plus du tout dans la catégorie de poids qui caractérise les vrais mâles.

— Ah, pas autant que je devrais… Je suis content de te revoir, Hans.

Les deux hommes se prirent dans les bras, autant que leur embonpoint le leur permettait.

— Venez ! Nous allons de l'autre côté du port, j'ai réservé une table.

Il sourit et emmena Konrad Simonsen avec lui. Arne Pedersen les suivit péniblement tout en priant le ciel pour que l'audition soit fructueuse.

La place réservée était tout simplement une table avec banc située à un endroit où l'on pouvait manger son casse-croûte au calme tout en appréciant la vue sur le fjord. Une jeune fille et une femme âgée les attendaient, et les deux enquêteurs de Copenhague échangèrent un signe convenu lorsqu'ils virent la petite-fille de Rikke Barbara Hvidt. Les trois hommes s'installèrent et Hans Svendsen fit les présentations :

— Bonjour, Rikke, merci d'être venue.

Il tendit en même temps son bras au-dessus de la table et serra le bras de la jeune fille. Les deux femmes lui adressèrent un sourire. La plus âgée tourna ses yeux vides vers lui et dit :

— Bonjour, monsieur le maire, nous avons failli être parents, n'est-ce pas ?

La jeune fille rougit.

— C'est certain, c'est certain. Et qui n'aurait pas envie de faire partie de votre famille ? Mais pour ce qui est du titre de maire, ça fait maintenant pas mal d'années que je n'exerce plus la fonction. Nos communes ont été fusionnées, comme vous le savez.

Il alla se mettre auprès d'elle et ensemble, sans prêter attention aux autres convives, ils évoquèrent un moment le passé. Hans Svendsen prenait son temps, et Arne Pedersen était de plus en plus stressé. Son chef n'était pas venu dans ce coin perdu du Zeeland, quels que soient par ailleurs la beauté et le caractère idyllique de l'endroit, pour écouter de sympathiques bavardages. Konrad Simonsen ne semblait pourtant pas gêné par cette conversation qui traînait un peu en longueur. Tout en la suivant silencieusement, il jouait d'un pied avec le soleil dont les rayons passaient dans les rainures de la table et venaient former sur l'asphalte des parallélogrammes déformés. Au bout d'un moment, Hans Svendsen revint au présent. Il dit avec diplomatie :

— Je suis venu avec deux amis, des policiers de Copenhague. L'un d'eux aimerait vous poser quelques questions.

— Deux, Hans ? Suis-je si intéressante ?

— Vous avez toujours été une femme très entourée, Rikke. Est-ce que vous êtes d'accord pour qu'il vous interroge maintenant ? Il est assez pressé, vous savez comme ils sont dans la capitale.

— Entendu. Jeannette m'a expliqué ce qu'ils voulaient. Mais je préférerais ne pas parler de l'autre sujet… Vous voyez ce que je veux dire.

— Nous le comprenons parfaitement, Rikke. De toute façon, il veut uniquement parler de l'agression.

Il fit un signe à Konrad Simonsen qui surprit tout le monde en se mettant à imiter le ton et l'allure de Hans Svendsen.

— Je m'appelle Konrad, mais tout le monde m'appelle Simon, en raison de mon nom de famille, Simonsen. Puis-je vous appeler par votre prénom ?

Konrad Simonsen était doué pour communiquer de manière intuitive. Sans forcer la conversation à aucun moment, il réussit à parler calmement à cette femme aveugle et nerveuse, dont la voix redevint vite normale. Il appela sa petite-fille Pauline au lieu de Jeannette, mais l'erreur fut vite oubliée. Arne Pedersen regarda sa montre à plusieurs reprises tandis que Hans Svendsen montrait des signes d'impatience. C'est alors qu'il aborda le sujet qui l'amenait.

— Rikke, pouvez-vous me raconter l'agression dont vous avez été victime en 1977 ?

— Je vivais à l'époque chez mes parents à Kikhavn avec... la mère de Jeannette, qui était petite alors. Un soir où j'étais seule à la maison – je me souviens que c'était un mardi soir, au mois de mai et que les autres étaient partis au cinéma – je vis soudain un homme qui se tenait derrière moi dans la cuisine et avant que j'aie eu le temps de faire quoi que ce soit, il m'avait poussée sur la table et mis les bras dans le dos. Je ne sais pas si j'ai crié, je pense que oui, mais la maison voisine n'était pas tout à côté et personne ne pouvait m'entendre. Il a attaché mes mains avec cette large bande collante brillante... Comment appelle-t-on ça ?

— Du Gaffer ?

— Oui, exactement. Ensuite, il m'a enfoncé un chiffon dans la bouche pour m'empêcher de crier. Tout s'est passé très vite, j'étais terrifiée. Il était lui-même effrayant. L'angoisse m'a donné envie d'uriner et en plus, il portait un masque.

— Oui, j'en ai entendu parler. Justement, ce masque m'intéresse beaucoup. Est-ce que vous vous souvenez à quoi il ressemblait ?

— Il était affreux, il ressemblait à un fantôme. Il l'avait fabriqué lui-même, découpé dans du carton noir, je crois, comme le font les enfants pour le Mardi gras et il avait fait des trous pour les yeux.

— Est-ce que vous avez reconnu le masque ? Je veux dire, est-ce qu'il était censé représenter un personnage précis ?

— Je ne l'avais jamais vu avant, mais il y avait un autre détail. Il avait aussi une cape gris foncé attachée au masque et descendant des deux côtés de son visage.

— Vous ne pouviez donc pas voir son visage ?

— Non, absolument pas. On n'apercevait que ses oreilles et son crâne entre le tissu et le masque.

— Avait-il des gants ?

— Oui, des gants noirs.

— Vous a-t-il dit quelque chose ?

— Dans la maison, il est resté silencieux. Ce n'est qu'en arrivant sur la plage qu'il a commencé à parler.

— Il vous a emmenée sur la plage ?

— Oui, il m'a tirée par mes habits et m'a poussée devant lui. Nous avons marché et je suis tombée une ou deux fois, et à chaque fois, il me tirait pour me forcer à me relever.

— Il ne vous tirait pas par les cheveux ?

— Non, il agrippait mes vêtements, pas brutalement d'ailleurs, mais d'un air décidé.

— Quel éclairage y avait-il ? Votre maison était isolée, il devait faire noir ?

— Il avait emporté une lampe de poche, et il m'a emmenée jusqu'au bout de la plage avant de s'arrêter. C'est là que j'ai compris que j'allais mourir, qu'il allait me tuer.

— Vous pensiez qu'il allait vous tuer ?

— Je ne le pensais pas, j'en étais sûre, et j'en suis encore persuadée aujourd'hui. Oui, il voulait me tuer. Il avait creusé ma tombe, un trou profond dans le sable, un endroit où la plage était étroite, et où la mer atteignait presque la falaise. La pelle était posée à côté, prête à être utilisée pour recouvrir mon corps.

— A-t-il éclairé le trou pour vous le montrer ?

— Non, mais le faisceau lumineux du phare de Spodsbjerg balayait à intervalles réguliers le rivage. C'est comme ça que j'ai pu le voir.

— Je comprends ! Que s'est-il passé ensuite ?

— D'abord, il a fallu que j'enlève mon pantalon, mais pas ma culotte. Ensuite, il m'a forcée à me mettre à plat ventre et il a attaché mes chevilles, puis il a déchiré ma blouse et enlevé mon soutien-gorge. Je ne sais plus comment ça s'est passé, mais je me souviens qu'il a tourné la tête, comme s'il respectait ma pudeur, et qu'à ce moment-là, je me suis dit qu'il n'allait pas me violer. Ensuite, j'ai dû me relever et il m'a desserré les mains. Est-ce que c'est trop pénible pour toi, Jeannette ? Tu peux aller faire un tour si tu ne veux pas entendre tout ça. Hans et Simon sont avec moi.

La jeune fille répondit d'un ton haineux.

— Ce n'est pas le problème, grand-mère. Je vais bien, mais je suis en colère.

— Oui. Donc, sur la plage, une fois assise, il a pris des ciseaux et il est venu s'installer à côté de moi.

— D'où avait-il sorti ces ciseaux ? De sa poche ? demanda Konrad Simonsen d'un air circonspect.

— Non, il avait un petit sac à dos, c'est dans ce sac qu'il avait les ciseaux. C'est à ce moment-là qu'il m'a adressé la parole pour la première fois. Il s'exprimait d'une manière bizarre, me disant *elle* au lieu de *vous*, on aurait dit qu'il s'agissait d'un jeu. Et puis il arborait cet abominable masque. Quand il me regardait, on aurait dit qu'il vomissait tous les maux du monde.

— Que disait-il ?

— *On va lui couper ses longues griffes, on va lui couper ses longues griffes*, c'est ce qu'il disait au début, puis lorsqu'il s'est mis à me donner des instructions, sa voix a totalement changé, *elle va me montrer ses ongles*. Finalement, je lui ai tendu mes mains, et bien que j'aie eu les ongles courts, il a fait semblant de me les couper. *Oh ! là, là, ils ont besoin d'être coupés. Coupe, coupe. Pouah ! coupe, coupe. Coupe, coupe.* Il a prononcé tout en faisant semblant de couper chaque ongle avec ses ciseaux.

Jeannette murmura :

— Putain de mec.

— Qu'y a-t-il, ma chérie ? Que dis-tu ?

— Il était débile.

— Oui, c'est certain. Et si je n'avais pas eu la chance que j'ai eue, il m'aurait tuée, j'en suis sûre et certaine. Mais alors que nous étions assis, des vélomoteurs sont arrivés sur la plage. C'étaient les jeunes des fermes alentours qui roulaient à toute vitesse, pour s'amuser. Ils allaient et venaient entre les falaises en mettant pleins gaz quand ils roulaient au bord de l'eau. Ils étaient [illegible] loin de nous, mais ça lui avait fait peur et il s'était enfui en courant. Imaginez qu'il m'a demandé de rester là. J'ai réussi à dégager mes jambes et je suis partie en courant à toute vitesse dans la direction opposée, en allant me cacher sous une vieille barque qui pourrissait sur la plage. Plus tard, quand les jeunes ont été partis, il est revenu me chercher. C'est en fait ce dont je me souviens avec le plus de précision : sa voix qui m'appelait, et la lampe de poche qui éclairait la plage dans toutes les directions. *Où se cache-t-elle ? Il faut qu'elle vienne vers lui. Il veut qu'elle soit là.* Encore et encore. Parfois, sa voix était proche, parfois, elle s'éloignait, la mer déformait ses paroles. Pendant tout ce temps, j'étais restée allongée dans ma cachette.

Hans Svendsen dit doucement :

— C'était une bonne idée, Rikke. C'était une excellente idée.

18

Après son entretien avec Rikke Barbara Hvidt, Konrad Simonsen quitta le port de Hundested en même temps qu'Arne Pedersen. Le hasard avait voulu qu'ils soient garés sur le même parking. Ils auraient donc pu échanger quelques mots sur l'audition du témoin, mais Konrad Simonsen renonça cependant à cette possibilité. Il avait quitté précipitamment Copenhague et oublié de prendre le casse-croûte que la Comtesse lui avait préparé le matin même, et il avait faim. Il passa stoïquement devant le kiosque à saucisses dont l'odeur des hot dogs grillés le poursuivit un certain temps puis dit d'un air morose :

— Je crois que nous avons besoin de laisser un peu décanter ces informations. Est-ce que tu peux rédiger le rapport ? Si possible avant de rentrer chez toi, si tu as le temps.

— Pas de problème, je m'en occupe.

— Formidable. Quand tu l'auras terminé, envoie une copie à notre nouveau psychologue, en utilisant un de ces points d'exclamation rouges, si tu sais comment faire. Moi, je n'ai pas encore compris comment ça marche.

— Je vais plutôt l'appeler pour lui dire que je lui envoie des informations importantes, c'est plus sûr.

Konrad Simonsen s'arrêta devant un banc et s'assit. Il chercha son paquet de cigarettes et alluma une cigarette. C'était la troisième de la journée, et elle avait un goût de savon. Arne Pedersen s'assit à côté de lui sans faire de commentaire sur cette défaillance. Au bout d'un court moment, il voulut engager la conversation et demanda :

— Au fait, comment va Kasper Planck ?

— Mal.

— Si je comprends bien, il est entré en maison de retraite.

— Ça fait plusieurs mois.

— Il est en si mauvais point ?

— Comme quelqu'un qui touche à sa fin. Il est en train de mourir, ce n'est plus qu'une question de temps.

Il inhala une bouffée avec volupté et sentit qu'en dépit du mauvais goût, il retrouvait sa bonne humeur. D'un ton conciliant, il dit :

— Je suis allé le voir la semaine dernière, c'est tout juste s'il m'a reconnu. Il a eu quelques minutes de lucidité, qui nous ont juste permis d'évoquer la question de savoir si on se souviendrait de lui quand il ne serait plus de ce monde. Ce n'était pas très engageant.

— Je vois. Mais c'est bien que tu lui rendes visite.

— Je ne suis pas sûr que ça améliore sa condition, et le pire, c'est qu'une infirmière m'a laissé entendre qu'il pourrait mijoter comme ça pendant un certain temps.

Ils restèrent silencieux un moment. Konrad Simonsen se sentait épuisé, le retour lui paraissait tout simplement insurmontable. Il alluma une nouvelle cigarette avec le mégot de la précédente. Elle avait déjà meilleur goût et la fatigue le quitta. Arne Pedersen jeta un regard inquiet sur son chef, mais le regard qu'il reçut en retour lui fit détourner les yeux. Mi-figue, mi-raisin, Konrad Simonsen lui dit :

— Tu n'as pas non plus l'air en grande forme. Est-ce que tu es stressé ?

— Non, mais je n'ai pas très bien dormi cette nuit. Ça m'arrive de temps en temps. Mais j'ai pensé à une chose, Simon, et bien sûr, tu peux refuser si tu ne veux pas. J'ai pensé… Je veux dire, je comprendrais tout à fait que tu refuses…

— Je te rappelle que la prudence n'est de rigueur que lorsque les premières neiges arrivent.

— Bon, d'accord. Je me demandais si tu aurais envie de faire une partie d'échecs avec moi.

Il lui semblait délicat de soumettre à son chef une telle proposition. Pendant des années en effet, celui-ci avait joué aux échecs avec Kasper Planck.

Konrad Simonsen ne répondit pas immédiatement. Il était animé de sentiments contraires, mais la curiosité l'emporta :

— Tu joues comment ?

— Je n'en sais rien, bien, je crois. Mais on n'est pas obligé de jouer maintenant, on peut attendre que tu sois rentré chez toi. Enfin, si tu dois rentrer chez toi, bien que je ne veuille pas me mêler de vos…

— A 8 heures. La Comtesse ne sera pas là. Et tu affirmes que tu joues bien ?

— Je crois que oui. En tout cas, je serai là à 8 heures.

Lorsque Arne Pedersen riait, il ressemblait à un grand gamin.

Six heures plus tard environ, dans l'appartement de la Comtesse, Arne Pedersen ressemblait à un petit garçon, mais un petit garçon qui, lentement mais sûrement, allait être battu aux échecs. Les deux hommes étaient assis l'un en face de l'autre à la table du living. Bien que le dénouement fût connu depuis longtemps, la partie se poursuivait. Après un quart d'heure de torture, le jeu fut terminé. Konrad Simonsen s'étira en disant :

— Est-ce qu'on fait une autre partie ?

— A quoi bon ? Ça ne me fera pas gagner, répondit Arne Pedersen pour exprimer son renoncement.

Konrad Simonsen haussa les épaules. Son nouveau partenaire ne s'était manifestement pas approprié la culture des échecs. Pourtant, si on tenait compte du fait qu'il n'avait jamais été membre d'un club ni appris la théorie du jeu, on pouvait considérer qu'il avait bien joué et qu'il l'avait même menacé à plusieurs reprises. Mais les fautes auxquelles son amateurisme l'avait conduit avaient décidé de l'issue de la partie.

— Non, tu ne gagneras sans doute pas, lui répondit-il.

— Tu trouves que j'ai mal joué ?

— Oui, c'est mon sentiment.

— Tu ne vas pas vouloir rejouer avec moi, alors ?

— On peut faire une petite partie de temps à autre, si tu veux.

Ils s'affalèrent dans le canapé de la Comtesse, chacun dans un angle. Arne Pedersen alla chercher deux eaux minérales et utilisa les capsules des bouteilles pour les ouvrir l'une après l'autre, d'un seul coup, sans renverser une seule goutte d'eau. Konrad Simonsen suivit la scène avec intérêt ; il l'avait déjà vu faire, mais ça l'étonnait toujours autant.

Ils étaient tous les deux fatigués, mais Arne Pedersen semblait encore plus éreinté que son chef. Il aurait d'ailleurs préféré partir après la partie d'échecs, mais il avait estimé que ce ne serait pas convenable. Ils parlèrent à bâtons rompus, sans beaucoup d'enthousiasme, jusqu'au retour de la Comtesse. Contrairement aux deux hommes, celle-ci avait l'air en forme. Elle les salua aimablement et s'assit sur le bras du canapé à côté de Konrad Simonsen, puis elle montra les bouteilles du doigt.

— Ces messieurs ignorent l'existence des dessous de verre ?

Tous les deux dirent qu'ils n'avaient aucune idée de ce à quoi elle faisait allusion.

Elle laissa tomber le sujet, le mal était fait.

— Comment ça s'est passé ? dit Konrad Simonsen.

— Très mal. Une pure perte de temps. C'est une sale nana assoiffée de pouvoir, et en plus, je vais devoir à nouveau me la coltiner demain soir.

Arne Pedersen ne comprenait pas ce qu'il lui avait demandé.

— De qui s'agit-il ?

— J'ai dû attendre qu'une directrice des affaires sociales et culturelles égocentrique daigne prendre le temps de parler avec moi. J'ai besoin de consulter des archives dans un musée pour pouvoir clore la partie du dossier qui concerne le séjour de Maryann Nygaard au Groenland. Ce n'est pas spécialement intéressant, mais je suis tenace. Et ce bien que l'obtention d'une autorisation se soit avérée exagérément difficile.

— Pourquoi diable ?

— Après la fusion des communes, les nouveaux responsables se sont visiblement heurtés à certaines difficultés concernant la direction du musée, et ma demande est arrivée sur le bureau de la directrice des affaires sociales. Et quelle directrice ! Helle Oldermand Hagensen. C'est elle, et elle seule qui donne les autorisations d'accès aux tiers pour les collections du musée non ouvertes au public. J'ai dû attendre trois heures la fin de la réunion qu'elle tenait avec des administrés pour finalement m'entendre dire qu'elle devait annuler notre rendez-vous.

— Cet entretien ne pouvait-il avoir lieu par téléphone ?

— Non, malheureusement. La directrice voulait voir à qui elle avait affaire.

— Est-ce que tu lui avais précisé qu'il s'agissait d'un crime grave ?

— Bien sûr, mais ça n'est pas son problème. J'ai toutefois réussi à obtenir une heure demain soir…

La Comtesse se donna un air important non dépourvu d'une certaine arrogance et dit en s'écoutant parler :

— Ça ne doit pas prendre plus d'une heure, officier Rose, je n'ai pas plus de temps à y consacrer, vous devez le comprendre.

Arne Pedersen la regarda d'un air intrigué et dit :

— Tu as un regard méchant, c'est rare de te voir comme ça.

La Comtesse eut un bref rire forcé.

— Je devrais peut-être essayer un peu de magie noire comme au bon vieux temps. Abracadabra… Madame Hagensen, prenez garde à ce que votre lait ne tourne.

Elle avait prononcé ces mots à voix basse, presque dans un murmure.

— Qu'est-ce que tu as dit ? lui demanda Arne Pedersen.

— Rien. J'essaie juste de la tenir un peu à distance.

Konrad Simonsen, irrité, dit en bougonnant :

— En somme, elle veut limiter notre accès à des informations qui concernent une affaire de meurtre.

C'est tout à fait inacceptable ! J'imagine qu'elle a des supérieurs, cette directrice. Est-ce que tu ne veux pas que j'échange deux mots avec eux demain matin ?

— Non, merci. Je pense pouvoir trouver une solution pour la remettre à sa place. Je ne suis pas née de la dernière pluie. Le problème, c'est que ce que je suis en train de remuer est un peu compliqué, et je n'ai pas envie que cette affaire fasse trop de bruit ni qu'on rapporte tous mes faits et gestes.

— Non, j'ai bien noté.

L'ironie était évidente, ce qui surprit Arne Pedersen. Il n'avait aucune idée de ce que faisait la Comtesse, mais que Konrad Simonsen lui-même n'en soit pas informé, voilà qui était pour le moins baroque. La Comtesse devina ses pensées et se hâta de demander :

— Comment se sont passées vos parties d'échecs ?

— Notre partie. Nous n'en avons fait qu'une et Simon l'a gagnée, évidemment. Je n'ai pas été aussi bon que je l'espérais.

Konrad Simonsen approuva d'un air satisfait. La Comtesse ne se laissa cependant pas convaincre. Elle quitta le bras du canapé et alla se mettre derrière Arne Pedersen puis, à la grande surprise des deux hommes, elle posa une main sur son épaule. Cette intimité soudaine était inattendue, d'autant que leur relation n'avait dans le passé pas toujours été facile.

— Je ne te crois pas un instant. Je suis sûre que tu es un bon joueur d'échecs, sinon votre partie n'aurait pas duré plus de trois heures. Mais maintenant, il faut que tu rentres chez toi pour que Simon puisse dormir. Et pour être honnête, tu sembles toi aussi avoir besoin d'un peu de sommeil.

Les deux hommes se quittèrent dans l'entrée.

— Nous referons une partie un de ces jours, n'est-ce pas ? demanda Arne Pedersen.

— Absolument.

— J'ai vraiment été si mauvais ?

— Oui, n'écoute pas ce qu'elle dit, elle ne connaît rien aux échecs.

Le message était un peu différent quand la Comtesse, un quart d'heure plus tard, lui souhaita bonne nuit en l'embrassant et le poussa vers l'escalier puis vers son lit :

— Si j'avais son talent, j'aurais pu arriver à un titre de MI, de Maître international.

— Avec des si… Bonsoir, Simon.

— Il va me battre, ce n'est qu'une question de temps.

— Et tu vas tomber de sommeil, ça aussi, ce n'est qu'une question de temps, de très peu de temps.

— Que vas-tu faire maintenant ?

— Travailler.

— Sur quoi ?

— Bonne nuit, Simon. Dors bien.

19

Il est enfant, c'est la nuit et il est couché dans son lit. La chambre est éclairée d'une ampoule de faible puissance fixée directement dans la prise de contact et qui diffuse une lumière verte tamisée, censée avoir un effet apaisant sur les enfants. Il a peur de la veilleuse, mais l'obscurité l'effraie encore plus.

Dans la pièce, il y a une fenêtre donnant sur le bois. Elle est faite de deux croisées composées chacune de six petites vitres séparées par des croisillons blancs. Les quatre crochets sont soigneusement fixés, et le rideau est bien fermé. Si les roses trémières arrivent trop haut, son père enfonce un clou dans l'appui de la fenêtre et attache les tiges pour qu'elles ne puissent pas battre contre les vitres en cas de tempête. La fenêtre lui fait peur, mais il est encore plus effrayé par l'inconnu qui se trouve dehors.

Lorsque la fatigue réussit à vaincre l'angoisse, il s'endort, mais le moindre bruit venant de la fenêtre, derrière le rideau, le réveille. Un petit clic métallique ; c'est la sorcière qui soulève les crochets un par un. C'est une chose que les sorcières savent faire, soulever les crochets d'une fenêtre de l'extérieur.

D'abord, sa silhouette vert foncé, amplifiée, se projette sur le mur. Puis il distingue son petit corps, tandis qu'elle s'introduit avec difficulté dans la pièce.

Elle a des membres longs et minces comme les pattes d'une araignée, des doigts crochus et des ongles pointus. D'un geste leste, elle ouvre le rideau et le regarde avec ses petits yeux qui clignotent. Des mèches de sa chevelure sale sortent de son foulard de sorcière, mais le pire, c'est sa bouche. Elle n'en a pas.

Il court.

Aussi vite qu'il le peut, il file dans le couloir. Sa mère l'attend les bras grands ouverts, mais plus il se dépêche, plus la distance qui le sépare d'elle augmente. La sorcière est juste derrière lui. Il l'entend souffler et sent son haleine fétide. Enfin, enfin, il arrive près de sa mère, se jette contre elle et enfouit son visage dans les plis de sa jupe. Il pleure de soulagement et sent ses bras protecteurs l'entourer doucement.

C'est alors que commence le cauchemar.

Il lève les yeux, mais ce n'est pas le visage de sa mère qu'il voit, c'est celui de la sorcière.

Aussi loin qu'il se souvienne, Arne Pedersen avait toujours fait des cauchemars. C'était toujours le même cauchemar, qui produisait à chaque fois le même effet sur lui ; il se réveillait baigné de sueur et totalement terrorisé. Dans son enfance, ça lui arrivait souvent, dans les pires moments jusqu'à une ou deux fois par semaine. Adulte, c'était plus rare. Il pouvait se passer six mois entre deux cauchemars. Il avait par conséquent suffisamment de temps pour oublier chaque incident et ces cauchemars périodiques, auxquels il n'attachait pas une grande importance, n'avaient pas d'influence sur sa vie. C'était un trouble inné, tout simplement. Sa mère avait qualifié la chose de *mauvais rêve* et sa femme avait coutume de parler de *cela*. Mon Dieu, as-tu encore eu *cela*. Elle restait gentiment avec lui et lui faisait une tasse de camomille avant de retourner se coucher. Il aurait préféré qu'elle s'abstienne.

C'était à présent la troisième nuit qu'il se réveillait mort d'angoisse et il ne se rappelait pas avoir jamais vécu quelque chose de semblable, ni dans son enfance ni plus récemment. Son épouse était inquiète. Elle posa la tasse de tisane sur la table à côté de lui et lui demanda doucement :

— Est-ce que tu as un problème, Arne ? Quelque chose qui te pèse, un poids sur le cœur ?

Il secoua la tête. Il n'avait aucun problème.

— Si ça continue, il faudra que tu ailles chez le médecin.

Elle avait raison. Il n'arrivait pas à dormir et le problème ne semblait pas vouloir disparaître, ce qu'avec un grand bon sens, elle lui avait fait remarquer une ou deux fois. Comme s'il en doutait ! Il ne fit pas attention à ses propos et au bout d'un moment, elle était allée se coucher. Il jeta le contenu de la tasse dans l'évier et se servit un cognac, pas trop tassé, car ça n'aurait servi à rien. Il se massa les tempes avec la paume des mains tout en disant :

— Je vais le tuer. Je jure que je vais le tuer, répéta-t-il un instant plus tard.

Puis il alluma la télévision, baissa le son et se prépara pour une longue nuit de veille.

Lorsqu'il était enfant, il ne pouvait pas raconter ses cauchemars à sa mère, en tout cas pas tous. Aujourd'hui, la même situation se reproduisait avec sa femme.

Car le rêve avait pris une nouvelle tournure, et au travers de la lumière verte, il voyait maintenant de nouvelles images, bien pires que celles de la sorcière.

20

Dans des circonstances normales, Arne Pedersen était l'un des rares hommes de la police danoise ayant la capacité mentale d'être multitâche, notamment lorsqu'il devait assister à des réunions ennuyeuses. Mais la réunion de ce jour à la préfecture n'entrait pas dans cette catégorie, tant il éprouvait des difficultés à accomplir ne serait-ce qu'une seule tâche. Il était mort de fatigue, et de petits jets de lumière venaient en permanence exploser aux limites de son champ visuel. Son cerveau, lui, semblait fonctionner plus vite que d'habitude et de manière totalement incontrôlée. Poul Troulsen, qui était en train de boire sa troisième tasse de café de la matinée, n'avait pas non plus les idées très claires. Pauline Berg, en revanche, ressemblait à une publicité pour une école de sports. Quant à Konrad Simonsen, il paraissait lui aussi en pleine forme bien qu'il en soit déjà à sa deuxième réunion. La Comtesse avait décidé de se rendre à son rendez-vous chez le dentiste, plusieurs fois reporté, et donc d'attendre un peu pour avoir des informations actualisées sur l'affaire.

Le psychologue, ou “profileur”, comme il se faisait appeler, était un nouveau venu et l'on voyait bien qu'il avait besoin de se mettre en valeur avant de démarrer sa mission. Assis au bout de la table, entre deux énormes piles de documents, il était en train de décrire son parcours scientifique, mettant l'accent sur les articles qu'il avait publiés, le lieu de publication et l'identité de ceux qui y avaient collaboré. Il ne se vantait aucunement, mais souhaitait simplement prouver qu'il avait les compétences nécessaires pour réaliser cette mission. Son introduction fut donc accueillie par des signes de tête approbateurs destinés en partie à cacher un sentiment croissant d'impatience. Finalement, c'en fut trop et Konrad Simonsen le pria de s'arrêter :

— Personne autour de cette table ne doute de vos compétences. J'ajouterai que nous ne sommes pas là pour juger de vos qualifications mais pour écouter ce que vous avez à nous dire au sujet d'Andreas Falkenborg.

L'homme rougit légèrement et agita ses papiers d'un air fébrile, ce qui conduisit Konrad Simonsen à préciser son propos :

— J'observe que vous êtes nerveux, mais il n'y a aucune raison de l'être. Nous ne souhaitons pas que vous nous fassiez une présentation en bonne et due forme et encore moins que vous ayez réponse à tout. D'autant que je connais parfaitement vos capacités, c'est la raison de votre présence parmi nous.

La remarque fit son petit effet. Le psychologue sourit timidement et dit :

— Oui, j'avoue que je suis un peu excité, mais je crois que je me suis bien préparé. Je me propose donc de tracer d'abord une ébauche du profil psychologique d'Andreas Falkenborg en le comparant au profil type du tueur en série. Cette comparaison permet en effet de mettre en évidence des coïncidences intéressantes ainsi que des écarts majeurs par rapport à ce profil type, qui sont également dignes d'intérêt. Je n'arrive pas à le faire entrer dans une catégorie précise et ça dit pas mal de choses sur ce qu'il n'est pas.

— Je vous écoute.

— J'ai noté ces points par écrit, mais je ne retrouve pas ma feuille. Est-ce que je peux… Ah, la voilà. Excusez-moi.

Il regarda son auditoire, la glace était rompue. Et Pauline Berg songea qu'il avait un regard bien gai.

— Tout d'abord, je voudrais indiquer que, si on se base sur ma définition du meurtrier en série, on ne peut pas considérer qu'Andreas Falkenborg entre dans cette catégorie. Il ne remplit pas le critère principal selon lequel un meurtrier en série est responsable de trois meurtres *documentés*. Je souligne ce qualificatif, *documentés*, mais je ne suis pas, en l'état actuel des choses, en mesure de dire si la troisième victime, Annie Lindberg Hansson, a été assassinée par Andreas Falkenborg. Ce point ne fait pas partie de mon domaine de compétences et je ne peux donc pas me prononcer à ce sujet. Cependant, le fait que l'homme en question ne remplisse pas toutes les conditions pour être qualifié de meurtrier en série ne nous empêche pas de le comparer au profil caractéristique de ce type de criminels.

Il leva les yeux et reçut l'approbation de son auditoire. Aucun des participants n'éprouvait le besoin de devoir à tout prix donner à un suspect le qualificatif de tueur en série.

— La première ressemblance avec un tueur en série, qui d'ailleurs saute aux yeux, c'est celle qui a trait au degré élevé d'ordre dont fait preuve le meurtrier le jour où il passe à l'acte, un ordre qui ressemble à un rituel. Les tueurs en série ont souvent tendance à utiliser les mêmes moyens pour éliminer leurs victimes.

Si on prend un exemple parmi tant d'autres, on peut citer John Wayne Gacy qui, dans les années 1970, a tué trente-trois jeunes hommes à Chicago en leur faisant un garrot au moyen d'une corde et d'un bâton tandis qu'il lisait des passages de la Bible. Les deux meurtres commis par Andreas Falkenborg se sont déroulés de manière identique, ce jusqu'au moindre détail, et je suis presque certain que les épreuves que ces femmes ont dû subir avant de mourir sont aussi intervenues dans le même ordre. En m'appuyant sur la déposition de Rikke Barbara Hvidt, que j'ai pris le temps de lire ce matin, je peux affirmer qu'il commence par isoler ses victimes dans un endroit désert ; il enlève ensuite leur pantalon mais pas leur culotte et il dénude leur poitrine en leur retirant leur soutien-gorge et en déchirant leur tee-shirt sur le devant. Il leur coupe les ongles ou fait semblant de les couper, il leur attache les mains le long des cuisses, il leur met du rouge à lèvres rouge vif, et finalement les étouffe en mettant un sac en plastique transparent sur leur tête et en le serrant autour de leur cou. Par ailleurs, il creuse leur tombe à l'avance, et ne le cache pas à ses victimes. Certaines définitions du concept de tueur en série comportent l'exigence que le meurtrier utilise la même méthode pour chaque meurtre. Dans le cas présent, il est clair qu'Andreas Falkenborg répond à ce critère. Bien que les matériaux statistiques – heureusement, ajouterai-je – manquent, je suis persuadé que s'il a tué d'autres femmes, il l'a fait en utilisant la même méthode.

Il but une gorgée d'eau et continua :

— Il convient aussi de souligner qu'il s'agit d'un individu de sexe masculin et de race blanche, qu'il a commis son premier meurtre lorsqu'il avait environ vingt ans et qu'il n'avait pas de lien avec ses victimes ;

enfin, que les deux femmes étaient également de race blanche. Tous ces éléments constituent bien des indicateurs définissant le tueur en série classique. En revanche, il n'accomplit pas ses crimes dans une zone géographique déterminée. De plus, il ne tue visiblement pas pour se procurer des émotions fortes, pour satisfaire des pulsions sexuelles ou un besoin de domination, et on ne retrouve pas non plus chez lui la nécessité de combiner ces trois motifs typiques. Aucun d'eux ne peut lui être appliqué, mais je dois attirer votre attention sur le fait qu'il s'agit là d'une évaluation dont je ne peux affirmer la totale véracité. D'ailleurs, je n'étais pas sûr de devoir l'évoquer, et si je le fais, c'est à la lumière des nouveaux aspects comportementaux que vous avez recueillis sur le suspect hier à Hundested.

— Sur quoi fondez-vous votre jugement ? demanda Konrad Simonsen gravement.

— La recherche d'une émotion forte est le critère le plus facile à exclure. Les tueurs en série qui ressentent une forte émotion en tuant planifient rarement le lieu du crime et commettent généralement leur acte rapidement et non loin de témoins potentiels, c'est ainsi qu'ils atteignent un état de tension extrême. Si on pense à un meurtrier tel que Peter Sutcliffe, surnommé "l'éventreur du Yorkshire", en Angleterre…

Konrad Simonsen regarda Arne Pedersen, qui secoua brièvement la tête, puis interrompit le psychologue d'un ton fort aimable.

— Nous connaissons vos compétences, il est donc inutile que vous nous donniez des exemples détaillés des différents types de tueurs en série.

Il ajouta :

— Sinon, on risque de donner dans une logique basée sur des barèmes.

— C'est entendu, je fais l'impasse sur les exemples. Où en étais-je ? Oui, il est facile d'éliminer le premier critère, celui de l'émotion forte, car Andreas Falkenborg isole ses victimes, a peur de la présence d'éventuels témoins, même quand ceux-ci sont éloignés et prend le moins de risques possible. Il y a peut-être une légère exception dans le cas de Maryann Nygaard, car il est vraisemblable qu'il lui a attaché les mains dans le dos, puis l'a bâillonnée et cachée dans son hélicoptère alors que les autres la cherchaient partout sur la station radar, mais il était dans l'obligation de procéder ainsi et l'opération n'était pas risquée.

Konrad Simonsen était d'accord avec lui.

— Il ne tue pas pour avoir des frissons.

Vient ensuite le motif sexuel. Il me semble que l'on peut aussi l'éliminer. Dans la plupart des cas où le meurtre est motivé par des facteurs sexuels, le meurtrier est brutal ou sadique avec sa victime, souvent très violent, tant en actes qu'en paroles. Mais hormis le fait qu'Andreas Falkenborg étouffe ses victimes dans un sac en plastique…

Poul Troulsen l'arrêta :

— Excusez-moi, mais honnêtement, j'ai du mal à faire l'impasse sur cet élément.

— Permettez-moi de m'exprimer en d'autres termes : Il étouffe ces femmes, mais quels sont les autres gestes susceptibles d'indiquer un comportement sadique ? Aucun. Il n'a recours ni à la torture ni au viol. Au contraire, il fait preuve, compte tenu de la situation, d'une relative prudence avec ses victimes. Il n'attente pas à la pudeur de Rikke Barbara Hvidt plus que nécessaire lorsqu'il lui ôte son soutien-gorge, il la prie de bien vouloir l'attendre jusqu'au départ des motos et il lui demande de tenir ses mains en avant sans la menacer. Ces arguments nous permettent également de rejeter la domination comme possible motif des crimes. Je n'ai jamais entendu parler d'un meurtrier dominant qui s'adresse de cette manière à ceux qu'il va tuer.

— Mais il leur fait peur avec son masque, si on suppose qu'il en portait un lors des meurtres qu'il a réussi à commettre, remarqua Konrad Simonsen.

— Selon toute vraisemblance, ce fut le cas.

— Mais alors, ça ressemble bien à un acte de torture. J'imagine que ces femmes ont dû être terrifiées.

— Le masque est intéressant, incontestablement. Je crois qu'il l'utilisait pour leur faire peur, mais aussi pour se cacher et pour dissimuler sa propre angoisse. M'autorisez-vous cependant à garder ce point pour plus tard ?

— Oui, tout à fait.

— Un autre élément m'étonne. Si le sentiment de domination motive son crime – ce que je pensais au départ –, pourquoi choisit-il des lieux obscurs et des moments de la journée où il fait nuit ? Ce sentiment de domination, et donc le plaisir qu'il ressent en tuant, seraient accrus s'il pouvait examiner en détail les réactions des femmes à la lumière du jour, mais ça n'est pas possible lorsqu'il n'y a qu'une lumière artificielle et qu'il se trouve sur des rivages obscurs ou dans la nuit polaire du Groenland. Pour ces mêmes raisons, de nombreux meurtriers dominants tuent leur victime dans un lieu différent de celui où ils laisseront ensuite le corps. Le suspect, lui, fait tout ce qu'il peut pour faire accuser Carl Henning Thomsen du meurtre de sa fille Catherine. Ça ne ressemble aucunement au comportement de ce type de meurtriers qui revendiquent souvent leur crime après l'avoir commis, comme un chasseur fier des bêtes qu'il a abattues accroche ses trophées au mur. Dans le cas de Catherine Thomsen, c'est le contraire qui se produit. Cela étant, le zèle mis à entraîner Carl Henning Thomsen dans un piège et l'étrange attitude qu'il adopte en 1990 et qui le conduit à accrocher un cochon à une branche d'arbre pour gêner ses voisins sont deux aspects de son comportement que je n'arrive pas à comprendre.

Cherchant à attirer l'attention de l'assistance, il dit ensuite :

— Ça ne coïncide pas avec sa manière d'être, et je ne songe pas uniquement aux meurtres, mais également aux témoignages recueillis auprès des témoins qui le décrivent comme étant un individu calme, intelligent, sociable et aimé de tous, mais aussi très naïf et quasi infantile. Est-ce que vous avez une explication ?

— Il faudrait savoir s'il était aussi calme et intelligent quand il était petit, affirma Arne Pedersen d'un ton catégorique.

Le regard fuyant du psychologue exprimait son hésitation.

— Oui, ça peut constituer un point de vue intéressant. Y a-t-il d'autres propositions ?

Les quatre participants secouèrent la tête, et Konrad Simonsen indiqua :

— Ça m'a aussi surpris. L'épisode du cochon et le reste de sa conduite ne concordent pas, et je nourrissais l'espoir que vous puissiez nous aider à éclaircir ce point, par exemple en évoquant un dédoublement de personnalité.

— Non, il n'est pas schizophrène, si c'est à ça que vous pensiez, absolument pas. Mais nous serons contraints de laisser ce point de côté pour le moment. A moins que…

Il jeta un regard circulaire, mais personne n'avait d'autres suggestions.

— Les dernières raisons pour lesquelles je rejette les motifs liés à la domination et à la satisfaction sexuelle sont les plus importantes : elles ont trait au fait qu'il ne recherche pas ses victimes et que sa période de refroidissement, c'es-à-dire celle qui s'écoule entre deux meurtres, est très longue. S'il appartenait à l'une de ces deux catégories, nous l'aurions vu commettre un nombre de meurtres bien plus important. J'en conclus qu'il n'éprouve aucune satisfaction particulière à commettre ses forfaits. Rappelez-vous néanmoins mes réserves du début. Ce dont je ne suis pas sûr, c'est s'il éprouve du plaisir à faire peur à ces femmes, car c'est peut-être de ça qu'il s'agit.

Konrad Simonsen avait espéré une autre interprétation.

— Mais que fait-on, alors ?

— Si nous excluons de classer Andreas Falkenborg dans l'une des catégories de tueurs en série que je viens d'évoquer – lesquelles en anglais, ou plutôt en américain, sont dénommés sous les termes de *thrill killers*, *lust killers* et *power seekers* – il est donc pertinent de se demander quelles autres catégories seraient susceptibles de lui convenir. Il y en a quatre, mais aucune d'entre elles ne convient. Si nous les examinons une par une, nous pouvons…

Arne Pedersen interrompit la présentation :

— D'accord, aucun de ces quatre groupes ne convient. Peut-être devrions-nous alors nous intéresser aux points que nous ne savons pas que nous ignorons au lieu d'étudier ceux dont nous savons déjà que nous ignorons tout.

Pauline Berg tourna la tête et lui donna un coup de coude amical.

— Je ne comprends rien à ce que tu racontes. Et tu pourrais aussi arrêter de boire mon café ? Tu as le tien.

Konrad Simonsen sortit son portable, se leva et tourna le dos à l'assemblée. Un court moment après, il dit :

— Je suis désolé, mais je viens de recevoir un message qui ne peut attendre. Nous allons faire une pause de dix minutes. Arne, peux-tu venir avec moi ?

21

La pièce contiguë à la salle de réunion était un dépôt destiné au rangement des produits d'entretien. Konrad Simonsen posa ses doigts entre les épaules d'Arne Pedersen et le poussa devant lui, puis il alluma la lumière et referma la porte derrière eux. Dans le fond du local, il y avait une unique chaise que Konrad Simonsen montra à son collègue pour qu'il s'y asseye.

— Arne, dis-moi ce qui ne va pas.

Arne Pedersen évita son regard.

— Rien d'important. Je n'ai pas beaucoup dormi, c'est tout. Dis-moi, cet Andreas Falkenborg, tu comptes l'arrêter bientôt ?

Konrad Simonsen ne répondit pas tout de suite. Il n'avait pas entraîné son subordonné ici pour discuter de cela. Puis il changea d'avis.

— C'est dans les plans, mais je veux d'abord entendre les conclusions du psychologue. Tout à l'heure, je dois discuter de l'affaire avec la procureure, mais je sais pertinemment ce qu'elle va me dire, en l'occurrence qu'en l'état actuel des choses, nous aurons de la chance si nous obtenons du juge plus de trois semaines de détention. Est-ce que tu veux bien me regarder quand je te parle ?

— Mais nous sommes sûrs d'avoir un mandat de perquisition ?

— Oui, absolument.

— Alors, il faut espérer que nous trouverons des éléments utilisables.

Arne Pedersen avait un regard fuyant, ses yeux allaient d'un endroit à l'autre et il agitait ses mains nerveusement.

— Oui, espérons-le. Tu as terminé ?

C'était le cas.

Konrad Simonsen l'écouta patiemment et sans l'interrompre lorsque, le moment d'après, il lui raconta en détail son cauchemar et ses insomnies et conclut d'un air résigné :

— Deux jours, ça va. Mais trois…

Il haussa les épaules.

— Tu as l'air tout à fait normal. Que dit Berit ?

— Que si ça continue, il faudra que j'aille chez le médecin. Et que ça ne peut pas continuer.

Konrad Simonsen se garda d'approuver le conseil, même s'il le trouvait sensé. Il savait que leur couple avait des hauts et des bas, et puis il n'aimait pas tellement l'épouse de son collègue, ce qu'il s'efforçait de ne pas montrer. Il prit une serviette sur l'étagère à côté de lui, la mouilla avec de l'eau froide et la tendit à Arne Pedersen, qui s'en saisit et la passa sur ses tempes.

— Je vais te faire reconduire chez toi, Arne. Et je ne veux pas te revoir avant que tu aies suffisamment dormi. D'accord ?

— Oui, d'accord, mais il y a autre chose. Enfin, je sais que tu dois retourner à la réunion…

— Vas-y, ils vont bien m'attendre.

— Il s'agit de Pauline. Toi aussi, tu as sûrement remarqué qu'elle… qu'elle leur ressemble. Il ne faut pas qu'elle le rencontre.

Konrad Simonsen avait bien sûr remarqué la ressemblance et savait pertinemment que c'était devenu un des sujets de discussion favoris de tout le service. Mais personne ne semblait avoir remarqué que Pauline avait les cheveux blonds et les yeux bleus, un détail qui pourtant avait son importance dans le contexte de l'affaire. Ces bavardages l'agaçaient donc. Il ne pourrait jamais envisager de jouer à la roulette avec la sécurité de l'un de ses collaborateurs, mais il était aussi évident que si Andreas Falkenborg avait en permanence été aussi exigeant dans le choix de ses victimes, ils auraient eu à déplorer l'assassinat de vingt femmes ou plus, et non de deux. Ou de trois, s'il fallait compter Annie Lindberg Hansson, et il le fallait sans doute. Il convenait bien sûr de tenir Jeanette, la petite-fille de Rikke Barbara Hvidt, éloignée d'Andreas Falkenborg, mais s'agissant de Pauline Berg, ça n'avait pas de sens. De plus, il n'avait aucune envie de l'entendre parler de sa relation avec Pauline, à supposer que celle-ci fût une réalité. Enfin, il n'avait de toute façon pas envisagé d'utiliser Pauline Berg dans le cadre d'une déposition, dans la mesure où il estimait que son expérience en la matière était encore insuffisante.

— Tu veux que je veille à ce qu'ils ne se rencontrent pas lorsque nous irons l'auditionner, n'est-ce pas ?

— J'ai imaginé un tas de choses qui pourraient aussi se passer dans la journée, elle est si isolée de tout, je trouve. Sa maison est située à la lisière de la forêt, alors à moins de disposer d'une dizaine d'hommes…

Konrad Simonsen l'interrompit.

— Arrête ces bêtises, Arne. Si ça peut te faire plaisir, je m'arrangerai pour la tenir à distance. Et maintenant, nous allons te renvoyer chez toi !

Mais Arne Pedersen ne s'arrêta pas. Soudain, il voulut tout déballer. Il évoqua Pauline Berg qui se débattait alors que l'air venait à manquer dans le sac, sa bouche de clown, toute rouge, qui se collait à la paroi du sac et les yeux de Pharaon qui se réjouissaient en contemplant son agonie.

Lorsqu'il réalisa finalement que son vœu de voir Pauline maintenue loin d'Andreas Falkenborg était exaucé, il s'avachit, faisant penser à une baudruche qu'un enfant aurait dégonflé. Konrad Simonsen décida de le reconduire lui-même à son domicile. Dans la voiture, Arne s'endormit.

22

Olav Petersen, conducteur de grue à la retraite, avait, à l'âge de quatre-vingt-six ans, tué sa femme en la frappant à plusieurs reprises avec une pince à tubes. Le crime, qui s'était produit pendant l'hiver de 1962 dans le quartier de Vesterbro à Copenhague, fut rapidement éclairci. Selon les dires du meurtrier, la victime l'avait tourmenté toute sa vie, et il ne pouvait supporter l'idée de mourir avant elle. Au moment du meurtre, le vieillard était en effet quasiment mourant et il s'éteignit d'ailleurs deux semaines plus tard à l'hôpital communal de Copenhague. Il n'eut donc pas le temps d'être jugé. D'une certaine manière, Olav Petersen avait accompli un crime parfait.

Le dossier concernant ce crime était à la fois complet et bien mince, en tout cas au moment où l'affaire fut classée. Mais avec le temps, le dossier s'épaissit et le moment vint où il fallut ouvrir un deuxième volume. L'identité de la personne qui avait eu l'idée de porter au dossier de feu Olav Petersen un relevé des documents sensibles ou controversés d'autres affaires classées s'était perdue avec le temps. Seuls les initiés avaient donc connaissance de la procédure : une note marquée d'un “P” et un numéro dans un dossier indiquaient qu'il convenait de chercher des renseignements complémentaires dans le fameux dossier Petersen.

Lorsqu'elle ouvrit les archives Petersen dont les deux dossiers étaient posés sur son bureau, Pauline Berg se sentit extrêmement fière. Elle s'était échappée de la réunion juste après le départ de Konrad Simonsen et d'Arne Pedersen. Elle savait d'expérience que lorsque son chef disait dix minutes, il s'agissait en général d'une précision toute relative. Poul Troulsen fut donc obligé de tenir compagnie au psychologue, ce qui le contrariait un peu, mais le travail passait avant les réjouissances, en particulier quand il était aussi passionnant qu'à l'heure actuelle. Elle ouvrit le dossier et trouva la note 57, une pochette en plastique avec une marque numérotée vert bouteille dans le coin inférieur droit. Celle-ci comprenait la photo d'une jeune femme et un rapport de trois pages en date du 23 août 1998. Se conformant à la règle tacite que Konrad Simonsen avait scrupuleusement établie et qu'elle tenait à respecter, elle n'examina pas les autres documents. Elle se contenta de lire le rapport du 23 août pour se faire une idée de l'affaire.

Au début des années 1980, la pasteure Mie Andreasen avait créé à Copenhague une section de la congrégation chrétienne *The Universal Fellowship of Metropolitan Community Churches* baptisée *Les Lilas de l'étang*. La congrégation était basée sur le concept de l'amour de Dieu envers tous les êtres humains, y compris les homosexuels et les lesbiennes. Une telle tolérance allait totalement à l'encontre des croyances de Catherine Thomsen, à savoir que l'homosexualité n'était rien moins qu'un grave péché contre Dieu. A deux reprises, respectivement en novembre et décembre 1996, elle avait rendu visite à Mie Andreasen afin de trouver auprès d'elle un peu de réconfort. Lorsqu'en juillet 1998, Mie Andreasen était rentrée chez elle après un long séjour aux Pays-Bas et qu'elle avait entendu parler du destin de Catherine Thomsen, elle avait contacté la police judiciaire.

Le dialogue entre la jeune femme et la pasteure avait porté sur des thèmes religieux et était par conséquent sans intérêt pour l'enquête. Mais lors de ces entretiens, Mie Andreasen avait également appris que Catherine Thomsen venait de rencontrer une femme de son âge dont elle était tombée amoureuse et que cet amour était réciproque. Sur le plan sexuel, Catherine Thomsen, qui avait peur du jugement de Dieu, n'avait cependant pas osé franchir le pas et en était restée au stade des baisers.

Pauline Berg relut sans hâte l'ensemble du rapport pour vérifier si elle avait bien tout saisi, et c'était malheureusement le cas. Elle avait espéré trouver plus d'informations, notamment des détails un peu sensationnels. Légèrement contrariée, elle se concentra sur la photo. Celle-ci montrait le visage d'une femme d'une vingtaine d'années, aux joues rondes, aux cheveux blonds courts et dégradés, ayant une cicatrice minuscule mais bien visible sur le front au-dessus de l'œil droit. Le portrait était sans légende, mais il était facile de deviner qui il représentait. Elle rédigea une note à l'attention de Malte Borup pour lui demander de vieillir la femme de dix ans sur son ordinateur et de lui envoyer le résultat par courriel avant le week-end.

23

La réunion avec le profileur reprit avec une bonne heure de retard, une fois que Konrad Simonsen eut retrouvé sa place à la table de conférence. Son humeur avait baissé de plusieurs crans après l'épisode avec Arne Pedersen. Cette saute d'humeur n'était pas due à l'incident lui-même, car Arne Pedersen allait certainement bien dormir cette nuit et il n'était pas inquiet à son sujet, mais venait des pensées qui l'avaient absorbé sur le chemin du retour. Car en vérité, les hommes de son cercle rapproché, tout comme lui-même, étaient de drôles de vieux hussards. Poul Troulsen, qui avait l'âge de la retraite, Arne Pedersen et ses obsessions dues à une relation qu'il ne parvenait pas à gérer, et lui-même. Oui, que pouvait-on dire à son sujet ? Le temps était peut-être venu de chercher une position de repli. Peut-être était-il préférable que du sang neuf prenne bientôt la relève. Il était en tout cas persuadé que, s'il restait en selle, il devrait trouver un homme ayant du potentiel, qui saurait ouvrir des portes avec énergie sans être épuisé au moindre coup et qui pourrait intégrer son petit groupe de collaborateurs.

Il concentra à nouveau son attention sur la réunion et fit une synthèse de la première partie en s'adressant au psychologue :

— Vous avez exclu de mettre Andreas Falkenborg dans l'un des trois groupes de tueurs en série définis par les notions de *thrill killers*, *lust killers* et *power seekers.* Quand j'ai quitté la réunion, vous étiez sur le point d'examiner quelles autres catégories pourraient convenir.

Le psychologue poursuivit son exposé comme si l'interruption n'avait duré que quelques instants. Pauline Berg et Poul Troulsen n'avaient pas non plus l'air surpris par la longueur de la pause et personne ne posa de questions sur Arne Pedersen.

— Une autre catégorie est celle des *gain killers*, c'est-à-dire des tueurs en série qui recherchent des avantages matériels ou sont motivés par l'appât du gain, mais je crois que nous pouvons aussi exclure cette hypothèse. Il existe deux autres groupes ayant d'assez grandes similitudes, celui des visionnaires, *visionaries*, et celui des missionnaires, *missionaries*. Les visionnaires se laissent guider par des voix ou pensent qu'ils sont dirigés par des phénomènes extérieurs, par exemple par un esprit qui a possédé le chien d'un voisin. Les missionnaires considèrent que leur mission consiste à libérer le monde d'un certain type d'individus qui représentent selon eux un danger et là, on peut trouver des similitudes avec Andreas Falkenborg. Le masque diabolique, de même que la ressemblance physique existant entre ses victimes, sont des éléments qui pourraient correspondre à ce modèle. Cependant, les meurtriers de ces deux groupes sont presque toujours psychotiques ou schizophrènes et ce n'est pas le cas du suspect. Par ailleurs, ils sont rarement aussi organisés que lui. Enfin, et c'est le critère essentiel, leur niveau d'intelligence est généralement faible, leur QI se situant entre 90 et 100. Andreas

Falkenborg, lui, a un quotient intellectuel nettement plus élevé.

— Il ne reste donc qu'un seul groupe, si je calcule bien, nota Konrad Simonsen.

— Oui, c'est exact. Le dernier groupe est celui des *hedonist killers*, des meurtriers qui trouvent du plaisir à tuer leurs semblables. J'ai quelques doutes sur cette catégorie, mais je crois qu'on la trouve rarement à l'état pur et que les individus concernés sont aussi conduits par une volonté de domination ou par des pulsions sadiques. Le rouge à lèvres, la coupe des ongles et la grande ressemblance existant entre les victimes ne permettent pas de le faire entrer dans cette catégorie. Il en va de même de son comportement inhabituellement tenace vis-à-vis de Rikke Barbara Hvidt, y compris après l'échec de sa première tentative, et de son renoncement à poursuivre sa victime une fois que celle-ci s'est fait couper les cheveux. Le fait d'assister à la mort d'une victime ayant les cheveux courts ne lui apporterait incontestablement aucune satisfaction. Je n'ai jamais entendu parler ni d'un hédoniste aussi exclusif, ni d'individus qui, comme lui, poursuivent inlassablement leur victime à partir du moment où ils l'ont choisie.

— Mais vous ne l'excluez pas totalement ? demanda Poul Troulsen. Je veux dire le fait que le motif du crime puisse être le plaisir qu'il procure.

Le psychologue marqua un temps de réflexion, et dit :

— Evidemment, mon métier n'est pas une science exacte, mais… Non, ça ne peut être le cas…

Il regarda Konrad Simonsen, qui lui demanda :

— Qu'est-ce qui peut être le cas, alors ?

— Dites-moi, est-ce que vous vous êtes intéressés à son enfance ? Je n'ai pratiquement rien trouvé sur cette période.

Ce fut Pauline Berg qui lui répondit :

— C'est parce que nous n'avons, pour ainsi dire, rien sur cette époque.

— Presque tous les tueurs en série ont connu dans leur enfance un environnement dysfonctionnel. Ils ont souvent été victimes d'abus sexuels, ont eu des parents qui avaient une consommation abusive de drogues ou d'alcool ou ont subi des punitions exagérément sévères pour des fautes minimes. Un des modes de réaction de l'enfant consiste à se réfugier dans les rêves et ça peut ensuite l'amener à inventer un univers imaginaire permanent dans lequel il vivra une vie parallèle à son existence normale et qu'il cachera à son entourage.

— Nous n'avons rien qui nous permette de confirmer une telle hypothèse, objecta Poul Troulsen, sa famille était normale.

— Alors, je crois que vous allez devoir approfondir vos recherches, car sa famille n'était certainement pas normale. Il doit y avoir un fait, dans son enfance ou son adolescence, qui l'a fortement marqué et qui l'a conduit à tuer les deux femmes, ou peut-être les trois. Il convient de centrer les recherches sur un événement unique mais dominant : il peut s'agir d'un décès ou d'un manque d'affection qui serait lié à l'existence de rapports anormaux entre ses parents, à moins que les deux facteurs ne soient présents en même temps.

— Est-ce à cette époque que le masque a pu jouer un rôle ? demanda Konrad Simonsen.

— Oui, mais ça ne signifie pas pour autant que vous deviez chercher un épisode de son enfance qui implique nécessairement un masque de manière concrète. Par contre, j'imagine que le rouge à lèvres rouge vif et les ongles longs ont un fondement réel.

Quant au masque, il lui sert à se dissimuler face au monde réel quand il se trouve dans son monde imaginaire. Le visage masqué, c'est à la fois une manière de se protéger et de faire fonctionner son imagination, non pour exprimer une volonté de domination, mais pour être pris au sérieux et peut-être, dans son esprit, venger une injustice qui puise ses origines dans son enfance.

— Le type de femmes qui l'intéresse a-t-il aussi un lien avec son enfance ?

— C'est mon avis. Je crois qu'il a peur de ce genre de femmes. C'est pourquoi même s'il ne les recherche pas, lorsqu'elles se trouvent sur son chemin, il est contraint de réagir. Elles représentent un danger pour lui, un danger qui menace sa vie, qui le pousse à les dompter et finalement à les éliminer, quel qu'en soit le coût. Il est possible que l'acte implique en lui-même une sorte de régression, une retombée en enfance, mais il sait parfaitement que ce qu'il fait est mal, tant avant que pendant et après le crime.

— Quelle est la probabilité de le voir avouer lorsqu'il sera confronté aux preuves que nous avons rassemblées contre lui, si minces soient-elles à l'heure actuelle ?

— Je l'ignore. C'est quelqu'un d'intelligent et il est certainement capable de faire la distinction entre les aspects juridiques qui peuvent le trahir et ceux qui ne sont que pure spéculation. D'un autre côté, ce serait pénible pour lui de réaliser que d'autres ont percé son secret le plus cher. Par ailleurs, il est extrêmement naïf, et il se peut que ce trait de caractère s'avère déterminant.

Konrad Simonsen essaya de conclure :

— Mais ce serait encore plus éprouvant pour lui

si nous pouvions identifier des mobiles issus de son enfance ?

— Mille fois plus éprouvant. Je pense qu'il aura du mal à faire face à de tels arguments, mais comme je vous l'ai dit, je n'en sais rien. N'oubliez pas que, pendant des années, il a eu une double vie.

Poul Troulsen voulait poser une question :

— Est-ce qu'il garde des trophées, je pense à des trophées qu'il conserverait chez lui ?

— Je ne crois pas. Selon moi, il n'a pas envie de se souvenir de ses victimes, il cherche plutôt à les oublier.

— Qu'en est-il de ses activités d'espion professionnel, si vous voyez ce que je veux dire ? Et quid de son entreprise de micros high-tech et de tout son commerce de caméras espions et de matériels d'espionnage informatique ?

— Il est possible qu'elle soit aussi liée à son éducation. On observe souvent un tel lien entre enfance et profession, mais je ne voudrais pas aller trop loin dans mon raisonnement.

Poul Troulsen regarda le carnet qu'il avait devant lui et dit :

— J'aimerais bien en savoir plus sur sa naïveté, que l'on retrouve partout. Est-ce qu'elle est liée à une sorte de déraillement mental ? A-t-il eu un développement mental anormal ?

— Si vous pensez à des troubles de la personnalité tels que la maladie de Tourette, le syndrome d'Asperger, l'autisme, le TDAH ou Trouble déficitaire de l'attention avec ou sans hyperactivité, ou quelque autre maladie de ce type, alors, la réponse est clairement non. Ces maux sont pesants pour ceux qu'ils touchent et pour leur entourage mais, même s'ils comportent parfois certains éléments de puérilité, ils ne fabriquent pas des meurtriers en série. On peut sans doute le considérer comme un individu qui se laisse facilement dominer face à un comportement autoritaire et… adulte. D'après ce que j'ai lu sur lui jusqu'à présent, c'est quelqu'un qui se laisse très facilement dominer.

Konrad Simonsen regarda autour de lui ; il n'y avait pas d'autres questions. Il rassembla ses papiers et conclut en s'adressant à ses deux collaborateurs encore présents :

— Il faut poursuivre les recherches en les orientant sur l'enfance d'Andreas Falkenborg. Je vous conseille d'organiser plusieurs groupes qui iront investiguer sur ses camarades de jeux, ses loisirs, ses carnets de notes, ses enseignants. Et en priorité d'axer l'enquête sur ses parents et tout ce que vous pouvez trouver concernant son environnement, car chaque détail est digne d'intérêt. S'il s'est écorché le genou lors d'un bal de fin d'année, ou bien s'il a cafouillé dans le premier verset d'un psaume, je veux le savoir, je veux tout savoir, et le plus vite possible.

24

Après la réunion, Pauline Berg rejoignit le psychologue dans le couloir et lui offrit son plus charmant sourire.

— Excusez-moi, mais si vous avez un instant, j'aimerais vous poser une dernière question.

— Allez-y !

Elle jeta un œil en direction de l'entrée de la salle qu'ils venaient de quitter.

— Je pourrais peut-être vous raccompagner ?

— Volontiers. S'agit-il d'un sujet que les autres ne doivent pas entendre ?

Elle posa doucement une main sur le haut de son bras et l'entraîna.

— Vous êtes doué pour analyser les situations.

— Merci. Est-ce que c'est ça que les autres ne devaient pas entendre ?

La louange avait glissé sur lui et il s'était contenté de reposer sa question sur le même ton. Il était futé. Elle sortit la grosse artillerie, car l'entretien était d'importance pour elle.

— Est-ce que vous êtes marié ? Ou avez-vous une petite amie ?

S'il fut surpris par la question, il n'en montra rien.

— Pourquoi me posez-vous cette question ?

— Je me demandais si nous n'aurions pas pu trouver un moment pour prendre un café ensemble…

Ils s'étaient éloignés de l'entrée et elle n'avait plus à craindre les éventuels regards indiscrets de ses collègues. Elle se détendit et ajouta :

— Enfin, si vous acceptez de sortir avec moi ?

— Vous êtes toujours aussi directe ?

— Non, pratiquement jamais. Mais qui sait quand je vous reverrai ?

— Vous le savez bien, dans les prochains jours, lors de l'audition d'Andreas Falkenborg.

Pauline Berg se disait que la conversation était en train de s'enliser avant même d'avoir commencé. Il n'était pas un homme facile à manœuvrer.

— Très bien. J'ai quelque chose à vous demander, mais je préfère le garder pour moi, car je suis sûre que mes collègues ne seraient pas d'accord et pousseraient les hauts cris rien qu'en entendant la question. C'est pour ça que j'ai voulu vous rejoindre et vous parler en tête à tête. Pour ce qui est du café, j'en ai eu l'idée pendant que vous nous faisiez votre présentation, mais j'ai simplement accéléré le processus, car les informations dont j'ai besoin sont d'une grande importance pour moi.

— Sérieusement, vous savez dans quelle direction nous allons ?

— Oui, tout à fait. Mais à présent, il me semble que c'est votre tour de sortir du bois.

— D'abord, laissez-moi vous dire que votre proposition est la meilleure idée que j'ai entendue de toute la matinée.

Il eut un rire franc et Pauline Berg sourit aussi, puis dit très sérieusement :

— Je ne veux pas sortir avec vous si vous avez une femme ou une petite amie. J'ai déjà donné, vous savez !

— Alors, je crains que nous ne puissions pas boire notre café ensemble. Je suis marié.

Elle était plus irritée qu'elle ne voulait se l'avouer et songea un instant à lâcher un peu de lest sur les principes, une fois encore.

— Mais le mois prochain, lorsque mon divorce sera officiel, nous pourrons peut-être réaborder le sujet, à moins que vous preniez le risque de sortir avec moi sur la base de cette promesse ?

— J'ai connu des situations plus risquées.

— Ne pourrions-nous pas manger quelque chose avant le café ?

Pauline Berg accepta la proposition.

— Où puis-je passer vous prendre ? Je pourrais trouver un restaurant et réserver une table ?

Elle réfléchit.

— Peut-on se retrouver à 8 heures, place Dante ? Vous savez où c'est ?

— Oui, en face de la glyptothèque. C'est entendu.

— Est-ce que vous avez un numéro de portable, au cas où je serais obligée d'annuler ? S'il se passait quelque chose de nouveau dans l'affaire, je ne pourrais pas me libérer, c'est trop important.

— Et ça vous plaît, n'est-ce pas ?

— Est-ce que vous ne pouvez pas arrêter de me tourmenter comme ça tout le temps ? Vous étiez aussi après moi tout à l'heure. Est-ce le fait d'être profileur qui veut cela ?

— Non, c'est le fait d'avoir entendu des centaines de jeunes étudiantes donner des excuses d'ordre un peu trop privé lorsqu'elles ne remettaient pas leurs devoirs à la date limite.

— Vous allez me faire rougir. Est-ce qu'on peut remettre à ce soir l'examen de mes questions ?

— Holà ! Voilà que vous utilisez le pluriel. Vous vous imaginez que je travaille gratuitement ?

— Oui, tout à fait.

— Dans ce cas, il faudra aussi me montrer cette célèbre propriété à colonnades que vous possédez. Je l'ai vue très souvent à la télévision mais jamais en réalité. Est-ce loin d'ici ?

— Non. Alors, mettons ça à votre actif, car les autres vont commencer à s'inquiéter de mon absence. Une chose encore, ce soir nous partageons l'addition, alors merci de ne pas choisir un restaurant trop cher… Je viens d'acheter une maison et je suis fauchée.

— Inutile de sortir avec vous pour l'argent, alors !

— On verra ce que vous devrez faire et ne pas faire, mais de toute façon, ce ne sera pas ce soir.

En rentrant, Pauline Berg tomba sur Malte Borup, qui se montra curieux :

— C'était qui, Pauline ?

— Un homme.

— Oui, c'est ce que j'ai vu, mais est-ce quelqu'un que tu connais… particulièrement bien ?

Elle ignora sa question.

— Je suis contente de te voir ! J'ai posé une note sur ton bureau, ce serait bien que tu puisses t'en occuper aujourd'hui. Ça ne devrait pas te prendre plus d'un quart d'heure.

L'étudiant acquiesça. Puis il dit :

— Normalement, je ne devais pas venir travailler aujourd'hui. C'est une pure coïncidence que je me suis trouvé dans les parages quand Simon m'a appelé. Anita et moi étions en train de regarder des vêtements, enfin c'est surtout Anita qui les regardait, et moi qui l'accompagnais, mais elle s'est mise en colère quand j'ai dû la quitter. Figure-toi qu'elle s'est emparée de mon portable pour injurier Simon.

Pauline Berg ne répondit pas. Elle sentait qu'elle ne devait pas se mêler de cette histoire.

Quand Malte Borup et Pauline Berg entrèrent dans la salle, Konrad Simonsen se tourna vers eux. La réprimande que lui avait faite la petite amie de Malte avait laissé des traces, d'autant qu'il avait fait la connaissance de la jeune femme lors d'une précédente affaire et savait qu'elle n'était ni hystérique ni extravagante. Il était d'ailleurs exact qu'il lui arrivait de mettre Malte Borup un peu trop à contribution.

— Je te remercie d'avoir pris le temps de passer me voir, Malte. Je suggère qu'Anita et toi alliez déjeuner aux frais de la princesse. Est-ce que tu pourras avancer l'argent ?

Malte Borup eut un air aussi réjoui que s'il avait gagné à la loterie. Un déjeuner gratuit allait sûrement radoucir son amie, et si elle voulait rentrer à l'heure au bureau, ça permettrait en outre d'écourter leur shopping.

— Eh bien, merci beaucoup. Je crois qu'Anita pourra faire l'avance.

— Parfait. On peut commencer ? Je t'ai demandé de venir parce que je reconnais que ton système de gestion de bases de données – ou de références croisées – est nettement plus fiable et fidèle que nos mémoires. Nous allons devoir étudier l'enfance d'Andreas Falkenborg et sans doute son adolescence et je voulais voir ce que tu pouvais trouver sur ton ordinateur avant que nous lancions nos recherches tous azimuts.

Konrad Simonsen montra un ordinateur qui était placé en évidence pour permettre à tous de suivre ce qui se passait sur l'écran. Malte Borup s'installa devant l'appareil.

— Ce n'est pas un problème, mais pourquoi n'utilisez-vous pas le système vous-même ? J'ai établi toute une interface qui permet de faire des recherches à partir d'un mot-clé et de transmettre des instructions en langage SQL, si c'est ce dont vous avez besoin. Est-ce que mon manuel n'est pas clair ?

Poul Troulsen lui donna une tape sur l'épaule.

— Non, c'est nous qui ne sommes pas doués et qui manquons de courage, mais je propose que nous traitions ce sujet plus tard.

Konrad Simonsen avait un élément à ajouter :

— Oui, et puis il faut dire qu'il y a recherches et recherches.

La nuque de Malte Borup changea de couleur. Le sujet était délicat, mais Konrad Simonsen tint à préciser sa pensée :

— Les recherches que nous faisons, ou plutôt que nous ne faisons pas, ne sont clairement pas si, dirons-nous, approfondies que celles que tu as à effectuer.

L'étudiant tenta d'assurer sa défense :

— La Comtesse dit que nous faisons gagner un temps fou aux juges en ne leur demandant pas de nous délivrer les ordonnances tant que nous ne sommes pas sûrs que nous n'avons pas…

— Je ne veux pas en entendre plus. Mais que peux-tu trouver concernant l'enfance d'Andreas Falkenborg ? Je suis bien conscient que pour l'instant nous n'avons pas grand-chose, mais pourrais-tu, bien que les faits remontent à des années, nous dénicher quelques témoins sérieux que l'on pourrait déjà interroger ?

— Tu veux dire en plus des domestiques ?

Malte Borup n'obtint pas de réponse mais se méprit sur ce silence.

— C'est une erreur de dire "domestiques" ? En tout cas, deux d'entre elles se définissent comme ça. Faut-il employer le terme "employée de maison" ou bien dire "aide ménagère" ?

Ne recevant toujours pas de réponse, il se retourna. Les trois inspecteurs se tenaient bouche bée derrière lui. Aucun d'entre eux n'avait entendu parler de domestiques, car bien que Malte Borup soit un génie informatique, il pensait rarement à mettre en perspective les informations qu'il trouvait et qui étaient susceptibles de permettre d'éclaircir l'affaire. Konrad Simonsen se ressaisit et fut le premier à exprimer sa surprise :

— Nous ne savions pas qu'il y avait des domestiques chez lui lorsqu'il était petit. Comment as-tu trouvé cette information ?

— De manière tout à fait légale. Certaines communes numérisent les informations contenues dans le registre de la population en remontant dans le temps, c'est-à-dire que peu à peu, les archives anciennes sont scannées et entrées dans leur système informatique. Il s'agit d'un projet de recherche réalisé en collaboration avec le fichier central des personnes et l'université de Copenhague. La commune de Rudersdal participe également à ce travail et ils sont maintenant arrivés aux années 1920, donc bien avant la période qui vous intéresse.

— Par conséquent, tu peux voir qui était enregistré à l'adresse de la famille Falkenborg à Holte ?

— Exactement. Et j'ai aussi établi la liste des domestiques. Elle est enregistrée dans le système.

— Ça ne m'étonne pas. Est-ce que tu peux ouvrir le document ?

Malte Borup tapa sur l'ordinateur et, un instant plus tard, une liste de noms apparut sur l'écran.

— Il y en a eu onze dans la période qui s'étend de 1956 à 1967. La plupart d'entre elles ont été employées un ou deux ans en moyenne, quelques-unes seulement un mois. Tu veux que je vérifie le nombre de celles qui sont toujours vivantes ?

— Oui, je veux bien.

— Il faut que vous attendiez le résultat, ça va prendre un certain temps.

Dans l'univers de Malte Borup, un certain temps équivalait à trois minutes. L'ordinateur indiqua que deux des domestiques étaient décédées.

— Tu peux nous préciser l'âge qu'elles avaient à l'époque où elles travaillaient dans la famille Falkenborg ?

— Oui, mais il va de nouveau falloir attendre. Si tu me l'avais dit plus tôt, j'aurais pu tout vérifier en une fois.

— Nous avons le temps.

Cette fois, la technique lui donna tort car les données apparurent d'emblée sur l'écran.

— C'est drôle, ils ont dû mettre mes renseignements dans une mémoire tampon, ils ont sans doute amélioré le système.

Konrad Simonsen pensait à autre chose. Il dit :

— Elles avaient toutes entre dix-neuf et vingt-trois ans. Malte, est-ce que tu peux nous trouver leurs adresses actuelles et si possible leurs numéros de téléphone ?

— Si elles vivent au Danemark, ce n'est pas un problème. Sinon, ce sera difficile.

— Et puis on arrive à la grande question : peut-on avoir des photos ?

Malte Borup jeta un coup d'œil à l'horloge de l'ordinateur et répondit d'un air hésitant :

— Des photos, ce n'est pas évident.

— Mais… ?

— Si elles ont un passeport ou un permis de conduire ou… enfin, un document de ce type, dans ce cas, il y a bien sûr une photo, mais en principe, elle n'est pas numérisée, donc ce ne sera pas facile.

— Et que peux-tu faire ?

L'étudiant fit des contorsions mais ne put gérer la pause qui s'ensuivit.

— C'est-à-dire que nous avons un système de services réciproques.

— Nous ? Est-ce que tu peux préciser ce que tu entends par là ?

— La plupart de ceux qui, comme moi, travaillent dans le domaine des systèmes numériques. Nous nous entraidons et c'est aussi une manière d'obtenir des points, ou d'en perdre. Oui, nous appelons ces points des *Guilt* ou tout simplement des G. C'est très efficace, et je possède une grande quantité de G.

Konrad Simonsen ne put cacher son effroi :

— Tu n'es pas en train de me dire que tu échanges des informations provenant de la police pour obtenir des G ?

— Non, la Comtesse dit que…

— Je me moque de ce que dit la Comtesse. Moi, je dis que tu ne dois en aucun cas vendre des données issues de nos fichiers, que tu sois payé en G ou dans une autre monnaie.

— Mais je ne le fais absolument pas, je sais bien que c'est formellement interdit. Les G que je possède, je les ai obtenus en aidant d'autres à résoudre des problèmes informatiques et jamais autrement.

Konrad Simonsen se calma un peu.

— Je suis heureux de te l'entendre dire. Que fait-on alors avec les photos ?

— Je pourrais peut-être demander à un collègue de scanner les photos de ces filles et de me les envoyer. Ça nous permettra de les passer dans le logiciel LifeCyclus, si vous voulez vous faire une idée du look qu'elles avaient à l'époque où elles travaillaient chez les Falkenborg. Mais ça vous donnera seulement une idée, car les documents ne pourront sans doute pas vous fournir beaucoup d'autres renseignements.

— Combien de temps faut-il pour ça, Malte ?

— Entre une demi-heure et une heure… Anita va me tuer !

— Je vais l'appeler, mets-toi au travail pendant ce temps-là.

— D'accord, et je vous appelle quand j'ai terminé ? Je veux juste dire que vous n'avez peut-être pas besoin d'attendre ici…

Ils avaient compris le message et quittèrent aussitôt la pièce.

Vingt minutes plus tard, Malte Borup rappela son public. Le système G s'était une fois de plus révélé efficace. Les policiers avaient passé le temps en devisant. Konrad Simonsen avait entamé une grande assiette de salade après avoir confié à Pauline Berg la mission de contacter l'amie de Malte. Les deux femmes étaient toujours en train de parler, mais la discussion portait sur les superboutiques où l'on pouvait trouver des vêtements bon marché ; on pouvait donc penser que l'étudiant avait assuré ses arrières. Les deux hommes étaient installés devant l'ordinateur. Sept des neuf domestiques avaient maintenant un nouveau visage, leur cure de rajeunissement avait donné à certaines d'entre elles une physionomie très vivante. Il apparut aussitôt qu'une des photos manipulées était plus intéressante que les autres. Poul Troulsen prononça un nom :

— Agnete Bahn.

Konrad Simonsen était d'accord avec lui.

— Sa physionomie réelle peut différer de celle que vous voyez, expliqua Malte Borup. La photo qui se trouve sur le permis de conduire est petite et ne comprend pas énormément d'informations.

Konrad Simonsen demanda :

— Quel âge avait-il à l'époque où elle travaillait chez eux ?

— Entre dix ans et onze ans.

— Où est-ce que Agnete Bahn habite actuellement ?

— A Copenhague, dans le quartier d'Østerbro, semble-t-il.

— Allons lui rendre visite.

Lorsque, un moment plus tard, Pauline Berg vit la photo et le nom de l'ancienne domestique de la famille Falkenborg, sa réaction fut nettement différente.

— Oh non, ce n'est pas possible ! A-t-elle un lien avec cette affaire ? Je veux dire, était-elle dans la famille à l'époque ?

Konrad Simonsen voyait venir les difficultés :

— Tu la connais ?

— Si je la connais ? Mais elle est sur les fichiers de la Mondaine ! La brigade de répression du proxénétisme connaît très bien le bordel Bahn.

— Je devine sa profession.

— Entremetteuse à grande échelle. Elle traite ses filles horriblement mal, elle est plus âpre au gain que l'oncle Picsou, et de surcroît elle hait la police. Elle s'est entourée d'avocats et refuse de dire quoi que ce soit à qui que ce soit. Enfin, elle est particulièrement antipathique, sauf dans les cas où elle y voit son intérêt.

Elle se montre alors d'une amabilité extrême, mais je ne l'ai vue comme ça qu'une seule fois.

— A t'entendre, on dirait qu'elle est armée.

— Peut-être pas, mais elle va en rencontrer un qui l'est, et le plus tôt sera le mieux.

— Il serait préférable que nous puissions l'auditionner en premier.

— Tu n'y penses pas, elle ne dit jamais rien à la police, et si elle s'exprime, c'est uniquement pour nous gêner. Ne compte pas non plus faire appel à sa conscience, elle n'en a pas.

— Mais elle est toujours dans la vie active ? Elle doit avoir plus de soixante ans.

— Soixante-quatre, précisa Malte Borup. Est-ce que je dois vérifier son casier judiciaire ?

Pauline Berg lui répondit :

— Elle a commis tellement de délits qu'une saga familiale ne suffirait pas pour en faire le récit. Son établissement est situé Guldhjemsgade, une rue latérale donnant dans Nordre Frihavnsgade. Elle habite au premier étage, et je peux te garantir qu'elle est encore dans la vie active. Elle ne lâchera prise que lorsque le diable la rappellera à lui.

— On devrait donc pouvoir faire pression sur elle. Un établissement de ce genre ne peut se permettre d'être examiné sous toutes les coutures et si elle peut nous aider, ce sera tout bénéfice pour elle.

— Elle appelle bien entendu son bordel *salon de massage*. Alors, tu peux abandonner l'idée de faire pression sur elle, maintes tentatives ont été faites en ce sens. Elle tient ses affaires scrupuleusement en ordre, sa comptabilité, ses soi-disant embauches, la TVA, et ainsi de suite ; même les services de contrôle incendie n'avaient rien pu trouver la fois où nous les avions mis sur le coup.

— Et tu l'as rencontrée personnellement ?
— Plusieurs fois. Chaque fois, cette mégère propose de m'engager. Il faut dire que c'est le seul sujet que madame accepte d'aborder.

Remarquant les rires grivois de ces messieurs, Pauline Berg bougonna :

— Oui, elle se comporte comme ça avec tout le monde, c'est un des nombreux moyens qu'elle utilise pour provoquer les gens.
— Est-ce qu'il vaut mieux que ce soit toi qui ailles l'interroger ou préfères-tu qu'on envoie quelqu'un qu'elle ne connaît pas ?
— Je crois que ça n'a pas grande importance, mais j'aimerais mieux en être dispensée.

Konrad Simonsen envoya ses troupes sur le front. Malte Borup fut libéré pour que son amie et lui puissent poursuivre leur shopping, Poul Troulsen eut le droit de tenter sa chance avec Agnete Bahn et Pauline Berg se vit confier les dossiers des domestiques qui restaient à étudier. Il fallait, dans un premier temps, les contacter par téléphone pour pouvoir dresser un tableau général des relations existant dans la famille d'Andreas Falkenborg. Quant à Konrad Simonsen, il devait se rendre aux Affaires étrangères, mais n'en précisa pas la raison.

A la fin de la journée, ils parvinrent à se faire une idée plus précise de l'environnement dans lequel Andreas Falkenborg avait grandi. La synthèse eut lieu dans le bureau de Konrad Simonsen, lequel arriva en dernier. Il fit son apparition dix minutes après l'heure fixée, trempé car n'ayant pu échapper à une averse estivale, mais d'excellente humeur.

— Il paraît que l'armée américaine, comme on dit, commence à s'agiter. Mon cher ami des Affaires étrangères a pu tirer quelques ficelles et les Américains ont promis de traiter en urgence l'enquête sur le fameux vol en hélicoptère à destination de la station DYE 5. Il n'est pas certain que ça débouche sur quelque chose, mais nous obtiendrons au moins une lettre officielle nous précisant la pratique relative à ces vols. Des données qui peuvent être intéressantes, si nous étions amenés à plaider l'affaire devant un tribunal.

Tout en parlant, il trouva un paquet de serviettes en papier dans un placard et se mit à sécher son pantalon. Il prenait une serviette, l'appuyait fortement sur ses cuisses et lorsqu'elle était gorgée d'eau, la jetait dans la corbeille à papiers et recommençait l'opération avec la suivante.

— Eh bien, Poul, je suis curieux de savoir comment ça s'est passé.

Poul Troulsen secoua la tête d'un air plus que flegmatique.

— Pauline avait raison, elle est impossible. Imagine-toi qu'elle a remarqué sur-le-champ que j'étais de la police et qu'avant même que je me sois présenté, elle m'avait déjà jeté à la figure un tombereau d'injures. A la fin, j'ai dû moi aussi élever le ton pour lui expliquer le motif de ma visite, mais ça ne l'a pas beaucoup impressionnée. On ne peut pas dire qu'elle a un sens civique très développé.

— Qu'est-ce qu'elle t'a dit concrètement ?

— Que je n'avais qu'à me tirer et m'en retourner dans ma cabane du Jutland. Comme ça fait plus de trente ans que j'ai quitté la région, j'imagine qu'elle doit avoir une bonne oreille pour les accents.

— C'est tout ?

— Oh non ! Ensuite, je lui ai donné ma carte, pour le cas où elle changerait d'avis.

Pauline Berg voulut intervenir :

— Laisse-moi deviner. Elle l'a déchirée et t'a donné la sienne, en te proposant de t'engager ?

— Oui, c'est exactement ça. On peut dire qu'elle a du culot !

— Tu n'as donc pas pu deviner si elle avait des choses à dire sur la période où elle était employée dans la famille Falkenborg ? demanda Konrad Simonsen.

— Mais si, parce que juste avant de me fermer la porte au nez, elle m'a fait une proposition. Si le fisc acceptait de lui rembourser les 36 000 couronnes qu'il lui a indûment soutirées il y a quatre ans, elle serait disposée à nous livrer certains détails scabreux concernant Andreas Falkenborg et sa putain de famille, ou quelque chose dans ce style. Ce sont les mots qu'elle a employés.

Konrad Simonsen médita un instant. Le paquet de serviettes était maintenant vide et il avait fait un rouleau de l'emballage en plastique et s'en servait comme d'une baguette de chef d'orchestre qui se balançait au rythme de ses pensées. Le mouvement était *andante*. Au bout d'un moment, il demanda :

— Est-ce que tu as eu l'impression que le commerce marchait bien ?

— J'ai vu quelques rares clients, mais c'était loin d'être l'heure de pointe. Cependant, elle habite au premier étage et dispose d'une entrée séparée ; je n'ai donc pas pu inspecter l'établissement de l'intérieur.

Konrad Simonsen demanda à Pauline Berg :

— Et tu dis qu'elle est particulièrement âpre au gain ?

— Cupide, oui, c'est le moins qu'on puisse dire.

— Bon, nous allons la cueillir, mais nous devons attendre jusqu'à lundi.

Pauline Berg avait des doutes :

— Je suis prête à parier une bonne bouteille de bordeaux que tu n'y arriveras pas.

Son chef montra les trois portraits de femmes accrochés sur son tableau d'affichage.

— Je ne crois pas qu'elles apprécieraient que nous prenions les choses à la légère. Ça n'a pas été un jeu pour elles et ça n'en est pas un pour nous.

Pauline Berg était désolée et se sentait humiliée. Elle ressentait cruellement l'absence de la Comtesse qui aurait dû être là depuis longtemps.

Konrad Simonsen laissa provisoirement de côté le cas de la tenancière de bordel récalcitrante et demanda :

— Qu'en est-il des autres domestiques ? J'imagine qu'elles n'ont pas été aussi difficiles qu'Agnete Bahn.

Pauline Berg se redressa et répondit d'une voix éteinte :

— Non. La plupart se souviennent parfaitement de l'époque où elles étaient dans la famille Falkenborg et le tableau qui en ressort est sans ambiguïté. Alf Falkenborg, le père d'Andreas, était un tyran domestique de la pire race. C'est lui qui commandait et il opprimait sa femme, n'hésitant pas de temps en temps à lui donner une volée de coups ; en revanche, il ne levait jamais la main sur son fils. Il déshonorait sa femme en ayant au vu de tous des liaisons, y compris sous leur propre toit, notamment avec trois des domestiques avec qui nous avons parlé, mais j'y reviendrai. Elizabeth Falkenborg était elle aussi fort déplaisante. La pression qu'elle subissait de son mari et peut-être aussi une jalousie chronique la conduisaient à blâmer ses employées en permanence. Elle n'était jamais satisfaite de ce qu'elles faisaient et il lui arrivait de les surveiller uniquement pour pouvoir trouver à redire à leur travail.

— Pourquoi ne s'enfuyaient-elles pas ? demanda Poul Troulsen, ça devait être une situation insupportable.

— Certaines l'ont fait, mais pour la plupart, démissionner n'était pas si simple. Deux d'entre elles, par exemple, venaient de Fionie et n'avaient aucune envie de rentrer chez elles en disant qu'elles avaient dû quitter leur place avant le terme. Et puis elles étaient bien payées : le fabricant leur versait un salaire au moins de moitié supérieur à la moyenne de l'époque.

Elle prit une gorgée d'eau en buvant au goulot de sa bouteille sport, feuilleta ses notes et continua :

— Andreas Falkenborg avait peur de son père et en même temps il l'admirait. Il représentait pour lui un idéal, mais aussi une menace potentielle, surtout sur le plan physique, car il était violent avec sa mère. A l'école, il avait des résultats moyens mais corrects, et il ramenait souvent des camarades chez lui, mais les femmes que nous avons interrogées le décrivent aussi comme un enfant puéril, pleurnicheur et enfantin pour son âge. Le gamin se montrait par ailleurs arrogant et prétentieux avec les domestiques et comme il voyait faire ses parents, il saisissait la moindre occasion pour aller rapporter des faits les concernant à sa mère. Il était en fait très lié à sa mère et a couché dans son lit jusqu'à l'âge de huit ans. A ce propos, j'ai oublié de dire que les parents avaient chacun leur chambre.

— C'est la recette idéale pour devenir psychopathe, remarqua Poul Troulsen.

— Oui, et il y a pire. Si le garçon n'était pas à la hauteur des exigences de son père, notamment sur le plan scolaire, c'est la mère qui en pâtissait. Le père jugeait qu'elle était responsable des études de son fils, et donc qu'elle méritait des coups en cas de défaillance scolaire de sa progéniture. Au moins à deux occasions, alors qu'il était rentré de l'école avec des notes médiocres dans plusieurs matières, Andreas Falkenborg avait dû assister à la punition subie par sa mère.

Pauline Berg fit une courte pause pour boire une gorgée.

— Oui, c'est du pain bénit pour le psychologue. Mais j'ai aussi une surprise : Elizabeth Falkenborg a une obsession, elle exige que les filles employées chez elle aient des ongles courts et si elles ne sont pas capables d'avoir des mains correctement faites, elle leur coupe les ongles elle-même. Un des grands numéros d'Andreas Falkenborg, qu'il a appris tout petit, consiste à prétendre qu'elles l'ont griffé, ce qui provoque la réaction immédiate de sa mère qui, pour son plus grand plaisir, arrive avec ses ciseaux.

Konrad Simonsen regarda sa montre, un signe indiquant à ses collaborateurs qu'ils devaient accélérer la présentation. Il grommela :

— Le moins qu'on puisse dire, c'est qu'on commence à avoir une idée claire de la situation. Qu'est-ce que les filles étaient forcées de faire ?

Pauline Berg ferma son carnet. Elle savait la suite par cœur :

— Elles devaient avoir des relations sexuelles avec le fabricant. En tout cas, ça concerne trois d'entre elles, et peut-être d'autres. Mais aucune n'a voulu donner de précisions au téléphone, nous allons donc rendre visite à certaines d'entre elles pour en savoir plus. Il est bien possible qu'Agnete Bahn elle aussi ait été dupée.

— Nous le saurons lundi, dit Konrad Simonsen, qui disparut de son bureau sans même dire au revoir.

25

Pauline Berg savourait son dîner avec le psychologue. Il s'appelait Madsen mais refusait de dévoiler son prénom. E. Madsen, elle ne put en savoir plus et, au fur et à mesure que la soirée avançait, elle avait pratiquement épuisé la liste des prénoms commençant par E et il lui semblait de plus en plus difficile de trouver la solution. Au dessert cependant, deux autres prénoms lui vinrent à l'esprit :

— Ebert ou Esben ?

— Pourquoi ne vous contentez-vous pas de déguster votre glace et de me raconter un peu votre vie ?

— Mais j'ai raison ?

— Non.

— Ce n'est aucun des deux ?

— Aucun des deux.

— Attendez, que dites-vous de Emmerik ?

— A moins d'être un canari, il semble impensable d'avoir un tel prénom.

— Je promets de ne pas rire.

— C'est ce que disent les gens en général. Le problème, c'est qu'ils rient quand même.

— Moi, pas. Je ne rirai pas, quel que soit le prénom. Je vous jure sur Dieu que je ne le ferai pas.

— Laissons ça, d'autant que je ne crois pas un

instant que vous soyez si religieuse. Que vouliez-vous me demander ?

Pauline Berg posa sa cuiller.

— Ecoutez-moi, vous êtes très sympathique, mais je ne peux pas sortir avec un homme que je dois appeler par son nom, Madsen ! Ça ressemble à une comédie du XIXe siècle. Allez, dites-le moi, et je vous révélerai la question que je voulais vous poser.

— C'est un drôle de marchandage ! Trouvez autre chose.

— D'accord. Alors, vous pourrez choisir le premier film que nous irons voir ensemble.

— J'ignorais que nous devions aller au cinéma.

— Maintenant, vous le savez. J'adore aller au cinéma, nous n'aurons qu'à choisir un jour de la semaine prochaine, ou peut-être ce dimanche. Nous fixerons les détails plus tard. Allez ! Dites-moi quel est votre prénom.

— Eh bien, mes parents étaient hippies et je suis né dans une communauté. Ils m'ont donc donné le prénom d'un de leurs modèles. Vous connaissez Che Guevara ?

— Celui qui est sur les tee-shirts ?

— Ah, s'ils entendaient ça ! Oui, exactement, celui qui est sur les tee-shirts.

— Et alors ?

— Eh bien, lui et moi, nous avons le même prénom, nous nous appelons Ernesto.

Pauline Berg le regarda d'un air incrédule.

— Vous vous appelez Ernesto… Ernesto Madsen ?

— Oui, j'en ai peur.

Les larmes envahirent ses yeux.

— Ce n'est pas si dramatique !

Elle réussit presque à aller au bout de sa phrase, mais n'y parvint pas. Une sorte de sifflement surgit de son nez et la dévoila. La seconde d'après, elle hurlait de rire. Elle tendit les mains au-dessus de la table et les posa sur les siennes en guise de pardon. Heureusement, son rire se révéla contagieux et ils rirent de concert. Même le couple de la table voisine s'était mis à sourire, sans même savoir pourquoi.

— Ernesto Madsen ! Non, mais c'est terrible ! Mon Dieu, que c'est dommage pour vous !

— Merci pour votre franchise. Moi, je n'aime pas du tout Pauline.

Ce n'est qu'au café qu'elle sentit avoir retrouvé son état normal et fut en mesure de poser sa question.

— Ce à quoi je pensais concernant Andreas Falkenborg… Vous vous rappelez le moment où Simon vous a demandé si, à votre avis, il avouerait lors de son audition ?

— Bien sûr. Vous croyez que je n'ai pas de mémoire ? Je me souviens même que je n'étais pas en mesure de donner une réponse valable.

— Non, je sais bien, mais… que se passerait-il si un de ceux qui l'interrogeaient avait la même physionomie que ses victimes ? Je veux dire, si la personne qui l'auditionnait ressemblait aux femmes qu'il a tuées ? Enfin, si elle appartenait au même type de femmes, vous comprenez ?

— Où pourriez-vous trouver une telle personne ?

Pauline Berg songea qu'il était apparemment plus doué pour percer l'âme des individus que pour observer leur physique. Dans la présente situation, c'était un avantage évident qui la dispensait de devoir lui fournir toutes sortes d'assurances.

— Oui, évidemment. C'était juste une hypothèse théorique. Mais imaginez que nous en avons une.

Il réfléchit un moment et lui répondit d'un air un peu hésitant :

— Il me semble qu'il aurait peur au point d'en perdre la raison et que s'il était en état de le faire, il avouerait vraisemblablement, en tout cas il ferait tout pour échapper à une telle situation, qu'il considérerait comme une forme de torture. Mais je ne vous conseille pas d'essayer, même en désespoir de cause, parce que s'il vous échappe à nouveau, il ne faut pas avoir beaucoup d'imagination pour savoir ce qui peut se produire.

— Mais il avouerait ?

— Je le crois, à moins qu'il craque complètement.

— Merci, vous êtes un chou !

— Il ne vous en faut pas plus ?

— Non, je ne suis pas une femme très exigeante, Ernesto.

26

Helle Oldermand Hagensen, directrice des affaires sociales dans la commune de Gribskov, détenait un certain pouvoir et se montrait très exigeante à l'égard de ses congénères dès qu'elle en avait l'occasion, ce qui, compte tenu de son poste, se produisait souvent. Comme ce soir où la Comtesse, roulant sur un chemin de terre qui serpentait à travers Tisvilde Hegn, atterrit sur un parking complètement isolé où il n'y avait que deux voitures, une vieille Renault et l'Audi noire de la directrice qu'elle avait déjà rencontrée la veille. Elle ne vit personne à l'horizon, ce qui voulait sans doute dire qu'elle était censée trouver seule le chemin du musée. Elle sortit de sa voiture, scruta le ciel puis vérifia qu'elle avait bien un parapluie dans son sac, car l'orage n'était pas loin. Elle regarda ensuite sa montre et constata qu'elle disposait de dix minutes pour arriver à l'entrée principale, ce qui devait être largement suffisant.

Le chemin partant du parking se faufilait à travers un paysage irrégulier de moraines où seules quelques bandes de pins inclinés barraient la vue sur le Kattegat, gris et chargé de pluie, et semblant dans le lointain se fondre avec de sombres nuages qui se déplaçaient à grande vitesse. Elle sentit quelques gouttes sur sa tête et accéléra l'allure pour franchir les derniers mètres qui la séparaient de sa destination.

Le musée, un bâtiment à trois étages recouvert d'un toit de chaume, présentait un caractère architectural mixte et faisait penser à une de ces villas que l'on rencontre sur les routes littorales, difformes et bien peu en harmonie avec le paysage. La directrice, accompagnée d'un homme jeune, l'attendait sous l'avant-toit. C'était une grande femme d'une quarantaine d'années, de belle prestance, portant des vêtements luxueux mais d'un style douteux, ce que la Comtesse, en connaisseuse, avait repéré d'emblée. De loin, avec son visage aux traits réguliers et une belle chevelure auburn aux boucles tombant sur ses épaules, elle paraissait assez jolie. De près, on s'apercevait très vite que sa peau était parsemée d'une infinité de petits trous, comme si elle avait subi un traitement au laser qui aurait échoué. La Comtesse les salua d'un ton aimable mais un peu affecté tout en essayant de se convaincre que le moment était venu de retrouver la forme. Il n'était pas extraordinaire de passer une mauvaise journée, mais il était inutile de vouloir puiser son énergie dans une rancune passée. Dès la première phrase prononcée, Helle Oldermand Hagensen l'obligea néanmoins à jeter au loin, dans les flots du Kattegat peut-être, ses réflexions positives :

— Alors, vous voilà, vous avez réussi à être à l'heure. Vous disposez d'une heure, à partir de maintenant.

La Comtesse dut se contenir :

— Merci pour votre amabilité.

Elle reçut en échange un signe difficile à interpréter. Le claquement de doigts qu'elle fit en direction de la porte d'entrée, en revanche, était facile à comprendre. L'employé sortit un jeu de clés et les fit entrer. La Comtesse marchant derrière, le jeune homme les fit descendre un escalier conduisant au sous-sol et les amena dans un local entièrement rempli de placards, d'étagères et de caisses de toutes tailles. L'éclairage était mauvais car l'unique fenêtre, qui aurait au demeurant eu besoin d'être nettoyée était partiellement obstruée par un entassement de mallettes. Un poste de travail exigu comprenant un bureau, une chaise et un ordinateur qui devait déjà être obsolète dans les années 1990, était installé à côté de la fenêtre. Tel un directeur de cirque en faillite, Helle Oldermand Hagensen ouvrit les bras et dit :

— Voilà, je vous en prie, vous disposez de cinquante-cinq minutes, et bien sûr, vous ne devez emporter aucun des artefacts du musée. J'espère que vous savez ce que vous cherchez, car sinon vous m'aurez fait perdre mon temps.

— Je sais. Merci pour le temps que vous me consacrez.

— De rien. Avez-vous un appareil photo ?

— Oui, je recherche une photo précise et si je la trouve, j'aimerais en faire une copie.

— C'est exclu. Je vous prie de me donner votre appareil.

La Comtesse s'était contenue jusqu'à maintenant, mais ses efforts allaient bien au-delà de ce qu'elle avait l'habitude d'accepter quand, dans une affaire de meurtre similaire, elle devait affronter les comportements destructeurs de témoins. La raison en était simple : la trace qu'elle recherchait prenait son point de départ dans un entretien téléphonique qu'elle avait eu avec une voyante et l'idée que celui-ci avait un caractère privé s'était peu à peu renforcée. De plus, l'enquête parallèle qu'elle menait suscitait la controverse. Pour toutes ces raisons, elle voulait garder un profil bas, mais cette fois, c'en était trop. Elle s'approcha lentement de la directrice et s'arrêta juste sous son nez, puis elle la regarda droit dans les yeux en lui disant :

— Maintenant, vous avez le choix. Vous pouvez mettre un terme à votre ridicule éclat et partir. Dans ce cas, je ne manquerai pas de venir vous prévenir quand j'aurai terminé, qu'il me faille dix minutes ou que j'ai besoin de toute la soirée. Une autre possibilité : vous vous permettez de m'opposer encore un refus, et je vous passe les menottes et vous attache à une canalisation jusqu'à ce que j'aie achevé mon travail. Soyez aimable de me dire ce que vous préférez avant que je doive prendre moi-même la décision.

Le visage de Helle Oldermand Hagensen changea de couleur et la Comtesse craignit un instant qu'elle ait un malaise, mais la grande bouffée d'air qu'elle inspira vint la sauver. La Comtesse amplifia l'effet recherché en levant un doigt menaçant devant le visage de la directrice.

— Tenez-vous le pour dit.

La directrice tourna les talons et quitta la pièce, la nuque couverte de rougeurs. La Comtesse se retourna vers le jeune employé et s'aperçut qu'il riait jusqu'aux oreilles. Elle lui demanda :

— Est-elle toujours aussi accueillante ?

— Oh non ! Mais ça n'est rien comparé aux moments où elle se montre sous son vrai jour. Ma femme est employée dans une des maisons de retraite de la ville, et tous souffrent énormément de travailler sous ses ordres. Elle vient de congédier douze personnes au service de l'aide à domicile et en a profité pour renforcer sa propre organisation à la mairie. Elle et deux autres de ses acolytes s'y connaissent admirablement pour ce qui est d'obliger les autres à se serrer la ceinture. Cela étant, elle n'est pas très douée et c'est sans doute ce qui explique son comportement. Mais le pire est peut-être qu'elle courtise les puissants d'une manière absolument insupportable.

— Dire qu'il existe de tels individus. Mais il faut tout de même que nous nous mettions au travail, bien que…

Elle jeta un regard abattu autour d'elle.

— … Ça ne va pas être si facile. J'espère que vous maîtrisez la situation, sinon autant renoncer tout de suite.

— Maîtriser la situation ? Ce n'est pas une compétence qu'on cultive beaucoup ici. En revanche, j'ai quelque chose qui devrait vous intéresser.

Il sortit une clé USB de sa poche de pantalon et la lui tendit.

— Qu'est-ce que c'est ?

— Trente-huit photos de la base de Søndre Strømfjord. Toutes ont été prises dans les premiers jours du mois de juillet 1983 et celle que vous recherchez est la quatrième.

La Comtesse était renversée.

— C'est super ! Je dois bien le reconnaître.

— Oui, mais j'espère que vous garderez ça pour vous. Sinon, elle nous licenciera, ma femme et moi, si elle peut profiter de l'occasion.

— Je ne dirai rien. Mais vous aviez parlé avec l'ancien directeur du musée ?

— Oui. Il m'a expliqué ce dont vous aviez besoin et où ça se trouvait.

— Et la photo n° 4, vous n'en avez bien entendu parlé à personne ?

— Non, mais sachant que deux journalistes pigistes avaient pris contact avec la plupart de ceux qui se trouvaient sur la base pendant cette période et qu'ils le recherchaient, lui, j'ai pensé que vous le recherchiez aussi.

Il sortit un papier de son portefeuille et le déplia. Sur la photo, un jeune homme aux cheveux en brosse leur souriait. La Comtesse demanda :

— D'où sortez-vous cette photo ?

— Les journalistes sont venus me voir il y a deux jours. Ils m'ont donné cette photo sans me dire qui elle représentait.

— Vous les avez aidés ?

— Non, ils ne m'ont pas plu et puis j'estime qu'un crime n'est pas une distraction. Les pauvres filles, finir leurs jours de cette manière.

— C'est certain. Puis-je avoir ce document ?

— Je vous le donne de bon cœur, d'ailleurs je ne sais pas ce que j'en ferais. Mais de qui s'agit-il exactement ?

— Un membre du ministère des Affaires étrangères, mais il n'a rien fait d'illégal. Avez-vous les noms des journalistes ?

— Non, mais l'un d'eux m'a laissé sa carte. Je peux vous appeler quand je serai rentré chez moi.

— Entendu. Est-ce qu'ils ont dit pourquoi l'homme de la photo les intéressait ?

— Non, et vous non plus, vous ne le dites pas.

Une pensée paranoïaque traversa soudain l'esprit de la Comtesse.

— Et l'ancien directeur du musée, pourquoi a-t-il été licencié ?

— Hum, c'est une bien longue histoire, et il y a plusieurs vérités dans cette affaire, mais ça n'a rien à voir avec ces photos, si c'est ce que vous insinuez.

— Très bien. Mais ce n'est pas ce à quoi je pensais.

— En fait, c'est dommage. Personne mieux que lui ne savait raconter des blagues sur le Groenland, toutes sortes d'anecdotes savoureuses, qui étaient parfois des histoires vraies ! Aujourd'hui, avec l'Office du patrimoine culturel et la politique des musées, tout a tendance à être uniformisé, mais la majorité des visiteurs sont des citoyens normaux et ils préféreraient de temps en temps entendre ce genre d'histoires drôles.

— Vous en connaissez quelques-unes ?

— Des tas ! Mais je ne suis pas très bon pour les raconter, pas aussi bon que mon ex-chef, en tout cas.

— Mais vous vous entraînez ?

Le jeune homme rougit.

— Oui, un peu, quand je suis seul.

La Comtesse jeta un œil vers la fenêtre : la pluie s'était mise à tambouriner sur les vitres, ce n'était pas un temps à mettre le nez dehors. Elle regarda ensuite sa montre et dit :

— Voulez-vous me raconter une de ces blagues ?

27

Samedi matin, le temps changea. La chaleur étouffante qui planait sur Copenhague se transforma en orage et la pluie se mit à tomber au moment précis où le train s'approchait de Roskilde. Pauline Berg trouva ce changement soudain libérateur, même si assise dans son compartiment, il lui était difficile de sentir la différence, ses vêtements lui collant toujours autant à la peau. Elle regarda par la fenêtre et vit de violents éclairs illuminer les deux tours de la cathédrale sur fond de ciel couleur de plomb. Un instant plus tard, la pluie s'abattit sur le train, bloquant toute visibilité. Elle regarda un moment les gouttes s'écouler de manière irrégulière le long de la vitre, s'étonnant de voir que certaines gouttelettes s'immobilisaient, alors que d'autres venaient fouetter la glace avec une rapidité vertigineuse. Puis elle se tourna vers son voisin, un soldat. A Copenhague, elle avait réussi à passer devant lui pour prendre la place près de la fenêtre. Depuis, il avait essayé à plusieurs reprises d'engager la conversation, mais elle s'était contentée de lui répondre par monosyllabes ou l'avait totalement ignoré. A présent, il avait été un des premiers à se lever, visiblement pressé de quitter le train. Elle lui sourit, ce dont elle s'était soigneusement abstenue pendant le trajet, et remarqua qu'il était sur le point de se rasseoir. Son hésitation ne dura qu'un instant, il lui rendit son sourire et s'en alla.

La gare de Roskilde, la plus ancienne du pays, avait été construite à l'époque de l'établissement de la première ligne ferroviaire du pays qui devait relier Copenhague à Roskilde, et fut inaugurée en 1847. Pauline Berg avait préparé son voyage sur Internet. Le samedi 5 avril 1997, peu après 9 heures, Catherine Thomsen était arrivée à Roskilde avec le train régional en provenance de Copenhague. Plusieurs témoins l'avaient vue dans le train et étaient en mesure de confirmer qu'elle voyageait seule. A Roskilde, elle était descendue sur le quai n° 1, le quai le plus proche du bâtiment de la gare, et ce point avait aussi été confirmé par des témoins. De là, elle devait passer par un tunnel situé sous les voies et arriver sur le quai n° 6, où le train pour Næstved *via* Haslev devait arriver sept minutes plus tard. Aucun passager ne l'avait vue dans le train de Næstved et vraisemblablement elle n'y était jamais montée. Ce 5 avril, le temps était pluvieux et venteux, et la température oscillait autour de sept degrés. Il était donc peu probable qu'elle ait quitté le périmètre de la gare, à moins d'avoir eu un motif particulier.

Pauline Berg refit cinq fois le chemin qu'avait dû suivre Catherine Thomsen. A pas lents et de manière systématique, elle alla d'un perron à l'autre en empruntant le tunnel, essayant de s'imprégner de toutes les impressions possibles. La pluie battait et les marquises des perrons ne la protégeaient qu'à demi. Son pantalon était trempé, mais elle était trop absorbée par son projet pour s'en préoccuper.

En 1997, Andreas Falkenborg était propriétaire d'une Saab 900 gris métallisé et il aurait pu stationner aussi bien devant la gare que derrière. Mais pour quelle raison une jeune fille de vingt-deux ans aurait-elle interrompu son voyage pour suivre un homme qui en avait plus de quarante jusqu'à sa voiture ? Du point de vue d'Andreas Falkenborg, l'endroit était très mal choisi s'il envisageait d'avoir recours à des moyens violents ou à des menaces. Le nombre de témoins potentiels incitait donc à exclure cette hypothèse. Elle s'installa dans la cafétéria de la gare pour boire un café et la conclusion qu'elle avait déjà tirée plusieurs jours auparavant s'imposa à elle : Andreas Falkenborg et Catherine Thomsen se connaissaient. Mais l'existence de cette relation n'expliquait pas les événements qui étaient survenus ensuite. Les deux perrons ou le tunnel constituaient un lieu insensé pour simuler une rencontre fortuite et proposer à quelqu'un de le reconduire chez lui. L'épisode n'avait de sens que si leur rencontre était fixée à l'avance, et si Catherine Thomsen était allée de son propre gré dans la voiture d'Andreas Falkenborg, qui l'y attendait.

Dans le train du retour, les pensées de Pauline Berg prirent une orientation plus dramatique. Elle se représenta la jeune fille, trempée, courbée dans le vent, qui avait couru à petits pas pour rejoindre la Saab d'Andreas Falkenborg. S'était-il penché pour lui ouvrir la porte du passager, quand il l'avait vue arriver ? Oui, sans doute. *Ça fait plaisir de te voir, quel fichu temps, il y a des Kleenex dans la boîte à gants*. Son chemin vers la morgue avait été pavé d'amabilités, ou plutôt *basé sur ces amabilités*, ça sonnait plus vrai. Et comment s'était passé leur tour en voiture ? Pauline Berg continua à rêver et frissonna de joie. Elle adorait son métier !

A son arrivée à la gare de Copenhague, elle avait appelé Konrad Simonsen pour lui faire part de ses conclusions. Loin de partager son enthousiasme, il avait cependant paru intéressé, approuvant sa démarche et lui conseillant de continuer ; ça lui suffisait. Ainsi donc, elle avait contacté son chef pendant le week-end comme si c'était la chose la plus naturelle du monde, comme ses collègues, Poul Troulsen, la Comtesse et Arne Pedersen qui n'hésitaient pas à le joindre lorsqu'ils avaient un élément important à lui communiquer. Et puis, il lui avait recommandé de poursuivre ses investigations, il lui avait dit qu'elle n'avait qu'à continuer !

C'est ce qu'elle fit deux heures plus tard sur Gammel Torv, la vieille place de Copenhague.

Elle avait, la veille, contacté l'*Association nationale des homosexuels et lesbiennes* pour savoir si on pouvait l'aider à retrouver la trace de la mystérieuse amie de Catherine Thomsen. Le standard l'avait d'abord passé d'un poste à l'autre, puis elle avait été mise en contact avec une femme qui ne sembla ni refuser sa demande ni y répondre, mais qui accepta de l'écouter. Elles s'étaient donné rendez-vous devant la fontaine Caritas, le superbe monument Renaissance construit au début du XVIIe, lors du règne de Christian IV.

La femme avait près de cinquante ans, ce qui étonna Pauline Berg car au téléphone, sa voix lui avait paru plus jeune. Elle eut la vague impression de l'avoir déjà rencontrée, sans qu'elle puisse préciser le lieu et les circonstances, mais elle avait l'intuition que ce n'était pas un bon présage.

Elles se présentèrent. Elle était grande, dégingandée et avait un regard arrogant. Ses cheveux étaient teints en roux, un ou deux tons au-dessus de ce que Pauline Berg considérait comme la limite du bon goût. Elle refusa de voir sa carte, et lors de cette introduction, limita ses amabilités au strict minimum. D'un bref *venez*, elle leur fit traverser la place et lui montra un banc sur lequel elles s'installèrent. Elle prit enfin l'initiative de la conversation :

— Que savez-vous sur notre *Association nationale* ?

La question surprit Pauline Berg. En quoi ce qu'elle savait sur l'association dont son interlocutrice était membre pouvait-elle avoir de l'importance ? De plus, elle lui avait posé la question sur un ton autoritaire et provocant, comme si elle devait passer un examen et que la femme était son examinatrice. Elle envisagea un instant de ne pas répondre, mais se ressaisit.

— Peu de chose. Elle a été créée en 1948 et fut une des premières organisations de ce type dans le monde. Vous intervenez comme conseils et faites du lobbying en faveur de l'égalité sexuelle. Voilà en gros ce que je sais.

La femme fut visiblement satisfaite de la réponse. En tout cas, elle abandonna le sujet et lui dit sur un ton tout aussi autoritaire :

— Montrez-moi la photo et redites-moi ce que vous m'avez expliqué hier.

Tout en parlant, Pauline Berg se rappela du lieu où elle l'avait rencontrée. C'était dans une salle d'audience, car son témoin était juge. Quelques années plus tôt, elle avait devancé l'avocat de la police et relâché le prévenu dans un dossier que Pauline Berg et ses collègues avaient mis des semaines à constituer. Aujourd'hui, elle devait sûrement siéger à la cour d'appel.

La femme étudia en détail la photo de l'amie présumée de Catherine Thomsen, celle que Malte Borup avait modifiée pour la vieillir, puis elle dit :

— Vous dites qu'elle est lesbienne ?

— Vraisemblablement, mais je n'ai aucune certitude.

— Est-ce qu'elle vit à Copenhague ?

— Je n'en suis pas sûre, je sais seulement qu'elle y habitait il y a dix ans.

— Avez-vous une version numérisée de sa photo ?

Pauline Berg lui tendit une clé USB ainsi que sa carte de visite.

— Nous allons faire des recherches sur internet en consultant Facebook, notre liste de courriels et notre site web. C'est sans doute la manière la plus efficace de procéder. Je vous recontacte si nous réussissons à la trouver.

— Quelle est selon vous la probabilité ?

— Comment pourrais-je le savoir ? Y a-t-il autre chose ?

Ce n'était pas le cas.

Alors qu'elle remontait le Strøget, la grande artère piétonne de la capitale, jusqu'à la place de l'Hôtel-de-Ville, Pauline Berg se sentait bien. Elle avait le sentiment que l'affaire Falkenborg était son affaire.

28

Ce lundi matin, lorsque la Comtesse et Konrad Simonsen se séparèrent sur la place de la préfecture, ils se sentaient tous deux un peu maladroits. La Comtesse allait déposer son chef avant d'aller retrouver son invité pour un petit déjeuner. Dans la voiture, elle lui avait pour la première fois exposé les détails de l'enquête parallèle qu'elle avait menée sur Bertil Hampel-Koch la semaine précédente. Elle lui avait également précisé le temps qu'elle y consacrait et donc la raison pour laquelle ce matin encore, elle ne pourrait assister aux réunions consacrées à l'affaire proprement dite. Elle s'abstint néanmoins d'évoquer l'étrange conversation téléphoniquc qu'elle avait eue avec l'amie clairvoyante de Konrad. Bien que celle-ci l'ait poussée à agir, elle était incapable de justifier ses agissements en les faisant uniquement reposer sur ce genre de présages métaphysiques. Mais elle lui avait raconté tout le reste. En somme tout, sauf l'essentiel.

Konrad Simonsen ne s'était pas montré ravi de ses révélations et avait du mal à comprendre le but qu'elle poursuivait. Il pensait qu'elle avait succombé à une des tentations classiques que comportait le travail dans la police judiciaire : suivre une fausse piste et couvrir une histoire certes passionnante, mais sans aucun lien avec l'affaire criminelle en cours. Il en avait fait l'expérience à de multiples reprises et ses responsabilités de chef impliquaient qu'il veille à ce qu'elle gère son temps plus efficacement. En fait, après l'avoir écoutée, *beaucoup* plus efficacement. Mais il était malheureusement contraint de ne rien dire, et il devait avouer que son silence avait un lien direct avec l'endroit où il habitait en ce moment.

Il avait ouvert la porte de la voiture et s'apprêtait à en sortir, quand il changea d'avis et se retourna vers elle. Elle prit les devants :

— Je sais ce que tu vas dire, Simon, et tu as raison. Ce que je suis en train de faire est un peu à la limite de ce que nous avons coutume de faire, mais j'ai une forte intuition.

— Combinée à une forte curiosité concernant des affaires d'Etat qui ne nous regardent pas. C'est aussi pour ça que tu as passé tout le week-end assise devant ton ordinateur à consulter Google ou pendue à ton téléphone pour chercher des données concernant le Groenland.

— Tout le week-end, c'est un peu exagéré. Si ma mémoire est bonne, nous sommes aussi allés à Louisiana et au théâtre.

— D'accord ! mais en rentrant ce soir, il faudra que nous trouvions le moyen le mettre un terme à cette parenthèse.

— Tu m'avais assurée que je disposais d'une semaine.

Il ignora sa réponse.

— Un moyen sérieux.

— Entendu, chef adoré.

Ce mélange des genres vint bousculer ses certitudes, et il la connaissait assez pour savoir que ce comportement n'était pas dû au hasard. Il l'abandonna donc pour rejoindre son bureau, en remarquant d'un ton pincé qu'il fallait bien que certains travaillent.

La Comtesse avait invité l'oracle de Købmagergade à un petit déjeuner. Quand il avait accepté la proposition, il avait exprimé le souhait que la rencontre ait lieu dans un endroit discret. Elle n'avait pas exaucé son vœu : on pouvait dire bien des choses de l'hôtel SAS, ce gratte-ciel fonctionnaliste situé au cœur de Copenhague et dessiné par l'architecte Arne Jacobsen, mais pas qu'il constituait un endroit discret. Elle avait cependant réservé un local de réunion dans un endroit calme, à droite du foyer où un somptueux buffet les attendait. Quand elle entra, son invité était déjà en train de profiter de toutes ces splendeurs. Ils se saluèrent, et la Comtesse se servit une tasse de café. Elle était nerveuse, ce qui l'étonna.

— Vous ne prenez rien d'autre ? lui demanda-t-il, déconcerté.

— Non, et je le regrette, ça a l'air délicieux.

C'est délicieux. Commencez donc, je peux manger et vous écouter en même temps.

Elle lui présenta la photographie de Bertil Hampel-Koch au Groenland. Au premier plan, on voyait un homme jeune, aux cheveux en brosse, en train d'allumer sa pipe, tandis qu'une jolie jeune femme aux cheveux noirs ondulés, debout à l'arrière-plan, souriait à la caméra.

— Bertil Hampel-Koch, alias Steen Hansen, géologue, et Maryann Nygaard, la femme qui fut ensuite assassinée, pris en photo sur la base de Søndre Strømfjord le samedi 9 juillet 1983. Son amie de l'époque a confirmé l'authenticité de la photo.

L'homme avala une bouchée et dit de sa voix rude :

— Bien, donc c'est confirmé, Bertil Hampel-Koch était au Groenland en juillet 1983.

Il ne posa pas la question, mais il était manifeste que l'intonation de sa voix signifiait *et alors ?* Et elle s'accrochait à la moindre branche pour qu'il la soutienne.

— Les deux reporters pigistes dont j'ai suivi le sillage lorsque je me suis procuré cette photo, sont des journalistes politiques et ne s'intéressent pas au domaine criminel.

— J'espère que vos propos ne signifient pas que vous seriez prête à partager vos sources avec la presse.

— Non, mais si eux aussi devaient essayer de trouver ce que Bertil Hampel-Koch faisait au Groenland…

Il l'interrompit :

— Eux aussi ?

Elle aurait préféré choisir un autre moment pour lui raconter ses recherches, mais voulut jouer cartes sur table.

— Oui, j'ai été curieuse. Et en fait, je crois que j'ai trouvé la vérité, mais j'avais évidemment un réel avantage sur eux.

— Vous pensez à la photo ?

— Non, pas du tout. Je pense à ce que je savais sur l'engagement de Helmer Hammer et à ce que vous m'avez raconté la dernière fois.

Il se servit un verre de jus de pomme, lentement et d'un air aussi réfléchi que s'il était en train de parler. Puis il dit :

— Vous avez raison de dire que les deux journalistes risquent de faire des ravages dans le ministère si leur… intérêt… se propage à l'ensemble de la presse, même si pour l'instant, ça ne semble pas constituer une grande menace. Ils ont néanmoins essayé d'interviewer Bertil

Hampel-Koch, ce qui ne lui a pas beaucoup plu. Donc, il est vrai qu'ils peuvent constituer un problème, même un gros problème. Certes, Helmer Hammer peut gérer beaucoup de difficultés, mais pas la presse. D'un autre côté, c'est son affaire, et pas nécessairement la vôtre.

La Comtesse percevait une ouverture.

— Pas nécessairement ?

Il ne prêta pas attention à ce qu'elle disait.

— Racontez-moi ce que vous avez trouvé au sujet du voyage au Groenland de Bertil Hampel-Koch. Vous pouvez aussi me faire part de vos réflexions.

— J'espérais que vous me préciseriez…

Il l'interrompit :

— Plus tard, peut-être. Je voudrais d'abord vous entendre.

La rencontre s'annonçait mal, d'autant qu'elle se sentait dupée. C'est lui qui aurait dû s'exprimer, pas elle. Elle avait malgré tout payé assez cher pour organiser ce rendez-vous, et de sa poche. Normalement, elle n'attachait pas d'importance à ces détails, mais dans la situation présente, ils lui paraissaient exagérés. Il n'y avait cependant aucune alternative. Elle finit de boire son café, sortit son carnet de son sac, se racla la gorge et se mit à parler.

— Eh bien, ce qui m'a le plus frappée, et c'est aussi le point de départ de mon raisonnement, c'est le fait que la lettre célèbre que le Premier ministre H. C. Hansen avait envoyée aux Américains en 1957 fut dévoilée en 1995. Vous connaissez sûrement l'histoire mieux que moi.

— Je veux bien avoir votre version des faits.

— Les faits indiquent que, en 1957, le Premier ministre danois reçut de l'ambassadeur américain une demande touchant au souhait du Danemark d'être informé si les Etats-Unis installaient des armes A au Groenland. Officiellement, cette affaire ne posait aucun problème. Le Danemark, et donc le Groenland, constituaient une zone de désarmement. Cependant, la position officieuse était diamétralement opposée et l'on considérait que les Américains pouvaient faire ce qu'ils voulaient du moment qu'ils gardaient la chose secrète. H. C. Hansen rédigea donc en compagnie d'un haut fonctionnaire une réponse qui, si on la lisait entre les lignes, pouvait s'interpréter comme une acceptation des armes atomiques, mais qui précisait en même temps que personne à Copenhague ne désirait être tenu informé de ce qui se passait. L'idée était donc : ne rien entendre, ne rien voir et ne rien dire. La lettre n'avait été reproduite qu'en deux exemplaires, l'un étant destiné au gouvernement américain et l'autre devant être déposé dans le coffre-fort du ministère des Affaires étrangères. C'est ce second document qui fut retrouvé et rendu public plus de quarante ans plus tard, en 1995. N'est-ce pas un résumé assez exact ?

L'homme le confirma en grommelant.

— Ce qui est étonnant, c'est la réaction des médias. La découverte de la lettre y fut présentée comme étant un document permettant de dévoiler et de prouver la mystification de H. C. Hansen à l'égard de son propre gouvernement, du Parlement et du peuple lui-même, et le ministre des Affaires étrangères de l'époque, celui qui était en poste en 1995, eut comme il le déclara lui-même ses vacances gâchées. Bien que de nombreuses années se soient écoulées et que les personnes impliquées soient mortes depuis longtemps, le dossier paraissait éminemment sensible.

— Oui, la réaction fut surprenante.

— Mais ce n'est rien comparé à la manière dont une affaire analogue aurait été accueillie en 1983.

— Est-ce que vous pouvez préciser vos propos ?

— En 1983, nous étions en pleine guerre froide. C'est l'année où l'on commence à installer des missiles de moyenne portée des deux côtés du rideau de fer ; où l'on procède à de nombreux essais nucléaires et où de grandes manifestations en faveur de la paix ont lieu partout en Europe ; c'est aussi l'année où Ronald Reagan introduit son projet de Guerre des étoiles. Je ne fais que citer quelques-uns des nombreux événements qui, sur le plan de la sécurité internationale, ont marqué cette époque. En 1983, la révélation de l'affaire H. C. Hansen aurait été, pour le gouvernement de coalition de Poul Schlüter mais aussi pour l'opposition, une catastrophe tant en termes de politique intérieure que de politique étrangère. S'il s'était avéré que des hommes politiques de premier plan, ayant eu connaissance du message concernant les armes A du Groenland, avaient menti au peuple, de nombreux parlementaires se seraient sans doute retrouvés dans une situation plus que délicate.

— *Aurait été… s'il s'était avéré*, vous spéculez.

— Sur certains points seulement. Jens Otto Krag avait eu connaissance de la lettre secrète adressée aux Américains, car peu de temps après son envoi, le secrétaire d'Etat américain John Foster Dulles, lors du premier sommet de l'Otan à Paris en décembre 1957, en avait remercié H. C. Hansen et le Premier ministre s'était alors vu dans l'obligation d'informer son ministre du commerce extérieur, en l'occurrence Jens Otto Krag, qui participait également à la réunion. Nous le savons aujourd'hui.

— Tout ça doit être très intéressant si l'on est historien.

Il prononça ces mots sans ironie exagérée, mais il était impossible de se tromper sur leur sens. La Comtesse écarta les bras.

— J'avoue qu'à un moment, j'ai sérieusement envisagé de renoncer. D'une part, j'étais certaine que si en 1983, une affaire concernant les armes nucléaires du Groenland avait été étouffée en coulisses, ça pouvait expliquer l'intérêt actuel de Helmer Hammer. Nombre de ministres en poste à l'époque sont toujours en activité et il est possible qu'un document explosif sommeille dans les archives. Un document que tout journaliste, sous réserve qu'il en connaisse l'existence, peut se faire communiquer en fondant sa demande sur la loi sur la publicité. D'autre part, je n'ai pu trouver aucun dossier concernant 1983 et de plus, le voyage à Thulé de Bertil Hampel-Koch ne correspondait à aucun élément connu.

— Mais si je comprends bien, vous n'avez pas renoncé ?

— Je n'en étais pas loin. J'ai passé mon temps à fouiller des bases de données de journaux américains sans rien trouver, et puis soudain, une brèche s'est ouverte grâce à une émission de radio.

— Racontez-moi cela.

— C'est un programme qui a été diffusé cet hiver, dans lequel trois anciens ministres des Affaires étrangères commentaient de manière fort pertinente et intéressante la lettre de H. C. Hansen. Et voilà qu'au détour d'une phrase, l'un d'eux raconta la visite que Jens Otto Krag, alors Premier ministre, avait effectuée au siège de l'armée de l'air américaine à Colorado Springs, visite au cours de laquelle on lui avait montré la carte des patrouilles effectuées par les bombardiers stratégiques B-52 au-dessus du Groenland. Il s'était même entretenu avec un des pilotes à cette occasion.

Son interlocuteur changea presque imperceptiblement d'attitude. Les années qu'elle avait passées dans les salles d'instruction lui laissaient penser qu'elle avait à présent toute son attention.

— L'histoire est exacte et dans le numéro d'avril 1968 de l'*Air Force Journal*, on trouve une photo du chef de gouvernement danois serrant la main du pilote et le remerciant de sa collaboration. C'est ce qu'indique en tout cas la légende, qui précise aussi le nom du pilote, Clark Atkinson.

Elle le regarda droit dans les yeux. L'atmosphère était tendue et il avait cessé de chercher à dissimuler son intérêt. Elle jouissait de cet instant, comme une actrice qui, l'espace d'un instant, parvient à charmer son public.

— En 1983, Clark Atkinson, qui avait été promu *base commander*, et était donc le commandant en chef de la base aérienne de Thulé, était sur le point de prendre sa retraite de l'armée de l'air à un âge relativement précoce. Il voulait retourner dans l'Idaho, où il espérait pouvoir faire une carrière politique, et dans cette perspective il avait écrit un livre, en quelque sorte ses mémoires, dans lequel il évoquait sa vie au Groenland. Le livre, intitulé *On Guard in North*, parut en août 1984 chez l'éditeur Magic Valley Silhouette. Mais avant sa parution, le journal de l'Idaho, *Times-Chronicle*, publia un extrait de deux chapitres pour éveiller l'intérêt des lecteurs. Le premier extrait fut publié dans le journal du dimanche 15 mai 1983, il est sans intérêt; le second parut la semaine suivante, le 22 mai, et lorsqu'elle fut connue, cette édition dominicale a dû semer la panique à Copenhague. Et je suis certaine qu'elle le fut, mais heureusement pour les gouvernants, la presse danoise n'y prêta aucune attention. Sinon, l'enfer se serait déchaîné.

— Et alors ? dit-il sur un ton presque agressif.

— Eh bien, il convient peut-être de souligner que ce qui en 1983 était un secret au Danemark ne l'était pas aux Etats-Unis. Le commandant Atkinson avait raconté de manière très détaillée sa rencontre de 1968 avec le Premier ministre danois en évoquant en détail la lettre de 1957, écrite par le Premier ministre de l'époque, H. C. Hansen, et en complimentant les courageux hommes politiques danois qui ne se laissaient pas influencer par une opinion publique située à gauche. J'ai une copie de ce passage, je peux vous le lire si vous voulez.

— Non, mais quid de Bertil Hampel-Koch ? Vous n'en parlez pas.

— A mon avis, on a essayé, dans un premier temps en utilisant la voie diplomatique normale, d'empêcher Clark Atkinson de publier son livre, mais ça a échoué. De toute façon, au moment de la parution des articles, le livre était déjà imprimé et sur le point d'être publié. Finalement, on envoya de Copenhague un représentant du ministère de la Défense à la base de Thulé pour parler personnellement avec M. Atkinson. Ce représentant n'était autre que Bertil Hampel-Koch – qui utilisa certes un nom d'emprunt lors de son voyage –, donc quelqu'un d'éminemment compétent. Au lycée déjà, il avait fait preuve de qualités exceptionnelles, comme en témoigne le fait qu'en 1972, après avoir passé son baccalauréat, il se soit vu accorder par le corps professoral de son lycée de Gammel Hellerup la bourse annuelle de l'établissement qui lui donnait la possibilité de partir aux Etats-Unis. C'est ainsi qu'il fut amené, au cours du premier semestre, à loger chez un jeune couple américain à Twin Falls dans l'Idaho, en l'occurrence chez Helen et Clark Atkinson.

— Vous prétendez donc qu'ils se connaissaient ?

— Oui, et c'est pour ça qu'il fut envoyé là-bas. Sinon, on aurait pu penser qu'il était beaucoup trop jeune pour réussir une telle mission. Mais cette connaissance personnelle fut décisive, car Bertil Hampel-Koch réussissait là où les autres connaissaient l'échec, et de fait, lorsque le livre de Clark Atkinson parut en août 1984, le fameux paragraphe concernant Jens Otto Krag avait été supprimé. Je me demande si les contribuables danois achetèrent tous les exemplaires de la première édition ou si on trouva une autre solution.

Si elle espérait recevoir des compliments pour les efforts qu'elle avait accomplis pour éclaircir l'affaire, elle en était pour ses frais. Ayant entendu toute l'histoire, il reprit son expression indolente et se contenta de demander :

— Vous prétendez avoir trouvé tout ça vous-même, mais avez-vous travaillé seule ?

— Non, j'ai été aidée.

— Par qui ?

— Par des amis, de manière un peu officieuse.

— Des amis qui résident au Danemark ?

— L'un de ces amis est danois et a des liens avec le lycée Gammel Hellerup, les autres ne le sont pas.

— Sont-ils américains ?

— Ça tombe presque sous le sens.

— Nous allons nous revoir demain. Je vous appelle pour vous préciser le lieu et l'heure.

— J'essaierai de faire tout ce que… lui répondit la Comtesse d'un air hésitant.

— Essayer ne suffit pas. Faites en sorte de réussir.

29

L'appel téléphonique qu'il reçut ne surprit pas Konrad Simonsen. Il s'y attendait, mais pensait qu'il interviendrait plus tard dans la journée. C'était Agnete Bahn qui l'appelait et non, comme il l'avait escompté, un des nombreux avocats dont elle avait, d'après ce que l'on disait, l'habitude de s'entourer. La vieille marâtre était en colère, et il semblait qu'elle avait un certain talent pour exprimer de tels sentiments. Le dialogue était donc réduit à un monologue, par lequel elle l'accablait d'injures en utilisant les mots les plus orduriers, dont certains lui étaient totalement inconnus. Il l'écouta d'abord d'un air intéressé puis elle commença à se répéter et il raccrocha. Arne Pedersen, qui venait d'arriver, et comme à son habitude avait commencé la journée en se rendant dans le bureau de son chef, demanda d'un air curieux :

— C'était la Bahn ? Oui… Pauline m'a appelé hier et m'a parlé d'elle.

— En roue libre ! Est-ce que tu as pu dormir ?

— Presque tout le week-end, je suis donc bien reposé ! A ce propos, je te remercie pour ton aide.

Konrad Simonsen approuva d'un signe de tête.

— Que t'a-t-elle dit ? lui demanda Arne Pedersen.

— Elle m'a injurié. Tu ne l'as pas entendue ? Au fait, sais-tu ce qu'est un gros vier ?

— Je n'en ai aucune idée. Mais qu'est-ce que tu lui as donc fait ?

Konrad Simonsen lui dit sur un ton affable :

— Rien, rien du tout. Je me suis juste bien occupé d'elle.

— Ce qui veut dire ?

— Deux voitures banalisées, peut-être même trois, devant la porte de son jardin.

— Depuis quand ?

— Vendredi après-midi.

Arne Pedersen ricana.

— Et ça n'a pas contribué à augmenter son chiffre d'affaires ?

— Apparemment non, bizarrement. Il n'y a après tout rien de mal à se faire donner un bon massage par des professionnelles, mais la plupart de ses clients ont visiblement choisi une autre forme de détente lorsqu'ils ont vu nos voitures. D'après mes informations, il s'agirait même de la totalité de ses clients.

— Pendant combien de temps comptes-tu maintenir ce siège ?

— Eh bien, j'ai dû le renforcer. C'est peut-être une manière alternative de déployer nos ressources si limitées ! Mais pour le moment, j'ai eu l'autorisation pour cinq jours, et je pourrai peut-être obtenir cinq jours de plus si je le demande poliment, mais je ne crois pas que ce sera nécessaire.

— Pourquoi as-tu raccroché ?

— Son ton commençait à m'ennuyer et elle va de toute façon me rappeler quand elle aura réalisé que même l'avocat le plus compétent et le mieux payé ne peut changer le fait que c'est la police qui décide des mesures applicables dans l'espace public. Bon sang, je devrais noter quelques-unes de ces injures avant de les oublier.

Arne Pedersen avait l'air tourmenté quand il répondit :

— Je connais ça, je me suis justement creusé la tête tout le week-end parce qu'il y avait un élément important dont je ne me souvenais plus.

— Ce que tu dis est du chinois pour moi.

— Mais non, ma femme et moi étions à la réunion des parents d'élèves vendredi dernier. J'avais réussi à dormir quelques heures, donc j'étais relativement en forme. Mais tout de même, mettre une réunion un vendredi, je me demande à quoi ils pensent. Quoi qu'il en soit, les jumeaux ont un nouveau professeur principal et ses relations avec la classe n'étant pas bonnes, ils avaient organisé une sorte de réunion de crise. La professeure a fait une remarque qui m'a fait penser à un élément de notre affaire… Le problème, c'est que je ne me souviens plus de quoi il s'agissait, ni de ce que son institutrice a dit, ni de ce à quoi ses paroles m'avaient fait penser. Je me rappelle seulement que c'était important pour nous.

— Dans ces cas-là, le mieux est de cesser de se tourmenter et en général, l'idée revient d'elle-même.

Arne Pedersen approuva d'un vague signe de tête. Le téléphone sonna et Konrad Simonsen jeta un rapide coup d'œil sur le numéro qui s'affichait.

— C'est encore elle.

Il prit alors le combiné et dit calmement :

— Rebonjour, madame Bahn. Ecoutez-moi bien : soit nous arrivons à parler posément, soit je raccroche. C'est vous qui choisissez, mais je n'ai pas le temps d'écouter un autre de vos monologues. De plus, il me semble que j'ai mon quota d'injures pour la journée. Par conséquent, si vous aviez l'amabilité d'observer la politesse la plus élémentaire, je vous en serais fort reconnaissant.

Il l'écouta puis indiqua sur un ton cinglant :

— Jusqu'au moment où vous ferez faillite ou bien accepterez de me parler de votre vie dans la famille Falkenborg en 1965. Pour ce faire, vous ne recevrez pas un sou, mais vous aurez la satisfaction de vous comporter comme une honnête citoyenne.

Quelques instants plus tard, il raccrocha.

— Mademoiselle Bahn est disposée à me recevoir en privé dans une demi-heure.

— Dois-je venir avec toi ?

— Je vais la cueillir moi-même. Plus nous sommes nombreux, plus nous risquons de la voir reprendre son humeur naturelle. J'ai bien compris qu'elle était obligée de se maîtriser.

— C'est dommage, j'aurais bien aimé la voir. Ainsi, Pauline avait raison, sa cupidité est plus forte que tout.

— Apparemment, oui. Est-ce que tu veux bien organiser une réunion avec nos collaborateurs cet après-midi ? J'envisage sérieusement d'arrêter Andreas Falkenborg demain ou après-demain. Comme tu le sais, nous le tenons sous étroite surveillance, mais je ne suis pas ravi de le savoir libre. D'un autre côté, les éléments concrets dont nous disposons sont assez minces, et j'aimerais discuter de la situation avec vous avant de prendre une décision définitive.

— Quel admirable esprit démocratique !

— Retourne à ton bureau et fais ce que je te demande.

— Bien, chef ! C'est comme si j'y étais.

L'aspect extérieur de Mlle Agnete Bahn surprit Konrad Simonsen. Il s'imaginait rencontrer une vieille femme au style vulgaire et bon marché. Il fut au contraire accueilli par une femme d'un certain âge bien mise, habillée d'un élégant tailleur, au joli visage un peu vieilli, sans maquillage excessif, dont l'attitude, si elle n'était pas accueillante, avait un caractère assez professionnel. Il était difficile de voir en elle l'hétère qui, moins d'une heure plus tôt, lui avait envoyé à la figure un bouquet composé des plus horribles injures. Seules les lueurs que lançaient ses yeux bruns lorsqu'elle l'observait de son regard froid pouvaient peut-être rappeler cet aspect de son caractère. Elle l'amena vers un canapé et alla chercher une carafe de jus de fruits frais qu'elle posa devant lui avec un verre. Puis elle en vint aux faits :

— Est-ce que nous sommes d'accord sur le fait que, si je vous raconte ma vie à l'époque où j'étais employée chez le fabricant Alf Falkenborg, vous enlevez les trois voitures qui stationnent devant chez moi ?

— Oui.

— Alors, commençons tout de suite. Nous souhaitons tous les deux terminer cet entretien aussi vite que possible.

Konrad Simonsen prépara son dictaphone et le mit entre eux. Agnete Bahn jeta un regard méfiant en direction de l'appareil et dit :

— Nous parlons uniquement de cette période, n'est-ce pas ?

— De cette période précise. Ce que vous avez fait par ailleurs ne m'intéresse pas.

— Bon. Dites-moi *tu*, c'est plus facile. Qu'est-ce que vous voulez savoir ?

Konrad Simonsen lui parla des meurtres et lui fit part des soupçons qu'il nourrissait à l'encontre d'Andreas Falkenborg, sans préciser les preuves qui étaient en sa possession. Elle ne se montra pas particulièrement émue par les accusations portées contre l'enfant dont elle s'était occupée dans un lointain passé. Elle se bornait à hocher la tête pour montrer qu'elle avait compris. Konrad Simonsen continua :

— Est-ce que vous avez une photo de vous à l'époque que je pourrais emprunter ?

La surprise de la femme n'était pas feinte, et une petite fausse note s'invita insidieusement dans son discours qu'elle s'était jusqu'à présent efforcée de maintenir dans un registre mondain.

— Que diable voulez-vous en faire ?

Il avait estimé avant l'entretien qu'elle n'irait sans doute pas parler à la presse. Il lui répondit donc sincèrement :

— Je crois que l'apparence que vous aviez quand vous étiez jeune fille est restée gravée dans la mémoire d'Andreas Falkenborg, et que c'est à partir de ce souvenir qu'il a ensuite choisi ses victimes.

Konrad Simonsen pensait que son hypothèse risquait de l'irriter et avait donc parlé lentement, presque en la suppliant. Agnete Bahn resta impassible.

— Mon look lui a servi de modèle pour choisir les filles qu'il allait égorger ? Est-ce bien ça que vous essayez de me dire ?

— Oui, c'est ça, sauf qu'il n'en a égorgé aucune.

Elle réfléchit un instant avant de dire :

— Ça va prendre un moment, il faut que j'aille au grenier et que je demande à une de mes employées de venir avec moi… c'est que je ne suis plus toute jeune. Mais si c'est nécessaire, alors…

— Oui, c'est nécessaire.

— Bon, dans ce cas d'accord. Je vais appeler une des filles. De toute façon elles n'ont rien à faire. Pour passer le temps, vous pouvez aller en bas et…

Konrad Simonsen repoussa sa proposition.

— Non, merci.

Elle rit d'un rire sec, presque narquois.

— Ce n'est pas ce que je voulais dire, mais vous seriez étonné de voir le nombre d'hommes occupant des postes plus élevés que vous qui ne reculent pas un instant pour…

Elle jeta à nouveau un coup d'œil vers le dictaphone.

— … faire un tour sur la table de massage, du moment qu'ils n'ont pas à rendre des comptes par la suite.

— Je veux bien le croire.

— Vous pouvez ! Ce que je voulais dire, c'est que vous pouvez aller en bas prendre un journal à la réception, histoire d'avoir quelque chose à faire pendant que je serai au grenier. Par contre, je vous interdis d'aller fureter dans mes affaires.

— Merci bien, mais ce n'est pas nécessaire, j'ai des documents à lire.

Elle haussa les épaules et s'en alla.

Quand elle revint une demi-heure plus tard, la photo qu'elle posa devant lui ne permettait plus d'avoir de doutes sur l'identité de celle qui avait inspiré à Andreas Falkenborg le goût pour un certain type de femmes. Rikke Barbara Hvidt, Maryann Nygaard, Annie Lindberg Hansson et Catherine Thomsen, ces quatre femmes présentaient toutes une ressemblance frappante avec elle.

— J'avais vingt et un ans alors, dit Agnete Bahn, la photo a été prise le jour de mon anniversaire.

— Excellent ! Merci infiniment.

— Est-ce que je n'étais pas jolie fille ?

Sa voix, qui d'habitude était ferme et directe, se fit caressante et de sa main, elle serra inopportunément le bras de Konrad Simonsen, qui eut un haut-le-cœur.

— Oui, absolument, très jolie.

Le compliment ne parut pas lui faire d'effet. Elle soupira et dit :

— Partout où j'allais, j'étais toujours la plus jolie.

Il ne pouvait pas vanter les charmes de son interlocutrice plus avant. En outre elle avait fait un mauvais usage de sa beauté. Il ralluma le dictaphone et dit d'un ton sec :

— Eh oui, les années nous rattrapent tous.

Elle abandonna la partie et reprit son ton habituel.

— Est-ce qu'on continue ?

— Oui, il le faut. Est-ce que vous vous souvenez de l'époque à laquelle vous avez été employée chez le fabricant Falkenborg ?

— Oui, c'était dans les années 1964-1965. J'ai commencé à travailler chez eux juste après les vacances scolaires, ça devait être en août, et j'ai arrêté une bonne année plus tard, un jour heureux d'octobre.

— Quelle était votre fonction ?

— *Bonne*. Je crois que c'était ce qu'on disait.

— Vous dites *un jour heureux*. Est-ce parce que vous ne vous plaisiez pas chez eux ?

— Non.

Elle n'avait pas l'air de vouloir donner plus d'informations sur le sujet et Konrad Simonsen profita de l'occasion pour lui rappeler les termes de leur accord :

— Vous savez que le fait de parler ensemble ne suffit pas. J'aimerais que vous fassiez preuve d'un peu de bonne volonté lorsque vous me répondez. Je repose donc ma question :

— Vous ne vous plaisiez pas chez eux ?

Il fit des mouvements circulaires avec le bras pour l'inviter à continuer son histoire. Ce fut efficace.

— Non, pas du tout. C'était une famille épouvantable et malsaine. Alf Falkenborg était un voleur, sa femme… je ne me souviens même pas comment s'appelait la bonne femme…

— Elizabeth Falkenborg.

— Ah oui, c'est ça. C'était une vilaine sorcière opprimée. Elle était sans arrêt à mes trousses pour essayer de trouver à redire à mon travail. Andreas, lui, était un sale garnement. Avec sa tête à claques, il aurait eu besoin d'une bonne fessée de temps en temps.

— Ça fait beaucoup de choses.

— Bien peu de chose, et je vous garantis que je pèse mes mots. Mais il y avait bien pire, ces bougres se moquaient de tout et envoyaient chier tous ceux qu'ils croisaient, y compris dans leur famille.

— Pourriez-vous utiliser un vocabulaire un peu moins fleuri ?

— Comment ça ?

— Arrêtez de jurer de cette façon.

— Pourquoi ? Ça vous met mal à l'aise ?

Konrad Simonsen renonça à lui expliquer en détail pourquoi un emploi excessif de jurons pouvait affaiblir un témoignage et détourner l'attention de ce qui constituait le cœur d'une déposition basée sur des faits réels. Lors des premières audiences auxquelles il avait participé, bien des années auparavant, il était convaincu que des cloisons étanches séparaient le fond de la forme. Mais même si la déesse de la Justice était aveugle, il ne fallait pas oublier qu'en revanche elle pouvait entendre et qu'un jour ou l'autre, la copie de l'audition d'Agnete Bahn arriverait sur le bureau des avocats d'Andreas Falkenborg. Il lui donna la version courte de son explication :

— Oui.

— Je vais essayer.

— Merci. Dites-moi, si vous étiez si mécontente de la situation, pourquoi ne pas avoir démissionné ou même simplement crié ? Ils n'auraient rien pu redire à ça, n'est-ce pas ?

— Ma mère était employée dans la fabrique d'Alf Falkenborg, elle aurait pu être licenciée. Ça lui aurait bien ressemblé, à ce salaud… Excusez-moi, mais c'était bien ce qu'il était. C'était tout à fait son genre et il aurait bien été capable de lui faire payer ça, s'il n'avait rien pu faire contre moi. Je suis sûre et certaine qu'il l'aurait fait, mais évidemment je ne peux pas le prouver.

— Est-ce la seule raison qui vous a obligée à rester ?

— Oui, et puis le salaire. Ça peut sembler bizarre, mais j'avais un bon salaire. Il faut dire aussi qu'ils ne manquaient pas d'argent.

— Il n'y avait pas d'autres raisons ?

— Non.

Konrad Simonsen soutint son regard.

— Vous êtes certaine ?

Elle hésita et lui demanda d'un air résigné :

— Vous avez parlé avec les autres domestiques ?

— Oui.

— J'ai rencontré par hasard une des femmes qui ont travaillé chez eux, celle qu'ils avaient engagée juste avant moi. Eh bien, elle avait subi exactement les mêmes traitements. Ça m'avait surpris, je n'avais jamais imaginé une chose pareille. Pendant des années, j'ai rêvé de le tuer, vous savez, en lui refilant un bon coup de syphilis dans… dans le dos, ça devait être possible, non ? Je me disais qu'il la passerait à sa femme, même si ça ne risquait pas d'arriver. Mais j'en suis restée au stade des intentions et je ne l'ai pas tué.

— Oui, je sais.

— Ça remonte à bien des années, mais ça m'arrive encore d'y penser et je m'en veux de ne pas l'avoir fait. Il l'aurait mérité, ce vieux… libertin. Vous comprenez ?

— Certainement. Mais laissons cette histoire pour le moment, nous pourrons y revenir plus tard. Pouvez-vous me décrire la vie quotidienne de la famille Falkenborg ? Vous avez souligné qu'Elizabeth Falkenborg était opprimée et que la famille était abominable. J'aimerais que vous puissiez me raconter votre expérience.

Contrairement à toute attente, Agnete Bahn ignora la sommation et, tel un coup de tonnerre dans un ciel serein, déclara soudain :

— Je sais bien pourquoi cette brute perverse porte un masque quand il tue. J'en connais parfaitement la raison, maintenant que je sais que c'est lui.

Konrad Simonsen, qui était assis sur le canapé, se redressa et dit d'un ton tranchant :

— Un masque ? Je ne vous ai pas parlé de masque.

— Non, mais je viens de le lire sur le site Internet de *Dagbladet*, et ça fera sûrement les gros titres dans le journal de demain. Le journaliste a interviewé une fille dont la mère ou la grand-mère a été agressée par lui. Et ce détail du masque coïncide exactement avec cette histoire, même si… je suis peut-être la seule qui la connaisse, en dehors d'Andreas Falkenborg, bien sûr.

Pour Konrad Simonsen, ces nouvelles étaient à la fois bonnes et mauvaises et l'obligeaient en tout cas à appeler la préfecture. Il contacta Poul Troulsen, lui expliqua la situation et lui demanda d'évaluer le risque de fuite et d'assurer la protection de Jeanette Hvidt, si la situation l'imposait. Il en profita également pour mettre fin au bouclage de la zone située autour de la maison close. Lorsqu'elle entendit que son affaire allait pouvoir engranger un chiffre normal durant le reste de la journée, Agnete Bahn, qui avait écouté la conversation d'un air intéressé, fit un large sourire, découvrant des dents presque trop blanches. Son sourire fut cependant de courte durée, car lorsqu'il eut terminé sa communication, Konrad Simonsen lui précisa :

— N'oubliez pas que, si c'est nécessaire, ces mesures d'isolement peuvent être rétablies très rapidement. Dix minutes suffisent.

Elle enregistra la remarque sans montrer son irritation.

— Je tiendrai ma promesse.

— C'est parfait. En ce qui concerne le masque que vous avez mentionné, vous imaginez bien qu'il ne s'agit pas seulement de commentaires de journalistes. J'aimerais que vous me disiez ce que vous savez, si possible en respectant la chronologie des événements.

— D'accord, mais reposez-moi votre question, je l'ai oubliée.

— Racontez-moi quelles étaient les conditions de vie dans la famille Falkenborg, celles que vous avez connues.

— Eh bien, tout d'abord, Alf Falkenborg décidait de tout, il faisait la loi chez lui. Il était totalement imprévisible, souvent il ne portait aucun intérêt à ce qui se passait chez lui. Un jour, Andreas devait se mettre au garde-à-vous et raconter ses expéditions de scouts, énumérer les brevets de capacité qu'il avait obtenus et ceux qu'il devait acquérir, préciser le nombre de kilomètres qu'il avait parcourus sans se plaindre et raconter toutes sortes d'histoires. Et le lendemain, son père l'ignorait complètement.

— Ça ne paraît pas très sain pour un garçon de son âge.

— Non. C'était sans doute dommage pour lui, je me réjouissais à chaque fois que son père le sermonnait, tellement je détestais ce gamin.

— Est-ce qu'il était battu ? Est-ce qu'il était soumis à de lourdes punitions ?

— Non, je n'irais pas jusque-là. La mère ne le frappait jamais, il était plutôt un réconfort pour elle. Le père lui flanquait une gifle parfois, mais c'était tout de même rare ; il a dû aussi recevoir quelques gifles à l'école, mais on ne peut pas dire qu'il était rudoyé. C'était bien pire pour la mère. Le fabricant la battait souvent, à un point tel qu'elle était parfois obligée de porter des lunettes de soleil. J'imagine que vous rencontrez ce genre de cas.

— Je vous le confirme. Est-ce qu'Andreas Falkenborg assistait à ces scènes de violence ?

— Oui, et moi aussi. Il n'y regardait pas de si près, le vieux, les choses se passaient quand il en avait envie. Il n'hésitait pas à la rosser si son fils avait fait des siennes : il considérait que l'éducation d'Andreas était de la responsabilité de sa femme et que si elle n'était pas capable de remplir son rôle, elle devait payer de sa personne.

— Comment réagissait-elle alors ?

— A votre avis ? Elle criait, elle le suppliait d'arrêter.

— Aussi en présence de l'enfant ?

— Absolument. Et en plus, il devait la consoler après. Ce n'est pas surprenant qu'il soit devenu un monstre.

— Andreas Falkenborg subissait-il de mauvais traitements ? Est-ce que vous aviez le sentiment qu'il était abusé sexuellement par son père ou sa mère ?

— Non, non ! La seule personne qui était victime d'abus sexuels dans cette maison, c'est moi.

— Est-ce qu'ils consommaient de l'alcool, des drogues ?

— Ni l'un ni l'autre.

— Alf Falkenborg ne rentrait donc pas ivre à la maison. Il ne frappait pas sa femme parce qu'il avait trop bu ?

— Pas du tout. Je ne me souviens pas avoir vu l'un ou l'autre saoul. Ça a pu arriver quelques rares fois, mais ce n'était pas une habitude de la maison. Je me rappelle qu'ils buvaient toujours de l'eau au cours des repas. Evidemment, ça ne veut pas forcément dire grand-chose, tout le monde buvait de l'eau à l'époque.

— Pourquoi Elizabeth Falkenborg était-elle battue ?

Agnete Bahn réfléchit un instant avant de répondre. Puis elle dit d'un air hésitant :

— Il s'agissait surtout des épisodes où Andreas était la cause des problèmes et du tapage, je ne crois pas qu'il y avait d'autres raisons.

— Est-ce qu'il y avait beaucoup de tapage à cause de lui ?

— Non, pas vraiment.

— Mais vous avez dit qu'elle était souvent battue, n'est-ce pas ?

— Oui, c'est vrai, malheureusement. Au moins une fois par mois, mais je ne sais pas pourquoi. Peut-être prenait-il du plaisir à la frapper, qui sait ? Je n'y ai jamais vraiment pensé, ni à l'époque, ni après.

— Pourquoi ne le quittait-elle pas ?

— Je n'en sais rien. Où aurait-elle pu aller ?

Konrad Simonsen haussa les épaules et changea de sujet.

— Vous ne l'aimiez pas, Elizabeth Falkenborg ?

— Je n'en aimais aucun, ni le père, ni le fils, ni elle.

— Pourquoi donc ?

— Parce qu'elle était terriblement arrogante et que ce que je faisais n'était jamais assez bien. Elle se faisait battre et elle voulait me le faire payer. Andreas avait vite appris la leçon, il venait se glisser en cachette derrière moi pour m'épier et voir si je faisais mal le ménage. Ensuite, il allait me dénoncer à sa mère. C'était une de ses occupations favorites.

— Qu'est-ce qui se passait dans ces cas-là ?

— Elle m'injuriait. Evidemment, ça ne paraît pas si terrible, mais il lui arrivait de m'humilier à un point tel qu'elle réussissait à me faire pleurer. Elle critiquait aussi ma tenue. Je devais porter cet uniforme de femme de chambre avec un petit tablier débile noué à la taille, et ce tablier devait être parfaitement repassé et rester impeccable toute la journée, même une fois que je l'avais porté pendant huit heures… c'était quasiment impossible. Mes cheveux devaient également être correctement attachés et elle vérifiait chaque jour si j'étais bien coiffée.

— Et le maquillage ?

— Strictement interdit.

— Le vernis sur les ongles ?

— Interdit aussi. Toutes ces choses étaient totalement exclues.

Konrad Simonsen voulut faire une pause en espérant que ces questions allaient provoquer chez son interlocutrice quelques associations d'idées. Agnete Bahn poursuivit spontanément :

— Elle était hystérique au sujet de mes ongles. Je devais les porter courts et il fallait qu'ils soient toujours impeccables. Souvent, elle me demandait de lui montrer mes mains. C'est une des choses dont je me souviens le mieux, ce sont ces moments où je devais me mettre devant elle, les yeux baissés, et lui montrer mes doigts écartés pour qu'elle juge de la propreté de mes ongles. C'était franchement humiliant.

— Est-ce qu'Andreas Falkenborg était présent lors de ces inspections ?

— Ça a dû arriver. Elle ne cherchait pas à cacher ce qu'elle faisait, si c'est ce que vous voulez dire.

— Vous avez dit que vous étiez abusée sexuellement. Je suppose que vous faites allusion à Alf Falkenborg.

— Oui, c'est exact. Sa femme n'intervenait pas dans ce domaine, mais elle savait pertinemment ce qui se passait. D'ailleurs, elle m'a bien trompée, et ça, je ne l'ai réalisé que bien des années plus tard. Elle était sans doute obligée de se comporter ainsi, sinon il l'aurait sûrement molestée.

— De quelle manière vous a-t-elle trompée ?

— Je falsifiais des chèques, mais pas pour voler. Je n'ai pas piqué une couronne pendant mon service chez eux. Ça aurait d'ailleurs été impossible, car la plus petite pièce était comptée et minutieusement vérifiée lorsque je revenais des courses. C'était *madame* qui s'en chargeait.

Elle s'arrêta.

— Vous avez falsifié des chèques ? demanda Konrad Simonsen.

— Oui, onze en tout, je crois. Le vendredi, je devais faire un grand marché, et *monsieur* préparait toujours un chèque à mon intention, je me souviens même du montant, 400 couronnes, c'était une belle somme à l'époque. Un jour, madame n'était pas à la maison, je ne sais plus pourquoi. En tout cas, ce fameux vendredi, *monsieur* avait oublié d'écrire le chèque, alors il m'avait appelée de l'usine, et pour éviter de devoir revenir à la maison, il m'avait demandé de le remplir moi-même. C'était la première fois que ça arrivait et il avait donc dû m'expliquer en détail au téléphone où se trouvait la clé du tiroir de son secrétaire, le porte-plume et la manière dont je devais procéder. Il avait pris tout son temps pour m'expliquer tout ça, le sale type.

— Et pour la signature ?

— Ce n'était pas très difficile. Il écrivait en lettres majuscules et signait en caractères d'imprimerie, sans doute pour la même raison. A aucun moment je n'ai imaginé que ce que je faisais était illégal. C'était lui qui me le demandait, après tout.

— Vous aviez raison. Vous n'auriez pas pu être condamnée pour un tel acte.

— Ce que j'étais naïve ! Je ne peux pas revenir sur ce que j'ai fait, mais plus tard, j'ai tout de même appris quelques astuces.

— Mais alors il vous a dénoncée ?

— Non, c'est elle, c'est sa femme qui s'en est chargée.

— C'est elle qui vous a accusée ?

— Oui. Elle était totalement impliquée là-dedans : elle avait aligné les onze chèques sur la table. Ils avaient dû les obtenir de la banque, et aujourd'hui encore, je ne comprends pas que personne ne s'en soit étonné car je n'étais pas la seule à avoir été dupée. Ça faisait près de 5 000 couronnes, ce qui représentait une petite fortune pour l'époque. J'ai protesté de mon innocence en expliquant le contexte. Au début, je n'étais pas inquiète, mais lorsque le maître est rentré à la maison, et qu'il a prétendu ne se rappeler d'aucune conversation téléphonique – les premières fois, il avait appelé, ensuite, c'était devenu une simple routine –, j'ai pris peur. Il n'a pas daigné m'écouter, il est parti et a laissé sa femme me remuer le couteau dans la plaie et m'informer de la peine que j'encourais pour avoir commis une telle escroquerie. Pour finir, elle m'a dit qu'elle se chargerait de voir avec son mari comment éviter le scandale – ce furent ses propres mots – et elle m'a renvoyé dans ma chambre.

Agnete Bahn se servit un verre de jus de fruits et but une gorgée avant de poursuivre :

— J'étais donc dans ma chambre, morte de peur, et chaque fois que j'entendais une voiture sur la route, je croyais que c'était la police qui venait me chercher. Ce n'est que beaucoup plus tard qu'elle m'a fait appeler. Elle m'a expliqué qu'ils étaient prêts à me pardonner si j'acceptais de coucher avec lui. C'était dit sans détour, et plutôt brutalement. J'étais attendue le dimanche soir suivant, et il ne faudrait pas que je me lamente, car il ne le supporterait pas. Il oublierait l'épisode des chèques et couvrirait la perte. Incroyable, non ? Qu'en pensez-vous ? Couvrir la perte ! Alors que c'était eux qui avaient dépensé tout l'argent.

— Mais vous avez accepté cet arrangement ?

— Qu'est-ce que je pouvais faire d'autre ? C'était horrible, je me souviens que j'ai vomi en sortant de ma chambre, mais la perspective de la prison était encore pire.

— Oui, bien entendu.

— Ecoper de cinq ans ou me donner à cet homme, c'était un drôle de choix ! Je n'avais que vingt-deux ans et sa femme avait su se montrer très convaincante. Dès le dimanche soir suivant, il est venu dans ma chambre et ce qui s'est passé a été répugnant. Il m'a dit des mots doux en me caressant, bavant et soupirant alors qu'il me déshabillait comme s'il déballait un cadeau de Noël. Dieu, ce que je le haïssais !

— Quand ça a-t-il commencé, approximativement ?

— Approximativement ? Le premier dimanche, c'était le 5 décembre 1964 à onze heures et demie.

— Et combien de temps cela a-t-il duré ?

— Jusqu'au jour où j'ai quitté la famille. Je crois qu'il est venu chaque dimanche à l'exception des jours où, pour des raisons naturelles, ça n'était pas vraiment possible, mais je ne pouvais pas tricher, car la bourgeoise notait précisément les dates de mes règles. Peu à peu, Dieu soit loué, j'ai pu échapper à ses détestables caresses et à tous ces préliminaires. Mais chaque mois, j'avais peur de tomber enceinte, car vous imaginez bien qu'il n'utilisait pas de capotes, ce sale cochon. J'ai souvent pensé qu'il avait dû se récolter quelques bâtards à la suite de ses liaisons et que d'autres filles s'étaient sans doute trouvées dans la même situation que moi. Les derniers temps, c'était devenu une habitude, il venait à l'heure dite, me prenait comme si j'étais une poupée inerte puis repartait comme il était venu.

Konrad Simonsen se demanda si la carrière douteuse de son interlocutrice n'avait pas un lien avec les violences sexuelles qu'Alf Falkenborg lui avait fait subir. Il ne lui posa néanmoins aucune question à ce sujet et se contenta de dire :

— Vous avez indiqué que vous aviez des informations au sujet d'un masque. Qu'est-ce que vous vouliez dire exactement ?

— Ça se passait un dimanche soir où il était chez moi comme d'habitude, sauf que ce soir-là, les choses se sont très mal passées. Dites-moi, est-ce que vous connaissez Belphégor ?

Konrad Simonsen ressentit comme une légère angoisse en entendant le nom. Une répulsion depuis longtemps oubliée resurgit soudain. Un instant plus tard, il réalisa ce que recouvrait ce nom.

— Vous voulez parler de la série télévisée ?

— Oui, celle qui est passée pendant l'été 1965, vous savez, les rues étaient désertes lors de sa diffusion. Il y avait quatre épisodes qui passaient le samedi soir, et j'avais obtenu l'autorisation de les regarder dans le salon avec toute la famille.

— Je me souviens très bien de cette série, elle était française. J'avais très peur quand je voyais le fantôme de Belphégor hanter les salles du Louvre la nuit et étrangler ses victimes.

— Peur de *la* voir. Le fantôme était une femme.

— Mes souvenirs ne sont pas si précis, mais quel lien y a-t-il entre Belphégor et cette affaire ?

— Eh bien, Andreas, ce petit garnement, adorait me faire peur. Ça lui arrivait souvent et ça n'avait aucun rapport avec Belphégor. Il se cachait et se précipitait sur moi en criant “Ouh !”. Parfois, j'étais si effrayée que je devais me retenir pour ne pas le frapper.

Elle serra le poing et le leva vers lui avant de continuer :

— Après avoir regardé ce feuilleton, il a confectionné un masque de Belphégor avec du papier noir et du carton-pâte et entouré de tissu le pourtour du masque. Enfin, c'est un peu difficile à expliquer, mais vous vous souvenez peut-être à quoi ressemblait le fantôme.

— Oui, un masque d'inspiration égyptienne… je me souviens très bien que tout le monde le trouvait terrifiant.

— Donc, un dimanche soir, Alf Falkenborg était là pour exiger son dû, et Andreas s'était approché de ma fenêtre et avait regardé dans la pièce. Il portait le masque sur le visage et avait dirigé sa lampe électrique dans ma direction en pensant me faire mourir de peur. Il y est parvenu, d'ailleurs. J'ai crié comme un putois lorsque j'ai découvert sa présence, mais… j'étais en train de chevaucher le fabricant. Je peux vous assurer qu'il s'est figé devant la fenêtre, ou plutôt c'était comme si le masque se raidissait, comme s'il était immobilisé sur place et ne pouvait s'enfuir. En fait, il avait compris que le danger approchait.

— Est-ce que Alf Falkenborg s'était aperçu de la présence de son fils ?

— Evidemment qu'il s'en était aperçu. Je hurlais de peur et je montrais la fenêtre, jusqu'à ce que… oui, il n'a pas fallu longtemps pour que je réalise qu'il s'agissait d'Andreas. Le père était fou furieux, et en un rien de temps, il avait sorti sa femme de son lit et l'avait traînée à l'extérieur, puis il s'était mis à la battre si fort que les bruits de sa canne retentissaient dans la nuit. Je ne l'avais jamais vue recevoir une telle raclée. Il était tellement en colère qu'il a appelé Andreas de toutes sortes de noms d'oiseaux, voyou, pervers, dévoyé et plus encore.

— Qu'a fait Andreas à ce moment-là ?

— Il est resté là sans bouger, le visage collé à la vitre, caché derrière ce stupide masque.

— Vous dites que vous étiez en train de chevaucher Alf Falkenborg. Vous pouvez préciser ?

— Dites-moi, vous êtes friand de ce genre de détails ?

— Non, mais ça peut être important pour…

— Eh bien, je le montais, ce n'est pas difficile à comprendre ! J'étais assise sur lui et je pompais à mort, qu'est-ce que je peux dire de plus, bon Dieu ?

— Est-ce que vous vous rappelez si vous aviez un vêtement sur la poitrine ?

— Non, pas du tout, mais je n'en avais sûrement pas. Ou bien, attendez… c'est possible, car ça se passait peu de temps avant que je les quitte, et à ce moment-là, il se moquait bien de ce que j'avais sur moi, du moment qu'il pouvait arriver à ses fins. Donc il est possible que j'aie eu ma chemise de nuit ce soir-là.

— Portiez-vous un soutien-gorge ?

— Non, pas de soutien-gorge. Une fois, il m'en avait déchiré un, donc je n'en mettais jamais quand il venait. Je n'avais pas envie de devoir en racheter un et de le payer de ma poche.

— Et la culotte ? Est-ce que vous étiez nue quand vous faisiez l'amour ?

— Oui, bien sûr. Qu'est-ce que vous vous imaginez ?

— Je ne m'imagine rien, mais je voudrais simplement que vous réfléchissiez bien avant de me répondre.

Contrairement à toute attente, elle suivit son conseil et la réflexion entraîna le doute.

— Je me demande si je n'avais pas ma culotte. Au début, il aimait bien me déshabiller lui-même, mais vers la fin, il se contentait de me prendre sans préalables. Il a peut-être juste repoussé ma culotte pour me pénétrer, je ne peux pas l'exclure, mais je n'en ai aucun souvenir.

Konrad Simonsen demanda :

— Dites-moi, Agnete, quand vous étiez sur lui, est-ce que vous éprouviez du plaisir ? Et si je vous pose la question, c'est que je voudrais savoir en détail quelle était la situation lorsqu'Andreas Falkenborg vous a vue au moment où il était devant la fenêtre de votre chambre et qu'il a regardé à l'intérieur.

Elle acquiesça et lui répondit sincèrement :

— Je haïssais chacun de ces instants mais je voulais donner l'impression qu'il était sublime, pour que les choses aillent plus vite. J'avais découvert ça depuis longtemps. Par conséquent, si vous voulez une description crue, j'ai sûrement soupiré et gémi, en faisant des mouvements de va-et-vient dans l'extase la plus intense, alors que je n'éprouvais pas le moindre frisson.

— Merci, c'est justement ça que je voulais entendre. J'ai peut-être encore une question. Vous avez dit tout à l'heure que vous n'aviez pas le droit de vous maquiller. Est-ce que cela veut dire que vous n'aviez pas de rouge à lèvres, ou…

Elle réfléchit.

— Je ne sais pas si j'en avais ce soir-là, mais c'est très possible. Le dimanche était mon jour de congé, et souvent, j'étais sortie dans la journée, donc c'est tout à fait possible.

— Est-ce que vous aviez une couleur favorite ?

— Rouge, toujours rouge. Un rouge aussi intense que possible. Le rouge est ma couleur.

— Excellent ! Excellent !

— Merci. Mais au fait, est-ce que je pourrais avoir une récompense pour ce témoignage ?

— Non. Qu'avez-vous fait lors de cet épisode ?

— Eh bien, je n'en suis pas très fière, mais je les haïssais tellement tous les trois, honnêtement, j'étais contente. Le fait de l'entendre crier et supplier alors qu'il était en train de la rouer de coups, c'était comme une douce musique à mes oreilles. Quant à Andreas, ce petit merdeux, je n'ai pas éprouvé la moindre pitié pour lui lorsque je l'ai vu comme paralysé contre la fenêtre comme s'il était ailleurs.

Je m'étais donc avancée vers la fenêtre et j'avais appuyé mon visage contre la vitre en riant et en me moquant de son stupide masque.

— Est-ce que vous avez pu voir ses réactions, malgré le masque ?

— Absolument, il avait fait des trous pour les yeux.

— Comment a-t-il réagi, alors ?

— Il pleurait.

30

Andreas Falkenborg fut arrêté à Copenhague douze jours exactement après que le glaciologue, qui accompagnait la chancelière allemande, eut découvert le corps de Maryann Nygaard sur l'inlandsis groenlandais.

La mission avait été confiée aux officiers de police judiciaire Arne Pedersen et Poul Troulsen et l'arrestation intervint le mercredi matin à l'aube. Konrad Simonsen espérait que la profession journalistique n'avait pas encore ouvert l'œil et que l'intervention pourrait avoir lieu en évitant toute couverture médiatique. Un argument qui n'avait pas recueilli un écho fantastique auprès de ses deux collaborateurs qui, après une nuit en partie gâchée, venaient de garer leur voiture devant le domicile d'Andreas Falkenborg à Frederiksberg.

En sortant de la voiture, Arne Pedersen fut pris d'un profond bâillement. Il se mit alors face au vent pour laisser l'air frais chasser les signes de fatigue qui marquaient son visage. Puis il repéra une des voitures banalisées de la police qui étaient stationnées de l'autre côté de la rue, posa un doigt sur la tempe en guise de salut sans pouvoir identifier s'il s'agissait de collègues qu'il connaissait. Un bref coup de klaxon lui répondit. Le bruit fit aussi réagir Poul Troulsen, qui esquissa un salut mais ne reçut pas de réponse.

En montant l'escalier, Arne Pedersen remarqua :

— J'espère sincèrement que nous allons trouver des éléments à charge ou que Simon et toi allez réussir à recueillir ses aveux, parce que les arguments juridiques que nous possédons m'ont l'air plutôt minces.

— C'est également l'avis de la procureure de police qui estime qu'il sera mis en détention provisoire pour trois semaines. Et s'il ne s'était pas agi d'un meurtre de cette ampleur, je crois que nous n'aurions même pas obtenu de mandat de perquisition.

— Eh bien, j'espère que vous allez bien le cuisiner, pour une fois.

Poul Troulsen avait la réputation d'abuser parfois de la force, et Arne Pedersen ne cautionnait pas ordinairement ce type de comportement, mais aujourd'hui, il s'agissait d'une situation exceptionnelle. C'était la raison pour laquelle Konrad Simonsen l'avait choisi, parce qu'il saurait profiter de la naïveté notoire de l'homme et qu'avec un peu de chance ça permettrait à la police d'avoir un avantage psychologique sur lui avant de le conduire à la préfecture de police. Pendant ce temps, Arne Pedersen devait évaluer l'ampleur de la perquisition à mener et appeler des renforts lorsqu'Andreas Falkenborg aurait quitté les lieux.

Ils se retrouvèrent devant la porte de l'appartement, où une plaque en laiton bien astiquée indiquait le nom d'Andreas Falkenborg. Arne Pedersen passa un doigt dessus, comme s'il avait voulu faire un relevé de l'identité des habitants du logement avant de s'annoncer. Il donna deux coups de sonnette puis tambourina sur la porte avec ses poings.

Un court moment s'écoula et la porte s'ouvrit.

Andreas Falkenborg apparut. Il était en robe de chambre et marchait pieds nus. Ils l'avaient visiblement réveillé, comme en témoignaient son expression désorientée et ses cheveux ébouriffés. Arne Pedersen lui faisait face. Il montra une feuille de papier à l'homme ensommeillé et passa devant lui. Andreas Falkenborg s'effaça puis, s'adressant à Poul Troulsen, proclama sur un ton solennel :

— Veuillez me montrer votre carte de police.

La demande était formulée sans signe d'affolement ni d'agressivité mais sur un ton beaucoup plus fort que nécessaire, qui faisait penser à un enfant jouant dans une pièce enfantine. Poul Troulsen en déduisit qu'il n'y avait qu'une seule explication plausible à ce comportement : ils étaient enregistrés. Sans dire un mot, il jeta l'homme sur le palier et le poussa contre le mur. Puis il lui dit d'une voix autoritaire :

— Ne bougez pas.

Andreas Falkenborg obéit, mais cria en direction de la porte d'entrée restée ouverte :

— Aïe, aïe, aïe ! vous me faites mal. Pourquoi faites-vous ça ? Aïe ! Arrêtez !

C'était un piètre comédien, et Poul Troulsen lui répondit très calmement :

— Taisez-vous. Si vous continuez avec vos histoires, vous allez le sentir passer. Vous comprenez ?

— Oui… excusez-moi.

— Andreas Falkenborg, il est 6 h 08 et nous vous arrêtons. Vous êtes inculpé du meurtre commis en 1983 sur la personne de Maryann Nygaard, infirmière, et de celui commis en 1997 sur Catherine Thomsen, kinésithérapeute.

Poul Troulsen appela Arne Pedersen pour lui faire part d'une information :

— Je suis sûr que notre ami ici présent a installé des micros dans son appartement. Il m'a semblé utile de t'en informer.

Le visage d'Arne Pedersen s'illumina.

— Voyez-vous ça, le petit rusé. Je vais faire appel à une équipe spécialisée dans ce type de contrôles. Merci infiniment, merci à tous les deux !

Poul Troulsen conduisit Andreas Falkenborg à travers l'appartement jusque dans la salle de bains, qu'il trouva sans difficulté. L'homme le suivit sans opposer de résistance et ne protesta pas lorsqu'il le fit s'asseoir sur le siège des toilettes. Il y resta sans bouger, pendant que Poul Troulsen ouvrait d'un geste rapide et expert placards et tiroirs afin de s'assurer qu'il ne s'y cachait aucun objet suspect ou compromettant. Pendant la perquisition, Poul Troulsen décida de tenter sa chance. Il était peu probable qu'Andreas Falkenborg ait mis des micros dans sa salle de bains, et s'il s'avérait par la suite que c'était le cas, l'enregistrement pourrait bien se trouver effacé à la suite d'une malencontreuse erreur. En outre, l'obséquiosité du suspect et les regards abattus et implorants qu'il jetait pour essayer de s'adapter à la situation lui indiquaient qu'il pouvait pousser le bouchon un peu plus loin qu'il ne l'avait d'abord envisagé. Il se retourna vers l'homme et dit d'un ton tranchant :

— Est-ce que vous ne prenez jamais de bain ?

— Si, bien sûr que j'en prends, tous les matins, bien sûr que je prends des bains.

— Je ne trouve pas que vous sentiez très bon.

— Mais si.

— Mon nez se trompe rarement. Et très sincèrement, avec l'hygiène que vous avez, je ne voudrais pas être à votre place, parce que vous risquez de ne pas plaire à mon chef.

— Votre chef?

— Vous êtes sourd ou quoi ? Oui, mon chef. Il peut être féroce, surtout avec des gens qu'il n'aime pas. C'est presque maladif chez lui, je ne comprends pas comment on peut laisser faire ce genre de choses. J'espère que vous allez lui plaire, mais j'en doute.

— Pourquoi ça ? demanda Andreas Falkenborg effrayé. Qu'est-ce que je lui ai fait ?

— Rien, du moins pas encore.

— Mais pourquoi alors ? Vous m'inquiétez.

— Ce n'est pas le but, camarade. Laissons ça et continuons. J'ai une furieuse envie de rentrer chez moi et de pouvoir mettre la tête sous l'oreiller.

— Non. Qu'est-ce que vous vouliez dire ? J'aimerais bien le savoir.

Poul Troulsen marqua une pause, histoire de le laisser avoir quelques sueurs froides tout en réfléchissant. Puis il dit d'un ton dégagé :

— Eh bien, vous allez vous retrouver en prison le restant de vos jours pour un double meurtre, c'est évident, mais vous y êtes prêt, n'est-ce pas ?

Andreas Falkenborg répondit d'un air triste :

— Oui, sans doute.

— Je peux vous assurer que vous irez en prison. Mais est-ce que vous connaissez les prisons danoises ? Pour être direct, êtes-vous déjà allé en tôle ?

— Non, jamais, et je n'ai jamais tué personne.

— Arrêtez, bien sûr que si. Nous le savons tous les deux, mais ce que vous avez fait aux deux nanas m'est égal. Ce n'est pas mon affaire, surtout si elles vous gênaient, je sais pertinemment combien de telles femmes peuvent être violentes. Bon, laissons ça, mon rôle c'est juste de vous conduire là-bas, et la seule chose qui m'importe, c'est que vous soyez propre, sinon, je risque de m'attirer la colère de mon chef et je n'en ai aucune envie. Par conséquent, vous allez prendre un bain, vous comprenez ?

— Je veux bien, mais est-ce que vous pouvez me raconter ce que vous savez sur les prisons ?

Poul Troulsen regarda sa montre et fit mine de réfléchir à la proposition. Puis il dit :

— Andreas, mon ami, nous allons passer un accord : vous promettez de prendre un bon bain pour qu'on ne puisse rien me reprocher ; ensuite, je vous précise quelles prisons vous devez éviter, du moins si le chef vous donne le choix. Qu'est-ce que vous pensez de ce deal, donnant-donnant, en quelque sorte ?

Andreas Falkenborg accepta, soucieux d'échapper à la colère du chef.

Après avoir pris un bain, Andreas Falkenborg s'habilla en suivant les conseils avisés que lui proféra Poul Troulsen. Celui-ci commenta avec zèle son choix de vêtements et refusa trois cravates pour finalement lui défendre formellement d'en mettre une, en arguant du fait qu'on le lui enlèverait en prison. Il s'intéressa également à ses chaussures et même à ses sous-vêtements. Il ne dit rien sur les prisons danoises, mais brossa par touches successives un portrait effrayant de Konrad Simonsen, ce chef que tout détenu sensé avait intérêt à ne pas avoir pour ennemi.

— Vous avez promis de me parler des prisons, dit Andreas Falkenborg nerveusement.

— Attendez que nous soyons dans la voiture, je n'apprécierais pas d'être enregistré.

— Est-ce que je peux prendre mon mobile ? J'aurai le droit d'avoir des conversations téléphoniques à la PJ ?

— Oui, vous pouvez le prendre si vous le laissez fermé.

— Il est fermé, vous voyez bien, dit-il en montrant poliment son téléphone.

Dans la voiture, Poul Troulsen passa les menottes au prévenu, et bien que ce ne soit pas d'usage, il le fit asseoir sur le siège passager à côté de lui. Il souhaitait voir son visage pendant qu'il l'interrogeait. Il démarra la voiture et engagea sans détour la conversation.

— Il y a deux prisons que vous devez à tout prix éviter. Il y règne une hiérarchie sans merci entre les prisonniers. Comme vous n'êtes pas d'une propreté irréprochable, et que vos victimes sont des femmes, vous allez vous retrouver tout en bas de l'échelle. Ces deux facteurs font en effet partie de ceux qui donnent le moins de prestige, et…

Impitoyable, Poul Troulsen continua sur le même mode jusqu'à leur arrivée à la préfecture. Perfide, il raconta en détail à Andreas Falkenborg comment il serait tourmenté et harcelé en prison s'il avait la malchance que le chef décide de lui faire purger sa peine dans un de ces lieux maudits. Et les mensonges firent leur effet, le prévenu était terrifié.

Bien que Konrad Simonsen lui eût formellement interdit de procéder à son audition, Poul Troulsen fit un bref essai quelques minutes avant d'arriver à destination. La tentation était trop forte.

— Et n'oubliez pas le plus important. Vous devez surtout éviter de transpirer et de dégager des mauvaises odeurs, car ça risque de rendre le chef fou furieux. Il est préférable de jouer cartes sur table d'emblée.

— J'essaierai de ne pas transpirer.

L'homme suait déjà à grosses gouttes sans même s'en rendre compte.

— Au fait, cette fille de Præstø, poursuivit Poul Troulsen d'un air dégagé, celle qui a disparu, comment s'appelait-elle ?

— Annie.

— Oui, c'est ça. Enfin, c'était vraiment son prénom ? Ce n'était pas plutôt Lone ?

— Non, je suis sûr de son nom, Annie Lindberg.

— Bien, vous devez le savoir mieux que moi. Alors, cette Annie, où est-ce que vous l'avez enterrée ?

— Mais je ne l'ai pas enterrée !

— Pourquoi vous donner tout ce mal ?

— Mais c'est vrai, je ne l'ai pas fait.

L'homme paraissait sincère, avec son air bizarrement candide. Poul Troulsen abandonna sans regret le sujet. Il savait que Konrad Simonsen s'apprêtait à le manger tout cru.

31

Le psychologue Ernesto Madsen avait estimé qu'il serait pertinent de faire mijoter Andreas Falkenborg quelques heures derrière les barreaux avant l'audition. Konrad Simonsen avait suivi son conseil et avait donc tout son temps pour accompagner la Comtesse à son rendez-vous. Elle marchait devant lui sur le trottoir, comme si elle voulait lui montrer le chemin. L'atmosphère pesante de la ville planait au-dessus d'eux, les gens transpiraient tandis que l'orage libérateur annoncé par les prophètes de la météo se faisait attendre.

— J'espère qu'il ne s'est pas imaginé que nous allons nous mettre dans la serre, dit Konrad Simonsen, parce que dans ce cas, nous allons tous fondre. C'est déjà assez difficile comme cela.

Il avait donné rendez-vous à la Comtesse devant le palmarium du jardin botanique et elle avait accepté sans rien demander, songeant que l'endroit de leur rencontre importait peu.

— Je ne pense pas.

Konrad Simonsen avait des picotements et des démangeaisons dans les jambes et ne se sentait pas en forme. De surcroît, il soufflait un peu trop bruyamment en marchant.

— Nous aurions dû prendre la voiture.

— Et tourner une demi-heure pour trouver une place ? Ça te fait du bien de marcher un peu ; on pourra prendre un taxi pour rentrer, si la réunion se prolonge.

— Il n'en est pas question. J'ai d'autres choses à faire, figure-toi.

Le reproche était subtil, mais évident.

— Je suis contente que tu aies accepté de venir avec moi, dit-elle.

— Et moi, je suis content de pouvoir clore ce chapitre.

Elle ouvrit le portillon et ils entrèrent dans le jardin botanique. Progressivement, la rumeur de la circulation disparut pour ne plus laisser subsister qu'un vague bruit de fond et, comme si le calme appelait l'intimité, la Comtesse donna le bras à Konrad Simonsen.

— C'est agréable ici, n'est-ce pas ? dit-elle. Ces plantes magnifiques et ce jardin si bien entretenu, ça donne une atmosphère presque méridionale.

— Oui, c'est très agréable.

Konrad Simonsen s'y connaissait peu en botanique : il savait tout juste reconnaître les pissenlits et sans doute quelques autres plantes tout aussi courantes. Il s'arrêta, se gratta la cheville gauche, puis la droite par la même occasion.

— Peux-tu me préciser un point, Simon ? Cette voyante de Høje Taastrup que tu consultes de temps en temps, est-ce qu'il lui arrive de voir juste, si je puis dire ?

— Pourquoi songes-tu à elle maintenant ?

— Parce que ça m'intéresse, c'est tout.

— Oui, ça lui arrive. Cela étant, la plupart du temps, il ne faut pas compter sur elle. Mais ne me demande pas comment elle s'y prend. J'ai renoncé à essayer de comprendre sa méthode.

— Mais son intervention est parfois utile ?

— Oui, je viens de te le dire.

— Est-ce que tu peux me donner un exemple ?

— Eh bien, il y a quelques années, j'ai eu une affaire qui se passait dans une petite ville de province. Un écervelé avait tendu un câble électrique très fin en travers d'une rue piétonne ; il voulait empêcher une fois pour toutes une poignée de vélomoteurs du coin de traverser la ville à toute berzingue le samedi soir, car ils perturbaient le sommeil des habitants. Heureusement, le premier coureur s'était penché au-dessus du guidon de sa moto et n'avait touché le fil qu'avec le front ; l'engin s'était renversé et il n'avait eu que quelques contusions. Celui qui le suivait avait eu moins de chance, le fil a sauté et lui est revenu dans la tête comme un boomerang. Il a perdu un œil dans l'opération.

— Quelle horreur !

— Oui, mais le pire, c'est que si les garçons avaient roulé normalement, ils auraient vraisemblablement été décapités, c'était d'ailleurs le but. Eh bien, dans cette affaire, j'ai été conseillé par ma voyante de Høje Taastrup, comme tu l'appelles. Elle me communiqua un nom, celui du propriétaire d'un magasin de bricolage dans lequel le coupable avait acheté son câble. Mais ce qui est surprenant, c'est que ce magasin était situé à plusieurs centaines de kilomètres de la ville où l'affaire s'était déroulée. Le coupable était un homme de soixante-huit ans que ce vacarme avait rendu complètement fou, il avait dit, *trop, c'est trop*. Et maintenant, c'est ton tour, Comtesse. Pourquoi t'intéresses-tu soudain tant à la voyance ? Dis-moi tout.

Elle évoqua son entretien téléphonique bref mais agité, et quand elle eut terminé, éprouva un réel soulagement. Il fit quelques pas sans rien dire puis grommela :

— C'est vrai qu'il lui arrive d'être un brin maniaque, quand ça lui prend. Ah, je crois que nous arrivons.

Le palmarium surgit devant eux, brillant de toute sa luxuriance dans le soleil brumeux. La Comtesse chercha vainement son contact jusqu'au moment où une voix connue les fit se retourner. Ils aperçurent alors Helmer Hammer, assis sur une petite pelouse à l'ombre d'un *magnolia sieboldii*.

Le directeur du ministère avait enlevé sa veste et sa cravate et les avait posées derrière lui, soigneusement pliées. Il avait aussi retiré chaussettes et chaussures et ses pieds nus tout pâles tranchaient étrangement avec l'aspect impeccable de son pantalon Cerruti. Lorsque la Comtesse et Konrad Simonsen vinrent s'installer en face de lui, il leur sourit d'un air aimable puis leur posa diverses questions sur leur enquête et sur leurs relations personnelles. Ils s'engagèrent ainsi avec un plaisir certain dans une grande conversation. C'était une des forces de Helmer Hammer ; il savait mettre à l'aise les gens qui se trouvaient en sa compagnie, notamment en leur faisant croire qu'il avait tout son temps. Lorsqu'il était de bonne humeur, il donnait l'impression d'être quelqu'un de simple, un esprit ouvert et sincère, en somme celui que l'on aimerait avoir pour ami. La Comtesse se rallia elle aussi à la mode des pieds nus, tandis qu'Helmer Hammer leur servait de l'eau fraîche qu'il avait lui-même apportée, souriant d'un air bon enfant à la présentation que lui fit Konrad Simonsen.

— Alors, vous pensiez que Malte Borup vendait les informations contenues dans les bases de données de la police pour des G ?

— Je l'ai cru un instant. Mais le réseau lui-même était efficace : il a réussi à trouver les photos de sept employées de maison en moins d'une demi-heure.

— Oui, il ne faut jamais sous-estimer l'intérêt des voies informelles. C'est une des raisons pour lesquelles j'aime l'endroit où nous nous trouvons. J'ai trouvé ici de nombreux étudiants ayant les compétences nécessaires pour travailler dans nos ministères, tout simplement en contournant les voies légales des procédures de recrutement. En dehors des périodes de congés universitaires, il y a toujours des étudiants qui viennent lire ici ou discuter avec des camarades. C'est une occasion idéale pour se faire une idée de leur potentiel.

— Est-ce que vous venez souvent ici? demanda la Comtesse.

— Pas autant que je le souhaiterais, plus maintenant en tout cas. N'est-ce pas un endroit délicieux?

Il ouvrit les mains comme s'il était le propriétaire des lieux et continua :

— Vous devriez venir visiter le palmarium au début du mois de juin, quand les magnolias sont en fleurs. C'est une perle architecturale, un des premiers bâtiments danois où l'on a utilisé du fer puddlé pour les parties portantes, comme pour la tour Eiffel. Conçu non pas par des architectes, mais par des jardiniers, il a été achevé en 1874 mais sa réalisation n'a été possible que grâce au soutien des brasseurs.

La Comtesse lança :

— Le brasseur Jacobsen est intervenu en tant que mécène?

— Oui, absolument.

Helmer Hammer fit tourner sa bouteille et regarda en silence le mouvement de l'eau et son doux pétillement. Puis il poursuivit :

— Eh bien, officier de police judiciaire de première classe Nathalie von Rosen, je ne suis pas le seul à m'intéresser à l'histoire du Danemark.

Le fait de citer son titre officiel, certes sur le ton de la plaisanterie, donnait un certain relief à son propos. Contre toute attente, ce fut Konrad Simonsen qui répondit :

— Nous sommes en fait tous les deux intéressés et ça s'explique, même si ce n'est peut-être pas si facile à comprendre.

— Je vois. Puis-je alors essayer ?

La répartition des pouvoirs entre le chef de la brigade criminelle et le sous-secrétaire d'Etat était aussi inégale que possible. A cela s'ajoutait le fait que l'enquête historique de la police judiciaire était pour le moins prématurée. Konrad Simonsen s'employa malgré cela à piétiner Helmer Hammer comme il l'aurait fait avec une feuille de papier gras. Il lui raconta d'abord l'entretien téléphonique qu'avait eu la Comtesse et souligna qu'il leur paraissait de mauvais augure. Puis il évoqua d'un air sombre deux exemples concrets de voyance qui s'étaient par la suite révélés utiles, notamment l'épisode des vélomoteurs, mais cette fois d'un air beaucoup plus entraînant. La Comtesse était ébahie devant ses descriptions colorées qui venaient balayer toute velléité de récusation de ses agissements. En somme, aucun individu sensé n'aurait agi différemment d'elle s'il avait reçu un avertissement semblable. Cela aurait été interprété comme un abandon de poste. Helmer Hammer était mis au pied du mur.

— Il faut reconnaître que je ne l'avais pas vu venir. Oui, ce n'est pas facile de discuter avec vous, lorsque vous avez le monde des esprits dans votre poche.

Cramponnez-vous à lui, quelle belle phrase, et ce que vous avez fait, Comtesse, est non seulement remarquable mais témoigne également d'une vraie compétence. Vous avez toute mon admiration.

La Comtesse fit un signe de tête sans l'interrompre. Elle se sentait bizarrement plus sereine que jamais quand elle songeait à l'enquête parallèle qu'elle avait menée, et maintenant que Konrad Simonsen avait mis des mots dessus. Il avait raison, il était tout simplement de son *devoir* de le faire.

Helmer Hammer poursuivit, s'adressant directement à la Comtesse :

— Nous pourrions peut-être qualifier ce que vous estimez avoir trouvé sur le voyage au Groenland de Bertil Hampel-Koch de *vérité numéro 1*. Je lui donne un numéro car, pour ma part, j'ai également une vérité concernant cette affaire, que je qualifierai de *vérité numéro 2*. Dans les années 1970 et 1980, il était de coutume de proposer aux jeunes fonctionnaires particulièrement doués de passer une quinzaine de jours avec la patrouille Sirius, cette unité de traîneaux à chiens qui, comme vous le savez, défend durant tout l'hiver la souveraineté du Danemark dans le nord et l'est du Groenland. Le fait d'être invité à y participer était considéré comme un honneur. En outre, cela faisait bon effet sur un curriculum vitae. Naturellement, tous ceux qui se voyaient proposer une telle mission l'acceptaient avec joie. En 1983, ce fut Bertil Hampel-Koch qui reçut l'invitation, mais ça lui posa un problème. Il n'avait en effet pas envie de partir au Groenland sous son propre nom, compte tenu du fait que son oncle, Tyge Hampel-Koch, était à l'époque chef d'état-major des armées – il avait été nommé à ce poste en 1978 et devait y rester jusqu'en 1994. On peut comprendre son souci de négocier un bon début de carrière et son souhait de collaborer avec les hommes de l'expédition dans un climat de totale égalité. Son chef de service lui donna donc à titre exceptionnel le droit d'utiliser le nom d'emprunt Steen Hansen pendant la durée de son voyage, ou plus exactement de ses voyages, car il y en eut deux. J'ignore cependant comment le titre de géologue est intervenu dans l'histoire.

— Vous dites qu'il a effectué deux voyages ? demanda Konrad Simonsen.

— Oui. Le premier a eu lieu pendant l'été 1983. Il s'est alors rendu sur la base Station Nord située à la pointe nord-est du Groenland, dans la presqu'île Prince Christian. Il y a fait la connaissance de quelques-uns de ses futurs camarades d'expédition et les a aidés à constituer les stocks pour les expéditions de l'hiver suivant. C'est lors de ce voyage qu'il fit escale à Søndre Strømfjord, mais vous le savez déjà. Le second périple eut lieu en février 1984 lors de l'expédition en traîneaux et il est pour nous sans intérêt.

Stupéfaite, la Comtesse demanda :

— Alors, il n'est pas allé à Thu…

Helmer Hammer l'interrompit aimablement mais avec fermeté :

— Oh, attention ! Il s'agit de ma vérité et c'est moi qui la formule. Il est indéniable que Bertil Hampel-Koch a, lors de son voyage jusqu'à Station Nord en 1983, fait escale sur la base militaire de Søndre Strømfjord. Et à cet égard, j'ai un problème que vous pourrez, je l'espère, m'aider à élucider.

Konrad Simonsen réagit le premier :

— Nous sommes tout ouïe !

— Je ne vais pas vous cacher que je préfère la *vérité numéro 2*, par conséquent ma propre interprétation des faits, dont je peux vous assurer qu'elle est la bonne. Et je ne vais pas non plus faire un secret du fait que c'est aussi celle à laquelle mon chef, à l'instar de ses nombreux prédécesseurs, a donné sa préférence. La *vérité numéro 1*, par contre, a selon nous besoin de reposer une bonne vingtaine d'années avant que l'on puisse en examiner tous les détails.

Le consensus fut atteint. Ses deux interlocuteurs étaient maintenant convaincus de ce qu'ils risquaient s'ils marquaient une éventuelle opposition. Ils acquiescèrent donc en silence et il leur sourit d'un air aimable.

— Ma femme et ma fille me disent toujours que je devrais faire plus confiance aux gens, et elles ont sans doute raison. Accepterez-vous de m'aider à diffuser la *vérité numéro 2* ? L'effet en serait certainement plus fort si la démarche venait de vous, et je n'oublie jamais un service rendu.

— Qu'envisagez-vous ? demanda Konrad Simonsen d'un air hésitant.

Il leur fournit les explications nécessaires et une fois encore, ils acceptèrent ses propositions, mais la Comtesse ne put s'empêcher d'exprimer une pointe de rancœur.

— Donc, rien sur Thulé, rien sur le livre et rien sur la lettre ?

Le sous-secrétaire d'Etat secoua la tête d'un air navré :

— Rien sur Thulé, rien sur le livre et rien sur la lettre. Je le regrette, mais c'est bien de cela qu'il s'agit. Je comprends tout à fait que vous avez fait votre devoir, mais j'imagine aussi que vous ressentez une certaine fascination, en particulier à propos de cette lettre, qui est fantastique ! C'est un petit chef-d'œuvre, on devrait l'imprimer au dos de tous les contrats de travail dans l'administration centrale sous l'intitulé "Lisez et apprenez".

Il regarda sa montre et voulut reprendre ses chaussures, mais se ravisa. Sans qu'on lui ait demandé, il se mit à développer son propos, plein d'enthousiasme :

— Ainsi, le gouvernement américain demande au Danemark de préciser la position du pays concernant la présence d'armes atomiques au Groenland. La question est simple et directe. La réponse en revanche est loin de l'être, et ce fut Nils Svenningsen, l'un des prédécesseurs de Bertil, qui la formula. Il affirma que l'ambassadeur américain n'avait présenté aucun plan visant à l'introduction d'armes atomiques au Groenland, ce qui est tout à fait exact : les gouvernements disposent de généraux pour établir ce genre de plans. Par ailleurs, on remplace *armes atomiques* par *fourniture de munitions d'un caractère particulier*. Et puis vient le point le plus prodigieux, à savoir que, en l'absence de plans concrets, le directeur Svenningsen laisse son Premier ministre faire la réponse suivante : Je ne considère pas que vos remarques donnent lieu à des commentaires de ma part.

Il s'agita d'un air impatient.

— Je traduis : vous pouvez introduire toutes les bombes atomiques que vous souhaitez, bien que nous l'interdisions officiellement, du moment que nous n'en sommes pas informés. *Je ne considère pas que vos remarques donnent lieu à des commentaires de ma part*… une réponse destinée au gouvernement américain, c'est tout de même formidable !

Cette fois, ce fut au tour de Konrad Simonsen de regarder sa montre. Une audition concernant un double meurtre l'attendait, et il avait de toute façon du mal à trouver ça formidable.

32

Les premières minutes de l'audition d'Andreas Falkenborg se déroulèrent dans le silence. Pendant un long moment, Konrad Simonsen regarda fixement le prévenu et observa que celui-ci se crispait sous son regard mais ne disait mot. Il était visiblement agité et le fait d'être observé semblait le déstabiliser. Il étreignait ses mains et, la tête baissée, fixait la table comme un enfant repentant. Konrad Simonsen le laissa mijoter, ignorant son regard implorant.

Finalement, après avoir attendu un long moment, il posa les questions préliminaires :

— Veuillez vous identifier.

— Andreas Falkenborg.

— Date et lieu de naissance ?

— 11 juillet 1955, à Copenhague.

— Où précisément ?

— A l'hôpital de la commune de Copenhague.

— Adresse de vos parents ?

— Bispebjerg au moment de ma naissance, mais je ne connais pas l'adresse exacte, ils ont déménagé peu de temps après.

— Ça n'a pas d'importance. Andreas Falkenborg, vous êtes inculpé de deux assassinats : celui de Maryann Nygaard, le 13 septembre 1983 près de la station radar DYE 5 sur l'inlandsis au Groenland, et celui de Catherine Thomsen, le 5 avril 1997 sur le Nordstrand près des falaises de Stevns dans le sud du Zeeland. Je vous soupçonne aussi d'être l'auteur de l'assassinat d'Annie Lindberg Hansson, qui a disparu à Jungshoved près de Præstø le 5 octobre 1990, et d'être responsable de l'enlèvement de Rikke Barbara Hvidt le 6 mai 1977 à Kikhavn près de Hundested et de la tentative d'homicide commise sur sa personne en ce même lieu. Comprenez-vous ces chefs d'accusation ?

— Oui, mais je n'ai rien fait.

— Savez-vous également que vous avez droit à la présence d'un avocat ?

— Oui, je le sais.

— Souhaitez-vous en demander un ?

— Non, merci.

— J'en prends note.

L'homme fut parcouru d'un bref tremblement qui pouvait faire penser à un début de crise d'épilepsie. Konrad Simonsen fronça les sourcils. Une telle réaction ne figurait pas dans son scénario, et la pire situation possible serait celle où il ne serait pas en mesure d'interroger le prévenu.

— Est-ce que je peux changer d'avis plus tard et demander un avocat si je le souhaite ? demanda Andreas Falkenborg.

— Oui, c'est possible.

— Et vous ne vous mettrez pas en colère ?

— Ma réaction est sans importance. Si vous souhaitez avoir un avocat, vous le dites et j'interromps l'audition jusqu'à ce que celui-ci arrive.

— Merci.

— Je vous informe aussi que vous n'êtes pas obligé de vous exprimer, mais si vous choisissez de parler, tout ce que vous direz pourra être retenu contre vous devant le tribunal. Comprenez-vous ?

— Oui.

— Et vous acceptez de répondre à mes questions sans y être contraint ?

— Oui, j'accepte.

Konrad Simonsen estima qu'il avait maintenant dûment informé le prévenu de ses droits et que même l'avocat de la défense le plus zélé ne pourrait le contester. Les premières questions de fond qu'il posa au prévenu avaient été formulées avec soin, conformément aux recommandations d'Ernesto Madsen.

— Vos activités professionnelles consistent à espionner vos semblables, est-ce que vous aimez cela ?

L'homme répondit sincèrement et sans montrer aucun embarras :

— Oui, je trouve que c'est agréable. J'aime ça depuis que je suis tout petit.

— Comment expliquez-vous cette préférence ?

— Je ne sais pas. Je suis ainsi fait.

— Vous aimez observer les gens à leur insu ?

— Oui.

— Et les épier ?

— Oui.

— Surtout les femmes ?

— Dans certains cas, ce sont des hommes, ça dépend de la personne qui a besoin de mes services. Je vends aussi des objets, des micros, des caméras, des programmes informatiques, etc.

— Peut-on dire qu'il s'agit de matériel d'espionnage ?

— Oui, ça correspond bien à ce que j'ai, mais c'est tout à fait légal.

— Personne ne dit le contraire. Dites-moi, lorsque vous espionnez des inconnus, est-ce que vous préférez épier des hommes ou des femmes ?

— Je préfère nettement espionner les femmes.

— Pour quelle raison ?

— C'est plus facile. Les femmes parlent plus que les hommes, et je trouve que c'est plus drôle.

— Pourquoi est-ce plus amusant ?

— Je ne sais pas au juste, je n'y ai jamais pensé, mais ce doit être parce que je suis normal.

— Normal ?

— Oui, je veux dire que je suis comme les autres hommes, je ne suis pas anormal.

— Mais ce n'est pas normal de tuer trois femmes, c'est même totalement anormal !

Cette fois, il prit un air honteux, baissa le regard en répondant :

— Je sais bien.

— Les actes que vous avez commis sont d'une extrême gravité.

— Oui, c'est vrai… maintenant que vous me le dites.

— On dirait que vous regrettez.

— Oui, je pense que je regrette.

— Eh bien, c'est un début. Expliquez-moi pourquoi vous avez tué Maryann Nygaard.

Andreas Falkenborg hésita, trembla légèrement puis dit précipitamment :

— Je n'ai pas tué Maryann. Non, je ne l'ai pas tuée.

Konrad Simonsen remarqua qu'il inclinait la nuque et levait un bras pour sentir son aisselle.

— Que faites-vous ?

— Rien, rien du tout.

— Vous mentez. Pourquoi avez-vous tué Maryann Nygaard ?

— Je ne sais pas.

— Vous ne savez pas ? Qu'est-ce que ça signifie ?

— Je ne sais pas pourquoi je l'ai tuée.

— Et Catherine Thomsen, vous ne savez pas non plus pourquoi vous l'avez tuée ?

L'homme secoua la tête.

— Le suspect secoue la tête, précisa alors Konrad Simonsen. Veuillez, je vous prie, vous exprimer à voix haute.

— Pardon, j'avais oublié. Je ne sais pas pourquoi j'ai tué Catherine… enfin, Catherine Thomsen.

— Le 5 avril 1997, vous étiez à la gare de Roskilde, ne l'avez-vous pas guettée de votre voiture ?

— Si, nous avions rendez-vous.

— Quel genre de rendez-vous ?

— Catherine n'était pas normale, elle aimait les femmes, mais c'était un secret. Elle était aussi chrétienne. Je lui avais peut-être dit que je pourrais l'aider.

— En quoi ?

— Elle était faite comme ça, elle était anormale… c'est triste… je ne veux pas parler de ça.

— Alors, parlez-nous plutôt de la manière dont vous avez tué vos victimes, en commençant par Maryann Nygaard. Comment avez-vous procédé ?

A ce moment précis, Andreas Falkenborg demanda craintivement :

— Mais dois-je dire que je l'ai tuée si je ne l'ai pas fait ?

Konrad Simonsen comprit alors peu à peu qu'il existait chez le suspect un modèle donné de comportement. Il se dit d'abord qu'il n'allait pas répondre, mais ne put ignorer les propos qui suivirent.

— Est-ce que vous serez irrité si je vous dis que je ne les ai pas tuées ?

— Avez-vous assassiné Maryann Nygaard et Catherine Thomsen, oui ou non ?

— Non, je ne l'ai pas fait.

— Vraiment ?

— Non, si ça ne vous dérange pas.

Konrad Simonsen maugréa intérieurement. Cette affaire risquait d'être beaucoup plus difficile qu'il ne se l'était imaginé. Décidant de changer de sujet, il se pencha au-dessus de la table et regarda le prévenu dans les yeux, puis dit d'un ton intransigeant :

— Lorsque l'on s'entretient avec vous, on a l'impression que vous êtes un homme sympathique, Andreas. Mais je vois aussi le reste : je vois une jeune fille lancer la tête d'avant en arrière pour essayer désespérément de respirer, les yeux exorbités, et je vous vois la regarder, assis tranquillement à côté d'elle. Savez-vous que cette pensée me met dans une colère monstre ?

Le visage d'Andreas Falkenborg fut pris d'un tremblement. Konrad Simonsen sortit une photo de son classeur et la posa devant lui. Il vit alors qu'il reculait au fond de son siège, comme s'il voulait mettre une distance maximale entre lui et ce cliché.

— Qu'y a-t-il ? Est-ce que vous avez peur d'elle ?

— Oui, un peu. Je n'aime pas ce type de femmes.

— De quel type s'agit-il ?

— Le type qu'elle représente.

— Est-ce que vous pouvez nous le décrire ?

— Ce n'est pas facile. Ce que je peux dire, c'est que les femmes comme elles me font peur. Est-ce que vous pouvez la retirer de ma vue ?

— Non. La reconnaissez-vous ?

— Oui, c'est Rikke, du temps où elle était jeune. Elle ne l'est plus aujourd'hui. Ce n'est pas possible.

— Il s'agit en effet de Rikke Barbara Hvidt, et la photo a été prise en 1976, alors qu'elle n'avait que vingt-trois ans. Quand l'avez-vous rencontrée ?

— Ça fait longtemps, c'était en 1978, je crois.

— Est-ce que ce ne serait pas plutôt en 1977 ?

— Oui, c'est exact.

— Où l'avez-vous vue pour la première fois ?

— Sur le ferry, entre Rørvig et Hundested.

— Racontez-moi cet épisode.

— Nous étions tous les deux à vélo, et nos bicyclettes étaient attachées à une balustrade sur le pont. Elle est venue vers moi pour me demander si je pouvais l'aider à défaire la chaîne de son vélo. Alors, je l'ai aidée.

— Vous n'avez pas eu peur d'elle alors ?

— Si, énormément.

— Pourquoi n'êtes-vous pas parti ou ne lui avez-vous pas conseillé de demander à quelqu'un d'autre de l'aider ?

— Je ne sais pas, c'est difficile à expliquer.

— Et les mois suivants, vous l'avez suivie aussi souvent que vous avez pu. Vous avez arrêté vos études et vous êtes allé vous installer à l'auberge de Hundested.

— Oui, c'est ça.

— Pourquoi ?

— Je ne sais pas, j'avais peur d'elle, je crois.

— Ça n'a pas de sens.

— Non, je sais bien, mais il ne faut pas que vous vous mettiez en colère. Je ne peux pas vous l'expliquer.

— Je ne me mets pas en colère, mais j'aimerais comprendre les faits. Qu'est-ce que vous lui vouliez ?

— Je ne sais pas.

— Moi, je crois que vous savez.

— Non.

Il sentit une nouvelle fois son aisselle, mais cette fois il n'eut pas de spasmes et ne fit aucun mouvement incontrôlable.

— Vous avez fait une scène quand elle s'est fait couper les cheveux, poursuivit Konrad Simonsen.

— Oui.

— Pourquoi ?

— Je ne sais pas.

— Vous avez crié, pleuré et fait des simagrées, n'est-ce pas ?

— Oui.

— Où est-ce que cela se passait ?

— Chez sa coiffeuse, son salon se trouve dans la rue principale de Hundested.

— Racontez-nous cela.

— Il n'y a pas grand-chose à raconter. Ce jour-là, je la suivais…

— Comme vous l'aviez suivie bien des fois auparavant ?

— Oui, c'était d'ailleurs pour ça que j'étais là, pour la suivre. A un moment, j'ai vu qu'elle entrait dans un salon de coiffure et ensuite, qu'elle se faisait couper les cheveux tout courts. C'est pourquoi je suis entré dans le salon et que… j'ai crié, pleuré et fait des simagrées. Alors, ils ont appelé la police, ce n'était pas drôle.

— Mais ensuite, vous avez cessé de la poursuivre. Pour quelle raison ?

— Parce qu'elle s'était fait couper les cheveux. Mais je n'ai pas complètement arrêté.

— Que voulez-vous dire ?

— Je suis allé devant chez elle quelques années plus tard, pour voir si elle avait toujours les cheveux courts, et j'ai constaté que c'était le cas. Ça devait être en 1980, et cette fois-là, elle ne s'était pas aperçue de ma présence.

— Elle ne vous intéressait que si elle portait des cheveux longs ?

— Oui. Il faut qu'elles aient les cheveux aux épaules.

— Elles ? De qui parlez-vous ?

— Les femmes, enfin le genre de femmes dont j'ai peur. Elles se reproduisent, elles mettent au monde d'horribles avortons. Il faut les prendre tout de suite.

Konrad Simonsen eut froid dans le dos et demanda d'un ton rude :

— Que voulez-vous dire ? Comment ça, elles se reproduisent ?

— Je suis désolé, je ne sais pas pourquoi j'ai dit ça.

— Qui sont ces horribles rejetons ?

— Je ne peux pas l'expliquer, peut-être celles dont j'ai peur.

— Est-ce que vous pensez à des personnes précises ?

— Rikke, elle, elle me faisait peur.

— Personne d'autre ?

— Si, il y en avait d'autres, mais il s'agit surtout de Rikke, et c'est aussi d'elle que nous parlons.

Konrad Simonsen observa froidement Andreas Falkenborg. Celui-ci se crispa, mais ne dit rien.

— Pourquoi donc aviez-vous peur ?

— Je n'en sais rien. J'étais jeune à l'époque, peut-être que je ne savais pas ce que je faisais.

— C'est absurde ! Vous nous menez en bateau ! Vous saviez pertinemment ce que vous faisiez.

— Pardon.

— Je crois savoir pourquoi les femmes qui ressemblent à Rikke Barbara Hvidt vous effraient.

Konrad Simonsen sortit une photo et la posa devant lui. Andreas Falkenborg la regarda du coin de l'œil et dit :

— Oh !

— Reconnaissez-vous cette photo ?

— Oui, c'est Belphégor.

— Expliquez-moi.

— C'est un démon de la télévision.

— *Le Fantôme du Louvre*, joué par Juliette Gréco, que la télévision danoise a diffusé pendant l'été 1965 ?

— Oui, c'est ça.

— N'avez-vous jamais eu un masque de Belphégor ?

— Non, jamais.

Il trembla de nouveau et approcha le nez de son aisselle.

— Vous tremblez lorsque vous mentez.

— Oui, j'ai toujours été comme ça. Je tremble aussi quand je suis nerveux, je ne peux pas m'en empêcher.

— Mais à l'instant, c'est parce que vous avez menti.

— Oui, je suis désolé. Excusez-moi.

— Donc, vous avez possédé un tel masque ?

— Oui, quand j'étais petit. Je l'avais fait moi-même, ça m'avait pris beaucoup de temps.

— Où est-il aujourd'hui ?

— Je préfère ne pas le dire, c'est un secret.

— Bien, alors laissons ce sujet de côté un moment. On le trouvera sûrement dans votre appartement lors de la fouille, j'en donnerais presque ma main à couper.

Konrad Simonsen tendit la main de l'autre côté de la table et mit la photo de Rikke Barbara Hvidt à gauche du prévenu et le démon à sa droite. Puis il posa une photo d'Agnete Bahn au centre, juste sous ses yeux. Andreas Falkenborg se mit à trembler.

— Qui est-ce ?

— Elle s'appelait Agnete. C'était notre femme de chambre quand j'étais petit, c'était une méchante personne.

— Une nuit, vous avez essayé de lui faire peur avec votre masque, n'est-ce pas ?

— Oui, c'est vrai. C'était un dimanche, mais je préférerais ne pas en parler.

— Vous vous êtes faufilé jusque devant sa fenêtre avec le masque sur le visage et vous vous êtes éclairé avec une lampe de poche pour l'effrayer. Que s'est-il passé alors ?

— Est-ce que je peux être dispensé de raconter ça ?

— Non, ce n'est pas possible.

— Je n'ai pas tué Agnete.

— Je le sais bien. Est-ce parce qu'elle avait vieilli ?

— Elle n'était plus la même personne quand j'ai grandi.

— Et elle n'a pas été terrorisée cette nuit d'été de 1965, lorsque vous êtes apparu à sa fenêtre ? Tout ne s'est-il pas passé d'une manière différente de celle que vous aviez imaginée ?

— Quand elle m'a vu, elle s'est mise à crier.

— Mais encore ?

— Elle était assise sur mon père, et ça, elle n'aurait jamais dû le faire, et je n'aurais jamais dû le voir, c'est certain. Je ne veux pas parler de cet épisode.

— Votre père a été chercher votre mère et l'a rouée de coups pour la punir de ce que vous aviez fait.

— Ma mère criait, c'était horrible. J'en rêve encore la nuit.

— Alors que vous étiez toujours devant la fenêtre, avec le masque collé contre la vitre.

— Je ne savais pas quoi faire. Arrêtez, je tremble de tout mon corps et vous me faites transpirer. Je n'y peux rien, ça me fait transpirer.

— Que faisait Agnete Bahn pendant ce temps-là ?

— C'était terrible, je ne l'oublierai jamais, c'est ancré au plus profond de moi. Elle a fait semblant de m'embrasser, elle avait l'air de trouver la situation très drôle. En plus, la marque de son rouge à lèvres est restée sur la vitre pendant plusieurs jours. Est-ce qu'on fait une chose pareille à un enfant ?

— Non, c'est certain.

— J'espérais qu'elle était morte depuis, mais vous avez parlé avec elle ?

— Oui.

— Est-ce qu'on peut la mettre en prison pour ce qu'elle a fait ?

— Non, c'est impossible.

— Et moi, est-ce que je risque d'aller en prison pour ce que j'ai fait à Hundested ? Je veux dire, si longtemps après les faits ?

— Non.

— Ni pour ce que j'ai fait sur la plage ?

Konrad Simonsen secoua la tête pour simuler une réponse négative.

— Non, on ne peut pas vous incarcérer pour cela. Mais j'ai l'impression que nous tournons en rond. Dites-moi, quand elles ont la tête dans le sac, est-ce qu'elles crient, est-ce qu'elles hurlent de terreur, ou bien utilisent-elles le peu d'oxygène qui leur reste pour demander grâce ? A quoi ressemble la voix d'une femme qui est en train de mourir, lorsqu'elle a la tête emprisonnée dans un sac en plastique et que ses voies respiratoires sont bloquées ? N'est-elle plus qu'un vague écho ? Pousse-t-elle des cris perçants ? N'est-elle pas complètement déformée ? Moi je l'ignore, car je n'en ai jamais fait l'expérience, mais vous qui les avez entendues ?

— Vous voulez que je vous parle de Rikke, n'est-ce pas ? demanda Andreas Falkenborg en se lamentant.

— Oui, j'aimerais que vous me parliez d'elle, entre autres.

— Alors, ça ne fait rien si je transpire ?

— Non, ça n'a aucune importance.

Le récit que fit Andreas Falkenborg du jour où il avait agressé Rikke Barbara correspondait assez bien à ce qu'elle avait elle-même raconté à Konrad Simonsen le jeudi précédent. Pratiquement tous les détails coïncidaient, ce qui constituait en soi une bonne nouvelle, mais aucun élément ne permettait de relier cette agression au meurtre suivant, car bien qu'elle ait été de courte durée, elle avait été décrite sur le site Internet du journal *Dagbladet* qui avait repris l'explication de Jeanette Hvidt. Malheureusement, ce récit soulignait également le fait qu'il avait l'habitude bizarre de couper les ongles de ses victimes, un détail que la police n'avait pas voulu communiquer. Elle avait indiqué qu'il avait coutume d'utiliser du rouge à lèvres, mais sur la plage de Kikhavn, il n'avait pas eu le temps de s'en servir, car il avait été interrompu. Sa façon de parler pour le moins étrange n'avait pas été évoquée publiquement, mais il était possible qu'il ne sache pas lui-même comment il s'était exprimé. Konrad Simonsen tourna et retourna la question, mais sans succès.

— Vous aviez creusé une tombe sur la plage. Comment est-ce que vous vous y étiez pris ?

— Oui, quelques heures avant de l'agresser.

— Et c'est là que vous pensiez l'enterrer ?

— Exactement, mais elle m'a échappé.

— Mais vous aviez l'intention de la tuer ?

— Oui, c'était mon intention, mais ça n'a pas marché.

— Comment vous y seriez-vous pris ?

— Je crois que j'aurais utilisé un sac en plastique, comme pour les deux autres filles qui sont mortes, la première au Groenland et la deuxième à Stevns.

— Vous dites que vous pensez, mais vous devez bien le savoir ? Vous aviez un sac en plastique sur vous ?

— Oui, j'en avais deux.

— Où les aviez-vous mis ?

— Dans ma poche, je crois.

— Dans votre poche ? Vous êtes sûr ?

— Non, je ne m'en souviens pas.

— Où auriez-vous pu les mettre, sinon ?

— Peut-être dans mon autre poche.

Il n'y avait pas d'autre endroit possible ?

— Peut-être que si, mais je ne m'en souviens pas, ça fait longtemps.

— Pourquoi est-ce que vous portiez un masque ?

— Parce que j'aime bien les effrayer.

— *Les* effrayer ? Mais de qui s'agit-il ?

— Celles à qui je veux faire peur. Rikke, par exemple, j'aimais bien lui faire peur.

— Vous aimiez bien regarder Rikke, ou les femmes qui lui ressemblaient, lorsqu'elles avaient peur ?

— J'adore ça. Quand elles sont hyperterrorisées, alors là, je suis vraiment content.

— Vous faisiez mine de lui couper les ongles. Pour quelle raison ?

— Ma mère avait aussi coutume de faire ça, je crois que c'est d'elle que vient ce geste.

— Est-ce que vous pouvez m'expliquer cela ?

— Eh bien, elles devaient se tenir devant moi pour se faire couper leurs abominables griffes. Ça ne leur faisait pas de mal.

— Où aviez-vous mis vos ciseaux ?

— Dans ma poche.

— Vos ciseaux étaient aussi dans votre poche ?

— Il me semble bien. Est-ce que je n'ai pas le droit d'avoir des ciseaux dans ma poche ?

— C'est votre problème.

— Alors ils y étaient.

— Racontez-moi comment vous avez obligé Rikke Barbara Hvidt à vous montrer ses ongles.

— *Montre-moi tes ongles, stupide gamine. Lui, il veut voir ses ongles*, voilà ce que je lui ai dit.

— Et ça a marché ? Elle vous les a montrés ?

— Non, elle ne voulait pas. Elle s'est rebiffée, j'ai vu qu'elle ne voulait pas obéir.

— Qu'est-ce que vous avez fait à ce moment-là ?

— Je lui ai redit la même chose.

— Qu'est-ce que vous lui avez répété ?

— *Montre-moi tes ongles, stupide gamine. Lui, il veut voir ses ongles.* Mais elle tenait ses mains derrière son dos, elle avait enfoncé ses ongles dans la glace et elle était hors d'elle.

— Vous vous êtes montré patient, vous êtes resté devant elle avec les ciseaux à la main en réitérant votre requête ?

— Oui, c'est ça.

— Mais vous n'aviez pas de lampe de poche, ce n'était pas la peine.

— Non, je n'avais pas de lampe de poche.

— Comment vous éclairiez-vous dans ce cas ?

— Peut-être grâce au phare ; il y avait un phare là où nous étions.

— Non, il n'y en avait pas. Comment vous éclairiez-vous ? Avec une lumière très puissante ?

— Grâce à l'hélicoptère, qui avait des feux à l'avant.

— Exactement. Mais toutes n'avaient pas les mains derrière le dos, n'est-ce pas ?

— Non, pas toutes. Vous devez avoir raison.

— L'une d'elles vous a créé des problèmes.

— Elle ne voulait pas se plier à mes ordres.

— Pourquoi ?

— Il est possible qu'elle ait serré les poings, et donné des coups. Je ne pouvais rien faire.

— Je ne vous crois pas. C'était peut-être délicat, mais pas impossible. Pourquoi était-ce délicat ?

— Elle avait peut-être les mains jointes.

— Et vous deviez lui couper les ongles dans cette position ?

— Oui.

— Pourquoi avait-elle les mains jointes ?

— Je n'en sais rien.

— Pourquoi avait-elle les mains jointes ?

— Parce qu'elle priait.

— Oui, elle priait et comment s'appelait-elle ?

— Liz, peut-être.

— Il n'y a pas de Liz. Arrêtez de mentir.

— Je ne mens pas.

— Vous transpirez et vous tressaillez.

— Je suis nerveux.

— Alors, comment s'appelait-elle ?

— Elle s'appelait Catherine, et elle était très attachée à la religion.

Konrad Simonsen envisagea de faire une pause. Le discours docile et conciliant du prévenu le déchargeait en grande partie et s'il décidait de retirer le témoignage qu'il venait de donner, il serait difficile de convaincre le tribunal. Comment savoir s'il se cachait cyniquement et consciemment derrière une naïveté feinte ou si c'était sa vraie nature qui s'exprimait ? En revanche,

Konrad Simonsen craignait que son prévenu exige un avocat ou refuse de poursuivre l'entretien si on lui donnait le temps de la réflexion.

La phrase que prononça alors Andreas Falkenborg lui permit de résoudre ce dilemme.

— En fait, c'était Liz qui donnait des coups, excusez-moi. Mais je préférerais ne pas évoquer ce point.

En entendant ce nouveau nom, Konrad Simonsen explosa soudain :

— Ah non, ce n'est pas vrai !

— Je suis désolé, mais il ne faut pas que vous soyez en colère après moi.

Compte tenu de la tournure nouvelle que venait de prendre l'audition, et du fait qu'Andreas Falkenborg était passé sans s'en apercevoir de l'agression à Kikhavn en 1977 au meurtre de Maryann Nygaard en 1983, Konrad Simonsen estima qu'il ne maîtrisait plus l'interrogatoire. Il écrivit un message à Ernesto Madsen qui, debout derrière une glace sans tain, suivait l'audition dans la pièce d'à côté et, d'une main tremblante, approcha du miroir le papier que la Comtesse vint chercher quelques instants plus tard. Ensuite, il repoussa la photo d'Agnete Bahn, la posa à côté de celle de Rikke Barbara Hvidt et plaça une photo de Maryann Nygaard devant Andreas Falkenborg.

— Elle s'appelle Maryann Nygaard, et elle a été assassinée en 1983.

— Oui, je la connais bien, c'est Maryann.

— Est-ce vous qui l'avez tuée ?

— Oui, ça doit être moi.

— Est-ce vous, oui ou non ?

— Oui, c'est moi, j'en suis certain. Qui d'autre aurait pu le faire ?

— Où l'avez-vous connue ?

— Au Groenland.

— Où l'avez-vous rencontrée pour la première fois ?

— Je ne me rappelle pas.

— Arrêtez vos tergiversations. Racontez-moi comment vous avez fait sa connaissance.

— Maryann était infirmière, c'est elle qui s'occupait de ma grand-mère à la résidence des seniors. Puis elle est partie au Groenland, sur la base américaine de Søndre Strømfjord. Ils l'ont fermée depuis, elle n'existe plus aujourd'hui.

— Et vous l'avez suivie au Groenland ?

— Oui, je l'ai suivie jusque là-haut.

— C'est là que vous avez appris à piloter un hélicoptère.

— Oui, je suis devenu pilote d'hélicoptère. Les Américains étaient très gentils.

Konrad Simonsen tapa du poing sur la table et dit très lentement :

— Le 13 septembre 1983, vous avez conduit Maryann Nygaard jusqu'à une station radar située sur l'inlandsis, la base DYE 5. Là, vous l'avez agressée, vous l'avez bâillonnée et vous lui avez attaché les mains. Puis vous l'avez transportée en hélicoptère, pour que personne ne puisse la trouver et lors du vol retour, vous avez atterri sur la glace, vous l'avez tuée et vous l'avez ensevelie sur place. Est-ce exact ?

— C'est sans doute ce que j'ai fait.

— Je suis allé au Groenland pour voir l'endroit où vous l'avez assassinée.

— C'est un pays fantastique, n'est-ce pas ?

— Oui, mais il y a quelque chose qui m'étonne. Comment avez-vous pu creuser sa tombe dans la glace, ça doit être très dur ?

— Si on la travaille avec une perceuse, ça va tout seul.

— Et vous aviez bien sûr emporté une perceuse avec vous dans l'hélicoptère ?

— Sans ça, on ne peut rien faire, le sol gelé est dur comme de la pierre.

— Est-ce que vous aviez votre masque sur le visage lorsque vous l'avez tirée sur la glace ?

— Oui, pour l'effrayer.

— Est-ce qu'elle vous a vu creuser la tombe ?

— Oui, et je peux vous assurer qu'elle avait peur, c'était génial. C'est comme ça que les choses doivent se passer.

— Qu'est-ce que vous avez fait avant de lui mettre le sac en plastique sur la tête ?

— Je lui ai coupé les ongles.

— Vous avez fait autre chose.

— J'ai dit qu'*il voulait lui couper les ongles*. C'était juste pour l'effrayer un peu plus.

— Qu'entendez-vous par *il* ?

— C'était Belphégor, le démon de la télévision.

— Mais vous avez fait autre chose encore. Dites-le nous.

Andreas Falkenborg fit un geste pour écarter la suggestion, mais ne répondit pas.

— Qu'avez-vous fait d'autre ? Je veux le savoir !

— Il n'est pas question que j'en parle.

— Vous allez en parler. Allez, expliquez-vous.

— Non, je préfère ne rien dire, je ne veux pas en parler.

Konrad Simonsen reçut la réponse à son message. Celle-ci était heureusement courte : Insiste sur leur poitrine, et coince-le avec le rouge à lèvres. Il ne joue pas la comédie, mais sait bien de quoi il ne doit pas parler concrètement. NB : Arne Pedersen a trouvé un buste de Mozart dans son appartement.

— Qu'est-ce que c'est que ces notes ? demanda Andreas Falkenborg. Je n'aime pas ça, ça me désoriente.

— Il n'y en aura pas d'autres. Et maintenant, nous mettons la photo de Maryann Nygaard de côté avec celle de votre démon. J'en ai une autre à vous montrer... Qui est-ce ?

— Catherine, c'est la fille dont nous avons parlé, celle qui priait.

— Je me demande ce que vous regardez le plus lorsqu'elles sont en train de mourir. Est-ce leur poitrine à demi nue ou bien leurs lèvres qui se collent au plastique ? Racontez-moi d'où venait le sac que vous avez utilisé pour étouffer Catherine Thomsen et surtout, cessez de mentir.

Cette fois, l'intimidation n'eut que peu d'effet, et Andreas Falkenborg répondit d'un air distant :

— De mon sac à dos.

— Mais d'où venait le sac ?

— Je ne sais pas. C'était un simple sac, je ne peux rien vous dire de plus.

— Son père était déménageur, il avait fait un déménagement pour vous, un déménagement absolument impossible à réaliser, que vous aviez organisé uniquement pour le piéger.

— Je ne me souviens de rien, ça fait trop longtemps.

— Vous aviez volé un sac en plastique dans son garage et y aviez mis un buste de Mozart. Dans quel but ?

— Comment savez-vous ça ? Vous ne pouvez pas connaître ce détail.

— Détrompez-vous, nous savons beaucoup de choses sur vous.

— Oui, et vous devez être très doué, si vous pouvez trouver de tels détails.

— Pourquoi avez-vous fait cela ?

— Je ne me rappelle pas, c'est peut-être parce qu'il était bête.

— Qu'est-ce qu'il vous avait fait ?

— Certains individus disent des choses vulgaires sur autrui à leurs filles.

— Est-ce que c'était son cas ?

— C'est très possible. Parce qu'on a peur quand ils viennent vous trouver une deuxième fois et veulent que vous veniez avec eux à la messe.

— Qu'est-ce qu'il a dit concrètement ?

— Je ne me souviens pas.

— Vous tremblez et donc vous mentez. Chaque fois que nous abordons un sujet que vous connaissez, et que par conséquent vous ne pourrez pas démentir par la suite, vous vous agitez.

— C'est vrai, mais je ne supporte pas de vous l'entendre dire.

— Maintenant, nous remettons Catherine Thomsen avec Maryann Nygaard et Belphégor. Qu'en est-il de cette fille-là, vous la connaissez aussi, n'est-ce pas ?

— Je ne pense pas.

— Elle habitait à moins de cinq kilomètres de votre maison de vacances à Præstø.

— Dans ce cas, je l'ai sans doute rencontrée.

— Vous commencez à m'agacer avec vos *peut-être* et vos *sans doute* et autres approximations.

— Oui, je la connaissais, elle s'appelait Annie.

— Annie Lindberg Hansson ?

— Oui, c'est ça.

— Où est-ce qu'il faut la classer ? Parmi les vivants ou parmi les morts ?

— Parmi les morts. Annie est morte.

— Vous l'avez assassinée, comme vous avez assassiné les autres ?

— Je ne l'ai sûrement pas tuée, d'ailleurs on ne l'a jamais retrouvée.

— Elle ressemblait comme deux gouttes d'eau aux autres filles.

— Alors, ça doit être moi qui l'ai tuée. Oui, on doit pouvoir dire que c'est moi.

— Où est-ce que vous l'avez enterrée ?

— Je ne l'ai pas enterrée.

Konrad Simonsen tapa du poing sur la table et haussa violemment le ton.

— Où avez-vous enterré Annie Lindberg Hansson ?

Terrifié, Andreas Falkenborg recula et répondit d'un air abattu :

— Est-ce que vous ne voudriez pas arrêter de hurler ?

— Où avez-vous enterré Annie Lindberg Hansson ?

— Je ne l'ai pas fait et je ne veux pas parler de ça. Regardez comme je tremble.

— Mais il le faut. Liz est-elle morte de la même manière ?

— Je crois que oui. C'est pour cette raison que j'avais acheté ma fermette, pour me rapprocher d'elle. Nous étions en 1992, c'est l'année où le Danemark a gagné la Coupe d'Europe de football qui se déroulait en Suède.

— Quel était le nom de famille de Liz ?

— Suenson.

— Où l'avez-vous rencontrée la première fois ?

— Dans un ascenseur. L'ascenseur était bloqué, et nous étions seuls, elle et moi, avec un homme âgé. Je ne pouvais pas sortir de l'ascenseur, personne ne pouvait sortir. C'était à Vesterbrogade, juste en face des petites maisons qui sont construites devant un musée, je crois que c'est le musée de la ville de Copenhague. J'allais chez le dentiste.

— Où l'avez-vous tuée ?

— Dans la forêt, quelque part dans la forêt. Nous avions roulé longtemps avant d'arriver dans cet endroit.

— Et c'est là que vous l'avez enterrée ?

— Oui, dans la forêt. Il y a de grandes forêts en Suède.

— Comment s'appelle cette forêt ?

— Je ne sais pas, je ne crois pas qu'elle ait un nom.

— Où est-elle située ?

— En Suède, mais j'ignore le lieu exact.

Konrad Simonsen se pencha sur la table et se fit menaçant :

— Est-ce qu'elles se débattent parce qu'elles manquent d'air ? Est-ce qu'elles se balancent en avant et en arrière ? Comme Agnete Bahn lorsqu'elle forniquait avec votre père ?

— Vous n'avez pas le droit de dire de telles choses.

— Que s'est-il passé alors que vous étiez devant la fenêtre, Andreas ? Qu'est-ce que vous avez vu pendant que votre mère recevait des coups à cause de vous ?

— Ses seins. J'ai vu ses seins en regardant ses sous-vêtements. Elle avait les seins nus... il faut qu'on voie leurs seins.

— A quel moment ?

— Au moment où elles rendent leur dernier soupir, c'est à ce moment précis qu'on doit voir leur poitrine dénudée.

— Agnete Bahn vous a embrassé à travers la vitre, pour se moquer de vous alors que votre mère criait.

— C'était mal de sa part.

— Qu'est-ce que vous mettez sur leur bouche ? Dites-le moi.

— Je ne les embrasse pas.

— Non, mais vous faites autre chose, et il s'agit d'une chose que nous deux sommes seuls à savoir. De quoi s'agit-il ?

— Je ne veux plus parler avec vous, tout ça me répugne.

— Dites-moi d'abord ce que vous faites.

— Il ne faudra le dire à personne.

— Non, je ne dirai rien. Racontez-moi ce que vous faites.

— Est-ce que j'irai dans une bonne prison, alors ?

— Oui. Racontez-moi.

— Je veux aller dans une bonne prison. Je ne supporterai pas les autres, et d'ailleurs, je n'ai pas mérité d'aller dans une mauvaise prison.

La femme qui entra à ce moment dans la salle les interrompit d'une voix autoritaire :

— Voyons d'abord si vous devez aller en prison. Ce n'est pas au commissaire divisionnaire que revient ce type de décisions. Bonjour, Simon, je désire parler avec mon client, d'autant que cette audition a assez duré, n'est-ce pas ?

Konrad Simonsen dut se rendre à l'évidence :

— Oui, je l'avoue. Puis-je poser une dernière question ?

Elle marqua son assentiment d'un signe de tête, tout en ajoutant :

— Soyez bref, alors.

Konrad Simonsen demanda à Andreas Falkenborg :

— Y a-t-il eu d'autres femmes en dehors de celles que nous avons évoquées ?

— Non, je le jure. Elles ne sont que trois.

— Trois ? Qu'en est-il alors de Liz Suenson ? Est-ce que vous l'avez inventée ?

— Non, mais elle n'était pas danoise. Est-ce qu'il faut tout de même la considérer comme la quatrième ?

La question d'Andreas Falkenborg était sans doute sincère.

33

Après l'audition d'Andreas Falkenborg, l'ambiance au sein de la brigade criminelle était relativement optimiste, mais cela ne devait pas durer. Tout au long de la journée, les incidents déferlèrent sur la préfecture de police de Copenhague, et en particulier sur la brigade criminelle et son chef.

Konrad Simonsen et Arne Pedersen examinèrent l'audition d'Andreas Falkenborg avec Ernesto Madsen. Le psychologue était loin de partager la satisfaction relative des deux policiers quant aux résultats obtenus.

— Cette affaire ne va pas être simple. Sa naïveté et son apparente sincérité, dont il sait admirablement se servir aux moments opportuns, lui fournissent une protection très efficace. Je suis convaincu que c'est ainsi qu'il a réussi jusqu'à présent à se tirer des situations les plus difficiles qu'il a rencontrées dans sa vie. Ce sont des habitudes invétérées qui, même dans des circonstances critiques, ne nécessitent pas de réflexion. Je pense que vous avez remarqué comment il a brillamment évité de dire quoi que ce soit qu'il ne pourrait ensuite démentir.

Konrad Simonsen était bien conscient du problème.

— Nous n'en sommes qu'au début, nous allons l'auditionner plusieurs fois. Et puis il me semble que certaines de ses déclarations peuvent être mises à sa charge. Il a avoué sa culpabilité à plusieurs reprises.

— Il a été plusieurs fois sur le point d'avouer, mais à chaque fois, d'un ton soumis, ce qui signifie que la valeur de son témoignage dépendra de l'optique que l'on choisira pour en juger.

— Que voulez-vous dire ?

— Vous représentez à ses yeux le père sévère, et il veut satisfaire vos demandes en fonction de la situation. Si j'étais appelé pour le défendre, je disposerais là d'excellents angles d'attaque.

— Vous semblez penser que c'est le cas…

— Oui, je crois. Il ne joue pas la comédie, mais son comportement infantile ne signifie pas qu'il soit dénué de talents. Il fait en permanence attention à ne pas vous donner certains détails, ceux que vous êtes peut-être seuls à connaître. Il lâche les autres informations en réagissant juste au moment où il est obligé de répondre. Une stratégie particulièrement efficace, qui présente aussi un avantage certain pendant l'audition, car il peut concentrer son attention sur la nécessité de cacher ce qu'il sait sur certains éléments, comme le rouge à lèvres ou le lieu où il a enterré Annie Lindberg Hansson.

Konrad Simonsen fit la moue.

— On dirait que vous êtes sûr qu'il va retirer sa déposition, demanda Arne Pedersen. Est-ce le cas ?

— Je suis convaincu que c'est ce qu'il a prévu, et de toute façon, lorsque son avocate aura pris connaissance de l'enregistrement, elle l'informera certainement de cette possibilité. Mais vous êtes plus experts que moi en la matière.

Arne Pedersen s'adressa à Konrad Simonsen :

— Je ne la connais pas. Est-elle compétente, Simon ?

— Tout à fait, mais elle attache aussi une grande importance aux faits. Dis-moi, d'où venait-elle comme ça ? Elle est arrivée comme un cheveu sur la soupe. Ce n'est tout de même pas lui qui l'a fait venir, parce que dans ce cas, nous l'aurions su.

— Non, il n'a pas utilisé sa messagerie, donc il n'a pas pu l'appeler, répondit Arne Pedersen.

— Alors, elle a dû être informée par la presse, dit Konrad Simonsen d'un air surpris. Les journalistes n'ont pourtant pas l'habitude d'aller sur ce terrain. Mais il y a un autre point que je ne comprends pas ; il est possible que, dans le cadre d'une audition, sa défense soit plus efficace que je ne me l'étais imaginé, d'un autre côté, ce serait plus intelligent de sa part de ne rien nous dire du tout. Dans tous les cas, nous disposons maintenant de l'enregistrement de sa déposition et celle-ci ne le montre pas sous un jour favorable.

— Ce n'est pas comme ça qu'il fonctionne, expliqua Ernesto Madsen. Dans son monde, il s'agit plus d'une lutte entre lui et la police. Il est sûrement persuadé qu'il a gagné, parce qu'il a fait des réponses qui lui ont permis d'éviter toute déclaration susceptible d'avoir un caractère irrévocable, et puis, vous ne devez pas oublier qu'il avait peur. Il ne voulait en aucun cas vous contrarier, c'était clair.

— Et quid de Liz Suenson, cette nouvelle fille qu'il a évoquée ? Est-ce qu'elle existe vraiment ou est-ce qu'elle sort de son imagination ?

Arne Pedersen était sûr de lui :

— C'est un mensonge, nous avons déjà fait des recherches la concernant, et les Suédois ont fait de même. Personne n'arrive à établir un lien entre ce nom et une quelconque disparition. Par ailleurs, les Suédois tout comme nos services ont dès le départ fait des recherches approfondies pour identifier les femmes susceptibles d'avoir été ses victimes. Mais je reconnais qu'il a bien joué en la sortant de son chapeau. C'est bien le seul moment où il a réussi à maîtriser l'ordre du jour.

Ernesto Madsen était plus lapidaire dans son jugement :

— Creusez davantage, je suis sûr qu'elle existe.

Konrad Simonsen songea un instant aux arguments qu'il pourrait lui opposer, puis il dit :

— Nous devons tous revoir l'audition au moins une fois. Nous pourrons toujours revenir à cette question plus tard, puisque nous ne sommes plus aussi pressés par le temps. Quoi qu'il arrive, nous n'avons pas à craindre qu'il soit relâché dans les jours qui viennent.

Konrad Simonsen put garder ses illusions une petite heure. Ensuite, ni l'appel de la préfète de police lui demandant de venir la voir immédiatement, ni son visage pincé lorsque, quelques minutes plus tard, il entra dans son bureau, ne purent lui laisser de doute sur la gravité de la situation. C'était une grande femme dont le charme froid était plus lié à une réelle pudeur qu'à l'arrogance que certains lui attribuaient. Même si certains émettaient parfois des réserves quant à ses résultats, tous s'accordaient à reconnaître la passion qui l'animait et le souci qu'elle avait de bien faire son travail. Une de ses forces résidait dans sa capacité à écouter ses subordonnés et à se rallier à leur expertise, ce qui constituait un avantage évident dans la mesure où ses connaissances du terrain étaient quasiment inexistantes. Les dons dont elle faisait preuve en matière de mode étaient, en revanche, assez limités.

Elle avait peu de talent pour assortir les couleurs et s'affublait parfois de tenues au goût douteux. Elle avait notamment une fâcheuse tendance à choisir des modèles beaucoup trop petits pour elle qui lui donnaient un air de minette sur le retour. Un jour, elle était arrivée à une fête avec un vêtement découvrant son ventre sur plusieurs centimètres et bien que les faits remontent à plusieurs années, l'anecdote continuait de circuler, en particulier parmi ses collaboratrices qui la racontaient avec un doux mépris en levant les yeux au ciel.

— Asseyez-vous, Simon, et écoutez-moi. Ça ne va pas.

Elle prit d'abord le temps de redire à Konrad Simonsen l'estime qu'elle avait pour lui et combien elle appréciait son travail et celui de son service. Il observait la photographie de la reine Margrethe accrochée au mur derrière elle. Sa Majesté était en tenue de gala, les cheveux coiffés en chignon et des diamants savamment éparpillés sur sa chevelure. La rumeur voulait que si la préfète de police de Copenhague était de garde le soir du réveillon de Noël, elle accrocherait un lutin sur le tableau, mais il n'avait jamais eu l'occasion de constater ce prétendu débordement. Quand elle eut enfin terminé, il repoussa d'une manière peu élégante mais assez efficace ce flot de paroles amicales :

— Je suis pressé. Que vouliez-vous me demander ?

Elle soupira d'un air un peu théâtral puis activa une icône sur l'écran de son ordinateur, faisant bientôt surgir les voix d'Andreas Falkenborg et de Poul Troulsen de ses haut-parleurs :

— Il y a deux prisons que vous devez à tout prix éviter. Il y règne une hiérarchie sans merci entre les

prisonniers. Comme vous n'êtes pas d'une propreté irréprochable, et que vos victimes sont des femmes, vous allez vous retrouver tout en bas de l'échelle.

— Mais je ne suis pas sale.

— D'où est-ce que ça vient ?

La préfète de police marqua une pause avant de répondre :

— De la voiture dans laquelle Poul Troulsen a conduit le prévenu de son domicile à la préfecture.

— Comment est-ce possible ?

— Je n'en sais rien. J'espérais que vous pourriez me le préciser.

— Comment avez-vous su que ça venait de la voiture ?

— En écoutant la bande. Plus loin dans l'enregistrement, ça s'entend parfaitement. Par ailleurs, le dossier a été diffusé sous le titre *Circuit en voiture avec la police*.

— Diffusé où ?

— Sur YouTube et d'autres portails. Mais il y a pire, je débobine – enfin, peu importe le terme – écoutez cela.

— Dites-moi, vous a-t-on jamais battu violemment, par exemple avec un bâton ou une canne ?

— Non, jamais.

— Et vous n'avez jamais vu quelqu'un se faire battre comme ça, ou plutôt entendu quelqu'un crier sous les coups et demander grâce pour sauver sa peau ?

— Si.

— Bon, alors, vous savez que ça fait mal. Dans les prisons les plus dures, c'est cent fois pire. Vous serez battu à mort chaque jour, uniquement parce que les autres vous détesteront. En général, deux prisonniers

vous assènent les coups tandis que trois autres vous tiennent. Je peux vous garantir qu'après une telle séance, vous avez le dos en sang, ce n'est pas beau à voir !

La préfète arrêta la bande et reprit sa conversation avec Konrad Simonsen.

— Un peu plus loin, Poul Troulsen effraie le prévenu en lui parlant d'un individu qu'il appelle *le Chef*. Il ne s'agit pas de vous, par hasard ?

— Si, bien sûr.

— La relation est sans ambiguïté. Donc, si le pauvre idiot ne fait pas l'aveu de ses fautes, vous le mettez dans un lieu où il sera battu. Qu'est-ce que c'est que cette histoire ?

— Nous sommes dans de beaux draps.

— Nous sommes bien d'accord.

— Tout ça va contribuer à affaiblir notre position face à Andreas Falkenborg.

— Oui, c'est aussi ce que j'ai tendance à penser, mais ce n'est pas mon premier souci. J'ai déjà vu des transcriptions de la bande sur les sites Internet de plusieurs quotidiens et de certaines chaînes de télévision, et il ne s'agit pas uniquement des médias les plus populistes, mais aussi des leaders d'opinion.

— Ce fichu Internet.

— Mais oui, Simon, accusez donc Internet. Je le supprime dès demain, s'il vous pose problème.

Konrad Simonsen ne lui répondit pas et elle reprit sa froideur habituelle.

— Ce n'est pas la première fois que Poul Troulsen fait des gaffes. En réalité, ça s'est produit souvent au cours de sa carrière. Tout dépend évidemment de la manière dont on compte, mais il a bien dû être responsable d'une dizaine d'incidents et il me semble que c'est la fois de trop. Ce qui s'est passé dans la voiture avec Andreas Falkenborg dépasse les bornes. Poul le menace directement de coups s'il n'avoue pas ses crimes.

— Il y a quelques mois, je me suis moi aussi trouvé en voiture avec un prévenu et j'ai été beaucoup plus dur que Poul ne l'a été aujourd'hui.

— C'est possible, mais d'une part, le trajet n'a pas été enregistré et d'autre part, il ne s'agit pas de savoir si on est très dur, comme vous dites, mais si on a recours à des menaces physiques pour obtenir des aveux. Simon, je sais bien qu'il doit partir en retraite dans cinq mois, mais je vous demande de le suspendre. Je ne vois pas d'autre issue.

— Non !

Elle mit une note sous ses yeux.

— Eh bien, vous n'avez qu'à lire toute la transcription, c'est totalement déplacé et ça ne laisse aucune chance à ce pauvre homme.

— C'est aussi l'objectif. Ça fait quelquefois partie de nos méthodes de travail, que ça vous plaise ou non et quelles que soient les réactions de l'opinion publique. C'est moi qui ai demandé à Poul Troulsen de faire pression sur lui. Et n'oubliez pas que ce pauvre homme a assassiné au moins deux femmes, et qu'il en a vraisemblablement éliminé quatre au total.

— C'est vous qui le dites.

— Parfaitement, et je peux vous garantir que c'est le cas.

— Vous refusez donc de le suspendre ?

— Oui.

— Alors, c'est moi qui vais le faire.

— Je ne peux pas vous en empêcher.

Le silence s'installa entre eux. Ce fut la préfète qui le rompit :

— Qu'est-ce que vous allez faire ?

— Vous le savez bien.

La voix de Konrad Simonsen s'était radoucie. Il n'avait aucune intention de se donner de l'importance, mais il avait fait une réponse qui n'augurait rien de bon et qui ne laissait aucune place au compromis.

— Je craignais cette réponse. Je vous remercie en tout cas de ne pas me menacer.

— Je vous en prie.

— Simon, nous savons tous les deux que vous avez des amis très influents, est-ce que vous ne pourriez pas…

Elle avait du mal à formuler sa pensée et cherchait ses mots. Il ne lui vint pas en aide.

— … attendre un peu avant d'informer les autres de tout cela, enfin de cette conversation, jusqu'à ce que… eh bien, il y ait des échos encore plus graves… Bon sang, Simon, qu'est-ce que vous voulez que je fasse ?

— Je ne sais pas.

— Que feriez-vous à ma place ?

— Je ne sais pas.

— Vous ne m'êtes pas d'une grande aide.

— Je ne suis pas préfet de police.

Elle secoua la tête et soupira. Konrad Simonsen ouvrit les bras d'un geste amical ; c'était le seul soutien qu'il souhaitait lui apporter. Il l'aimait bien, mais il avait ses propres problèmes à gérer et ne pouvait pas s'occuper du travail des autres. Elle soupira à nouveau et essuya son front avec le dos de sa main en exagérant le geste, ce qui fit sourire Konrad Simonsen.

— Vous souriez.

— Oui, je souris.

— J'aimerais avoir votre humour, même s'il me paraît parfois un peu étrange. En tout cas, il faut que je prenne le temps de réfléchir, et j'aurais aussi besoin d'avoir Helmer Hammer ou Bertil Hampel-Koch au bout du fil pour qu'ils me donnent leurs conseils. En l'occurrence, je pourrais aussi appeler la ministre de l'Environnement.

— La ministre de l'Environnement ! Vous ne croyez pas que vous exagérez un peu l'ampleur de mon fan-club ?

— Non. En revanche, je suis sûre que vous le sous-estimez.

— Nous n'allons pas nous disputer pour ça, mais si vous vous imaginez que je suis pendu au téléphone pour m'apitoyer sur mon sort, vous me connaissez mal.

— Je sais que ce n'est pas le cas. Allez, vous pouvez partir puisque vous ne voulez pas m'aider. On se reparlera plus tard.

A son arrivée, Simonsen trouva la lettre de démission de Poul Troulsen sur son fauteuil et alla aussitôt chercher son collaborateur dans son bureau. Celui-ci était en train de rassembler ses affaires personnelles dans un sac plastique. Konrad Simonsen en renversa le contenu sur la table et jeta le sac dans la corbeille à papiers.

— Tu peux abandonner l'idée, Poul.

— Je ne veux pas être une charge, ni pour toi ni pour le service, dit Poul Troulsen d'une voix où se mêlaient l'amertume et la détermination.

— Pourquoi adopter cette attitude absurde ? Tu ferais mieux de commencer les recherches sur Liz Suenson au lieu de t'occuper de sujets que tu ne peux gérer et qui, de surcroît, relèvent de ma compétence. Est-ce que tu n'as pas confiance en moi ?

— Si, bien sûr. Mais je ne voudrais pas…

Son chef l'interrompit brutalement :

— Tu veux, tu ne voudrais pas. Maintenant, il s'agit de travailler sur le cas Liz Suenson ! J'ai un assassin responsable de deux homicides derrière les barreaux qui risque de m'échapper et je n'ai pas le temps de m'occuper de tes petits problèmes narcissiques. Mets-toi au travail tout de suite. Quant à moi, je vais au tribunal et j'espère qu'à mon retour, tu auras des résultats à me présenter.

Konrad Simonsen s'avança, chiffonna la lettre de démission de Poul Troulsen et la jeta dans la corbeille avant de quitter le bureau de son collègue.

34

Après être passé au petit parquet, Konrad Simonsen rentra à la préfecture et se rendit dans le bureau d'Arne Pedersen. L'expression de ce dernier laissait deviner l'annonce d'autres événements regrettables. Lui non plus n'était pas porteur de bonnes nouvelles, et aucun des deux n'avait envie d'entendre ce que l'autre avait à dire.

Arne Pedersen posa cependant une question :

— Tu n'as pas l'air d'être satisfait de ta visite au petit parquet. Tu ne vas pas me dire qu'ils l'ont relâché.

— Non, tout de même pas. Il a retiré sa déposition, mais nous nous y attendions.

— Oui, ce n'est pas étonnant. Autre chose ?

Arne Pedersen luttait contre un rayon de soleil qui se reflétait dans une des fenêtres et l'éblouissait. Au lieu de changer de place, il avait mis une main devant son front, ce qui empêchait Konrad Simonsen de voir son visage.

— Est-ce que tu ne veux pas plutôt changer de place ? Tu m'énerves avec ta main !

Arne Pedersen s'exécuta.

— Cette chaleur est insupportable, les vêtements me collent à la peau, et je transpire comme un bœuf.

Konrad Simonsen fit mine de ne pas entendre ses

lamentations. Il lui fallait lutter contre ses propres suées et ça lui suffisait.

— Finalement, la juge a reporté l'audience. Elle veut comparer mon audition et l'enregistrement de la conversation qui a eu lieu entre Poul et Andreas Falkenborg dans la voiture. Un certain nombre de remarques juridiques ont été faites sur le fait de savoir ce qui était légal et ce qui ne l'était pas, notamment concernant le droit d'un prévenu de procéder à des écoutes lors d'entretiens avec la police. Il n'existe apparemment aucun précédent, c'est la raison pour laquelle défense et accusation ont tenu à approfondir l'examen de cette question.

— Et comment a réagi la juge ?

— Elle n'a pas semblé particulièrement intéressée par cet aspect.

— Quand est-ce que le jugement sera prononcé ?

— Quand elle aura terminé de lire le rapport, donc personne ne le sait. Le tribunal était rempli de journalistes, et ça ne facilite pas les choses. Mais je suppose qu'elle va supprimer une semaine au délai de procédure normal et se prononcer en faveur d'un délai de trois semaines, histoire de nous montrer son mécontentement quant à la manière dont nous avons procédé.

— Nous verrons bien. Mais comment a-t-il réussi le tour de force de faire des enregistrements dans une voiture ? Ça dépasse mon entendement.

— C'est pourtant assez facile à comprendre, mais il faut reconnaître que la mise en œuvre suppose l'intervention d'un expert. Il a utilisé son portable, après avoir obtenu de Poul Troulsen la permission de l'emporter à condition de le laisser fermé. En réalité, il l'avait laissé ouvert, il l'avait juste trafiqué pour qu'il ait l'air d'être fermé. Il avait établi une liaison avec l'un de ses ordinateurs et continuait à utiliser le même numéro. Malgré les apparences, le téléphone fonctionnait donc normalement. La dernière étape a consisté à numériser l'entretien et à procéder à une diffusion automatique du contenu vers divers forums sur Internet. Ne me demande pas comment on fait pour obtenir ce résultat car je n'en sais rien, mais un des experts informatiques présents lors de la perquisition m'a confirmé que ce n'était pas difficile.

— Hum, très ingénieux. Quand j'entends ces explications, j'ai du mal à croire la version de E. Madsen quand il prétend que sa naïveté n'est pas feinte.

Le visage d'Arne Pedersen s'illumina soudain d'un sourire enfantin.

— Tu sais qu'il s'appelle E. Madsen, mais sais-tu ce que signifie le "E" ?

— Non, et ça m'est tout à fait égal.

— Ernesto ! Le malheureux s'appelle Ernesto Madsen. C'est Pauline qui me l'a dit, mais tu ne dois rien en dire à personne, parce que j'ai promis de le garder pour moi.

— Ah bon ? Pourquoi me le dire dans ce cas ? Non, ça ne fait rien. Ce qui compte, c'est le fait qu'Andreas Falkenborg est beaucoup plus rusé et calculateur que je l'avais cru en me fondant sur son profil. Mais racontemoi comment la perquisition s'est déroulée. J'imagine que vous n'avez pas fait de grandes trouvailles.

— Non. Ils n'ont pas terminé, mais je doute qu'ils trouvent d'autres éléments utilisables.

— Vous n'avez rien trouvé d'exploitable ?

— Tu as entendu parler du buste de Mozart ? Il l'avait mis dans un sac en plastique avant le déménagement pour pouvoir recueillir les empreintes de Carl Henning Thomsen et c'est ce sac qu'il a utilisé ensuite pour étouffer la fille. Nous pensons en tout cas que ça s'est passé comme ça.

— En dehors du buste et des empreintes, Arne, ce n'est que de la pure spéculation.

— Il y a un point très négatif. Nous avons été en contact avec son fournisseur de service Internet, et nous avons appris qu'il a eu le temps de télécharger l'article que *Dagbladet* avait sur son site lundi dernier, relatant l'interview de Jeanette Hvidt. Des traces laissées sur son ordinateur indiquent également qu'il a vu sa photo.

— Ce n'est pas possible ! Y a-t-il autre chose ?

— Rien d'urgent. Nous avons trouvé deux clés dont nous ne connaissons pas l'usage, mais l'une d'elles pourrait correspondre à un coffre-fort de banque. L'autre est assez spéciale et comporte un numéro. Et puis vendredi dernier, il a prélevé un gros montant en espèces, mais nous n'en avons trouvé aucune trace.

— Pas de masque, je suppose ?

— Non, aucune trace de masque.

— Des micros dans son appartement ?

— Oui, et d'une technologie avancée. Il s'agit de pièces minuscules, de la taille d'une pilule avec émetteur et tout ce qui s'ensuit, qui peuvent tout enregistrer, fonctionnent sur commande vocale et sont hypersensibles. C'est certainement ceux qu'il utilise dans son travail, quand il doit espionner des gens.

— Oui. Mais n'y a-t-il pas aussi un récepteur ou un objet de ce genre ? Il doit exister un support qui permet de conserver les entretiens.

— Dans son appartement, il utilisait son ordinateur, ou plus précisément l'un de ses six ordinateurs. Mais nous avons trouvé une brochure et vu que ces micros peuvent communiquer au moyen d'un petit boîtier fonctionnant sur batterie qui envoie un signal *via* le réseau mobile. Un boîtier comme ça n'est pas plus grand qu'une boîte d'allumettes, il est donc facile à dissimuler. Quatre de ses ordinateurs sont protégés par un mot de passe et nos techniciens sont en train de se donner un mal fou pour tenter de trouver la solution. Pour le moment, ils sont venus à bout d'un seul, celui qui contient la photo de Jeanette Hvidt. De nombreux éléments indiquent en tout cas que son expertise ne concerne pas uniquement les écoutes et les micros, mais qu'il a également des connaissances informatiques avancées.

— Est-ce que ça signifie qu'on risque de ne pas accéder aux informations qui se trouvent dans ses autres ordinateurs ?

— Non, c'est juste une question de temps, on a besoin de deux ou trois jours au plus. Je dis juste qu'il est doué en informatique. A ce propos, nous avons trouvé comment il avait réussi à pénétrer chez le témoin qui lui avait remis par erreur une carte périmée. Tu te souviens de cet épisode ?

— Oui, bien sûr. Comment a-t-il procédé ?

— Il avait accès au système informatique de la société de sécurité, grâce à des informations qu'il avait probablement volées à l'époque où il travaillait pour eux comme consultant. Est-ce qu'il faut poursuivre les investigations ?

— Est-ce que nous avons informé la société concernée ?

— Oui, et elle a modifié son système.

— Parfait. Dans ce cas, il est inutile d'en faire plus. Est-ce qu'on sait s'il avait un entrepôt ou un lieu quelconque où il stockait le matériel destiné à la vente de ses produits ?

— Non, il en a sûrement un, mais nous ignorons où il est situé. La seule chose que nous savons, c'est qu'il ne s'agit pas forcément d'un grand local ; un garage, par exemple, pourrait suffire à ses besoins.

Konrad Simonsen conclut en faisant grise mine :

— Nous n'avons pas obtenu grand-chose de cette perquisition. Est-ce que tu as d'autres éléments ?

— Oui. Nous n'arrivons pas à mettre la main sur sa voiture, ou plutôt sur l'une de ses voitures. Il en a deux : une Mercedes W210 2001 de couleur bleue et une Volkswagen Multivan 2004 blanche. Les deux sont enregistrées comme véhicules de tourisme. La Volkswagen est une camionnette à portes coulissantes, et c'est ce véhicule que nous n'avons pas retrouvé.

— Lance un avis de recherche.

— C'est ce que j'ai fait.

— Autre chose ?

— Non, mais nous n'avons pas terminé. Est-ce que je dois y retourner ?

— Non, je préférerais que tu aides Poul dans l'enquête sur Liz Suenson.

— Cette jeune suédoise fantomatique qui n'existe que dans l'imagination d'Andreas Falkenborg et de notre cher *Che* Ernesto Madsen ?

— Oui, la jeune Suédoise qui est peut-être la percée dont nous aurions dramatiquement besoin.

— Et qui, si elle existe, est ensilée dans une forêt quelque part en Suède, et Dieu sait que les forêts ne manquent pas dans le pays ! J'ai du mal à voir quelle percée ça pourrait constituer.

— Ce n'est pas une simple proposition. Et puis exprime-toi correctement quand tu parles d'elle.

— D'accord. Tu as raison, je vais aller voir Poul. Au fait, comment prend-il la situation ?

— Il travaille.

— Cesse de faire comme si tu étais indifférent à son égard, je sais pertinemment que ce n'est pas le cas. Tu l'as d'ailleurs soutenu face à ta chère directrice. A ce propos, tu as vu qu'elle devait faire une déclaration cet après-midi ?

Konrad Simonsen se leva. Il remarqua avec un certain étonnement qu'il n'était pas si fatigué, et qu'il n'avait plus de démangeaisons aux chevilles. Il aurait cependant bien fumé une petite cigarette.

— Non, je ne suis pas indifférent, mais j'attache plus d'importance à un double assassinat qu'aux faits sur lesquels je ne peux avoir d'influence. Et oui, bien sûr que je l'ai soutenu. Qu'est-ce que tu t'imaginais ? Non, je n'avais pas vu que la préfète de police avait l'intention d'intervenir, et pour répondre à ta prochaine question, je ne sais pas non plus ce qu'elle va dire. Maintenant, je retourne dans mon bureau pour réécouter l'audition d'Andreas Falkenborg. J'espère que vous allez bientôt accoucher d'une bonne nouvelle, parce que j'en ai bien besoin.

Konrad Simonsen n'eut qu'un bref moment de répit car dix minutes plus tard, Arne Pedersen entra à pas feutrés dans son bureau, suivi d'un Poul Troulsen taciturne. Il avait, sinon de bonnes nouvelles, du moins du nouveau. Konrad Simonsen retira ses écouteurs et, d'un geste de la main, invita les deux hommes à prendre un siège. Un geste superfétatoire, car ni l'un ni l'autre n'avaient coutume d'attendre sa permission pour s'asseoir.

— Vous avez fait vite. Alors, elle existe ou non ?

Arne Pedersen regarda Poul Troulsen et, son collègue n'ayant pas l'air disposé à répondre, déclara :

— On n'a toujours rien d'officiel en ce qui concerne

son nom, et nous venons pour la troisième fois de passer en revue tous les registres. Malte lui-même commence à être fatigué de nos demandes.

— Mais ?

— Mais nous avons examiné les entrées et les rampes d'escaliers sur Vesterbrogade en face du musée de la ville de Copenhague. Il y a neuf entrées, dont trois seulement avec ascenseur, et une seule où habitait un dentiste en 1992. Celui-ci a aujourd'hui un cabinet à Ballerup, mais il nous a confirmé qu'Andreas Falkenborg a été un de ses patients à l'époque où il avait encore son cabinet à Copenhague.

— J'espère que vous avez d'autres informations.

— Peut-être. Vesterbrogade n° 62, ça ne te rappelle rien ?

Pour la première fois de la journée, le visage de Konrad Simonsen se fendit d'un large sourire.

— Snotfather, alias Docteur Cold ?

Poul Troulsen fit enfin entendre le son de sa voix :

— Exactement ! Il habite au troisième étage.

— Est-ce que vous l'avez contacté ?

— Non, j'ai pensé que tu voudrais peut-être te rendre là-bas en personne. Il est chez lui en ce moment.

— Il est toujours chez lui. J'imagine qu'il est toujours aussi actif?

— Plus que jamais. Il est l'un des trois instigateurs que le chef de la police nationale voudrait absolument briser. Mais son dernier séjour en prison remontant à quinze ans, on ne peut pas dire que les résultats de la police sont proportionnels à la volonté exprimée.

— Non, malheureusement. Est-ce que vous avez des éléments concrets concernant la jeune Suédoise ?

— Non, juste de simples suppositions.

Konrad Simonsen réfléchit un instant à la proposition, mais il avait en réalité déjà pris sa décision.

— D'accord, je vais aller l'interroger.

Arne Pedersen demanda d'un air surpris :

— J'ai entendu parler du Docteur Cold, mais pourquoi l'appelez-vous Snotfather ?

Son chef et son collègue se mirent à rire. Konrad Simonsen dit :

— C'est le surnom que nous lui donnions dans le temps. C'était à cause de son nez, qui est étonnamment long, et puis parce que ce surnom le gêne. Et, pour être honnête, pendant des années, c'est le seul moyen que nous avions trouvé pour le chicaner. Est-ce que vous voulez venir avec moi ?

Ils firent tous deux un signe négatif de la tête. Poul Troulsen dit :

— Je préférerais rentrer chez moi. Les journalistes n'arrêtent pas d'appeler et de poser des questions à ma femme. J'aimerais être avec ma famille.

Il regarda sa montre. Il avait commencé la journée alors que les autres dormaient encore, mais il était encore trop tôt pour quitter le bureau. Konrad Simonsen comprit son hésitation et lui dit :

— Oui, rentre chez toi, mais promets-moi de venir travailler demain, quoi qu'il advienne.

— Oui, je te le promets, si je ne suis pas licencié.

— Tu ne seras pas licencié, et de toute façon, le harcèlement de la presse finit toujours par s'arrêter. Tu peux me les envoyer, si tu veux.

— Pas question.

— Alors, arrête de te lamenter, et salue ta femme de ma part.

35

L'homme qui ouvrit la porte à Konrad Simonsen était bien habillé et avait de bonnes manières. Il avait un regard froid et retors. Il s'appelait Marcus Kolding et était médecin, le surnom de Docteur Cold lui convenait donc doublement, se disait Konrad Simonsen.

Il fut peut-être surpris de voir arriver son invité, mais ne le montra pas.

— Le chef de la brigade criminelle en personne ! Que me vaut cet honneur ?

Konrad Simonsen ne fit aucune tentative pour plaire à son témoin. Il savait que ça n'aurait aucun effet sur lui.

— J'ai besoin de votre aide.

— Alors, dites-moi de quoi il s'agit, mais nous allons rester ici, je préfère ne pas vous faire entrer. Ce n'est pas pour des raisons personnelles, c'est juste une question de principe.

— Pas de problème. *Liz Suenson*, est-ce que ce nom vous dit quelque chose ?

L'homme réfléchit, puis répondit :

— Peut-être. Pourquoi ?

Konrad Simonsen lui montra deux photographies.

— Est-ce qu'elle ressemblait à ces deux jeunes femmes ?

Il regarda les photos et réfléchit à nouveau, mais cette fois plus rapidement.

— Peut-être. Pourquoi ?

Konrad Simonsen lui montra une autre photo.

— Parce qu'elle a peut-être terminé ses jours de la même manière qu'elles et que vous avez une petite-fille de cet âge. Voilà pourquoi.

— Que voulez-vous savoir ?

— Est-ce que *Liz Suenson* est son vrai nom ?

— Non.

— Alors, j'aimerais savoir comment elle s'appelait et ce qu'elle faisait chez vous.

Il réfléchit puis il dit :

— Elle était finlandaise, elle faisait des allers-retours entre le Danemark et la Suède, mais elle n'était pas l'un de mes principaux employés.

— Coursier ?

L'homme fit signe que non.

— Qu'est-ce qu'elle faisait chez vous, alors ?

— Elle était jolie.

— Oui, c'est vrai. Et son vrai nom ?

— Je ne m'en souviens pas. Les Finlandais n'ont pas de noms, ou plutôt leurs noms ne sont qu'un assemblage de lettres qui se succèdent sans ordre apparent. Mais je peux le trouver, si c'est important.

— Oui, c'est important. Qu'est-elle devenue ?

— Elle a disparu subitement, en 1992 ou 1993, mais elle ne m'avait rien pris, donc j'ai pensé qu'elle était repartie en Finlande.

— Vous n'avez pas essayé de la retrouver ?

— Non, pas spécialement. Comme je l'ai dit, elle n'occupait pas un poste de… confiance.

— Lorsqu'elle effectuait ces déplacements pour

vous, les faisait-elle en voiture, en train, en car ou bien en avion ?

— En train. Je peux aussi vous donner le nom d'une ville – ça fait si longtemps que ça n'a plus d'importance – mais rien d'autre.

— Quel est le nom de cette ville ?

— Hässleholm.

— Où habitait-elle quand elle se trouvait au Danemark ?

— Je n'en ai aucune idée. Peut-être chez un ami, peut-être dans un de mes hôtels. Je peux aussi le vérifier.

Konrad Simonsen lui donna sa carte.

— C'est parfait. Appelez-moi pour me communiquer son nom ou pour me donner les informations que vous avez trouvées, c'est urgent.

— D'ici une demi-heure. Est-ce ce psychopathe que vous avez arrêté qui l'a tuée ?

— Je n'en sais rien.

L'homme massa son énorme nez avec de petits mouvements circulaires, un tic bien connu de la police. Puis il dit :

— Je n'aime pas l'idée qu'il ait pu éliminer une personne appartenant à mes équipes, je n'aime pas ça du tout. Il mériterait qu'on le force à essayer ses propres méthodes, en commençant peut-être par une petite séance de chalumeau.

— Il mérite d'aller en prison, tout comme vous.

— Alors, j'espère que vous serez plus efficace avec lui que vous ne l'avez été avec moi. Y a-t-il autre chose ?

— Non. Merci de votre collaboration.

L'homme referma la porte sans répondre.

36

En cette journée de mercredi, les problèmes auxquels la brigade criminelle devait faire face étaient encore nombreux. Dès son retour, Konrad Simonsen fut informé par Arne Pedersen et Pauline Berg des derniers développements. Ce fut elle qui se chargea d'en dresser la liste.

— Le roi des gangsters à qui tu viens de rendre visite a téléphoné. Comme tu n'étais pas là, on me l'a passé. Le vrai nom de Liz Suenson est Elizabeth Juutilainen. Nous nous sommes procuré sa photographie signalétique datant de 1988, l'année où elle était incarcérée pour trafic de stupéfiants à Tampere. Au moment de sa disparition en 1992, elle avait vingt-cinq ans. Les Finlandais nous envoient dès que possible d'autres renseignements, mais elle correspond malheureusement aux préférences féminines d'Andreas Falkenborg. Il est donc vraisemblable qu'elle a été sa quatrième victime.

Konrad Simonsen marmonna :

— Oui, c'est d'ailleurs l'idée à laquelle j'étais arrivé. Qu'y a-t-il d'autre ?

— Un message de ta fille, Anna Mia…

— Qui est ?

— Tu ne pourras pas la joindre avant demain. Il y avait un problème de couverture et des perturbations atmosphériques dans la zone où elle se trouvait.

L'information irrita Konrad Simonsen plus qu'il ne voulait se l'avouer. Il s'était réjoui à l'idée de lui parler, leur conversation aurait pu constituer une pause bienvenue dans une journée qui s'annonçait mauvaise. Essayant à peine de cacher son dépit, il dit en bougonnant :

— Comment a-t-elle pu appeler pour dire qu'elle ne pouvait pas appeler ? Ça n'a aucun sens.

Pauline Berg réfléchit rapidement :

— Je n'ai jamais été dans les Caraïbes, donc je n'en sais rien, mais le navire était peut-être sur le point d'entrer dans une zone de perturbations.

Arne Pedersen intervint sèchement :

— Arrête de tirer sur le messager, Simon.

— Oui, tu as raison. A-t-elle dit autre chose ? Pauline Berg jeta un regard en biais vers Arne Pedersen qui, debout derrière son chef, fit un rond devant sa bouche pour indiquer que, dans la situation présente, un soupçon de créativité était permis. Elle suivit son conseil :

— Oui, elle a dit qu'elle allait bien mais que tu lui manquais beaucoup et qu'elle se réjouissait à l'idée de rentrer. Elle t'embrasse.

Konrad Simonsen prit le temps de savourer chaque mot, et Pauline Berg continua son énumération.

— Il y a autre chose, mais Arne, tu pourrais peut-être…

Arne Pedersen accepta le défi.

— La préfète de police a formulé une réprimande publique à ton encontre. Elle a donné une conférence de presse il y a dix minutes et a remis en cause les méthodes de la brigade criminelle et en particulier les instructions que tu avais données à Poul.

Konrad Simonsen prit un air réjoui, ce qui surprit totalement son collaborateur.

— Pas possible ! Et que s'est-il passé d'autre ? Et Poul ?

— Rien. Elle a tenu à préciser qu'on ne pouvait rien lui reprocher et indiqué que c'était toi, et toi seul, qui étais responsable – en soulignant que tu t'étais montré trop impatient – et elle, bien sûr, puisqu'elle est ta supérieure directe. Elle te convoquera à un entretien dès que l'enquête sera terminée. Par ailleurs, elle n'a pas souhaité faire de commentaires sur l'affaire des écoutes mais elle a précisé que si certains souhaitaient avoir des informations complémentaires, ils pouvaient assister à ta conférence de presse aujourd'hui à 17 heures.

— Est-ce que les journalistes ont posé des questions ?

— Aucune, indiqua Pauline Berg. Elle a quitté la pièce tout de suite après avoir lu sa déclaration. Pour ne rien te cacher, je trouve que la manière dont elle te traite est totalement injuste.

— C'est pourtant ce genre d'impulsions qui vous font avancer.

Arne Pedersen regarda son chef avec un certain étonnement. Puis il dit d'un air de défi :

— Je ne savais pas que tu avais convoqué la presse.

— J'ai décidé ce matin de faire une conférence de presse. Elle ne concerne pas la mise sur écoutes de Poul, même si le sujet y sera bien sûr évoqué. En fait, si vous avez le temps, j'aimerais que vous y participiez tous les deux. Comme ça, je saurai à qui renvoyer les questions délicates.

Ils acceptèrent, surpris que leur chef ne s'émeuve pas du traitement dont il avait fait l'objet. Au contraire, il avait l'air satisfait, ce qui ne lui était pas arrivé depuis longtemps.

— Autre chose ?

Arne Pedersen ajouta brièvement :

— Nous avons obtenu les numéros de série correspondant à une partie des retraits en liquide effectués par Andreas Falkenborg, mais ça n'a plus tellement d'importance à présent.

Konrad Simonsen, d'accord avec lui, ignora l'information.

— Avez-vous autre chose ?

Pauline Berg et Arne Pedersen secouèrent la tête. Malte Borup entra avec fracas dans le bureau, porteur d'un message qui devait asséner un nouveau coup à la brigade criminelle. Tout essoufflé, l'étudiant demanda :

— Vous savez de combien de jours il a écopé ? Je parle d'Andreas Falkenborg, bien sûr.

Ils secouèrent tous la tête.

— J'ai vu l'info sur Internet, on lui a donné quatre jours.

Arne Pedersen le corrigea :

— Tu veux dire quatre semaines ?

— Non ! Il s'agit bien de jours, de quatre jours, jusqu'à dimanche matin. J'en suis sûr et certain. Il n'a pas été mis en détention provisoire, la juge s'est contentée de prolonger son incarcération, mais je ne vois pas où est la différence.

Ils étaient immobiles comme des statues et sondaient le silence en échangeant des regards interrogateurs. Avec ses cheveux fous, ses yeux tristes et sa tête penchée, l'étudiant ressemblait à un caniche mélancolique. Il s'attendait à ce qu'on le complimente pour la rapidité avec laquelle il avait transmis l'information. Konrad Simonsen fut le premier à se ressaisir, disant d'un ton amer :

— Eh bien, ça signifie que nous n'aurons pas de week-end !

37

L'audition de Bertil Hampel-Koch devait se révéler une des plus singulières expériences dans la carrière de la Comtesse.

L'entretien avait été organisé en toute hâte et eut lieu à l'aéroport de Kastrup, où le directeur disposait d'une bonne heure avant le départ de son avion pour Bruxelles. La Comtesse aurait préféré que celui-ci ait lieu le lundi suivant, mais ça n'avait pas été possible. Le rendez-vous constituait la première partie du plan soigneusement établi par Helmer Hammer et visant à détourner l'attention de la presse danoise de la visite de Bertil Hampel-Koch au Groenland en 1983. Il s'agissait certes d'une partie infime de la presse, dans la mesure où seuls deux journalistes avaient montré un intérêt pour le sujet, mais ça suffisait largement pour le sous-secrétaire d'Etat. La deuxième partie de la fusée devait être lancée, conformément audit plan, lors de la conférence de presse qu'allait donner Konrad Simonsen à 17 heures.

Dans sa voiture, en quittant l'autoroute, la Comtesse se disait qu'elle ne se souvenait pas avoir jamais vu son chef prendre lui-même l'initiative d'une conférence de presse, si toutefois l'on pouvait considérer que le plan de Helmer Hammer laissait une telle liberté. Elle se demandait aussi sur quoi elle allait baser l'audition de

Bertil Hampel-Koch, à moins que leur conversation soit purement formelle, ce qu'elle n'espérait pas, car elle serait alors obligée d'inventer les thèmes de discussion à présenter aux journalistes. Elle préférait un entretien sans objectifs imposés par l'enquête et si elle pouvait en décider elle-même, un entretien qui n'oblige pas à trop de sincérité et évite de déboucher sur des situations gênantes. L'idéal serait donc d'avoir une conversation d'une demi-heure basée sur de simples échanges.

Elle sortit de l'autoroute et se dirigea lentement vers la zone de stationnement, curieuse de voir si le directeur maîtrisait aussi bien les aspects logistiques que sa secrétaire l'avait affirmé lorsqu'elle lui avait indiqué qu'elle n'aurait qu'à garer sa voiture et que quelqu'un prendrait alors contact avec elle. L'aéroport étant une des zones les plus surveillées du pays, elle était sûre que des yeux invisibles suivaient déjà sa voiture sur les écrans de contrôle et c'était une pensée fort peu agréable. Elle inclina le rétroviseur et passa une brosse dans ses cheveux. Cet instant d'inattention la contraignit à freiner un peu brutalement lorsqu'une jeune femme, ressemblant à un mannequin de magazine pour jeunes filles, surgit soudainement dans la file où elle roulait. Vêtue à la dernière mode, elle posa quelques instants devant le capot, le sourire jusqu'aux oreilles, pour bien marquer sa joie d'avoir failli se faire écraser. Puis elle s'installa sur le siège à côté d'elle et se présenta en disant son prénom sur un ton d'intimité tel qu'on aurait pu penser qu'elles se connaissaient depuis le jardin d'enfants. Elle s'appelait Beate. La Comtesse décida de lui faire son compte dès que l'occasion se présenterait.

Sur les recommandations de Beate, elles contournèrent les terminaux, arrivèrent devant une porte qu'elles franchirent après avoir eu l'autorisation du garde, puis elles s'arrêtèrent devant un des pavillons de la zone *Vols intérieurs*. Beate, qu'accompagnait le clic-clac de ses bottillons à talons, conduisit la Comtesse à l'intérieur du bâtiment. Elles arrivèrent devant une porte qu'elle lui montra d'un air affable, disparaissant l'instant d'après en claquant des talons. La Comtesse frappa, puis ouvrit la porte. La pièce, petite et surchargée de meubles, ressemblait à une chambre d'hôtel correcte, plutôt bas de gamme. Elle comportait un lit, une table rectangulaire et deux chaises placées le long d'un des murs, mais aussi une penderie, un lavabo et une télévision. Les murs bleu pâle étaient vierges, hormis deux sous-verre représentant des couchers de soleil presque identiques, placés en guise de décoration l'un au-dessus de la table, l'autre au-dessus du lit. Bertil Hampel-Koch était assis sur la chaise la plus éloignée. Il ferma son ordinateur portable, se leva et s'avança vers elle de côté, se faufilant entre les meubles pour venir la saluer. Elle ne l'avait rencontré qu'une fois auparavant, et il s'était alors montré arrogant et déplaisant. Elle comprit toutefois rapidement que ce n'était pas l'attitude qu'il aurait cette fois-ci. Il l'accueillit avec amabilité. La Comtesse posa son sac sur le lit tandis qu'il allait se rasseoir en passant de côté entre les meubles. Ils s'installèrent à la table et se regardèrent d'un air gêné.

Elle s'était efforcée de préparer au mieux le début de leur entretien, et apparemment, il en avait fait de même.

— J'espère qu'une heure nous suffira, dit-il, sinon, j'aimerais le savoir tout de suite pour pouvoir réserver un vol plus tard dans la journée. Mais je préférerais que ce ne soit pas nécessaire.

— Une heure suffira.

Elle était sur le point de dire *suffira largement*, mais elle se reprit.

— J'en suis ravi. J'ai commandé des cafés, mais je crois qu'ils m'ont oublié.

— Ça ne fait rien, je peux très bien m'en passer.

Il mit ses lunettes sur le front, la regarda droit dans les yeux puis dit avec emphase :

— Je suis désolé de toute cette agitation, mais je ne peux m'en prendre qu'à moi-même. L'accord prévoyant que votre chef me rende compte régulièrement de l'évolution de l'enquête était mon idée, une mauvaise idée, je dois le reconnaître. Je pensais que ce serait une manière de faire le lien entre un intérêt privé et un intérêt... non privé. C'était stupide, presque contre-productif. J'imagine qu'un de mes collaborateurs a dû s'étonner de mon rôle et m'a mis deux journalistes sur le dos. J'ignore qui a donné l'information à la presse, mais il s'agit sans doute de quelque ennemi personnel, bien que ça n'ait plus d'importance. J'aurais dû prévoir que les événements risquaient de prendre une telle tournure et informer la police de mon passage à la base de Søndre Strømfjord pendant l'été 1983. Je dois avouer que les occasions n'ont pas manqué. Mais je ne l'ai pas fait, et ça vous a inutilement créé une charge de travail supplémentaire. Je vous prie de m'en excuser et de transmettre mes excuses à qui de droit.

La Comtesse prit acte de cet aveu. La sincérité de son interlocuteur ne semblait pas feinte. Elle remarqua aussi la fébrilité de sa voix, qui paraissait par moments nerveuse, et fut frappée de voir qu'il était aussi embarrassé qu'elle pendant l'entretien, un fait qui rendait la situation encore plus délicate. Par pure curiosité, elle posa une première question :

— Comment pouvez-vous savoir que ce sont vos collaborateurs qui ont informé la presse, comme vous le prétendez ? La source ne pourrait-elle venir de la police ? Ce ne serait pas la première fois que ça se produirait.

Il fit signe que non, comme pour prendre acte de ses propos, puis entreprit de démolir l'argument qu'elle avait avancé :

— Les journalistes concernés se sont procuré une photo de moi quand j'avais trente ans, et il y a une copie d'une photo dans mon dossier personnel que l'on peut trouver sur notre Intranet, en tout cas pour ceux qui y ont accès et qui savent comment procéder. Il y a également d'autres éléments, mais je ne peux être totalement sûr. Est-ce important ?

— Non, sans doute pas. Commençons donc notre entretien. J'ai oublié mon dictaphone, je vais prendre quelques notes, j'espère que vous n'y voyez pas d'inconvénient ?

Elle montra le bloc qu'elle avait devant elle. Il secoua la tête.

— En juin 1983, vous vous êtes rendu au Groenland pour préparer votre participation à la patrouille Sirius qui devait y intervenir à l'automne. Lors de ce voyage, vous êtes allé à Station Nord, dans l'extrémité nord-est du pays, et avez fait escale sur la base américaine de Søndre Strømfjord. Est-ce que c'est exact ?

— Oui, tout à fait.

— Vous êtes resté quatre jours à Søndre Strømfjord, du jeudi 7 au dimanche 10 juillet, en attendant que le temps s'améliore et que vous puissiez poursuivre votre voyage ?

— Oui, c'est juste. Le temps peut être très mauvais dans ces régions, y compris en été. Au retour, je suis rentré par Mestervig sur la côte orientale et n'ai rencontré aucun problème.

Le premier obstacle était franchi. Elle avait maintenant entendu parler du voyage de la bouche même de l'acteur concerné, et pouvait transmettre ces informations en toute conscience. Le fait que Søndre Strømfjord n'avait pas été la seule escale qu'il avait faite en allant à Station Nord, et que c'était la seule raison d'être de leur entretien, ne fut pas évoqué. Elle prit minutieusement des notes sur son bloc. Quand elle eut terminé, elle demanda :

— Et vous avez fait le voyage sous le nom de Steen Hansen ?

— Oui, c'est exact.

— Pour quelle raison ?

Il évoqua son oncle, qui était à l'époque chef d'état-major des armées, précisant qu'il avait craint que ses relations familiales aient une influence négative sur son équipée en traîneau. La Comtesse considéra que l'explication paraissait convaincante et plausible. Elle posa alors la seule question dont elle ne connaissait pas la réponse.

— Vous avez aussi déclaré que vous étiez géologue. Pour quelle raison ?

Les joues de Bertil Hampel-Koch rosirent légèrement, et il ne répondit pas tout de suite. Lorsqu'il eut retrouvé son état normal, il dit :

— Oui, c'est un sujet un peu délicat.

La Comtesse se voulut rassurante :

— Ne vous faites pas de souci. Pour l'essentiel, je connais déjà les informations que vous évoquez. De plus, mon rôle n'est pas de vous juger, d'autant moins pour des faits qui remontent à plus de vingt-cinq ans.

Ces paroles l'aidèrent. Il dit à voix basse :

— A l'époque, j'étais jeune marié et nous attendions notre premier enfant. C'était formidable, mais en même temps un peu angoissant. J'ai eu sur cette base l'opportunité de retrouver l'anonymat et je me suis dit que si je mentais sur ma profession, personne ne pourrait ensuite retrouver ma trace. Mais… ça ne s'est pas passé comme ça.

Elle le laissa faire une pause pour qu'il puisse raconter toute l'histoire.

— De cette manière, je pouvais me retrouver célibataire pendant deux ou trois jours, si vous me comprenez.

— Oui, je crois que je comprends.

— Je n'avais que vingt-huit ans. Je ne me conduirais pas ainsi aujourd'hui.

Il la regarda d'un air interrogateur et elle découvrit, à sa grande surprise, qu'il semblait rechercher sa bienveillance. Elle dit d'un ton dégagé :

— Non. Le jugement des hommes s'assouplit souvent avec les années… Vous avez rencontré une infirmière qui s'appelait Maryann Nygaard.

Il baissa les yeux.

— Oui, et je l'ai…

La Comtesse l'interrompit brutalement.

— Oui, oui. Vous n'avez pas besoin d'entrer dans des détails trop intimes, ça n'est pas utile pour mon enquête, seules les grandes lignes m'intéressent.

Elle pensait qu'elle aurait pu tout aussi bien lui avouer qu'à partir de maintenant, ce qui l'intéressait, c'était de passer le temps et d'attendre le moment où elle pourrait raisonnablement prétendre qu'elle avait recueilli sa déposition. Il répondit d'un air soulagé :

— Oui, bien sûr. Je comprends.

Il se révéla un piètre témoin, ce qui ne facilita pas l'entretien lors des vingt minutes qui suivirent. Il ne se rappelait pratiquement rien de son séjour sur la base, en tout cas rien, que la Comtesse puisse utiliser. Elle lui présenta finalement une photo d'Andreas Falkenborg datant de 1983.

Bertil Hampel-Koch regarda longuement la photo. Il était clair qu'il aurait bien voulu l'aider, mais il ne le pouvait pas :

— Non, malheureusement.

— Il s'appelle Andreas Falkenborg, mais son surnom était Pronto.

Il secoua la tête d'un air désolé.

— Andreas Falkenborg était ingénieur de formation et travaillait sur la base comme assistant électricien. Il était aussi pilote d'hélicoptère.

De nouveau, il y eut un silence et il secoua la tête.

— Vous ne savez donc rien de sa relation avec Maryann Nygaard ?

— Non, je regrette. La seule chose que je sache, c'est qu'un petit groupe s'était constitué autour de Maryann et de son amie groenlandaise. Je ne me souviens pas du nom de cette amie, mais elle était tout aussi jolie que Maryann, et… je peux vous assurer qu'Andreas Falkenborg ne faisait pas partie de ce groupe.

Ne faisait pas partie. La Comtesse nota l'information en majuscules avec quatre points d'exclamation. Puis elle se dit qu'elle avait intérêt à arrêter l'entretien pendant que la partie lui était encore favorable. Elle ferma son bloc.

— Vous m'avez été d'une grande aide. Je vous remercie infiniment d'avoir pris le temps de m'accorder cet entretien.

Il plissa le front et se gratta la nuque avec un doigt. Puis il dit gravement :

— J'espère sincèrement que vous allez trouver le meurtrier de Maryann. Lorsque j'appris qu'elle avait été assassinée, j'ai été à la fois choqué et soulagé. C'était un sentiment très spécial, que je n'avais jamais éprouvé auparavant. Pendant des années, j'ai cru qu'elle… avait disparu à cause de moi. Ce n'était pas le cas, mais…

Il s'arrêta et elle attendit poliment qu'il continue :

— Oui, je n'arrive pas à trouver les mots pour exprimer ce que j'ai ressenti, alors il est préférable que je me taise. En tout cas, je n'oublierai pas l'attention que vous m'avez accordée, je vous assure, et j'espère pouvoir un jour vous rendre la pareille.

La Comtesse ignora ses marques de gratitude, elle avait assez de ses propres problèmes. Le médium de Konrad Simonsen avait insisté pour qu'elle se cramponne à Bertil Hampel-Koch, alias Steen Hansen, et c'est ce qu'elle avait fait pendant toute la semaine. C'était une question de vie ou de mort, lui avait-on expliqué. Pourtant, son travail avait abouti à une impasse et elle avait perdu son temps sans obtenir aucun résultat. A la fin de l'entretien, elle avait espéré susciter une révélation, mais il était resté muet et elle se retrouvait maintenant les mains vides. Elle avait beau envisager les scénarios les plus improbables, dans lesquels le directeur aurait pu jouer un rôle dans le meurtre de Maryann Nygaard, aucun d'eux n'avait la moindre vraisemblance. Alors, que faire ? La réponse était évidente : rien. C'était terminé. Elle essaya toutefois de laisser la porte ouverte à un futur contact.

— J'espère que je pourrai revenir vers vous si j'ai d'autres questions à vous poser.

Il fut visiblement surpris de sa remarque, mais elle obtint sa confirmation polie. Elle rassembla ensuite ses affaires, lui tendit la main en guise d'adieu et, sortant un peu de son rôle, ajouta :

— Saluez notre ami commun quand vous le verrez.

Bertil Hampel-Koch acquiesça avec un sourire affecté.

38

Après avoir quitté Bertil Hampel-Koch, la Comtesse se dépêcha, car elle ne voulait pas arriver en retard à la conférence de presse. Elle fut en fait la première à prendre place sur l'estrade. Konrad Simonsen, Arne Pedersen et Pauline Berg arrivèrent quelques instants plus tard. Elle adressa à son chef un regard convenu pour lui indiquer que l'interrogatoire du directeur s'était passé normalement et il lui répondit en levant le pouce. Ensuite, elle eut tout le temps d'observer l'auditoire.

L'assistance était relativement nombreuse, composée d'une cinquantaine de participants, journalistes ou photographes. Elle constata avec satisfaction qu'il n'y avait aucune caméra de télévision. Les deux chaînes qui avaient annoncé leur présence s'étaient vues promettre une interview spéciale avec Konrad Simonsen et elle-même juste après la réunion et avaient accepté ces modalités. En réservant ainsi un traitement spécial à certains médias, la police souhaitait éviter que des informations sensibles concernant l'enquête ne soient diffusées en direct.

A l'heure dite, un doux murmure avait rempli la salle. La Comtesse se redressa et prit une mine de rigueur. La réunion commença et Konrad Simonsen fut aussitôt attaqué de toutes parts. Les deux faits qui dominaient l'actualité concernaient, d'une part l'arrestation et l'inculpation d'Andreas Falkenborg, d'autre part les méthodes que la police avait utilisées pour l'interroger tant lors de son arrestation que dans les heures qui avaient suivi. Les mots *fiasco* et *bévue* revenaient constamment, et le chef de la Crim, qui était loin de faire l'unanimité auprès des chroniqueurs judiciaires du pays, dut essuyer un certain nombre de coups. Certes, on le respectait, mais on ne l'aimait pas. De plus, il les avait trop souvent, au fil des années, privés de la possibilité de faire des gros titres. Globalement, il s'en tira bien et dans les rares instants où son tempérament risqua de s'emballer, Arne Pedersen prit la relève. La Comtesse, quant à elle, resta silencieuse. Elle scruta les journalistes présents et finit par trouver les deux individus qu'elle cherchait. Ils s'étaient assis presque au fond de la salle et avaient l'air de passablement s'ennuyer. Le plus âgé était un homme grand, dont la longue barbe ébouriffée faisait penser à un de ces Cosaques qu'on voit dans les films hollywoodiens. Son collègue avait un visage pâle et portait de petites lunettes rondes. Il paraissait excessivement méfiant, comme s'il était dans sa nature de douter de la véracité des propos qu'il entendait, quel que soit l'intervenant. Elle les observa d'abord à la dérobée, s'arrangeant pour contempler le plafond dès que l'un d'eux regardait dans sa direction. C'était pour eux que la réunion de presse avait été organisée. Elle avait pour objet d'attirer leur attention sur d'autres sujets que celui ayant trait au voyage de Bertil Hampel-Koch au Groenland, et permettait de réaliser la promesse faite à Helmer Hammer dans le jardin botanique.

Le flot de questions se tarissant peu à peu, Konrad Simonsen commençait à se répéter. La Comtesse se tenait prête, et soudain la question qu'elle attendait fut posée. Elle ne savait pas jusque-là qui en serait l'auteur. Elle avait pressenti quelques possibles candidats, mais était tombée à côté de la plaque. Ce fut un vétéran du groupe des chroniqueurs judiciaires, un homme dans la soixantaine qui représentait un des plus petits quotidiens, qui prononça les mots-clés qu'elle avait elle-même choisis. La question s'adressait à Konrad Simonsen :

— Vous avez, à plusieurs reprises, procédé à l'audition du directeur Bertil Hampel-Koch, du ministère des Affaires étrangères. Pour quelles raisons ?

Konrad Simonsen parut un peu déstabilisé.

— Eh bien, oui, c'est exact. Cela concerne l'assassinat de Maryann Nygaard au Groenland. Il nous aide à nous procurer des informations que les Amér… enfin, que d'autres peuvent nous donner. Par ailleurs, le hasard a voulu qu'il ait visité en personne la base militaire de Søndre Strømfjord en 1983, quelques mois seulement avant que le meurtre soit commis, et pour cette raison, nous avons également… enfin, cette partie n'est pas directement de ma…

Il regarda Arne Pedersen, qui secoua la tête, puis la Comtesse. Celle-ci termina l'explication :

— Bertil Hampel-Koch s'est trouvé sur la base pendant quatre jours en juillet, lors d'une escale à destination de Station Nord où il devait participer aux activités de la patrouille Sirius. Il était à l'époque fonctionnaire au ministère de la Défense, et ce voyage était une manière de le récompenser pour la qualité du travail qu'il avait effectué. Il est exact qu'il nous a fourni des renseignements relatifs à son bref passage sur la base, comme l'ont fait de nombreuses autres personnes.

Ce fut un jeune homme assis au premier rang qui posa la question suivante.

— En juillet ? Donc, plusieurs mois avant le meurtre de Maryann Nygaard ?

— Oui, et comme je viens de le préciser, il est loin d'être le seul avec qui nous avons parlé. Mais certains témoins ont une excellente mémoire et peuvent fournir des détails susceptibles de nous avoir échappé. Par ailleurs, Bertil Hampel-Koch avait fait la connaissance de Maryann Nygaard lors de son escale.

— Peut-on dire que Bertil Hampel-Koch a contribué à trouver des éléments de preuve en relation avec la présente inculpation ?

— Je voudrais souligner que ce n'est pas le rôle des témoins de trouver des preuves, mais il est vrai que Bertil Hampel-Koch nous a beaucoup aidés. Comme je l'ai indiqué, au même titre que d'autres personnes.

De toute évidence, ce n'était pas un sujet qui captivait l'auditoire. Un murmure avait envahi la salle et aucun des participants ne semblait avoir l'air intéressé. La question suivante allait cependant changer cette atmosphère d'indifférence. Elle fut posée par le Cosaque, dont la voix forte et vibrante porta jusqu'au fond de la salle. Il demanda :

— Pour quelle raison le directeur Bertil Hampel-Koch a-t-il fait son voyage au Groenland sous un faux nom ?

En entendant l'expression *faux nom*, les participants tendirent l'oreille. Une histoire dans l'histoire était peut-être en train de se profiler devant eux. Des yeux en alerte se portèrent sur la Comtesse lorsqu'elle répondit. Elle termina en lançant comme pour s'excuser une remarque en direction de Konrad Simonsen :

— Mais je ne sais pas si ce point est pertinent ?

Elle ne devait pas s'en tirer si facilement, car le Cosaque revint à la charge :

— Ça paraît aussi bizarre qu'il ait prétendu être géologue. Pouvez-vous nous préciser pourquoi ?

La Comtesse réfléchit un instant et fit une de ces réponses types susceptibles d'attirer l'attention de n'importe quel journaliste. Elle dit sur un ton hésitant :

— Je ne pense pas qu'il soit pertinent de noter ce point.

Puis elle leur indiqua que Bertil Hampel-Koch avait eu la possibilité de jouer au célibataire pendant ces quatre jours sans avoir à craindre de s'engager dans une relation durable.

La plupart des participants furent d'accord avec elle et estimèrent que ce détail était d'ordre privé et dénué d'intérêt. Une journaliste habile devina la relation et posa la question qu'il ne fallait pas :

— Est-ce à la suite de son aventure avec Bertil Hampel-Koch que Maryann Nygaard est tombée enceinte ?

Le commentaire de la Comtesse tomba sans indulgence. Elle montra d'un doigt accusateur celle qui venait de poser la question.

— C'est une drôle d'idée, qui concerne plus la rubrique des chiens écrasés. Je ne pense pas que…

Konrad Simonsen l'interrompit brutalement. Sur le point de s'emporter, il dit sans réfléchir :

— Arrêtons cette discussion sur les secrets d'alcôve. J'enquête sur une affaire de meurtre dans laquelle au moins deux femmes ont été assassinées, et je n'ai pas de temps à consacrer à des bêtises.

Les représentants du quatrième pouvoir dévorèrent tout cru le lapsus feint de Konrad Simonsen. La Comtesse sentit le souffle passer dans l'auditoire avant même que les questions posées à son chef culminent en une affreuse cacophonie. *Au moins deux femmes assassinées. Que signifie "au moins" deux ?*

La Comtesse, tout comme Bertil Hampel-Koch, furent oubliés et tout se passa comme prévu. Elle jeta à nouveau un regard oblique en direction des deux journalistes. Le plus méfiant écartait les bras d'un air résigné et le moment d'après, ils quittèrent ensemble la salle. En voyant leurs silhouettes disparaître, elle n'eut pas l'impression de triompher. Lorsqu'on usait de sophismes et de contrevérités sans vraiment mentir, le monde extérieur se réduisait à un jeu, un jeu sans joie. Puis elle pensa à Konrad Simonsen qui avait été l'objet de toute cette agitation et se demanda ce qu'elle allait lui faire à dîner.

39

— L'Etat de droit n'est qu'une merde surfaite.

Au cours des jours qui suivirent, Poul Troulsen prononça cette phrase à tout bout de champ et tout le monde était fatigué de l'entendre. C'était irritant, même si tous savaient qu'il ne le pensait pas et que c'était sa manière à lui de se libérer du sentiment de frustration qu'il éprouvait. Avec ses collègues de la brigade criminelle, il travailla sans relâche pour essayer de réunir des preuves qui permettraient d'attribuer ces crimes à Andreas Falkenborg et donc de prolonger son incarcération, mais les résultats furent maigres. L'acteur principal refusant de se laisser auditionner, il n'était pas possible de progresser dans cette voie. On avait pu retrouver les traces de la plupart de ses connaissances actuelles et passées et procéder à leur audition. Cela avait représenté un travail considérable qui n'avait malheureusement débouché sur rien, aucun des témoins n'étant en mesure de fournir à la police de nouvelles informations. Il restait un espoir du côté des données techniques et de la présence éventuelle de traces ADN dans la tombe de Maryann Nygaard sur l'inlandsis. Théoriquement, il était possible que ces traces aient été conservées, bien que près de vingt-cinq ans se soient écoulés depuis le meurtre. Peut-être pouvait-on également dire s'il était plausible qu'un hélicoptère ait atterri près de la tombe. Tous étaient portés par le même optimisme, mais il s'agissait d'un optimisme sans grand fondement. Le vendredi après-midi, Konrad Simonsen, revenant d'une rencontre avec Kurt Melsing, le directeur de la police technique et scientifique, se rendit dans le bureau de la Comtesse où celle-ci se trouvait en compagnie de Poul Troulsen et de Pauline Berg. Tous trois l'attendaient avec impatience. Un rapide regard lancé vers leur chef leur fit comprendre que l'entrevue ne s'était pas déroulée au mieux. Konrad Simonsen était visiblement de mauvaise humeur et l'ambiance s'alourdit avant même qu'ils aient échangé le premier mot. La Comtesse dit avec une mine pessimiste :

— Ça ne s'est pas bien passé, si je comprends.

Résigné, Konrad Simonsen se laissa tomber sur une chaise.

— Ça s'est très mal passé. Pour le moment, les techniciens n'ont rien trouvé, et s'ils trouvent de nouveaux éléments, ce qui est fort improbable, ça risque de prendre du temps. Toute idée ou suggestion est par conséquent la bienvenue.

Pauline Berg fit une tentative, sans grand enthousiasme.

— J'ai obtenu ce matin le nom de la compagne de Catherine Thomsen, elle s'appelle Vibeke Behrens. Malheureusement, elle est en randonnée avec ses deux frères dans le nord de la Norvège, dans le comté de Finnmark, et n'est donc pas joignable pour le moment. Ils seront de retour d'ici cinq ou six jours. Par ailleurs, j'ignore si elle connaissait Andreas Falkenborg.

Poul Troulsen dit d'un air résigné :

— Ça ne peut donc pas nous être utile dans l'immédiat.

Comme si elle n'avait pas encore réalisé la situation, Pauline Berg demanda d'un air soucieux :

— Mais que veux-tu dire ? Il ne va tout de même pas être libéré ?

Personne ne lui répondit, et elle dut reposer sa question, cette fois d'une voix quasi stridente. La Comtesse sut la calmer :

— Ça ne sert à rien de s'énerver, d'autant que la décision ne nous appartient pas.

— Mais la juge ne peut tout de même pas libérer un tueur en série et le laisser courir comme ça dans la nature.

— C'est pourtant ce qu'elle va faire si nous ne sommes pas capables de présenter de nouveaux éléments de preuve.

Elle se tourna vers Konrad Simonsen.

— Tu n'as rien de positif ?

— Non.

— Qu'est-ce que tu as fait d'Arne ? Il n'est pas venu avec toi chez Melsing ?

— Il est allé voir la procureure de police pour essayer de la convaincre de faire prolonger l'incarcération, mais en principe, elle ne prend jamais de telles décisions. Et dans le cas présent, on ne peut pas l'en blâmer, car nous n'avons aucun élément nouveau et elle ne voudra pas prendre le risque de se ridiculiser.

Poul Troulsen dit :

— Il nous reste deux jours. Nous devons essayer de rassembler toutes les données en notre possession et espérer qu'un miracle se produise. Est-ce que nous ne devrions pas faire un point et répartir le travail ?

Konrad Simonsen approuva sans paraître très inspiré :

— Si, mais nous allons attendre le retour d'Arne. Pauline, j'ai une mission spéciale à te confier. Tu vas aller à Hundested pour parler avec Jeanette Hvidt. Je veux qu'elle se planque ou qu'on assure sa protection. Je te demande d'y aller dès ce soir, alors, si tu avais d'autres plans, il faudra que tu les annules !

Pauline Berg approuva d'un signe de tête, bien que l'ordre ne lui convînt pas vraiment, mais il était clair qu'elle n'avait pas le choix. Elle dit donc prudemment :

— Est-ce qu'on ne peut pas prolonger son incarcération en se fondant sur d'autres délits, par exemple des fraudes fiscales ? Arguer du fait que ses clients le règlent toujours en liquide et sans facture ?

— C'est le modèle d'évasion fiscale à la Al Capone, dit Poul Troulsen qui faisait l'intéressant.

La Comtesse secoua la tête d'un air résigné.

— L'idée en elle-même n'est pas si bête, mais c'est trop tard. Nous n'avons pas la moindre chance de pouvoir présenter un dossier sérieux d'ici dimanche. Néanmoins, j'ai pensé à une autre solution. Nous savons qu'il a acheté la moitié d'une maison et organisé un déménagement pour avoir les empreintes de Carl Henning Thomsen sur un sac en plastique, n'est-ce pas ?

Konrad Simonsen confirma d'un air las :

— *Savons*, c'est peut-être beaucoup dire, mais nous estimons qu'il y a une forte probabilité. Il ne recule devant aucun effort quand il a une victime dans le collimateur. Où veux-tu en venir ?

— Il met le sac en plastique dont il se servira plus tard pour étouffer Catherine Thomsen sur le buste de Mozart, et ensuite, le père de celle-ci laisse ses empreintes dessus lors du déménagement.

— Oui, c'est ce que nous pensons, et c'est aussi ce qu'il a plus ou moins confirmé lors de son audition. Pourquoi est-ce soudain intéressant ?

— Parce que le buste de Mozart a un lien avec Andreas Falkenborg et que le sac en plastique a un lien avec le meurtre de Catherine Thomsen…

Elle laissa la phrase en suspens. Konrad Simonsen conclut avec une certaine hésitation :

— Et si nous pouvons montrer qu'un lien existe entre le buste de Mozart et le sac en plastique, nous pouvons le coincer. L'idée est intéressante, continue.

— C'est à peu près tout. Il me semble que la nature des empreintes de doigts devrait logiquement dépendre de la surface sur laquelle on les applique, ou sur laquelle on exerce une pression, comme c'est le cas ici. Les techniciens peuvent peut-être y retrouver les contours du buste, ou bien trouver des traces évidentes sur l'intérieur du sac. Je suppose qu'il est archivé quelque part ou qu'il se trouve dans un dépôt.

Les autres approuvèrent. Le temps leur était compté, mais cette proposition allait peut-être leur permettre de progresser.

Poul Troulsen posa toutefois une question qui coulait de source :

— Pourquoi ne nous as-tu pas dit ça plus tôt ?

— Parce que l'idée vient de me venir à l'esprit.

Les trois autres regardèrent Konrad Simonsen.

— Ça vaut la peine de demander à Melsing ce qu'il en est, conclut-il. Comtesse, appelle-le et arrange-toi pour parler avec lui quel que soit l'endroit où il se trouve. Poul, essaie de savoir où on peut dénicher le sac et fais en sorte que quelqu'un puisse nous le remettre si nous en avons besoin ce soir.

Un quart d'heure plus tard, la Comtesse était de retour et apportait de bonnes nouvelles en provenance de Melsing :

— Il y a des chances qu'on puisse prouver l'existence d'un lien entre le buste et le sac en plastique. Melsing avait d'autres suggestions que je ne suis pas sûre d'avoir saisies. Il se dit prêt, avec son service, à se mettre au travail dès qu'ils auront les deux objets. Le problème, c'est le temps. Vingt-quatre heures et des poussières ne suffisent pas pour faire de telles analyses. Une semaine est un laps de temps plus réaliste, mais ça suppose qu'ils travaillent vingt-quatre heures sur vingt-quatre. Toutefois…

Elle sourit. Konrad Simonsen et Pauline Berg étaient suspendus à ses lèvres.

— … s'ils trouvent des traces de plâtre à l'intérieur du sac, ce qu'ils devraient pouvoir nous préciser dès cette nuit, Melsing serait d'accord pour durcir ses conclusions devant la juge. Ça nous donnerait au moins une semaine de plus pour travailler.

Konrad Simonsen tapa du poing sur la table et laissa entendre un bref *yes*. Puis il ajouta :

— Nous avons tout de même eu notre miracle.

Le miracle ne dura que cinq minutes. Poul Troulsen revint alors, prêt à laisser éclater sa frustration.

— Le sac en plastique a disparu, il a été détruit. J'ai été en contact avec le commissariat de Næstved et il s'avère que le meurtre de Catherine Thomsen a été classé comme une affaire résolue, et lorsqu'ils ont eu de nouveaux locaux pour leurs archives en 2002…

Konrad Simonsen l'interrompit :

— Je me moque de ce qui s'est passé. Est-on sûr qu'il n'existe plus ?

— Oui, malheureusement.

40

— Il faut qu'on réussisse à mettre la main sur lui.

Les yeux bruns de Jeanette Hvidt étincelaient de colère, mais la sortie de la jeune fille exprimait aussi une pointe d'angoisse. Pauline Berg ne lui répondit pas, elle ne savait pas quoi dire. Jeanette Hvidt répéta, cette fois d'une voix perçante :

— Il faut que quelqu'un arrête ce débile de psychopathe.

Les deux femmes étaient assises sur une pelouse donnant sur l'Isefjord. Un vent frais venant du fjord soufflait dans leur direction, et Pauline Berg avait comme un goût de sel à la bouche, mais ne savait pas si c'était le fruit de son imagination. Les nuages s'étaient allongés, c'était la fin de l'été. Un peu à l'écart, hors de portée de voix, quelques jeunes étaient assis et buvaient une bière. C'étaient les camarades de classe de Jeanette Hvidt – ils étaient ensemble en terminale au lycée de Frederiksborg à Hillerød – qui l'attendaient patiemment. Le groupe était sur le point de se rendre à une fête lorsque Pauline Berg les avait repérés et, après quelques instants de discussion, était parvenue à isoler son témoin. Un jeune homme tourna la tête et regarda longuement Jeanette qui lui faisait de grands signes avec les bras, mais il ne put saisir ce qu'elle lui criait, car ses paroles furent étouffées par le vent. Pauline Berg remarqua que, malgré son jeune âge, il était grand et paraissait robuste, et elle se dit que c'était précisément le genre de garçon dont la jeune fille avait besoin. Ou plutôt, dont elle pourrait avoir besoin, car elle espérait que ce ne serait pas nécessaire.

— Comment ça se passe avec les hommes ? Est-ce que vous avez un petit ami ?

Pauline Berg fit un signe de tête en direction de ses camarades.

— Vous trouvez qu'ils ressemblent à des hommes ? Et d'ailleurs, en quoi ça vous regarde ?

— Ça suffit, Jeanette. Je ne suis pas venue ici un vendredi soir pour vous embêter, et vous le savez très bien. Si ça peut vous faire plaisir, je peux vous dire que j'ai dû moi-même annuler un rendez-vous dont je me réjouissais depuis des jours, mais il y a des moments dans la vie où certaines choses sont plus importantes que d'autres, et en ce moment, vous êtes plus importante que mon rendez-vous. C'est l'avis de mon chef, et c'est également le mien.

La jeune fille réfléchit puis elle dit :

— Votre chef s'appelle Simonsen, mais vous l'appelez Simon, n'est-ce pas ?

— Oui, c'est exact.

— Est-ce que c'est un bon chef?

— Il lui arrive d'être un peu dur avec nous, mais dans l'ensemble… on peut dire que oui.

— Vous savez que je l'ai rencontré ?

— Oui, je sais.

— Je l'ai trouvé sympathique, il a été adorable avec ma grand-mère, il lui a parlé calmement et très gentiment.

— Oui, ça ne m'étonne pas, c'est tout à fait lui.

— Je ne savais pas qu'elle avait été agressée, personne ne me l'a jamais raconté. C'est drôle de penser que les gens de mon entourage étaient nombreux à le savoir, mais qu'ils ne m'avaient jamais rien dit. Ça paraît difficile à imaginer. On croit qu'on connaît ses proches, mais en réalité non.

— Je comprends ce que vous voulez dire. Une génération entière détient des secrets qu'elle ne racontera jamais, comme si tout le monde préférait les oublier. Nous nous comporterons peut-être comme ça quand nous serons vieilles.

La jeune fille regarda Pauline Berg d'un air surpris.

— Vous pensez ?

— J'en suis sûre.

— Vous voulez une bière ?

— Non, merci. Je conduis, et en plus, je suis en service.

— Les flics ne boivent jamais quand ils travaillent ?

— Ça leur arrive, ce sont des gens comme les autres, mais la plupart boivent rarement pendant les heures de travail. Au fait, où allez-vous avec vos camarades ?

— Nous allons à une fête à Copenhague. Le train part dans une demi-heure.

— Pourquoi n'allez-vous pas leur dire qu'ils partent sans vous ? Je pourrai vous conduire à Copenhague lorsque nous aurons fini de bavarder.

Jeanette Hvidt réfléchit un instant à la proposition, puis elle se leva. Pauline Berg examina son langage corporel pendant qu'elle parlait à ses amis. Elle occupait visiblement un rôle central dans le groupe. Quelques instants plus tard, ses camarades s'en allèrent.

— Ils sont en colère ?

— Très, très en colère. Non, je plaisante. Je vais les retrouver tout à l'heure. Votre psychopathe, là, il ne va pas sortir avant dimanche, n'est-ce pas ?

— Non, il sort dimanche matin.

— Alors, je peux faire la fête toute la nuit sans me préoccuper de lui. C'est peut-être ma dernière fête !

Elle avait un joli sourire, mais à ces mots, Pauline Berg frissonna.

— Arrêtez de dire des bêtises. On ne plaisante pas avec ce genre de choses.

— Oui, je sais bien. Mais ça paraît tellement délirant de se dire qu'en l'espace de quelques jours, ma vie va peut-être basculer et qu'un monstre risque de se mettre à ma poursuite. Au fait, est-ce qu'il est grand ?

— Plus grand que vous.

— S'il essaie de me faire du mal, je le tue, si je peux.

Pauline Berg songea que l'idée était excellente, mais ne savait pas très bien ce qu'elle pouvait répondre. Elle dit simplement :

— Je crois que nous sommes loin de notre sujet. Nous parlions de vos petits amis.

— Je n'en ai pas en ce moment, mais je peux en avoir un d'ici dimanche, si c'est ce que vous voulez dire. Vous pensez à une sorte de garde du corps ?

— Oui, exactement. Mais arrêtez de dire que vous pouvez vous débrouiller toute seule. Il ne s'agit pas d'avoir un homme qui vous suit et s'occupe de vous. Il s'agit d'être deux, il ne faut pas que vous soyez seule.

Jeanette Hvidt avait un esprit pratique et était dotée d'un grand bon sens :

— Mais c'est impossible. On ne peut pas être collés l'un à l'autre à longueur de journée. Qui pourrait supporter ça ? Et c'est censé durer combien de temps ?

Pauline Berg décida d'être sincère, sans préciser toutefois que les recherches étaient pour le moment au point mort, et que la Crim n'avait au cours des derniers jours obtenu aucun résultat digne de ce nom.

— Je dois avouer que c'est là le problème, mais vous imaginez bien que nous travaillons d'arrache-pied, et quand je dis nous, je pense aux nombreuses personnes dont la seule mission est de mettre Andreas Falkenborg hors d'état de nuire. Nous examinons chaque facette de sa vie, et je suis convaincue qu'à un moment ou à un autre, nous allons trouver un élément qui nous permettra de le coincer. Le problème, c'est que je ne suis pas en mesure de vous dire quand ça interviendra. Justement, je voulais vous demander si vous pouviez aller vivre ailleurs pendant quelque temps, dans un endroit que vous et moi serions seules à connaître ?

Alors qu'elle finissait de boire sa bière et qu'elle en sortait une autre du sac en plastique posé à côté d'elle, la jeune fille réfléchit sérieusement à la proposition. Pauline Berg envisagea de lui proposer un tonic, mais y renonça. Elle n'était pas ivre et ne paraissait même pas éméchée. Jeanette Hvidt dit :

— Ce n'est pas possible.

— Pourquoi ?

— Vous avez sûrement remarqué que j'ai un an de plus que les autres.

Pauline Berg fit un signe de la tête. En vérité, elle n'avait rien vu du tout, mais elle se souvenait que, lorsqu'elle avait dix-neuf ans, elle attachait elle aussi énormément d'importance à une année d'écart.

— Il faut que je bosse pour réussir mon bac. Les autres sont beaucoup plus doués que moi pour les études. Là où ils n'ont besoin que d'un quart d'heure, moi j'ai besoin d'une heure et bien que j'aie travaillé dur, il a fallu que je redouble ma classe de première. Je ne peux donc pas manquer trop longtemps, parce que je risque de ne pas avoir le temps de réviser toutes les matières. Je ne suis pas assez douée pour pouvoir me le permettre.

— Vous avez l'air très volontaire. Est-ce que vous savez ce que vous voulez faire plus tard ?

— Je veux faire médecine, et je réussirai.

— J'en suis sûre. Mais il y a une chose que j'aimerais savoir : avez-vous pensé vous faire couper les cheveux ? Ça vous irait très bien.

Jeanette Hvidt regarda les cheveux de Pauline Berg et répondit sobrement :

— Ça vous irait bien aussi.

Pour essayer de l'amadouer, Pauline Berg lui dit :

— Eh bien, d'accord. Allons nous faire couper les cheveux ensemble. Je nous trouve un coiffeur branché à Copenhague, et vous n'aurez rien à payer.

L'adolescente secoua la tête.

— Impossible !

— Pourquoi ?

— Parce que.

Elle mit ses cheveux en arrière et découvrit son oreille gauche qui était malformée, et dont le lobe était nettement plus petit que la normale.

— Je fais des économies pour pouvoir me faire opérer, mais c'est très cher. Je serai obligée d'aller à l'étranger, en Angleterre ou en Allemagne, et en plus il faudra que je paye le voyage et l'hôtel.

— Mon Dieu, ce n'est pas si dramatique.

— Vous trouvez ?

— Vous n'êtes pas une gravure de mode.

Jeanette Hvidt réagit de manière étonnamment agressive :

— Vous pensez que j'ai envie de montrer mon oreille ? Vous devez être idiote, alors !

Pauline Berg ignora l'insulte et laissa tomber l'idée du coiffeur. Elle tenta d'aborder un autre sujet :

— Si nous laissons un instant de côté le problème de vos études, avez-vous un endroit où vous pourriez vous installer quelques jours ?

— Oui. Et excusez-moi d'avoir été agressive. J'ai eu des expériences difficiles quand j'étais petite, mais je sais bien que ce n'est pas de votre faute.

Pauline Berg posa sa main sur le bras de la jeune fille et dit aimablement :

— Je vous comprends. Où pourriez-vous vous installer le cas échéant ?

— A Elseneur. Mon oncle y habite, il accepterait certainement que je vive chez lui quelque temps.

Faisant un rapide calcul, Pauline Berg se dit que cette solution, aussi bien d'un point de vue économique que sécuritaire, était la meilleure. Si la jeune fille refusait de partir de chez elle, la police serait contrainte d'assurer sa protection et ça coûterait les yeux de la tête. Elle lui dit :

— Il y a aussi des lycées à Elseneur, et nous réglerons nous-mêmes les aspects pratiques. Je vous promets que vous aurez des cours de soutien pour vous faciliter la transition et vous permettre de réussir votre baccalauréat, que vous décidiez ou non de rentrer chez vous. Qu'en dites-vous ?

Toute réflexion faite, Pauline Berg ne savait pas si ses promesses reposaient sur des principes bien établis, mais le bon sens commun montrerait en tout cas que l'Etat économiserait beaucoup d'argent en choisissant une telle solution et que les sommes engagées seraient bien utilisées. Jeanette Hvidt secoua doucement son joli visage.

— C'est tout de même bizarre cette histoire, c'est comme un mauvais rêve.

— Oui, je comprends ce que vous ressentez, mais que dites-vous d'Elseneur ?

— Je n'y crois pas trop. Qu'est-ce que je ferais des matières à option ? Et puis, il va falloir que je m'habitue à de nouveaux professeurs, sans parler des nouveaux camarades.

Pauline Berg jura intérieurement. Tout serait tellement plus simple si elle acceptait l'arrangement.

— Nous avons trouvé la trace de votre photo sur l'ordinateur d'Andreas Falkenborg, et nous savons qu'il a aussi lu votre interview sur Internet.

Elle réagit comme Pauline Berg l'avait espéré autant que craint.

— C'est répugnant.

— Oui, c'est répugnant. Mais la vérité, c'est qu'il a des vues sur vous.

— C'est aussi à cause de ces journalistes débiles. Je ne voulais rien dire, mais ils ont continué à me harceler. Maintenant, de toute façon, ça n'a plus d'importance. Y a-t-il autre chose ? Je veux tout savoir.

— Lorsque nous l'avons interrogé, il a dit, et je le cite : “elles se reproduisent” et “mettent au monde d'horribles avortons.” Nous pensons qu'il faisait allusion à vous et à votre grand-mère.

— Ça veut dire que je suis un de ces nouveaux rejetons ?

— Oui, c'est probablement ce qu'il pense.

Jeanette Hvidt se mit à pleurer et Pauline Berg l'entoura de son bras en silence. Elle se mit d'accord avec elle à propos d'Elseneur puis la reconduisit chez elle. Jeanette ne prit pas part à la fête.

Lors de son retour à Copenhague, Pauline Berg rêva au prestige et à la gloire qu'elle atteindrait si elle réussissait à forcer Andreas Falkenborg à faire des aveux irrévocables, à lui soutirer des informations sur lesquelles il ne pourrait revenir et qui seraient considérées comme suffisamment crédibles devant un tribunal. Elle en avait la possibilité si elle osait. Mais il *fallait*, car sinon… Elle récita tout bas :

— Tous les diables seront déchaînés – et pas seulement dans Laksegade, la rue du Saumon, mais aussi dans tout le vieux quartier des bordels, dit "quartier de la Mayonnaise."

La formule venait de son grand-père paternel et n'avait sans doute aucun sens, mais elle prenait plaisir à la répéter.

Quand elle arriva à Lyngby, elle appela Konrad Simonsen. Après quelques essais infructueux, elle réussit à le joindre sur son poste fixe. Il était en effet passé chez lui pour prendre quelques affaires. Elle l'informa que Jeanette Hvidt acceptait de s'installer chez son oncle à Elseneur et lui précisa les frais afférents aux mesures de soutien nécessaires. Il y souscrivit, lui faisant remarquer que lui aussi savait compter. Après leur entretien, elle décida de faire un saut à la préfecture, et bien qu'elle ait dû réviser ses plans après avoir été envoyée à Hundested, elle envisagea de passer le reste de la soirée avec Ernesto Madsen.

En arrivant à la préfecture, elle tomba sur Arne Pedersen, qui parut heureux de la voir, mais également surpris :

— Qu'est-ce que tu fais ici ?

— J'avais besoin de renseignements.

— Tu aurais pu m'appeler, tu savais que j'étais là.

— Hum, c'est… c'est un peu privé. C'est pour une amie.

— Tu sais que tu peux perdre ton poste si on te découvre ? C'est d'ailleurs illégal, et ça sera enregistré dans le journal de mises à jour.

Elle haussa les épaules d'un air indifférent.

— Ça fait des mois que Malte m'a montré comment faire pour éviter l'ouverture de session.

— Ça ne rend pas la chose plus légale, mais évidemment, ça ne me concerne pas.

— Oui, tu as raison, ça ne te concerne pas.

Elle sourit et eut envie de l'embrasser. Mais elle rejeta ses cheveux en arrière et partit d'un bref éclat de rire, sans très bien savoir pourquoi.

— Y a-t-il eu autre chose ?

— Non, malheureusement. J'ai une équipe qui continue d'enquêter sur Elizabeth Juutilainen, dite Liz Suenson, mais on ne trouvera rien dans l'immédiat, surtout s'il s'agit de trouver les preuves d'un lien existant entre elle et Andreas Falkenborg. Par ailleurs, j'ai parlé avec Simon qui m'a raconté le travail que tu as fait à Hundested, mais tu sais mieux que moi de quoi il s'agit. C'est un résultat positif.

— Merci ! C'est tout ?

— Attends, tu t'es absentée à peine trois heures ! Qu'est-ce que tu attends de plus ?

— Rien, mais on peut toujours espérer.

— Oui, bien sûr. On a reçu un long rapport officiel des Américains. Ils ont fait un super travail qui a dû leur coûter les yeux de la tête, mais leur rapport ne dévoile rien de révolutionnaire. Nous pouvons maintenant établir le lien qui existe entre Andreas Falkenborg et ce vol en hélicoptère. Par contre, il s'avère que la station DYE 5 possédait deux scooters des neiges, ce qui élargit sensiblement le rayon d'action possible de ses habitants.

— Les seuls éléments de preuve qui pouvaient nous permettre de le démasquer concernaient pourtant l'hélicoptère et la distance existant entre DYE 5 et le cadavre de Maryann Nygaard.

— Oui, mais ces éléments sont affaiblis par l'existence de ces scooters des neiges, bien qu'il soit difficile d'imaginer que l'on puisse transporter deux personnes sur un tel engin.

— Il ne nous reste pas beaucoup d'éléments.

— Non, presque aucun. Le fait est que nous avons besoin d'un critère principal, si nous voulons l'arrêter.

— Et le fait est que nous n'avançons pas, ce n'est pas vrai, Arne ?

— Oui, tu as raison. Est-ce que tu viens demain ?

— Non, je suis désolée, je ne serai pas là avant lundi. J'ai un rendez-vous chez le coiffeur dans la matinée et une réunion de famille le reste du weekend. Simon m'a donné ma journée, sous réserve qu'il ne se produise pas un événement susceptible de changer la face du monde !

— Croisons les doigts, alors. Comment a réagi Jeanette Hvidt ?

— Assez bien. Elle a un peu pleuré, mais elle a du caractère. Elle a aussi prononcé une phrase que je n'arrête pas de retourner dans ma tête : "quelqu'un devrait pouvoir mettre la main sur lui".

Arne Pedersen avait presque l'air résigné quand il lui répondit :

— C'est ce à quoi nous nous employons.

Elle lui donna un baiser affectueux en guise d'au revoir, en songeant que la vie était pleine de compromis.

41

Bien des rumeurs circulaient sur Asger Graa, les unes plus fantastiques et absurdes que les autres, mais la majorité n'étaient que pure fiction. Une chose était sûre, cependant : il aurait vivement souhaité travailler comme officier de police judiciaire au sein de la brigade criminelle. Il envoyait donc régulièrement des candidatures à Konrad Simonsen, lequel ne débordait pas d'envie de faire appel à ses services. Il fallait aussi reconnaître qu'Asger Graa était quelqu'un de difficile à vivre, et faisait preuve d'une outrecuidance et d'une raideur d'esprit que les collègues qui ne le connaissaient pas avaient d'ailleurs tendance à exagérer. Avant de rejoindre la brigade criminelle, Pauline Berg avait eu l'occasion de travailler ponctuellement avec lui dans une affaire de mœurs et l'avait à l'époque trouvé beaucoup plus accommodant que ce qu'en disait la rumeur. Lorsqu'elle l'appela, il dit se souvenir d'elle et accepta sa proposition sans poser de questions.

Ils se rencontrèrent comme convenu le dimanche matin sur la place de la Préfecture. Il était déjà arrivé mais la guettait dans une autre direction, elle eut donc le temps de l'observer. L'uniforme lui allait bien, et sa taille pouvait présenter un réel avantage si Andreas Falkenborg perdait subitement la tête. En deux mots, il représentait admirablement la fonction : il avait l'apparence d'un policier et était le symbole même de l'autorité. Pauline Berg, quant à elle, n'était pas tout à fait elle-même. La veille, elle s'était fait couper les cheveux d'après un dessin approximatif qu'elle avait elle-même esquissé. Elle s'était fait teindre les cheveux en noir et portait des lentilles de contact brunes, légères et faciles à utiliser, qu'elle avait achetées chez un opticien.

Pauline Berg serra la main qu'Asger Graa lui tendait très formellement puis mit son nouveau collègue au courant de la manière dont l'entretien avec Andreas Falkenborg était censé se dérouler. Elle dut ensuite prendre acte des remerciements qu'il lui présentait pour exprimer sa reconnaissance d'avoir la chance de travailler sur cette mission. Il ne fit en revanche aucun commentaire sur son nouveau look.

— Est-ce que vous avez apporté un dictaphone ? demanda-t-elle.

— Oui, il marche. Je l'ai vérifié plusieurs fois.

— Quand vous le mettrez en marche, je préférerais que vous passiez les préliminaires, et que vous évitiez par conséquent de mentionner l'heure, la date et nos noms.

— Je vois, mais c'est tout à fait contraire au règlement.

— Je ne veux pas qu'il sache comment je m'appelle.

— Ne pourrais-je dire mon nom sans citer le vôtre ?

— Non. Et puis, il est inutile de discuter avec moi. Nous savons ce que nous faisons, à la Crim.

— Oui, bien sûr. Ce n'est pas ce que je voulais dire.

— Parfait. Nous sommes donc d'accord sur ce point. Par ailleurs, il n'est pas question que vous interveniez. C'est moi qui m'entretiendrai avec lui, et moi seule. Il est possible qu'il ait peur en me voyant, mais vous ne devez pas vous en mêler. Vous ne devez intervenir que s'il m'agresse, et dans ce cas, uniquement pour le tenir à l'écart et nous permettre de sortir. Il ne doit en aucun cas être molesté. Vous comprenez ?

— Oui. Je suis donc là avant tout pour vous protéger ?

— On peut le dire comme ça. Mais rappelez-vous tout de même que je suis capable de me défendre dans bien des situations. Il s'agit certes d'un homme, mais j'ai la moitié de son âge et je suis en super forme. Au demeurant, il est très peu probable qu'il m'attaque.

— Je me mets en rempart devant vous, sans lui faire de mal.

— Précisément. C'est exactement ce que j'ai envisagé. C'est facile de travailler avec vous, je ne manquerai pas de le dire à Simon.

— Simon, vous voulez dire Konrad Simonsen, le chef de la brigade criminelle ?

— Lui-même. Nous l'appelons Simon.

Elle avait dit ça pour l'impressionner et ne s'attendait pas à une telle réaction de sa part.

— Il ne sait rien à propos de cet entretien, n'est-ce pas ?

— Que voulez-vous dire ?

— Je veux dire que Konrad Simonsen, chef de la brigade criminelle, ignore que nous allons procéder à l'audition d'Andreas Falkenborg, n'est-ce pas ?

Pauline Berg se dit qu'elle avait sous-estimé son collègue.

Elle fit une réponse prudente :

— Il est plus facile d'obtenir une absolution qu'une autorisation.

— Et votre nouveau look, est-ce que c'est pour ressembler à ses victimes et faire pression sur lui ?

C'était à la fois une question et un constat.

— Si cette audition se déroule bien, vous aurez des histoires à raconter à vos petits-enfants, et si ce n'est pas le cas, nous n'aurons qu'à nous en aller. *No harm done*, aucun préjudice n'aura été causé, comme l'on dit.

— Qu'en est-il de l'avocat du prévenu ? Est-ce qu'il sait que nous venons ?

— D'abord, c'est une avocate. Mais non, elle ne sait rien. Elle sait en revanche, comme nous le savons, comme nous le savons tous, qu'il a tué quatre jeunes femmes et que demain matin il sera libéré, à moins que quelqu'un prenne une initiative.

L'argument fit son effet, et elle poursuivit sur le même registre :

— Il ne s'agit pas de le mettre en capilotade ni d'utiliser des moyens de ce genre. Nous nous bornons à parler avec lui, et ça ne doit pas prendre plus de dix minutes, mais qui sait, peut-être parviendrons-nous à sauver la vie d'une jeune fille.

Asger Graa pesa le pour et le contre.

— Qu'est-ce que vous voulez lui faire avouer ?

— Il faut qu'il me dise où il a enterré une de ses victimes, Annie Lindberg Hansson, qu'il a assassinée en 1990.

— Soit, mais si vous n'arrivez pas à le faire parler, est-ce que je pourrai essayer ? Je fais souvent forte impression aux criminels.

— On dirait que vous faites pression sur moi.

— Ce n'était pas mon intention. Mais si tout ça se termine mal et que ça s'ébruite, nous serons deux à avoir des problèmes. Il me semble donc raisonnable que je puisse moi aussi faire une tentative.

Pauline Berg parut réfléchir puis dit :

— C'est d'accord. Venez, allons-y.

Le parcours dans la préfecture fut plus stressant qu'elle ne se l'était imaginé. Bien que le dépôt soit situé assez loin des bureaux de la brigade criminelle, et que la préfecture soit un vaste complexe, elle avait peur de tomber sur une connaissance. Le pire étant naturellement de croiser Arne Pedersen ou Konrad Simonsen, qui devaient l'un et l'autre se trouver quelque part dans le bâtiment. Elle avait donc choisi un parcours inhabituel et le seul individu qu'ils rencontrèrent fut un élève policier qu'ils ne connaissaient pas et qui ne leur prêta aucune attention. Asger Graa dit :

— Je n'ai jamais vu votre prison. Est-ce qu'elle est grande ?

— Il y a place pour vingt-cinq prisonniers, mais elle n'est presque jamais pleine.

— Quelle sorte d'individus y mettez-vous ? Ce sont les durs de durs, d'après ce que j'ai entendu dire.

— Alors, vous avez entendu la vérité.

— Je comprends que vous le gardiez ici.

— Ce n'est pas le problème. Il est ici uniquement parce qu'il doit être libéré demain, à moins que notre action réussisse. Ça ne vaudrait pas la peine de le transférer en principe maintenant, mais, c'est ce qui aurait dû se passer. Il n'est pas si violent que ça ; au contraire, on l'a isolé pour assurer sa sécurité.

— D'accord, je comprends. Est-ce que vous pouvez m'expliquer comment nous allons rentrer ?

— On va nous ouvrir. A quoi pensez-vous ?

— Eh bien, je me demandais comment vous aviez planifié la chose, votre chef ne sachant rien, etc.

— Ça ne posera aucun problème, si c'est ça que vous craignez.

— Je ne crains rien, je me disais seulement…

— Alors, arrêtez de penser.

On les fit entrer dans le dépôt sans difficulté. Un policier d'âge mûr, qui semblait déjà attendre l'heure de la retraite, les amena en traînant les pieds jusqu'à la cellule d'Andreas Falkenborg, ouvrit la serrure puis les fit entrer.

La pièce dans laquelle ils pénétrèrent était petite, à peine dix mètres carrés, et meublée de manière spartiate : un lit métallique, une table et une chaise, un placard et un petit réfrigérateur, tous rivés au sol ou aux murs. Une fenêtre au fond de la cellule donnait une lumière blême. Quand les deux policiers entrèrent dans le local, Andreas Falkenborg se leva de son lit, où il était en train de lire un livre, un récit de voyage qui se passait en Inde, remarqua Pauline Berg. Dans un premier temps, ce fut Asger Graa qui, en raison de son uniforme et de sa taille, attira l'attention de l'homme, et elle crut un instant qu'il ne réagirait pas à son physique. Mais lorsque son regard se porta sur elle, il se figea instantanément et se raidit comme s'il était cloué au sol au même titre que les meubles de la cellule. Une traînée de salive s'écoula de la commissure de ses lèvres.

Asger Graa profita de l'occasion pour charger son dictaphone, qu'il mit sur la table, et lui demanda ensuite très formellement :

— Andreas Falkenborg, est-ce que vous acceptez de vous entretenir quelques minutes avec nous ?

Ne recevant aucune réponse, le policier renouvela sa question, mais l'homme demeura silencieux. Haussant les épaules, il laissa la place à Pauline Berg, s'assit sur le lit et attendit. Réalisant alors qu'Asger Graa ne faisait plus rempart entre lui et Pauline Berg, Andreas Falkenborg réagit comme un animal apeuré.

Il se réfugia dans le coin le plus éloigné de la cellule et s'accroupit. La policière alla à reculons s'appuyer contre la porte, consciente que la situation pouvait facilement dégénérer. Affaissé sur le sol, l'homme suivait avec vigilance le moindre de ses mouvements, mais le fait d'être éloigné d'elle le calma. Il ferma la bouche, et si on pouvait encore lire l'angoisse sur son visage, ses yeux paraissaient à présent nourrir à son égard une haine non voilée.

— Andreas, vous avez tué Annie. Dites-moi comment.

Il ne répondit pas, et elle ne l'avait d'ailleurs pas escompté. Le bruit de l'air qui sortait par saccades de ses narines remplit la cellule.

— Est-ce que vous voulez que je m'approche de vous ?

La menace l'atteignit presque physiquement. Il jeta la tête en arrière et se tourna d'un regard suppliant vers Asger Graa, qui lui dit :

— Vous avez intérêt à lui répondre.

Andreas Falkenborg répondit en balbutiant et sur un ton grincheux :

— Elle ne doit pas… pas… pas rester là.

— Alors bon sang, racontez-nous ce que vous avez fait, et ensuite elle partira. Est-ce si difficile ?

Pauline Berg ajouta :

— Oui, parlez-moi d'Annie et ensuite, je m'en irai.

Pour la première fois, il cessa de la regarder et baissa les yeux. Un moment plus tard, qui leur parut une éternité, il dit en s'adressant à Asger Graa :

— Annie était comme elle, elle s'était introduite chez moi. Qu'est-ce que je pouvais faire ?

Elle lui répondit sèchement :

— Ça ne m'intéresse pas de savoir ce que vous auriez dû faire, mais ce que vous avez effectivement fait.

— Je l'ai tuée, vous le savez bien. Elle l'avait mérité, et toi aussi, tu le mérites, espèce de sorcière.

Asger Graa le prévint :

— Attention à ce que vous dites.

— Je la hais.

— Parlez-nous de votre meurtre, comme elle vous le demande.

— J'ai attendu qu'Annie arrive en vélo. Il faisait nuit. Puis je l'ai attrapée et je l'ai mise dans un sac.

Il était difficile de savoir précisément les sentiments dont était animé Andreas Falkenborg. Etait-ce l'angoisse, la haine ou la bravade ? Quoi qu'il en soit, il était impossible d'utiliser le bref et soudain aveu qu'il venait d'exprimer. Aucun des deux policiers n'avait de doute ni sur l'affaire, ni sur les paroles pleines de fiel qu'il prononça ensuite, qui étaient pure provocation :

— J'étais satisfait, et maintenant, elle a disparu à jamais.

Comme si elle était maîtresse du temps, Pauline Berg sortit d'un geste lent et calme un miroir à main de son sac et s'y regarda d'un air critique, sans se préoccuper de la présence des deux hommes. Puis elle trouva un tube de rouge à lèvres rouge vif et fit sortir la pointe du bâton, tout en l'examinant à la lumière. Elle entendit Andreas Falkenborg haleter, mais au lieu de succomber à la tentation et de le regarder, elle se mit du rouge.

— Vous savez très bien ce que vous devez me raconter. Tous ces faux-fuyants que vous avez utilisés sont du passé. Eh bien, qu'est-ce que vous avez à dire ?

Alors qu'elle attendait sa réaction, elle continua de se maquiller et, n'ayant toujours pas obtenu de réponse, elle ajouta :

— Allez, je n'ai pas toute la journée. Où avez-vous tué Annie ? Où est-elle enterrée ? Il faut tout nous raconter, Andreas, sinon, je pourrais bien m'approcher de vous et vous donner un baiser.

— Il ne faut pas qu'elle fasse ça, je ne la supporte pas. Elle ne doit pas parler comme ça.

Cette fois, Pauline Berg réagit la première :

— J'attends, Andreas, mais je ne vais pas attendre longtemps.

— Oui, je vais répondre, mais restez là où vous êtes.

— Où avez-vous tué Annie ?

— Sur la terrasse de ma maison de vacances, je jure que c'est vrai.

— Où est-ce que vous avez mis son vélo ?

— A la gare de Næstved. Je l'ai mis dans le support pour bicyclettes.

— Et où l'avez-vous enterrée ?

— Ça ne s'est pas passé comme ça.

Pour la première fois depuis qu'elle s'était mis du rouge à lèvres, Pauline Berg le regarda dans les yeux et vit la souffrance qu'il semblait éprouver. Elle remit négligemment son maquillage dans son sac et fit un pas en avant, en prenant un air menaçant.

— Si, Andreas, ça s'est passé comme ça et je veux savoir où vous l'avez enterrée.

Elle fit encore un pas.

— Où, Andreas ? Dites-moi où.

Asger Graa intervint :

— Euh, je crois qu'il n'est pas en état de répondre. Regardez-le, il est sur le point de… de tourner de l'œil.

Andreas Falkenborg tremblait et semblait avoir perdu le contrôle de lui-même et par instants, on ne voyait plus que le blanc de ses yeux. Puis il retrouva un regard normal, mais il était évident qu'il n'était pas en mesure de continuer. Il n'était pas nécessaire d'être expert en médecine pour voir qu'il était sur le point de faire une crise de nerfs. De dépit, Pauline Berg eut presque les larmes aux yeux au moment de quitter la cellule.

Dehors, elle entendit d'un air distrait Asger Graa faire une nouvelle tentative :

— L'officier de police judiciaire Pauline Berg a quitté la pièce. Ecoutez bien, mon brave, on a fini de jouer. Vous allez être gentil et me dire où vous avez enterré la victime.

Elle ne réalisa ce qui venait de se passer qu'au bout de quelques instants. Un frisson glacial parcourut son dos lorsque, stupéfaite et désabusée, elle songea que son projet s'était déroulé aussi mal qu'on pouvait le craindre.

42

Dimanche matin à 6 heures, Andreas Falkenborg fut remis en liberté. Il sortit de la prison de la préfecture par une porte arrière donnant dans la rue Hambrosgade, ce qui permit d'éviter les journalistes qui l'attendaient de l'autre côté. Là, il fut laissé à lui-même, conformément à ce que le tribunal et la juge avaient décidé. Konrad Simonsen était venu assister à l'événement qui, toute réflexion faite, était un non-événement, mais il avait le sentiment qu'il n'aurait pas été convenable de rester dormir chez lui alors que le meurtrier en série de l'affaire qu'il dirigeait était libéré. Il alla ensuite dans son bureau et se mit au travail pour tenter de faire baisser la pile de dossiers en cours qui, dans ce type d'enquête, s'amoncelaient à une vitesse vertigineuse.

A 9 heures précises, Arne Pedersen arriva également, suivi peu de temps après de Poul Troulsen. Les trois hommes se retrouvèrent dans le bureau de Konrad Simonsen. Arne Pedersen demanda à Poul Troulsen :

— Pourquoi est-ce que tu n'es pas en week-end ?

L'homme haussa les épaules.

— Je pensais que vous étiez là et que je vous devais bien ça. Je n'ai pas été très actif depuis mercredi.

Arne Pedersen le plaisanta :

— Pas très actif ? Le problème, c'est plutôt que tu as été beaucoup trop actif.

— Tu sais bien ce que je veux dire…

Il regarda son chef.

— … et je persiste à penser qu'ils exagèrent de mettre toute la responsabilité sur ton dos.

Konrad Simonsen fit la moue.

— Oui, c'est terrible. Le monde est cruel, si cruel !

Poul Troulsen secoua la tête :

— Je commence à me réjouir à l'idée de prendre ma retraite.

— Hum, il faudra que nous en parlions bientôt, Poul. Il existe une quantité de régimes et, si tu restes un an ou deux de plus…

— C'est exclu.

— Bon, d'accord, on en reparle. Où en sommes-nous avec la jeune Finlandaise, Arne ?

— Nous avons reçu les données la concernant, mais tu les as déjà. Sinon, il n'y a pas grand-chose de nouveau depuis vendredi. On est juste en mesure de préciser le moment de sa disparition, il doit se situer entre le 17 avril et le 3 mai 1992, lorsqu'elle quitte la gare centrale de Hässleholm. La fermette d'Andreas Falkenborg était située à quelques kilomètres de là vers le sud-ouest, devant le lac de Finja, mais on n'a jamais vu Elizabeth Juutilainen en sa compagnie. Les Suédois poursuivent leurs recherches.

— A t'entendre, il est peu probable qu'on obtienne de plus amples éléments sur ce point du dossier.

— Oui, je crois que ce sera difficile. Les témoins que nous avons pu retrouver sont loin d'être des enfants de cœur, et puis ce qu'ils racontent, quand ils veulent bien parler, est souvent insignifiant.

— C'est tout de même paradoxal, remarqua Poul Troulsen : une forme de criminalité ne devrait pas, comment dire, faire de l'ombre à une autre. Il me semble que le milieu de la drogue a tout autant intérêt que les citoyens normaux et respectueux des lois à ce que de tels meurtriers soient arrêtés.

Konrad Simonsen dit :

— Théoriquement, oui, mais ils ne pensent pas comme ça, pas souvent en tout…

Arne Pedersen bondit de sa chaise.

— Répète ce que tu viens de dire, Poul. Tout de suite, c'est très important.

— Concernant les trafiquants de drogue ?

— Oui, bon Dieu. Qu'est-ce que tu viens de dire ?

— Qu'ils devraient être aussi intéressés que leurs concitoyens à ce que nous arrêtions les meurtriers en série, et que c'est paradoxal qu'ils ne le soient pas.

— Non, pas ça, l'autre partie de la phrase.

Konrad Simonsen reprit sur un ton calme les propos de son collègue :

— Il est paradoxal qu'une forme de criminalité, comment dire, fasse de l'ombre à une autre. Il me semble que…

Il n'eut pas le temps de poursuivre.

— Oui, c'est ça qu'elle a dit, exactement ça.

— Mais qui, Arne ?

— La nouvelle professeure principale, à la réunion de parents d'élèves. Elle a dit qu'elle avait l'habitude de parler doucement aux enfants, qu'elle ne pensait pas qu'on pouvait faire cesser le bruit en parlant encore plus fort qu'eux. A présent, la logique du propos apparaît clairement. Qu'est-ce que j'ai été stupide ! Si nous avons la transcription de l'audition d'Andreas Falkenborg, il suffit de l'examiner. Attendez, et puis l'entretien que tu as eu avec lui dans la voiture, Poul, c'est la même chose.

Ses deux interlocuteurs renoncèrent provisoirement à interpréter ses propos. Konrad Simonsen trouva les copies qu'il demandait. Arne Pedersen les feuilleta d'un air impatient, presque fébrile, puis il lut à voix haute :

— C'est un extrait de l'audition. Simon, c'est là où tu l'interroges sur sa relation avec Annie Lindberg Hansson.

K. S. : Elle ressemblait aux autres femmes comme deux gouttes d'eau.

A. F. : Alors, ce doit être moi.

K. S. : Où est-ce que vous l'avez enterrée ?

A. F. : Je ne l'ai pas enterrée.

Et là, la scène se passe dans la voiture. Poul, tu tentes de faire pression sur lui, toujours à propos d'Annie Lindberg Hansson.

P. T. : Et maintenant, parlons d'Annie. Où est-ce que vous l'avez enterrée ?

A. F. : Mais je ne l'ai pas enterrée.

P. T. : Pourquoi vous donnez-vous tant de mal ?

K. S. : Mais c'est vrai, je ne l'ai pas enterrée.

— … Bon sang, est-ce que vous ne voyez pas ?

— Tu veux dire, le cochon, dit Poul Troulsen ?

— C'était une énorme truie qu'on a laissé pourrir sur l'arbre et qui a senti mauvais pendant des mois. Il est vrai que vous n'avez pas vu cet arbre, mais moi, je l'ai vu. C'est un vieux peuplier, et je parierais que le corps d'Annie Lindberg Hansson était dans l'arbre à cette période-là. Ce peuplier ressemble à un énorme blaireau vu à l'envers. Le tronc doit avoir un mètre ou un mètre et demi de large et n'a pas plus de quatre mètres de haut jusqu'au sommet, là où les branches les plus fines s'élancent dans tous les sens. Lorsque j'étais enfant, nous avions aussi un peuplier chez nous, c'était un arbre creux, pourri du sommet à la base à l'intérieur, mais à l'extérieur, l'arbre était toujours vivant et sain et de nouvelles branches et des feuilles repoussaient chaque année. Nous avions l'habitude de l'escalader en nous faufilant entre les branches, et puis nous descendions à l'intérieur au moyen d'une corde. Mon Dieu, je suis sûr qu'elle est dans l'arbre.

Konrad Simonsen retint ses hommes. Ses deux collaborateurs étaient tout feu tout flamme et voulaient se rendre sur-le-champ à Præstø. C'était d'ailleurs très tentant, mais il remit le déplacement au lendemain et se montra inflexible :

— Non, je ne veux pas avoir d'autres surprises au tribunal. Cette fois, il faut que nous veillions au respect strict des règles. Aujourd'hui, nous allons procéder aux formalités juridiques et obtenir l'autorisation d'abattre ce peuplier si nous avons un doute. Mais dans ce cas, il appartiendra aux techniciens de faire le nécessaire. Il faut aussi que tu nous trouves d'ici demain matin un bon chien pisteur.

Poul Troulsen fit une dernière tentative :

— Mais nous pourrions nous rendre sur place et examiner les lieux, nous avons le temps.

— Demain, Poul. Demain.

Les deux hommes auraient dû connaître leur chef suffisamment pour savoir qu'il était vain d'insister. Ils essayèrent pourtant, mais furent finalement contraints d'accepter ce délai.

— Est-ce qu'on ne peut pas emmener Pauline avec nous ? demanda Arne Pedersen. Elle et moi connaissons déjà les lieux.

— Ça ne me poserait aucun problème, mais elle a appelé hier soir pour dire qu'elle était malade. Il ne faut pas compter la revoir avant le milieu de la semaine, au plus tôt. Elle a une grippe d'été.

— Oh, mon Dieu ! Il y en a tellement avec cette chaleur. Où en sommes-nous avec Andreas Falkenborg, quel niveau de surveillance as-tu instauré ?

— J'ai deux équipes qui s'alternent trois fois par jour.

Poul Troulsen demanda :

— Est-ce qu'on ne devrait pas prévoir un niveau de surveillance maximal ? Ce serait insupportable qu'il nous échappe, juste au moment où nous pouvons le faire tomber pour le meurtre d'Annie Lindberg Hansson. Souviens-toi qu'Ernesto Madsen n'avait pas compris cet épisode avec le cochon, ça ne collait pas avec le reste, et ça se confirme à présent. Et puis, je ne suis pas tranquille de savoir qu'il a retiré de tels montants en liquide, ça pourrait indiquer qu'il est en train de préparer sa fuite.

Konrad Simonsen dit d'un air désolé :

— Dans un monde idéal sans budgets, ce serait certainement une erreur, mais je n'avais pas les moyens de le faire surveiller par une équipe plus importante. Néanmoins la situation est clairement différente à présent, je vais élargir notre surveillance et appeler deux équipes en renfort.

Ils se séparèrent sensiblement plus réconfortés qu'au début et chacun alla vaquer à ses occupations. Konrad Simonsen téléphona à la Comtesse pour lui expliquer l'hypothèse formulée par Arne Pedersen et elle aussi insista pour se rendre immédiatement dans le sud du Zeeland. Une fois n'est pas coutume, elle fut éconduite.

Le soir même, Andreas Falkenborg échappa à la surveillance des policiers. La scène se déroula au centre de Copenhague, à l'endroit précis où Frederiksborgade croise Nørre Voldgade. Quatre voitures de policiers en civil participaient à la filature, deux d'entre elles roulant respectivement devant et derrière la Mercedes bleue, facilement reconnaissable, d'Andreas Falkenborg, lequel tournait en rond dans la ville, visiblement sans but précis. Les deux autres servant de réserve, prêtes à tout instant à intervenir quand la voiture de tête clignotait pour indiquer la route. Le travail était facile, presque ennuyeux. L'homme qu'ils suivaient conduisait calmement et raisonnablement, plutôt trop lentement que trop vite, et lorsque leur cible, dans le strict respect du code de la route, s'arrêta à la corde au feu rouge devant la station de Nørreport, aucun des occupants desdites voitures n'y prêta une attention particulière. C'était la deuxième fois en l'espace de cinq minutes qu'ils se trouvaient en cet endroit, ce qui aurait dû attirer leur attention. La première fois, le feu était passé au vert, et ils avaient roulé devant la gare en suivant le flux de la circulation, mais pas cette fois. L'un des deux policiers dans la voiture qui suivait le fuyard dit d'un air fatigué :

— Mais combien de fois est-ce qu'il a l'intention de tourner dans le quartier ?

— On verra bien, répondit son collègue d'une voix monocorde. C'est toujours plus drôle que de surveiller l'entrée de son appartement. C'est un peu plus varié, et puis… oh non, ce n'est pas possible.

Le policier réagit rapidement. Il ouvrit la porte de la voiture sans prêter attention au fait qu'elle alla cogner contre un autobus qui s'était avancé sur le côté. Puis il s'en extirpa, se faufila entre les voitures et se mit à courir aussi vite qu'il le put pendant environ cinquante mètres, la distance qui les séparait de la gare. Son collègue ne comprit la situation et ne le suivit que lorsqu'il s'aperçut que la Mercedes était vide. Mais l'avance prise par Andreas Falkenborg était trop grande, et les deux policiers arrivèrent trop tard.

Ils se concertèrent brièvement, puis l'un descendit en courant les marches conduisant au quai, pendant que l'autre demandait le renfort des autres équipes de surveillance. Huit policiers se retrouvèrent bientôt sur le lieu, mais ça ne donna rien. Après un quart d'heure d'agitation, ils durent renoncer et le chef de l'équipe de surveillance dut faire part de la navrante nouvelle au policier qui était de garde au commissariat de Glostrup. Celui-ci promit d'informer la brigade criminelle.

Mais le message arriva au pire des moments. Tandis que l'officier de police était informé de la disparition d'Andreas Falkenborg, le commissaire s'était approché de lui avec une mine grave. D'un air doux mais décidé, il avait pris le combiné et raccroché avant de dire :

— Ta fille vient d'appeler.

L'angoisse l'envahissait par vagues. L'officier de police secoua la tête. Il n'était pas capable d'en supporter plus.

— C'est son fils. Il a été hospitalisé d'urgence à l'hôpital de Herlev en raison d'une méningite. C'est grave, Mads. Le petit est dans le coma et elle te demande d'aller la rejoindre.

Le commissaire conduisit lui-même son collaborateur à l'hôpital.

Près de douze heures s'écoulèrent avant que Konrad Simonsen soit informé du fait qu'Andreas Falkenborg avait échappé au contrôle des autorités.

43

Le soir, sans qu'on y ait pris garde, il faisait désormais nuit plus tôt. Le temps où les lilas étaient en fleurs, les vacances proches et les nuits blanches de plus en plus longues, n'était pourtant pas si loin. La femme assise dans le train de banlieue, près de la fenêtre, regardait son reflet dans la vitre, sans vanité, en dépit de sa réelle beauté. Elle haussa les épaules. Chaque année à la fin de l'été, elle éprouvait un sentiment de mélancolie. Le temps qui était devant elle paraissait toujours plus long que le temps passé, mais peut-être qu'en vieillissant, cette impression changerait.

Le train entra dans la gare de Nørreport et il y eut un grand va-et-vient de passagers. Ils étaient tous pressés, cherchant à tout prix à gagner une ou deux secondes. Elle observa les nouveaux arrivants. Elle maîtrisait à la perfection l'art qui consistait à observer ainsi les gens sans qu'ils s'en aperçoivent. Ensuite, si l'occasion se présentait, elle faisait leur portrait. Mais elle était critique et tous les visages ne l'intéressaient pas, loin de là. Ils devaient présenter un caractère spécial et cette fois, aucun des nouveaux arrivants ne trouva grâce à ses yeux. Une jeune fille vint s'asseoir à côté d'elle, qui avait l'esprit ailleurs et parlait sur son portable. Elle poussa légèrement son sac à dos pour lui faire de la place. Le signal du départ retentit et le train s'ébranla.

Peu de temps après, un homme autour de la cinquantaine entra dans la voiture, agité, se retournant sans arrêt comme s'il était suivi. Il s'assit dans un fauteuil un peu plus à l'avant. Elle l'observa minutieusement et son pouls se mit à battre plus fort.

Son aspect banal attira sa curiosité. Un visage qui se caractérisait par l'absence de traits particuliers, d'une neutralité parfaite. Il pouvait être ramasseur de bouteilles ou bien directeur de banque, dans les deux cas, personne ne le remarquerait. En même temps, quelque chose en lui inspirait confiance. C'était un homme auprès de qui on devait pouvoir se sentir en sécurité. Ce qui était banal ne pouvait être dangereux. Elle sortit son bloc à dessins de son sac à dos et décida que lorsqu'elle aurait achevé de le dessiner, elle l'appellerait l'homme moyen.

— C'est pas vrai ! Qu'est-ce qu'ils sont beaux ! Est-ce que je peux les voir ?

La jeune fille avait terminé sa conversation téléphonique. Le compliment un peu niais ne l'impressionna pas, mais elle lui tendit malgré tout son carnet. Elle n'aimait pas éconduire les gens, surtout pas ce soir, bien qu'elle eût préféré rentrer chez elle. Il voulait venir la chercher à la gare de Grimstrup, un endroit isolé savamment choisi pour que personne ne puisse la voir entrer dans sa voiture. Comme si elle n'était qu'un jeu interdit.

— Qu'est-ce que c'est ?

— Un mur en Angleterre.

— Il a l'air complètement délabré. Il n'y a rien d'autre que des pierres. Pourquoi est-ce que vous l'avez dessiné ?

C'était difficile à expliquer, d'autant qu'elle n'était pas sûre de le savoir elle-même. Pourquoi avait-elle fait des économies pendant cinq mois pour passer deux jours à Londres ? Deux jours où elle avait des heures durant dessiné une ruine romaine située au cœur d'un des quartiers d'affaires les plus importants au monde. Une ruine, cernée de luxueuses façades en verre. Les formes, les contours, les surfaces, les angles, elle avait goûté chaque instant.

On aurait dit que la jeune fille avait deviné ses pensées. La date inscrite en dessous du dessin et les vignettes publicitaires collées sur son sac à dos dévoilaient ses intentions.

— Est-ce que vous êtes allée à Londres uniquement pour voir ce mur débile ?

— Je voudrais être architecte, un jour. Mais regardez ça aussi.

Elle reprit son bloc et le feuilleta en passant les pages consacrées au mur.

— Ce garçon s'appelle Patrick, il était notre guide lors d'une visite guidée dans le Londres *obscur.* Il devait nous montrer les sites où l'horreur avait frappé la ville aux siècles passés.

Le jeune homme était passé devant elle avec un petit groupe à qui il était en train de donner maintes explications dans une langue à la diction exagérée et en faisant de grands gestes. Elle avait suivi le groupe, intriguée par sa casquette et sa veste en tweed beaucoup trop grande pour lui. Au début, elle était restée un peu à l'écart, car elle n'avait pas payé. Ensuite, quand elle avait compris qu'elle était tout de même la bienvenue, elle s'était intégrée plus franchement au sein du groupe.

— Il nous a parlé de Jack l'éventreur, ce tueur en série qui a sévi dans le Londres des années 1880. Jack l'éventreur assassinait des prostituées et puis il les éventrait avec un couteau. Il en a tué cinq. Ce qui est bizarre, c'est qu'à l'époque, Whitechapel était un quartier pauvre mais aujourd'hui, c'est un quartier hyper moderne.

Elle avait bu un café avec Patrick après la visite guidée. Ils avaient ri et plaisanté. Il était élève dans un cours de théâtre et était capable de réciter Shakespeare d'une manière excessivement drôle, sur le ton de la caricature. Et puis ils en étaient restés là.

La jeune femme avait dit :

— J'espère qu'ils l'ont pendu.

— On ne l'a jamais retrouvé. Depuis, on a échafaudé toutes sortes de théories sur le personnage et son identité. On a imaginé qu'il pouvait s'agir d'un homme très distingué et bien élevé, mais je crois qu'en fait, c'était quelqu'un de beaucoup plus anonyme. Un homme tranquille, que personne n'aurait songé à soupçonner.

A la gare de Hillerød, elle dit au revoir à la jeune fille et se joignit à une poignée de passagers qui attendaient le train local pour Frederiskværk. Soudain, l'homme ordinaire se trouva derrière elle, sans qu'elle l'ait entendu s'approcher. Elle se tourna et sourit d'un air affable. Peut-être allait-elle avoir de nouveau l'opportunité de le dessiner.

44

A Præstø, l'hypothèse d'Arne Pedersen selon laquelle la dépouille mortelle d'Annie Lindberg Hansson se trouvait dans le fameux peuplier fut confirmée par une équipe des plus compétentes représentée par un maître-chien et son chien-loup noir, une jeune femelle dénommée Cathy. Cathy gratta ses pattes sur l'arbre et aboya, et son maître leva le pouce d'un air entendu en direction des hommes. Arne Pedersen montra du doigt une ferrure rouillée et dit :

— Ça peut paraître bizarre, mais pendant une période, on a suspendu un cochon dans cet arbre et on l'a laissé pourrir sur place. Est-ce que ça peut avoir une influence sur votre chien ?

Le maître-chien donna une tape à l'animal et répondit :

— Je ne crois pas, mais nous pouvons faire un essai de l'autre côté, pour être sûrs.

Il fit aller le chien-loup de l'autre côté de l'arbre, lui donna un ordre incompréhensible, et la réaction de l'animal fut la même que celle qu'il avait eue la première fois. Poul Troulsen lui donna la réplique :

— Et ça signifie ?

— Qu'il y a un cadavre dans l'arbre, à moins que Cathy se trompe.

— Est-ce qu'elle se trompe souvent ?

— Jamais.

Arne Pedersen installa une échelle qu'il avait empruntée au couple d'éducateurs qui, de la fenêtre de leur cuisine située à quelques mètres de là, suivaient la scène avec une certaine excitation. Il monta à l'échelle et se faufila avec difficulté entre les branches non étêtées du peuplier, puis éclaira l'intérieur de l'arbre à l'aide d'une puissante lampe de poche. Poul Troulsen haussa la voix pour lui demander :

— Est-ce qu'on voit quelque chose ?

— Rien du tout. Rien que de la boue et des feuilles séchées, mais l'arbre est creux comme nous le pensions. Est-ce que j'essaie de descendre dans le fond ? Ça risque de ne pas être facile.

— Non, laissons les techniciens s'en charger. Si cette opération présente le risque de détruire des preuves, il vaut mieux que ce soient eux qui le prennent plutôt que nous.

Deux heures plus tard, les dents d'une scie électrique attaquèrent le vieux peuplier. Un des techniciens, revêtu d'une combinaison intégrale ressemblant à celle des astronautes, manipulait la scie. Les branches tombèrent rapidement et le bois du tronc fut plus difficile à scier, mais on put le découper par blocs. Ce fut un long processus, et chaque fois qu'un morceau de tronc était retiré, deux autres techniciens enlevaient prudemment les ramilles, les feuilles et la boue de la cavité. En fin d'après-midi, alors que l'arbre n'avait plus que deux mètres de haut, il se passa enfin quelque chose. L'un des techniciens dit calmement :

— Ça y est, nous l'avons. J'aperçois une main.

Délicatement, presque religieusement, il recueillit un tas de feuilles compostées qu'il laissa tomber derrière lui, puis il dit :

— Oui, elle est dans un sac en plastique, la malheureuse.

Arne Pedersen avait déjà saisi son mobile. C'était la nouvelle que Poul Troulsen et lui avaient attendue toute la journée. Il appela Konrad Simonsen qui répondit immédiatement.

— Ça y est, nous l'avons trouvée, dit-il d'une voix triomphale, qu'il ne fit rien pour cacher. C'est sans aucun doute lui le meurtrier, la méthode utilisée est la même que pour les autres femmes.

Puis un long moment s'écoula où il paraissait écouter son interlocuteur. Poul Troulsen commença à s'inquiéter, il devait se passer quelque chose de grave, car l'optimisme avait disparu du visage de son collègue. Arne Pedersen interrompit la conversation d'un air désolé.

— Qu'est-ce qui se passe, Arne ? Tu es tout pâle.

— Andreas Falkenborg a disparu hier soir, il a faussé compagnie à ses gardiens. Nous ne l'avons appris que ce matin, tout ça parce que des imbéciles de Glostrup ont merdé. Depuis, tout le monde est à ses trousses, mais pas de résultat.

— Merde.

— Ce n'est pas tout. Jeanette Hvidt a disparu, elle aussi, et plusieurs témoins ont vu Andreas Falkenborg rôder près de la maison de son oncle à Elseneur.

Poul Troulsen attrapa le bras d'Arne Pedersen et le fit se retourner tout en criant :

— Qu'est-ce que tu me racontes là ?

— Il l'a neutralisée après l'avoir conduite dans une remise à vélo située dans le jardin de son oncle. C'est tout ce que Simon m'a dit. Pour le reste, tu devras attendre qu'on soit rentrés à Copenhague.

— Mais comment ça a pu arriver ? Nous étions censés assurer sa sécurité. Elle n'avait personne pour la protéger ?

Arne Pedersen se détacha de son étreinte et répéta lentement :

— C'est tout ce que Simon m'a dit. Je n'en sais pas plus.

Poul Troulsen mit ses mains sur sa nuque et baissa la tête. Impuissant, il jura et maugréa tout seul.

45

Tandis que la victoire éphémère d'Arne Pedersen se transformait en échec, Pauline Berg était assise dans une chaise de jardin sur sa terrasse, tentant une nouvelle fois de trouver ce qu'elle allait faire. Le premier choc subi après le fiasco de samedi après-midi s'était atténué et elle se disait qu'avec un peu de chance, l'épisode ne serait peut-être pas découvert. La veille, elle avait appelé son chef et aujourd'hui, elle s'était entretenue deux fois avec Arne Pedersen, et chaque fois elle leur avait demandé, d'une voix grave et voilée, s'il y avait du nouveau. Elle se disait qu'elle n'avait rien à craindre puisque Andreas Falkenborg était sous haute surveillance, et que même s'il devait arriver quelque chose, elle était parfaitement capable de se défendre. Grâce à son expérience et à la formation aux techniques de combat rapproché qu'elle avait suivie, mais aussi parce qu'elle était en possession d'un Heckler & Koch 9 mm, l'arme standard de la police.

— Il faut que je me fasse enlever cette teinture au plus vite.

Personne ne lui répondit, car elle se parlait à elle-même. Elle répéta plusieurs fois la phrase en variant l'intonation et arriva à la conclusion qu'elle allait malheureusement devoir piocher dans ses économies du mois pour trouver les 800 couronnes que l'opération allait coûter. Elle bâilla ; elle se sentait bien mais il aurait fallu qu'elle commence à penser au dîner. Elle avait mal dormi la nuit passée et la fatigue était en train d'avoir raison d'elle, mais ça n'avait peut-être pas d'importance. Pour une fois, elle pouvait se contenter d'un sandwich et si Asger Graa ne disait rien de leur mésaventure, et s'il venait dîner et partageait les sandwichs avec elle… Elle sursauta et releva la tête, voyant bien qu'elle était en train de s'endormir. Puis elle régla l'alarme de son mobile, qu'elle posa sur la table de jardin à côté d'elle et ferma les yeux. A la lisière de la forêt, le cri du coucou résonnait, comme s'il ne voulait pas attendre la tombée de la nuit. Elle était allongée, et bientôt ses pensées partirent très loin. Un très léger ronflement s'échappait de ses narines, seulement perceptible si on s'approchait tout près d'elle.

Quand elle se réveilla, elle réalisa immédiatement qu'elle avait dormi plus longtemps que prévu. Le crépuscule était proche, et elle frissonnait bien qu'elle ait eu une couverture sur elle, ce qui d'ailleurs la surprit, car elle ne se souvenait pas en avoir pris une. Elle saisit son mobile et comprit la raison de son réveil tardif. La batterie était à plat, et elle avait dormi pendant près de trois heures. Elle jura intérieurement, bien qu'il n'y ait pas de mal à avoir fait ce long somme. Elle n'aurait qu'à remettre ses travaux de peinture au lendemain. Elle se leva, s'étira pour effacer les dernières traces de sommeil, replia la couverture et rentra à l'intérieur. Elle ferma à clé la porte donnant sur le jardin et appuya deux ou trois fois sur la poignée pour s'assurer qu'elle était bien fermée. Elle songea que, lorsqu'elle en aurait les moyens, il faudrait qu'elle achète un rideau qu'elle pourrait tirer le soir devant la porte de la terrasse.

Arrivée dans le living, elle envisagea un instant de changer l'ordre de ses rituels. Elle avait faim, mais normalement, elle faisait ses exercices de danse avant le dîner et jamais après. Elle alla donc dans la pièce où elle s'entraînait, c'était d'ailleurs une des pièces de la maison qu'elle avait aménagées en premier. Elle se déshabilla, enfila son maillot, se mit à la barre et exécuta les exercices de son répertoire, qu'elle maîtrisait parfaitement. Dehors, la nuit était tombée et elle examinait ses figures dans le reflet de la fenêtre quand soudain, un certain malaise s'empara d'elle. Le fait de se voir avec les cheveux noirs était bizarre et lui rappelait le fiasco de samedi, lors de sa tentative d'interrogatoire d'Andreas Falkenborg.

Après avoir fait ses exercices, elle prit un rapide bain. Elle ne se sentait pas à son aise, comme si la journée sortait de l'ordinaire. A la barre, elle avait pensé que c'était à cause de ses cheveux noirs, mais il y avait autre chose. Ce n'était peut-être pas une bonne idée de s'être fait porter malade. Il lui arrivait rarement de tirer au flanc et ça lui donnait mauvaise conscience. Et puis elle avait très faim. Elle essaya de se rappeler ce qu'elle avait comme charcuterie dans son réfrigérateur puis, se sentant mal à l'aise en raison de sa nudité, elle se précipita dans sa chambre pour s'habiller. Elle décida aussi d'appeler Ernesto Madsen pour lui demander s'il avait envie de passer la voir. Il fallait juste qu'elle trouve le chargeur de son mobile. Il n'était pas à sa place habituelle sous la table de nuit. Elle essaya sans succès de se rappeler où elle l'avait mis tout en maudissant sa société de téléphone d'avoir un délai de livraison si long, quatre semaines, pour l'ouverture d'une ligne fixe.

Le sandwich la remit d'aplomb et elle renonça à chercher son chargeur et à contacter Ernesto Madsen. Elle opta pour une soirée tranquille devant la télévision. La rediffusion annoncée de *Pretty Woman* était exactement ce dont elle avait besoin. Elle prit son verre et son assiette vide, alla dans la cuisine pour les mettre dans le lave-vaisselle puis passa un chiffon sur la table, bien que celle-ci n'ait pas été utilisée. Elle sortit une boîte de nourriture pour chat du réfrigérateur, l'ouvrit, prit une cuiller dans le tiroir et s'accroupit pour mettre la moitié de son contenu dans le bol du chat.

Pauline Berg prit plaisir à revoir le film. Bien qu'elle l'ait vu maintes fois, elle le trouvait toujours aussi bon. Mais soudain, un message apparut en incrustation sur le visage de Julia Roberts, annonçant la diffusion dix minutes plus tard d'une édition spéciale du journal télévisé. Elle se secoua. Des nouvelles si importantes qu'elles nécessitaient une interruption des programmes étaient rarement bonnes. Elle passa un bref instant au télétexte, sans résultat. Il ne lui restait plus qu'à attendre. Le film ne captivait plus son attention, et elle passa les minutes qui suivirent à appeler Gorm dans la maison et à la porte de la terrasse, sans que le chat ne montre le bout de son nez. Il avait pourtant l'habitude de revenir pour manger, même s'il était devenu beaucoup plus indépendant depuis qu'ils avaient emménagé et qu'il avait une chasse à surveiller. La nuit, de temps en temps, elle entendait des bruits de combats de chats, et le matin, elle le voyait revenir blessé et fatigué mais fier comme un pape. Le changement d'air lui avait sans aucun doute été profitable.

Elle alla se rasseoir au moment de l'édition spéciale, voulut remettre le son qu'elle avait baissé pour pouvoir entendre si le chat arrivait, et eut juste le temps de voir dans le studio deux présentateurs à la mine grave avant que la télévision ne s'éteigne en émettant un petit craquement. Non seulement le son et l'image disparurent, mais le bouton de veille s'éteignit lui aussi. Elle essaya avec la télécommande de fermer le poste et de le rallumer, mais en vain. Elle pensa d'abord que, compte tenu de l'état actuel de ses finances, elle risquait d'être privée de télévision pendant plusieurs mois, puis elle se rappela qu'elle avait acheté son poste cinq mois plus tôt et qu'il était toujours sous garantie.

Irritée, elle alla dans son bureau et alluma son ordinateur. Dehors, la pluie battait contre la vitre, et les petits bruits irréguliers que produisaient les gouttes et le hurlement du vent à l'angle de la maison firent qu'elle se sentit comme exposée et elle ferma les rideaux. Dès que l'ordinateur fut en état de marche, elle ouvrit son navigateur Internet et se connecta sur le portail d'actualités du journal *Dagbladet*, mais elle se rendit compte qu'elle arrivait sur le site Internet du musée du Louvre et ce, bien que la barre d'adresse indique *dbnews.dk*. Elle fit une tentative avec *dr.dk*, mais obtint le même résultat, et les trois autres adresses qu'elle écrivit aboutirent à la même impasse. Elle avait expérimenté bien des situations avec son ordinateur, mais jamais un phénomène semblable. Elle songea à le redémarrer, mais elle lança d'abord sa messagerie. Elle avait hâte de reprendre contact avec un monde extérieur dont elle se sentait coupé depuis que son mobile, son poste de télévision et à présent son ordinateur ne fonctionnaient plus. Elle fut donc soulagée quand la fenêtre du programme s'ouvrit normalement. Trois de ses amis étaient en ligne, et elle choisit un vieux camarade de classe qu'elle avait l'habitude d'éviter parce qu'il l'idolâtrait mais un peu de vénération ne pouvait pas lui faire de mal un soir comme celui-ci où tout semblait partir à vau-l'eau.

Princesse Pauline dit : Bonjour, Mads. Ma télévision ne marche plus.

Tu as vu les nouvelles ?

Mads de Rødovre dit : Salut, Pauline, super de parler avec toi !! Les nouvelles, ben oui. Qu'est-ce que tu veux savoir ?

Princesse Pauline dit : L'édition spéciale, c'est sur quoi ?

Mads de Rødovre dit : Tu devrais le savoir. Tu n'es plus flic ? ☺☺☺

Princesse Pauline dit : Toujours flic, malade aujourd'hui. Quelles nouvelles ?

Mads de Rødovre dit : Pourquoi dis-tu ça ? Je ne t'ai pas gênée. ☹

Princesse Pauline dit : Qu'est-ce que tu veux dire ???

Mads de Rødovre dit : 1/3 2/3 1/8 3/8 5/8 7/8 7/8 5/8 3/8 1/8 2/3 1/3.

Princesse Pauline dit : C'est du chinois. Essaie encore.

Mads de Rødovre dit : Alors, la sorcière aux cheveux noirs, tu sais à quoi t'en tenir.

Pauline seule dit : Tu ne veux pas dire vert jaune ?

Mads de Rødovre dit : Non, ils sont noirs de geai, répugnante pute.

Mads de Rødovre dit : Envoi de nouvelles, démarre les nouvelles, aime les nouvelles.

Elle jeta nerveusement un regard en arrière en direction de la porte de son bureau, et au même moment la fenêtre de Messenger disparut et un sablier lui indiqua que l'ordinateur travaillait sur une tâche dont elle ignorait la nature. Soudain apparut un visage, un visage terrifié et en larmes qu'elle reconnut aussitôt. Le bruit des prières de Jeanette Hvidt étouffées par les larmes retentit dans les hauts parleurs, alors qu'on voyait la jeune fille agiter la tête, essayant en vain d'échapper à son destin.

— *Je ne veux pas ; vous ne devez pas faire ça. Est-ce que vous voulez bien arrêter ?*

— *Il est furieux après elle, elle n'est pas sage, elle va recevoir un autre coup de bâton.*

— *Non, non. Je ferai tout ce que vous dites, tout ce que vous demandez.*

— *Tout ce qu'il dit, tout ce qu'il demande. C'est comme ça qu'elle doit s'exprimer.*

— *Je ferai tout ce qu'il dit, tout ce qu'il demande.*

— *Alors, parle de la chanson.*

— *Cette chanson est pour vous, Pauline.*

— *Elle ne doit pas pleurnicher quand elle parle. Sinon, elle va avoir des vraies raisons de pleurer.*

— *Pardon, je vais faire attention. Il ne faut pas, je vais faire attention.*

— *Alors, elle le redit avec un sourire sur son affreuse bobine.*

Paralysée, elle regarda Jeanette Hvidt qui s'efforçait de sourire tandis que les larmes coulaient le long de ses joues. Le film continua :

— *Ce chant est pour vous, Pauline.*

— *Alors, elle chante la chanson.*

— Est-ce que tu devines où il est, devines où il est, car j'ai mis un masque, mic-masc, j'ai mis un masque...
— Non, elle ne chante pas comme il faut. Car il a mis un masque, c'est ça qui est drôle. Qu'est-ce qu'elle est bête. Maintenant, elle rechante la vraie version, sinon, ça va cogner.

Jeanette Hvidt reprit la chanson, subjuguée et comme ayant perdu la raison. La situation était déchirante, mais ce n'est pas pour cette raison que Pauline Berg venait de mettre ses mains sur les oreilles.

— Est-ce que tu devines où il est, devines où il est...

Soudain, la chanson s'arrêta, la caméra fit un léger zoom arrière, puis l'image s'immobilisa et se désintégra en milliers de pixels avant de renaître sur l'écran l'instant d'après. Cette fois Jeanette Hvidt ne pleurait plus, elle avait peur et avait les mains posées sur les oreilles, tandis que Belphégor s'approchait doucement d'elle. Elle ferma les poings, le démon derrière elle grandit de plus en plus, jusqu'au point où elle put voir le regard aux aguets derrière l'horrible masque. C'est alors qu'elle comprit tout : la petite caméra qui était fixée en haut de son écran plat ne montrait plus du tout Jeanette Hvidt.

Pauline Berg eut une montée d'adrénaline qui la fit virevolter, et tous deux furent surpris. L'homme derrière elle fit un pas en arrière. Elle saisit le premier objet qu'elle put trouver, un solide mug en céramique posé à côté de son clavier, et s'entendit crier au moment même où son cerveau la prévenait en vain que c'était bien la dernière chose à faire. Le réflexe qu'il avait eu de se reculer lui donna juste le temps nécessaire pour se mettre en position de défense, de côté, les jambes légèrement écartées, le mug à café prêt à frapper. Ils restèrent ainsi face à face, séparés par quelques mètres, pendant un moment qui lui parut une éternité. Derrière elle, une femme se mit à gémir comme un animal agonisant. Elle ignora le bruit et se concentra sur son adversaire, sachant que chaque dixième de seconde qui s'écoulait lui permettait d'améliorer sa cote. Le moment de la surprise était passé et plus elle le regardait, moins elle avait peur. Le masque ne constituait pas un avantage pour lui, il limitait au contraire sa visibilité. Elle avança lentement vers lui en se déhanchant, les pieds écartés et pointés vers l'extérieur, le corps légèrement fléchi, se préparant à le frapper au niveau des testicules. Comme s'il avait lu dans ses pensées, il releva son sweater et s'empara de son pistolet.

— Elle vient avec lui dans sa voiture.

Le pistolet visait son diaphragme et à une telle distance, il ne pourrait pas la manquer. Elle ne répondit pas. Derrière elle, les gémissements de Jeanette Hvidt avaient cessé, et seul le bourdonnement émis par les basses fréquences de l'ordinateur venait rompre le silence.

— Elle va le suivre dans sa voiture, sinon il va la tuer.

Elle ne savait pas si elle était mue par le courage ou par l'angoisse. Ou peut-être était-ce le simple désespoir, ou encore le fait qu'elle avait inconsciemment noté qu'il se montrait bien peu professionnel en appuyant le pistolet contre la ceinture de son pantalon, comme s'ils jouaient aux gendarmes et aux voleurs.

— Est-ce que vous savez comment on tire avec une telle arme ? Est-ce que vous avez au moins libéré les deux crans de sûreté ? C'est un pistolet de la police que vous avez entre les mains. Je vois bien que c'est la première fois que vous manipulez une telle arme.

Certes, sa voix tremblait, elle s'en rendait bien compte, mais au moins, elle l'avait dit. Il fit à nouveau un pas en arrière et tourna l'arme pour l'observer du mieux qu'il pouvait à travers les ouvertures de son masque.

— Elle ne doit pas lui parler comme ça.

— Je ne suis pas une poule mouillée à qui vous pouvez faire peur avec votre déguisement d'enfant.

— Elle ne dit pas des choses pareilles, elle va avoir le bâton.

— Je ne vois pas de bâton, Andreas. Vous avez dû l'oublier.

Il tapa du pied sur le sol.

— Elle ne doit pas dire ça. Je ne peux pas… il veut…

Elle n'avait plus peur de l'arme, qui était à présent pointée vers le sol. Sa raillerie sur les crans de sûreté avait atteint son but. Elle se remit à avancer en se déhanchant, tout en se moquant de lui :

— Votre représentation n'est pas très convaincante. Imaginez, si votre père vous voyait ainsi, comme il rirait. C'était un homme qui savait comment prendre une femme, lui… vous pigez, mon petit Andreas ?… Vous, au contraire, vous n'êtes qu'un semblant d'homme, un gamin, responsable de tous les coups que votre mère a pris à cause de vous parce que vous…

Andreas Falkenborg lâcha le pistolet et sortit de la pièce. Un instant plus tard, elle l'entendit tourner la clé dans la serrure.

Sans perdre une seconde, elle ramassa le pistolet et constata qu'il était malheureusement sans munitions. La fenêtre pouvait être une autre solution. Si elle s'échappait rapidement et se dirigeait vers la forêt, il ne pourrait pas la rattraper. Mais l'idée ne valait rien, la fenêtre était fermée de l'extérieur. Elle secoua et agita de toutes ses forces le chambranle, en vain. Le plan C était l'ordinateur. Elle l'éteignit en appuyant sur la touche marche/arrêt, et redémarra la machine, mais le courant s'éteignit dans toute la maison.

Elle se mit par terre dans l'obscurité, son corps tremblait, son cœur battait à tout rompre, mais elle s'efforça de réfléchir. Elle savait que sa réaction était normale, et que dans ce genre de situation, il était essentiel de ne pas se considérer comme une victime. Elle avait gagné le premier round, mais il avait repris l'avantage. Il avait de nouveau l'initiative et pouvait en outre se procurer une arme qui, cette fois, serait efficace. Pendant un moment, elle se demanda si elle pourrait bloquer la porte, mais elle se contenta finalement de caler une chaise sous la poignée. Il était difficile d'agir dans l'obscurité et ça ne le retiendrait de toute façon que quelques instants. Elle ouvrit ensuite les rideaux sans craindre qu'il soit dehors, le masque ne lui faisait plus peur, seul l'homme qui se cachait derrière était dangereux. La pluie avait cessé, et la lune éclairait la nuit d'une lumière pâle, mais il n'y avait aucune trace de la présence d'Andreas Falkenborg. Elle regarda alors sa voiture, garée à droite dans l'allée et se souvint qu'elle avait un double des clés dans son bureau. A la lueur de la lune, elle se dirigea jusqu'au tiroir, réussit en tâtonnant à trouver le trousseau de clés qu'elle mit dans sa poche. Puis elle baissa un des rideaux, déchira une large bande de tissu et l'enroula autour de sa main droite qui serrait le mug en céramique. Elle donna à cinq reprises de violents coups sur le carreau et parvint à détacher le verre de son cadre puis, sans réfléchir, elle sauta dans l'allée.

Quand elle toucha le sol, elle libéra sa main, lâcha le mug et saisit un gros morceau de verre cassé qu'elle entoura de la bande de tissu. Puis elle se releva, regarda autour d'elle et cria en s'époumonant :

— Eh bien, Andreas ? Est-ce que vous venez vous battre avec moi ? Qu'en dites-vous ?

Déterminée, mais sans se presser, elle se dirigea vers sa voiture, ouvrit la porte et s'assit au volant. Puis elle ferma les portes, posa son arme sur le siège passager et mit le contact. Elle ne put cependant appuyer son pied sur l'accélérateur car un objet mou et inconnu l'en empêchait. Elle approcha sa main, prit l'objet et vit les yeux fixes de son chat dont le petit crâne avait été mis dans un sac en plastique.

Pauline Berg parvint à étouffer une exclamation et, jetant un rapide regard dans le rétroviseur, elle mit le contact. Le moteur démarra, mais elle eut l'impression de sentir comme une odeur d'hôpital qu'elle ne s'expliquait pas. Elle jeta un dernier regard vers l'arrière, mais cette fois elle vit son grotesque visage. Le linge qui fut appliqué sur sa bouche et sur son nez l'instant d'après l'anéantit impitoyablement. Elle eut juste le temps de se dire qu'il avait été le plus fort.

46

Dans les bureaux de la Crim, à la préfecture de police de Copenhague, l'activité était depuis les premières heures du matin à son niveau maximal. Un nombre important d'officiers de police judiciaire avaient été affectés aux recherches visant à retrouver Andreas Falkenborg. Il *fallait* à tout prix les trouver, lui et Jeanette Hvidt, avant qu'il ne soit trop tard. L'affaire avait été déclarée prioritaire dans toutes les circonscriptions de police du pays et celles situées dans les environs de Copenhague avaient appelé des renforts, conformément aux recommandations de la direction de la police. Les policiers qui se trouvaient en congé étaient revenus travailler. Konrad Simonsen coordonnait les opérations. En tant que leader opérationnel, il avait pour mission d'utiliser les ressources dont il disposait de manière aussi efficace que possible, et surtout de veiller à ce que les demandes du public soient traitées avec rapidité et compétence. La journée de la veille avait attiré l'attention des médias, fait l'objet de gros titres et donné lieu à des éditions spéciales et à de longs reportages. Les journaux du matin présentaient aussi le kidnapping de Jeanette Hvidt en une et, pour ouvrir l'appétit de leurs lecteurs, évoquaient également la découverte du cadavre d'Annie Lindberg Hansson à Præstø. Tous les Danois connaissaient désormais le visage d'Andreas Falkenborg, et nombreux étaient ceux qui avaient aussi vu sa camionnette blanche et la plaque d'immatriculation du véhicule. Les téléphones se mirent donc à sonner tant dans les commissariats de province qu'à la préfecture de police de Copenhague, déversant un flot d'informations fournies par des citoyens bien intentionnés.

Arne Pedersen était dans le bureau de Simonsen, attendant que son chef ait terminé une conversation téléphonique. C'était la troisième fois qu'on l'appelait en l'espace d'une demi-heure, chose qui l'irritait au plus haut point, mais inévitable dans ces circonstances. Simonsen ne pouvait pas s'isoler, les individus qu'on lui passait avaient déjà été soigneusement sélectionnés et l'on avait dû estimer qu'ils détenaient des informations importantes, ce qui n'était malheureusement pas toujours le cas. Il raccrocha en levant les yeux au ciel.

— Des informations intéressantes ?

— Non, encore un tuyau percé. Arne, il faut absolument que tu ailles au standard modifier les instructions, le système ne fonctionne pas. Je crois qu'on a mis des fonctionnaires inexpérimentés à un bout ou l'autre de la chaîne. Ils doivent avoir peur de prendre des décisions, alors ils me transmettent tous les appels pour assurer leurs arrières.

— Je m'en occupe dès que nous aurons terminé. On n'en a pas pour longtemps.

— Qu'est-ce que tu as à me dire ?

— Deux choses. D'abord, je vais te montrer un film.

Arne Pedersen avait ouvert son ordinateur portable. Konrad Simonsen se mit derrière lui et grommela :

— J'espère que ce ne sera pas long.

— Trente-deux secondes.

— Bien. De quoi s'agit-il ?

— D'un coffre-fort à l'agence de la Caisse coopérative de Roskilde à Lejre. Il est 10 h 09 et l'enregistrement date d'hier matin. Tu es prêt ?

Le film démarra. Les premières secondes de la vidéo montraient la salle des coffres-forts de la banque, vide. Puis un homme y entrait, ouvrait la serrure d'un des coffres et sortait un tiroir. Quand il se retournait, on pouvait voir qu'il s'agissait d'Andreas Falkenborg. Il posait ensuite le tiroir sur une table située au milieu de la pièce et en sortait un objet. Konrad Simonsen demanda :

— Qu'est-ce qu'il prend, là ?

— Tu vas le voir plus nettement dans un instant, c'est un masque de Belphégor. Tiens, regarde.

Il fit un arrêt sur image, et l'affreux visage du démon les regarda de ses grands yeux vides.

— Comme tu vois, la qualité des images n'est pas excellente, mais une technicienne l'a améliorée en mettant plusieurs trames ensemble, de telle sorte que…

— Je me fiche de ce qu'elle a pu faire, Arne. Alors ?

— Il l'a fait lui-même, sans doute lorsqu'il était enfant. On voit qu'il est fait en carton et en papier mâché.

— L'original, celui avec lequel il avait en son temps voulu effrayer Agnete Bahn.

— Oui, je crois. C'est sûrement ce qu'il possède de plus cher. Il est probable qu'il l'a utilisé à chaque fois qu'il a commis un meurtre.

— On peut le supposer. Mets un policier devant cette banque. Non, deux, et en civil, bien sûr.

— C'est déjà fait.

— Parfait. Je veux également qu'on affiche sa photo dans tous les établissements financiers de Zeeland et qu'on la montre à tous les employés, au cas où il voudrait louer ou aurait loué un autre coffre. S'il pénètre dans une banque, ils devront réagir comme s'il s'agissait d'une tentative de cambriolage. Mais souviens-toi qu'on ne doit pas l'arrêter, seulement le filer. C'est dans un premier temps la meilleure méthode si l'on veut retrouver la jeune fille.

— On risque de provoquer des fausses alertes.

— Pas si le personnel sait à quoi il ressemble, mais évidemment, nous devrons en tenir compte. Mets un policier compétent sur le coup et assure-toi qu'il a l'aide de la préfète de police. Elle est bonne dans ce type d'affaires et, dans une telle situation, elle sera ravie de nous aider.

— Je monte voir si elle est disponible dès que nous aurons terminé.

— D'abord, le standard, ensuite la préfète. Et s'il te plaît, ne lui demande pas si elle est libre ; elle est sûrement en réunion, tu n'auras qu'à l'en faire sortir.

— Très bien, chef.

— Demande-lui aussi de contacter les Suédois et de voir si elle peut les convaincre de participer aux recherches dans les régions de Malmö et d'Helsingborg.

— C'est noté.

— Bien, autre chose sur cette affaire ?

— Non. Enfin, si.

— Quoi donc ?

— En fait, la Comtesse et moi nous disions que c'était bizarre qu'il ait su où Jeanette Hvidt se trouvait. Très peu de personnes avaient cette information. Nous avons également demandé à son avocate comment elle avait pu apparaître si soudainement. Il s'avère qu'il avait enregistré un message sur le répondeur de la jeune fille dès mardi après-midi et qu'elle ne l'a pas écouté avant mercredi après-midi.

— Que disait-il dans ce message ?

— Qu'il allait être arrêté mercredi matin et conduit dans un lieu qui s'appelait PC.

Le téléphone sonna. Konrad Simonsen l'ignora et cria :

— Qu'est-ce que tu es en train de me dire ? Il a dit PC ?

— Oui, comme nous. Nous ne disons pas "*la préfecture*" comme on le dit couramment, nous disons *PC* pour poste central. Mais il a dit "un lieu qui s'appelle PC", ce qui indique clairement qu'il ne sait pas où se trouve ce lieu. Ça m'a amené à faire un schéma pour voir qui dans notre groupe était en possession de quelles informations et à quel moment. Et il n'y a malheureusement aucune ambiguïté à ce sujet.

Konrad Simonsen avait bien compris.

Il demanda néanmoins :

— Qui a été mis sur écoute ?

— Toi.

La réaction du chef de la Crim fut posée. Il sortit de son cartable les clés de son appartement et les posa devant Arne Pedersen.

— Merci de désigner des hommes qui ne me connaissent pas personnellement. S'ils trouvent quelque chose, qu'ils laissent l'installation en l'état. On pourra peut-être s'en servir pour l'attirer. Je pense que tu devrais aussi procéder à une vérification chez Poul, chez Pauline et chez toi. Il faudrait aussi vérifier le domicile de Malte. Et la consigne est la même que pour mon appartement : ne pas toucher à l'installation si elle existe, si la personne concernée l'accepte.

— Je m'en occupe immédiatement.

— Arrête de dire des bêtises. Tu ne peux pas tout faire tout de suite. C'est la troisième priorité. Tu ne trouveras personne maintenant. Autre chose ?

Arne Pedersen était déconcerté. Il est vrai que le temps n'était pas aux compliments, mais il ne s'attendait pas à des reproches directs, même si ceux-ci étaient justifiés.

— Non, rien d'autre.

— Alors, au travail.

Le reste de la matinée, les événements se succédèrent à toute vitesse, mais malheureusement sans que l'on parvienne à mettre la main sur l'homme qui était recherché dans tout le pays. Konrad Simonsen réagit froidement quand il réalisa que les soupçons d'Arne Pedersen tenaient la route et que son domicile, celui de son adjoint et celui de la Comtesse avaient été visités et équipés d'une foule de petits micros reliés à un récepteur central envoyant toutes les conversations via le réseau mobile sur un serveur anglais. Ils devaient s'y trouver depuis son voyage au Groenland. Et lorsque, au début de l'après-midi, l'affaire prit une tournure nouvelle et beaucoup plus personnelle, il ne se laissa pas non plus diriger ni distraire par les réactions spontanées qu'il pouvait avoir. On ne pouvait pas en dire autant de ses deux proches collaborateurs. Arne Pedersen et Poul Troulsen firent irruption dans son bureau avec des airs paniqués. Konrad Simonsen, s'imaginant que l'on venait de trouver le cadavre de Jeanette Hvidt, interrompit sa communication téléphonique et raccrocha. La déclaration de Poul Troulsen lui fit comprendre son erreur.

— Il a pris Pauline, cria-t-il.

Le temps suspendit un instant son vol, comme si

Simonsen n'arrivait pas à digérer ce qu'il venait d'entendre.

— Raconte, dit-il l'instant d'après.

Arne Pedersen se mit à pleurer, et son collègue dut donner lui-même des explications.

— On n'arrivait pas à la trouver, alors les techniciens, enfin ceux qui sont spécialistes du son et des microphones, se sont rendus à son domicile. Sa voiture est garée dans l'allée, la porte est ouverte, et dans sa maison, une des vitres est brisée. Elle est introuvable, on a juste retrouvé son chat, jeté par terre à côté de sa voiture.

— Jeté à côté de sa voiture ? Explique-toi.

— Il est mort, sa tête est entourée d'un film plastique.

— Est-ce que je dois comprendre que le chat a été étouffé ?

— Oui… non, pas exactement.

— Alors, exprime-toi correctement, mon vieux !

Poul Troulsen dut faire quelques efforts pour se ressaisir, d'autant que la colère de Simonsen ne l'aidait pas à reprendre ses esprits, bien au contraire.

— Il lui a brisé la nuque et ensuite, il a dû rouler un film plastic autour de sa tête. Le film provient certainement d'un rouleau qu'il a trouvé dans le tiroir de la cuisine. Ils sont en train de relever les empreintes, mais tout indique qu'il a été dans toutes les pièces.

La question que posa ensuite Konrad Simonsen était la plus grave qu'il ait jamais posée. Il réussit cependant à garder un ton neutre.

— Est-ce que nous savons si elle est morte ?

— Non. Il l'a sans doute emmenée avec lui, mais nous ne savons rien de précis. Une équipe cinéphile doit bientôt arriver sur les lieux.

Arne Pedersen dit soudain :

— Son chat s'appelle Gorm.

Cette sortie absurde s'adressait à lui-même. Konrad Simonsen jeta un regard dans sa direction et donna ses instructions :

— Poul, tu vas aller chez Pauline et prendre les commandes de l'opération, que les policiers des RG soient là ou non. Fais en sorte que les techniciens ne te retardent pas, même s'ils prononcent en hurlant les paroles fatidiques de “contamination du lieu du crime” et menacent de faire appel à Melsing. La rapidité d'intervention est un facteur plus décisif que les preuves. Tu me comprends ? Je n'ai pas besoin de t'expliquer que c'est la mission la plus importante de ta carrière. S'il faut prendre des décisions, prends-les, et vite. Tu peux compter sur mon soutien *a posteriori*. Compris ?

— Oui.

— Hier, Arne a placé des agents en deuxième ligne au standard. Tu les emmènes tous avec toi.

— D'accord.

— Si Pauline est en vie, le facteur temps est primordial.

— Oui, si les victimes d'un kidnapping ne sont pas trouvées dans les vingt-quatre heures, il y a de fortes chances pour que…

— Oui, oui. Occupe-toi plutôt de ton départ.

Poul Troulsen sortit à la hâte du bureau et Konrad Simonsen se tourna vers Arne Pedersen.

— Arne, il faut que tu rentres chez toi. Mais je vais d'abord trouver quelqu'un avec qui tu pourras parler.

— Un psychologue ? Je suis simplement triste, pourquoi devrais-je…

— Non, un collègue, et peut-être une infirmière, mais

pour l'instant, je n'ai pas le temps de m'entretenir plus longuement avec toi. Allez, viens.

Arne Pedersen se leva mollement et se laissa reconduire à la porte. Des larmes coulaient le long de ses joues, mais il avait renoncé à les essuyer.

— Simon, tu me promets de la retrouver ?

— Evidemment que je te le promets. C'est clair que je vais la retrouver.

— C'est sûr ? Tu le jures ? C'est certain ?

— Oui, c'est certain. Je te le promets.

Se retrouvant seul dans son bureau, Konrad Simonsen prit cinq minutes pour établir des priorités, aussi placidement qu'il le put. Lorsque Poul Troulsen et Arne Pedersen l'avaient informé du sort de Pauline Berg, il avait un instant perdu le contrôle de sa vessie. Passée cette phase de désarroi, pendant laquelle, immobile comme un sphinx, il était resté assis à son bureau et où seul son cerveau fonctionnait, il saisit le téléphone et appela la Comtesse qui se trouvait à Elseneur. Il lui narra la situation sans ambages et lui ordonna de rentrer à la préfecture. Il avait à peine terminé la communication qu'il se mit à suer à grosses gouttes et sentit son cœur s'emballer. Il tenta de ne pas prêter attention à ces détails physiques et de se concentrer sur son travail, mais il était trop angoissé pour y parvenir. Il enleva sa chemise et retira non sans mal son tee-shirt, qui était trempé. Il se mit à compter deux ou trois fois lentement jusqu'à dix, récita les jours de la semaine, les mois puis se remit à compter. Au bout de quelques minutes, il retrouva ses esprits. Il sortit du fond de son tiroir une bouteille de cognac, en but une bonne rasade et remit aussitôt la bouteille à sa place. Puis il alluma une cigarette. Après l'avoir fumée, il eut l'impression d'avoir retrouvé la forme. Il prit de nouveaux vêtements dans sa malle de voyage qui se trouvait en permanence dans son bureau et se changea. Peu de temps après son malaise, Anna Mia appela. Il simula une mauvaise liaison, interrompit la communication et ignora ses deux appels ultérieurs, heureux que des milliers de kilomètres la séparent d'Andreas Falkenborg. Puis il songea à Jeanette Hvidt et à Pauline Berg et, non sans sarcasme, il se fit le serment de ne pas mourir avant de les avoir retrouvées. L'ironie permettait de diluer un peu l'horreur de la situation. Néanmoins, il prenait pour la première fois conscience que ses ressources n'étaient pas illimitées, et qu'il n'était pas dans une forme fantastique.

Trois quarts d'heure plus tard, la Comtesse était de retour. Elle se rendit directement dans son bureau. Il venait de donner ses instructions à un petit groupe de policiers et avait confié à chacun une mission bien précise. La Comtesse remarqua que la plupart d'entre eux ne la saluèrent pas et que certains avaient même évité son regard, comme si elle était une intouchable. Konrad Simonsen leur donna en criant ses dernières recommandations :

— Et n'oubliez pas qu'il s'agit uniquement de le filer, pas de l'arrêter. Veillez à ce que cet ordre soit compris de tous.

Les hommes, fatigués, acquiescèrent, et la Comtesse se dit que ce devait bien être la troisième fois qu'ils entendaient ce message. Quand ils se retrouvèrent seuls, elle demanda :

— Du nouveau ?

— Non, rien du tout. On reçoit de nombreux signalements concernant sa voiture. Jusqu'à présent, ils sont tous faux, mais j'espère que ce n'est qu'une question de temps.

Il la regarda dans les yeux tel un coureur cycliste prenant l'avantage sur son adversaire dans une étape de montagne. Elle soutint son regard sans faiblir, sachant pertinemment qu'il la testait. Après un moment qui lui sembla une éternité, il dit :

— Je vois que tu es prête.

Elle perçut un léger ton de reproche dans sa remarque, mais préféra l'ignorer.

— Arne a perdu la tête, lui dit-il, mais il ne veut pas partir d'ici. Moi, j'ai pissé dans mes basques comme un enfant en apprenant la nouvelle, et toi… toi, tu es prête.

D'une voix distanciée et informative, la Comtesse répondit :

— Je suis passée par là avant vous, Simon. Pour vous, c'est la première fois. Moi, il y a des années, j'avais un fils. Je ne l'ai plus aujourd'hui, et il n'y a rien de pire que ça. Mais je ne veux pas en parler, ni avec toi, ni avec personne d'autre, jamais. Dis-moi donc ce que je dois faire.

Il enregistra ses paroles mais eut du mal à les assimiler. D'abord, elle donnait l'information, puis elle refusait d'en parler. Il aurait eu besoin d'un peu de temps pour comprendre, mais il n'en avait pas. Il lui donna des instructions, en se disant que c'est ainsi qu'il aurait dû procéder depuis le début.

— Comme je l'ai dit, Arne n'est pas en mesure de travailler, et je n'ai pas le temps de m'occuper de lui. Dorénavant, c'est toi qui es responsable de lui. Veille à ce qu'il soit surveillé, si tu n'arrives pas à le faire rentrer chez lui, et arrange-toi pour qu'il ne vienne pas me déranger. Il est essentiel de lui confisquer son pistolet, et peu m'importe la méthode, du moment qu'on lui retire. Je n'ai pas envie d'avoir aussi à traiter une affaire de balle perdue. Il est donc prioritaire, tu comprends ?

— Oui. Où est-il pour le moment ?

— Je n'en sais rien. Vérifie ça toi-même.

— Et comment va Ernesto ? Est-ce qu'il est lui aussi incapable de travailler ?

— Non. Je crois qu'il prend des médicaments, mais du moment que ça ne perturbe pas son raisonnement, ça m'est égal, ou plutôt, ça m'arrange, parce que nous avons besoin de lui. Est-ce que tu t'es procuré comme je te l'ai demandé un objet personnel appartenant à Jeanette Hvidt ?

La Comtesse sortit de son sac un foulard en soie dans un camaïeu de bleus, imprimé de motifs en or.

— C'est un foulard de luxe, non ? dit Konrad Simonsen.

— Louis Vuitton, environ 200 euros, si ma mémoire est bonne.

— Tu n'aurais pas pu trouver un objet plus courant ?

La Comtesse expliqua tranquillement :

— C'est son oncle qui l'a choisi, pas moi. C'est un cadeau qu'elle a eu pour ses dix-huit ans et elle y est très attachée.

— Bon, d'accord. Il faut aussi que tu trouves un objet personnel appartenant à Pauline. Regarde d'abord dans son bureau, et force ses tiroirs s'ils sont fermés à clé. Si tu ne trouves rien, va chez elle. Poul est là-bas avec d'autres policiers, mais tu n'as pas besoin de t'occuper d'eux. Ensuite, va à Høje Taastrup, c'est là qu'elle t'attend. Au retour, va prendre des vêtements pour nous deux, ou bien demande à quelqu'un de s'en occuper. Il ne faut pas compter rentrer chez nous avant que cette affaire soit terminée.

— Entendu.

— Et, si elle a quelque chose à dire, appelle-moi immédiatement.

— *Elle*, c'est ton médium, j'imagine.

— Oui.

— Pourquoi ne l'appelles-tu jamais par son nom ?

— Elle n'aime pas ça. Mais, Comtesse, il y a encore un point, et c'est peut-être le plus important.

— Je t'écoute.

— Veille à te tenir en permanence au courant de ce que je fais. Il y a une demi-heure, je n'étais pas bien, pas bien du tout. Je n'arrivais plus à travailler, même avec la meilleure volonté du monde. Tu dois te tenir prête à me remplacer si ça s'avérait nécessaire.

Elle donna un instant l'air d'être touchée, puis elle dit d'un air hésitant :

— Je ne crois pas…

— Il n'y a personne d'autre. Tu peux le faire, et tu devras le faire si c'est indispensable. D'ailleurs, ce n'est pas une proposition, c'est un ordre. Compris ?

Elle se leva de sa chaise, fit le tour de son bureau et mit ses bras autour de son cou.

— Oui, Simon, j'ai compris.

Ils s'accordèrent quelques secondes de silence. Puis elle sentit qu'il appuyait un objet dur et anguleux dans sa main. Elle lâcha son étreinte et regarda d'un air étonné. C'était une petite figure en os sculpté.

— Oh, un tupilak, il est joli.

— Il protège des mauvais esprits.

— Oui, c'est connu.

— Il vient du Groenland, c'est Trond Egede qui me l'a donné. Bon, c'est peut-être stupide, mais tu peux peut-être le prendre avec toi et le mettre dans ta poche.

Elle lui donna un baiser sur le front, heureuse du cadeau qu'il lui faisait, mais aussi un peu irritée. Il disait tout le temps qu'il n'était pas superstitieux, mais en réalité... Elle chassa cette pensée, puisqu'elle n'avait personne avec qui la partager. Elle l'embrassa à nouveau, plus intimement et sans se préoccuper de savoir si quelqu'un allait soudainement entrer dans la pièce.

A cet instant précis, Poul Troulsen fit irruption dans le bureau en poussant devant lui un policier comme s'il s'agissait d'un mannequin d'étalage, puis il lui ordonna brutalement :

— Racontez, et soyez bref.

Asger Graa raconta et Konrad Simonsen et la Comtesse l'écoutèrent, incrédules. Puis tous restèrent muets, y compris lorsque Asger Graa reprit la parole pour s'excuser :

— Je suis désolé, vraiment désolé. Je vois bien que mes chances de...

Poul Troulsen, impassible, l'interrompit brutalement :

— Taisez-vous.

Puis, s'adressant à Konrad Simonsen :

— Tu veux l'interroger ?

Konrad Simonsen secoua la tête brièvement.

— Vous pouvez partir, dit la Comtesse au policier contrit.

Asger Graa sortit en traînant des pieds, la tête basse. Avant même qu'il eût refermé la porte, Poul Troulsen fit part à ses collègues des informations provenant du domicile de Pauline Berg.

— L'action est en cours, mais nous ne possédons malheureusement que peu d'éléments susceptibles de nous aider à les retrouver.

Konrad Simonsen était de cet avis. C'est aussi ce qu'il avait pressenti et appréhendé.

— La Comtesse est pressée, dit-il. Commence par la conclusion. Pouvons-nous espérer que Pauline et Jeanette Hvidt soient en vie ?

— Oui, c'est l'hypothèse la plus vraisemblable.

Konrad Simonsen se tourna vers la Comtesse, une démarche inutile, car elle partit d'elle-même. Puis il demanda à Poul Troulsen :

— Alors, qu'est-ce qui s'est passé ?

— On a trouvé des empreintes d'Andreas Falkenborg dans toute la maison. Il a été dans toutes les pièces, vraisemblablement à un moment où Pauline était absente, mais nous ne savons pas où elle a pu aller ; peut-être en ville, pour faire des courses.

— Quand cela s'est-il passé ?

— Hier, dans la matinée ou dans l'après-midi. L'un des techniciens a trouvé des empreintes sur un carton de lait qu'il a pris dans le réfrigérateur et la date sur l'étiquette le confirme. Nous sommes en train de vérifier où et quand elle a utilisé sa carte de crédit.

— Un carton de lait ? Pourquoi donc ?

— Nous l'ignorons. Il a sûrement fait le tour de la maison et tout examiné.

— Autre chose ?

— Il a manipulé son ordinateur. Il est entre les mains des spécialistes, mais ils n'ont pas terminé leurs analyses. Sa télévision est aussi abîmée, il a dû provoquer un court-circuit.

— D'accord !

— Il l'a poursuivie et l'a enfermée à clé dans une pièce. Ça s'est passé dans la soirée, vers 11 heures. Elle a eu le temps de prendre son pistolet, mais il était sans munitions.

— Ça semble bizarre.

— C'est notre interprétation des faits pour le moment, mais il est possible que nous ayons d'autres éléments dans les prochaines heures. Je me concentre plus sur l'endroit où elle pourrait se trouver maintenant que sur ce qui s'est passé dans sa maison.

— Naturellement. Continue.

— A un moment donné, elle a dû réussir à sortir de la pièce où elle était enfermée. Il avait mis des clous dans le chambranle de la fenêtre de l'extérieur pour qu'elle ne puisse pas l'ouvrir, mais elle a brisé la vitre.

— Passe les détails, Poul.

— Oui, pardon. Eh bien, une fois qu'elle s'est trouvée dehors, elle a fait une sorte d'arme avec un gros morceau de verre qu'elle avait entouré d'un bout de tissu. On l'a retrouvée dans sa voiture, malheureusement elle n'a pas eu l'occasion de s'en servir. Il s'était allongé sur le siège arrière pour pouvoir la surprendre et lui a appliqué un linge imprégné de chloroforme sur le visage. Nous faisons faire un examen technique de sa voiture.

— Qu'est-ce qu'il lui a fait ?

— Il l'a portée à travers la forêt qui est derrière sa maison jusqu'à sa voiture qu'il avait garée de l'autre côté. Les chiens ont pu facilement les suivre jusque-là, mais ensuite, nous n'avons plus de traces.

— Est-ce qu'il avait sa camionnette ?

— On a trouvé des empreintes de pneus et les analyses sont en cours, mais les techniciens estiment qu'*a priori* ce doit être le cas. Tu auras par ailleurs des plaintes de leur part à mon sujet, j'imagine.

Konrad Simonsen fit un geste de la main qui montrait l'importance qu'il attachait actuellement à ce genre de détails. Il dit :

— Qu'est-ce qui s'est passé avec le chat ?

— On l'a retrouvé mort à côté de sa voiture. Il avait le cou brisé, et sa tête était entourée d'un film alimentaire que Falkenborg avait dû prendre dans la cuisine de Pauline. C'était peut-être pour lui faire peur.

— Et elle a assisté à la scène ?

— Nous ne le pensons pas, mais nous n'en sommes pas sûrs. Il était peut-être posé quelque part et elle a eu un choc en le voyant.

— Et ses clés de voiture ?

— Elles étaient dans le contact.

— Et le double ?

— Zut, ça m'a échappé. Je n'ai pas regardé.

— Ça n'a sans doute pas d'importance. Est-ce que nous sommes sûrs qu'elle était toujours en vie quand il l'a portée à travers la forêt ?

— Non, mais c'est probable.

— Tu peux m'expliquer pourquoi ?

— Parce que nous avons trouvé un rouleau de Gaffer – c'est son outil favori – et qu'il l'avait jeté à côté de la voiture de Pauline.

— On ne met pas du ruban adhésif autour d'un cadavre, et on n'anesthésie pas une femme pour la tuer l'instant d'après, quand on pourrait le faire tout de suite. Est-ce que ce sont tes seuls arguments ?

— Oui, et je ne pense pas que ce soit un rêve.

— Non, sans doute pas. Est-ce que tu as d'autres informations ?

— J'ai trouvé un reçu concernant l'achat d'une paire de verres de contact bruns, ce qui correspond à ce que cet idiot, tout à l'heure, nous a dit sur la couleur des yeux de Pauline.

— Ça ne me paraît pas très intéressant.

— Si, parce que je n'ai pas réussi à mettre la main sur ces verres.

— Tu veux dire qu'elle les avait sur elle.

— Non, mais le contenu de la boîte avait disparu. Elle n'était pas dans la poubelle. Je crois qu'Andreas Falkenborg les a emportés. Oui, je suis désolé de devoir te dire ça.

Konrad Simonsen dit d'un air grave :

— Il veut qu'elle les porte quand il la tuera ?

— Oui. Car c'est bien ça qu'il fait, Simon, il les assassine.

47

Le mal de tête causé par l'anesthésie ne fit que s'aggraver en raison du bruit infernal qui parvenait jusqu'à elle par vagues successives, risquant à chaque fois de lui briser les tympans. Elle ne voyait rien et ne prit que progressivement conscience de la situation. Elle réalisa qu'elle avait un chiffon dans la bouche et qu'un ruban adhésif passé derrière sa nuque tenait le chiffon serré, pinçant ses joues quand elle bougeait la tête, ce dont elle ne pouvait s'empêcher chaque fois qu'une nouvelle vague de bruit déferlait. Son visage était recouvert d'une matière qui ressemblait à une doublure de manteau en soie synthétique, mais le tissu avait été posé avec négligence, de sorte que si elle baissait la tête et regardait vers le bas, elle pouvait apercevoir de la lumière et un petit coin du sol en béton. Une poussière blanche et sèche arrivait jusqu'à elle par l'ouverture, provoquant plusieurs quintes de toux qui faillirent à chaque fois l'étouffer, le chiffon enfoncé dans sa bouche l'empêchant de respirer normalement. Les particules arrivaient vers elle en cascade en même temps que le bruit, et elle apprit rapidement à retenir son souffle dans les moments critiques. Les stimuli auxquels elle devait réagir en raison de l'absence de perception visuelle, du bruit effrayant et de la présence d'une poussière blanche insupportable, l'empêchèrent pendant longtemps de s'intéresser à son corps. Elle était assise sur une chaise dont les pieds ne bougeaient pas d'un millimètre lorsqu'elle essayait de la remuer, et ses poignets étaient enchaînés aux accoudoirs au moyen de menottes.

Le vacarme persista longtemps, mais peu à peu, elle réussit à distinguer d'autres bruits, le cliquetis métallique d'un appareil lorsque le tapage s'arrêtait, parfois le coup saccadé caractéristique d'un balai suivi immédiatement d'un raclement de pelle, puis des bruissements de pas sur le sol. Elle entendait aussi à de rares moments les exclamations d'un individu qui accomplissait un travail physique pénible et capta une seule exclamation de colère, dont elle ne parvint pas à saisir le sens. Plus tard, le bruit infernal fut remplacé par des coups de bêche, mais elle avait alors pris conscience de ce qui se passait. Andreas Falkenborg préparait sa dernière demeure, qui semblait devoir se trouver sous un sol en béton. Chose étrange, elle ne se sentait pas dramatiquement effrayée. Elle ne le fut pas plus quand elle remarqua soudain qu'elle avait des lentilles de contact et songea qu'il avait dû lui poser pendant qu'elle était inconsciente.

Elle avait perdu le sens du temps, et avait du mal à estimer combien d'heures s'étaient écoulées depuis le début quand des mains retirèrent soudain le drap qui recouvrait sa tête et enlevèrent le chiffon de sa bouche. La lumière blanche et effrayante de la pièce l'aveugla. Elle cligna des yeux pour retrouver peu à peu une vision normale. Son kidnappeur portait son masque, était en bras de chemise et en short. La combinaison était étrange, et elle remarqua qu'il était en sueur. Juste devant elle, à un mètre ou deux, un trou rectangulaire d'environ un mètre sur un mètre cinquante avait été, comme elle s'y attendait, creusé dans le sol parallèlement aux murs. Le local dans lequel ils se trouvaient était de toute évidence une cave dont les murs étaient recouverts de béton nu gris clair. En face, il y avait une croix en bois d'un mètre de haut peinte en noir et une simple ampoule très forte était suspendue au plafond. A sa gauche se trouvait une porte métallique rouge. Il n'y avait pas grand-chose d'autre dans cette partie de la pièce, hormis la chaise sur laquelle elle était assise. Elle regarda par terre et vit qu'elle était fixée au sol en béton au moyen de puissantes pièces métalliques. C'est alors qu'elle s'aperçut qu'il y avait une autre personne dans la pièce. Attachée comme elle, Jeanette Hvidt était assise à sa droite. Sa chaise était tout à côté de la sienne.

Andreas Falkenborg resta longtemps à les regarder au travers de son masque. Pauline Berg entendait les hoquets étouffés de Jeanette Hvidt qui essayait de ne pas fondre en larmes et elle se dit que, quel que soit le caractère désespéré de sa situation, il était essentiel qu'elle ne montre pas son angoisse. Elle ne trouva toutefois rien de sensé à dire. Soudain, Jeanette Hvidt dit :

— Est-ce qu'il ne pourrait pas se contenter de tuer le flic ? Je fais toujours ce qu'il dit, je fais toujours ce qu'il me demande de faire.

Ses paroles étaient étonnamment claires, et Pauline Berg se dit qu'elles étaient sensées. Elle n'y avait pas pensé elle-même, mais Jeanette Hvidt avait raison, la tombe était trop petite pour deux. Elle nota également la manière dont elle s'était adressée à lui et le manque de solidarité dont elle faisait preuve. Compte tenu des circonstances, elle ne devrait pas le lui reprocher, mais elle ne pouvait cependant s'empêcher de le déplorer. Elle dit sur un ton neutre :

— Est-ce que je peux avoir un peu d'eau ?

Andreas Falkenborg vint vers elle tel un épervier :

— Elle dit : est-ce qu'il veut bien lui donner un peu d'eau ?

— Si je dois mourir en premier, alors le sort en est jeté, mais j'ai soif. Est-ce que vous ne pouvez pas me donner à boire ? J'ai besoin de boire. Pourquoi me faire souffrir ainsi ? Ce n'est pas votre style.

Elle prit soin de ne pas le provoquer. Elle était convaincue qu'il avait imaginé pour toutes les deux une mort atroce. La question était de savoir quand et dans quel ordre il allait les tuer. D'un autre côté, il n'était pas sadique, il n'allait pas la faire souffrir simplement pour le plaisir.

En colère, il lui répondit :

— Elle s'exprime mal. Elle n'aura pas d'eau.

Une rapide réflexion l'amena à céder :

— J'ai très soif. Est-ce qu'il ne veut pas me donner un peu d'eau ?

Andreas Falkenborg réfléchit tout en remettant son masque. Elle songea qu'avec le tissu posé des deux côtés du masque qui empêchait l'air de passer, il devait avoir chaud et se sentir mal à l'aise.

— Elle le demande à nouveau, dit-il finalement.

— Est-ce qu'il ne veut pas me donner un peu d'eau ?

— Elle pourra avoir de l'eau, mais il faut qu'elle attende.

Il quitta la pièce. Avant que la lourde porte en fer retentisse derrière lui, elle avait eu le temps d'apercevoir l'entrée de la cave, mais ça ne lui était pas très utile. Quand il fut parti, Jeanette Hvidt dit dans un murmure :

— Il ne faut pas lui dire de vilaines choses, parce que sinon, il va nous donner des coups, et c'est horrible.

Pauline Berg se souvenait du bâton à la fois en raison de la vidéo qu'elle avait vue sur son ordinateur et des menaces du doigt qu'Andreas Falkenborg avait proférées quand elle était dans son bureau.

— Qu'est-ce que c'est que ce bâton ?

— Il donne des coups avec, ça fait horriblement mal.

— Une matraque électrique ? Comme les bâtons électriques qu'on utilise pour les vaches ?

— Je ne sais pas, mais ça doit être cela. C'est terrible, vous ne pouvez pas imaginer à quel point c'est effrayant.

— Je ne vois pas de bâton.

— Il n'est pas ici, il…

La porte s'ouvrit et Jeanette Hvidt se tut. Andreas Falkenborg revenait avec une carafe d'eau. Il se mit devant Pauline Berg.

— Elle ouvre son horrible bouche.

Elle ouvrit la bouche et pencha la tête en arrière. Il versa l'eau lentement, s'arrêtant de temps en temps pour qu'elle puisse reprendre sa respiration. Elle but avec avidité sans songer à en laisser pour Jeanette Hvidt. Quand elle eut terminé, la carafe était presque vide. Elle demanda toutefois :

— Est-ce qu'il veut bien donner le reste à Jeanette ?

Andreas Falkenborg versa l'eau qui restait dans la bouche de Jeanette Hvidt, puis il posa la carafe par terre et dit :

— Il va tirer au sort pour savoir qui ira en premier dans le sac. C'est comme ça qu'il va procéder.

— Est-ce qu'il va nous dire quand ça va se passer ? demanda-t-elle brusquement.

— Demain, il mettra la première dans le sac. Demain, quand il aura le ciment pour sa tombe.

— Et l'autre ? Qu'est-ce qu'il va faire de l'autre ?

— Il va aussi la mettre dans un sac. Les deux seront mises dans un sac, d'abord la première, et plus tard la seconde, comme ça, la seconde prendra peur.

Il rectifia à nouveau son masque et, touchant discrètement les genoux des deux femmes, se mit à chantonner sur la musique d'une berceuse :

— Plouf, plouf, ça sera toi qui…

Elle l'interrompit en ricanant :

— Vous voulez bien arrêter de me tripoter la cuisse, espèce de cochon lubrique. Vous n'avez donc aucune éducation, Andreas ?

Il fit un saut en arrière. Pauline Berg espérait un miracle. Elle savait bien que les injures étaient l'expression du désespoir, mais elle devait tenter quelque chose, et elle n'avait rien trouvé d'autre. Andreas Falkenborg fut un instant déstabilisé :

— Pardon, je ne voulais pas… je, il… Il dit pouah à ses jambes répugnantes. Elle ne doit pas parler ainsi, et il dit pouah ! pouah, pouah, pouah !

Il s'en alla en criant. Cette fois, il laissa la porte ouverte. Jeanette Hvidt sanglota, terrifiée :

— Maintenant, il va chercher le bâton. Vous devez demander pardon et promettre de bien vous comporter. Oh non, j'ai peur.

Andreas Falkenborg fut de retour peu de temps après, tenant effectivement un bâton dans ses mains. Jeanette Hvidt le supplia :

— Pas moi. C'est elle qui a été méchante. Elle a désobéi, c'est à elle qu'il faut donner le bâton pour la punir de son insolence. C'est à elle qu'il doit donner des coups de bâton, pas à moi. Je ferai tout ce qu'il dira, tout ce qu'il exigera.

Pauline Berg eut à peine le temps de noter que Jeanette Hvidt s'était approprié les formulations d'Andreas Falkenborg. Au même instant, son corps se mit à trembler de douleur et à se tendre comme un ressort et elle fut parcourue de la tête aux pieds de spasmes insupportables. Elle cria jusqu'à s'époumoner, elle ne pouvait s'en empêcher. Jeanette Hvidt avait raison, la douleur était indescriptible.

Son bourreau fit un pas en arrière, tandis que Jeanette Hvidt cria :

— Elle en mérite plus, elle a été très méchante, pas moi. Je ferai tout ce qu'il dira, c'est elle qui doit avoir les coups.

Andreas Falkenborg ne suivit pas les vains désirs de Jeanette Hvidt. Il se contenta de s'adresser à Pauline Berg :

— Elle peut crier autant qu'elle veut. Crier comme elle le fait dans ses réunions de sorcières à Hekkenfeldt ou à Bloksbjerg, et quand elle fait le feu à la Saint-Jean.

Jeanette Hvidt ajouta :

— Oui, laissez-la crier, elle lui a mal parlé…

— Maintenant, elle se tait.

Jeanette Hvidt se tut immédiatement. Puis il dirigea à nouveau la matraque vers Pauline Berg, qui tenta d'éviter le coup, mais celui-ci ne vint pas. Il la tapota juste sur le genou et reprit son jeu pour choisir celle qui devrait mourir en premier, faisant passer son bâton du genou de l'une au genou de l'autre à chaque syllabe :

— Pouf, pouf, ce sera toi qui partiras ; pouf, pouf, ce sera toi qui partiras en premier.

48

A Høje Taastrup, la Comtesse s'apprêtait à faire, pour la première fois de sa vie, l'expérience d'une visite chez une voyante. La rencontre eut lieu au troisième étage d'un complexe immobilier situé à proximité de la gare. Elle s'était imaginé un autre contexte, peut-être une sinistre villa avec une tour et des corbeaux sur le toit, mais elle était loin de la réalité. Elle sonna à la porte, dont la plaque indiquait *M. et Mme Stephan Stemme*, et ce fut l'homme qui vint lui ouvrir. C'était un vieillard frêle au visage maigre et décharné, dont les yeux enfoncés savaient observer mais ne semblaient rien vouloir donner en retour. Ils procédèrent au paiement dans l'entrée, et elle régla en liquide et sans qu'il lui donne de reçu. Il mit l'argent minutieusement dans un porte-monnaie noir et usé qu'il avait sorti du tiroir d'un secrétaire. Puis il referma le tiroir à clé, prit la clé avec lui et frappa à la porte qui se trouvait juste à côté du meuble.

— Vous pouvez l'appeler madame, dit-il en ouvrant la porte.

Il était enroué et prononça *madame* d'une voix sombre et dissonante qui écorchait les oreilles.

La pièce dans laquelle elle pénétra était claire et agréable, bien aménagée et témoignait d'un sens évident du confort. Un confort petit-bourgeois censé protéger des aspects dissonants de la vie, allant des rideaux couleur pêche à la collection de portraits d'enfants bien élevés peignés à l'eau de Cologne, qui décoraient les murs vert pâle. L'ensemble était cependant surchargé de meubles en acajou que la Comtesse jugea de mauvais goût.

Lorsqu'elle entra, madame était à demi allongée dans une chaise longue Bidermeyer. Elle ne se leva point pour l'accueillir mais se contenta de se redresser légèrement sur son siège et lui tendit une main blanche d'un geste nonchalant. C'était une femme petite, un peu décrépite, qui approchait de la soixantaine. Elle était bien habillée, vêtue d'un tailleur gris à la mode et d'un châle blanc drapé sur ses frêles épaules. Elle avait l'air fatiguée et sa bouche était légèrement ouverte. Seuls ses yeux pétillants, transparents comme le verre, pouvaient attirer l'attention du visiteur. Elle n'avait pas de maquillage et ne portait pas de bijoux. La Comtesse s'assit sur une chaise en face d'elle.

— Vous avez un programme chargé, dit la femme. Vous avez une réunion ce soir.

Sa voix était drôlement monotone et presque sans intonation, comme si elle énumérait une série de chiffres. La Comtesse lui demanda d'un air sceptique :

— C'est ça que vous voyez ?

— Non, c'est ce que je sais. Konrad vient d'appeler, votre mobile était manifestement fermé. Il faudrait que vous soyez rentrée à la préfecture à 19 h 45, et si possible dès 19 h 30. J'ai promis de vous transmettre le message.

— Je vous en sais gré, merci.

— C'est la première fois que vous venez, et je sens en vous une certaine méfiance à l'égard de mes talents. Ça n'a pas d'importance, c'est souvent le cas des novices, c'est même plutôt sain. J'ai souvent pensé qu'il fallait être particulièrement crédule pour ne pas douter de mes capacités au début.

La Comtesse ne savait pas quoi dire. Elle se contenta de hausser les épaules et d'ouvrir les bras. La femme utilisait sans doute à chaque fois la même antienne ; ça ne lui coûtait rien et elle savait que les gens sensés étaient aussi des gens sceptiques. De plus, elle avait un petit différend à régler avec elle, puisqu'elle était sur place.

— Il y a quelques jours, demanda-t-elle, vous avez insisté au téléphone pour que je *me colle à Steen Hansen*, ce sont vos propres mots. Dans quel but exactement ?

— D'où pourrais-je le savoir ? Mais si je comprends bien, vous vous êtes trouvée en présence d'une personne qui portait ce nom ?

— C'est un nom très courant.

La femme ne cacha pas son irritation. La Comtesse croisa son regard d'un air sceptique. Elles restèrent ainsi quelques secondes à se scruter mutuellement, puis *madame* dit :

— Aujourd'hui, vous avez confié un secret à l'homme que vous aimez et vous le regrettez. Il vous aime également, mais vous n'arrivez pas à décider quel doit être l'avenir de votre relation. Bon, est-ce que nous commençons ? Qu'est-ce que vous m'avez apporté ?

La Comtesse eut l'impression d'être dévoilée et sentit qu'elle allait éclater, sa bouche se serra et ses yeux se rétrécirent. Mais grâce à un énorme effort, elle réussit à contenir cet accès de colère et elle réalisa l'instant d'après que les doutes qu'elle éprouvait à l'égard de la voyante et de ses dons surnaturels s'étaient soudain atténués. En silence, elle sortit de son sac le foulard de Jeanette Hvidt et une ceinture appartenant à Pauline Berg et lui tendit.

— Qu'est-ce que je dois faire ? demanda-t-elle.

— Ecouter.

— Est-ce que je peux vous adresser la parole lorsque vous serez en transe ?

— Je n'ai pas l'habitude d'être en transe, mais vous pouvez bien entendu me parler. Si ça me dérange, je vous le dirai.

La Comtesse acquiesça d'un signe de tête. Ça ne devrait pas être si difficile d'avoir une conversation avec les morts. Madame manipula respectivement le foulard et la ceinture, tout en regardant autour d'elle dans la pièce. Un instant plus tard, elle dit :

— Je vois une femme qui a été écrasée par une voiture dans une librairie.

Elle prononça la phrase comme s'il s'agissait d'une constatation, sans réfléchir le moins du monde à sa signification particulière.

— Et une autre femme qui a été ballerine. Je vois plusieurs femmes, il n'y a que des femmes. Les deux que vous cherchez sont dans un…

Elle hésita, manipula les objets à nouveau puis continua :

— J'ai l'impression qu'il s'agit d'une chapelle blanche, mais quelque chose ne colle pas. Jeanette et Pauline sont dans une chapelle blanche, elles sont ensemble et elles sont vivantes. Il y a une histoire de bombes, la chapelle a été bombardée pendant la guerre, je crois, elle n'existe plus. Un quartier pauvre, de prostituées, où le loyer coûtait quatre sous à l'époque. Aujourd'hui, c'est un quartier riche, je vois des façades luxueuses en verre, mais je ne vois pas ce que ça peut vouloir dire. J'observe aussi des coïncidences de noms, il y a quelque chose qui vient perturber tout cela, un désordre… concernant la chapelle et les noms des filles… illusion diabolique. Oh, maintenant, un homme arrive. Beurk ! Il est repoussant, sans aucun doute un des pires que j'aie rencontrés. Il est à la fois très connu et très peu connu. Les autres disparaissent, ne veulent pas être avec lui. Dans ces conditions, il est préférable que nous arrêtions.

Madame posa les objets. La Comtesse était très déçue.

— C'est tout ?

— Oui. Il faut que vous cherchiez une chapelle blanche ou une crypte. C'est là que les deux femmes se trouvent.

— Pourquoi est-ce que vous vous êtes arrêtée ?

— Parce que l'homme en question ne veut pas m'aider, c'est évident.

La Comtesse fit un geste qui exprimait sa résignation et posa ensuite à madame une série de questions complémentaires afin d'obtenir des détails sur cette mystérieuse chapelle blanche. La moisson fut maigre. A défaut de mieux, elle revint à l'homme qui avait visiblement effrayé et chassé les autres âmes.

— Pourquoi ne peut-il pas vous servir ?

La femme regarda en l'air puis baissa lentement les yeux, comme si elle se regardait dans la glace. Elle conclut ensuite avec assurance :

— Parce qu'il est mauvais.

— Est-ce qu'il est toujours là ? Enfin, comment peut-on dire ?

— Oui, et il va certainement me créer bien des problèmes. Ce ne sera pas facile de se débarrasser de lui.

— Est-ce que vous n'auriez pas pu essayer de parler… de l'appréhender malgré tout ?

— Si, je peux essayer, si vous voulez. Mais il n'en sortira pas grand-chose de bon.

Cette fois, elle se borna à effleurer les objets. Elle resta silencieuse un moment, puis elle raconta :

— Il a composé un poème, enfin un poème populaire, ou comment dit-on ? Eh bien, oui, un poème satirique très médiocre qui, d'après ce qu'il affirme, parle de lui. C'était difficile à comprendre, dans une langue ancienne, pas en danois. C'est l'histoire d'un homme politique qui a sauvé une prostituée, et sinon, c'est comme dans la chanson enfantine avec les dix petits cyclistes qui sont de moins en moins nombreux, je crois. Il a tué quelqu'un, il n'y a aucun doute, mais arrêtons là.

— Non, continuez un peu.

La femme prit un stylo et un bloc sur la table du salon qui se trouvait derrière elle et commença à écrire. Quand elle eut terminé, elle dit d'un air déterminé :

— Nous en restons là.

— Qu'est-ce que vous avez écrit ?

— Des vers. Ce sont les quatre dernières lignes de son vieux poème qui sont transcrites. Ou peut-être traduites, je ne sais pas exactement. Il voudrait bien être dans les journaux une nouvelle fois.

— Des vers qui sont adressés à qui ?

— A vous, mais je ne crois pas que vous devriez les lire. Ça ne servirait à rien, ça ne peut vous faire que du mal.

La Comtesse ignora le conseil et tendit le bras pour prendre le bloc. Elle s'en saisit sans rencontrer de résistance et se mit à lire :

Deux petites gamines tremblent de peur,
L'enfant rit dans la poussière, si fier de sa prise.

La première gamine dans le sac, et de une,
Et celle sans boucles, elle mourra avec la peau et les os.

L'horreur heurta la Comtesse de plein fouet, et pendant quelques secondes, elle resta là, haletante, manquant d'air. Puis elle se reprit rapidement.

— Vous êtes opiniâtre, les âmes nobles le sont souvent, lui dit madame. Vous récoltez à présent ce que vous avez semé. Mais en d'autres occasions, l'opiniâtreté peut constituer un avantage, vous vous en rendrez compte ce soir.

Le trajet entre Høje Taastrup et Søllerød fit du bien à la Comtesse. La rencontre avec la métaphysicienne avait été un plaisir mélangé et elle était contente d'avoir échappé à cet étrange couple. Et puis il fallait bien avouer que, sur le strict plan de l'enquête, le résultat concret de cette séance était bien maigre. Elle appela Konrad Simonsen et, ne pouvant le joindre, enregistra sur son répondeur un message dans lequel elle évoquait la chapelle blanche de madame. Elle était contente que ce ne soit pas à elle qu'il incombe de juger du caractère sérieux ou non de l'information. Le long du trajet, elle s'efforça de chasser de son esprit tout ce qu'elle avait vécu dans la journée, en laissant la musique de Bob Marley envahir son esprit.

De retour chez elle, elle vida sa boîte aux lettres et envoya le tas de réclames directement à la poubelle avant d'entrer dans la maison. Une fois à l'intérieur, elle mit le reste du courrier, à savoir trois lettres et un paquet, sur la table de la cuisine, prépara un café, arrosa ses fleurs et d'une allure rapide mit dans une valise des vêtements pour Konrad Simonsen et pour elle-même. Après avoir transporté la valise dans le coffre à bagages de sa voiture, elle revint dans la cuisine. La machine à café ronflait toujours et elle se dit qu'elle devrait bientôt soit faire l'effort de la détartrer, soit en acheter une autre. En attendant, elle feuilleta son courrier d'un air distrait.

La première lettre était un relevé de compte de l'une de ses banques ; elle le mit dans la corbeille. La deuxième était une amende de stationnement. Elle se souvenait que ses essuie-glaces avaient expédié l'original dans la rue à destination des balayeurs. La dernière lettre était une facture de son détective privé correspondant aux dix photos qu'il lui avait envoyées par mail et elle n'estima pas non plus utile de l'ouvrir. Il ne restait plus que le paquet. Elle l'avait trouvé dans la boîte aux lettres enfoui sous un de ces journaux distribués à domicile le dimanche. Il avait par conséquent dû arriver par coursier soit samedi après-midi, soit dimanche matin. Ni l'adresse de l'expéditeur, ni celle du destinataire n'étaient mentionnées, et elle le balança pendant quelques instants avec une méfiance paranoïaque, puis ouvrit le papier ondulé qui l'entourait.

Le livre était neuf, on aurait dit qu'il provenait de l'imprimeur. La jaquette représentait un bombardier B-52 gris bleu planant au-dessus d'une immensité glacée, élégant et puissant avec sa coque étroite et ses énormes ailes en V, portant chacune quatre moteurs à réaction. Le titre et le nom de l'auteur étaient imprimés en grandes capitales aux couleurs du drapeau américain. *On Guard in North*, de Clark Atkinson. Elle regarda la première page et constata qu'il s'agissait d'un exemplaire de l'édition originale de 1983, aujourd'hui épuisée, et qu'il comportait de surcroît une dédicace personnelle de Helmer Hammer. Le sous-secrétaire d'Etat avait dessiné à la main, et non sans talent, deux branches de magnolias courbées sous le poids des fleurs, tels qu'on peut les voir au début du mois de juin. Dans le fond, des lignes géométriques suggéraient la Palmeraie. Le message était concis et complice : *Chère Comtesse, Je vous dois bien des G. Cordialement, Helmer*. Le G était assorti de deux yeux dans sa courbe inférieure, le faisant ressembler à un smiley. Dans des circonstances normales, elle aurait été heureuse tant de cet envoi que de la confiance qu'il lui témoignait. Mais la situation était loin, très loin d'être normale. Son odyssée dans l'histoire récente du Danemark semblait très loin à présent et ne présentait plus d'intérêt. Elle posa l'ouvrage à côté de ses livres de cuisine, versa le café dans un thermos, jeta un coup d'œil à sa montre et s'en alla. Dans un premier temps, elle n'eut que cinquante mètres à faire dans sa rue, puis elle s'arrêta à côté d'une Renault bleue garée le long du trottoir et descendit sa vitre. Le conducteur de l'autre voiture en fit autant tout en mettant un doigt devant la bouche pour indiquer la présence de sa collègue qui dormait sur le siège arrière. La Comtesse le connaissait vaguement mais ne se souvenait pas de son nom. Elle lui tendit le thermos et deux tasses. Il la remercia en murmurant :

— Vous êtes un ange.

— Pendant combien de temps êtes-vous de garde ?

— On ne sait pas. Le plan n'est sans doute pas encore finalisé. Mais probablement un certain temps, car nous ne sommes là que depuis deux heures.

— C'est une dure mission qu'on vous demande de faire !

— Nous sommes volontaires, mais là n'est pas la question, du moment que vous arrêtez cet horrible meurtrier et que vous retrouvez ses victimes en vie.

La Comtesse promit de faire ce qu'il lui demandait.

49

Le trajet entre Søllerød et la préfecture fut pénible. C'était l'heure de pointe et la Comtesse eut tout son temps pour constater que, malgré le kidnapping de Pauline Berg et de Jeanette Hvidt, la vie à Copenhague continuait comme si de rien n'était. Elle savait que c'était stupide, mais cette impression ne fit qu'augmenter sa colère et son état d'abattement. Avant d'entrer dans le bureau de Konrad Simonsen, elle essaya de se débarrasser de la rage qui l'avait envahie, mais c'était difficile.

Son chef était assis sur une chaise devant une carte surdimensionnée du Zeeland posée sur le plancher et la salua à peine quand elle entra. La carte était divisée en une série de zones grossièrement dessinées au feutre rouge qu'elle ne reconnut pas immédiatement. Elle ouvrit d'abord une fenêtre, car il avait fumé.

— Est-ce que tu sais combien d'églises il y a dans la région ? demanda Konrad Simonsen.

— Aucune idée. Pas mal, j'imagine.

— Exactement. Il existe une quantité d'églises dont les circonscriptions ne coïncident pas avec les limites administratives des communes et des autres circonscriptions civiles.

Il débita tel un automate des faits et renseignements sur les paroisses, les doyennés et les diocèses.

La Comtesse reconnaissait bien là son humour. S'efforçant de dominer son irritation, il avait tendance à psalmodier, mais il n'en était peut-être pas conscient.

— La chapelle blanche ? C'est à ça que tu penses ?

Il fit mine de ne pas l'entendre.

— Il y a aussi les cimetières, les crématoires, les communautés paroissiales et toutes les chapelles privées situées dans de nombreux manoirs et châteaux. Sans parler d'ordres catholiques de toutes sortes, que les chrétiens eux-mêmes ont toutes les difficultés du monde à distinguer, les franciscains, les dominicains, les bénédictines, les brigittines et Dieu sait quoi encore. Le tout étant mixé dans un magnifique pêle-mêle, mais naturellement chaque ordre a son cloître, et dans certains cas, plusieurs.

Il parlait vite, fiévreusement, et son sens habituel de la concision s'était visiblement évanoui. Elle l'observa d'un air inquiet, il était excité, des perles de sueur tombaient de son front.

— Tu es en sueur, remarqua-t-elle d'un air calme.

Il essuya son visage avec un mouchoir, puis il se détendit un peu et dit :

— Il ne faut pas t'énerver, je ne perds pas la tête, je suis en rage ! Un luxe que je n'ai d'ailleurs pas le temps de me payer, mais cette envolée m'aura au moins permis de faire un peu baisser la pression.

— Je n'ai pas peur que tu perdes les pédales. Ce qui m'inquiète plus, c'est ta santé, Simon.

Konrad Simonsen esquissa un petit sourire.

— Tu ne dois pas t'inquiéter. Ces bouffées de chaleur sont uniquement dues au fait que je ne respire pas correctement, ça passe très vite. Cet après-midi, j'ai eu une vraie crise et j'étais réellement inquiet, mais j'ai compris que je pouvais provoquer moi-même une telle crise en… comment dit-on déjà, quand on produit volontairement une accélération respiratoire ?

— L'hyperventilation ?

— Exactement. Dès que je commence, je me mets à suer comme un porc.

— Ce n'est pas normal.

— Non, je sais bien, mais ce n'est pas un sujet que nous avons le temps de traiter dans l'immédiat. Il y a des sujets plus importants, non ?

— Tu dois respirer normalement. Mais dis-moi ce qui t'a rendu si furieux.

— J'ai une réunion dans trois quarts d'heure au ministère de la Justice. Et je pense que tu devines qui l'a convoquée.

— Helmer Hammer ?

— Touché ! Et moi qui croyais naïvement que tout ce cinéma était oublié depuis notre réunion de presse de vendredi. Mais non, pas du tout. Je dois rencontrer la préfète de police de Copenhague, le chef de la police nationale et je ne sais quel directeur, chef de service ou commandant général, sans oublier le chef du service de renseignements, sans que je sache ce qui justifie sa présence. Je te refile le truc et si tu n'acceptes pas – ce que je ne pourrais te reprocher – j'envoie Poul à ta place. Le grand-duc Hammer pourra ainsi réaliser que nous avons autre chose à faire que de servir de service de presse à sa noble personne et à tous ses dignitaires.

— Quel est l'ordre du jour ? demanda la Comtesse prudemment.

— Un sujet sans intérêt, la réciprocité de l'information, je crois. C'est la préfète qui nous a appelés, et il est possible que l'idée lui soit venue au moment où je lui ai posé la question, en tout cas ça ne m'étonnerait pas. Quand les chefs sifflent le ralliement, elle n'est pas du genre à poser des questions incongrues comme celle de l'ordre du jour.

— Est-ce que tu lui as dit que tu ne venais pas ?

— Je lui ai dit que je ferais tout mon possible pour trouver un collaborateur qualifié qui aurait un trou dans son calendrier mais que, compte tenu des circonstances, ça risquait d'être difficile.

— Qu'est-ce qu'elle a répondu ?

— Rien. Je ne suis pas sûr qu'elle ait pigé ce que je voulais dire, mais c'est son problème.

La Comtesse regarda sa montre et décida de changer de sujet. Elle posa une question sur la carte posée sur le sol :

— Est-ce que tu envisages d'utiliser les grands moyens en ce qui concerne cette chapelle ? Il me semble que l'information dont nous disposons ne repose pas sur grand-chose. Et puis, rien ne semble indiquer qu'Andreas Falkenborg soit particulièrement croyant, ou je me trompe ?

— Non. Mais rassure-toi, dans un premier temps, j'ai décidé de laisser tomber cette histoire de chapelle. J'ai peut-être tort, mais pour le moment, je ne dispose pas des ressources nécessaires pour entreprendre cette action.

— Les ressources ? Nous en avons suffisamment. Certains collègues, et même de simples citoyens, se déclarent prêts à travailler bénévolement.

— Oui, mais ça ne m'aide pas beaucoup dans l'immédiat. Ces deux prochains jours, notre priorité va consister à mettre en place un dispositif de surveillance secret d'Andreas Falkenborg. Ça nous permettra de le suivre efficacement dès que nous aurons retrouvé sa trace, ce qui ne devrait pas tarder s'il circule ainsi dans l'espace public. Nous disposons d'un réseau de policiers expérimentés qui sont placés à des points stratégiques autour de Copenhague de telle sorte que, quel que soit l'endroit où il sera retrouvé, nous serons en mesure de le filer avec les moyens appropriés en un quart d'heure, et le temps est ici un élément décisif. Il ne doit en aucun cas nous échapper à nouveau, mais s'il se rendait compte qu'on le suit, ce serait tout aussi dramatique.

— Tu ne veux pas l'incarcérer ?

— Non. J'estime que les chances de retrouver les deux femmes sont meilleures si nous nous contentons de le filer. C'est mon avis, et c'est ce que nous allons faire dans un premier temps.

La Comtesse approuva sa décision. Il continua :

— Si on ne le retrouve pas d'ici mercredi, il faudra en déduire que… qu'il convient de lancer une recherche pour savoir où il a caché Pauline et Jeanette Hvidt. Mais ça suppose qu'on organise les recherches. Une foule de gens bien intentionnés, qui tournent en rond sans savoir quoi faire, font plus de mal que de bien. C'est là le fond du problème, car ceux qui sont capables d'organiser les recherches sont les mêmes qui actuellement s'apprêtent à assurer la surveillance. Je renonce donc à la chapelle blanche, pas parce que l'idée est mauvaise, mais parce que si je ne le fais pas, je risque de me retrouver entre deux chaises. Les cryptes et les chapelles peuvent constituer un point de départ excellent, d'autant que pour l'instant nous n'avons rien trouvé de mieux.

La Comtesse accompagna sa réflexion d'un soupir bruyant et dit ensuite d'un ton aussi dégagé que possible :

— Non, je vois bien. Nous sommes coincés, même si madame a peut-être raison avec sa chapelle. C'est bien dommage que nous ne puissions pas emprunter des policiers des RG. Ils constitueraient le personnel idéal pour cette mission de surveillance.

— Ils n'accepteront jamais, marmonna Konrad Simonsen. Pense à la sécurité du royaume !

— Non, et qui d'ailleurs pourrait les y obliger ?

Il se raidit, tourna ensuite lentement la tête vers elle et saisit son regard. Ils se regardèrent un moment, puis elle dit :

— *Madame* t'a qualifié de hérisson.

— Hum, il faudra que je règle la question avec elle lorsque je serai dans l'autre monde. Va chercher Ernesto Madsen, je veux qu'il vienne avec nous. Et maintenant, nous devons y aller.

50

La réunion eut lieu au ministère de la Justice sur Slotsholmsgade dans le centre de Copenhague, et le choix du moment signalait à lui seul la gravité de la situation. Les participants auraient tous pu trouver une manière plus agréable de passer la soirée dans cette douce ambiance de septembre. Cependant, le kidnapping de deux jeunes femmes qui, si elles n'étaient pas déjà mortes, se trouvaient probablement en danger de mort était un événement qui requérait l'attention des représentants de la haute administration, *dixit* Helmer Hammer. L'histoire occupait la première place tant dans la presse écrite que dans les médias électroniques et tous les participants souhaitaient être informés des derniers développements concernant l'action de la police, ou du moins avoir l'impression que c'était le cas. La préfète de police de Copenhague, le chef de la police nationale, le chef des renseignements généraux et le procureur de Copenhague et de Bornholm étaient donc présents, de même qu'un chef de service du ministère et la secrétaire particulière du ministre. Bertil Hampel-Koch représentait le ministère des Affaires étrangères et Helmer Hammer les services du Premier ministre. Les seuls collaborateurs ayant un rôle opérationnel dans l'affaire étaient Konrad Simonsen, la Comtesse et Ernesto Madsen, son chef ayant insisté pour qu'il soit présent, et personne ne s'y étant opposé. La préfète sourit à son principal collaborateur assis de l'autre côté de la table. Elle portait une robe brune avec des volants gris et paraissait nerveuse. Konrad Simonsen lui rendit son sourire. Le directeur Bertil Hampel-Koch se proposa comme rapporteur et inscrivit aussitôt son nom dans le compte-rendu sans laisser le temps aux participants de proférer la moindre remarque. Puis, dans le pur respect de la hiérarchie policière, il donna la parole au chef de la police nationale.

C'était un bel homme à la silhouette harmonieuse et au profil classique, dont les beaux cheveux gris argenté, toujours bien coiffés, donnaient l'impression qu'il sortait de chez le coiffeur. Son visage exprimait en permanence une gravité si remarquable qu'elle était contagieuse ; rares étaient donc ceux qui se sentaient détendus en sa présence. De plus, il portait de luxueuses lunettes à la monture en or, qu'il retirait chaque fois qu'il pensait exprimer un point de vue important, ce qui en gros arrivait à chaque fois qu'il prenait la parole. Sa communication écrite pouvait tout aussi bien être considérée comme étant le reflet d'un réel génie que la preuve d'une regrettable bêtise. A la préfecture et dans tout le pays, ses inférieurs fulminaient lorsqu'ils recevaient ses ordres, si nébuleux qu'ils laissaient toujours place à l'interprétation et permettaient à leur supérieur de se dégager de toute responsabilité si les choses tournaient mal.

Ce soir-là, il étonna l'audience, d'une part en gardant ses lunettes sur le nez, d'autre part en donnant la parole à Konrad Simonsen sans s'étendre en paroles inutiles. Celui-ci dit :

— J'espère que cette réunion sera aussi brève que possible. Je respecte votre droit à l'information, mais je suis sûr que vous comprendrez que chaque minute que je passe ici est autant de temps dont je ne dispose pas pour rechercher l'officier de police judiciaire Pauline Berg et la lycéenne Jeanette Hvidt, et dans la situation présente, le facteur temps est primordial. Par conséquent, j'espère que nos échanges seront brefs et constructifs. Dans le cas contraire, vous devrez vous passer de ma présence et de celle de mes collaborateurs.

L'annonce avait le mérite d'être claire et, compte tenu de la position hiérarchique de son auteur, pouvait être considérée comme une provocation. La plupart des participants secouèrent la tête. Seule la secrétaire du ministre remarqua d'un air contrarié :

— D'autres pourront prendre la relève si vous devez partir.

La jeune femme avait des cheveux blonds coupés courts et portait de grosses boucles d'oreille en plastique rouge qui, bizarrement, lui allaient bien. Konrad Simonsen lui décocha un regard coléreux sans très bien savoir ce qu'il convenait de lui répondre. A sa grande surprise, l'aide vint du chef des RG qui n'était pas connu pour son esprit de soumission. Il prononça une phrase lapidaire en grondant :

— C'est ridicule, Konrad Simonsen a raison, commençons la réunion.

La balle passa à nouveau dans le camp de Konrad Simonsen, qui fit brièvement le point de l'action de la police. Il ne s'agissait pas d'un compte-rendu détaillé, mais il ne cacha cependant aucun élément, évoquant notamment le fait que Pauline Berg avait procédé à l'audition de son kidnappeur sans en avoir l'autorisation et précisant qu'Andreas Falkenborg avait réussi à pénétrer aux domiciles d'Arne Pedersen et de la Comtesse, mais surtout qu'il était entré à son propre domicile et que les écoutes qu'il y avait faites avaient eu des conséquences catastrophiques pour Jeanette Hvidt. Aucun des participants ne lui fit de reproche à ce sujet. Le chef de la police nationale retira ses lunettes et demanda :

— Vous dites que vous pouvez lui tendre un piège en utilisant des micros. Comment vous y prendrez-vous ?

Le chef des RG intervint à nouveau :

— Le fait d'avoir ces précisions ne présente aucun intérêt. La dernière fois qu'on a essayé de faire vaguement pression sur ce Falkenborg, ça a abouti à un fracas du diable. En vérité, ça aurait peut-être pu éviter l'infortune dans laquelle nous nous trouvons à présent.

On abandonna le sujet, ce qui convenait parfaitement à Konrad Simonsen, car ni lui ni personne n'avait réussi à trouver un mensonge plausible capable d'attirer Andreas Falkenborg. Toutes les propositions faites jusqu'ici étaient mauvaises et présentaient plus d'inconvénients que d'avantages. Le chef de service du ministère résuma la discussion :

— En d'autres termes, les seuls éléments en notre possession pouvant nous permettre de poursuivre les recherches sont ceux concernant la camionnette blanche d'Andreas Falkenborg et le dépôt qu'il devrait avoir dans un lieu non identifié et où il est possible qu'il se trouve actuellement ?

La réponse de Konrad Simonsen fut limpide :

— Oui, c'est non seulement la meilleure supposition que nous puissions faire, mais c'est aussi la seule. Par ailleurs, nous avons bien sûr entrepris un certain nombre d'actions d'ordre général, notamment en renforçant la surveillance à proximité de divers lieux tels qu'établissements financiers, stations-service, distributeurs automatiques, hôtels et restaurants, piscines, salles communales, clubs sportifs, campings, carrefours, cybercafés, bibliothèques, etc.

La secrétaire du ministre l'interrompit et demanda :

— Vous surveillez aussi son domicile, n'est-ce pas ?

Bertil Hampel-Koch, qui était assis à côté d'elle, lui murmura quelque chose à l'oreille et le rouge de ses joues devint aussi vif que celui de ses boucles d'oreille.

Konrad Simonsen poursuivit sans lui répondre :

— Cependant, nous avons peut-être une piste susceptible de faire progresser l'enquête. Lors de la perquisition faite dans l'appartement d'Andreas Falkenborg, nous avons photographié une des clés de son trousseau, sachant que ce pourrait être celle du dépôt qu'il doit avoir quelque part dans les environs de Copenhague. Cette clé a une spécificité, elle comporte une série de chiffres gravés sur la tête. Aucun des spécialistes n'ayant pu l'identifier, nous l'avons envoyée à la presse et nous escomptons qu'elle sera montrée tant dans les journaux qu'à la télévision dès demain. Les actions de cette nature donnent normalement de bons résultats, on peut espérer trouver quelqu'un qui saura nous dire ce que signifient ces chiffres et à quel lieu correspond cette clé.

Le chef de service du ministère demanda d'un air coupant :

— Pourquoi n'est-ce pas déjà paru dans les journaux télévisés de ce soir ?

— Parce que nous n'avons pas eu le temps nécessaire.

— Pas le temps. Vous dites vous-même que le temps est le facteur principal.

Pour la troisième fois, le chef des RG intervint.

— Ce sont des êtres humains qui mènent les recherches, pas des machines. Et si le temps est décisif dans une affaire, ça ne signifie pas que les recherches peuvent être effectuées en un instant. Mais vous imaginez peut-être que les membres de la Crim ont passé leur temps à jouer aux cartes dans les bureaux de la préfecture ? C'est ça que vous insinuez ?

— Je préférerais que vous m'épargniez vos commentaires.

— Dans ce cas, abstenez-vous de poser des questions inutiles.

— Je suis capable de décider moi-même de ce qui est utile et…

Konrad Simonsen tapa du poing sur la table, si fort que le coup résonna dans la pièce.

— En tout cas, je n'ai pas de temps à consacrer à de telles discussions, et je n'ai pas non plus le temps de vous expliquer pourquoi telle action est intervenue avant telle autre. Si les deux femmes sont assassinées, vous pourrez toujours établir une commission d'enquête à cet effet.

Son intervention permit un retour au calme et une brève pause s'ensuivit, puis le procureur dit prudemment :

— Puisque personne ne souhaite s'exprimer sur ce sujet, je vais le faire. Cette jeune femme officier travaille dans votre service et vous êtes, comme vos collaborateurs j'imagine, personnellement touché par cet événement. Est-ce qu'il ne serait pas préférable de confier la suite des recherches aux RG ?

Konrad Simonsen s'attendait à une telle question et avait décidé de ne pas la commenter si elle lui était posée. La suggestion n'était pas déraisonnable, même si elle lui semblait difficile à accepter. Il appartenait aux autres participants de juger si une telle décision s'imposait, et comme il sentait l'ambiance qui se dégageait autour de la table, les mots du procureur ne tombèrent pas dans l'oreille d'un sourd. Helmer Hammer, qui était jusqu'à présent resté silencieux, prononça alors quelques mots bien sentis :

— Non ! Konrad Simonsen est le chef opérationnel de cette affaire et tous doivent soutenir ses décisions. Un point, c'est tout.

Personne ne souhaitant remettre en cause l'autorité des services du Premier ministre, la question se trouva réglée. Bertil Hampel-Koch abandonna le sujet et chercha à se renseigner plus précisément :

— Est-ce que ces deux femmes sont déjà mortes ?

Helmer Hammer esquissa un sourire approbateur. Le timing de Bertil Hampel-Koch était parfait. Il était intervenu tel un prestidigitateur qui détourne l'attention du public de son chapeau en tirant un pigeon de sa main levée. Il allait donc ressortir du compte-rendu que tous étaient d'accord sur le fait que Konrad Simonsen continue à diriger l'affaire, dans la mesure où personne ne s'était opposé à la décision.

Konrad Simonsen laissa à Ernesto Madsen le soin de répondre à Bertil Hampel-Koch, ce qu'il fit non sans une certaine nervosité :

— Je ne sais pas, mais il est hors de doute que s'il ne les a pas encore tuées, il s'apprête à le faire, et que le passage à l'acte risque d'être imminent. Il n'a sûrement pas l'intention de les garder prisonnières plus longtemps que nécessaire.

— Et qu'est-ce qui pourrait le retenir ? Pour être clair, peut-on avoir des raisons d'espérer ?

— J'ignore ce que l'on peut répondre à cette dernière question. En ce qui concerne la première, il est possible qu'il doive préparer la séance qu'il met en scène au moment de tuer ses victimes.

— Est-ce que c'est un moment important pour lui ?

— Extrêmement important. Il est incapable de s'en écarter, ne serait-ce que d'un millimètre. Tout doit se dérouler exactement comme les fois précédentes, dans le moindre détail. Par exemple, nous savons qu'il fait semblant de couper les ongles des femmes qui n'ont pas de longs…

Konrad Simonsen l'interrompit :

— Pas tant de détails !

La secrétaire du ministre donna un contrordre :

— Si, moi j'aimerais bien en savoir plus.

Ernesto Madsen suivit cependant la recommandation de Konrad Simonsen et dit pour terminer :

— Tout doit être exactement comme il en a l'habitude.

Son auditoire eut besoin de quelques secondes pour saisir le message. Puis Bertil Hampel-Koch demanda :

— Mais que doit-il préparer qui soit susceptible de prendre tant de temps ?

— Malheureusement, il ne s'agit que de très peu de chose, mais par exemple, il doit se procurer un rouge à lèvres rouge et s'il n'en a pas, il est obligé de trouver une boutique où il peut en acheter un.

Chacun se rendait bien compte que l'achat d'un rouge à lèvres ne prenait pas beaucoup de temps, mais Konrad Simonsen tenta de faire preuve d'un certain optimisme :

— Ce n'est pas forcément aussi facile pour lui qu'il y paraît, n'oubliez pas qu'il est recherché dans tout le pays.

— Par ailleurs, il faut qu'il creuse leur tombe avant de les tuer, ajouta le psychologue, c'est un processus qui risque également de le retarder. Il s'est lancé dans ces deux kidnappings sans s'être préparé comme il en a l'habitude. Lors des meurtres précédents, il a eu le temps de tout préparer avant d'agresser sa victime. Ça n'a pas été possible cette fois-ci.

Autour de la table, les participants échangèrent des regards perplexes. La balance ne semblait pas pencher en faveur des deux femmes.

D'autres questions furent adressées à Ernesto Madsen.

— Est-ce que ce serait possible de lui lancer un appel, je veux dire, à la télévision. Un appel qui viendrait par exemple de quelqu'un qu'il connaît.

C'était le directeur de la police nationale, cette fois ayant les lunettes sur le nez, qui avait posé la question. L'idée était à la fois naturelle et constructive, mais Ernesto Madsen la rejeta :

— Ça ne serait d'aucune aide.

Le chef des RG voulait avoir une précision :

— Est-ce qu'il va les supprimer ensemble ou séparément ?

Ernesto Madsen ne comprit pas la question :

— Vous voulez dire dans le même sac en plastique ?

Le chef de service du ministère de la Justice rit d'un air moqueur, mais les regards irrités de l'assistance l'obligèrent à modérer sa réaction. Il ne se laissa pourtant pas émouvoir, et dit simplement :

— Je me suis mal exprimé, je suis désolé. Je me demandais s'il allait laisser s'écouler un certain temps entre les deux meurtres.

— C'est une bonne question que j'aurais dû moi-même poser, dit Konrad Simonsen d'un air sincère.

Ernesto Madsen répondit d'un air hésitant :

— Je n'avais pas envisagé cet aspect, mais maintenant que vous y faites allusion… Tout doit être comme d'habitude, sinon, il a l'impression que son projet est détruit. C'est un point important, et je crois qu'il ne les tuera pas en même temps. Il est vraisemblable qu'il voudra d'abord éliminer la première victime avant de tuer la seconde. Oui, je pense que les choses se passeront ainsi, il ne tuera sans doute pas les deux en même temps. Il est même possible qu'il laisse passer une journée entre les deux meurtres, ça dépendra des détails pratiques. Mais il se peut que j'exprime là plus un souhait et que je m'éloigne de l'analyse psychologique.

En colère, la secrétaire du ministre demanda :

— Quand vous l'aurez finalement trouvé, si toutefois ça arrive, dois-je comprendre que l'idée est de le faire filer et non de l'arrêter ? Est-ce que tout le monde approuve cette décision ?

La question s'adressait directement à Konrad Simonsen, et celui-ci répondit :

— Non, sûrement pas, mais c'est comme ça. J'estime que la meilleure chance que nous avons de sauver les deux femmes implique de le laisser filer, mais j'avoue que j'ai des doutes. Ça dépend aussi du moment où nous le trouverons, car nous n'allons pas le laisser éternellement à l'air libre. Cela étant, nous sommes convaincus qu'il refusera de nous parler dès lors qu'il sera incarcéré.

Le chef des RG enchaîna en s'adressant avec une certaine prudence à l'assemblée :

— Si cela s'avère nécessaire, je souhaiterais que nous fassions pression sur lui pour le forcer à nous dire où se trouvent ses victimes, en particulier si nous pensons que l'une d'elles, ou les deux, sont encore en vie.

C'était une façon de tâter le terrain, tous l'avaient compris, sachant aussi que le sujet était très controversé. Konrad Simonsen avait depuis longtemps pris sa décision. La direction de l'enquête lui ayant été confiée, il ferait tout son possible pour retrouver Jeanette Hvidt et Pauline Berg en vie. Il ne pouvait envisager une situation dans laquelle Andreas Falkenborg serait incarcéré et refuserait d'avouer alors que ses victimes seraient en train de moisir dans un appartement. L'opinion de ses interlocuteurs l'intéressait donc au plus haut point. Si ses supérieurs lui donnaient carte blanche pour sortir du cadre habituel d'une audition, il pourrait revenir sur sa décision initiale de privilégier la filature sur l'arrestation. La réunion s'était donc avérée beaucoup plus productive qu'il ne l'avait espéré.

Le procureur demanda prudemment au chef des RG :

— Vous pensez à une pression physique ?

Le chef confirma :

— C'est de ça qu'il est question.

Le directeur de la police nationale s'apprêta à enlever ses lunettes, changea visiblement d'avis et s'abstint de les retirer, mais tenta de repousser l'idée.

— Nous prendrons position sur cette question si la situation l'exige.

La préfète de police et le chef de service du ministère étaient d'accord. Bertil Hampel-Koch fronça les sourcils et Helmer Hammer, utilisant des formules claires, s'exprima lentement en prenant un air funeste :

— Vous pouvez utiliser tous les moyens légaux, y compris ceux qui sont à la limite de la loi, comme lors de cet épisode qui a été révélé dans la presse la semaine dernière, mais quelle que soit la situation, la torture sous une forme ou sous une autre doit être totalement exclue. S'il en est fait usage, les responsables seront poursuivis et la responsabilité de leurs supérieurs sera engagée au regard de leurs fonctions et conformément au code pénal.

Il regarda d'abord la préfète de police de Copenhague, puis le directeur de la police nationale droit dans les yeux et ajouta lentement :

— Et cette responsabilité concerne toute la hiérarchie, soyez-en sûrs.

Il marqua une courte pause afin que ses mots produisent leur effet, puis il précisa :

— Le Danemark n'utilise pas la torture, un point c'est tout. Et la torture est la torture, quelles que soient les périphrases qu'on emploie. Personne ne doit considérer qu'il existe des marges d'interprétation. C'est un message qui vient directement de mon chef, et je peux assurer les personnes présentes qu'il s'agit d'une conviction profonde, tant sur le plan personnel que politique.

Il regarda en direction de Konrad Simonsen.

— Tant qu'Andreas Falkenborg se trouve sous la surveillance de l'Etat, il ne devra subir aucun mauvais traitement.

Puis il s'adressa à Bertil Hampel-Koch en sa qualité de rapporteur.

— Ce que je viens de dire doit figurer expressément dans le compte-rendu, y compris le fait que, si un tel acte était commis, la responsabilité ne reviendrait pas uniquement aux acteurs opérationnels mais incomberait à l'ensemble de la hiérarchie. Veuillez lire à voix haute ce que vous avez noté.

Bertil Hampel-Koch lut le passage en question et Helmer Hammer acquiesça. Puis il regarda de nouveau la préfète de police et le chef de la police nationale, qui approuvèrent d'un air grave. Il indiqua alors que la réunion pouvait se poursuivre.

Bertil Hampel-Koch prit aussitôt la parole et, avec sa voix de fausset, posa à Helmer Hammer une question des plus surprenantes.

— Si la vie des deux femmes est en jeu et que le meurtrier *n'est pas* sous la surveillance de l'Etat, admettriez-vous dans un tel cas qu'il peut être nécessaire d'avoir recours à un autre type d'audition ?

— En dernier recours, ajouta le chef des RG.

Irrité, Helmer Hammer secoua la tête et fit la réponse suivante :

— Vous ne précisez pas de quelles formes d'auditions il peut s'agir. Je n'estime donc pas nécessaire d'apporter de commentaires à vos remarques.

Konrad Simonsen se mit à transpirer et déboutonna fébrilement le col de sa chemise. Il réalisait soudain la raison de sa présence, le motif de cette convocation. La remarque d'Helmer Hammer était mot pour mot la reproduction du conseil qu'il avait prôné une semaine plus tôt dans le jardin botanique, une phrase qui l'autorisait à présent à envisager le recours éventuel à des actes illicites. La Comtesse comprit à son tour ce qui venait de se passer. Ils avaient eu le feu vert pour traiter Andreas Falkenborg comme ils le voulaient quand il serait arrêté, du moment que personne n'en sache rien. Elle était suffoquée et un claquement incontrôlé de lèvres, d'où s'échappa un léger filet de salive, fut sa seule contribution à la discussion. Sans la regarder, le chef des RG lui tendit un mouchoir. Puis il s'adressa à Ernesto Madsen :

— Pouvez-vous nous dire, en vous basant sur votre expérience professionnelle, quelle est selon vous la probabilité de voir Andreas Falkenborg accepter de répondre à un interrogatoire, à supposer qu'on parvienne à l'arrêter ?

— Elle est faible.

— A quel point ?

Konrad Simonsen sentait la chaleur lui monter aux joues.

— Je n'en sais rien, mais elle est faible, répondit Ernesto Madsen, un peu mystifié.

Le temps était venu pour Konrad Simonsen d'intervenir. Son souhait de mêler des policiers des RG à sa mission de surveillance n'avait pas pris moins d'importance après avoir saisi le message implicite de Helmer Hammer, mais il avait peut-être trouvé en la personne du chef des RG un allié inattendu. De toute évidence, celui-ci avait aussi compris le message et il était probablement le seul en dehors de la Comtesse et de Bertil Hampel-Koch. Konrad Simonsen se tourna vers lui.

— Je vais avoir besoin d'une partie de votre personnel pour assurer la surveillance d'Andreas Falkenborg. Ils sont mieux formés que les miens pour ce genre de mission.

Un miracle eut lieu, le chef des RG se montra positif :

— Parfait, mais sous mon commandement.

— Oui, mais vous me rendrez compte directement. Une enquête ne peut pas avoir deux leaders, ça ferait désordre.

La préfète de police était d'accord avec Konrad Simonsen et se lança dans une grande explication sur les dangers des voies de commandement floues qui, à son avis, étaient aussi détestables que la peste ou la pression fiscale de l'impôt marginal. Elle fut interrompue par le chef des RG, qui marmonna :

— Je peux tout à fait accepter cette situation et avoir Simon, enfin Konrad Simonsen, comme chef pendant quelques jours.

L'affaire était maintenant clarifiée, mais la décision finale revenait néanmoins au chef de la police nationale. Celui-ci dit d'un air hésitant :

— Eh bien, dans ce cas, il se pourrait que nous devions envisager de…

Il fut arrêté dans son élan par le chef de service du ministère de la Justice :

— Ça me semble une mauvaise idée, et mon chef y est d'ailleurs opposé. La sécurité du royaume ne doit pas se trouver affaiblie à cause de cette affaire.

La secrétaire dudit ministre ajouta d'un air cynique :

— Il ne s'agit après tout que de deux personnes.

Et lorsqu'elle secoua la tête à deux reprises pour marquer son raisonnement, on vit ses boucles d'oreilles se balancer en cadence.

La mine glaciale, Konrad Simonsen dit très posément :

— Si vous redites une telle chose, je vous flanque une gifle. Et ne croyez pas qu'il s'agisse d'une menace en l'air.

Le chef de service, embarrassé, recula sa chaise de la table. Le chef de la police essaya d'un air nerveux de calmer les esprits en reportant l'affaire au lendemain. Ernesto Madsen, le chef des RG et le procureur riaient ouvertement, tandis que la secrétaire du ministre fouillait fébrilement dans son sac pour trouver un inhalateur.

Finalement, Helmer Hammer trancha. S'adressant au chef de service, il dit :

— Je trouve que c'est une bonne idée. Si votre chef a des objections, elle sait à qui elle doit s'adresser.

Puis il jeta un regard sur le chef de la police, qui affirma non sans une certaine hésitation :

— Alors, faisons comme ça.

Bertil Hampel-Koch nota la décision, et l'affaire fut conclue. La Comtesse pensa qu'il y avait loin de l'homme courtois avec lequel elle avait passé un moment agréable dans le Jardin botanique à l'homme de pouvoir qu'elle observait à présent.

Il ne restait que deux questions à traiter, dont l'une prit un temps excessivement long. Le chef de la police nationale discourut pendant dix longues minutes sur les heures supplémentaires et ses dépassements de budget, semblant ne pas tenir compte du fait que des centaines de policiers dans tout le pays s'étaient portés volontaires pour apporter leur aide à leur collègue qui – dans le meilleur des cas – avait au plus haut degré besoin d'eux. Konrad Simonsen trouva l'intervention écœurante mais ne dit rien. Il se réjouit lorsque Helmer Hammer, ne souhaitant pas en entendre plus, mit fin à la complainte :

— Je suppose que vous avez envoyé une note à votre ministre ?

— Je n'ai pas eu le temps.

— Alors, nous attendons que vous le fassiez ; l'affaire n'est pas si urgente.

Konrad Simonsen conclut :

— Si l'officier de police judiciaire Pauline Berg sort indemne de cette affaire, il ne faudra pas la punir pour son audition d'Andreas Falkenborg, et malheureusement, ça doit aussi valoir pour l'imbécile qui l'accompagnait. Elle aura assez payé, et lui aussi – même si les deux cas ne sont pas comparables.

Les participants se séparèrent. Leur unanimité était surprenante.

51

En sortant du ministère de la Justice, le chef des RG guetta Konrad Simonsen. Il lui dit à voix basse :

— Il faut que nous parlions ! Tout de suite !

Konrad Simonsen accepta. Il avait en effet attendu et espéré ce moment.

— Vous pouvez venir avec moi jusqu'à la BC, nous pourrons ainsi parler en chemin.

Le chef des RG réfléchit et secoua la tête :

— Je ne crois pas que ce soit une bonne idée. Vous connaissez *Agnès et le Triton* ?

— Si vous pensez à la sculpture sous-marine qui se trouve dans le Frederiksholsms Kanal, alors oui.

— Retrouvons-nous là-bas dans dix minutes. Je connais un endroit à proximité où nous pourrons parler sans être dérangés.

Konrad Simonsen regarda machinalement sa montre, mais la réserve émise par son précédent interlocuteur sur le manque de temps lui restait en travers de la gorge. Le chef des RG lui tourna le dos et s'en alla.

Un quart d'heure plus tard, Konrad Simonsen et la Comtesse avaient rejoint le petit pont menant à Højbro Plads et attendaient. La Comtesse observait la sculpture de Suste Bonnén. Irrité par l'attente, Konrad Simonsen guettait le chef des RG. Quand celui-ci arriva peu de temps après, il ne fit aucun commentaire sur la présence de la Comtesse et se contenta de les faire traverser la rue à pas forcés. Konrad Simonsen remarqua qu'il marchait en posant les talons en premier sur l'asphalte et se dit que ce devait être une mauvaise habitude prise du temps où il était militaire. Il s'efforça de marcher à la même allure, espérant que le trajet ne serait pas trop long. Au bout de Højbro Plads, juste en face de la statue équestre de Wilhelm Bissen représentant l'évêque Absalon, le chef des RG les fit entrer sous un porche et les dirigea vers la droite. Il traversa une petite cour bordée d'anciens entrepôts, aujourd'hui restaurés et transformés en luxueux appartements, et ils arrivèrent devant une porte d'entrée qu'il ouvrit rapidement en utilisant une carte et un code. Il alluma la lumière et les pria de s'installer. Le local était rempli de peintures et de lithographies posées le long des murs, sur la table qui dominait la pièce et sur le sol. La Comtesse imagina qu'il s'agissait du dépôt d'une galerie de peintures. Konrad Simonsen, toujours essoufflé, dit :

— Bien que ce qui nous occupe soit important, je dois être rentré à la préfecture d'ici peu. Par ailleurs, je vous remercie pour le soutien que vous m'avez apporté pendant la réunion.

Le chef des RG sourit, ce qui n'était pas dans ses habitudes. L'homme n'était pas d'une nature à aimer les relations sociales et les histoires qui couraient sur sa réserve étaient légion.

— Je vous en prie.

— Je suppose que vous êtes conscient de l'autorisation que nous avons obtenue lors de la réunion ? En cas de nécessité, du moins.

— Absolument, ça ne nous a pas échappé.

Le chef des RG regarda la Comtesse. Celle-ci, après mûre réflexion, parvint à mettre des mots sur l'indicible :

— Helmer Hammer nous a donné carte blanche pour cuisiner Andreas Falkenborg et l'obliger à nous dire où il a caché ses deux victimes, du moment que personne n'en est informé. Il y a une semaine, il nous a parlé en détail de la lettre de Nils Svenningsen, et précisé la manière dont les hauts fonctionnaires donnent des autorisations sujettes à interprétation sans s'exprimer directement. Alors, oui, nous l'avons parfaitement compris, tant que les choses restent secrètes, nous pouvons serrer la vis à Andreas Falkenborg.

— Exactement. Et sans doute réalisez-vous également que c'est pour faire passer ce message que la réunion a été convoquée ? Les autres idiots étaient de simples figurants, qui devront couvrir Helmer Hammer et son ministère si les choses se passent mal. A l'exception de Bertil Hampel-Koch, naturellement. On pourrait presque penser que l'administration dépend de vous d'une manière ou d'une autre, mais cela ne me regarde pas. La question est évidemment de savoir si nous avons l'intention d'utiliser notre… peut-on dire nouvel outil… si la situation l'exige.

Konrad Simonsen s'attendait à la question et y répondit sans réserve :

— En dernier recours, oui, clairement.

Les deux hommes regardèrent la Comtesse. Elle interrogea le chef des RG :

— Dites-moi d'abord quel est votre rôle ? Avez-vous été informé à l'avance ?

— Bien sûr que non. Mon rôle s'explique par le fait que j'ai tout simplement été invité à cette réunion et que je réagis conformément à ce que l'on attend de moi. Expliquez-nous votre point de vue. Est-ce que vous êtes aussi prête à le torturer s'il n'y a pas d'autres solutions ?

Elle soutint son regard.

— Si c'est pour sauver les vies de Pauline et de Jeanette Hvidt, sans hésitation. Mais je ne l'envisagerais jamais comme vengeance ou châtiment.

Le chef des RG joignit les mains.

— Dans ce cas, ce point est réglé. Il ne nous reste plus qu'à trouver le *comment* et le *quand*. Examinons d'abord le second point. Mes troupes peuvent être prêtes d'ici deux heures ; on lui passera les menottes dès qu'on l'aura retrouvé. Je ne comprends pas que ça n'ait pas déjà été fait. Vous connaissez son physique, sa voiture, il est recherché dans tous les coins, et malgré ça, il est libre depuis plus de vingt-quatre heures et circule à son gré dans les environs de Copenhague. Que se passe-t-il ?

La question s'adressait à Konrad Simonsen, qui se crispa mais répondit toutefois sincèrement :

— Je ne sais pas, ça nous étonne aussi. Malheureusement, il a un physique très banal, mais on devrait pouvoir le retrouver dans la journée. Nous finissons par penser qu'il s'est procuré un autre véhicule ou qu'il utilise les transports publics, même si le psychologue est persuadé du contraire.

— Si vous ne le retrouvez pas rapidement, ça risque d'être trop tard, si ce n'est pas déjà le cas.

Irritée, la Comtesse lui demanda :

— Est-ce que vous ne pensez pas que nous en sommes conscients ?

— Si, bien sûr. Excusez-moi. Supposons donc que vous le trouviez demain et que je le fasse interpeller…

Il regarda Konrad Simonsen.

— … car je suppose que c'est toujours d'actualité. Vous ne voulez pas l'incarcérer ?

— Non, absolument pas. Je suis sûr qu'il refuserait de nous parler et alors nous serions coincés. C'est particulièrement vrai après notre réunion de ce soir, où mes supérieurs ont à ce point réaffirmé les principes de droit qui régissaient le royaume.

— D'accord, c'est aussi ce que je pensais. Mais le point le plus délicat, c'est *comment* ? Est-ce que vous avez une idée ?

La Comtesse secoua la tête d'une mine découragée.

— Oui, dit Konrad Simonsen.

Surpris, ils le regardèrent d'un air intéressé.

— Vous connaissez tous deux Marcus Kolding, surnommé Docteur Cold…

Il raconta sa visite du mercredi précédent chez ce gros bonnet, et leur indiqua que l'une des victimes d'Andreas Falkenborg était la jeune Finlandaise Elizabeth Juutilainen qui, sous le nom de Liz Suenson, avait servi de coursier à Marcus Kolding.

Quand il eut terminé, le chef des RG envisagea l'indicible proposition et conclut d'une voix hésitante :

— Ce n'est pas suffisant, Simon. Marcus Kolding n'est pas homme à rendre des services à la police, et il peut très bien maîtriser sa soif de revanche si ça en vaut la peine. Il veut plus, mais vous le savez bien ?

Konrad Simonsen se tourna vers la Comtesse.

— Va dans la cour. Ce n'est pas la peine que tu aies à partager la responsabilité de cette affaire.

— Non !

Il demanda au chef des RG :

— Est-ce que vous avez facilement accès aux archives de la délinquance spécialisée ?

— Je peux accéder à toutes les archives, mais c'est aussi vrai pour vous.

— Oui, mais pas sans attirer l'attention.

— Hum ! Qu'est-ce que vous voudriez ?

— Nous avons un informateur relativement haut placé dans l'organisation de Marcus Kolding.

La Comtesse ne put s'empêcher de sursauter. Le chef des RG au contraire approuva d'un mouvement de tête :

— Vous voulez informer Marcus Kolding de l'existence de sa taupe, en reconnaissance de son aide dans l'affaire Falkenborg ?

— Oui.

— Et vous savez ce que ça signifie ?

— Oui.

— Vous prendrez vous-même contact avec le Docteur quand on aura trouvé Andreas Falkenborg ?

— Oui.

— Bien. Alors, il ne nous reste plus que deux points à aborder. Je devrais retirer mes troupes lorsque le Docteur mettra la main sur Andreas Falkenborg, et nous ne devons pas avoir la responsabilité de l'ordre qui leur sera donné. La recherche d'un bouc émissaire, vous connaissez. J'essaie donc de trouver une solution dont nous pourrions discuter cette nuit. Mais le dernier point est le plus important ; Simon, il faut au moins vingt-quatre heures *après* qu'Andreas Falkenborg aura été retrouvé pour effectuer cette action. Ça signifie que vous allez subir une pression extrême de tous côtés pour le faire arrêter. Je sais bien que vous venez de voir votre statut de chef opérationnel absolu servi sur un plateau d'argent, mais tout de même, est-ce que vous pourrez tenir bon si longtemps ?

— Je n'ai pas le choix.

La Comtesse eut une réponse plus limpide :

— Vous gérez votre mission, et nous gérons la nôtre. Avons-nous bientôt terminé ?

C'était le cas. Leurs chemins se séparèrent sous le porche donnant sur Højbro Plads et le chef des RG leur serra la main, ce qui les étonna. Avant de partir, il remarqua d'un ton à la fois sérieux et ironique :

— La vie de l'un, la mort de l'autre. Je n'aurais pas cru que vous étiez capable de tels sentiments, Simon.

— Alors, vous vous trompiez. Mais je me serais bien passé de cette remarque cynique.

— Vous voulez dire de cette remarque cynique *mais* juste.

Konrad Simonsen n'eut pas le temps de répondre. La Comtesse avait déjà levé l'ancre, l'emmenant dans son sillage.

52

Tandis que Jeanette Hvidt pleurait et sanglotait de désespoir, Pauline Berg essayait, dans l'obscurité de leur geôle, de réfléchir. C'était difficile, sa situation semblait sans issue, et il n'y avait sans doute pas grand-chose à faire pour changer cet état de fait. Elle ne parvenait pas à se libérer des menottes fixées au dos de la chaise. Il ne restait qu'une possibilité, celle de recevoir de l'aide de l'extérieur, mais Andreas Falkenborg leur avait dit qu'elles pouvaient crier autant qu'elles voulaient, ce qui ne laissait rien présager de bon. D'abord, elle imagina de faire appel à ses cinq sens pour pouvoir au moins se faire une idée de l'endroit où elle avait atterri, et d'utiliser tous les moyens mentaux possibles pour lutter contre la panique qui menaçait à chaque instant de faire vaciller son esprit. Elle tourna la tête et, sur un ton brutal, dit à Jeanette Hvidt :

— Arrêtez vos pleurnicheries.

La jeune fille ne lui obéit pas. Bien au contraire, elle se mit à pleurer de plus belle. Pauline Berg cria :

— Taisez-vous, bon sang. Est-ce que vous voulez mourir dans ce trou ?

Les pleurs se calmèrent et, des sanglots dans la voix, Jeanette Hvidt dit :

— Je ne veux pas mourir, c'est pas moi qui dois mourir.

— Alors, taisez-vous. Vous croyez peut-être que ça sert à quelque chose de pleurer ?

Au bout d'un court moment, ses sanglots s'arrêtèrent et elle dit :

— C'est vous qui avez perdu, c'est vous qui devez mourir à son retour.

— Oui, c'est moi.

— Il va vous mettre dans le sac, pas moi.

— Mais oui, bon sang, moi, pas vous. Vous avez besoin d'entrer dans les détails ?

Jeanette Hvidt ne tint pas compte de ce qu'elle disait et poursuivit son idée :

— Il ne va pas me tuer, je ferai tout ce qu'il dira.

Pauline Berg hésitait sur la manière de se comporter avec cette fille : fallait-il lui dire la vérité et risquer qu'elle soit complètement paniquée ou faire comme si elle croyait à son fol espoir. Dans un premier temps, elle choisit cette dernière solution :

— Ça ne va pas tourner mal, mais écoutez quand même…

Jeanette Hvidt ne l'entendit pas et persista :

— Je serai son esclave toute ma vie, je ne dirai jamais de gros mots, je serai toujours obéissante.

— Oui, c'est bien. Est-ce que vous ne voulez pas plutôt m'écouter pour une fois ?

— Il n'y a qu'une tombe, elle est pour vous. Moi, il va me garder avec lui.

— Mais oui, c'est certain. Dans ce cas, vous serez toute seule, Jeanette.

— Je serai avec lui.

Elle hésita avant de répondre, il était clair que la jeune fille était au bord de la folie. Elle s'abstint de commenter ses propos et attendit. Le moment d'après, Jeanette Hvidt dit doucement :

— Je sais bien qu'il va aussi me tuer.

— Oui.

— Il a pris les mesures pour creuser deux trous. Je l'ai vu faire avant que vous n'arriviez. Il a dessiné des traits sur le sol, qui sont cachés par la poussière à présent.

— Est-ce qu'il avait un masque sur le visage quand il a pris ses mesures ?

— Cette tombe est pour moi. Il ne lui reste qu'à la creuser.

Essayant de s'expliquer de manière aussi pédagogique que possible, Pauline Berg dit alors :

— Jeanette, il faut absolument que vous essayiez d'écouter ce que je dis.

— Oh, pardon. Qu'est-ce que vous me demandiez ?

— S'il portait un masque quand il a pris les mesures pour… quand il a pris les mesures.

— Pour ma tombe.

— Eh bien oui, pour votre tombe. Portait-il un masque ?

— Il porte toujours un masque.

— Non, c'est faux, je l'ai vu sans masque. C'est simplement qu'il est très malade.

— Vous pensez qu'ils sont à notre recherche ?

— Vous pouvez en être sûre. On nous cherche partout.

— Vous êtes flic, ce qui veut dire qu'ils vont redoubler d'efforts.

— Ils veulent nous retrouver toutes les deux, et nous devons les aider dans la mesure de nos moyens.

— Que pouvons-nous faire ?

— J'ai une idée. D'abord, nous allons utiliser nos cinq sens, l'un après l'autre, pour voir si nous pouvons en tirer quelque chose. Vous pigez ?

— Pas vraiment. En quoi ça peut nous aider ?
— On ne peut pas le savoir à l'avance.
— Quand est-ce qu'on le saura alors ?
— Faites simplement ce que je vous dis. D'accord ?
— D'accord. Mais il y a une chose…
— Quoi ?
— Je voudrais m'excuser pour ce que j'ai dit quand il était là. Ce n'était pas bien de ma part.
— Ça n'a pas d'importance.
— J'ai si peur qu'il me frappe avec son bâton, ça fait terriblement mal. Le seul fait d'y penser me rend malade.
— Alors, il ne faut plus y penser. Dites-moi si vous vous rappelez de nos cinq sens.
— Oui, je m'en rappelle : l'odorat, l'ouïe, le toucher, la vue et le goût.
— Commençons par la vue. A présent, nous nous taisons, nous ouvrons grand les yeux et nous essayons de détailler tout ce que nous pouvons voir autour de nous, d'accord ?
— D'accord.

Pauline Berg tourna la tête à gauche puis à droite en écarquillant les yeux, prête à capter le moindre quantum de lumière. Mais il n'y avait rien, l'obscurité était totale. Au bout d'un moment, elle arrêta l'exercice.

— Qu'est-ce que vous avez vu ?
— Rien. C'est tout noir.
— C'est la même chose où je suis. Mais j'ai l'impression qu'il y a une odeur de peinture.
— C'est l'odeur de peinture de la croix. Je ne pensais pas que nous pourrions la sentir si vite.
— Non. Parlez-moi de la croix.
— Il l'a installée hier, et je pense qu'il venait de

la peindre quand nous sommes arrivés. J'entendais ses rires étouffés pendant qu'il travaillait. On aurait dit qu'il était fier de lui. Il cherchait à me faire peur, mais j'avais surtout peur du bâton. Il m'a forcé aussi à lui indiquer le moment où elle était bien accrochée.

— Il est malade. Essayons maintenant le toucher. Appuyez votre joue et votre oreille tout contre le mur et efforcez-vous de capter la moindre sensation. Je vais faire la même chose.

Le mur était rugueux et froid. Pauline Berg eut aussi l'impression de sentir de l'humidité et conclut :

— C'est un mur de façade, il est humide.

— Oui, c'est vrai.

— Bien. Maintenant, nous allons écouter, c'est le plus important. Etes-vous prête ?

— Oui, je suis prête.

Les deux femmes écoutèrent dans le noir. Pendant un long moment, Pauline Berg n'entendit que le bruit de leurs respirations retenues, mais soudain, elle identifia un faible bruit sourd de roulement, une sorte de vibration qui traversait la cave.

— Vous avez entendu, Jeanette ?

— Oui, c'est le train régional.

Pauline Berg baissa la voix autant qu'elle put puis demanda :

— Comment est-ce que vous le savez ?

— Le bunker est situé près de la voie ferrée.

— Est-ce que nous sommes dans un bunker ?

— Oui, il est creusé dans le sol.

— Pourquoi est-ce que vous ne l'avez pas dit plus tôt ? Que vous saviez où nous étions ?

— Vous ne me l'avez pas demandé. Et puis, je croyais que vous le saviez déjà.

Pauline Berg reconnut sa méprise.

— Non, je ne savais rien. Mais racontez ce que vous avez vu. Où est-ce que nous sommes alors ?

— Je crois que nous sommes à Hareskov. Notre bunker est creusé dans le sol.

— Qu'y a-t-il autour de nous ?

— Des arbres.

— Et rien d'autre ?

— Une allée dans le bois.

— Qui se termine ici ?

— Oui, je crois, mais je n'en suis pas sûre.

— Comment savez-vous que nous sommes près du train régional ?

— Je l'ai vu de la voiture, lorsque nous avons tourné pour entrer dans la forêt. Quand il m'a tirée jusqu'ici, j'ai entendu le train. La voix ferrée passe près d'ici.

— Où est-ce que vous étiez assise dans la voiture ?

— A côté de lui, mais j'ai juste regardé, je n'ai pas osé bouger. Il avait son bâton et…

— Combien de fois est-ce qu'il vous a frappée ?

— Une fois au moment où il m'a faite prisonnière, dans le jardin de mon oncle, et puis deux fois ici, parce que je pleurais et que je disais des gros… enfin, que je criais après lui, que je le traitais de tous les noms. Non, trois fois ici, il m'avait fait crier après que j'ai chanté la chanson pour vous.

— Dites-moi, est-ce qu'il y avait des gens sur le chemin forestier ?

— Non, mais il pleuvait.

— Vous pensez que c'est la raison ?

— Je ne sais pas… non, je crois simplement qu'il n'y vient pas grand monde.

— Ça ne servirait donc à rien de crier au secours ?

— Non, personne ne peut nous entendre. En tout cas, je ne le crois pas.

— Est-ce que vous pouvez me donner d'autres précisions sur ce bunker ?

— Ça s'appelle une fosse de couverture. On peut en louer pour 1 500 couronnes par mois, sans les frais d'électricité.

— Comment pouvez-vous savoir une telle chose ?

— C'est lui qui me l'a dit, mais je ne sais pas si c'est vrai.

— Pourquoi est-ce qu'il vous a dit ça ?

— Pour m'humilier, je crois. Quand je suis arrivée, il y avait des caisses ici, qu'il a portées dans une autre pièce. Il m'a parlé du prix en me disant qu'il avait payé trois ans d'avance, et que personne d'autre que lui ne venait ici, mais ce n'était pas vrai.

Une petite lumière s'éclaira dans l'esprit de Pauline Berg.

— Qu'est ce que vous insinuez ? D'autres personnes sont-elles venues pendant que vous étiez là avec lui ?

— Oui, vous.

— Ah oui, d'accord. Mais en dehors de moi ?

— Non, personne. Il n'y a eu que vous.

Pauline Berg réfléchit un instant et dit :

— S'il a loué ce bunker, ils vont nous retrouver, ce n'est qu'une question de temps. Ils vont passer toute sa vie au peigne fin, le moindre jour de son existence.

— Il ne l'a pas loué en son propre nom, et il s'en est d'ailleurs vanté. Il m'a dit le nom qu'il avait donné, mais je ne m'en souviens pas.

— Est-ce que vous avez remarqué autre chose en venant ici ?

— Oui, j'ai vu un carré rouge dans l'herbe. Je ne sais pas ce que c'était.

— Qu'est-ce que vous voulez dire ?

— Que l'herbe était rouge à cet endroit. Je ne sais pas pourquoi.

— Quelle était la taille du carré ? Quel type de rouge ? Racontez.

Jeanette Hvidt lui décrivit ce qu'elle avait vu. Lorsqu'elle eut fini, Pauline Berg lui demanda d'un air découragé :

— Est-ce que vous vous rappelez la couleur de sa voiture ?

— Elle était rouge. Maintenant que vous m'en parlez, je me souviens qu'elle était du même rouge. Vous pensez qu'il a repeint sa voiture ?

Pauline Berg ne répondit pas. Sa camarade de captivité était déjà si effrayée qu'il n'y avait aucune raison de l'inquiéter un peu plus, mais ça n'était pas bon signe. Ses collègues recherchaient une voiture blanche et non une rouge, et ce détail risquait d'être décisif. Elle voulut se montrer optimiste :

— Bon, laissez-moi voir ce que nous pouvons faire.

— Est-ce que nous n'avons pas oublié l'odorat et le goût ?

— Ça ne nous apportera rien de plus.

Pauline Berg réfléchit longuement, essayant de toutes ses forces de trouver un moyen d'éviter cette mort qu'Andreas Falkenborg lui avait promise dès son retour. Soudain, une idée lui vint. Elle se poussa vers la gauche et se hissa vers le haut autant qu'elle le put avec les mains menottées. Dans le même temps, elle se recroquevilla et appuya la tête vers le bas tout près de l'endroit où les mains de Jeanette Hvidt se trouvaient attachées. Les nombreuses heures qu'elle avait passées à faire des exercices de danse l'avaient rendue très souple. Elle eut l'impression que la tentative avait presque réussi.

— Qu'est-ce que vous êtes en train de faire ? demanda Jeanette Hvidt.

— Jeanette, essayez d'étirer les doigts et de toucher mes cheveux quand je vous le dirai.

Elle se tortilla et se courba pour essayer d'atteindre la main de la jeune fille. Une fois dans la bonne position, elle dit, oppressée :

— Maintenant, Jeanette.

— Oui, j'y arrive, mais pourquoi faut-il que je touche vos cheveux ?

Pauline Berg se remit à sa place. Il lui était impossible de rester dans cette position très longtemps.

— Dans un instant, quand je me courberai à nouveau, vous allez enrouler une mèche de mes cheveux autour d'un de vos doigts et la tenir aussi fort que vous pourrez. Il faudra tirer juste une petite touffe. Vous me direz quand vous serez prête. Vous comprenez ?

— Oui, si c'est ce que vous voulez.

Elles commencèrent à faire l'exercice.

— Ça y est, j'ai une mèche, dit Jeanette Hvidt.

Pauline Berg redressa la tête aussi violemment qu'elle le put. Une douleur cuisante lui parcourut le cuir chevelu, lui indiquant le succès de l'opération. Bien qu'elle se soit préparée à l'exercice, elle ne put s'empêcher de pousser un grand cri.

— Que s'est-il passé ? Est-ce que j'ai arraché vos cheveux ? Oui, je crois ! Je les sens.

— Eh bien, c'est le but. Vous allez essayer à nouveau, cette fois en vous penchant vers ma main aussi près que possible.

— Non. Pourquoi est-ce qu'il faut que je me penche ?

Pauline Berg lui parla de sa grand-mère et du profil psychologique d'Andreas Falkenborg.

— C'est notre seule chance, dit-elle enfin. Si nous parvenons à arracher nos cheveux sur toute la tête ou même une partie, il nous laissera tranquilles. Nous ne serons plus intéressantes pour lui.

— Vous voulez arracher tous vos cheveux ?

— Autant qu'on pourra.

— Est-ce que ça vous a fait mal ?

— Juste un peu, il n'y a pas de quoi en faire une histoire.

— Je n'en crois pas un mot, vous avez crié.

— C'était la première fois. Et puis nous pouvons les arracher en n'enlevant que de toutes petites touffes à chaque fois. Nous avons assez de temps avant qu'il revienne.

— Il va être furieux quand il verra ça. Il va nous battre, toutes les deux. Il va nous donner des coups. Non, je ne veux pas.

— Vous préférez qu'il vous mette dans le sac ?

Jeanette Hvidt se remit à pleurer en reniflant, mais un court moment plus tard, elle dit :

— Je vais essayer de faire ce que vous dites.

Pauline Berg entendit Jeanette Hvidt se lamenter en essayant de se pencher en avant. Elle-même tira ses doigts vers le haut, aussi loin que ses menottes le permettaient, mais leurs efforts furent infructueux. Jeanette Hvidt fit tout son possible, en prenant chaque fois une nouvelle position conformément aux recommandations et aux encouragements de Pauline Berg, mais rien n'y fit. Finalement, elles durent renoncer, car elle n'était pas assez agile.

— Jeanette, vous allez m'arracher les cheveux et ensuite, on trouvera une autre solution pour vous.

— Non.

— Je ne vous demande pas de le faire, je vous l'ordonne. Vous n'avez pas le choix.

— Je ne veux pas. Vous croyez que je suis idiote ou quoi ? Comme ça, c'est moi qu'il va prendre au lieu de vous. Mais moi, je ne veux pas mourir pour vous permettre de rester en vie.

— Je vous ai dit que nous trouverions une solution.

— Quelle solution ? Je veux le savoir d'abord.

Pauline Berg se pencha et mordit le bras de la jeune fille, qui poussa un cri de douleur.

— Aïe, ça fait horriblement mal, pourquoi est-ce que vous faites ça ? Je ne vous ai rien fait.

— Alors, commencez. Et tout de suite, sans discuter.

— Je ne veux pas, sale pute. J'espère qu'il va vous griller avec son bâton.

Cette fois, Pauline Berg la mordit deux fois, aussi violemment qu'elle put. Jeanette Hvidt hurla d'angoisse et de douleur.

— Alors, vous allez obéir ! Ou est-ce que je dois vous mordre encore plus fort pour que vous compreniez que c'est sérieux.

Jeanette Hvidt fut mordue quatre fois avant de céder et d'obéir à l'ordre. Mèche après mèche, les cheveux de Pauline Berg disparurent de son crâne. Elle sentit bientôt le sang couler le long de ses joues et dans sa nuque. La douleur fut longtemps insupportable puis vint un moment où elle ne sentit plus rien. Jeanette Hvidt pleurait mais continua docilement à faire ce qu'elle lui avait demandé. Après un long moment, elle dit en pleurant et en reniflant à moitié :

— Maintenant, il n'y a plus rien, je ne peux rien faire de plus. Vous allez arrêter de me mordre ?

Pauline Berg ne lui répondit pas. Elle sentait qu'elle avait encore des cheveux sur le côté gauche de son crâne. Alors, elle se redressa sur sa chaise, tourna la tête et se mit à la cogner et à la frotter contre le mur rugueux qui se trouvait derrière elle. Ça lui faisait encore plus mal qu'avant et elle gémissait de douleur. Elle continua pourtant encore longtemps, longtemps, très longtemps.

53

Tard dans la nuit de mardi à mercredi, Konrad Simonsen, assis à son bureau, parvint à dormir quelques heures, mais son sommeil fut agité. Il avait retiré ses chaussures, posé ses pieds sur le bureau et mis sa veste sur lui en guise de couverture, plus par habitude que par confort. A 5 heures du matin, il fut réveillé par le téléphone. Un policier l'informa qu'il avait reçu la visite d'un témoin qu'il allait devoir interroger. L'homme semblait fatigué, mais Konrad Simonsen connaissait son professionnalisme et savait qu'il ne l'aurait pas dérangé sans raison, surtout dans les circonstances présentes. Il lui indiqua donc qu'il acceptait de procéder à cette audition puis se rendormit aussitôt. Un court moment plus tard, le policier arriva dans son bureau accompagné d'une jeune femme qui devait avoir une vingtaine d'années.

Konrad Simonsen rassembla ses esprits et après avoir passé cinq minutes dans les toilettes, où il s'aspergea le visage d'eau pour en chasser la fatigue, il se sentit raisonnablement opérationnel. Lorsqu'il revint dans son bureau, le policier lui présenta la jeune femme :

— C'est Juli Denissen, elle vient de Frederiksvaerk. Elle pense avoir croisé Andreas Falkenborg lundi soir. Elle a un renseignement important concernant sa voiture.

Le policier posa un mince rapport sur le bureau et attendit. Konrad Simonsen y jeta un œil et constata que le témoin avait déjà été interrogé à deux reprises dans le courant de la nuit. Il s'adressa à la jeune femme :

— Pouvez-vous attendre dehors un instant ?

Il dut répéter l'invitation pour qu'elle comprenne ce qu'il lui demandait et quitte alors le bureau sans la moindre hésitation, laissant son beau sac bariolé sur place. Il nota qu'elle avait une démarche particulière, comme si son buste n'était pas synchronisé avec ses jambes. Elle ferma la porte derrière elle.

Dès qu'elle fut sortie, le policier demanda :

— Vous voulez un résumé ? Je sais que vous êtes très fatigué.

— Non, mais je veux juste savoir si elle est fiable. Ou plus exactement, je suppose que vous avez soigneusement vérifié ce point.

— Aussi soigneusement que possible, et rien n'indique qu'elle est mentalement…

— Quelle est votre opinion ?

— Elle est tout aussi normale que vous et moi, sinon je ne vous aurais pas dérangé.

Konrad Simonsen marmonna des mots imperceptibles, renvoya le policier et fit à nouveau entrer la femme dans la pièce. Ils s'installèrent l'un en face de l'autre. Il feuilleta à nouveau son dossier et constata :

— Vous avez vingt-quatre ans, vous étudiez au lycée technique de Frederiksvaerk et vivez seule avec votre enfant de deux ans.

La femme confirma ces informations et étouffa un bâillement en s'excusant d'un charmant sourire. Malgré lui, Konrad Simonsen ne put résister et sourit à son tour.

— Pouvez-vous me parler de votre fille ?

Elle fut sans doute surprise par cette question, mais ne le montra pas. Sans réfléchir, elle répondit à l'invitation, comme s'il était parfaitement naturel à cinq heures et demie du matin de parler de son enfant au chef du service de recherche de la police le plus réputé du pays. Pendant qu'elle parlait, il l'observa en détail, ce qui ne parut pas la gêner. Elle était mince, d'une taille au-dessous de la moyenne, et avait des cheveux noirs mi-longs et des pommettes hautes et arrondies. C'était incontestablement une jolie femme, à sa manière. Elle était rayonnante, mais c'étaient surtout ses yeux bruns que l'on remarquait. Ils exprimaient la joie et posaient sur lui un regard confiant, sans trahir ni soumission ni arrogance. Alors qu'elle continuait son récit, il réalisa avec étonnement qu'il prenait de plus en plus de plaisir à entendre sa voix, la laissant même poursuivre au-delà du moment où il avait eu la conviction qu'elle était parfaitement normale. Finalement, il fut obligé de l'interrompre :

— Vous prétendez avoir rencontré Andreas Falkenborg lundi soir dans le train local allant à Frederiskvaerk ?

— Oui, absolument, et je l'ai aussi vu dans le train régional à destination d'Hillerød. Il est monté à la station de Nørreport.

— Racontez-moi.

— Par où est-ce que je dois commencer ?

— Vous étiez à Copenhague. Que faisiez-vous là-bas ?

— Je rentrais de l'aéroport après deux jours passés à Londres…

Ses explications étaient minutieuses et précises. Les horaires correspondaient au moment où Andreas Falkenborg avait échappé à ses gardiens et elle put même décrire les vêtements qu'il portait. A la gare d'Hillerød, ils avaient changé de train en même temps, et ils s'étaient par hasard assis dans la même voiture ; elle avait donc eu tout le loisir de l'observer dans la vitre. A Grimstrup, quatre stations avant Hillerød, ils étaient les seuls passagers à être descendus du train et il s'était dirigé vers un petit parking situé à côté de la gare où sa voiture était garée. Elle l'avait vu quitter le parking.

— Est-ce que vous pouvez décrire sa voiture ?

— Oui, c'était une Volkswagen Multivan rouge.

— Vous en êtes sûre ? Vous vous y connaissez en voitures ?

— Mon père est mécanicien auto et j'ai grandi au milieu des voitures !

— Est-ce que vous savez pourquoi vous êtes ici ?

Elle fit signe que oui, presque en s'excusant.

— Parce que sa voiture était rouge.

Il fit un signe affirmatif de la tête. Puis il sortit du dossier de la jeune femme la photocopie d'un dessin qu'il posa devant elle.

Vous avez fait ce portrait d'Andreas Falkenborg alors que vous étiez dans le train à destination de Frederiksvaerk. Pour quelle raison ?

— Je dessine souvent les gens quand je voyage en train, c'est une habitude. Si je les trouve intéressants, ou juste pour passer le temps.

— Pourquoi est-ce que vous êtes allée à Londres ?

— Pour dessiner un mur antique.

— C'est bizarre, non ?

— Je voudrais être architecte.

— A qui aviez-vous confié votre fille pendant que vous étiez en Angleterre ?

— A son père.

— La voiture d'Andreas Falkenborg était de quel rouge ?

— C'est difficile à dire, il n'y avait pas beaucoup de lumière, mais je crois que c'était un rouge vif, comme celui du drapeau national.

— Est-ce que vous avez dessiné d'autres passagers sur ce trajet ?

Il passait d'un sujet à l'autre, revenant en arrière pour tenter de la désorienter. Elle sut répondre à la moindre demande avec clarté et sincérité, à l'exception des dernières questions :

— Vous habitez à Frederiksvaerk. Pourquoi est-ce que vous êtes descendue à Grimstrup ?

— Ce n'est pas important, et puis j'ai promis de ne rien dire.

Elle mit l'accent sur *promis*, comme si ça signifiait qu'ils ne devaient plus parler du sujet.

— A qui l'avez-vous promis ?

— A une de mes connaissances.

— Est-ce que d'autres ont vu la voiture en dehors de vous ?

— Pas d'aussi près.

— De qui s'agit-il ?

— C'est quelqu'un que je connais.

Konrad Simonsen soupira et expliqua calmement :

— Vous nous avez appelés quatre fois hier soir. Depuis, vous êtes venue de vous-même ici à la préfecture au début de la nuit en insistant pour faire une déposition. C'est la troisième fois que l'on vous interroge, ce qui signifie que nous prenons votre témoignage au sérieux, vous en êtes bien consciente. Mais je n'ai pas le droit à l'erreur, d'autant qu'à l'heure actuelle, deux femmes sont, si je puis dire dans la meilleure des hypothèses, en danger de mort. Je n'ai donc pas le temps de m'intéresser à vos cachotteries, quelles que soient les promesses que vous avez pu faire. Et puis je ne comprends pas pourquoi vous nous avez contactés presque vingt-quatre heures après votre voyage en train. J'aimerais que vous me précisiez aussi ce point.

Juli Denissen réfléchit un instant.

— Je peux vous garantir que la voiture était rouge, vous devez me croire. Le reste est sans importance.

Konrad Simonsen pesta intérieurement et se demanda s'il devait tenter de la ramener à la raison. Il resta silencieux un moment, puis voyant qu'elle secouait la tête d'un air résolu, il appela Poul Troulsen, même si cette fille méritait certainement mieux.

Une fois qu'elle eut quitté les lieux, il eut du mal à la chasser de son esprit. Il fut donc soulagé lorsque Poul Troulsen, un peu plus d'une heure plus tard, la ramena dans son bureau en la poussant dans le dos pour qu'elle reprenne sa place. Il expliqua :

— C'est son amant qui était venu la chercher à la gare de Grimstrup ; ils se rendaient ensemble à la maison de vacances qu'il possède à Asserbo. Il a une femme et des enfants, donc il essaie de faire ses incartades aussi loin que possible de chez lui. C'est pour ça qu'il ne voulait pas qu'ils se retrouvent à Hillerød, il avait peur que quelqu'un puisse le reconnaître. Ils ont tous les deux vu la voiture d'Andreas Falkenborg, lui fugitivement, mais il n'a jamais pris contact avec nous, bien qu'il affirme le contraire devant sa… devant Juli.

Il fit un signe de tête en direction de la femme qui était assise devant eux, la tête baissée et l'air triste. Il continua :

— Comme les appels à témoin lancés dans les médias mentionnaient une camionnette blanche, elle s'est décidée à prendre l'affaire en mains et… tu connais la suite de l'histoire. Son ami est d'ailleurs un de nos hommes, c'est du moins ce qu'elle prétend.

Konrad Simonsen sentit la colère monter en lui et ne fit rien pour se calmer. Sa voix retentit dans le bureau :

— J'espère pour lui que ce n'est pas le cas. De qui s'agit-il ?

Poul Troulsen lui donna le nom du policier. Konrad Simonsen le connaissait, il s'agissait d'un homme d'âge moyen, compétent, avec qui il avait collaboré plusieurs fois. Surpris, il demanda :

— Le procureur adjoint ?

— Oui, s'il faut en croire Juli. Quant à lui, il prétend ne pas la connaître. Je viens de lui parler ; il s'est mis en colère, mais son message était clair. Il nie absolument tout, leur rencontre, le fait qu'elle serait allée dans sa maison de vacances, qu'il l'aurait cherchée dans une gare, etc. C'est non sur toute la ligne. J'ai commandé une vidéographie des données les concernant. Utilisation non autorisée de documents, peut-être, mais nous n'avons pas le temps de faire autrement. Nous ne l'aurons sans doute pas avant une heure et…

Juli Denissen l'interrompit.

— Est-ce qu'il prétend qu'il ne me connaît pas ?

Sa question s'adressait à Konrad Simonsen.

— Oui, ça signifie que maintenant, j'ai des doutes sur la véracité de votre histoire. Il va falloir que vous restiez ici encore un moment, jusqu'à ce que je trouve qui de vous deux a raison.

Ses yeux s'embuèrent de larmes mais elle cligna des yeux pour éviter de pleurer, serra les mâchoires un instant et reprit le contrôle d'elle-même. Puis elle puisa dans son sac pour trouver son mobile dont elle actionna ensuite les touches en disant :

— J'ai des photos. Un instant, mon téléphone ne marche pas bien, il n'en fait qu'à sa tête, mais je n'ai pas les moyens d'en acheter un autre.

Les deux hommes attendirent donc que son mobile veuille bien fonctionner, ce qui prit un certain temps.

— Les premières sont prises dans la maison de vacances, expliqua-t-elle, les autres ont été prises chez moi.

Les deux policiers restèrent silencieux un long moment, comme s'ils avaient eu du mal à admettre la vérité qui se présentait sous leurs yeux. Puis Konrad Simonsen dit :

— Va me chercher ce salopard, Poul. Dis-lui en chemin qu'il devra aujourd'hui même donner sa lettre de démission au ministère. Et s'il fait des problèmes… je n'ai pas besoin de te faire un dessin. Mais d'abord, demande-lui de confirmer la couleur de la voiture d'Andreas Falkenborg, et s'il confirme qu'elle est rouge, téléphone tout de suite pour faire modifier l'avis de recherche. Et veille à ce que nos véhicules et les voitures louées reçoivent immédiatement le message.

— Ça correspond en tout cas aux appels que nous avons reçus de cinq témoins qui ont vu Andreas Falkenborg devant une voiture rouge. Cependant, certains témoignages ont aussi évoqué une voiture jaune, et…

Il ne termina pas la phrase. La jeune femme, la mine piteuse, demanda :

— Est-ce que vous ne pouvez pas vous abstenir de le punir ? En plus, hier, je lui ai annoncé que je voulais le quitter.

Elle donnait l'impression de penser que la rupture était une sanction suffisante. Une larme coula le long de son nez. Poul Troulsen n'y prêta pas attention et s'en alla. Konrad Simonsen avait pitié d'elle. Elle nageait sans doute dans l'erreur, convaincue que le monde était bon, et elle devait probablement payer très cher sa vision de la vie de temps à autre. Il posa sa main sur son épaule ; elle la saisit aussitôt.

— Il y a une foule de policiers qui voudront le mettre en pièces quand ils apprendront la nouvelle, il ne peut pas continuer à travailler chez nous.

— Vous n'avez pas besoin d'aller tout leur raconter.

Voyant qu'il ne répondait pas, elle renifla discrètement une fois, puis une deuxième.

— Bon, maintenant, je vais vous faire raccompagner chez vous.

Il passa légèrement sa main dans ses cheveux et songea que certaines rencontres arrivaient trop tard.

54

Une lumière violente aveugla soudain les deux femmes, et la première impression qu'elles eurent de la présence d'Andreas Falkenborg fut donc sonore, lorsqu'elles entendirent les lamentations qu'il proféra en entrant dans la pièce. Leurs yeux s'étant acclimatés, elles le virent ensuite sautiller sur le sol devant elles, gesticulant d'un air impuissant comme un gamin qui aurait perdu la raison. Il criait aussi après Pauline Berg, lui reprochant le mal qu'elle s'était infligé.

— Vous n'auriez jamais dû faire ça. Vous ne comprenez rien.

Son masque était penché mais il ne fit rien pour le remettre en place. Au début, Pauline Berg resta silencieuse. Elle venait de se réveiller d'un sommeil agité et la douleur qu'elle ressentait sur le cuir chevelu reprit de plus belle. Elle avait aussi mordu ses lèvres jusqu'au sang.

— Je vais vous envoyer une super décharge, vous allez en perdre le peu de cheveux qui vous restent. C'est tout ce que vous méritez !

Jeanette Hvidt sursauta nerveusement en l'entendant évoquer sa matraque électrique et dit en balbutiant :

— C'est elle qui a fait ça. Je lui ai bien dit qu'il ne fallait pas, mais elle m'a demandé de l'aider et je n'ai rien pu empêcher.

Andreas Falkenborg remit son masque et resta un instant silencieux, observant Jeanette Hvidt qui continuait de protester de son innocence.

— Elle se tait, lui ordonna-t-il.

Jeanette Hvidt se tut immédiatement. Sûre d'elle, Pauline Berg dit :

— Vous pouvez me torturer autant que vous voulez avec votre sale matraque électrique, ça ne fera pas repousser mes cheveux, Andreas. Vous devriez vous enfuir très loin d'ici tant que c'est encore possible. Ici, autour de Copenhague, des milliers d'individus sont à votre recherche. Ils vont vous retrouver, ce n'est qu'une question de temps. Et puis, il existe dans la police une règle tacite que vous ignorez sans doute mais que vous allez bientôt découvrir de manière bien désagréable.

— De quelle règle s'agit-il ?

— Celui qui torture un policier se voit appliquer le même traitement par ses collègues lorsqu'on le retrouve. Et vous pouvez être certain qu'ils vont vous retrouver.

— Vous mentez.

— Bon. Continuez de vivre dans votre rêve, ça m'est égal. Allez chercher votre matraque, si c'est ce que vous voulez. Quand ils l'utiliseront sur vous, vous aurez de toute façon deux fois plus peur que moi. Est-ce que ce ne serait pas un moyen de remplacer votre bite, petit Andreas ? Je crois que oui. Vous êtes impuissant, n'est-ce pas ? Sur ce plan non plus, vous ne pouvez pas vous comparer à votre père, vous n'êtes qu'un minable.

— Ferme ta putain de gueule !

— Vous n'allez pas chercher votre matraque ? Avouez que vous ne pouvez pas vous passer d'elle.

— Vous n'avez pas le droit de parler comme ça. Vous êtes dans la police, vous devez vous exprimer correctement.

— Andreas, vos enfantillages ne vous mèneront nulle part. Sortez, allez chercher votre matraque, et qu'on en termine. Et laissez-moi vous dire que, dans tous les cas, avec ou sans décharges, je dirai que vous m'en avez donné quand ils nous retrouveront. C'est aussi ce que je dirai si vous maltraitez Jeanette. Et je serai folle de joie de vous voir vous tordre de douleur quand trois de mes collègues vous tiendront fermement et que le dernier videra sa batterie sur votre front.

Andreas Falkenborg proféra d'une voix suppliante :

— Vous ne devez pas faire ça, vous n'en avez pas le droit.

— Essayez plutôt de vous échapper en profitant de l'avance que vous avez. Quand ils seront à Hareskov, vous n'aurez plus aucune chance. Ils ont commencé à fouiller les bunkers dès hier, c'est la procédure standard dans les affaires de kidnapping. Ils vont bientôt arriver. Tic, tac, tic, tac. Est-ce que vous ne voyez pas que le temps s'écoule, Andreas ?

Jeanette Hvidt subodora elle aussi que le pouvoir changeait de camp et ajouta :

— Vous pourrez goûter vous-même à votre propre traitement, espèce de cochon. Et si vous me tuez, je vous garantis que mon ami réussira à vous retrouver et vous crèvera les yeux.

— Elle se tait.

— C'est vous qui devez vous taire, espèce de psychopathe.

Il fit volte-face et quitta la pièce sans refermer la porte derrière lui.

Dès qu'il fut parti, l'angoisse qui s'était emparée de Jeanette Hvidt reprit le dessus.

— Oh, non ! J'espère qu'il ne va pas chercher la matraque ! Je ne le supporterai pas.

Pauline Berg la fit taire et toutes deux tendirent l'oreille un long moment. Puis Jeanette Hvidt dit :

— Vous pensez qu'il est parti ?

— Oui, je crois, mais je n'ai pas entendu sa voiture.

Elles attendirent un moment, mais il ne se passa rien, puis Jeanette Hvidt brisa de nouveau le silence :

— Alors, ils vont nous trouver ?

— Oui, absolument.

— Vous avez dit qu'ils étaient en train de vérifier les bunkers, que c'était une procédure standard.

— Oui, j'en suis sûre.

— Combien sont-ils ?

— Je n'en sais rien.

— Vous avez menti ! C'était un mensonge, n'est-ce pas ?

— Vous avez été très courageuse, Jeanette. Votre courage vous a sauvé la vie.

La manœuvre de diversion tomba à plat. Jeanette Hvidt insista pour savoir la vérité :

— C'était bien un mensonge, non ?

Pauline Berg se mit en colère et lui répondit durement :

— Oui, c'était un mensonge. Mais un mensonge qui vous permet d'être toujours en vie au lieu d'être allongée dans cette fosse, là, pendant qu'il vous recouvre de terre et comble le trou avec des cubes de béton. Vous êtes contente comme ça ?

Andreas Falkenborg apparut alors dans l'embrasure de la porte, sans masque, et ses cris de triomphe envahirent la pièce.

— Je le savais bien, je savais que vous tentiez de me rouler, espèce de sale tricheuse.

Puis il disparut à nouveau, pour réapparaître quelques instants plus tard, cette fois le visage caché derrière son masque et équipé d'un énorme casque antibruit. Dans une main, il tenait la matraque, dans l'autre, deux morceaux de tissu et une couverture posée sur le bras. Le spectacle était comique, mais aucune des deux femmes n'avait envie de rire. Il vint se mettre devant Jeanette Hvidt et cria :

— Elle ouvre la bouche !

La jeune fille obéit d'emblée ; il enfonça alors un morceau de tissu dans sa bouche et la recouvrit avec la couverture. Puis vint le tour de Pauline Berg. Elle serra les dents, il leva la matraque et la tint à quelques centimètres de son cou sans rien dire. Elle ouvrit la bouche, ne pouvant de toute façon lui échapper.

Andreas Falkenborg enleva son masque et retira son casque. Il les posa sur le sol. Pendant l'heure qui suivit, Pauline Berg fut la spectatrice impuissante des travaux qu'il entreprit. De temps en temps, il quittait le local pour aller chercher tout le matériel et les outils dont il avait besoin : une grande bassine en plastique, deux bidons d'eau, huit sacs de mélange pour béton, des outils de maçonnerie ainsi qu'un long lissoir. Il lui arrivait de laisser échapper quelques mots, concernant des détails quotidiens, des remarques sans intérêt, histoire de se moquer d'elle. Le tout mêlé d'injures et de sombres menaces :

— Dans le temps, on mélangeait soi-même le béton. C'était facile à se rappeler : un, deux, trois – un volume de ciment, deux de sable et trois de gravier ou de pierraille. Aujourd'hui, on achète des mélanges prêts à l'emploi.

Ensuite, il alla chercher une petite table pliante qu'il ouvrit à côté de la fosse, ramassa délicatement son masque et le posa sur la table. Il sortit de nouveau mais revint aussitôt muni de ciseaux, d'un rouge à lèvres, d'un rouleau de Gaffer et d'un sac en plastique.

— Il faut un peu de temps pour que le béton prenne, ensuite nous pourrons commencer. Tu pourras alors rester moisir sur ta chaise et on verra qui réussira à te trouver. Oui, pleure autant que tu en as envie, tu es responsable de ton sort, tu n'avais qu'à pas te trouver sur mon chemin, sale garce.

55

Un anticyclone qui, d'après les prévisions des météorologues, devait se prolonger au cours des jours suivants, avait envahi le ciel et, après la bruine grisâtre du matin, un soleil brûlant dardait ses rayons sur les fenêtres des bureaux de la brigade criminelle. Konrad Simonsen était en réunion dans son bureau avec la Comtesse, Poul Troulsen et Ernesto Madsen. Tous étaient en sueur, mais les trois hommes avaient l'air fatigués alors que la Comtesse paraissait relativement en forme, grâce sans doute à un judicieux maquillage. Poul Troulsen bâilla et demanda à son chef :

— Qu'est-ce que nous attendons ?

— Rien. J'essaie de rassembler mes idées.

Le policier regarda son chef et se dit qu'il avait l'air encore plus renfermé que la veille. Il nota que la Comtesse elle aussi avait pris une attitude raide et sévère. Ça n'était pas pour le surprendre, dans la mesure où chaque minute qui passait sans que l'on ait retrouvé les deux femmes, ou du moins Andreas Falkenborg, diminuait les chances d'un dénouement heureux. Il bâilla de nouveau, cette fois sans même avoir le courage de mettre sa main devant la bouche.

La Comtesse bâilla à son tour. Elle avait passé une grande partie de la nuit à préparer les opérations de recherche visant à retrouver les deux femmes. Les cryptes et les chapelles ayant été définies comme prioritaires, le travail s'était avéré fastidieux et avait exigé concentration et méthode. Maintenant que l'organisation était en place, ils ne pouvaient rien faire d'autre qu'attendre, attendre et espérer. Un tremblement autour des yeux trahit son état. Elle massa ses tempes du bout des doigts, tout en essayant de se convaincre qu'un dénouement heureux était encore possible. Elle lança un coup d'œil en direction de son chef qui clignait des yeux, perdu dans ses pensées. Il avait énormément travaillé ces trois derniers jours et forcé tous ses collaborateurs à donner le meilleur d'eux-mêmes. Mû par un esprit quelque peu tyrannique, il avait méthodiquement ignoré toute préoccupation d'ordre personnel ; en conséquence, tous dans le service étaient morts de fatigue. Ce devait aussi être son cas, même s'il n'en disait rien. Depuis leur réunion de la veille au soir, il s'était replié sur lui-même et il était difficile de lui parler.

Au bout d'un moment, il parla :

— Nous n'avons que deux éléments susceptibles de nous donner des informations sur les clés, la voiture et l'ordinateur d'Andreas Falkenborg : d'une part le lieu où il réside et celui où est situé son dépôt, et d'autre part les recherches dans les cryptes et les chapelles que j'ai lancées ce matin. En ce qui concerne la voiture, Poul, où en sommes-nous ?

Poul Troulsen prit son carnet, le feuilleta un instant et dit :

— D'abord, je voudrais vous dire que Pauline a trouvé de solides preuves contre Andreas Falkenborg. Je viens de m'entretenir avec une dénommée Vibeke Behrens, qui a visiblement été la compagne de Catherine Thomsen en 1996 ou 1997, et il s'avère qu'elle connaissait Andreas…

Il dit calmement :

— Sa voiture, Poul. Le reste est sans intérêt pour l'instant.

Poul Troulsen sembla un instant déstabilisé, mais il dut accepter cette fin de non-recevoir et continua :

— Oui, bien sûr. Pardon, je crois que je suis fatigué. Eh bien, depuis que l'avis de recherche a été lancé, sa voiture a été vue dans cinquante endroits différents dans la région, dont quinze fois au cours des deux dernières heures, c'est-à-dire depuis que nous avons modifié l'information concernant la couleur du véhicule. L'observation la plus intéressante a été faite sur un parking près de la gare de Skovlunde, environ à dix kilomètres au nord.

— Oui, nous savons où se trouve la gare de Skovlunde. Mais est-ce que nous savons ce qu'il faisait là-bas ?

— Oui, il mangeait dans un kiosque à sandwichs. Une femme qui se trouvait là a profité de l'occasion pour le prendre en photo et photographier sa voiture avec son mobile. Ensuite, elle nous a appelés, mais lorsque nous sommes arrivés, il avait déjà pris la poudre d'escampette. En tout cas, nous savons que sa voiture est bien rouge.

La Comtesse demanda :

— Combien de temps a-t-il fallu pour que nous soyons sur place ? Je veux dire en termes de surveillance totale, pas à l'arrivée du premier policier.

— Moins d'une heure. Ce sont les policiers des RG qui sont intervenus, ils sont particulièrement efficaces.

— Une demi-heure ? Je ne suis pas particulièrement impressionnée !

— C'est sans doute par ignorance, mais tu devrais

l'être. Si nous avions dû mener cette action, ça aurait pris au moins…

— Très bien, dit Konrad Simonsen, nous continuons. Quels sont les lieux où il a été identifié ?

— A 8 h 35, on l'a vu devant un kiosque à saucisses, puis chez le marchand de bois de Buddinge, à côté de la gare. C'est là qu'il a acheté dix sacs de béton prémélangé et réglé en liquide, à 9 h 16.

— Qu'est-ce qu'il allait en faire ? demanda Ernesto Madsen.

Konrad Simonsen lui répondit. L'information n'était pas nouvelle pour lui, il avait donc eu le temps d'y réfléchir.

— Je crains qu'il ne faille envisager l'hypothèse selon laquelle il répare le sol d'une cave, tu imagines pourquoi.

— Oui, dit le psychologue, mais c'est peut-être une bonne nouvelle.

— Qu'est-ce que tu veux dire par là ?

— Je ne crois pas qu'il les tue avant que tout soit prêt ; donc, le moment de son premier meurtre devrait être intervenu au plus tôt ce matin, c'est déjà ça. Ça signifie que le second meurtre n'interviendra peut-être pas avant demain.

Poul Troulsen mit des mots sur ce que tous pensaient :

— Dans ce cas, la question est de savoir si ça change quelque chose. Mais quoi qu'il en soit, nous possédons un autre indicateur précisant l'endroit où il s'est trouvé aujourd'hui. Je viens de faire le point avec Malte, et il s'agit des appels effectués vers son serveur sonore.

— Un *serveur sonore*, dit la Comtesse, je ne saisis pas.

— Oui, c'est un peu technique, et je ne peux pas t'expliquer ça en détail, mais c'est là qu'il conserve les dossiers sonores afférents aux écoutes qu'il a faites, notamment chez toi et chez Simon. Ses micros et ses émetteurs sont reliés à un réseau ; Malte pourra te donner plus de précisions. Bref, il s'est connecté sur son serveur à partir d'un ordinateur situé à Lyngby à 12 h 41, soit il y a un peu plus d'une demi-heure, mais malheureusement, il a utilisé une liaison Internet sans fil, et...

Poul Troulsen feuilleta ses notes.

— On ne connaît pas l'adresse IP, ou plutôt on essaie de la trouver, même si ça n'est pas forcément d'un grand intérêt. Mais tous les éléments en notre possession nous permettent d'affirmer qu'il était place Ulrikkenborg à Lyngby à une heure moins vingt.

— Est-ce que nous savons s'il a été sur son serveur les jours précédents, demanda Konrad Simonsen. Plus généralement, pouvons-nous dire à quels intervalles il le consulte et fait des vérifications ?

— On est en train de vérifier toutes ces données. Il n'a pas été si facile de le retrouver. Ça n'a été possible que parce qu'Interpol a mis en place une surveillance en Angleterre – c'est là que se trouve le serveur. Il a contourné les barrages qui existent ici en passant par les Etats-Unis. Enfin, je dois avouer que je me contente de répéter ce que d'autres m'ont raconté, je suis désolé.

— Ce n'est pas grave, du moment que tu peux me dire quel résultat nous pouvons escompter.

— Nous pourrons identifier l'endroit où s'est trouvé son ordinateur portable, et comme il l'a sans doute dans sa voiture, nous pourrons aussi voir où il s'est rendu, sous réserve qu'il soit en contact régulier avec son serveur.

— Quand ?
— Ils ont promis de nous envoyer ces données dans un délai maximum d'une heure, et l'heure sera bientôt écoulée. Inutile de les relancer, ils travaillent aussi vite qu'ils peuvent.
— Relance-les tout de même.
Poul Troulsen s'exécuta. Il prit son mobile et sortit du bureau. Quelques instants plus tard, il était de retour.
— Ils nous envoient une carte et une liste dans cinq minutes.
Konrad Simonsen ordonna :
— La police scientifique a une experte en GPS ou systèmes de géolocalisation – c'est comme ça qu'on les appelle, je crois – qui devrait être en mesure de tirer des conclusions pertinentes…
Poul Troulsen l'interrompit :
— Elle est déjà arrivée. Elle est dans mon bureau, en compagnie de deux mathématiciens de l'université de Copenhague.
— Parfait ! De mon côté, j'ai des renseignements sur la clé, mais je ne peux pas en parler en deux mots. Il y a un rivet, le numéro sur la clé correspond à un cadenas et l'ensemble était en vente dans une chaîne de magasins de quincaillerie il y a une dizaine d'années. Cette pièce était évidemment destinée à des individus qui avaient un grand nombre de cadenas dans un même lieu, mais on pouvait aussi les acheter individuellement. Il est donc possible que la clé soit celle de son dépôt, mais ça ne peut pas nous aider à trouver l'endroit.
On frappa à la porte. La Comtesse alla ouvrir et un policier lui remit une enveloppe. Elle en sortit le contenu, déplia une carte de la région sur la table et

lut rapidement la liste qui était jointe, pendant que les autres examinaient la carte.

Poul Troulsen dit :

— C'est incroyable qu'il puisse se déplacer aussi souvent alors que tout le monde est en train de rechercher sa voiture. Car nous ne sommes pas les seuls, il me semble ; il y a aussi les chauffeurs de taxi, les postiers, les coursiers à vélo…

— Ce n'est peut-être qu'une question de temps, dit Konrad Simonsen. Il a pu être chanceux et certains des appels que nous recevons coïncident certainement avec la carte que nous avons ici. Combien de points y a-t-il ?

La Comtesse compta les points qui figuraient sur la liste et répondit :

— Il y en a seize, dont cinq aujourd'hui.

— Ernesto, qu'est-ce qu'il fait exactement ? Il circule comme s'il croyait être invisible, et apparemment au hasard. Est-ce que tu peux nous expliquer pourquoi ? Le psychologue essaya de répondre :

— Tant qu'il n'a pas tué les deux femmes, il ne pense vraisemblablement pas à autre chose, et encore moins à sa propre sécurité. Il est difficile de deviner ce qu'il fera après. Je ne crois pas qu'il le sache lui-même, mais il y aura sans doute une phase où il sera plus ou moins confus, et pendant toute cette période, il ne s'éloignera pas des lieux qu'il connaît.

— Et quand cet état de confusion aura cessé ?

— Il voudra sûrement fuir. Je pense qu'il ira en Suède. Apparemment, il s'y est déjà rendu. Mais pour combien de temps ?

Le mobile de Konrad Simonsen sonna.

— Silence, dit-il, il ne sonne que pour des affaires importantes.

Ils se turent. Konrad Simonsen écouta son interlocuteur et peu après le remercia. Puis il dit, calmement et sans avoir l'air d'éprouver une grande joie :

— Nous l'avons, les RG lui ont passé les menottes. Il ne pourra plus nous échapper.

— Où est-il ?

— A la banque de Lejre, où il a déposé son masque. Une équipe de techniciens est en chemin, mais ce n'est pas bon signe… A l'intérieur du masque, il a l'habitude de faire des marques au rouge à lèvres ; quatre d'entre elles sont anciennes, mais la dernière est toute fraîche.

Poul Troulsen, s'étant radouci, demanda :

— Tu veux dire qu'une des deux femmes est morte ?

Les policiers regardèrent en direction d'Ernesto Madsen, qui bredouilla :

— Oui, il a assassiné une des femmes en utilisant le mode opératoire habituel. Je croyais pourtant qu'il n'allait pas…

Il fut interrompu.

— Et l'autre ?

— Je n'en ai aucune idée, mais s'il a déposé son masque dans son coffre, ça signifie que tout ne s'est pas passé comme il l'avait prévu.

La Comtesse, au bord des larmes, demanda à Konrad Simonsen :

— Dans combien de temps aurons-nous une réponse ?

— Ils doivent m'appeler cette nuit.

— La réponse à quelle question ? demanda Ernesto Madsen.

— Celle concernant l'origine des tests ADN, pour voir sur qui le rouge à lèvres a été utilisé.

A présent, la Comtesse pleurait ouvertement, mais elle était suffisamment calme pour pouvoir penser aux autres :

— Nous n'allons rien dire à leurs familles et à Arne avant d'avoir une réponse.

Le psychologue demanda en reniflant :

— Combien de temps peut-on survivre sans manger et sans boire, en supposant qu'une des deux est toujours en vie ?

La Comtesse lui répondit avec des larmes dans les yeux :

— Le manque de nourriture n'est pas un problème, c'est le manque de liquide qui tue. Elle est jeune, c'est une bonne chose, mais il fait chaud, et ça, c'est mauvais. Cinq à six jours, moins évidemment si on est malade ou si on a une mauvaise constitution. Au-delà, on commence à entrer dans une phase critique. Et bien entendu, la volonté joue aussi un rôle décisif.

Soudain, elle eut l'impression que ses propres mots étaient étrangers et hors sujet. Elle se souvenait des quatre vers nauséabonds que lui avait donnés la voyante, et ceux-ci envahirent son esprit au point qu'elle n'arrivait plus à penser.

Konrad Simonsen remarqua son expression :

— Fais un effort, Comtesse, tu as des choses à faire.

Elle acquiesça tout en se retenant pour ne pas pleurer. Konrad Simonsen l'observa froidement. Poul Troulsen avait lui aussi les yeux brillants et ses mains tremblaient. Il dit d'une voix cassée :

— Je crois savoir ce qui a pu se passer. Pauline a certainement retiré ses lentilles de contact et les a avalées dès qu'elle en a eu l'occasion. Mais à présent, tu peux le coffrer, Simon, car il ne pourra jamais…

Konrad Simonsen cria si fort que sa voix résonna dans la pièce :

— Non, il ne sera pas incarcéré. Et toi, Ernesto, dis à tous ceux qui te questionnent que tu es convaincu qu'il va revenir dans sa cachette. Peu importe les balivernes psychologiques que tu devras raconter, du moment que tu fais ce que je te demande. Je ne veux pas qu'on l'arrête pour le moment. Vous m'avez compris ?

Ils hochèrent la tête.

Au même moment, Arne Pedersen fit irruption dans le bureau et alla se mettre dans le fond de la pièce sans mot dire. La Comtesse lui demanda de ses nouvelles, mais ne reçut en guise de réponse que quelques vagues monosyllabes. Poul Troulsen fit également une tentative, mais il ne lui répondit pas. Ils le laissèrent donc tranquille, sa présence ne les gênait pas. Le moment d'après, ils furent informés qu'Andreas Falkenborg résidait à l'*Hôtel Grand* à Herlev, un petit hôtel proche du centre-ville où il était arrivé trois jours plus tôt.

Konrad Simonsen donna des instructions à la Comtesse :

— Le chef des RG est en chemin, je te charge de l'accueillir. Je suppose qu'il apporte des données électroniques qui nous permettront de suivre les déplacements d'Andreas Falkenborg sur un écran. Fais installer la grande salle de réunion en salle de contrôle. Je serai de retour dans deux heures au plus tard, mais je ferme mon mobile, donc vous ne pourrez pas me contacter pendant ce laps de temps.

— Qu'est-ce que tu entends par salle de contrôle ?

— Je veux simplement dire que nous devrons pouvoir suivre ses mouvements sur grand écran. Demande aussi à la cantine de prévoir de l'eau et des sandwichs… Bon sang, est-ce que je dois aussi organiser les détails ?

— Non, je comprends. Tu peux y aller.

Poul Troulsen demanda d'un air stupéfait :

— Où vas-tu ? Qu'est-ce qui peut être plus important que notre affaire ?

La Comtesse le fit taire brutalement :

— Occupe-toi de tes affaires, Poul, et fais confiance à Simon pour savoir gérer les siennes.

Poul Troulsen partit à reculons. C'était la première fois qu'il entendait la Comtesse s'exprimer de cette façon.

56

Marcus Kolding et Konrad Simonsen se retrouvèrent dans la forêt de Hareskov, et le hasard voulut que leur lieu de rencontre fût situé à moins de trois kilomètres de l'endroit où Pauline Berg, seule dans son bunker, luttait contre la mort. Ils quittèrent leurs voitures et, sous un ciel ensoleillé, marchèrent l'un à côté de l'autre dans la forêt. Konrad Simonsen remercia tout d'abord son interlocuteur de l'aide qu'il leur avait apportée dans l'identification de la jeune Finlandaise, Elizabeth Juutilainen, et reçut pour toute réponse un haussement d'épaules indifférent. La conversation qui s'ensuivit pourrait être qualifiée de barbare et primitive, mais elle fut aussi éminemment fructueuse pour l'un comme pour l'autre. *La vie de l'une, la mort de l'autre* – la remarque qu'avait faite le chef des RG à Konrad Simonsen après la réunion qui s'était tenue au ministère de la Justice était en train de devenir une réalité monstrueuse. Marcus Kolding réfléchit longuement à la proposition du chef de la brigade criminelle puis, d'une voix neutre, résuma sa pensée :

— Je kidnappe votre meurtrier et je le torture jusqu'à ce qu'il avoue où il a caché les deux femmes. En échange, vous me donnez le nom de l'indicateur qui se trouve dans mon organisation.

— Oui, c'est le marché.

— Qu'est-ce qu'on doit faire du psychopathe, ce… Comment s'appelle-t-il déjà ? J'ai oublié son nom.

— Andreas Falkenborg.

— Dois-je vous le livrer vivant ?

Ils firent quelques pas, et Marcus Kolding comprit qu'il n'obtiendrait pas de réponse. Il dit d'un ton très professionnel :

— Très bien, je comprends.

La seule discussion qui eut lieu entre les deux hommes porta sur le moment où Marcus Kolding pourrait obtenir ses informations. Konrad Simonsen maintint sa position :

— Quand vous l'aurez fait parler, pas avant.

— Comment est-ce que je peux savoir si vous ne me tromperez pas ? Ce serait naturellement stupide de votre part, mais…

— Vous ne le pouvez pas, mais cessez donc vos menaces et soyez assuré que vous obtiendrez ce que je vous ai promis.

— Ou bien qu'il s'agit d'accusations infondées contre un de mes employés que vous avez inventées pour l'occasion ?

— Vous pourrez en juger par vous-même.

— Un enregistrement sonore ?

— Vous verrez bien.

Docteur Cold s'arrêta et tendit la main à Konrad Simonsen pour confirmer le marché. Celui-ci lui serra la main à contrecœur. Ils se mirent d'accord sur les détails pratiques et furent bientôt de retour à leurs voitures, mais s'abstinrent de se serrer à nouveau la main. Aucun d'eux n'en avait particulièrement envie. Konrad Simonsen démarra en premier. Son interlocuteur entra dans sa voiture et attendit quelques minutes avant de partir.

57

Pauline Berg était seule dans le bunker. Andreas Falkenborg avait tué sous ses yeux Jeanette Hvidt et enterré son cadavre dans le sol en béton. Mais son cerveau se refusait à comprendre l'événement. Au fur et à mesure que son état de confusion s'aggravait, en raison de la fatigue et du manque d'eau, elle avait par moments l'impression que Jeanette Hvidt était toujours à ses côtés. Elle lui donnait des instructions :

— Essaie de mâcher le chiffon, plusieurs fois, lentement, sans te dépêcher. A la fin, tu pourras ainsi le sortir de ta bouche en appuyant avec la langue. Il ne faut pas que tu abandonnes, tu comprends ?

Elle avait du mal à saisir la réponse.

— Souviens-toi que tu veux être médecin. Tu seras sûrement un bon médecin.

Au bout d'un moment, elle entendit que Jeanette Hvidt essayait de sortir le chiffon de sa bouche, comme elle-même avait réussi à le faire, et le seul fait de pouvoir discerner ce froissement la calma. Puis un autre bruit vint couvrir le premier, un raclement prolongé qui, sans qu'elle sache pourquoi, lui fit venir les larmes aux yeux. Elle se concentra sur le fait qu'il ne fallait pas faire appel à ses souvenirs, réitéra son conseil à Jeanette Hvidt, plusieurs fois, encore et encore. Et afin de vider son cerveau de toute pensée, elle se mit à compter les jours de la semaine, les mois et les planètes. Puis, tout d'un coup, l'obscurité se déchira et elle revit Andreas Falkenborg aplatir au moyen d'un lissoir le béton humide au-dessus de la tombe de Jeanette Hvidt pour qu'elle soit de niveau avec le sol du bunker. D'autres bruits effroyables et des images horribles lui revinrent à l'esprit, et elle entendit l'écho de ses cris s'en aller mourir contre les murs dans un bruit sourd et déformé. Désespérée, elle agita et secoua ses chaînes jusqu'au moment où la fatigue transforma ses cris en faibles sanglots et où, impuissante, elle se mit à appeler son père et sa mère. Puis le noir retomba sur elle. Dans un bref instant de lucidité, elle pressentit que ses heures étaient comptées, mais ne se sentit pas concernée. Puis elle demanda à la femme qui n'était plus à côté d'elle d'excuser sa panique et sombra dans un sommeil agité.

58

Au cours des dernières quarante-huit heures, le service avait fonctionné sans Arne Pedersen. Il allait et venait librement dans la préfecture, assistait aux entretiens s'il le souhaitait, mais personne ne comptait sur lui ni ne souhaitait le faire participer aux décisions. Tous se comportaient amicalement et avec égards avec lui, sans toutefois porter une réelle attention à sa présence. Il n'avait de son côté rien fait pour modifier cet état de chose. Le premier jour suivant l'annonce du kidnapping de Pauline Berg, il n'avait pas été en mesure de travailler. Ses collègues lui avaient conseillé de rentrer chez lui, ce qu'il persistait à refuser. Il voulait être avec les autres jusqu'à la fin de l'enquête et semblait incapable d'envisager une autre solution.

A sa grande surprise, il n'avait pas de mal à dormir. Le cauchemar où il voyait sa mère ou la sorcière, et récemment Pauline Berg mourant étouffée dans un sac en plastique, avait disparu. Peut-être parce que l'issue se dessinait et que la réalité semblait avoir déjà dépassé la fiction. Il lui suffisait de s'allonger sur le plancher de son bureau pour, quelques minutes plus tard, dormir comme un bébé. Il était le collaborateur le plus reposé de toute la brigade criminelle.

Konrad Simonsen remarqua qu'il se remettait. Ils avaient déjeuné ensemble, ou plutôt à la même table à la cantine, car il ne s'agissait pas d'un déjeuner de travail.

— Tu as l'air d'aller mieux, Arne.

— Ça fait plaisir à voir, je suis contente pour toi, renchérit la Comtesse.

Il ne fit pas attention à sa remarque et se concentra sur son assiette. Qu'aurait-il pu répondre ?

Quelqu'un avait pris ses clés de voiture, et il savait pourquoi. Il savait aussi qu'on le surveillait. C'était facile à deviner : un regard un peu trop appuyé ici, un regard oblique là, et puis son bureau qui recevait la visite de collègues qui voulaient juste savoir comment il allait. Ils le surveillaient même quand il dormait, il l'avait remarqué depuis longtemps. La vieille astuce qui consistait à mettre une attache-lettres dans la porte pour qu'il ne puisse pas la fermer complètement les avait dévoilés. L'imaginaient-ils si stupide ? Il avait quarante-deux ans et était policier depuis près de vingt ans, presque la moitié de sa vie. Et pourtant, ils le traitaient comme un boy-scout, un simple amateur. Son pistolet avait disparu, mais il n'en avait pas besoin. Un couteau de poche et une matraque de policier, c'est tout ce qu'il lui fallait. Quels idiots !

Jeudi après-midi, sa femme lui avait apporté des vêtements propres. Ils avaient bavardé pendant un petit quart d'heure, évoquant d'abord les jumeaux, et lorsque le sujet avait été épuisé, le beau temps. Elle lui avait demandé s'il prenait soin de lui et mangeait suffisamment. Elle l'avait embrassé, en arrivant et en partant, une habitude à laquelle ils se conformaient scrupuleusement, comme celle qui consiste à regarder automatiquement à gauche avant de traverser une rue. Lorsqu'elle l'avait quitté, il s'était dit qu'ils vivaient désormais dans deux mondes complètement différents. Mais il était content qu'elle lui ait apporté des vêtements. Quand on allait l'arrêter, il voulait être présentable, avoir des vêtements propres et être fraîchement rasé. Il n'avait jamais aimé les individus qui étaient dépenaillés lors de leur arrestation.

L'alarme de son mobile le réveilla à 2 heures et il mit dix minutes à chasser l'endolorissement de son corps en faisant les exercices de gymnastique qu'il avait lui-même inventés. Il avait lu que les Japonais dormaient sur des nattes de jonc posées sur le sol. C'étaient des gens endurants et il était indéniablement pratique de pouvoir poser son lit dans le coin d'une pièce. Il avait toujours souhaité faire un grand voyage – au Japon, en Australie, en Chine ou au Brésil – mais sa vie avait pris un autre cours, il avait sans arrêt eu d'autres priorités. Il regarda fixement la nuit par la fenêtre et se dit que son voyage allait encore attendre quelques années. Puis il enleva ses chaussures et se dirigea à pas furtifs dans le couloir. Passant devant le bureau de Konrad Simonsen, il vit un rayon de lumière sous la porte. Ce bureau, comme quelqu'un l'avait un jour déclaré, était le cœur de la brigade criminelle. Plein de mépris, il fit mine de cracher contre la porte, puis il alla dans les toilettes les plus proches pour se préparer.

La Comtesse pouvait rester des mois sans jurer, mais lorsque ça lui arrivait, elle attirait à chaque fois l'attention générale, en l'occurrence celle de Konrad Simonsen et du chef des RG. Ils étaient assis dans le bureau du premier, tout éveillés, presque excités et examinaient la scène du lendemain qui ne devait *en aucun cas* tourner mal. Le chef des RG le souligna à plusieurs reprises. *Il n'existe pas de plan B*. Le téléphone de la Comtesse retentit, elle regarda l'écran et s'exclama paniquée :

— Mon Dieu ! Arne est parti.

Konrad Simonsen se leva d'un bond et renversa sa chaise.

— Tu n'es pas sérieuse. Où est-il ? Comment le sais-tu ?

— Par son mobile. Je reçois un texto automatique lorsqu'il s'éloigne de plus de deux cents mètres de la préfecture. Et ne me demande pas comment.

Le chef des RG était plus calme.

— Il n'est pas à plus de deux cents mètres d'ici ?

— Non.

— Alors, calmez-vous, on a tout le temps qu'il faut.

Konrad Simonsen suivit son conseil. Il releva sa chaise et s'assit, un peu confus de sa prompte réaction.

— Il avait peut-être besoin de prendre l'air, dit-il à la Comtesse. Est-ce que nous savons dans quelle direction il se dirige ?

— Arrête de poser des questions stupides.

— Est-ce qu'il est armé ?

— Probablement pas. C'est moi qui ai son pistolet.

Il regarda le chef des RG.

— Je suppose que vos hommes vont l'arrêter avant qu'un drame ne se produise.

Celui-ci hocha la tête, mais ne fit rien. Il se gratta la tempe avec l'index replié et dit d'un air tranquille :

— Il y a une autre possibilité.

Les instants qui suivirent parurent une éternité. La Comtesse regardait par terre et se taisait. Konrad Simonsen l'observait d'un air consterné.

— Dites-moi, est-ce que vous avez perdu la tête ? Non, en aucun cas. C'est un "non" définitif !

Le chef des RG se leva et quitta le bureau. Quelques instants plus tard, Konrad Simonsen fit de même. La Comtesse le regarda les lèvres serrées et songea que son compagnon était parfois stupide. Elle aurait pu si facilement laisser Arne Pedersen continuer son chemin. Il lui aurait suffi d'ignorer son SMS. Mais la décision était du ressort de Konrad Simonsen et de lui seul.

Lorsque Arne Pedersen lui montra sa carte de policier à travers la vitre, le portier de nuit de l'hôtel s'empressa de lui ouvrir la porte, ce qui aurait dû éveiller son attention. Du moins aurait-il dû se méfier quand, sans autre forme d'explication, celui-ci lui remit une carte universelle et lui indiqua le numéro de chambre d'Andreas Falkenborg. Le jeune homme derrière le comptoir fit un signe du doigt :

— La chambre 12, dans le couloir. C'est la troisième chambre à gauche.

Arne Pedersen reprit sa respiration avant d'ouvrir lentement la porte et d'entrer dans la chambre. Laissant ses yeux s'habituer peu à peu à l'obscurité, il leva sa matraque et avança dans la petite entrée en essayant de trouver une prise de contact, puis la lumière s'alluma. Sa surprise fut totale. Deux hommes de son âge étaient assis sur le lit, et un troisième était à deux pas de lui.

— Bonsoir, Arne.

Il se retourna vers la porte. L'homme à côté de lui dit tranquillement :

— Evitez-vous toute difficulté. Deux de nos collègues sont dehors.

Arne Pedersen lâcha la matraque, qui tomba sur le sol dans un bruit sourd.

— Et maintenant? demanda-t-il d'un air résigné.

— Rien de spécial. Nous allons simplement vous ramener dans le bureau de Simon. Croyez bien que nous vous comprenons.

59

La journée qui suivit fut éreintante pour le personnel de la brigade criminelle et plus d'un eut l'impression qu'il allait prendre un sacré coup de vieux. Même le chef des RG, qui avait pourtant, d'après les bruits qui couraient à la préfecture, la réputation d'avoir au cours de sa carrière beaucoup bourlingué, avait cette même démarche vacillante et ce regard triste que l'on pouvait observer chez Konrad Simonsen, Poul Troulsen et Ernesto Madsen. Seule la Comtesse traversait la crise sans afficher son désespoir, ce qui était surprenant. C'était elle qui était la plus proche de Pauline Berg, sans compter Arne Pedersen, qui passait maintenant l'essentiel de son temps dans son bureau, les yeux dans le vide, improductif, en compagnie d'un jeune policier qui avait été placé là pour le surveiller. Malte Borup était lui aussi accablé, mais avait un comportement relativement normal, y compris lorsque, vendredi matin, il mit la main sur la Comtesse. Celle-ci, assise seule à une table, était en train de prendre son petit déjeuner à la cantine.

— Est-ce que je peux m'asseoir ?

— Bien sûr. Mais dis-moi, tu ne veux pas prendre autre chose qu'un coca. Ce n'est pas comme ça qu'on se nourrit. Qu'est-ce que tu manges ?

— Rien. Je n'ai pas faim.

La Comtesse lui beurra un petit pain qu'elle avait dans son assiette et lui donna.

— Mange ça.

L'étudiant obéit poliment et mangea sans grand appétit. Entre deux bouchées, il demanda :

— Quelle est la valeur d'un test ADN ? Est-ce que nous sommes sûrs qu'elle n'est pas morte ?

— Un test ADN est cent pour cent fiable, mais la seule chose dont nous sommes à peu près sûrs, c'est que Jeanette Hvidt est morte. C'est bien son ADN que l'on a retrouvé sur le rouge à lèvres qu'il a utilisé pour inscrire une marque dans le masque. En revanche, nous ne savons pas si Pauline est vivante, je croyais que tu étais au courant.

— C'est ce que j'avais compris. Est-ce que tu crois qu'elle est morte ?

— C'est impossible à dire, je n'en sais rien.

— Je crois qu'elle est vivante, j'en suis même sûr et certain.

— C'est bien.

— Je voudrais qu'on puisse le capturer, ce meurtrier, et qu'on le batte jusqu'à ce qu'il nous dise où il l'a enfermée. Je sais bien qu'on n'a pas le droit de faire ce genre de choses, mais je voudrais bien que ce soit possible. Ou alors, qu'on lui injecte un produit pour lui faire dire la vérité.

— Ce n'est pas comme ça que nous travaillons.

— Non, et c'est dommage. C'est fou, quand on y pense, que Pauline risque de mourir parce que nous devons protéger un psychopathe qui a tué cinq jeunes femmes. Si c'était moi qui décidais, eh bien… je sais que ce n'est pas drôle à envisager, mais… une telle solution serait préférable à la mort de Pauline.

— Ça n'arrivera pas.

— Qu'elle meure ?

— Ce n'est pas ce que je voulais dire, mais… si on changeait de sujet ?

— De quoi peut-on parler ? Ce Falkenborg se balade où il veut, quand il n'est pas en train de pioncer dans sa chambre d'hôtel. Je ne comprends pas pourquoi nous devons rester là à regarder bêtement ce qui se passe. Je ne peux pas supporter d'être dans cette salle de contrôle – quel que soit le nom que vous lui donniez – on se croirait à un enterrement. Et je n'arrive pas à comprendre pourquoi on le laisse en liberté.

La Comtesse songea qu'en cela il rejoignait l'opinion de la majorité du personnel de la préfecture. Konrad Simonsen avait de plus en plus de mal à maintenir l'idée que la surveillance d'Andreas Falkenborg constituait la bonne stratégie, et ce, bien qu'elle-même et le chef des RG fassent tout ce qui était en leur pouvoir pour le soutenir. Mais il avait besoin de temps pour pouvoir mettre au point son accord secret avec Marcus Kolding.

— Quelque chose va peut-être arriver.

— Qu'est-ce qui pourrait bien arriver ? A moins que tu le saches déjà ?

— Attends de voir, Malte.

— Ils disent qu'il fera aussi chaud aujourd'hui qu'hier. Ça promet, non ?

— Oui, ça promet.

— On n'a même pas envie de boire, quand on pense à elle. En fait, je suis venu te voir pour te demander si je pouvais m'échapper une heure ou deux dans le courant de la journée. C'est l'anniversaire d'Anita aujourd'hui et je n'ai pas encore eu le temps de lui acheter un cadeau. Elle a aussi des problèmes avec son père et ce serait formidable si je pouvais…

La Comtesse secoua la tête et il s'arrêta net.

— Non, Malte. Tu dois rester là. Il se peut que nous ayons soudain besoin de toi et si tu n'es pas là, on va avoir des problèmes. En revanche, tu es libre de faire ce que tu veux pendant que tu attends, du moment que ton mobile est allumé.

Une demi-heure plus tard, la frustration de la préfecture face à l'indécision de Konrad Simonsen atteignit son point culminant : une dizaine de policiers à l'air résolu se pointèrent en effet dans son bureau. Certains étaient en uniforme, mais la plupart étaient en civil, et tous avaient le visage grave. Konrad Simonsen était assis à son bureau et luttait contre le sommeil lorsque le groupe entra, remplissant bientôt la pièce. Un policier assez âgé, connu pour sa modération et reconnu de tous, était le porte-parole du groupe. Il se tint debout près de la porte et attendit que tous soient entrés. Puis il dit d'un ton pondéré mais clair :

— Maintenant, ce n'est plus possible, Simon. Ça fait pratiquement vingt-quatre heures que nous savons où se trouve Andreas Falkenborg et il paraît évident pour tous, toi excepté, qu'il n'a pas l'intention de retourner sur le lieu où il a caché les deux femmes. Par conséquent, soit tu l'arrêtes, soit nous nous en chargeons, avec ou sans ordre.

Konrad Simonsen le fixa et réalisa que l'homme soutenait son regard sans aucun signe de faiblesse. Il attrapa alors son téléphone, appela la Comtesse et lui donna un ordre clair :

— Fais venir immédiatement le chef de la police dans mon bureau.

Puis il prit au hasard un des rapports qui se trouvaient sur son bureau et se mit à le lire, tandis que l'agitation se propageait parmi les hommes. Un seul d'entre eux quitta le bureau, un autre voulut formuler une explication, mais il fut stoppé par Konrad Simonsen qui leva la main.

Moins d'une minute plus tard, le chef de la police arriva et Konrad Simonsen lui demanda :

— D'après notre réunion d'hier, je suis chargé de la gestion opérationnelle de l'enquête Andreas Falkenborg, ou bien ai-je mal compris ?

Pour une fois, les propos du chef de la police furent d'une totale limpidité :

— Non, vous n'avez pas mal compris. C'est vous qui êtes responsable, et uniquement vous.

Il regarda les hommes à la ronde, retira dans un geste lent ses lunettes et ajouta en colère :

— Quel est le problème ? Quelqu'un n'aurait-il pas compris le message ? Ou bien aurait du mal à l'accepter ?

— Je ne sais pas, mais si c'est le cas, j'ai donc votre accord pour les suspendre jusqu'à la fin de l'affaire.

Le chef de la police observa à nouveau les policiers présents en fulminant. Puis il dit d'un ton chuintant :

— Je vous autorise à les congédier sans retraite s'ils vous mettent des bâtons dans les roues.

Konrad Simonsen leva la tête vers lui et dit à voix basse :

— Je vous remercie. Pour le reste, j'en fais mon affaire.

Le chef de la police remit ses lunettes et s'en alla. Simonsen se concentra à nouveau sur son rapport et se retrouva bientôt seul dans son bureau.

Peu de temps après, Konrad Simonsen, la Comtesse, le chef des RG, Ernesto Madsen et la préfète de police se réunirent. Le chef des RG était venu avec un secrétaire, un homme jeune à la tenue impeccable, qui ne disait rien mais se mit à taper avec énergie sur son clavier avant même que la réunion ait commencé. Tous semblaient épuisés par l'attente. Seule la préfète paraissait en forme. Elle portait un tailleur bariolé aux couleurs vives qui faisait penser à un bateleur de fête foraine ou à un perroquet. Elle jeta un regard en coin au secrétaire et demanda au chef des RG :

— Je croyais qu'il s'agissait d'une réunion informelle. Pourquoi êtes-vous venu avec un rapporteur ?

— Simon et vous utilisez une bonne partie de mes ressources actuellement. Si mon budget doit être dépassé, je préfère en garder une trace.

— Mais la présente réunion ne concerne absolument pas le chapitre financier.

— Tout est lié. Il s'agit de savoir comment mes ressources seront utilisées et je dois pouvoir le documenter en clôture d'exercice.

Ceux qui connaissaient la préfète savaient qu'elle était en colère, mais elle réussit à garder son sang-froid.

— J'aimerais relire le compte-rendu avant qu'il soit diffusé, dit-elle d'un ton neutre.

Le chef des RG accepta et la réunion put commencer.

Konrad Simonsen prit la parole :

— Je sais que nous sommes tous fatigués et frustrés. Les deux derniers jours ont été difficiles, et aucun d'entre nous n'a apprécié le fait de rester devant cet écran sans pouvoir agir, alors que nous savions que la situation de Pauline Berg était de plus en plus… Je suis désolé. Je suis fatigué, mais je suis certain que vous avez compris ce que je voulais dire. Il est clair que si quelque chose de nouveau n'intervient pas très vite, nous serons contraints d'agir. Cette réunion doit nous permettre de déterminer quelle action nous devrons entreprendre dans une telle hypothèse. Il y a plusieurs possibilités, mais il faut d'abord que nous fassions un point de la situation.

Il regarda le chef des RG, qui prit la parole à son tour.

— Il ne s'est rien passé de très révolutionnaire en dehors de ce que vous savez déjà. En ce moment, il est en train de prendre son petit déjeuner à son hôtel à Herlev. Hier, comme vous le savez, il a circulé en voiture, sans plan précis semble-t-il. Il s'est connecté à plusieurs reprises à son ordinateur portable pour consulter les résultats de ses écoutes, il a aussi surfé sur la Toile et lu les nouvelles, essentiellement celles le concernant. Il a écrit une contribution sur un blog et même signé de son propre nom, mais c'était quelque chose d'anodin.

— De quels moyens de surveillance disposons-nous ? demanda la préfète de police.

— Nous menons une surveillance très rapprochée, et nous avons mis en place tous les moyens disponibles. Des hommes le suivent en permanence et on a posé un émetteur sur sa voiture pour pouvoir suivre tous ses déplacements. C'est le cercle bleu que vous voyez sur l'écran.

Il montra le grand écran sur le mur qui représentait une carte d'Herlev avec un cercle bleu fixe au milieu de l'image.

— Et bien sûr, cet émetteur ne risque pas de se décrocher ? demanda la Comtesse.

— Bien sûr que non, il est conçu pour ce type d'opération. Il est placé à l'intérieur du garde-boue au-dessus de la roue arrière droite et fixé avec de puissants aimants. On peut l'enlever si on tire dessus avec force, mais des secousses normales n'ont aucun effet.

— Qu'en est-il de son mobile ? Est-ce que sa chambre d'hôtel est sur écoute ?

Le chef des RG envoya un regard irrité à Ernesto Madsen, comme pour lui indiquer qu'il était présent en qualité de psychologue mais qu'il aurait intérêt à ne pas intervenir lorsque des questions de nature policière étaient abordées. Il daigna néanmoins lui faire une courte réponse :

— Il a trois cartes SIM mais il n'utilise pas son mobile. Oui, effectivement, sa chambre est sur écoute.

Le psychologue ne se laissa toutefois pas démonter :

— Mais n'y a-t-il pas un risque qu'il nous joue des tours avec ses écoutes ? Il est expert en la matière, non ?

Le chef des RG respira bruyamment :

— Il n'est pas expert ! Nos outils ont au moins deux générations d'avance sur la camelote qu'il vend. Quant à nos techniciens, ils sont à des années-lumière de lui en termes de savoir et d'expérience. C'est un amateur, et nous sommes des professionnels, ne l'oubliez pas.

Sa faconde fit taire Ernesto Madsen et ce moment de rhétorique marqua aussi la fin de la présentation du chef des RG. La parole était de nouveau à Konrad Simonsen :

— Ça nous ramène au chapitre le plus critique, à savoir déterminer ce que nous devons faire maintenant. Il n'existe que deux possibilités : continuer comme hier ou l'arrêter. Aucune de ces solutions n'est très séduisante, mais en ce qui me concerne, je ne suis pas partisan de la première. La durée pendant laquelle un être humain peut vivre sans eau est sur le point d'être écoulée et si nous voulons pouvoir le travailler pendant l'audition, ça ne sert à rien que nous allions tous là-bas, alors que chaque minute compte. Je vais donc l'arrêter aujourd'hui vers midi, à moins qu'il donne l'impression de vouloir abandonner son comportement d'hier.

Ernesto Madsen dit d'un air sombre :

— Il ne faut pas vous attendre à ce qu'il accepte l'audition. Je suis pratiquement sûr qu'il refusera d'être interrogé.

— Et nous n'avons aucun moyen de l'y contraindre, vous le savez bien, Simon ? ajouta la préfète de police.

— J'en suis tout à fait conscient.

— Je dois vous préciser que lorsqu'il sera entre nos mains, je chargerai un groupe de policiers de vérifier la régularité de vos actes. Je sais que Pauline Berg est votre collègue et je comprends ce que vous ressentez. Je veux donc m'assurer que tout se passe comme il convient.

— Vous ne nous faites pas confiance ? demanda la Comtesse d'un air moqueur.

— Non.

Ernesto Madsen ouvrit les bras d'un air désabusé et lança :

— Arrêtez, c'est pas possible.

Le chef des RG l'attaqua :

— Vos pensées intimes ne nous intéressent aucunement.

La préfète s'en mêla :

— Ce garçon a raison.

— Ce garçon devrait surtout nous apporter une contribution constructive. Sa rémunération horaire est tout de même de 900 couronnes.

Ernesto Madsen rougit et Konrad Simonsen dit calmement :

— On pourrait peut-être essayer une troisième solution.

La Comtesse lui donna la réplique.

— Quelle solution, Simon? Nous sommes tous curieux de le savoir.

— Quelqu'un pourrait peut-être entrer en contact avec lui et, avec un peu de chance, réussir à gagner sa confiance. Il est plutôt naïf et crédule. Ça vaut la peine d'essayer.

Le chef des RG réfléchit rapidement :

— Ça ne me paraît pas une mauvaise idée, j'aimerais bien en savoir plus. Devons-nous faire une réunion de brainstorming ou avez-vous ça tout prêt pour nous ?

— Brainstorming.

La Comtesse réagit aussi rapidement et la préfète sourit fièrement – elle avait de bons collaborateurs.

— Si c'était moi, je sais ce que je ferais.

— A quoi pensez-vous ? demanda Konrad Simonsen.

— Cette fameuse clé dont nous pensons qu'elle correspond au cadenas qui se trouve sur son dépôt, nous sommes maintenant en possession de l'original, n'est-ce pas ?

Le chef des RG lui répondit :

— Hier, nous l'avons enlevée du trousseau de clés qu'il avait dans sa chambre d'hôtel et remplacée par une copie. La clé originale a été envoyée aux techniciens pour analyse. Nous ne pouvons pas affirmer qu'elle a été utilisée récemment, mais l'empreinte de son pouce y a été imprimée au cours des deux derniers jours, donc nous le supposons. Vous avez reçu le rapport depuis longtemps.

— Oui, je l'ai vu, mais je ne l'ai pas lu en détail. Simon, nous devons procéder à l'examen de la cave, quelle doit être l'ampleur de cette action ?

— Elle doit être menée aussi minutieusement que possible. La protection civile et les autres policiers nous apportent leur aide. Ils vont de cave en cave et visitent aussi les greniers, pour voir s'ils peuvent trouver le cadenas correspondant. Par ailleurs, on a publié une photo d'un cadenas du même type dans les journaux en faisant appel à l'aide des particuliers. Jusqu'à présent, nous n'avons enregistré aucun résultat, à l'exception de vingt-trois cadenas de même fabrication, mais ça ne nous est pas d'une grande aide.

— Bon, mais c'est justement cette histoire que je prendrais comme point de départ si je le rencontrais. J'évoquerais un policier lambda qui s'est comporté grossièrement parce que je possédais une cave que la police voulait vérifier. Je lui parlerais peut-être de la clé et à coup sûr de tous les individus qui sont sur l'affaire pour voir comment il réagit.

L'évaluation d'Ernesto Madsen n'était pas encourageante.

— Il ne réagira pas, parce qu'il ne veut pas en parler.

— Ça signifie que vous donnez votre recommandation ? dit le chef des RG.

— Que voulez-vous dire ?

— Vous ne dites pas qu'une telle démarche pourrait s'avérer nuisible, et si ça ne réussit pas, ce sera sans conséquences, nous en resterons simplement là.

Ernesto Madsen, un peu troublé, dit :

— C'est vrai, mais en tout cas, ça ne doit pas être…

Le chef des RG l'interrompit :

— Il faut que vous sachiez, Ernesto Madsen, que mes profileurs ont un grand respect pour votre travail. Ils sont impressionnés par le rapport que vous avez fait sur les relations qu'il avait avec ses parents. Moi aussi, j'estime que vous avez vu juste, même si je n'ai pas les compétences spécifiques qui me permettraient d'émettre une critique scientifique. J'ai notamment été très intéressé par votre analyse du caractère de la mère. Pourriez-vous nous donner une esquisse de votre rapport, que j'aie ça bien à l'esprit ?

Konrad Simonsen remarqua qu'il était bien préparé. De son côté, il indiqua :

— Oui, mais sois bref, Ernesto.

Ernesto Madsen fit sa présentation et la Comtesse écouta avec une particulière intensité. A un certain point, elle l'interrompit :

— Tu peux me réexpliquer le dernier point ? Tu dis que si j'ai l'air asservie et arrogante en même temps, je suis susceptible de créer une réaction bienveillante de sa part ? Mais comment est-ce que je peux faire ça concrètement, par exemple si je viens de m'installer avec mon assiette à une table où il est en train de manger, comment dois-je m'y prendre pour me montrer arrogante et soumise ?

— Eh bien, tu peux par exemple être insolente à l'égard de la serveuse, en particulier si c'est une jeune femme.

Le chef des RG, ravi, l'interrompit :

— Bien pensé, Ernesto. Nous pouvons peut-être trouver une jeune serveuse, ça devrait être possible si nous connaissons l'endroit.

— Mais ce ne sera pas le cas, non ?

— Ah oui, c'est vrai. Bien vu. Qu'est-ce que vous nous conseillez d'autre ?

— Oui, qu'est-ce que vous me conseilleriez pour avoir l'air soumise ?

Konrad Simonsen ajouta :

— C'est une bonne idée de traiter en parallèle le rôle que doit jouer la Comtesse et votre présentation de la relation psychologique existant entre le meurtrier et sa mère. Ça nous permet de gagner du temps.

La préfète de police y alla aussi de son compliment et Ernesto Madsen fit des parallèles sur tous les points qu'il trouvait pertinents. Le rapporteur faisait son travail et ni la préfète ni le psychologue ne s'aperçurent que le chef des RG les conduisait là où il avait décidé de les amener.

60

Andreas Falkenborg avait décidé de déjeuner sur l'autoroute, dans la cafétéria de Solrød au sud de Copenhague. La Comtesse avait réussi à se faufiler dans la queue et arriva à la caisse deux places devant lui. Le micro qui était fixé comme une jolie broche au revers de sa veste de tailleur était relié à un émetteur situé dans son sac, et le son parvenait clairement et distinctement dans les haut-parleurs de la salle de contrôle, dans les locaux de la préfecture de police à Copenhague. Tous écoutaient avec une vive inquiétude. La préfète de police suivait de près l'action et s'agita lorsqu'elle entendit la Comtesse réprimander la serveuse à la caisse sur le rapport qualité/prix de la nourriture proposée. Cette dernière avait également réussi, semblait-il, à sortir de la cafétéria avec son plateau juste derrière Andreas Falkenborg, lequel venait de s'installer. Quelques instants plus tard, en effet, ils entendirent la Comtesse demander :

— *Est-ce que je peux m'asseoir ici ?*

— *Oui, si vous voulez, mais il y a aussi des tables libres.*

— *J'aime la compagnie. Est-ce que vous avez entendu cette cruche ?*

— *Oui.*

— Quelle effrontée ! Je ne crois pas qu'il soit possible de rencontrer une fille aussi stupide. Ça ne vous arrive pas, à vous aussi, d'être énervé par ce genre de gamines ? Moi, en tout cas, je ne peux pas me retenir quand je suis traitée de cette manière. Mais c'est peut-être moi ?

— Non, je vous comprends, c'est irritant.

— En tout cas, je suis contente de voir que je ne suis pas seule à penser qu'une telle fille ne devrait pas être employée ici.

— Non, je suis d'accord avec vous.

— Excusez-moi, est-ce que vous pourriez surveiller mon plateau pendant je vais aux toilettes ?

— Oui, bien sûr, sans problème.

— Merci bien. Au fait, je m'appelle Nathalie. Et vous ?

— Pronto, c'est comme ça qu'on m'appelle.

— C'est un beau prénom, Pronto, j'aime bien.

Le chef des RG dit :

— Qu'est-ce qui se passe à présent ? Qu'est-ce qu'elle peut bien vouloir ?

Konrad Simonsen, qui commençait à apprécier les qualités d'acteur du chef des RG, se tut pour des raisons stratégiques. Ce fut donc Poul Troulsen, qui n'appréciait pas spécialement le personnage et avait déjà eu deux discussions orageuses avec lui, qui répliqua :

— Elle doit peut-être aller aux toilettes.

— C'est ridicule. Elle a dû y aller avant.

Un court moment plus tard, on entendit à nouveau la voix de la Comtesse :

— Je suis sortie sur le parking, je suis accroupie à côté de sa voiture, mais c'est juste parce que c'était la plus proche. Ça ne va pas du tout, cette histoire, je

crois qu'il a découvert qu'il était écouté. Il se retourne sans arrêt, j'ai l'impression qu'il soupçonne deux de nos agents. Comme vous pouvez l'entendre, je suis entrée en contact avec lui mais cette surveillance rapprochée ne marche pas.

Le chef des RG se leva, le visage légèrement coloré. Sans élever la voix, mais sur un ton sinistre, il demanda à Poul Troulsen :

— Vous n'avez pas de relation intime avec elle, donc c'est à vous que je le demande : est-elle intelligente, enfin, sait-elle de quoi elle parle, ou fait-elle partie de ces femmes flics paranoïaques, qui se laissent facilement emporter et qui ont la berlue quand les choses se corsent ?

Poul Troulsen lui répondit, agressif :

— Elle est compétente et vous, je vous trouve plutôt antipathique.

— Bon, alors Simon, la décision vous appartient, mais je suppose qu'on met un terme à cette action ?

Konrad Simonsen était un mauvais comédien, et bien qu'il eût préparé sa réplique, elle n'eut pas l'air des plus naturelles. Il dit :

— Je ne sais pas… Oui, bien sûr, c'est la procédure normale. Enfin, je dois dire que je finis par ne plus savoir ce que je veux et ne veux pas, et cette pauvre Pauline, qui…

Le chef des RG tomba sur lui, froid et agressif :

— Eh bien, décidez-vous donc, malheureux. Vous n'avez pas compris que c'est urgent ?

Ces paroles sans indulgence n'eurent aucun effet positif, bien au contraire. Konrad Simonsen fit un signe de tête négatif et respira de petites bouffées d'air. Son visage fut aussitôt recouvert de sueur. Il était rouge comme une écrevisse et son apparence fut beaucoup plus convaincante que son hésitation embarrassée.

Le chef des RG ouvrit les bras d'un air résigné et se tourna d'un air interrogatif vers la préfète de police qui, après des secondes qui parurent très longues, trancha d'un ton autoritaire :

— Arrêtez immédiatement la surveillance.

Le rapporteur prit note de la décision.

Le chef des RG qui, à l'instar de la Comtesse, avait un micro fixé à l'intérieur de son revers de veste, le retourna d'un geste vif, mit en marche l'interrupteur qui se trouvait fixé sur un fil, et ordonna d'une voix claire :

— Toutes les unités se retirent immédiatement et se mettent hors de vue. Je répète : toutes les unités se retirent immédiatement et se mettent hors de vue. Sans exception et en respectant une distance de sécurité d'au moins cinq cents mètres.

Konrad Simonsen se redressa. La préfète de police posa sur lui un regard inquiet.

— Je suis désolé, ça ne se reproduira pas, s'excusa-t-il.

Le chef des RG lui apporta son soutien :

— Ça peut arriver. C'était bien que vous ayez été là pour donner l'ordre. C'est ce qu'il fallait faire.

Il regarda Konrad Simonsen qui allait mieux.

— Ce genre de petits malaises est normal dans des situations de stress. Ça m'arrive aussi, c'est comme ça, mais vous en avez sans doute entendu parler ?

La préfète de police se sentit rassurée et dit :

— Bien sûr que oui. Je sais bien que ça n'a pas d'importance.

La voix de la Comtesse retentit de nouveau, les responsables présents écoutèrent d'un air inquiet :

— Merci pour votre aide.

— A quel sujet ?

— Merci d'avoir surveillé mon plateau.

— De rien.

— Est-ce que vous avez l'habitude de venir ici ?

— Non.

— C'est bon ce qu'on mange, vous ne trouvez pas ?

— Non, pas spécialement.

— Est-ce que vous êtes difficile ? Moi, je mange de tout, enfin presque, si vous voyez ce que je veux dire, mais il y a une chose qui est sûre, et vous savez ce que c'est, Ponto – c'est bien comme ça que vous vous appelez, n'est-ce pas ?

— Pronto.

— Pronto, ah oui, c'est ça, c'est ce que vous aviez dit. Vous savez ce qui est sûr ?

— Non, je ne sais pas.

— C'est que je vais prendre un cognac avec mon café et je vous en offre un avec plaisir, si vous voulez ?

— Non, merci.

— C'est parce que je suis si énervée. Je peux vous dire que je suis vraiment bouleversée.

— Ah bon, pourquoi ?

— Parce que ce matin, deux policiers ont voulu fouiller ma cave, et ils étaient si insolents...

— Ah bon.

— Pensez donc, ils me donnaient des ordres, comme si – oui, ils cherchaient les deux filles qui... – Mais, où allez-vous ? Vous n'avez pas terminé... ah, ce n'est pas vrai. Je cours après lui. J'imagine que c'est le plan B. J'espère qu'il réagira mieux, cette fois-ci !

Konrad Simonsen dit calmement :

— Ça valait la peine d'essayer.

Poul Troulsen essaya d'être optimiste :

— Voyons comment il va réagir lors de la prochaine phase. Je crois que c'est là que nous avons le plus de chance.

Le chef des RG dit en bougonnant :

— C'est un peu tard pour le dire maintenant.

Personne ne lui répondit. Peu après, on entendit les récriminations de la Comtesse dans les haut-parleurs :

— Désolée, Andreas Falkenborg. Oui, je connais votre nom, je ne suis pas celle que j'ai prétendu être. Mais vous savez où se trouve ma fille, et vous savez qu'elle va mourir si vous ne m'aidez pas. Je suis persuadée que vous savez que ce que vous avez fait est mal. Vous ne devez pas me l'enlever, vous devez penser à votre propre mère, comme elle a souffert. Et tout ce que vous lui avez fait, vous pouvez essayer de vous le faire pardonner en me rendant mon enfant. Elle s'appelle Pauline, oui, oui... je vais m'en aller maintenant, mais pour la grâce de Dieu, réfléchissez à cela. Pour votre mère et pour la paix de votre âme.

Poul Troulsen s'étonna :

— Il n'a rien répondu. Est-ce que c'est bon signe ou mauvais signe ?

Le chef des RG demanda :

— Si, est-ce qu'on ne l'a pas entendu dire quelque chose à l'arrière-plan ?

Konrad Simonsen se dit que l'homme exagérait et ne soutint pas son allégation. Personne d'autre ne fit de commentaires. Peu après, la voix de la Comtesse emplit à nouveau la pièce :

— Je suis sur le parking et ma dernière remarque a eu un fort effet sur lui, mais il m'a chassée. Maintenant, ce micro n'est plus utile. Simon, je t'appelle dans un instant.

Vingt secondes plus tard, la sonnerie du mobile de Konrad Simonsen retentit de nouveau. Il décrocha, écouta ce que lui dit la Comtesse, puis transmit le message aux personnes présentes et lui répondit à nouveau. Il continua ainsi la conversation pour que tous puissent suivre ce qui se disait.

La Comtesse dit :

— Le timing risque d'être plutôt serré, Simon. Il est toujours dans sa voiture, mais il s'en va, et si les RG identifient sa voiture, tout est fichu. Où sont donc les gorilles du Docteur Cold ? Je n'en vois aucun… Ah si, attends, maintenant je les vois.

Konrad Simonsen transmit le message à ses collègues :

— Elle dit qu'il s'est senti touché, il était abattu et déprimé. Il avait l'air résigné, et il l'a chassée parce qu'il était sur le point de pleurer. A présent, il est dans sa voiture, il semble désorienté.

La préfète de police serra le poing et lança un court :

— Oui !

Konrad Simonsen conseilla la Comtesse :

— Non, tu ne dois pas retourner vers lui, il faut le laisser un moment tranquille.

La Comtesse dit :

— Voilà ! Les hommes du Docteur Cold viennent de l'arrêter. Ça s'est passé très vite, personne n'a rien remarqué, mais le timing n'est pas excellent… Ah si, le chauffeur du camion où j'avais placé l'émetteur arrive. Tu peux donc continuer.

Konrad Simonsen informa l'auditoire :

— Il fait les cent pas sur le parking, maintenant, elle l'a perdu de vue à cause d'un car… Ah, le voilà qui revient, il se dirige vers sa voiture, il ouvre la porte et s'assoit… Elle dit qu'il démarre.

Le chef des RG montra le grand écran et dit :

— Nous voyons bien, Simon.

Konrad Simonsen secoua légèrement la tête, furieux contre lui-même, puis dit à la Comtesse :

— Non, il ne faut pas que tu le suives, reviens à la préfecture. Nous nous en occupons.

La Comtesse lui répondit :

— Croise les doigts pour que l'équipe de surveillance ne remarque pas sa voiture quand elle va quitter le parking, Simon. A tout de suite.

L'optimisme dura presque une heure. Andreas Falkenborg avait pris la poudre d'escampette et roulait sur l'autoroute du sud en direction de Rødby sur l'île de Lolland. Tous étaient impatients de savoir quand il allait quitter l'autoroute, certains toutefois plus que d'autres. Poul Troulsen dit :

— Maintenant, il arrive au pont de Farø. Où est-ce qu'il a bien pu la cacher ?

La préfète de police était plus calme qu'avant :

— Il est peut-être en fuite.

La Comtesse, qui venait d'arriver, répondit :

— Je ne crois pas, il avait l'ait très ému.

— Mais quand est-ce qu'il va quitter l'autoroute ? C'est presque insupportable à voir.

Soudain, le chef des RG dit :

— Il se passe quelque chose, il conduit trop lentement. Mes hommes sont à un kilomètre derrière lui, je vais demander à une des équipes de se rapprocher.

Il se passa un long moment avant qu'il réintervienne. Juste à l'instant où Andreas Falkenborg fut arrêté sur l'île de Falster, un peu avant Guldborgsund, il revint dans la pièce, tremblant de colère.

— Nous avons perdu sa trace, ce n'était pas sa voiture. Il nous a tendu un piège sur le parking de Solrød, il avait fixé l'émetteur sur un camion allemand qui se rendait à Rødby.

Le ton monta dans l'équipe. A l'exception de la préfète de police, qui devint blême et aspergea ses joues avec un peu d'eau minérale ; on n'avait d'ailleurs jamais vu cela. Puis le silence retomba. Tous les regards étaient dirigés vers Konrad Simonsen. Il dit avec un grand calme :

— Poul, va faire reprendre les recherches, il n'y a pas d'autre solution. Et cette fois, nous l'arrêtons dès que nous l'avons trouvé.

Poul Troulsen disparut de la pièce, et le chef des RG réconforta la préfète :

— Vous avez eu raison de mettre fin à la surveillance rapprochée. Je suis sûr que tous vous soutiendront, en dépit de votre manque d'expérience du terrain. Et à moins qu'une étude plus approfondie soit entreprise, les profanes n'ont pas à s'occuper de savoir qui donne les ordres. Pour ma part, je suis prêt à partager la responsabilité avec vous, du moment que je n'ai pas à mentir lors d'un interrogatoire officiel. Qu'en pensez-vous, Simon ?

— Bien entendu. Nous avons agi ensemble et j'aurais pris la même décision. Est-ce qu'on ne pourrait pas s'abstenir de le porter sur le compte-rendu ? Il n'est pas logique qu'un seul d'entre nous porte la responsabilité.

La préfète s'anima à nouveau :

— Je vous remercie sincèrement. Je vous en serai toujours reconnaissante.

Aucun des deux hommes ne croyait cependant qu'une enquête officielle serait engagée. Tout se réglerait certainement en interne ou bien tomberait dans les oubliettes.

L'histoire de ce fiasco se répandit comme une traînée de poudre dans les locaux de la préfecture, et peu à peu, les policiers vinrent se rassembler dans la salle de contrôle. Seuls ou en petits groupes, ils franchissaient la porte en silence et allaient s'installer sur une chaise libre ou se mettre le long d'un mur. Ils ne parlaient pas, et ce rassemblement spontané n'avait aucun objectif précis. Il y avait du monde partout, c'était le point culminant de quatre jours d'une énorme tension. Personne ne s'imaginait qu'il restait à Pauline Berg une quelconque chance de s'en sortir. En tout cas, son éventuel sauvetage n'était plus du ressort de la police. Un ancien parmi les officiers de police s'était agenouillé et faisait une prière, alors que ceux qui se trouvaient autour de lui baissaient la tête et, quelles que soient leurs convictions personnelles, le soutenaient de leur mieux. Arne Pedersen quitta la salle, suivi de son gardien. Les deux hommes pleuraient. Dans ce chaos, Konrad Simonsen et la Comtesse étaient assis l'un à côté de l'autre, se tenant par la main, et attendaient d'un air anxieux. Et puis soudainement, la prière produisit ses effets, une nouvelle image apparut sur l'écran géant et un cercle vert s'alluma sur une carte nationale. Une voix excitée cria encore plus fort que les autres :

— Mais c'est la route de la forêt à Avnsø. Je connais

cet endroit, c'est désert. Qu'est-ce qu'il peut bien faire là-bas ?

Un autre commenta la présence de la silhouette verte qui clignotait :

— Il parle dans son mobile.

La sonnerie du téléphone de Konrad Simonsen était si bien réglée que personne n'eut besoin qu'on lui fasse un dessin. Le chef de la Crim prit l'appel et tous dans la salle retinrent leur souffle. Konrad Simonsen écoutait, la voix du Docteur Cold était professionnelle, comme de coutume. Konrad Simonsen, qui avait l'habitude des versions erronées, dit à la salle :

— C'est lui.

Il écouta encore et ajouta :

— Entre Källna et Ossjö, près de la route dans un petit bois de bouleaux, oui, j'ai compris… Est-ce là que vous avez enterré Liz Suenson ?

La Comtesse, un papier et un stylo à la main, se tenait prête à écrire. Elle nota :

— Le bunker dans la forêt de Hareskov entre la gare de Skovbrynet et celle de Hareskov, je note… Non, il ne faut pas faire ça… Vous êtes malade, mais nous pouvons vous aider. Restez où…

Konrad Simonsen se délesta de son mobile et, bien que tous soient pendus à ses lèvres, cria :

— Malte, tu es là ?

L'étudiant répondit et reçut immédiatement ses ordres :

— Un caisson de sécurité datant de 1955, loué par la commune de Varløse, ce doit être la commune de Furesø aujourd'hui… il est situé au bout d'une allée à proximité du train régional. Dépêche-toi de trouver l'adresse. Et toi, Poul, demande une ambulance aux urgences et dis-leur de l'envoyer de l'hôpital de Herlev, c'est ce qu'il y a de plus rapide. Qu'ils viennent avec un médecin. Dis-leur de prendre la direction de Hareskov et qu'on donnera les précisions au chauffeur plus tard.

Poul Troulsen se précipita hors de la pièce, tandis que Konrad Simonsen continuait à donner des ordres :

— Il nous faut aussi des voitures pièges, ce doit être la circonscription de police de Gladsaxe, que l'un d'entre vous s'en charge. Il faut des voitures pour Andreas Falkenborg, qui se trouve… ah, c'est vrai que vous le voyez sur la carte. Il faut aller vite, il est sur le point d'attenter à ses jours.

Plusieurs policiers sortirent en courant de la salle.

Bientôt, un policier cria à l'assemblée :

— Andreas Falkenborg est mort. Il s'est aspergé d'essence et en a versé une grande quantité semble-t-il dans sa camionnette. Son corps est carbonisé, méconnaissable, mais il s'agit clairement de sa voiture. Le service des pompiers et plusieurs patrouilles sont en chemin, mais ils ne vont pas arriver tout de suite. Les collègues qui sont sur place se trouvaient par hasard dans le voisinage.

Le chef des RG commenta :

— Je m'occupe de cet aspect des choses, si vous êtes d'accord, Simon ?

— Oui, volontiers.

Personne ne regretta particulièrement la nouvelle de la mort d'Andreas Falkenborg. Il n'y avait ni de quoi se réjouir, ni de quoi se désoler. C'était un événement neutre. Le destin de Jeanette Hvidt disparut dans l'ombre. Seules les nouvelles concernant Pauline Berg avaient de l'importance. Konrad Simonsen se souvint pourtant des paroles du Docteur Cold, *ce serait drôle de se servir d'un chalumeau*, et eut la chair de poule, puis il écarta l'idée et se concentra sur l'instant présent. La délivrance survint dix minutes plus tard sur son mobile. D'une voix calme, il fit part de l'information à la salle :

— Ça y est, ils l'ont retrouvée. Elle est vivante.

61

Bien que la fin de la soirée marquât aussi celle de la situation de crise, elle s'avéra épuisante pour Konrad Simonsen et la Comtesse. Ils se rendirent d'abord à l'hôpital, où ils durent attendre longtemps avant que les médecins et la famille de Pauline Berg les autorisent à voir la patiente pendant un court moment. Elle esquissa un vague sourire en les reconnaissant, mais ils eurent bien du mal à le lui rendre. Bien qu'il soit très perturbé, Konrad Simonsen insista pour aller à Hundested, estimant qu'il devait une visite à Rikke Barbara Hvidt. Le destin s'était montré terrible pour cette vieille femme aveugle et, dans ce climat de joie lié à la délivrance de Pauline, il ne pouvait oublier l'aimable vieille dame, qui avait payé un tel prix pour la folie d'Andreas Falkenborg. La Comtesse et lui arrivèrent malheureusement trop tard. Malgré la surveillance dont elle faisait l'objet, elle avait réussi à s'ouvrir les veines, alors que le personnel de la maison de retraite croyait qu'elle dormait. Elle avait rendu l'âme dans l'ambulance.

Sur le chemin du retour, ils passèrent par Frederiksvaerk et Konrad Simonsen eut un sursaut d'inspiration :

— Est-ce que tu ne voudrais pas faire cadeau de ton mobile ?

— Si, pourquoi pas, mais à qui ?

— Eh bien, à une jeune femme dont le portable ne marche plus.

La Comtesse ne voulut pas en savoir plus. Le détour ne leur prit que quelques minutes. Pendant le reste du trajet, l'ambiance fut peu animée. Aucun d'eux n'avait envie de parler. La Comtesse conduisait, Konrad Simonsen fixait l'obscurité. Soudain, il dit :

— La pauvre femme a été sa sixième victime.

— Oui.

La conversation en resta là. Un moment plus tard, il remarqua :

— Ceux qui tiennent le haut du pavé, les Helmer Hammer et Bertil Hampel-Koch… ne se salissent jamais les mains.

Elle resta silencieuse. Que pouvait-on répondre à cela ?

— Tu crois que nous avons tort ?

— Non, Simon, je ne le crois pas, mais le seul fait d'y penser me donne la nausée et je ferai tout mon possible pour refouler ces pensées. Cela étant, lorsque j'étais là à regarder Pauline, je crois que je t'aimais plus que tout au monde. Tu as fait la seule chose qu'il convenait de faire, la seule chose que tu pouvais faire.

— Ce n'est pas ce que je ressens.

— C'est pourtant vrai. N'oublie pas non plus que tu n'étais pas seul dans cette affaire. J'ai aussi une part de responsabilité ou, si tu préfères, je suis en partie coupable.

— Je suis heureux de te l'entendre dire. Est-ce que tu crois que nous allons pouvoir oublier toute cette histoire ?

— Oui, je pense. Nous sommes ensemble, et puis nous avons aussi Pauline avec nous.

Konrad Simonsen inclina la tête en signe d'approbation.

La même nuit, l'enfance malheureuse d'Andreas Falkenborg fit une septième et dernière victime. L'homme qui quitta le troquet et alla uriner dans la ruelle avait lui-même plusieurs meurtres sur la conscience. L'une de ses spécialités consistait à donner des overdoses aux narcomanes qu'il fallait faire disparaître. Une autre était de menacer les tenanciers de bars et de leur administrer des raclées pour les forcer à prendre une plus grande quantité des produits illicites proposés par son chef. La plupart le considéraient comme un grossier personnage, mais peu osaient le lui avouer. Il faisait partie de ce type de criminels endurcis avec lesquels on n'avait pas envie de se brouiller. La plupart ignoraient d'ailleurs qu'il avait un pied dans chaque camp. Qu'il travaillait pour le réseau de Marcus Kolding, que la police danoise avait eu sous surveillance depuis des années sous le niveau 1, celui qui était réservé aux organisations criminelles les plus importantes, celles qui avaient le plus d'influence dans le milieu de la pègre. Qu'il était aussi le principal informateur que possédait l'autorité publique dans l'organisation, et même s'il n'appartenait pas au cercle des intimes du douteux Docteur Cold, il donnait de temps à autre de précieuses informations. On fermait donc les yeux sur ses mérites personnels, ce qu'il trouvait des plus pratiques. Et voilà qu'il venait d'être donné comme monnaie d'échange pour préserver la vie d'une jeune policière.

Dans la ruelle, un verre de bière dans une main, l'homme s'apprêtait à uriner. L'instant d'après, une vapeur chaude l'entoura, alors qu'il laissait échapper un léger soupir de soulagement.

Le coup de couteau qui l'égorgea fut donné de l'arrière et il n'eut pas le temps de crier. On entendit juste un faible râle. Il tomba sur le sol et le verre se brisa. Bière, urine et sang se mélangèrent en un drôle de liquide, qui alla lentement s'écouler dans le caniveau.

Il y avait toujours un prix à payer.

Retrouvez les enquêtes de Konrad Simonsen
dans les collections Actes noirs et Babel noir.

MORTE LA BÊTE

traduit du danois par Andreas Saint-Bonnet

Des enfants retrouvent des cadavres pendus dans la salle de sport de leur école. Les victimes ont par le passé commis des abus sexuels et, bien que les cadavres soient atrocement mutilés, l'opinion et la presse sont partagées au sujet de la culpabilité des assassins. Au fond, n'ont-ils pas eu ce qu'ils méritaient ? Une première enquête épineuse pour l'inspecteur Simonsen et son équipe…

LE CERCLE DES CŒURS SOLITAIRES
traduit du danois par Michèle Lamothe Nielsen

Fusillade dans une école de Copenhague. Konrad Simonsen, à peine remis d'un accident cardiovasculaire, aurait rêvé mieux comme convalescence. Heureusement, le stress post-traumatique, sa jeune collègue Pauline Berg connaît : elle qui a récemment échappé à la mort dans une cave pique des crises d'angoisse à répétition et boulotte ses anxiolytiques comme des Tic-Tac. Le malaise guette.

BABEL NOIR

Catalogue

1. FIRMIN MUSSARD
Fausse passe

2. ALAIN WAGNEUR
Terminus Plage

3. PHILIPPE COLIN-OLIVIER
Festival de came

4. PASCALE FERROUL
David sur ordonnance

5. MAURICE ATTIA
Alger la Noire

6. PATRICK DELPERDANGE
Coup de froid

7. MICHEL MAISONNEUVE
Le Chien tchétchène

8. DOMINIQUE SIGAUD
L'Inconfort des ordures

9. PETER MAY
Meurtres à Pékin

10. KERSTIN EKMAN
Crimes au bord de l'eau

11. LUIZ ALFREDO GARCIA-ROZA
Le Silence de la pluie

12. HERVÉ CLAUDE
Mort d'une drag-queen

13. MAURICE ATTIA
Pointe Rouge

14. ALAIN WAGNEUR
Hécatombe-les-Bains

15. PETER MAY
Le Quatrième Sacrifice

16. MICHÈLE LESBRE
Une simple chute

17. MICHÈLE LESBRE
Que la nuit demeure

18. ANDREW MCGAHAN
Derniers verres

19. PETER MAY
Les Disparues de Shanghai

20. JEAN-FRANÇOIS VILAR
C'est toujours les autres qui meurent

21. FRÉDÉRIC H. FAJARDIE
Gentil, Faty !

22. A.D.G.
J'ai déjà donné…

23. FRANÇOIS MURATET
Stoppez les machines

24. LEIF DAVIDSEN
L'Épouse inconnue

25. ANDREA MARIA SCHENKEL
La Ferme du crime

26. PETER MAY
Cadavres chinois à Houston

27. LUIZ ALFREDO GARCIA-ROZA
Objets trouvés

28. MAURICE ATTIA
Paris blues

29. FRANCIS ZAMPONI
In nomine patris

30. JEAN-PAUL JODY
Stringer

31. ANNE SECRET
La Mort à Lubeck

32. SERGE QUADRUPPANI
Colchiques dans les prés

33. KJELL ERIKSSON
Le Cercueil de pierre

34. PETER MAY
Jeux mortels à Pékin

35. LUIZ ALFREDO GARCIA-ROZA
Bon anniversaire, Gabriel !

36. JULIA LATYNINA
La Chasse au renne de Sibérie

37. STIEG LARSSON
Millénium I – Les hommes qui n'aimaient pas les femmes

38. CARLOS SALEM
Aller simple

39. JÓN HALLUR STEFÁNSSON
Brouillages

40. KJELL ERIKSSON
La terre peut bien se fissurer

41. HERVÉ CLAUDE
Nickel chrome

42. ANDREW MCGAHAN
Australia Underground

43. FRANÇOIS WEERTS
Les Sirènes d'Alexandrie

44. PETER MAY
L'Éventreur de Pékin

45. LEIF DAVIDSEN
La Chanteuse russe

46. CORNELIA READ
Champs d'ombres

47. SIMON LEWIS
Trafic sordide

48. CARLOS SALEM
Nager sans se mouiller

49. KJELL ERIKSSON
La Princesse du Burundi

50. KEIGO HIGASHINO
La Maison où je suis mort autrefois

51. PETER MAY
L'Île des chasseurs d'oiseaux

52. STIEG LARSSON
Millénium II – La fille qui rêvait d'un bidon d'essence et d'une allumette

53. BEN PASTOR
Lumen

54. LUIZ ALFREDO GARCIA-ROZA
Une fenêtre à Copacabana

55. LALIE WALKER
Les Survivantes

56. LEIF DAVIDSEN
Un Russe candide

57. DAN WADDELL
Code 1879

58. PASCAL VATINEL
Parce que le sang n'oublie pas

59. SÉBASTIEN LAPAQUE
Les Barricades mystérieuses

60. LOTTE ET SØREN HAMMER
Morte la bête

61. CAMILLA LÄCKBERG
La Princesse des glaces

62. MORLEY TORGOV
Meurtre en *la* majeur

63. KYLIE FITZPATRICK
La Neuvième Pierre

64. LOUISE PENNY
Nature morte

65. SEICHÔ MATSUMOTO
Un endroit discret

66. NELE NEUHAUS
Flétrissure

67. JÓN HALLUR STEFÁNSSON
L'Incendiaire

68. JAN COSTIN WAGNER
Lune de glace

69. HERVÉ CLAUDE
Les ours s'embrassent pour mourir

70. KEIGO HIGASHINO
Le Dévouement du suspect X

71. CAMILLA LÄCKBERG
Cyanure

72. STIEG LARSSON
Millénium III – La reine dans le palais des courants d'air

73. VÍCTOR DEL ÁRBOL
La Tristesse du Samouraï

74. PETER MAY
L'Homme de Lewis

75. YISHAÏ SARID
Le Poète de Gaza

76. DAN WADDELL
Depuis le temps de vos pères

77. XAVIER-MARIE BONNOT
Le Pays oublié du temps

78. CARLOS SALEM
Je reste roi d'Espagne

79. JEAN-PAUL JODY
Parcours santé

80. CORNELIA READ
L'École des dingues

81. PETER GUTTRIDGE
Promenade du crime

82. OLIVIER BARDE-CABUÇON
Casanova et la femme sans visage

83. LEIF DAVIDSEN
À la recherche d'Hemingway

84. LARS KEPLER
L'Hypnotiseur

85. CAMILLA LÄCKBERG
Le Prédicateur

86. RYAN DAVID JAHN
De bons voisins

87. MONICA KRISTENSEN
Le Sixième Homme

88. CHRISTOPHE ESTRADA
Hilarion

89. COLIN NIEL
Les Hamacs de carton

90. LOUISE PENNY
Sous la glace

91. DMITRI STAKHOV
Le Retoucheur

92. CAMILLA LÄCKBERG
Le Tailleur de pierre

93. JULIA LATYNINA
Caucase Circus

94. KJELL ERIKSSON
Le Cri de l'engoulevent

95. JEAN-FRANÇOIS VILAR
Bastille Tango

96. JAN COSTIN WAGNER
Le Silence

97. KEIGO HIGASHINO
Un café maison

COÉDITION ACTES SUD – LEMÉAC

OUVRAGE RÉALISÉ
PAR L'ATELIER GRAPHIQUE ACTES SUD
REPRODUIT ET ACHEVÉ D'IMPRIMER
EN OCTOBRE 2013
PAR NORMANDIE ROTO IMPRESSION s.a.s.
À LONRAI
POUR LE COMPTE DES ÉDITIONS
ACTES SUD
LE MÉJAN
PLACE NINA-BERBEROVA
13200 ARLES

DÉPÔT LÉGAL
1re ÉDITION : NOVEMBRE 2013
N° impr. : 133885
(Imprimé en France)